HEYNE

SCIENCE FICTION

Das Buch
Eines Tages wird ein Mensch auf einer Klippe des höchsten Berges im Sonnensystem stehen – des majestätischen Olympus Mons – und auf die atemberaubende Landschaft des Mars hinunterblicken. Eines Tages ... Doch wie wird er dort hingelangen? Welcher Nation, welchem Glauben, welcher Ideologie wird er angehören? Und was wird er aus dieser neuen Welt machen? Dies ist die Geschichte der Besiedlung des Roten Planeten. Eine Geschichte, die sich über mehrere Generationen erstreckt. Eine Geschichte, die die menschliche Zivilisation für immer verändern wird.

»Eine Vision, wie sie die Science Fiction nicht alle Tage hervorbringt. Kim Stanley Robinson zeigt uns, dass Literatur immer noch mit offenen Augen träumen kann.«
Editor's Quaterly

»Ein großartiger Schriftsteller! Wie kein anderer vermag er es, in nüchternen wissenschaftlichen Fakten den Geist der Poesie zu entdecken.«
New York Times Book Review

Der Autor
Kim Stanley Robinson, 1952 in Illinois geboren, gilt spätestens seit der mehrfach preisgekrönten Mars-Trilogie, »Roter Mars«, »Grüner Mars« und »Blauer Mars«, als einer der visionärsten Schriftsteller unserer Zeit. Er lebt mit seiner Familie in Davis, Kalifornien.

Eine Liste der im WILHELM HEYNE VERLAG erschienenen Bücher von Kim Stanley Robinson finden Sie am Ende des Bandes.

KIM STANLEY ROBINSON

DIE MARSIANER

Roman

Aus dem Amerikanischen von
PETER ROBERT

Deutsche Erstausgabe

WILHELM HEYNE VERLAG
MÜNCHEN

HEYNE SCIENCE FICTION & FANTASY
Band 06/6422

Titel der amerikanischen Originalausgabe
THE MARTIANS
Deutsche Übersetzung von Peter Robert
Das Umschlagbild ist von Dan Dixon

Umwelthinweis:
Dieses Buch wurde auf chlor- und
säurefreiem Papier gedruckt.

Redaktion: Wolfgang Jeschke

Erstausgabe als
A Bantam Spectra Book
Published by Bantam Books, a division of Random House, Inc.,
New York
Mit freundlicher Genehmigung des Autors
und Paul & Peter Fritz AG, Literarische Agentur, Zürich
(# 60 950)

http://www.heyne.de
Deutsche Erstausgabe 9/2002
Printed in Germany 7/2002
Umschlaggestaltung: Nele Schütz Design, München
Technische Betreuung: M. Spinola
Satz: Schaber Satz- und Datentechnik, Wels
Druck und Bindung: Ebner & Spiegel, Ulm

ISBN 3-453-21355-6

INHALT

1

MICHEL IN ANTARKTIKA

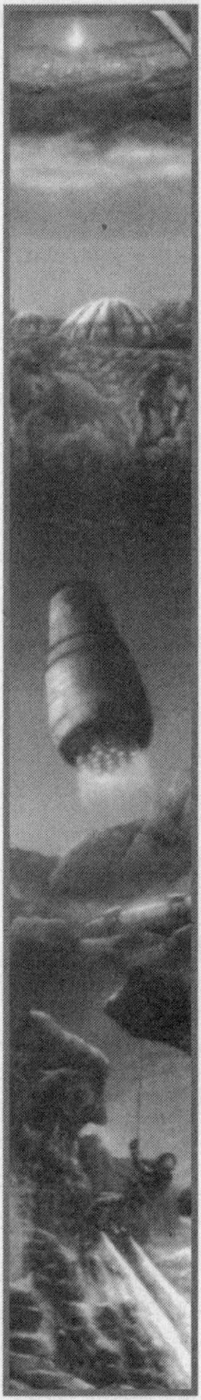

Anfangs war alles in Ordnung. Die Leute waren nett. Das Wright-Tal war eindrucksvoll. Jeden Tag, wenn Michel in seinem Schlafraum aufwachte, schaute er aus dem kleinen Fenster (jeder hatte eins) auf die gefrorene Oberfläche des Vanda-Sees hinaus, ein flaches Oval aus rissigem blauem Eis, das den Talboden bedeckte. Das Tal selbst war braun, lang und tief, mit gewaltigen, horizontal gebänderten Felswänden. Bei diesem Anblick überlief ihn ein kleiner Schauer der Erregung, und der Tag fing gut an.

Es gab immer eine Menge zu tun. Sie waren mit einer Ladung zerlegter Hütten und als provisorische Unterkünfte dienender Scott-Zelte in diesem größten Trockental der Antarktis abgesetzt worden. Während des immer währenden antarktischen Sommertages bestand ihre Aufgabe darin, ihr Winterquartier zu errichten, eine Reihe ziemlich stabiler, luxuriöser, miteinander verbundener roter Schachteln, wie sich beim Zusammenbauen herausgestellt hatte. Da diese

Arbeit in vieler Hinsicht dem zu entsprechen schien, was die Raumfahrer nach ihrer Ankunft auf dem Mars tun würden, war das für Michel natürlich alles sehr interessant.

Sie waren hundertachtundfünfzig Personen, aber nur hundert würden auf die erste Reise geschickt werden, um eine dauerhafte Kolonie zu gründen. So sah es jedenfalls der Plan der Amerikaner und Russen vor, die zu seiner Realisierung ein internationales Team zusammengestellt hatten. Dieser Aufenthalt in Antarktika war also eine Art Test oder Auslese. Michel hatte jedoch den Eindruck, dass jeder der Anwesenden annahm, er oder sie würde zu den Auserwählten gehören, sodass man kaum etwas von jener Anspannung spürte, die Leute bei Vorstellungsgesprächen ausstrahlten. Wenn dieses Thema überhaupt zur Sprache kam – mit anderen Worten, wenn Michel danach fragte –, dann hieß es, einige Kandidaten würden selbst aussteigen, andere für untauglich erklärt und wieder andere schlimmstenfalls für spätere Flüge zum Mars eingeteilt werden. Es gebe also keinen Grund zur Sorge. Die meisten Teilnehmer waren ohnehin keine Pessimisten – sie waren tüchtig, intelligent, selbstbewusst und erfolgsgewohnt. Das machte Michel Sorgen.

*

Sie hatten ihr Winterquartier zur Herbst-Tagundnachtgleiche fertig, am 21. März. Danach wechselten sich Tag und Nacht auf dramatische Weise ab, das strahlende, schräg einfallende Tageslicht erlosch allmählich, wenn die Sonne nach Norden glitt und hinter der Olympus Range verschwand; auf die lange Dämmerung folgte dann pechschwarze Dunkelheit unter einem gestirnten Himmel, bis es schließlich monatelang stockfinster sein würde. Auf ihrem Breitengrad würde die immer währende Nacht kurz nach Mitte April beginnen. Die zum

Vorschein kommenden Sternbilder waren die eines anderen Himmels, der einem Menschen aus dem Norden wie Michel fremd und merkwürdig erschien und ihn daran erinnerte, dass das Universum sehr groß war. Jeder Tag war merklich kürzer als der vorhergehende, die Sonne, die sich durch den Himmel brannte, stand immer tiefer, und ihre Strahlen fielen wie das Licht starker Bühnenscheinwerfer zwischen den Gipfeln der Asgaard Range und der Olympus Range hindurch. Die Leute lernten sich kennen.

*

Als sie einander vorgestellt wurden, hatte Maya gesagt: »Sie sollen uns also beurteilen!« – und ihr Gesichtsausdruck schien anzudeuten, dieser Prozess könnte durchaus auch andersherum ablaufen. Michel war beeindruckt gewesen. Frank Chalmers, der ihn über Mayas Schulter hinweg ansah, hatte es bemerkt.

*

Wie zu erwarten, waren sie eine Mischung unterschiedlicher Charaktere. Aber sie besaßen alle jene elementare soziale Kompetenz, ohne die sie es niemals so weit gebracht hätten, und darum konnten sie sich mühelos miteinander unterhalten, ob sie in ihrem Wesenskern nun eher aufgeschlossen oder in sich gekehrt waren. Naturgemäß interessierten sie sich füreinander. Michel sah, wie eine Menge Beziehungen um ihn herum erblühten. Auch Liebesbeziehungen. Selbstverständlich.

Michel fand alle Frauen im Camp schön. Wie üblich verliebte er sich ein bisschen in viele von ihnen. Männer liebte er als ältere Brüder, Frauen als Göttinnen, denen er nie richtig den Hof machen konnte (glücklicherweise). Ja: Jede Frau war schön, und alle Männer waren Helden. Was natürlich nicht stimmte. Aber auf die meisten traf es zu; es war der Ausgangszustand der Menschheit. So empfand es Michel jedenfalls; er hatte es immer so empfunden. Das war eine gefühlsmäßige Einstellung, die geradezu nach einer Psychoanalyse schrie, und er hatte in der Tat eine Therapie gemacht, ohne dass sich das Geringste an diesem Gefühl geändert hätte (glücklicherweise). So reagiere er nun einmal auf Menschen, hatte er seinen Therapeuten erklärt. Naiv, vertrauensselig, hirnverbrannt optimistisch – und dennoch machte ihn gerade das zu einem guten klinischen Psychologen. Es war seine Begabung.

Tatiana Durova fand er beispielsweise so hinreißend wie einen Filmstar, und sie besaß auch jene Intelligenz und Persönlichkeit, die von einem Leben in der realen Welt der Arbeit und der Gemeinschaft herrührten. Michel liebte Tatiana.

Und er liebte Hiroko Ai, ein unnahbares, charismatisches Geschöpf, das sich nur um seine eigenen Angelegenheiten kümmerte, aber freundlich war. Er liebte Ann Clayborne, die bereits zu den Marsianern zählte. Er liebte Phyllis Boyle, eine Schwester Machiavellis. Er liebte Ursula Kohl wie eine Schwester, mit der er immer reden konnte. Er liebte Rya Jimenez wegen ihrer schwarzen Haare und ihres strahlenden Lächelns, er liebte Marina Tokareva wegen ihrer knallharten Logik, er liebte Sasha Yefremova wegen ihrer Ironie.

Aber am meisten liebte er Maya Toitovna. Sie war ebenso exotisch wie Hiroko, aber extrovertierter. Obwohl sie nicht so gut aussah wie Tatiana, zog sie alle Blicke auf sich. Die natürliche Anführerin des russischen Kontingents wirkte ein bisschen bedrohlich – irgendwie gefährlich –, und sie beobachtete jeden auf ganz ähnliche Weise, wie Michel es tat, obwohl er ziemlich sicher war, dass ihre Urteile wesentlich härter ausfielen als seine. Die meisten männlichen Russen schienen Angst vor ihr zu haben, wie die Mäuse unter einem Habicht, aber vielleicht fürchteten sie auch nur, sich hoffnungslos in sie zu verlieben. Falls Michel zum Mars flöge (was nicht der Fall war), würde sie ihn am meisten interessieren.

*

Natürlich konnte Michel als einer der vier Psychologen vor Ort, die bei der Beurteilung der Kandidaten helfen sollten, diese Gefühle nicht ausagieren. Das störte ihn nicht; im Gegenteil, ihm gefiel diese Einschränkung, der er sich auch bei all seinen anderen Klienten unterwarf. Sie erlaubte ihm, in seinen Gedanken zu schwelgen, ohne sich überlegen zu müssen, wie er sie in die Tat umsetzen konnte. »Gefühle sind nur echt, wenn man sie auch auszuleben versucht« – vielleicht stimmte das alte Sprichwort, aber wenn es einem aus guten Gründen verboten war, etwas zu unternehmen, dann waren die Gefühle vielleicht doch nicht unecht. Er konnte also ehrlich sein, ohne sich in Gefahr zu begeben. Außerdem irrte das Sprichwort, Liebe zu seinen Mitmenschen konnte durchaus rein geistiger Natur sein. Daran gab es nichts auszusetzen.

Maya war ganz sicher, dass sie zum Mars fliegen würde. Deshalb stellte Michel für sie keine Bedrohung dar, und sie behandelte ihn als Ebenbürtigen. Das taten auch einige andere – Vlad, Ursula, Arkady, Sax, Spencer und noch ein paar. Aber Maya ging noch einen Schritt weiter; sie war von Anfang an sehr vertraulich. Sie hockte häufig mit ihm zusammen und unterhielt sich mit ihm über Gott und die Welt, auch über den Auswahlprozess selbst. Dabei sprachen sie beide Englisch, und ihre partiellen Kompetenzen und die starken Akzente ergaben eine pittoreske Musik.

»Du musst objektive Kriterien für Auswahl der Leute benutzen, psychologische Profile und so.«

»Ja, natürlich. Verschiedene Tests, wie du weißt. Verschiedene Indizes.«

»Aber deine persönliche Meinung zählt auch, richtig?«

»Ja. Natürlich.«

»Aber muss schwer sein, deine persönlichen Gefühle für Menschen von professionellem Urteil zu trennen, ja?«

»Ich glaube schon.«

»Wie machst du das?«

»Tja ... man könnte vielleicht sagen, es ist eine Frage der Einstellung. Ich mag Menschen – oder was auch immer – nicht aus den Gründen, die sie für so ein Projekt geeignet erscheinen lassen.«

»Aus welchen Gründen magst du Menschen?«

»Also, ich will da nicht zu analytisch herangehen! Weißt du, das ist eine Gefahr bei meinem Job, zu analytisch zu werden. Ich versuche, meine Gefühle beiseite zu lassen, solange sie mich nicht irgendwie stören.«

Sie nickte. »Ist bestimmt sehr vernünftig. Ich weiß nicht, ob ich das könnte. Sollte ich vielleicht mal versuchen. Für mich ist das alles ein und dasselbe. Das ist nicht immer gut. Nicht angemessen.« Mit einem schnellen, verstohlenen Lächeln.

Sie erzählte ihm alles Mögliche. Er dachte darüber nach und kam zu dem Schluss, dass es an ihrer jeweiligen Situation lag: Da er hier blieb und sie wegflog (dessen schien sie so sicher zu sein), war es nicht so wichtig, was sie ihm erzählte. Es war, als stürbe er in ihren Augen und als öffnete sie ihm deshalb ihr Herz, sozusagen als Abschiedsgeschenk.

Aber er wollte, dass es ihr nicht gleichgültig war, was sie ihm erzählte.

*

Am 18. April verabschiedete sich die Sonne. Am Morgen leuchtete sie im Osten noch einmal auf, schien ein, zwei Minuten lang direkt ins Tal und schlüpfte dann mit einem schwachen grünen Aufblitzen hinter den Mount Newell. Danach hatten die dunklen Tage immer kürzere mittägliche Zwielichtphasen; dann war es nur noch Nacht. Sternenklare Nacht. Diese beständige Dunkelheit war schlimmer als der Mars – man lebte im Licht der Sterne, während es draußen schmerzhaft kalt war, befallen von einer sensorischen Deprivation, die alles außer dem Kälteempfinden erfasste. Michel, ein Provenzale, stellte fest, dass er die Kälte und die Dunkelheit hasste. Vielen anderen ging es genauso. Sie hatten den antarktischen Sommer hier miterlebt und gedacht, das Leben sei schön und der Mars letztlich doch nicht so schlimm, und dann vermittelte ihnen der Winter auf einmal eine bessere Vorstellung davon, wie es auf dem Mars sein würde – nicht direkt, sondern im Sinne einer ganzen Reihe drastischer Mangelerscheinungen. Es war ernüchternd, wie hart sie das traf.

Manche kamen damit natürlich besser zurecht als andere. Einige schienen es nicht einmal zu merken. Für die Russen war eine solche Kälte und Dunkelheit nichts Neues. Die älteren Wissenschaftler – Sax Russell, Vlad Taneev, Marina Tokareva, Ursula Kohl, Ann Clayborne – kamen ebenfalls gut mit der Einschränkung ihrer Bewegungsfreiheit zurecht. Sie und andere engagierte Wissenschaftler schienen enorm viel Zeit mit Lesen, Computerarbeit und Gesprächen verbringen zu können. Vermutlich hatte ein weitgehend im Labor verbrachtes Leben sie darauf vorbereitet.

Außerdem wussten sie, dass dies das Leben war, welches der Mars für sie bereithielt. Es unterschied sich nicht sehr von dem Leben, das sie auch bisher schon geführt hatten. Das hieß, die beste Analogie zum Mars war vielleicht nicht die Antarktis, sondern ein wissenschaftliches Labor mit konzentrierter Arbeitsatmosphäre.

*

Diese Überlegung veranlasste ihn, über die optimale Biographie nachzudenken, wenn man erwog, sich für die Aufnahme in die Gruppe zu bewerben: Laborwissenschaftler/in mittleren Alters, engagiert, vielseitig gebildet; kinderlos; ledig oder geschieden. Viele Bewerber erfüllten diese Kriterien. In mancher Hinsicht musste man sich schon wundern. Aber das wäre nicht fair; es war ein Lebensmodell mit seiner eigenen Integrität, seinen eigenen Belohnungen. Michel selbst entsprach den Kriterien in jeder Hinsicht.

*

Natürlich musste er seine Aufmerksamkeit gleichmäßig zwischen allen Kandidaten aufteilen, und das tat er auch. Aber eines Tages war es ihm vergönnt, Tatiana Durova auf einer Wanderung durch die südliche Abzweigung des Wright-Tals zu begleiten, und zwar ganz allein. Sie hielten sich links von dem abgeflachten Inselberg namens Dais, der das Tal der Länge nach teilte, und gingen durch den südlichen Arm des Wright-Tals zum Don Juan Pond.

Don Juan Pond: Was für ein Name für etwas so außerirdisch Trostloses! Der Teich war derart salzig, dass er erst zufror, wenn die Lufttemperatur unter 54 Grad minus sank; hinterher würde das Eis, das den flachen Salzteich bedeckte und durch den Gefriervorgang destilliert worden war, Süßwassereis sein und darum erst wieder auftauen, wenn die Temperatur über den Gefrierpunkt stieg – für gewöhnlich im nächsten Sommer, wenn eingeschlossenes Sonnenlicht im Wasser unter dem Eis einen Treibhauseffekt auslösen und es von unten her schmelzen würde. Als Tatiana ihm den Vorgang erklärte, hatte Michel das unklare Gefühl, dass es eine Art Analogie zu ihrer eigenen Situation war; sie hing direkt am Rand seines Bewusstseins, wurde aber nicht ganz deutlich.

»Jedenfalls können Wissenschaftler den Teich als Minimumthermometer mit einem einzigen exakten Messwert benutzen«, sagte sie. »Wenn man im Frühling herkommt, weiß man sofort, ob es im Winter zuvor kälter als vierundfünfzig Grad minus war.«

So wie schon in diesem Herbst, in einer kalten Nacht; eine weiße Eisschicht bedeckte den Teich. Michel stand mit Tatiana am weißlichen, höckrigen, salzverkrusteten Ufer. Der Mittagshimmel über dem Dais war blauschwarz. Die steilen Talwände um sie herum fielen zum Boden des Canyons ab. Große, dunkle Felsbrocken ragten aus der Eisdecke des Teichs.

Tatiana ging auf die weiße Fläche hinaus und brach bei jedem Schritt ein; ihre Stiefel knirschten, Wasser spritzte auf – flüssiges Salzwasser, das sich über das frische Eis ergoss, es auflöste und einen dünnen Frostrauch aufsteigen ließ. Eine Vision: die Dame vom See, die reale Gestalt angenommen hatte und darum zu schwer war, um übers Wasser zu wandeln.

Aber der Teich war nur ein paar Zentimeter tief; das Wasser bedeckte kaum das Vorderblatt ihrer dicken Stiefel. Tatiana langte hinunter, steckte die Spitze eines behandschuhten Fingers hinein, schob ihre Maske hoch, um es mit ihrem unglaublich schönen Mund zu schmecken – der sich zu einem straffen Rechteck schürzte. Dann warf sie den Kopf in den Nacken und lachte. »Mein Gott! Komm, probier mal, Michel, aber nur ein bisschen, ich warne dich. Es ist schrecklich!«

Und so stapfte er mit unbeholfenen Schritten durchs Eis und über den nassen Sandboden des Teichs, ein Elefant im Porzellanladen.

»Es ist fünfzig Mal so salzig wie das Meerwasser, probier mal.«

Michel langte hinunter und steckte den Zeigefinger ins Wasser; es war beißend kalt – erstaunlich, dass es bei dieser Kälte noch flüssig war. Er hob den Finger an die

Zunge, leckte vorsichtig daran – kaltes Feuer. Es brannte wie Säure. »Mein Gott«, rief er und spuckte unwillkürlich aus. »Ist das Gift?« Irgendeine toxische Base, oder ein See aus Arsen …

»Nein, nein.« Sie lachte. »Nur Salze. Hundertsechsundzwanzig Gramm Salz pro Liter Wasser. Im Gegensatz zu drei komma sieben Gramm pro Liter im Meerwasser. Unglaublich.« Tatjana war Geochemikerin, und darum schüttelte sie nun erstaunt den Kopf. Mit solchen Dingen befasste sie sich in ihrem Beruf. Michel sah ihre Schönheit auf neue Weise, von einer Maske verdeckt, aber unverkennbar.

»Salz, zu einer höheren Macht erhoben«, sagte er geistesabwesend. Etwas Hochkonzentriertes. So würde es vielleicht in der Marskolonie sein. Und auf einmal senkte sich die Idee, die nicht so recht greifbar über ihm geschwebt hatte, auf ihn herab: Das gewöhnliche Meersalz der Menschheit würde durch ihre Isolation zu einem giftigen Teich konzentriert werden.

Er erschauerte und spuckte erneut aus, als könnte er einen solch bösen Gedanken damit wieder loswerden. Aber der Geschmack blieb.

⁕

Während sich die ewige Dunkelheit hinzieht, wird es immer schwerer, sie nicht für endgültig zu halten, als würden wir noch weiterleben, nachdem der örtliche Stern ausgebrannt ist. Die Menschen (einige jedenfalls) fangen endlich an, sich so zu verhalten, als würden sie geprüft. Als wäre die Welt tatsächlich an ihr Ende gelangt und wir befänden uns im Wartezimmer des Jüngsten Gerichts. Man stelle sich eine wahrhaft religiöse Zeit vor, in der sich jedermann unablässig so gefühlt hat.

Einige von ihnen mieden Michel ebenso wie Charles, Georgia und Pauline, die anderen Psychologen. Andere waren zu freundlich. Mary Dunkel, Janet Blyleven, Frank Chalmers; Michel musste aufpassen, dass er nicht irgendwann mit diesen dreien allein war, sonst würde er beim spektakulären Schauspiel ihres ungeheuren Charmes in Depressionen verfallen.

Die beste Lösung war, aktiv zu bleiben. In Erinnerung daran, wie viel Spaß ihm die Wanderung mit Tatiana gemacht hatte, ging er so oft wie möglich hinaus und begleitete die anderen, wenn sie diverse Wartungstätigkeiten und wissenschaftliche Arbeiten ausführten. Die Tage vergingen in ihrem künstlichen Verlauf, mit einer Zeiteinteilung, als ginge die Sonne am Morgen auf und am Abend unter, und danach lebten sie auch. Aufwachen, essen, arbeiten, essen, arbeiten, essen, entspannen, schlafen. Genau wie daheim.

Eines Tages ging er mit Frank zu einem Anemometer in der Nähe des Labyrinths; er wollte versuchen, die freundliche Fassade des Mannes zu durchdringen. Aber es gelang ihm nicht; Frank war zu cool, zu professionell, zu nett. Die jahrelange Arbeit in Washington, D.C., hatte ihn aalglatt gemacht. Er war vor ein paar Jahren an den Vorbereitungen der ersten bemannten Marsexpedition beteiligt gewesen – ein alter Freund von John Boone, dem ersten Menschen, der den Fuß auf den Mars gesetzt hatte. Angeblich war er auch sehr stark in die Planung dieser Expedition involviert gewesen. Auf jeden Fall gehörte er zu denen, die glaubten, sie würden unter den Einhundert sein; er war wirklich außerordentlich zuversichtlich. Während sie dahinwanderten, dröhnte seine irgendwie sehr amerikanische Stimme links neben Michel: »Sieh dir diese Gletscher an! Sie ergießen sich über die Pässe und werden weggeweht, bevor sie den Talboden erreichen. Wirklich ein eindrucksvoller Ort.«

»Ja.«

»Diese katabatischen Winde – die fallen von der Polkappe herunter, und nichts kann sie aufhalten. Höllisch kalt. Ich frage mich, ob die kleine Wetterfahne, die wir hier aufgestellt haben, überhaupt noch da ist.«

Das war sie. Sie nahmen die Daten-Cartridge heraus und steckten eine neue hinein. Um sie herum senkte sich die gewaltige braune Gesteinsfläche zu einem Becken unter dem Sternenhimmel. Sie machten sich auf den Rückweg.

»Warum willst du zum Mars fliegen, Frank?«

»Sieh einer an, wir sind hier draußen immer noch bei der Arbeit, was?«

»Nein, nein. Ich bin nur neugierig.«

»Klar. Tja, ich will's versuchen. Ich will versuchen, irgendwo zu leben, wo man vielleicht wirklich was Neues machen kann. Neue Systeme aufbauen, weißt du. Ich bin im Süden aufgewachsen, wie du. Aber der amerikanische Süden ist ganz anders als der französische Süden. Wir sind sehr, sehr lange in unserer Geschichte stecken geblieben. Dann ist einiges aufgebrochen, zum Teil, weil es so schlimm geworden war. Zum Teil hat's nur an ein paar Hurricanes gelegen, die über die Küste hereingebrochen sind! Und wir hatten die Chance, neu aufzubauen. Und das haben wir getan, aber – es hat sich nicht viel geändert. Nicht genug, Michel. Deshalb möchte ich es unbedingt noch mal versuchen. Das ist die Wahrheit.« Er warf Michel einen raschen Blick zu, als wollte er nicht nur betonen, dass es die Wahrheit war, sondern auch eine Wahrheit, über die er nur selten sprach. Danach war er Michel ein bisschen sympathischer.

An einem anderen Tag (oder zu einer anderen Stunde ihrer endlosen Nacht) ging Michel mit einer Gruppe hinaus, um die Klimastationen rund um den See zu überprüfen. Sie zogen Bananenschlitten hinter sich her, die mit Ersatzbatterien, Behältern mit komprimiertem Stickstoff und dergleichen beladen waren. Michel, Maya, Charles, Arkady, Iwao, Ben und Elena.

Sie überquerten den Vanda-See. Ben und Maya zogen die Schlitten. Das Tal wirkte riesengroß. Die gefrorene Oberfläche des Sees glänzte und funkelte schwarz unter ihnen. Für einen Menschen aus dem Norden war der Himmel ohnehin schon mit Sternen überfrachtet, und in dem Eis unter ihren Füßen zersplitterte jeder Stern in viele winzige Lichtpunkte. Neben ihm richtete Maya den Lichtkegel ihrer Taschenlampe nach unten, und man sah ein Feld von Spalten und Blasen, das unter ihr lag; es war, als würde man in einen bodenlosen Glasboden leuchten. Sie schaltete die Taschenlampe aus, und auf einmal hatte Michel den Eindruck, als würden die Sterne der anderen Hemisphäre durch eine durchsichtige Welt heraufleuchten, einen fremden Planeten, der sich viel näher am Zentrum seiner Galaxis befand. Durch verschliertes Sternenlicht schaute er ins schwarze Loch im Mittelpunkt aller Dinge hinab. Wie in den zersprungenen, bodenlosen Teich des Ichs. Jeder Schritt zerbrach das Bild in eine andere Refraktion, ein Kaleidoskop weißer Punkte in Schwarz. Er konnte lange Zeit in Vanda hinabschauen.

Sie gelangten ans andere Ufer des Sees. Michael blickte zurück: ihr Komplex funkelte wie ein helles winterliches Sternbild, das über den Horizont stieg. In diesen Schachteln arbeiteten, redeten, kochten, lasen und schliefen ihre Gefährten. Die Spannungen dort drin waren unterschwellig, aber stark.

Drüben ging eine Tür auf, und ein Lichtkegel fiel auf rostfarbenes Gestein. Sie hätten auf dem Mars sein können, kein Zweifel; in ein oder zwei Jahren würden sie dort sein. Viele der gegenwärtigen Spannungen wären dann gelöst. Aber es würde dort keine Luft geben. Ja, sie würden nach draußen gehen, manchmal; aber in Raumanzügen. Würde das etwas ausmachen? Dem Winteranzug, den er in diesem Augenblick trug, hatten die Designer größtmögliche Ähnlichkeit mit einem Raumanzug verliehen, und die eiskalte, betäubende Brise, die talwärts blies, war wie gereinigter Sauerstoff, der gerade aus dem Flüssigkeitsvorrat in Gas umgewandelt und unzureichend erwärmt worden war. Die subbiologische Kälte der Antarktis, des Mars; da gab es keinen großen Unterschied. Was das betraf, war dieses Trainings- und Testjahr eine gute Idee gewesen. Sie bekamen zumindest einen Vorgeschmack davon, wie es später vielleicht sein würde.

Ben trat auf das unebene, tiefer gelegene Eis im Sommergraben des Sees, rutschte aus und lag sofort auf der Nase. Er schrie auf, und die anderen liefen zu ihm, Michel allen voran, weil er gesehen hatte, wie es passiert war. Ben stöhnte und wand sich, die anderen hockten sich um ihn herum …

»Verzeihung«, sagte Maya, schlängelte sich zwischen Michel und Arkady durch und kniete sich neben Ben.

»Ist es deine Hüfte?«

»Ah – ja …«

»Halt dich an mir fest.« Ben packte ihren Arm, und sie umfasste ihn von der anderen Seite. »So, jetzt machen wir dich vom Schlitten los. Gut, schiebt den Schlitten unter ihn. Bewegt ihn vorsichtig! Gut. Schön stillhalten, wir bringen dich zur Station zurück. Kannst du dich festhalten oder sollen wir dich festschnallen? In Ordnung, auf geht's! Helft mir, den Schlitten zu stabilisieren. Und einer soll die Station anrufen und ihnen sagen, dass sie alles für uns vorbereiten sollen.« Sie klinkte ihren eigenen Gurt in den Bananenschlitten ein und machte sich auf den Rückweg über den See, schnell, aber in stetigem Tempo, lief mit ihren Stiefeln beinahe Schlittschuh. Die Taschenlampe hatte sie eingeschaltet, damit sie das Eis unter ihren Füßen sehen konnte. Die anderen folgten ihr, gingen neben Ben her.

*

In der McMurdo-Station jenseits des Ross-Meeres gab es ein zusätzliches Winter-Kontingent eigens zu ihrer Unterstützung draußen am Vanda-See, und so kam der Winter-Helikopter nur etwa eine Stunde nach ihrer Rückkehr zur Station mit gewaltigem Lärm angerattert. Ben ärgerte sich mittlerweile maßlos über sich selbst wegen seines Sturzes; er war eher wütend als schmerzgepeinigt, obwohl sie später herausfanden, dass er sich die Hüfte gebrochen hatte. »Ehe er sich's versah, lag er auch schon auf der Nase«, sagte Michel hinterher zu Maya. »Er konnte nicht mal mehr eine Hand heben. Überrascht mich nicht, dass er sich was gebrochen hat.«

»Wirklich schade«, meinte Maya.

»Du warst gut da draußen«, sagte Michel zu seiner eigenen Überraschung. »Sehr schnell.«

Sie wischte das mit einem Schnauben und einer Handbewegung beiseite. »Wie oft ich das schon gesehen habe. Ich habe meine ganze Kindheit auf dem Eis verbracht.«

»Ah, natürlich.« Sachkenntnis. Ein Fundus von Erfahrungen war die Grundlage jeder natürlichen Entscheidungsfindung. Das traf für Maya in vielen verschiedenen Bereichen zu, dachte er. Bei der Ergonomie, ihrem Spezialgebiet, ging es darum, dass Menschen gut mit Dingen zurecht kamen. Sie würde zum Mars fliegen. Er nicht. Er liebte sie. Nun ja, er liebte viele Frauen. Das war eben so. Aber bei ihr …

*

Aus Michels stark verschlüsselten privaten Notizen:

Janet Blyleven: schön. Redet schnell und selbstsicher. Freundlich. Sieht gesund aus. Hübsche Brüste. Hundefreundschaft ist keine Freundschaft.

Maya: sehr schön. Ein Tiger schlurft herein, mit dem dampfenden Geruch von Sex und Mord. Das Alphaweibchen, dem sich alle unterwerfen. Schnell in allem, auch in ihren Stimmungen. Ich kann mit ihr reden. Wir haben richtige Gespräche, weil es ihr egal ist, weswegen ich hier bin. Kann das stimmen?

Spencer Jackson: eine Autorität. Eine geheimnisvolle Seele. Tiefen jenseits aller Berechnung, sogar für ihn. Der Vanda in uns. Der Geist, in den die ganze Gemeinschaft fällt, in Kunst verwandelt. Kann jedes Gesicht mit einem Dutzend Strichen zeichnen, und da sind sie, splitterfasernackt. Aber ich glaube nicht, dass er glücklich ist.

Tatiana Durova: sehr schön. Eine Göttin, die in einem Motel festsitzt und einen Fluchtweg sucht. Sie weiß, dass jeder sie schön findet, und traut darum keinem von uns. Sie muss auf den Olymp zurück, wo ihr Aussehen nicht weiter auffallen würde und sie zu jemandem durchdringen könnte. Zu ihresgleichen. Vielleicht glaubt sie, der Mars sei der Olymp.

Arkady Bogdanov ist eine Autorität. Ein sehr stabiler, zuverlässiger Bursche, so ernst, dass er fast schon langweilig ist. Man sieht alles, was ihm durch den Kopf geht: Er macht sich nicht die Mühe, es zu verbergen. Was ich bin, reicht, um mich zum Mars zu bringen, sagt er mit seinem Benehmen. Oder seht ihr das anders? Was mich betrifft: Nein. Ein Ingenieur, flink und einfallsreich, der sich nicht für die größeren Themen interessiert.

Marina Tokareva: eine Schönheit. Sehr ernsthaft und konzentriert, mit Smalltalk hat sie nichts am Hut. Man ist gezwungen, über die Dinge nachzudenken. Und sie geht davon aus, dass man genauso schnell ist wie sie selbst. Es kann also anstrengend sein, ihr zu folgen. Schmales, fein geschnittenes Gesicht, dichtes, pechschwarzes Haar. Wenn ich manchmal ihren Blicken folge, denke ich, sie ist eine der Homosexuellen, die unter uns sein müssen; dann wieder scheint sie auf Vlad Taneev fixiert zu sein, den ältesten Mann hier.

George Berkovic und Edvard Perrin schätzen beide Phyllis Boyle. Aber es ist keine Konkurrenz, sondern eine Partnerschaft. Sie glauben beide, dass sie Phyllis mögen, aber in Wahrheit mögen sie die Art, wie der jeweils andere ihre Zuneigung spiegelt. Phyllis mag das auch.

Ivana ist ziemlich schön, trotz ihres spitzen Gesichts und ihres Überbisses; ein unbedarftes Lächeln erhellt das Gesicht des klassischen weiblichen Chemiker-Nerds, und auf einmal kommt die Göttin zum Vorschein. Hat einen halben Nobelpreis in Chemie, aber man kann sich kaum des Gedankens erwehren, dass sie ihn mit ihrem Lächeln gewonnen hat. Es macht einen glücklich. Man würde ihr den Nobelpreis geben, nur um dieses Lächeln zu sehen.

Simon Frazier: eine sehr stille Autorität. Engländer; Privatschüler seit seinem neunten Lebensjahr. Er hört sehr genau zu, spricht gut, sagt aber zehnmal weniger als alle anderen, was ihm natürlich den Ruf einträgt, ein großer Schweiger zu sein. Insgeheim spielt er mit diesem Image. Ich glaube, er mag Ann, die ihm in mancher Hinsicht ähnelt, wenngleich sie nicht so extrem ist; in vielen Dingen ist sie aber auch ganz anders als er. Ann treibt mit ihrem Image den anderen gegenüber keine Scherze, sie weiß nicht einmal, dass sie eins hat – amerikanischer Mangel an Selbstbewusstsein gegenüber Simons britischer Ironie.

Ann ist eine echte, wenn auch strenge Schönheit. Lang, kantig, knochig, kraftvoll; körperlich wie auch im Gesicht. Sie zieht die Blicke auf sich. Den Mars nimmt sie unzwei-

felhaft ernst. Die Leute sehen ihr das an und mögen sie deswegen. Oder vielleicht auch nicht. Sie wirft einen sehr charakteristischen Schatten.

Alexander Zhalin ist eine Autorität. Er mag Frauen mit den Augen. Einige von ihnen wissen es, andere nicht. Mary Dunkel und Janet Blyleven sind beide häufig mit ihm zusammen. Er ist ungeheuer begeisterungsfähig. Was immer es ihm gerade angetan hat, wird zum Horizont seines ganzen Interesses.

Nadia Tscherneschevsky: Zuerst hält man sie für unscheinbar, dann sieht man, dass sie zu den Schönsten von allen gehört. Es hat etwas mit Stabilität zu tun – körperlich, intellektuell und moralisch. Der Fels in der Brandung. Ihre körperliche Schönheit liegt in ihrer Sportlichkeit – klein, rund, zäh, geschickt, anmutig, stark – und in ihren Augen: Ihre Iris sind mehrfarbig, ein getüpfelter Teppich aus eng beieinander liegenden Farbpunkten, hauptsächlich Braun und Grün, aber auch ein bisschen Blau und Gelb, angeordnet in konzentrischen, gesprenkelten Ringen, die von Strahlen eines anderen Musters durchschossen sind, und wenn man nur beiläufig hinschaut, vermischt sich alles zu einer Farbe wie Haselnussbraun. Man könnte in diese Augen hineintauchen, ohne je wieder herauszukommen. Und sie erwidert den Blick ohne Furcht.

Frank Chalmers: eine Autorität – glaube ich. Es ist schwer, in ihm nicht das Anhängsel von John Boone zu sehen. Den Kumpel oder Steigbügelhalter. Hier draußen, wo er auf sich allein gestellt ist, weniger eindrucksvoll. Verkleinert; keine so historische Figur mehr. Er ist schwer zu fassen. Groß, stämmig, dunkle Gesichtsfarbe. Hält sich betont zurück. Er ist sehr freundlich, aber man hat nicht den Eindruck, dass die Freundlichkeit echt ist. Ein Politiker durch und durch, wie Phyllis; nur dass sie einander nicht mögen. Er mag Maya. Und Maya sorgt dafür, dass er sich in ihrer Welt zu Hause fühlt. Aber was er wirklich will, ist nicht klar. Hinter seiner Fassade verbirgt sich ein Mensch, den man überhaupt nicht kennt.

Auf offiziellerer Ebene arbeitete er mit dem Revised Minnesota Multiphasic Personality Inventory, indem er jeweils zehn Fragebögen ausgab. Hunderte von Fragen, die so aufeinander abgestimmt waren, dass sie statistisch relevante Persönlichkeitsprofile ergaben. Das war nur einer der vielen verschiedenen Tests, die er im Lauf des Winters durchführte; mit Tests verbrachten sie einen Großteil ihrer Zeit.

Diesen Test absolvierten sie im »Hellen Raum«, der von mehreren Dutzend wattstarker Glühbirnen erleuchtet wurde, bis alles darin zu strahlen schien, insbesondere die Gesichter der Leute. Während Michel ihnen bei der Arbeit zusah, merkte er auf einmal, wie absurd es war, dass er den Schulmeister dieser brillanten Truppe spielte. Und in ihren leuchtenden Gesichtern sah er ganz deutlich, dass sie die Fragen nicht beantworteten, um ihm zu sagen, was für Menschen sie waren, sondern vielmehr, um das zu sagen, was man ihrer Ansicht nach von ihnen erwartete, damit sie zum Mars fliegen durften. Wenn er die Antworten unter dieser Prämisse las, würden sie natürlich fast ebenso viel enthüllen, als wenn sie aufrichtig gewesen wären. Trotzdem war es ein Schock, dass man es ihnen so deutlich an der Nasenspitze ansah.

Aber eigentlich hätte es ihn nicht überraschen sollen. Gesichter zeigten Stimmungen und vieles andere mit extremer Präzision, bei den meisten Menschen jedenfalls. Vielleicht sogar bei allen; ein Pokerface macht deutlich, dass jemand sich nichts anmerken lassen *will.* Nein, dachte er, während er sie beobachtete, wenn man nur genau genug hinschaute, könnte man vielleicht sogar eine ganze Sprache daraus entwickeln. Für Blinde klingen die Stimmen von Schauspielern total künstlich und falsch, und in dieser Welt waren sie alle blind für Gesichter, aber wenn sie hinschauten ... es würde vielleicht eine Art Phrenologie des Gesichtsausdrucks ergeben. Er würde vielleicht der Einäugige im Reich der Blinden werden.

Also beobachtete er fasziniert ihre Gesichter. Im Hellen Raum war es in der Tat sehr hell; wie sich herausgestellt hatte, bedeutete es einen gewissen Schutz vor den schlimmsten Winterdepressionen, wenn man einige Zeit in solchen Räumen verbrachte. In diesem grellen Licht schien jedes einzelne durchscheinende Gesicht nicht nur zu ihm zu sprechen, sondern auch ein kompletter Rebus für den Charakter seines Besitzers oder seiner Besitzerin zu sein: unterschiedlich markant, intelligent, humorvoll, zurückhaltend, was auch immer, aber in jedem Fall die ganze Persönlichkeit, alles unmittelbar an der Oberfläche. Da war Ursula, ein wenig belustigt, weil sie dies nur für eins der vielen albernen Dinge hielt, die Psychologen so taten; als Medizinerin gab sie zu, dass es zwar einerseits lächerlich, andererseits aber notwendig war, sie wusste, dass sämtliche medizinischen Wissenschaften ebenso sehr Kunst wie Wissenschaft waren. Sax wiederum nahm das Ganze sehr ernst, wie er alles ernst zu nehmen schien: Dies war für ihn ein wissenschaftliches Experiment, und er vertraute darauf, dass Wissenschaftler anderer Fachrichtungen redlich mit den methodologischen Schwierigkeiten dieser Fachrichtung umgingen. All das stand ihm ins Gesicht geschrieben.

Sie waren samt und sonders Fachleute. Michel hatte NDM (Naturalistic Decision Making) studiert; er war Experte auf dem Gebiet der naturalistischen Entscheidungsfindung und wusste, dass Experten die begrenzte Datenmenge, die ihnen in jeder gegebenen Situation zur Verfügung stand, mit ihrem gewaltigen Fundus von Erfahrungen abglichen und dann schnelle Entscheidungen auf der Grundlage von Analogien zu früheren Erfahrungen trafen. Folglich tat diese Expertengruppe in dieser Situation alles, was sie ansonsten tun würde, um ein Stipendium zu gewinnen oder einen Ausschuss, der über eine Bewerbung um eine feste Stelle entschied, für sich einzunehmen. Oder so ähnlich. Dass sie noch nie vor genau so einer Aufgabe wie dieser gestanden hatten, machte die Sache schwierig, lähmte sie aber nicht.

Das hieß, sofern sie die Situation nicht als derart instabil erachteten, dass keine Vorhersagen mehr möglich waren. Es gab solche Situationen; selbst die besten Meteorologen hatten Probleme mit der Vorhersage von Hagelschauern, selbst die besten Schlachtenlenker konnten den Verlauf von Überraschungsangriffen nicht voraussagen. Und wie einige Studien aus jüngerer Zeit gezeigt hatten, war es bei Psychologen auch nicht viel anders, wenn sie zukünftige mentale Diagnosen aus den Ergebnissen der Probanden bei psychologischen Standardtests vorherzusagen versuchten. In all diesen Fällen gab es nicht genug Daten. Und so starrte Michel aufmerksam in ihre Gesichter, in diese rosafarbenen oder braunen Zusammenfassungen ihrer Persönlichkeiten, und versuchte, im Teil das Ganze zu erkennen.

Obwohl es ja im Grunde nicht stimmte. Gesichter konnten täuschen oder nichts sagend sein; und die Persönlichkeitstheorie wurde notorisch von tief greifenden Unsicherheiten aller Art gebeutelt. Dieselben Ereignisse und Umgebungen brachten bei verschiedenen Leuten radikal unterschiedliche Ergebnisse hervor, das war eine schlichte Tatsache. Es gab zu viele verwirrende Faktoren für weitreichende Aussagen über irgendeinen Aspekt der Persönlichkeit. Alle diese Persönlichkeitsmodelle – die vielen, vielen Theorien – waren letztendlich nur die codifizierten Vermutungen einzelner

Psychologen. Vielleicht gab es diesen Aspekt in jeder Wissenschaft, aber bei der Persönlichkeitstheorie war er so offensichtlich; dort wurden neue Thesen nämlich durch den Verweis auf frühere Theoretiker gestützt, die ihre Behauptungen meist durch Verweis auf noch frühere Theoretiker stützten – Ketten, die bis zu Freud und Jung, wenn nicht gar zu Galen zurückführten. Das faszinierende *Psychoanalytic Roots of Patriarchy* war ein perfektes Beispiel dafür, ebenso wie Jones' Klassiker *The New Psychology of Dreaming*. Das war eine Standardtechnik: Man verlieh seinen eigenen Behauptungen dadurch Gewicht, indem man die Vermutung einer toten Autorität zitierte. Sodass die großen statistischen Tests, die von heutigen Psychologen durchgeführt wurden, häufig vor allem dazu dienten, vorausgehende intuitive Versuche von Fastnochviktorianern wie Freud, Jung, Adler, Sullivan, Fromm, Maslow usw. zu bestätigen oder zu widerlegen. Man suchte sich einen früheren Experten, dessen Vermutungen einem richtig erschienen, und überprüfte dessen Eingebungen dann mit modernen wissenschaftlichen Techniken. Wenn man bis zum ursprünglichen Entweder/Oder zurückging, entschied sich Michel für Jung statt für Freud; was spätere Zeiten betraf, war er ein Parteigänger der ganzen utopischen Selbstverwirklicher – Fromm, Erikson, Maslow – und der dazugehörigen Philosophen der Freiheit aus derselben Ära, Leuten wie Nietzsche und Sartre. Und der neuesten Tendenzen in der modernen Psychologie natürlich – getestet, von kompetenten Fachkollegen gegengelesen und in den Fachzeitschriften veröffentlicht.

Aber all seine Ideen waren Weiterentwicklungen eines ursprünglichen Konglomerats gefühlsmäßiger Einstellungen zu Menschen. Eine Sache von Ahnungen. Auf dieser Basis sollte er beurteilen, wer gut oder schlecht zurechtkommen würde, wenn man ihn zum

Mars verfrachtete. Er sollte Hagelschauer und Überraschungsangriffe vorhersagen. Nach den Paradigmen von Alchimisten entwickelte Persönlichkeitstests interpretieren. Sogar Leute nach ihren Träumen befragen, als ob diese mehr wären als der Schutt des schlafenden Gehirns! Traumdeutung: Jung hatte einmal davon geträumt, dass er einen Mann namens Siegfried tötete, und sich ungeheuer angestrengt, die Bedeutung des Traums zu eruieren, ohne auch nur einmal auf die Idee zu kommen, er könnte vielleicht etwas mit seinem ungeheuren Zorn auf seinen alten Freund Freud zu tun haben. Wie Fromm später bemerkte: »Die geringfügige Änderung von *Sigmund* in *Siegfried* genügte einem Mann, dessen größte Leistung die Interpretation von Träumen war, um die wirkliche Bedeutung dieses Traumes vor sich selbst zu verbergen.«

Es war eine perfekte Metapher für die Macht ihrer Methodologie.

*

Eines Tages saß Mary Dunkel beim Mittagessen neben ihm. Ihr Bein presste sich an seines. Das war kein Zufall. Michel war überrascht; immerhin ging sie damit ein enormes Risiko ein. Sein Bein erwiderte den Druck, bevor er richtig darüber nachdenken konnte. Mary war hübsch. Er liebte Mary wegen ihres dunklen Haars und ihrer braunen Augen, wegen ihres Hüftschwungs, wenn sie vor ihm durch die Tür ging, und jetzt wegen ihrer Kühnheit. Elena liebte er wegen der Freundlichkeit in ihren schönen blassen Augen und wegen ihrer ausladenden Schultern, die so breit waren wie die eines Mannes. Tatjana liebte er, weil sie so hinreißend und so distanziert war.

Aber jetzt drückte sich Mary an ihn. Was hatte das zu bedeuten? Wollte sie Einfluss auf seine Empfehlung für oder gegen sie nehmen? Sie musste doch wissen, dass ihr ein solches Verhalten höchstwahrscheinlich nachteilig ausgelegt werden würde. Ganz bestimmt wusste sie das. Wenn sie es also trotzdem tat, bedeutete das, sie hatte andere Gründe dafür – Gründe, die ihr wichtiger waren, als zum Mars zu fliegen. Mit anderen Worten, es war etwas Persönliches.

Wie leicht er zu kriegen war. Eine Frau brauchte ihn nur auf die richtige Weise anzusehen, und er gehörte ihr, bis ans Ende aller Zeiten. Sie brauchte ihn nur mit der Fingerspitze anzutippen, und er ging auf die Bretter.

Jetzt fiel sein Körper schon wieder um, reflexhaft wie das Zucken des Unterschenkels, wenn man mit dem Hämmerchen die richtige Stelle am Knie trifft. Doch obwohl seine trägen Gedanken der Wirklichkeit um einige Minuten (manchmal sogar um Stunden oder Tage) hinterherhinkten, begann er sich Sorgen zu machen. Er konnte nicht sicher sein, was sie damit bezweckte. Vielleicht war sie eine Frau, die bereit war, alles auf eine Karte zu setzen. Man machte sich an einen Mann heran, um ihn für sich einzunehmen. Oftmals klappte das hervorragend.

Er erkannte, dass es unerträglich war, Macht über das Schicksal anderer zu besitzen. Es machte alles kaputt. Er wollte mit Mary ins nächste Bett springen, seins oder ihres, wollte darauf niedersinken und sie lieben. Aber selbst diese Art von Liebe gab es per definitionem nur zwischen zwei freien Menschen. Und da er in dieser Gruppe Wärter, Richter und Geschworener zugleich war …

Er stöhnte bei dem Gedanken, ein leises »uhnn« tief in der Kehle, als ihn das Problem in den Solarplexus traf und die Luft durch seine Stimmbänder nach oben drückte. Mary warf ihm einen Blick zu und lächelte. Maya, die ihnen gegenübersaß, bemerkte es und sah sie beide an. Vielleicht hatte Maya den Laut gehört. Maya entging nichts; und wenn sie sah, dass er die dumme, leichtsinnige Mary begehrte, wo er doch in Wirklichkeit Maya von ganzem Herzen begehrte, dann wäre es eine doppelte Katastrophe. Michel liebte Maya wegen ihres falkenartigen Scharfblicks, ihrer wilden, wachen Intelligenz, und nun beobachtete sie ihn beiläufig, aber sehr aufmerksam.

Er stand auf und ging zum Tresen, um sich ein Stück Käsekuchen zu holen; seine Knie knickten vor Schwäche ein. Er wagte nicht, eine der beiden anzusehen.

Obwohl es möglich war, dass er sich den Beinkontakt und all ihre Blicke nur eingebildet hatte.

*

Es wurde allmählich seltsam.

Zwei Russen, Sergei und Natascha, hatten kurz nach ihrer Ankunft am Vanda-See eine Beziehung begonnen. Sie versuchten nicht, es zu verheimlichen, wie einige andere, von denen Michel wusste oder vermutete, dass sie ein Paar waren. Sie zeigten ihre Gefühle eher ein bisschen zu offen, in Anbetracht der Situation; manchen Leuten bereitete ihr liebevoller Umgang miteinander Unbehagen. Für gewöhnlich konnte man Fremde ignorieren, die sich in der Öffentlichkeit küssten, man konnte sie beobachten oder nicht, ganz wie man wollte. Hier mussten Entscheidungen getroffen werden. Was war schlimmer, ein Voyeur zu sein oder prüde? Bewarb man sich für das Programm als Einzelperson oder als Teil eines Paares? Womit hatte man die besseren Chancen? Was dachte Michel?

Dann, bei der Party zur Wintersonnenwende, als sie alle ein Glas Sekt getrunken hatten und froh waren, diesen tiefsten Punkt des psychologischen Jahres hinter sich gebracht zu haben, rief Arkady sie nach draußen, damit sie sich das südliche Polarlicht ansahen, einen zarten elektrischen Tanz farbiger Schleier und Draperien; weiche Grün- und Blautöne und ein blasses Rosa wehten über das Gefüge ihrer Realität, schimmerten in schnellen Sinuswellen durch den schwarzen Raum. Und mitten in dieser Magie erhob sich auf einmal Geschrei im Innern des Lagers – gedämpftes Gekreisch, Gebrüll. Michel schaute sich um, und all die Gestalten mit ihren Kapuzen und Skimasken sahen ihn an, als hätte er wissen müssen, dass so etwas geschehen würde, und es irgendwie verhindern müssen, als wäre es seine Schuld – und er lief hinein, und da waren Sergei und Natascha und hatten einander buchstäblich an der Gurgel gepackt. Er versuchte, sie voneinander zu trennen, und bekam zum Dank einen Schlag ins Gesicht.

Nach diesem opernreifen Debakel wurden Sergei und Natascha nach McMurdo verbannt – was nicht ganz einfach war: Erstens mussten sie den Helikopter in einer Woche mit stürmischem Wetter herüber bekommen, zweitens mussten sie Sergei und Natascha dazu bringen, sich mit ihrer Abreise einverstanden zu erklären. Und danach war das Vertrauen der Leute in Michel stark erschüttert, wenn nicht gar völlig zerstört. Selbst die mit dem Programm befassten Bürokraten im Norden waren ein wenig zu wissbegierig, als sie ihn danach fragten. Sie bemerkten, den Unterlagen sei zu entnehmen, dass er am Tag vor dem Streit ein Gespräch mit Natascha gehabt habe, und fragten, worüber sie gesprochen hätten und ob er ihnen bitte seine Notizen über das Gespräch zukommen lassen könne, was er unter Berufung auf seine berufliche Schweigepflicht ablehnte.

Natascha Romanova: sehr schön. Großartige Haltung. Die ruhigste Russin, der ich begegnet bin. Biologin, arbeitet im hydroponischen Landbau. Hat Sergei Davydov hier im Camp kennen gelernt und sich in ihn verliebt. Ist jetzt sehr glücklich.

Aber jeder wusste, dass er an der Untersuchung des Vorfalls beteiligt gewesen war, und natürlich mussten sie darüber gesprochen haben, dass er sie testete und beurteilte. Und natürlich Akten über sie führte. Mary drückte ihr Bein nicht mehr gegen seins, falls sie es überhaupt jemals getan hatte, sie setzte sich nicht einmal mehr neben ihn. Maya beobachtete ihn genauer denn je, ohne es sich anmerken zu lassen. Tatjana fuhr fort, ihresgleichen zu suchen; sie sprach immer mit der Person in einem oder hinter einem. Oder in ihr selbst. Und als die willkürlichen Zeitabschnitte, die sie Tage nannten, in ihrem unablässigen Kreislauf vergingen – Schlaf, Hunger, Arbeit, Heller Raum, Tests, Entspannung, Schlaf –, fragte Michel sich immer öfter, ob es ihnen gelingen würde, in psychischer und sozialer Hinsicht alles zusammenzuhalten, wenn sie zum Mars kamen.

Dieser Punkt hatte ihm natürlich von Anfang an Sorgen gemacht – Sorgen, die er den anderen im Planungskomitee gegenüber nur teilweise zum Ausdruck gebracht hatte, als nervösen Scherz: Da sie sowieso alle den Verstand verlieren würden, warum ersparte man ihnen das nicht und schickte gleich welche hin, die eh schon verrückt waren?

Während er nun die Nervosität abzuschütteln versuchte, die in ihm wuchs – in den hellen Räumen und draußen in der dunklen Welt –, wurde der Scherz immer weniger lustig. Die Heimlichtuerei griff um sich. Beziehungen bildeten sich heraus, und Michel erkannte sie jetzt an den Abwesenheiten, die durch ihre Verheimlichung entstanden. Es war, als würde man Fußspuren in der Luft verfolgen. Leute, die früher Zärtlichkeiten ausgetauscht hatten, taten es nicht mehr; sie wechselten Blicke und schauten dann weg; manche sahen einander überhaupt nicht mehr an und wurden doch, wenn sie auf den Fluren aneinander vorbeigingen, von einem inneren Magnetismus zueinander hingezogen, der zu stark war, als dass sie den anderen davon hätten erzählen können, aber auch zu stark, um ihn zu verbergen. Ausflüge in die eisige, sternenklare Nacht wurden oftmals zeitlich so gelegt, dass beide Partner gemeinsam draußen waren, obwohl sie nicht zusammen, sondern mit anderen aufbrachen und zurückkehrten. Wenn man den Lookout Point, einen Felsvorsprung in den unteren Bereichen des Dais, mit einer Infrarot-Nachtsichtbrille beobachtete, sah man manchmal die fließenden Bewegungen zweier grüner Körper, die sich dort draußen vor dem schwarzen Phosphorhintergrund abzeichneten, zwei Gestalten, die sich in einem langsamen Tanz, einer wunderschönen Pantomime überlappten. Michel summte einen alten Song auf Englisch vor sich hin, während er, jedes Schamgefühl hinter sich lassend, gebannt zusah: »I'm a spy in the house of love – I know the things that you're thinking of …«

Manche dieser Beziehungen würden die Gemeinschaft vielleicht stärken, andere sie womöglich zerreißen. Maya beispielsweise trieb ein sehr gefährliches Spiel mit Frank Chalmers; sie ging mit ihm draußen spazieren, und sie unterhielten sich bis tief in die Nacht hinein; hin und wieder legte sie ihm unbefangen eine Hand auf den Arm und lachte, den Kopf in den Nacken gelegt, wie sie es bei Michel nie getan hatte. Ein Vorspiel für eine spätere Intensivierung, vermutete Michel, während die beiden zunehmend den Eindruck erweckten, die natürlichen Anführer der Expedition zu sein. Aber gleichzeitig spielte sie ihn ständig gegen die russischen Männer aus, mit denen sie auf Russisch über die Nichtrussen scherzte; vielleicht wusste sie nicht, dass Frank ein bisschen Russisch sprach, wie auch Französisch (grauenhaft) und mehrere andere Sprachen. Frank beobachtete sie nur. Ein kleines inneres Lächeln spielte um seine Lippen, selbst wenn sie sich über ihn lustig machte und er es verstand. Manchmal warf er dann sogar

Michel einen Blick zu, um festzustellen, ob er es ebenfalls mitbekam. Als ob sie in ihrem Interesse an Maya Komplizen wären!

Und natürlich spielte sie auch mit Michel. Das sah er. Vielleicht tat sie es nur instinktiv, aus Gewohnheit. Vielleicht war es auch etwas Persönlicheres. Er wusste es nicht. Er wollte, dass sie sich für ihn interessierte …

Währenddessen setzten sich weitere Grüppchen von der Hauptgruppe ab. Arkady hatte seine Bewunderer, Vlad seine Gruppe enger Vertrauter; vielleicht führten sie eine Art Harem. Andererseits hatten auch Hiroko Ai und Phyllis jeweils ihre eigene Gruppe; Polyandrie also, ebenso wie Polygamie, zumindest erschien es Michel möglich. All diese Gruppen existierten bereits – ob als Potenzial oder in seiner Phantasie, war schwer zu sagen. Aber er konnte nicht umhin, zumindest einen Teil dessen, was unter ihnen ablief, als Gruppendynamik eines Häufchens von Primaten zu betrachten, die man zusammengepfercht hatte, ohne dass sie einander kannten, und die darum nun ihre Angelegenheiten regelten, sich Gefährten suchten, Machthierarchien schufen und so weiter. Denn sie waren Primaten: in Käfige eingesperrte Affen, auch wenn sie sich die Käfige selbst ausgesucht hatten. Da waren sie also nun. In einer Situation. Wie in Sartres *Huis Clos*. Kein Ausweg. Zum Zusammenleben gezwungen. In einem selbst errichteten Gefängnis.

*

Selbst die Stabilsten waren betroffen. Michel beobachtete fasziniert, wie die beiden Introvertiertesten unter ihnen, Ann Clayborne und Sax Russell, Interesse aneinander entwickelten. Anfangs ging es beiden nur um die Wissenschaft; in diesem Punkt waren sie sich sehr ähnlich, und auch darin, weil sie beide so offen und arglos waren, dass Michel viele ihrer ersten Gespräche mit anhören konnte. Es waren Fachsimpeleien; marsianische Geologie, wobei Sax sie meist ausquetschte und von ihr lernte wie von einer Professorin, aber auch immer etwas vom Standpunkt des theoretischen Physikers aus beitragen konnte – vor ein oder zwei Jahrzehnten, in den Jahren nach seiner Graduierung, war er eine der führenden Figuren in diesem Fach gewesen. Ann schien das nicht weiter zu stören. Sie war Geologin und Planetologin, hatte den Mars seit ihrer Zeit an der Uni studiert und war jetzt – in den Vierzigern – eine der anerkannten Autoritäten. Eine Marsianerin, schon vor dem Flug. Wenn es Sax interessierte, konnte sie stundenlang über den Mars reden; und es interessierte Sax. Also redeten und redeten sie.

*

»Es ist eine reine Umgebung, das muss man immer im Auge behalten. Es könnte dort sogar einheimisches Leben im Boden geben, das von der frühen warmen, feuchten Periode übrig geblieben ist. Wir müssen also eine sterile Landung hinkriegen und eine sterile Kolonie aufbauen. Einen Cordon sanitaire zwischen uns und den Mars legen. Dann eine umfassende Suche. Wenn man terrestrisches Leben auf dem Mars Fuß fassen ließe, bevor wir uns darüber klar geworden sind, ob es dort Leben gibt oder nicht, wäre das eine Katastrophe für die Wissenschaft. Und die Kontamination könnte auch andersherum verlaufen. Man kann nicht vorsichtig genug sein. Nein – wenn jemand versucht, den Mars zu infizieren, wird es Widerstand geben. Vielleicht sogar aktive Gegenwehr. Gift für die Vergifter. Man weiß nie, was die Leute tun werden.«

Sax erwiderte wenig oder nichts darauf.

Dann gingen die beiden eines Tages – nach außen hin so unbewegt und phlegmatisch wie immer – zur (sorgfältig versetzten) gleichen Zeit zu einem nächtlichen Spaziergang hinaus und begaben sich zum Lookout Point, wie Michel durch seine Brille sah. Vielleicht gehörten sie zu denen, die Michel schon vorher dort draußen beobachtet hatte. Sie saßen eine Weile nebeneinander.

Doch als sie zurückkamen, war Sax' Gesicht gerötet, und er nahm die Welt innerhalb des Camps überhaupt nicht mehr wahr. Er war völlig autistisch. Und Anns Stirn war gefurcht, ihr Blick verwirrt. Anschließend sprachen sie viele Tage nicht miteinander, sahen sich nicht einmal an. Irgendetwas war dort draußen geschehen!

Als Michel sie beobachtete, fasziniert von dieser Wendung der Dinge, begriff er jedoch, dass er nie erfahren würde, was es gewesen war. Eine Woge von – was war es – Kummer? Oder Trauer über ihre Distanz zueinander, ihre Isolation – jeder in seiner eigenen privaten Welt, verschlossene Gefäße, die aneinander stießen – abgeschnitten – die Vergeblichkeit seiner Arbeit – die tödliche Kälte der schwarzen Nacht – wie weh es tat, das Leben so unausweichlich allein zu verbringen. Er floh.

❊

Da er einer der Gutachter war, konnte er fliehen. Er durfte den Vanda-See hin und wieder verlassen – bei den seltenen Hubschrauberbesuchen –, und obwohl er es meistens bleiben ließ, um die Solidarität innerhalb der Gruppe zu stärken, hatte er es doch schon einmal getan, im tiefsten, dunkelsten Winter vor der Sonnenwende, nachdem er Maya und Frank zusammen gesehen hatte. Obwohl das mittägliche Zwielicht nun allmählich zurückkehrte, nahm er jetzt die Einladung eines Bekannten in McMurdo an, die Hütten von Scott und Shackleton gleich nördlich von McMurdo auf der Ross-Insel zu besuchen.

Bei seiner Abreise begegnete er Maya in der Schleuse. »Was – läufst du weg?«

»Nein, nein – nein – ich sehe mir nur die Hütten von Scott und Shackleton an. Forschungsarbeit. Ich komme gleich wieder zurück.«

Ihre Miene zeigte, dass sie ihm nicht glaubte. Und dass es ihr nicht gleichgültig war, wohin er ging.

Aber es gehörte schließlich zu seinem Auftrag. Die kleinen, von den ersten Antarktisforschern zurückgelassenen Hütten waren die Überbleibsel einiger der sehr wenigen Expedition in der menschlichen Geschichte, die in gewissem Sinne dem glichen, was sie auf dem Mars zu tun gedachten. Obwohl natürlich jede Analogie falsch, irreführend und gefährlich war – was sie vorhatten, war etwas Neues, ein noch nie da gewesenes Ereignis in der Geschichte. Dafür gab es keinen Präzedenzfall.

Trotzdem, die ersten Jahrzehnte der Antarktisforschung hatten eine gewisse Ähnlichkeit mit ihrer geplanten Expedition gehabt, musste er zugeben, als der Helikopter auf dem schwarzen Felsen von Cape Evans landete und er den anderen VIPs zu der kleinen, mit dickem Schnee bedeckten Holzhütte oberhalb des Strandes folgte. Dies war das aus dem 19. Jahrhundert stammende Gegenstück zu ihrer Siedlung am Vanda-See, obwohl ihr Lager weitaus luxuriöser war. Hier auf Cape Evans hatten sie nur das Notwendigste gehabt, das Notwendigste bis auf einige Vitamine und die Gesellschaft des anderen Geschlechts. Wie blass und seltsam sie aufgrund dieser Mängel – und des fehlenden Sonnenlichts – geworden waren! Mönchische, unterernährte Höhlenbewohner, die unter der Winterdepression litten, ohne zu wissen, um was für ein schlimmes psychologisches Problem es sich dabei handelte (sodass es vielleicht keins gewesen war). Sie schrieben Zeitungen, führten Sketche auf, ließen Notenrollen durch mechanische Klaviere laufen, lasen Bücher, forschten und beschafften sich Nahrung, indem sie fischten und Robben töteten. Ja, sie hatten ihre Vergnügungen gehabt – aller Deprivation zum Trotz hatten diese Männer immer noch auf Mutter Erde gelebt, in Kontakt mit dem kalten Grenzbereich ihrer Fülle. Auf dem Mars würde es keine dieser Inuit-Freuden geben, um die Zeit totzuschlagen und sich die Gefangenschaft zu erleichtern.

Aber die postmoderne Gefühlsstruktur hatte sie vielleicht schon an die Trennung von der Erde gewöhnt. Alle bewohnten ihr eigenes privates Raumschiff, trugen es mit sich herum wie die Schale eines Einsiedlerkrebses, bewegten sich von einem seiner Bestandteile zum nächsten: Zuhause, Büro, Auto, Flugzeug, Apartment, Hotelzimmer, Einkaufszentrum. Ein Leben in Räumen, ja sogar ein virtuelles Leben. Wie viele Stunden pro Tag hielten sie die Nase in den Wind? Also würde der Mars für sie vielleicht gar nicht so viel anders sein.

Während Michel über diese Dinge nachdachte, schlenderte er im großen Hauptraum von Scotts Hütte umher und sah sich in dem grauen Licht all die Artefakte an. Scott hatte eine Wand aus Kisten errichtet, um die Offiziere und Wissenschaftler von den gemeinen Seeleuten zu trennen. So viele verschiedene Facetten; Michel spürte, wie seine Gedanken in diese und jene Richtung rikoschettierten.

Sie flogen die Küste entlang zum Cape Royds, wo Shackletons Hütte wie eine Rüge für die von Scott stand – kleiner, ordentlicher, windgeschützter. Alle gemeinsam. Shackleton und Scott hatten sich bei der ersten Antarktisexpedition 1902 zerstritten. Ähnliche Differenzen würden wahrscheinlich auch in der Marskolonie auftreten; aber dort gab es keine Chance, sich woanders ein neues Heim zu errichten. Jedenfalls anfangs noch nicht. Und nach Hause zurück konnte man ebenso wenig. So sah es jedenfalls der Plan vor. Aber war das klug? Hier stieß die Analogie zu den ersten Antarktikern wieder an ihre Grenzen, denn so unwohl sich diese in ihren Hütten auch gefühlt haben mochten (und die von Shackleton sah eigentlich ganz gemütlich aus), sie wussten, dass sie nur ein bis drei Jahre hier bleiben und dann wieder nach England zurückkehren würden. Man konnte fast alles ertragen, wenn am Ende eine absehbare Erlösung stand, die mit jedem Tag näher rückte. Ohne wäre es lebenslänglich – kein Ausweg, in der Tat. Exil in einem hyperantarktischen Ödland aus eiskaltem, luftlosem Gestein.

Es war zweifellos sinnvoller, die Wissenschaftler und Techniker auf dem Mars rotieren zu lassen, so ähnlich wie es die frühen Antarktiker getan hatten. Turnusmäßige Dienstzeiten in kleinen wissenschaftlichen Stationen, die zunächst erbaut werden mussten, dann jedoch ständig bemannt waren, aber von rotierenden Teams, wobei die Einzelpersonen jeweils drei Jahre blieben. Das würde auch eher den empfohlenen maximalen Strahlungsdosen für die Gesamtlebenszeit entsprechen. Beim ersten Flug zum Mars und zurück hatten Boone und die anderen ungefähr 35 Rad abbekommen. Die Wissenschaftler, die ihnen folgten, konnten sich an ähnliche Werte halten.

Die Amerikaner und Russen hatten sich bei ihren Raumfahrtprogrammen jedoch anders entschieden. Sie wollten eine ständige Basis, und sie hatten die Wissenschaftler gebeten, endgültig dorthin zu ziehen. Sie legten Wert darauf, dass die Leute sich engagierten, und sie hofften zweifelsohne auf ein ähnlich engagiertes öffentliches Interesse daheim – das Interesse an einem festen Ensemble, an Figuren, deren Namen man sich merken konnte, deren Leben eine Art Drama für die Öffentlichkeit auf der Erde mit ihrer bodenlosen Sucht nach Geschichten wurde – Biographie als Spektakel. Ein Teil der Finanzierungsbemühungen. Auf seine Weise ergab es einen Sinn.

Aber wer würde zu so etwas bereit sein? Das war eine

Frage, die Michel großes Kopfzerbrechen bereitete; sie stand an der Spitze der langen Liste von Double Binds, jenen seelischen Zwickmühlen, in welche die Bewerber seiner Ansicht nach durch den Auswahlprozess gebracht wurden. Kurz, sie mussten geistig gesund sein, um ausgewählt zu werden, aber verrückt, wenn sie die Reise antreten wollten.

Diese grundsätzliche Doppelbindung wurde von vielen anderen begleitet. Die Bewerber mussten so extrovertiert sein, dass sie ein reges soziales Leben führen konnten, aber auch so introvertiert, dass sie sich lange genug mit einem Fach beschäftigt hatten, um es zu beherrschen. Sie mussten so alt sein, dass sie diesen Haupt-, Zweit- und manchmal sogar Drittberuf erlernt hatten, und doch jung genug, um die Unbilden der Reise und der dortigen Arbeit zu ertragen. Sie mussten gutes Gruppenverhalten zeigen, aber auch bereit sein, jeden Menschen, den sie kannten, unwiderruflich zu verlassen. Sie wurden aufgefordert, die Wahrheit zu sagen, mussten aber zwangsläufig lügen, um ihre Chancen zu verbessern, das zu bekommen, was sie wollten. Sie mussten gleichzeitig normal und außergewöhnlich sein.

Ja, es gab zahllose Doppelbindungen. Trotzdem war diese fast schon endgültige Gruppe aus einem anfänglichen Aufgebot von vielen tausend Bewerbern hervorgegangen. Doppelbindungen? Na und? Das war nichts Neues, und schon gar kein Grund zur Angst. Jeder auf der Erde war in ein gewaltiges Netzwerk von Doppelbindungen eingesponnen. Es konnte durchaus sein, dass der Flug zum Mars deren Anzahl und die daraus resultierenden Belastungen sogar verringern würde. Vielleicht war das ein Teil des Reizes, den der Flug ausübte!

Vielleicht waren die ersten Antarktis-Entdecker deshalb freiwillig in den Süden gekommen. Dennoch – als

Michel sich in dem kahlen hölzernen Raum umschaute, verblüffte es ihn, dass die damaligen Überwinterer nicht den Verstand verloren hatten. An der Wand von Shackletons Hütte hing ein Foto von ihnen: drei Männer, die vor einem schwarzen Ofen hockten. Michel starrte dieses sinnträchtige Foto lange an. Die Männer wirkten erschöpft, ramponiert, schmutzig, von der Kälte gezeichnet, müde. Aber auch ruhig, ja sogar heiter. Sie konnten einfach so dasitzen, ohne etwas anderes zu tun, als ein brennendes Feuer in einem Ofen zu betrachten – vollauf zufrieden. Sie sahen aus, als wäre ihnen kalt und warm zugleich. Das Gehirn war damals anders strukturiert gewesen, unempfindlicher gegen Härten und die langen, langsam vergehenden Stunden puren animalischen Daseins. Auf alle Fälle hatte sich die Struktur der Gefühle geändert; das war kulturell bedingt; folglich musste sich das Gehirn ebenfalls geändert haben. Ein Jahrhundert später war ihr Gehirn auf große Portionen vermittelter Stimulation angewiesen, auf kurze, schnelle Eingaben, die für frühere Generationen nicht einmal existiert hatten. Darum war es schwerer, auf innere Kraftquellen zu vertrauen. Geduld zu haben. Sie waren andere Geschöpfe als die Leute auf diesem Foto. Die epigenetische Wechselwirkung zwischen DNA und Kultur veränderte die Menschen jetzt so schnell, dass schon ein Jahrhundert einen messbaren Unterschied ausmachte. Beschleunigte Evolution. Oder eine der Spitzen in der langen Geschichte der von solchen Spitzen wimmelnden Evolution. Und der Mars würde eine weitere sein. Man konnte nicht sagen, was aus ihnen werden würde.

*

Nach seiner Rückkehr zum Vanda-See wurden die alten Hütten rasch zu einer Art Traum, der die einzige Realität unterbrach, eine so kalte Realität, dass die Raumzeit selbst eingefroren zu sein schien und sie alle immer wieder dieselbe Stunde durchleben mussten. Dantes kalter Kreis der Hölle, der schlimmste von allen, wie er sich entsann.

Die sensorische Deprivation machte ihnen allen schwer zu schaffen. Jeden »Morgen« erwachte er in gedrückter Stimmung. Danach brauchte er Stunden, um den Stein in seinem Magen loszuwerden und sich auf den Tag zu konzentrieren. Wenn blaues Zwielicht in den Fenstern aufzudämmern begann und er halbwegs so etwas wie Neutralität erreicht hatte, war er imstande, irgendwelche Leute, die an diesem Tag hinausgingen, zu fragen, ob er sich ihnen anschließen konnte. Draußen marschierte er in dem betäubenden grauen, blauen oder violetten Zwielicht dahin, hinter den anderen dick eingepackten Gestalten her, die aussahen wie Pilger in einem mittelalterlichen Winter oder wie prähistorische Menschen, die sich durch die Eiszeit kämpften. Ein schlankes Bündel mochte Tatiana sein, deren Schönheit gedämpft, aber nicht ganz verdeckt war, denn sie bewegte sich unter den hohen Wänden des Tales wie eine Tänzerin über den gesprungenen Spiegel des Sees. Eine andere war vielleicht Maya, deren Aufmerksamkeit den anderen galt, obgleich sie sich auch ihm gegenüber sehr freundlich und diplomatisch verhielt. Es quälte ihn. Frank marschierte neben ihr her, stämmig und dick eingemummelt.

Tatiana war leichter zu verstehen und so attraktiv. Eines Tages folgte er ihr übers Eis. Am jenseitigen Ufer blieben sie stehen, um sich eine tote, mumifizierte Robbe anzusehen. Diese in die Irre geführten Weddell-Robben fand man tief drinnen in allen Trockentälern; seit Hunderten oder Tausenden von Jahren tot und die ganze Zeit gefroren, wurden sie von den Winden zerfressen, bis das Skelett langsam aus dem Körper hervortrat wie eine Seele, die ihren Pelzmantel auszog, eine weiße, vom Wind polierte, gegliederte Seele.

Tatjana packte ihn am Arm und schrie bei dem Anblick auf. Sie sprach gut Französisch und hatte als Mädchen mehrere Sommer an den Stränden der Côte d'Azur verbracht; allein schon beim Gedanken daran schmolz er dahin. Jetzt sprachen sie miteinander, hielten sich an den behandschuhten Händen, schauten durch Skimasken auf das *Memento mori* in dem grauen Licht hinab. Sein Herz schlug heftig beim Gedanken an die in den Chrysalis-Parka eingehüllte Schönheit neben ihm, die sagte: »Es ist so ein Schock, wenn man auf die Wirbel eines dieser armen Geschöpfe stößt, die ganz allein in all dem Gestein herumliegen wie ein verlorenes Armband.«

Frank beobachtete sie von der anderen Seite des Sees aus.

*

Und nach diesem Tag ließ Maya Michel vollständig fallen, ohne ein Wort oder ein äußeres Zeichen, dass sich etwas geändert hätte, nur mit einem einzigen raschen Blick zu Tatiana in seiner Gegenwart. Danach nur noch eine rein formelle, inhaltsleere Höflichkeit. Und jetzt wusste Michel schmerzhaft genau, wessen Gesellschaft er in dieser Gruppe am meisten ersehnte, aber nie wieder genießen würde.

Das war Franks Werk gewesen.

Und es geschah überall um ihn herum: die sinnlosen Kriege des Herzens. Es war alles so armselig, kleinlich und schäbig. Dennoch war es wichtig; es war ihr Leben. Sax und Ann wollten nichts mehr miteinander zu tun haben, Marina und Vlad, Hiroko und Iwao ebenso wenig. Neue Cliquen bildeten sich um Hiroko, Vlad, Arkady und Phyllis, während sie alle in ihre separaten Umlaufbahnen hinauswirbelten. Nein – diese Gruppe würde nicht funktionieren. Sie funktionierte schon jetzt nicht mehr richtig, das sah er; er brauchte bloß hinzuschauen. Es war zu schwer, isoliert in einer solch subbiologischen sensorischen Deprivation zu leben; und dies war noch ein Paradies im Vergleich zum Mars. So etwas wie einen guten Test gab es nicht. So etwas wie eine gute Analogie auch nicht. Es gab nur die Realität, und die war in jeder Sekunde einmalig und anders und musste ohne Probe, ohne nachträgliche Korrekturmöglichkeit gelebt werden. Der Mars würde anders sein als diese kalte, endlose Nacht am Boden ihrer Welt; er würde schlimmer sein. Noch schlimmer als das hier! Sie würden den Verstand verlieren. Hundert Menschen, die in Tanks eingesperrt und zu einem giftigen, kalten, toten Planeten geschickt wurden, einem Ort, dem gegenüber der Winter in der Antarktis wie das Paradies war; ein Gefängnisuniversum, wie das Innere des Kopfes, wenn man die Augen geschlossen hat. Sie würden alle den Verstand verlieren.

*

In der ersten Septemberwoche wurde das mittägliche Zwielicht fast taghell, und sie sahen Sonnenschein auf den Gipfeln der Asgaard Range und der Olympus Range, die das tiefe Tal flankierten. Weil das Tal so ein schmaler Schlitz zwischen derart hohen Gebirgsketten war, würde es vielleicht noch zehn Tage dauern, bis die Sonne direkt auf die Basis schien, und darum organisierte Arkady einen Ausflug auf den Mount Odin, um schon vorher einen Blick auf sie zu erhaschen. Daraus wurde eine waschechte Expedition, da fast jeder Interesse daran zeigte, die Sonne so bald wie möglich wiederzusehen. So kam es, dass sie am Morgen des 10. September fast tausend Meter über dem Vanda-See auf einem Felsvorsprung mit einem kleinen Teich und einem Bergsee standen, beide zugefroren. Es war windig, daher hatte die Kletterpartie sie nicht aufgewärmt. Der Himmel war von einem blassen, sternenlosen Blau; die Ostseiten der Gipfel beider Bergketten waren in goldenes Sonnenlicht getaucht. Schließlich stieg im Osten, am Ende des Tals, über der blank polierten Fläche des gefrorenen Ross-Meeres, die Sonne über den Horizont, brennend wie eine Fackel. Sie brachen in Hurrageschrei aus; Tränen traten ihnen in die Augen, nicht nur wegen ihrer Gefühle, sondern auch wegen eines Übermaßes an neuem Licht und kaltem Wind. Leute umarmten einander, ein Bündel nach dem anderen. Maya blieb jedoch auf der anderen Seite der Gruppe, hielt sich fern von Michel, und Frank war immer zwischen ihnen. Und es schien Michel, als schwänge in der allgemeinen Freude eine Spur Verzweiflung mit, wie bei Menschen, die soeben knapp der Vernichtung entronnen waren.

*

Als es an der Zeit war, den Auswahlkomitees seinen Bericht vorzulegen, riet Michel daher von dem Projekt in der geplanten Form ab. »Keine Gruppe kann unter solchen Umständen unbegrenzte Zeit funktional bleiben«, schrieb er. In den Konferenzen trug er seine Argumente Punkt für Punkt vor. Die lange Liste von Doppelbindungen war besonders eindrucksvoll.

Das war in Houston, wo es so heiß und feucht war wie in einer Sauna; die Antarktis war bereits eine albtraumhafte Erinnerung, die ihm rasch entglitt.

»Aber so ist das nun mal im sozialen Leben«, meinte Charles York verwirrt. »Das gesellschaftliche Miteinander besteht immer aus einer Reihe von Doppelbindungen.«

»Nein, nein«, sagte Michel. »Das soziale Leben besteht aus einer Reihe widersprüchlicher Anforderungen. Das ist normal, da gebe ich dir Recht. Aber hier geht es um *unabdingbare Voraussetzungen,* zwei gegensätzliche Dinge zugleich zu sein. Klassische Doppelbindungen. Und sie verursachen jetzt schon viele der klassischen Reaktionen. Heimliches Leben. Multiple Persönlichkeiten. Misstrauen. Verdrängung, dann die Wiederkehr des Verdrängten. Ein genauer Blick auf die Ergebnisse der durchgeführten Tests wird zeigen, dass es kein realisierbares Projekt ist. Ich würde dazu raten, mit kleinen wissenschaftlichen Stationen und rotierenden Teams anzufangen. So wie es gegenwärtig in der Antarktis gehandhabt wird.«

Das löste eine Menge Diskussionen, ja sogar Kontroversen aus. Charles blieb bei seinem Standpunkt, eine dauerhafte Kolonie einzurichten, wie vorgeschlagen; aber er hatte eine enge Beziehung zu Mary entwickelt. Georgia und Pauline neigten dazu, Michel zuzustimmen, obwohl auch sie am Vanda-See persönliche Differenzen gehabt hatten.

Charles stattete Michel in seinem ausgeborgten Büro einen kurzen Besuch ab. Er sah Michel kopfschüttelnd an, ernst, aber irgendwie immer noch unbeteiligt, distanziert. Professionell. »Sieh mal, Michel«, sagte er. »Sie wollen zum Mars. Sie sind imstande, sich anzupassen. Vielen von ihnen ist das sehr gut gelungen, so gut, dass man sie bei einem Blindtest nicht aus der Menge herauspicken könnte. Und sie wollen zum Mars, das ist klar. Demgemäß sollten wir aussuchen, wen wir hinschicken. Wir sollten ihnen die Chance geben, das zu tun, was sie wollen. Es ist im Grunde nicht unsere Sache, ihnen diese Entscheidung abzunehmen.«

»Aber es wird nicht funktionieren. Das haben wir doch gesehen.«

»Ich habe das nicht gesehen. Sie haben das auch nicht gesehen. Was du gesehen hast, ist deine Besorgnis, aber sie haben das Recht, den Versuch zu wagen. Da oben könnte alles Mögliche passieren, Michel. Alles. Und diese Welt ist nicht so wohl geordnet, dass wir Leuten, die etwas anderes probieren wollen, die Chance dazu verweigern sollten. Es könnte für uns alle gut sein.« Er stand abrupt auf, um das Büro zu verlassen. »Denk darüber nach.«

Michel dachte darüber nach. Charles war ein vernünftiger Mensch, ein kluger Mensch. Was er gesagt hatte, klang wahr. Und Michel spürte eine plötzliche Bö der Furcht, so kalt wie ein katabatischer Fallwind im Wright-Tal: Er könnte aus seiner eigenen Angst heraus etwas Großes stoppen.

Er änderte seine Empfehlung und legte all seine Gründe dafür dar. Er erläuterte, weshalb er für die Fortsetzung des Projekts stimmte; er gab den Komitees seine Liste der besten hundert Kandidaten. Aber Georgia und Pauline sprachen sich weiterhin gegen das Projekt in der geplanten Form aus. Deshalb wurde ein externes Panel zusammengerufen, um eine Evaluation durchzuführen, eine Empfehlung abzugeben, ein Urteil zu fällen. Gegen Ende des Verfahrens saß Michel in seinem Büro sogar dem amerikanischen Präsidenten gegenüber, der ihm erklärte, er habe beim ersten Mal wahrscheinlich Recht gehabt, so sei das für gewöhnlich mit ersten Eindrücken, im Nachhinein angestellte Überlegungen seien von geringem Nutzen. Michel konnte nur nicken.

Später saß er in einer Konferenz, an der sowohl der amerikanische als auch der russische Präsident teilnahm; so viel stand auf dem Spiel. Sie wollten beide eine Basis auf dem Mars, zu ihren eigenen politischen Zwecken, Michel sah das ganz deutlich. Aber sie wollten auch einen Erfolg, ein Projekt, das funktionierte. In diesem Sinn waren die hundert Dauerkolonisten des ursprünglichen Plans eindeutig die riskantere der Optionen, die nun vor ihnen lagen. Und keiner der beiden

Präsidenten war risikofreudig. Rotierende Teams waren an sich weniger interessant, aber wenn die Teams und die Basis groß genug waren, dann würde die politische Bedeutung (die Publicity) fast dieselbe sein; sie würden dieselbe wissenschaftliche Arbeit machen; und alles wäre weitaus sicherer, radiologisch wie psychologisch.

Also stellten sie das Projekt ein.

2

FORSCHUNG IM FOSSILIENCANYON

Zwei Stunden vor Sonnenuntergang erklärte ihr Führer, Roger Clayborne, es sei an der Zeit, das Lager aufzuschlagen, und die acht Teilnehmer der Tour kamen von den Bergrücken herunter oder aus den Seitenschluchten herauf, die sie an diesem Tag erforscht hatten, während die Gruppe langsam weiter nach Westen vorgerückt war, Richtung Olympus Mons. Eileen Monday, die ihren Helmfunk den ganzen Tag über ausgeschaltet gehabt hatte (der Führer konnte ihre Taubheit aufheben), ging auf den gemeinsamen Kanal und hörte die Stimmen ihrer miteinander schwatzenden Kameraden. Dr. Mitsumu und Cheryl Martinez hatten den Ausrüstungswagen den ganzen Tag lang den Boden eines besonders schmalen Canyons hinunter gezogen, und ihre lautstarken Klagen brachten Mrs. Mitsumu zum Lachen. John Nobleton schlug wie üblich vor, weiter unten in dem uralten, von Wasser geformten Arroyo zu kampieren, dem sie gefolgt waren; Eileen konnte ihn unter all den in staubige Anzüge gehüllten Gestalten nicht mit letzter Sicherheit ausmachen, aber sie vermutete, dass er diejenige war, die enthusiastisch das Trockenbett heraufgesprungen kam, bei jedem Satz Sand aufwirbelte und wie ein Impala in der Luft schwebte. Ihr Führer dagegen war unverwechselbar: hoch gewachsen, obwohl er an einem großen Felsblock hoch oben auf dem Grat saß, der eine Seite der tiefen Schlucht flankierte. Als die anderen ihn erspähten, stöhnten sie. Der Ausrüstungswagen wog in der Marsschwerkraft weniger als siebenhundert Kilo, aber trotzdem würden mehrere von ihnen mit anpacken müssen, um ihn den Hang hinauf zu der Stelle zu ziehen, die Clayborne im Sinn hatte.

»Roger, warum ziehen wir ihn nicht einfach noch ein Stück den Weg hier unten entlang und kampieren um die Ecke?«, beharrte John.

»Tja, das könnten wir natürlich machen«, sagte Roger – er sprach so leise, dass der Helmfunk seine trockene Stimme kaum übertrug –, »aber ich habe noch nicht gelernt, im Fünfundvierzig-Grad-Winkel bequem zu schlafen.«

Mrs. Mitsumi kicherte. Eileen schnalzte verärgert mit der Zunge und hoffte, dass Roger erkannte, wer den Laut von sich gegeben hatte. Seine Bemerkung war typisch für alles, was sie an dem Führer nicht mochte; er war schweigsam und sarkastisch zugleich, eine Kombination, die Eileen zwar ungewöhnlich, aber darum nicht sympathischer fand. Und sein breites, spöttisches Grinsen machte die Sache auch nicht besser.

»Ich habe da vorn eine gute, ebene Stelle gefunden«, protestierte John.

»Hab ich gesehen. Aber ich schätze mal, unsere Zelte brauchen ein bisschen mehr Platz.«

Eileen gesellte sich zu der Truppe, die den Wagen den Hang hinaufschleppte. »Ich schätze mal«, äffte sie ihn nach, während sie in ihrem Anzug zu keuchen und zu schwitzen begann.

»Seht ihr?«, drang ihr Rogers Stimme ans Ohr. »Miss Monday stimmt mir zu.«

Sie schnalzte erneut, ohne sich das wahre Ausmaß ihrer Verärgerung anmerken zu lassen. Bisher war diese Expedition ihrer Ansicht nach ein Schlag ins Wasser. Und das lag nicht zuletzt an ihrem Führer, obwohl er so still war, dass sie ihn in den ersten drei, vier Tagen kaum bemerkt hatte. Aber schließlich hatte seine scharfe Zunge ihre Aufmerksamkeit erregt.

Sie rutschte in weichem Erdreich aus und fiel auf die Knie; sprang wieder auf und legte sich erneut ins Zeug, aber der Kontakt erinnerte sie daran, dass der Mars selbst ebenfalls Schuld an ihrer Enttäuschung trug. Das gestand sie sich nicht so gern ein wie ihre Abneigung gegen Clayborne, aber es stimmte, und es beunruhigte sie. Während all ihrer vielen Jahre an der Universität des Mars in Burroughs hatte sie sich ausführlich mit dem Planeten beschäftigt – erst in der Literatur (sie habe alle Geschichten über den Mars gelesen, die je geschrieben worden seien, prahlte sie einmal), dann in der Areologie, insbesondere der Seismologie. Die meisten ihrer vierundzwanzig Jahre hatte sie jedoch in Burroughs selbst zugebracht, und die große Stadt war anders als die Canyons. Ihr bisher einziger direkter Kontakt mit der Marslandschaft bestand aus Besuchen in dem großartigen, überkuppelten Abschnitt von Hephaestus Chasma namens Lazuli Canyon, wo es eiskaltes, fließendes Wasser gab – Bächlein und Brunnen, Wasserfälle und Teiche – und wo an jedem feuchten roten Strand Steppengras wuchs. Natürlich wusste sie, dass die unberührte Marslandschaft nicht wie Lazuli war, aber als sie die Reklame für die Wanderung gesehen hatte – »Terrain, in das garantiert noch nie ein Mensch seinen Fuß gesetzt hat« –, musste ihr so etwas

Ähnliches wie diese grüne Welt vor Augen gestanden sein. Bei dem Gedanken verwünschte sie sich für ihre Dummheit. Der Hang, den sie sich gerade hinaufkämpften, war ein perfektes, repräsentatives Beispiel für das unberührte Terrain, das sie während der letzten Woche durchwandert hatten: Es bestand aus Schmutz jeder Konsistenz und Farbe, sodass es einer riesigen, langsam schmelzenden Schichttorte aus Ingredienzien ähnelte, die wie Backnatron, Schwefel, Ziegelstaub, Currypulver, Kohleschlacke und Alaun aussahen. Und es war nur eine Torte von Tausenden, die alle auf wahnwitzige Weise übereinander gestapelt waren, so weit das Auge reichte. Schmutzhaufen.

Kurz vor Rogers ebenem Lagerplatz legten sie eine Pause ein. Schweiß brannte in Eileens linkem Auge. »Lasst uns den Wagen hier raufschaffen«, sagte Roger und kam herunter, um ihnen zu helfen. Seine Kunden starrten ihn rebellisch an, ohne sich zu rühren. Der Doktor bückte sich, um seinen Stiefel zurechtzurücken, und da er den Griff des Wagens festgehalten hatte, wurden die anderen überrumpelt; ein Steinchen unter dem Hinterrad des Wagens gab nach, und auf einmal war er ihnen aus den Händen gerutscht und rollte den Hang hinunter …

In einer Fontäne aus aufspritzendem Staub hechtete Roger kopfüber den Hügel hinab und blockierte das Hinterrad mit einem Stein von der Größe eines Brotlaibs. Der Wagen schleifte den Bremsklotz ein paar Meter weit mit und kam dann zum Stehen. Die Gruppe stand reglos da und starrte den ausgestreckt daliegenden Führer an. Eileen war ebenso überrascht wie die anderen; sie hatte noch nie gesehen, dass er sich so schnell bewegte. Er stand auf, träge wie üblich, und wischte sich den Staub von der Sichtscheibe. »Am besten, man legt den Bremsklotz drunter, bevor er losrollt«, murmelte er und grinste dabei in sich hinein. Sie packten alle mit an, um den Wagen weiter zu der ebenen Stelle hinaufzuziehen, und schwatzten wieder miteinander. Aber Eileen dachte darüber nach; wenn der Wagen ganz bis zum Boden des Canyons hinuntergerauscht wäre, hätte zumindest die Möglichkeit bestanden, dass er beschädigt worden wäre. Und wenn er schwer genug beschädigt worden wäre, hätte das womöglich ihr Todesurteil bedeutet. Sie schürzte die Lippen und kletterte zu der ebenen Fläche hinauf.

Roger und Ivan Corallton hoben den Unterbau des Zeltes vom Wagen. Sie breiteten ihn auf den Pfosten aus, die dafür sorgten, dass er waagerecht stand und den gefrorenen Boden nicht berührte; Ivan und Kevin Ottalini bauten die gebogenen Stangen der Spannkuppel zusammen. Die drei und John setzten die Stangen sorgfältig ein, zogen das transparente Zeltmaterial aus dem Unterbau und spannten es unter den Rahmen. Als sie fertig waren, standen die anderen ein bisschen steifbeinig auf – sie hatten an diesem Tag ungefähr zwanzig Kilometer zurückgelegt –, gingen durch die schlaffe Luftschleuse hinein und zogen den Wagen dabei hinter sich her. Roger schraubte seitlich am Wagen angebrachte Ventile auf, und Druckluft schoss gewaltsam in ihre Schutzhülle. Noch bevor sie ganz gefüllt war, machten Doktor Mitsumu und seine Frau die Bauteile für das Bad und die Latrine vom Wagen los. Roger schaltete die Heizung ein, und nachdem er ein paar Minuten auf die Anzeigen geschaut hatte, nickte er. »Wieder daheim, wieder daheim«, sagte er wie immer. Innen an der durchsichtigen Haut ihrer Kuppel bildete sich Kondenswasser. Eileen entriegelte ihren Helm und nahm ihn ab. »Es ist zu warm.« Niemand hörte auf sie. Sie ging zum Wagen und drehte die Heizung herunter, wobei sie aus dem Augenwinkel Rogers ironisches Grinsen sah; sie fand die Luft im Zelt immer zu warm. Doktor Mitsumu verschwand mit der Regelmäßigkeit eines

Uhrwerks in der Latrine, sobald er den Anzug abgelegt hatte. Die Luft war vom Gestank von Schweiß und Urin erfüllt, als alle ihren Anzug auszogen und den Inhalt des Sammelbeutels in den Wasserreiniger auf dem Wagen schütteten. Doran Stark ging wie immer als Erster ins Bad – Eileen fand es amüsant, wie rasch sich in einer Gruppe bestimmte Bräuche und Gewohnheiten verfestigten –, wusch sich, in dem knöcheltiefen Wasser stehend, mit einem Schwamm und sang »I Met Her in a Phobos Restaurant«. Während Eileen ihren Anzug in den Reiniger entleerte, musste sie über all ihre häuslichen Routineabläufe lächeln, die sie in einer transparenten Blase inmitten einer endlosen, rostigen Einöde verrichteten.

Sie wusch sich als Letzte, bis auf Roger. Es gab einen schulterhohen Duschvorhang, den man um die winzige Wanne ziehen konnte, aber niemand sonst benutzte ihn, also tat Eileen es auch nicht, obwohl sie sich angesichts der verstohlenen Blicke, die John und der Doktor ihr zuwarfen, ein wenig unwohl fühlte. Trotzdem wusch sie sich gründlich, und in dem konstanten leichten Luftzug fühlte sich ihre saubere, nasse Haut gut an. Außerdem war es ein ziemlich grandioser Anblick, all die geröteten nackten Körper, die auf dem Absatz eines Bergrückens herumstanden, der sich oberhalb und unterhalb von ihnen über Tausende von Metern erstreckte; die Windungen der diversen Canyons kerbten die geneigte Landschaft, der Olympus Mons wölbte sich im Westen bis über die Atmosphäre hinaus auf, sodass er die Himmelskuppel zu durchbohren schien, und die blutrote Sonne würde gleich hinter ihm untergehen. Roger hatte wirklich ein Händchen für gute Lagerplätze, gestand Eileen sich ein (er wusch sich irgendwie immer mit dem Rücken zu ihr, den Duschvorhang ein Stück weit zugezogen, und schlüpfte noch nass in seine Sachen, womit er den anderen das Zeichen gab, sich allmählich wieder anzuziehen). Es war wirklich ein erhabener Anblick, wie bei jedem ihrer bisherigen Lagerplätze. Erhaben: Die Sinne sagten einem, dass man in Gefahr war, obwohl man wusste, dass es nicht stimmte; das war in groben Zügen Burkes Definition des Erhabenen, und sie passte auf so gut wie jede Minute dieser Tage, von Sonnenaufgang bis Sonnenuntergang. Doch selbst das konnte anstrengend sein. Das Erhabene ist schließlich nicht das Schöne, und man kann sich nicht richtig wohl fühlen, wenn man ständig das Gefühl hat, sich in Gefahr zu befinden. Aber bei Sonnenuntergang, im Zelt, war es eine durchaus genussvolle Vorstellung: die monströse, nackte Landschaft, ihre nackte Haut; die vollkommene, heitere Ruhe des langsamen Satzes von Beethovens letztem Streichquartett, das Ivan jeden Tag spielte, wenn die Sonne versank … »Hört euch das mal an«, sagte Cheryl und las aus dem Buch vor, das sie ständig bei sich trug, *Wenn Wang Wei auf dem Mars lebte:*

Die ganze Nacht draußen gesessen und nachgedacht.
Die Sonne, halb geboren, fünf Meilen im Osten.
Blut pulsiert durch all diese stille Luft:
Die Kontur eines Berges, sehr weit entfernt.
Nichts regt sich außer der Sonne,
Blut wird Feuer, während sie steigt.
Wie viele solche Morgenröten?
Wie fern unser Zuhaus?
Sterne verblassen. Große Felsen zerbrechen
Die gewaltige innere Furcht:
So friedlich hier. So friedlich, hier.

Es war ein schöner Moment, dachte Eileen, und das lag an dem spezifisch menschlichen Element in der Landschaft. Sie zog sich mit den anderen zusammen an und wandte sich bewusst von John Nobleton ab, als sie in ihrer Schublade des Wagens herumwühlte, dann machten sie sich daran, das Abendessen zuzubereiten. Noch mehr als eine Stunde, nachdem Olympus Mons sich vor die Sonne geschoben hatte, blieb der Himmel hell; rosa im Westen, wurde er nach Osten hin immer dunkler und schließlich pechschwarz. Sie kochten und aßen in diesem Licht. Die Mahlzeit, die Roger für sie vorgesehen hatte, war ein dicker Gemüseeintopf mit scheinbar frischem Baguette und Kaffee. Die meisten von ihnen gingen tagsüber nur selten auf den gemeinsamen Kanal, und jetzt sprachen sie darüber, was sie gesehen hatten, denn sie erkundeten unterwegs verschiedene Seitentäler. Der Hauptcanyon, dem sie folgten, war eine trockene Abflussrinne, geformt von plötzlich auftretenden Wasserfluten, die eine kleine Verwerfungslinie in einem weitläufigen, schrägen Plateau entlangschossen. Roger zufolge war er relativ jung – das hieß, zwei Milliarden Jahre alt, aber jünger als die meisten vom Wasser gegrabenen Canyons auf dem Mars. Dank der Winderosion und der wundersamen Findlinge, die durch das vulkanische Bombardement des Olympus Mons entstanden waren, hatten die Mitglieder der Expedition eine Menge Gesprächsstoff: die Uferterrassierung längst verschwundener Seen, mäandernde Flussbetten, Lavabomben, die wie riesige Tränen geformt waren oder deren Färbung auf das Vorhandensein reicher Mengen gewisser Gase in der westlichen Atmosphäre schließen ließ … Letzteres wie auch die Tatsache, dass diese Canyons von Wasser ausgewaschen worden waren, führte natürlich zu vielen Spekulationen darüber, ob es auf dem Mars früher einmal Leben gegeben haben konnte. Überdies waren durch das fließende Wasser und die Elastizität des Gesteins so phantastische Formen entstanden, dass sie wie Skulpturen einer außerirdischen Kunst wirkten. Also unterhielten sie sich mit einer Begeisterung und spekulierten so ungeniert, wie es offenbar nur Amateure taten: Sonntagsareologen, dachte

Eileen. Unter ihnen war kein einziger richtiger Wissenschaftler; sie selbst kam einer Wissenschaftlerin noch am nächsten, und dabei kannte sie gerade einmal die Anfangsgründe der Areologie. Aber sie hörte dem Gespräch mit Interesse zu.

Roger hingegen trug nie etwas zu diesen weitschweifigen Diskussionen bei und hörte nicht einmal zu. Im Moment war er gerade damit beschäftigt, seine Liege aufzustellen und die »Schlafzimmer«-Wand zu errichten. Ihnen standen Platten zur Verfügung, sodass jeder Schläfer oder jedes Paar einen Bereich um seine Bettstatt herum abteilen konnte; niemand außer Roger benutzte sie, die Übrigen zogen es vor, gemeinsam unter den Sternen zu liegen. Roger stellte zwei Platten so an die schräge Kuppelwand, dass unter dem niedrigen, durchsichtigen Dach gerade genug Platz für seine Liege blieb. Auch auf diese Weise distanzierte er sich von den anderen, und Eileen, die ihn beobachtete, schüttelte den Kopf. Expeditionsleiter waren normalerweise so liebenswürdig – wie gelang es ihm nur, seinen Job zu behalten? Gab es wirklich Kunden, die ein zweites Mal mit ihm auf Tour gingen? Sie richtete ihr Bett her, während sie ihm bei seinen merkwürdigen Vorbereitungen zusah: Er war einer der hoch gewachsenen Marsianer, weit über zwei Meter groß (der Lamarckismus war wieder *en vogue* – je mehr Generationen von Vorfahren man auf dem Mars hatte, desto größer wurde man offenbar; das galt auch für Eileen selbst, ein Marskind der vierten Generation, eine *Yonsei*) – langes Gesicht, lange Nase, so volksnah wie ein Mitglied des englischen Königshauses … lange Füße, die unbeholfen waren, sobald sie nicht mehr in ihren Stiefeln steckten … An diesem Abend gesellte er sich jedoch wieder zu ihnen, was er keineswegs immer tat, und sie zündeten eine Laterne an, als der weindunkle Himmel schwarz wurde und sich mit Sternen füllte. Nachdem die Betten vorbereitet waren, setzten sie sich auf die Liegen und den Fußboden um das matte Licht der Laterne und unterhielten sich noch ein wenig. Kevin und Doran begannen, Schach zu spielen.

Zum ersten Mal stellten sie Eileen Fragen, die ihr Fachgebiet betrafen. Stimmte es, dass das Hochland im Süden jetzt die Kruste beider urzeitlicher Hemisphären beherbergte? War die gerade Linie der drei großen Tharsis-Vulkane ein Indiz für einen Hot Spot im Marsmantel? Sonntagsareologie wie zuvor, aber Eileen antwortete, so gut sie konnte. Roger schien zuzuhören.

»Glauben Sie, dass es jemals ein Marsbeben geben wird, von dem wir wirklich etwas merken?«, fragte er mit einem Grinsen.

Die anderen lachten, und Eileen merkte, wie sie errötete. Das war ein gängiger Scherz; und natürlich brachte er als Nächstes: »Sind Sie sicher, dass ihr Seismologen diese Marsbeben nicht bloß erfindet, um nicht arbeitslos zu werden?«

»Sie sind ja oft genug hier draußen«, erwiderte sie. »Irgendwann wird sich mal eine Verwerfung auftun und Sie verschlucken.«

»Hofft sie«, sagte Ivan. Ihre kleinen Scharmützel waren natürlich nicht unbemerkt geblieben.

»Sie glauben also, ich könnte tatsächlich irgendwann mal was von so einem Beben merken«, sagte Roger.

»Klar. Es gibt jeden Tag Tausende, wissen Sie.«

»Aber nur, weil eure Seismographen jeden Schritt auf dem Planeten registrieren. Ich meine, ein richtig starkes?«

»Natürlich. Ich kenne niemand, der es mehr verdient hätte, mal ordentlich durchgeschüttelt zu werden.«

»Da müsste man vielleicht sogar die Richterskala benutzen, hm?«

Das war nun allerdings unfair, weil man die Harrowskala benötigte, um feinere Unterschiede zwischen Beben niedriger Intensität zu machen. Aber kurz darauf konnte sie es ihm heimzahlen. Cheryl und Mrs. Mitsumu fragten Roger, wohin er bei seiner Arbeit schon überall gekommen sei, wie viele Expeditionen er geleitet habe und so weiter. »Ich bin Canyonführer«, antwortete er irgendwann.

»Und wann machen Sie Ihr Marineris-Examen?«, fragte Eileen.

»Examen?«

»Klar. Ist Marineris nicht das höchste Ziel jedes Canyonmannes?«

»Na ja, in gewissem Maße …«

»Dann wird's aber Zeit, dass man Sie dorthin schickt, was? So weit ich weiß, braucht man ein ganzes Leben, bis man sich in diesen Canyons auskennt.« Roger sah aus, als wäre er ungefähr vierzig.

»Ach, unser Roger doch nicht«, beteiligte sich Mrs. Mitsumu an dem Gefrotzel.

»Niemand kennt sich in Marineris aus«, protestierte Roger. »Der Graben ist achttausend Kilometer lang, mit Hunderten von Nebencanyons …«

»Was ist mit Gustafsen?«, unterbrach ihn Eileen. »Ich dachte, er und ein paar andere würden jeden Zentimeter davon kennen.«

»Also …«

»Sehen Sie lieber zu, dass es mit der Versetzung bald klappt.«

»Also, ich bin Tharsis-Fan«, rechtfertigte er sich in einem Ton, dass die ganze Gruppe in schallendes Gelächter ausbrach. Eileen lächelte ihn an und machte sich daran, Tee aufzubrühen.

Nachdem jeder, der Tee wollte, eine Tasse vor sich stehen hatte, lenkten John und Ivan das Gespräch auf ein anderes Lieblingsthema, die Terraformung der Canyons. »Dieses System wäre genauso schön wie Lazuli«, sagte John. »Könnt ihr euch vorstellen, wie es wäre, wenn Wasser über die Steilwände liefe, die wir heute hinter uns gebracht haben? Überall Tundragras, Finken in der Luft, kleine Krötenechsen in den Spalten … Hochgebirgsblumen, die dem Ganzen ein bisschen Farbe geben.«

»Ja, das wäre großartig«, stimmte Ivan zu. Mit dem gleichen Material, aus dem auch ihr Zelt bestand, waren etliche Canyons und Krater überkuppelt worden. Anschließend hatte man dünne, kalte Luft darunter gepumpt, sodass dort arktisches und alpines Leben existieren konnte. Lazuli war das größte dieser Terrarien, aber es waren noch viele weitere im Entstehen begriffen.

»Unnh«, machte Roger leise.

»Sind Sie anderer Meinung?«, fragte Ivan.

Roger schüttelte den Kopf. »Damit kriegt man bestenfalls einen Abklatsch der Erde hin. Dazu ist der Mars nicht da. Wir sind hier nun mal auf dem Mars, also sollten wir uns an das anpassen, was er ist, und daran unsere Freude haben.«

»Oh, aber es wird auch weiterhin genug natürliche Canyons und Berge geben«, sagte John. »Die Landfläche des Mars ist genauso groß wie die der Erde, stimmt's?«

»Annähernd.«

»Bei so viel Land wird es Jahrhunderte dauern, bis alles terraformt ist. In dieser Schwerkraft vielleicht sogar ewig. Aber Jahrhunderte allemal.«

»Ja, aber es geht in diese Richtung«, sagte Roger. »Wenn sie Spiegel in den Orbit bringen und Vulkane aufsprengen, damit Gase austreten, werden sie die gesamte Oberfläche verändern.«

»Aber das wäre doch wunderbar!«, meinte Ivan.

»Sie haben doch nicht ernsthaft etwas dagegen, dass man es den Leuten ermöglicht, im Freien zu leben, oder?«, fragte Mrs. Mitsumu.

Roger zuckte die Achseln. »Mir gefällt es so, wie es ist.«

John und die anderen diskutierten weiter über die beträchtlichen Probleme der Terraformung, und nach einer Weile stand Roger auf und ging schlafen. Eine Stunde später erhob sich Eileen, um es ihm gleichzutun, und die anderen schlossen sich an, putzen sich die Zähne, gingen auf die Latrine, unterhielten sich noch ein bisschen … Lange, nachdem die anderen sich hingelegt hatten, stand Eileen unter einer Ecke der Zeltkuppel und schaute zu den Sternen hinauf. Dort, in der Nähe des Skorpions, stand die Erde als Abendstern hoch am Himmel, ein unverkennbar bläulicher Punkt, begleitet von ihrem schwächeren Gefährten, dem Mond. Ein Doppelplanet von nachhallender Schönheit in der Schar der Konstellationen. In dieser Nacht verspürte sie beim Anblick der Erde eine unerklärliche Sehnsucht, auf ihr zu stehen.

Auf einmal erschien John neben ihr. Er blieb zu dicht bei ihr stehen, Schulter an Schulter; sein Arm hob sich, als hätte er ein Eigenleben, und legte sich um ihre Taille. »Die Wandertour ist bald vorbei«, sagte er. Sie erwiderte nichts. Er war ein sehr gut aussehender Mann; adlerartige Züge, pechschwarzes Haar. Er wusste nicht, wie satt Eileen gut aussehende Männer hatte. Sie war bei ihren Affären so ungestüm gewesen wie eine Taube im Park, und es hatte ihr eine Menge Kummer eingebracht. Ihre letzten drei Liebhaber hatten alle sehr gut ausgesehen, und der Letzte von ihnen, Eric, war obendrein auch noch reich gewesen. Sein Haus in Burroughs bestand aus seltenen Steinen, wie all die neuen Häuser der Reichen: ein wahres Schloss aus dunklem, purpurrotem Chert mit Intarsien aus Chalcedon und Jade, Rosenquarz und Jaspis, dazu Fliesenböden mit komplizierten Mustern aus poliertem gelbem Schiefer, Korallenstücken und leuchtendem Türkis. Und die Parties! Krocket-Picknicks im labyrinthischen Garten, Tanzabende im Ballsaal, Maskenspiele auf dem ganzen weitläufigen

Anwesen ... Doch Eric selbst, obzwar ein brillanter Redner, hatte sich als ziemlich oberflächlich und obendrein auch noch promiskuitiv erwiesen, was Eileen erst mit einiger Verspätung herausfand. Es hatte sie verletzt. Nach dem Scheitern dieser dritten intimen Beziehung innerhalb von vier Jahren war sie erschöpft, verunsichert und unglücklich und hatte insbesondere die Nase gestrichen voll von jener unkomplizierten Attraktivität der Attraktiven untereinander, die ihr solch schmerzhafte Probleme beschert hatte und auf die sich John in diesem Moment verließ.

Natürlich wusste er nichts von alledem, als sein Arm um ihre Taille lag (er konnte fraglos nicht so gut mit Worten umgehen wie Eric), aber sie hatte keine Lust, seine Unwissenheit zu entschuldigen. Sie überlegte, wie sie sich diplomatisch seinem Griff entwinden und in eine angenehme Distanz zurückweichen konnte. Das war jedenfalls bisher sein direktester Annäherungsversuch. Sie entschied sich für einen ihrer Tricks – sich zu ihm zu beugen, ihm einen Kuss auf die Wange zu geben und sich dann von ihm zu lösen, wenn er nicht darauf gefasst war – und hatte das Manöver gerade eingeleitet, als eine von Rogers Platten mit einem dumpfen Laut beiseite gestoßen wurde und Roger in seinen Shorts mit trüben Augen herausgestolpert kam. »Oh?«, sagte er schläfrig, als er sie bemerkte; dann sah er, wer sie waren und wie sie dastanden – »Ah«, sagte er und stapfte davon, zur Latrine.

Eileen nutzte die Störung, um sich John zu entziehen und ins Bett zu gehen – eine verbotene Zone, wie John sehr wohl wusste. Sie legte sich einigermaßen erregt hin. Dieses Lächeln, dieses »Ah« – der ganze Vorfall irritierte sie dermaßen, dass sie Schwierigkeiten beim Einschlafen hatte. Und der Doppelstern, einer blau, einer weiß, erwiderte die ganze Zeit ihren Blick.

*

Am nächsten Tag waren Eileen und Roger zum ersten Mal gemeinsam an der Reihe, den Wagen zu ziehen. Während die anderen schon vorausgingen oder zu den Seiten abschweiften, lösten sie die vielen kleinen Probleme, die aus der Aufgabe erwuchsen, den Wagen den Canyon hinunter zu befördern. Hin und wieder stießen sie auf eine so hohe steile Stelle, dass sie mit Winde und Flaschenzug arbeiten mussten – manchmal mussten sogar ein, zwei andere Wanderer mit anfassen –, aber meistens ging es nur darum, den flexiblen kleinen Wagen in der Mitte des Trockenbetts entlangzuziehen. Sie einigten sich darauf, ihre Privatgespräche auf Kanal 33 zu führen, aber ihre Gespräche beschränkten sich weitgehend auf ihre gegenwärtige Aufgabe. »Vorsicht bei dem Felsen da.« – »Wie hübsch, dieses Dreieck aus Vulkanglasscherben.« Für Eileen stand fest, dass Roger sehr wenig Interesse an ihr oder ihren Beobachtungen hatte. Aber dann kam ihr der Gedanke, dass er vielleicht dasselbe von ihr dachte.

Einmal fragte sie: »Was ist, wenn wir den Wagen jetzt loslassen?« Er hing über den Rand eines sechs oder sieben Meter tiefen Abhangs, und sie ließen ihn mit der Winde hinunter.

»Dann fällt er runter«, hörte sie seine ernste Stimme in ihrem Ohr, und durch seine Sichtscheibe sah sie, dass er grinste.

Sie trat ein paar Steinchen nach ihm. »Also, was ist, würde er kaputtgehen? Schweben wir praktisch ununterbrochen in Lebensgefahr?«

»Keineswegs. Diese Dinger sind praktisch unzerstörbar. Sonst wäre es zu gefährlich, sie zu benutzen. Man hat sie von vierhundert Meter hohen Klippen runtergestürzt – keine lotrechten Felswände, aber Steilhänge –, und sie haben nicht mal eine Beule abgekriegt.«

»Ich verstehe. Als Sie gestern verhindert haben, dass der Wagen den Hang runtergerollt ist, haben Sie uns also nicht das Leben gerettet.«

»Aber nein. Haben Sie das geglaubt? Ich wollte nur nicht ganz runtersteigen und ihn zurückholen.«

»Ah.« Sie ließ den Wagen unten aufschlagen, und sie stiegen zu ihm hinunter. Danach wechselten sie lange Zeit kein Wort mehr miteinander. Eileen beschäftigte der Gedanke, dass sie in drei oder vier Tagen wieder in Burroughs sein würde, ohne dass sich irgendetwas in ihrem Leben geändert hatte; kein einziges ihrer Probleme würde gelöst sein.

Trotzdem, es wäre schön, wieder an einem Ort zu sein, wo es frische Luft gab – die Illusion von frischer Luft zumindest. Fließendes Wasser. Pflanzen.

Roger schnalzte besorgt mit der Zunge.

»Was ist?«, fragte Eileen.

»Ein Sandsturm zieht auf.« Er schaltete auf den gemeinsamen Kanal, den Eileen jetzt hören konnte. »Bitte kommt alle in den Hauptcanyon zurück, ein Sandsturm ist auf dem Weg hierher.«

Gestöhn auf dem gemeinsamen Kanal. Es war niemand zu sehen. Roger sprang mit tadellosen Gleichgewichtssinn den Canyon hinunter und kam dann wieder herauf. »Kein guter Lagerplatz in der Nähe«, beschwerte er sich. Eileen beobachtete ihn; er bemerkte es und zeigte zum westlichen Horizont. »Sehen Sie die Federwolken am Himmel?«

Eileen sah nur eine Stelle, wo das Rosa des Himmels vielleicht ein bisschen gelb war, aber sie sagte: »Ja?«

»Ein Staubsturm. Und er kommt auf uns zu. Ich glaube, ich spüre schon den Wind.« Er hob die Hand. Den Wind bei einem Atmosphärendruck von dreißig Millibar durch einen Anzug spüren zu können, hielt Eileen eindeutig für einen Mythos, für die Prahlerei eines Führers, aber sie reckte ebenfalls die Hand in die Höhe und glaubte, einen leichten, sich ständig verändernden Druck wahrzunehmen, aber sie war sich nicht sicher.

Ivan, Kevin und die Mitsumus erschienen weit unten im Canyon. »Irgendwelche Lagerplätze da unten?«, fragte Roger.

»Nein, der Canyon wird eher noch schmaler.«

Dann war der Sandsturm über ihnen, so plötzlich wie eine Flutwelle. Eileen konnte höchstens fünfzig Meter weit sehen; sie befanden sich in einer beweglichen Kuppel aus fliegendem Sand, wie es schien, und es war so dunkel wie in ihren langen Dämmerstunden, oder sogar noch dunkler.

Auf Kanal 33, in ihrem linken Ohr, hörte Eileen einen langen Seufzer. Dann, im rechten Ohr, auf dem gemeinsamen Kanal, Rogers Stimme: »Ihr alle da unten im Canyon, bleibt zusammen und kommt zu uns rauf. Doran, Cheryl, John, meldet euch – wo seid ihr?«

»Roger?« Es war Cheryl, auf dem gemeinsamen Kanal. Ihre Stimme klang ängstlich.

»Ja, Cheryl, wo sind Sie?«

Ein scharfer Donnerschlag atmosphärischer Störungen: »Wir stecken in einem Sandsturm, Roger! Ich verstehe Sie kaum.«

»Sind Doran und John bei Ihnen?«

»Doran ist bei mir, gleich hinter diesem Kamm. Ich höre ihn, aber er sagt, er kann Sie nicht hören.«

»Gehen Sie zu ihm und machen Sie sich auf den Rückweg zum Hauptcanyon. Was ist mit John?«

»Ich weiß nicht, ich habe ihn schon seit über einer Stunde nicht mehr gesehen.«

»In Ordnung. Bleiben Sie bei Doran ...«

»Roger?«

»Ja?«

»Doran ist jetzt hier.«

»Ich kann Sie wieder hören«, ertönte Dorans Stimme. Er klang noch ängstlicher als Cheryl. »Hinter diesem Kamm gab es zu viele Störungen.«

»Ja, so dürfte es John auch gehen«, sagte Roger.

Im wabernden bernsteinfarbenen Halbdunkel des Sturms sah Eileen die schemenhafte Gestalt ihres Führers die Seitenwand des Canyons hinaufsteigen. Der »Sand« in der dünnen Luft bestand hauptsächlich aus Staub oder Partikeln, die noch kleiner waren als Staubkörnchen, wie Rauch; hin und wieder prasselten jedoch größere Körner mit leisem *tick tick tick* an ihre Sichtscheibe.

»Roger, irgendwie finden wir den Hauptcanyon nicht«, erklärte Doran, unterlegt von kratzenden Störungen.

»Was soll das heißen?«

»Na ja, wir sind den Canyon wieder raufgegangen, den wir runtergekommen sind, aber wir müssen eine andere Abzweigung erwischt haben, denn wir sind in einem Kastental gelandet.«

Eileen fröstelte in ihrem warmen Anzug. Jedes Canyonsystem lag wie ein Blitzstrahl auf dem abfallenden Gelände, ein Muster sich immer weiter verzweigender Gabelungen und Seitenarme; im Halbdunkel des Sturms würde es sehr leicht sein, sich zu verirren; und sie hatten immer noch nichts von John gehört.

»Okay, geht zur letzten Gabelung zurück und nehmt die südlichere Abzweigung. Wenn ich mich recht entsinne, seid ihr im nächsten Canyon nördlich von uns.«

»Ist gut«, sagte Doran. »Wir probieren's.«

Die vier, die weiter vorn im Hauptcanyon gewesen waren, erschienen wie Geister im Nebel. »Hier sind wir«, sagte Ivan zufrieden.

»Nobleton! John! Hören Sie mich?«

Keine Antwort. »Er muss ein ganzes Stück weit weg sein«, meinte Roger. Er ging zum Wagen. »Helft mir, ihn den Hang raufzuziehen.«

»Wozu?«, fragte Dr. Mitsumu.

»Wir schlagen da oben das Zelt auf. Heute Nacht schlafen wir in schrägem Winkel, so viel steht fest.«

»Aber warum dort oben?«, beharrte Dr. Mitsumu.

»Könnten wir das Zelt nicht hier im Trockenbett aufschlagen?«

»Ist das alte Arroyo-Problem«, erwiderte Roger geistesabwesend. »Wenn der Sturm nicht nachlässt, könnte der Sand wie Wasser durch den Canyon schwappen. Wir wollen doch nicht begraben werden.«

Sie zogen den Wagen ohne große Probleme den Hang hinauf und sicherten ihn mit Steinen, die sie unter die Räder legten. Roger baute das Zelt weitgehend allein auf; er arbeitete zu schnell, als dass die anderen ihm hätten helfen können.

»Okay, ihr vier geht rein und bringt alles in Gang. Eileen …«

»Roger?« Es war Doran.

»Ja.«

»Wir haben immer noch Schwierigkeiten, den Hauptcanyon zu finden.«

»Wir dachten, wir wären drin«, erklärte Cheryl, »aber als wir weitergingen, sind wir an einem großen Steilhang gelandet!«

»Okay. Bleibt einen Moment lang, wo ihr seid. Eileen, ich möchte, dass Sie mit mir den Hauptcanyon entlanggehen und als Funkrelais fungieren. Sie bleiben im Trockenbett, damit Sie zum Zelt zurückgehen können, falls wir getrennt werden.«

»In Ordnung«, sagt Eileen. Die anderen rollten den Wagen vorsichtig in die Schleuse. Roger hielt inne, um diesen Vorgang zu beaufsichtigen, dann gab er Eileen durch die gelbbraune Düsternis ein Zeichen und machte sich auf den Weg. Eileen folgte ihm.

Sie kamen rasch voran. Auf Kanal 33 hörte Eileen den Führer in sorglosem Plauderton sagen: »Ich hasse es, wenn so was passiert.« Es klang, als spräche er von einem zerrissenen Schnürsenkel.

»Glaube ich gern!«, gab Eileen zurück. »Wie wollen wir John finden?«

»Indem wir nach oben gehen. Man muss immer nach oben gehen, wenn man sich verirrt. Ich glaube, John war auch dabei, als ich euch das erklärt habe.«

»Ja.« Eileen hatte es allerdings vergessen, und sie fragte sich, ob es John genauso gegangen war.

»Selbst wenn er es vergessen hat«, sagte Roger, »wenn wir hoch genug raufkommen, sind die Funkgeräte nicht so stark gestört und wir können mit ihm sprechen. Schlimmstenfalls können wir unsere Signale über Satellit runterschicken. Aber ich bezweifle, dass das nötig sein wird. Hey, Doran!«, sagte er auf dem gemeinsamen Kanal.

»Ja?« Doran klang sehr besorgt.

»Was seht ihr gerade?«

»Ähm … wir sind auf einem Grat – das ist alles, was wir sehen können. Der Canyon rechts von uns …«

»Im Süden?«

»Ja, im Süden, in dem waren wir eben. Wir dachten, der hier im Norden wäre der Hauptcanyon, aber er ist zu klein, und da ist eine Steilwand drin.«

»Okay, auf meinem APS seid ihr noch nördlich von uns, also geht wieder auf den gegenüberliegenden Grat, dann unterhalten wir uns weiter. Kriegt ihr das hin?«

»Natürlich«, sagte Doran eingeschnappt. »Dauert aber vielleicht eine Weile.«

»Das macht nichts, lasst euch ruhig Zeit.« Der Mangel an Besorgnis in Rogers Stimme war beinahe ansteckend, aber Eileen hatte das Gefühl, dass John in Gefahr war; die Anzüge erhielten ihre Träger mindestens achtundvierzig Stunden am Leben, aber diese Sandstürme dauerten oftmals eine Woche oder länger.

»Gehen wir weiter«, sagte Roger auf Kanal 33. »Ich glaube, um diese beiden brauchen wir uns keine Sorgen zu machen.«

Sie gingen am Boden des Canyons entlang, der in einem durchschnittlichen Winkel von ungefähr dreißig

Grad anstieg. Eileen bemerkte den ganzen Staub, der lose bergab rieselte; Sandkörner rollten weg, Staub wehte nach unten; manchmal konnte sie weder ihre Füße noch den Boden sehen, sodass sie nach Gefühl laufen musste.

»Wie steht's im Camp?«, fragte Roger auf dem gemeinsamen Kanal.

»Alles bestens«, antwortete Dr. Mitsumu. »Der Boden ist so abschüssig, dass man nicht stehen kann, also sitzen wir herum und hören zu, was sich da oben so tut.«

»Habt ihr noch die Anzüge an?«

»Ja.«

»Gut. Einer von euch muss ihn auf jeden Fall anbehalten.«

»Ganz wie Sie meinen.«

Roger blieb an der Stelle stehen, wo zwei große Seitencanyons, die sich in jede Richtung verzweigten, in den Hauptcanyon mündeten. »Achtung, ich drehe jetzt den Funkverstärker auf«, warnte er Eileen und die anderen. Sie justierte die Kontrollen an ihrem Handgelenk.

»JOHN! Hey, John! Hallo, Jo-honnn! Kommen, John. Melden Sie sich auf dem gemeinsamen Kanal. Bitte.«

Die atmosphärischen Störungen im Helmfunk klangen wie das Zischen fliegender Sandkörner. Ansonsten nichts als Geknister.

»Hmm«, machte Roger in Eileens linkem Ohr.

»Hey, Roger!«

»Cheryl! Wie sieht's bei euch aus?«

»Tja, wir sind im Hauptcanyon, glauben wir, aber ...«

Doran fuhr verlegen fort: »Wir sind uns momentan nicht so ganz sicher. Sieht alles gleich aus.«

»Wem sagt ihr das«, erwiderte Roger. Eileen sah, wie er sich bückte, als wollte er seine Füße inspizieren. In dieser gebückten Haltung ging er ein kleines Stück auf und ab. »Geht mal zum tiefsten Punkt des Trockenbetts in eurem Canyon.«

»Da sind wir schon.«

»Okay, bückt euch und schaut nach, ob ihr irgendwelche Fußspuren findet. Vergewissert euch, ob es nicht eure eigenen sind. Mittlerweile werden sie schwach sein, aber Eileen und ich sind gerade durch den Canyon gegangen, also müssten noch …«

»Hey! Hier sind welche«, sagte Cheryl.

»Wo?«, fragte Doran.

»Hier drüben, schau.«

Atmosphärisches Rauschen.

»Ja, Roger, wir haben welche gefunden. Verlaufen in beide Richtungen.«

»Gut. Dann macht euch auf den Weg canyonabwärts. Doktor M, haben Sie noch Ihren Anzug an?«

»Wie Sie gesagt haben, Roger.«

»Gut. Warum kommen Sie nicht aus dem Zelt und gehen zum Trockenbett runter. Achten Sie darauf, dass Sie nicht die Orientierung verlieren, zählen Sie Ihre Schritte und so. Warten Sie auf Cheryl und Doran. Dann finden die beiden zum Zelt, wenn sie vorbeikommen.«

»Klingt gut.«

Nach einigem Geplauder: »Ihr da unten, schaltet alle auf Kanal fünf, um euch zu unterhalten, und hört auf dem gemeinsamen Kanal nur zu. Wir müssen hier oben was hören.« Dann auf Kanal 33: »Gehen wir noch ein Stück weiter. Ich glaube, ich erinnere mich an eine Felsspitze auf dem Kamm da oben, von der aus man eine gute Aussicht hat.«

»Okay. Was meinen Sie, wo er sein könnte?«

»Da bin ich überfragt.«

Als Roger die besagte Felsnase ausfindig gemacht hatte, riefen sie erneut, bekamen jedoch auch diesmal keine Antwort. Oben auf dem Kamm angelangt, setzte sich Eileen auf den Steinbuckel. Es war unheimlich hier; sie sah nichts als den feinen, fliegenden Sand, aufgepeitscht von einem geisterhaften Wind, den sie trotz der optischen Ähnlichkeit mit einem schrecklichen Taifun nur sehr, sehr schwach im Rücken spürte, wie den ganz leichten Luftzug einer Klimaanlage. Hin und wieder rief sie John. Roger suchte im Norden und Süden, arbeitete sich durch schwieriges Terrain voran, blieb dabei jedoch immer in Reichweite von Eileens Funkgerät, obwohl er einmal Schwierigkeiten hatte, sie wieder zu finden.

Drei Stunden vergingen auf diese Weise, und Rogers unbeschwerter Ton änderte sich – er klang nicht besorgt, dachte Eileen, sondern eher gelangweilt und verärgert über John. Eileen selbst war außerordentlich besorgt. Wenn John Norden und Süden verwechselt hatte oder abgestürzt war …

»Ich glaube, wir müssen noch höher hinauf«, seufzte Roger. »Obwohl ich dachte, ich hätte ihn vorhin gesehen, als wir den Wagen hergeschleppt haben, und ich kann mir eigentlich nicht vorstellen, dass er wieder zurückgehen würde.«

Auf einmal knisterte es in Eileens Helmlautsprechern. *»Pss ftunk bdzz«*, dann wieder Stille. *»Ckk sss* ger, hallo! *ckk.*«

»Hört sich an, als wäre er tatsächlich irgendwo raufgestiegen«, sagte Roger befriedigt und, wie Eileen bemerkte, mit einer Spur Erleichterung. »Hey, John! Nobleton! Hören Sie uns?«

»*Ckk sssssss* Ja, hey! *ssss kuh ssss.*«

»Wir verstehen Sie ganz schlecht, John! Gehen Sie weiter, reden Sie weiter! Ist alles in Ordnung mit …«

»Roger! *ckk.* Hey, Roger!«

»John! Wir hören Sie. Ist alles in Ordnung mit Ihnen?«

»… *ssss* nicht ganz genau, wo ich bin.«

»Alles in Ordnung mit Ihnen?«

»Ja! Hab mich bloß verirrt.«

»Na, jetzt haben wir Sie ja fast schon wieder gefunden. Sagen Sie uns, was Sie sehen.«

»Nichts!«

So begann der lange Prozess, ihn zu lokalisieren und zurückzuholen. Eileen unternahm selbst kleine Ausflüge nach links und rechts und half mit, John zu orten, der Anweisung bekommen hatte, stehen zu bleiben und weiterzusprechen.

»Ihr werdet's nicht glauben.« Johns Stimme war völlig frei von Furcht; es klang sogar, als wäre er geradezu in Hochstimmung. »Ihr werdet's nicht glauben, Eileen, Roger. *crk!* Kurz bevor der Sturm zugeschlagen hat, war ich tief in einem südlichen Seitenarm, und da habe ich was gefunden …«

»Was denn?«

»Tja … so kleine Dinger, bei denen es sich um Fossilien handeln muss! Ich schwör's! Eine ganze Gesteinsformation!«

»Ach wirklich?«

»Nein, im Ernst, ich hab ein paar mitgenommen. Ganz kleine Muscheln, wie kleine Uferschnecken oder Krustazeen. So eine Art Miniaturnautiloiden. Es kann einfach nichts anderes sein. Ich habe ein paar in meiner Tasche, aber da hinten ist eine ganze Wand voll! Ich glaube, wenn ich einfach rausgegangen wäre, hätte ich den Canyon nie wieder gefunden, wegen dieses Sturms, also habe ich meinen Rückweg zum Hauptcanyon – falls ich jetzt in dem bin – mit Wegsäulen markiert. Deshalb hat's eine Weile gedauert, bis ich wieder in Funkweite war.«

»Was für eine Farbe haben sie?«, erkundigte sich Ivan.

»Seid still«, befahl Roger. »Wir versuchen immer noch, ihn aufzuspüren.«

»Wir werden die Stelle wieder finden. Eileen, ist das nicht unglaublich? Wir werden alle – *hey!*«

»Ich bin's bloß«, sagte Roger.

»Ah! Sie haben mich aber erschreckt.«

Eileen lächelte bei der Vorstellung, wie John angesichts der geisterhaften Erscheinung des hoch aufgeschossenen, mit einem Raumanzug bekleideten Roger erschrak. Kurz darauf war Roger mit John wieder bei Eileen, und nachdem John sie umarmt hatte, gingen sie im Canyon zurück zu Dr. Mitsumu, der sie den Hang hinauf zum Zelt führte, das in schieferem Winkel dastand, als Eileen es in Erinnerung hatte.

Sobald sie drin waren, schwatzte die wieder vereinte Gruppe eine Stunde lang über ihr Abenteuer, während Roger duschte und den Wagen waagerecht stellte, und John zeigte die Objekte vor, die er mitgebracht hatte:

Kleine, muschelförmige Steine, manche mit Sandsteinkrusten drum herum. Die Muscheln hatten an den Innenflächen ein spiralförmiges Muster und waren rotschwarz gesprenkelt. Im Großen und Ganzen waren sie schwarz.

Solche Steine hatte Eileen noch nie gesehen; sie hatten große Ähnlichkeit mit den wenigen terranischen Muscheln, die sie aus der Schule kannte. Als sie sie nun in Johns Hand sah, verschlug es ihr den Atem. Leben auf dem Mars; selbst wenn nur noch fossile Spuren davon übrig waren, *Leben auf dem Mars.* Sie nahm John eine der Muscheln ab und betrachtete sie lange Zeit. Es konnte durchaus sein …

Sie mussten ihre Liegen auf dem abschüssigen Zeltboden aufbauen und Kleidungsstücke sowie andere häusliche Gegenstände aus dem Wagen drunterlegen, damit sie einigermaßen waagerecht standen. Noch lange, nachdem sie damit fertig waren, diskutierten sie über Johns Entdeckung, und Eileen merkte, dass die Idee sie in zunehmendem Maße erregte. Der fast geräuschlos gegen das Zelt prasselnde Sand war nur am vollkommenen Fehlen von Sternen zu erkennen. Sie starrte auf ihre undeutlichen, gekrümmten Spiegelbilder in der Innenfläche der Kuppel und dachte darüber nach. Die Clayborne-Expedition, in den Geschichtsbüchern. Und marsianisches Leben … Die anderen palaverten immer weiter.

»Also gehen wir morgen hin, ja?«, wandte sich John an Roger. Die Neigung ihres Zeltes machte es Roger unmöglich, seinen privaten Schlafraum abzuteilen.

»Oder sobald der Sturm vorbei ist, klar.« Roger hatte nur einen Blick auf die Muscheln geworfen und kopfschüttelnd gemurmelt: »Also ich weiß nicht. Machen Sie sich keine zu großen Hoffnungen.« Eileen wunderte sich darüber. »Wir werden Ihren Wegmarkierungen folgen, wenn es geht.« War er jetzt womöglich eifersüchtig auf John?

Das Gespräch nahm kein Ende. Aber die Suche hatte Eileen erschöpft; sie schlief zum Klang ihrer Stimmen ein.

*

Sie wachte auf, als die Liege kippte, sodass sie auf den Boden purzelte; bevor sie es verhindern konnte, war sie über Mrs. Mitsumu und auf John gerollt. Sie erhob sich rasch von ihm und sah Roger drüben beim Wagen, wo er grinsend auf die Anzeigen schaute. Ihre Liege hatte beim Wagen gestanden; hatte er irgendein wichtiges Kleidungsstück darunter weggezogen? Irgendwie hatte der Kerl manchmal den Schalk im Nacken …

Der Lärm weckte die übrigen Schläfer. Sofort wandte sich das Gespräch wieder Johns Entdeckung zu, und Roger pflichtete ihnen bei, dass ihre Vorräte für einen zweiten Ausflug canyonaufwärts ausreichten. Und der Sturm hatte aufgehört; Staub überzog ihre Kuppel. Auf der Hangseite lag er einen halben Zentimeter dick, aber sie sahen, dass der Himmel klar war. Deshalb stiegen sie nach dem Frühstück in ihre Anzüge, unbeholfener denn je auf dem abschüssigen Boden, und traten aus ihrer Unterkunft ins Freie.

Bis dorthin, wo sie John getroffen hatten, war es sehr viel weniger weit, als es Eileen im Sturm vorgekommen war. All ihre Spuren waren verwischt, selbst die manchmal tiefen Reifenspuren des Wagens. John führte sie; er sprang mit riesigen, fast schon unkontrollierten Sätzen dahin.

»Da ist die Felsspitze, wo wir Sie gefunden haben«, sagte Roger von unten und zeigte John zuliebe auf den Bergrücken zu ihrer Rechten. John wartete auf sie; er redete in einem fort nervös vor sich hin. »Da ist die erste Wegsäule«, erklärte er ihnen. »Ich sehe sie da drüben, aber bei all dem Sand sieht sie fast wie ein x-beliebiger Hügel aus. Das könnte schwierig werden.«

»Wir finden die Markierungen schon«, beruhigte ihn Roger.

Nachdem sie alle zu John aufgeschlossen hatten, begannen sie, die südlichen Canyons abzugehen, jeder ein tiefer, vielfingriger Graben in der zum Olympus Mons geneigten Marsebene. John hatte kaum ein Gefühl dafür, wo er gewesen war, er wusste nur, dass er nicht viel weiter oben oder unten gewesen war als jetzt. Einige der Wegsäulen waren schwer zu erkennen, aber Roger hatte geradezu einen siebten Sinn dafür, und auch die anderen erspähten einige. Mehr als einmal jedoch fanden sie einfach keine Markierung und mussten in neun leicht unterschiedliche Richtungen ausschwärmen und sich in der Hoffnung umsehen, auf eine zu stoßen. Jedes Mal rief dann jemand: »Hier ist sie!«, und wie Kinder auf der Suche nach Ostereiern kamen sie zusammen und suchten weiter. Nur einmal gelang es ihnen nicht, die nächste Wegsäule ausfindig zu machen, und dann fragte Roger John nach seinen Erinnerungen an den Weg, den er genommen hatte; immerhin war er bei hellem Tageslicht zu der Stelle gegangen, wie Ivan betonte. Geknickt gab John zu, dass er nicht mehr wusste, welche Richtung er von hier aus eingeschlagen hatte – jeder der kleinen roten Canyons sah fast genauso aus wie der daneben.

»Aber da ist ja die nächste Markierung«, sagte Roger überrascht und deutete auf eine kleine Einbuchtung, die eine seitlich abzweigende Talrinne kennzeichnete. Und als sie die Einbuchtung erreicht hatten, rief John: »Hier ist es! Gleich da vorn in dieser Rinne, in der Wand. Einige sind auch runtergefallen.«

Der gemeinsame Kanal war ein einziges Stimmengewirr, als sie nacheinander in die steilwandige Schlucht einstiegen. Eileen trat durch den engen Zugang und stand unmittelbar darauf vor der beinahe lotrecht aufragenden Südwand, in deren hartem Sandstein Tausende winziger schwarzer Schneckenmuscheln aus Stein eingebettet waren. Auch der Boden der Schlucht war übersät von ihnen; alle hatten annähernd dieselbe Größe, und Löcher führten ins hohle Innere der Muscheln. Viele waren zerbrochen, und als Eileen einige Fragmente untersuchte, sah sie die spiralförmigen Rippen, die so oft ein Anzeichen für Leben waren. In ihren Helmlautsprechern ertönten die aufgeregten Stimmen ihrer Kameraden. Roger hatte die Wand des Canyons bestiegen und inspizierte einen bestimmten Abschnitt. Seine Sichtscheibe war nur Zentimeter vom Gestein entfernt. »Seht ihr, was ich meine?«, fragte John. »Marsianische Schnecken! Ist ganz ähnlich wie diese fossilen Bakterienmatten, von denen sie immer reden, nur höher entwickelt. Damals, als der Mars noch Oberflächenwasser und eine Atmosphäre besaß, hat es also *wirklich* erste Spuren von Leben gegeben. Nur ist es aus Zeitmangel nicht sehr weit gekommen.«

»Nobleton-Schnecken«, sagte Cheryl, und sie lachten. Eileen hob ein Bruchstück nach dem anderen auf. Ihre Erregung wuchs. Die Stücke sahen sich alle sehr ähnlich. Sie strapazierte das Kühlsystem ihres Anzugs, weil sie zu schwitzen begann. Sorgfältig untersuchte sie ein gut erhaltenes Exemplar, zog es dazu aus dem Gestein. Der Geräuschpegel auf dem gemeinsamen Kanal störte sie, und sie wollte ihn gerade abschalten, als Rogers bedächtige Stimme ertönte: »Oh-oh … Hey, Leute. Hey!«

Als es still war, sagte er zögernd: »Ich verderbe euch ja nur ungern die Laune, aber … diese kleinen Dinger sind keine Fossilien.«

»Wie bitte?«

»Was soll das heißen?«, fragten John und Ivan herausfordernd. »Woher wissen Sie das?«

»Tja, es gibt ein paar Gründe«, sagte Roger. Alle schwiegen jetzt und sahen ihn an. »Erstens glaube ich, dass für den Entstehungsprozess von Fossilien ein mehrere Millionen Jahre währender Kontakt mit Sickerwasser erforderlich ist, und den hat es auf dem Mars nicht gegeben.«

»Das glauben wir heute«, wandte Ivan ein. »Aber vielleicht irren wir uns. Fest steht, dass es schon immer Wasser auf dem Mars gegeben hat. Und hier sind schließlich diese Dinger.«

»Na ja …« Eileen merkte, dass er beschloss, nicht näher auf dieses Argument einzugehen. »Vielleicht haben Sie Recht, aber es gibt noch einen besseren Grund: Ich glaube, ich weiß, was das ist. Die Dinger heißen Lapilli – oder ›Blasenkügelchen‹, wie man sie auch manchmal nennt –, aber ich habe noch nie so kleine gesehen. Winzige Lavabomben von einem der Ausbrüche des Olympus Mons. Eine Fallablagerung.«

Alle starrten die Objekte in ihren Händen an.

»Wenn heiße Lapilli in einer bestimmten Art von Sand landen, sinken sie einfach ein und schmelzen den Sand dabei sehr schnell, wobei Gas frei wird, das die Blase und dieses glasartige Innere formt. Und wenn das Lapillo sich dreht, entstehen diese spiralförmigen Kammern. Habe ich jedenfalls gehört. Es muss vor langer Zeit passiert sein, als das hier noch eine ebene Fläche war, und als sie dann gekippt und an diesem Hang ins Rutschen geraten ist, sind diese Schichten aufgebrochen und von späteren Ablagerungen begraben worden.«

»Ich glaube nicht, dass das die einzige mögliche Erklärung ist«, verkündete John, während die anderen die Wand ansahen. Aber es klang für Eileen, als wäre selbst er weitgehend überzeugt.

»Natürlich müssen wir ein paar mitnehmen, um ganz sicher zu gehen«, stimmte Roger in beruhigendem Ton zu.

»Warum haben Sie uns das nicht schon gestern Abend erzählt?«, fragte Eileen.

»Na ja, ich wusste es ja nicht genau, bevor ich nicht das Gestein gesehen hatte, in dem sie steckten. Aber das ist Sandstein mit Lava-Fallablagerungen, wie man es nennt. Deshalb ist er in den oberen Schichten so hart. Sie sind doch Areologin, stimmt's?« In seiner Stimme lag kein Spott. »Sehen die Dinger nicht aus, als ob sie aus Lava wären?«

Eileen nickte widerstrebend. »Doch, schon.«

»Tja, in Lava bilden sich keine Fossilien.«

*

Eine halbe Stunde später trottete die entmutigte, weit auseinander gezogene Gruppe stumm auf dem markierten Weg dahin. John und Ivan waren weit zurückgefallen, beladen mit etlichen Kilo Lapilli. Pseudofossilien, wie Areologen und Geologen sie nannten. Roger ging an der Spitze und unterhielt sich mit den Mitsumus; er versuchte sie alle aufzumuntern, vermutete Eileen. Sie hatte ein schlechtes Gewissen, weil sie das Gestein am Vorabend nicht identifiziert hatte, aber ihre Niedergeschlagenheit war weitaus größer, als sie auf Anhieb erklären konnte, und das machte sie wütend. Alles war so leer hier draußen, so bedeutungslos und formlos …

»Ich habe mal geglaubt, ich hätte Spuren von Außerirdischen gefunden«, sagte Roger gerade. »Ich war ganz allein unterwegs, auf der anderen Seite von Olympus, bin in den Canyons gewandert wie üblich, nur eben allein. Mitten in diesem total zerklüfteten, zerfressenen Gelände stoße ich auf einmal auf eine Wegsäule. Steine stapeln sich nie von allein auf. Also, der Verband der Entdeckungsreisenden hat Unterlagen über jede einzelne Wanderung und Expedition, wisst ihr, und ich hatte vorher nachgesehen und wusste, dass ich mich in unberührtem Gebiet befand, so wie wir jetzt. In diesem Teil der Badlands war noch nie ein Mensch gewesen, so weit der Verband wusste. Aber da war diese Steinsäule. Und ich fand gleich danach noch weitere. Sie waren nicht in einer geraden Linie angeordnet, sondern verliefen zickzackförmig. Und sie waren klein. Winzige Häufchen aus flachen Steinen, vier oder fünf Stück hoch. Als wären sie von kleinen Aliens gebaut, die aus dem Augenwinkel am besten sahen.«

»Da waren Sie bestimmt platt«, sagte Mrs. Mitsumu.

»Ganz recht. Aber wissen Sie, es gab drei Möglichkeiten. Es war eine natürliche Felsformation – extrem unwahrscheinlich, aber es hätte sein können, dass Brotlaib-Formationen auf die Seite gerutscht und dann durch die Erosion in mehrere, noch übereinander gestapelte Stücke zerfallen waren. Oder sie waren von Aliens errichtet worden. Ebenfalls unwahrscheinlich, wenn Sie mich fragen. Oder jemand war dort unterwegs gewesen, ohne es zu melden, und hatte sich vielleicht ein Späßchen für seine späteren Nachfolger erlaubt. Für mich war das die wahrscheinlichste Erklärung. Aber eine Zeit lang, als ich dort war …«

»Sie müssen enttäuscht gewesen sein«, sagte Mrs. Mitsumu.

»Aber nein«, erwiderte Roger gelassen. »Ich glaube, ich fand es in erster Linie amüsant.«

Eileen starrte die Gestalt ihres Führers an, der weit vorn bei den anderen war. Offenbar machte es ihm wirklich nichts aus, dass es sich bei Johns Fund nicht um die Überreste von Leben handelte. In dieser Hinsicht war er anders, nicht so wie John oder Ivan, oder sie selbst; denn sie empfand seine offensichtlich korrekte Erklärung für die kleinen Muscheln als einen viel größeren Verlust, als sie jemals geglaubt hätte. Sie wünschte sich ebenso sehr wie John, Ivan oder einer der anderen, dass es da draußen Leben gab, erkannte sie. All diese Bücher, die sie während ihres Literaturstudiums gelesen hatte … Deshalb hatte sie die Erinnerung daran unterdrückt, dass in Eruptivgestein keine Fossilisation stattfand. Wenn es hier wenigstens früher einmal Leben gegeben hätte – Schnecken, Flechten, Bakterien, was auch immer –, würde das dieser Landschaft irgendwie etwas von ihrer schrecklichen Ödnis nehmen.

Und wenn der Mars nicht damit dienen konnte, musste man eben selbst dafür sorgen – man musste alles Erforderliche tun, um Leben auf seiner trostlosen Oberfläche möglich zu machen, sie so bald wie möglich zu verwandeln, ihr *Leben zu schenken.* Jetzt erkannte sie den Zusammenhang zwischen den beiden Hauptthemen der abendlichen Unterhaltung in ihren isolierten Camps: Terraformung und die Entdeckung ausgestorbenen marsianischen Lebens; und solche Gespräche fanden überall auf dem Planeten statt, vielleicht nicht so intensiv wie hier draußen in den Canyons, aber trotzdem – Eileen hatte ihr ganzes Leben lang auf diese Entdeckung gehofft, hatte an sie *geglaubt.*

Sie holte das halbe Dutzend geborgener Lapilli aus einer ihrer Anzugtaschen und starrte sie an. Abrupt und verbittert warf sie sie weg, und sie schwebten in die Rostwüste hinaus. Sie würden niemals Überreste marsianischen Lebens finden; weder sie noch sonst jemand. Sie wusste mit jeder Faser ihres Körpers, dass es stimmte. All die so genannten Entdeckungen, all die Marsianer in ihren Büchern – sie waren allesamt Bestandteile einer schlichten Projektion, mehr nicht. Menschen wünschten sich Marsianer, so einfach war das. Aber es gab keine Erbauer der Kanäle, es hatte nie welche gegeben; keine laternenpfahlgroßen Geschöpfe mit Hitzestrahleraugen, keine leuchtend bunten Echsen oder Grashüpfer, keine Stachelrochen-Intelligenzen, keine Engel und keine Teufel; keine vierarmigen Spezies, die in blauen Dschungeln Kriege führten, keine großköpfigen, hageren, durstigen Wesen, keine mandeläugigen, dunkelhäutigen Schönheiten, die sich nach terranischem Sperma sehnten, keine klugen kleinen Bleekmen, die benommen in der Wüste umherirrten, keine Telepathen mit goldenen Augen und goldener Haut, keine Doppelgängerrasse – keine irgendwie geartete, verzerrte Reflektion aus dem Spiegelkabinett; es gab keine in Trümmern liegenden Adobe-Paläste, keine Schlösser in ausgetrockneten Oasen, keine mysteriösen Felsenbehausungen, die voll gepackt waren wie ein Museum, keine hologrammatischen Türme, die darauf warteten, Menschen in den Wahnsinn zu treiben, keine komplizierten Kanalsysteme, deren Schleusen mit Sand gefüllt waren, nein, keinen einzigen Kanal; es gab nicht einmal irgendwelches Moos, das jeden Sommer von den Polkappen herunterkroch, und auch keine kaninchenartigen Tiere, die tief unter der Marsoberfläche lebten; keine Windmühlengeschöpfe aus Kunststoff, keine Flechten, die gefährliche elektromagnetische Felder erzeugen konnten, überhaupt keine Flechten; keine Algen in den heißen Quellen, keine Mikroben im Erdreich, keine Mikrobakterien im Regolith, keine Stromatolithen, keine Nanobakterien im Tiefengestein … keinen Urschleim.

All diese vielen Träume. Der Mars war ein toter Planet. Eileen schlurfte durch den gefriergetrockneten Schmutz und beobachtete mit feuchten Augen, wie der rötliche Sand von ihrem Stiefel wegwehte. Alles tot. Das war ihre Heimat: der tote Mars. Nein, nicht nur tot, das hätte ja Leben und Sterben impliziert. Einfach nur ... nichts. Eine rote Leere.

Sie bogen in den Hauptcanyon ein. Weit unten war ihr Zelt; es sah aus, als würde es jeden Moment von seinem Hang rutschen. Ja, das war ein Zeichen von Leben. Eileen grinste humorlos hinter ihrer Sichtscheibe. Außerhalb ihres Anzugs war es vierzig Grad unter Null, und die Luft war keine Luft.

Roger eilte vor ihnen den Canyon hinab, bestimmt um die Luftversorgung und die Heizung im Zelt zu aktivieren oder um den Wagen herauszuholen und alles canyonabwärts zu transportieren. In der fremdartigen Schwerkaft, in der sie ihr ganzes Leben verbracht hatte, sprang er mit großen Sätzen den gewaltigen Graben hinunter, nicht gazellenartig wie John oder Doran, sondern einfach in der geradesten Linie, auf dem effektivsten Weg, in einer Art Felsbrocken-Ballett, das durch seine Einfachheit nur noch anmutiger wirkte. Eileen gefiel das. Dieser Mann hat sich mit der absoluten Leblosigkeit des Mars abgefunden, dachte sie. Der Mars schien seine Heimat, seine Landschaft zu sein. Ein alter Spruch fiel ihr ein: »Wir sind dem Feind begegnet, und der Feind sind wir selbst.« Und dann noch etwas von Bradbury: »Die Marsianer waren da ... Timothy, Robert, Michael, Mom and Dad.«

Sie grübelte über den Gedanken nach, während sie Clayborne canyonabwärts folgte und seine Gehweise nachzuahmen versuchte.

*

»Aber es *hat* einmal Leben auf dem Mars gegeben.« An diesem Abend beobachtete sie ihn. Ivan und Doran unterhielten sich mit Cheryl; John schmollte auf seiner

Liege. Roger plauderte mit den Mitsumus, die ihn mochten. Als sie bei Sonnenuntergang duschten (sie hatten das Zelt an eine andere, ebene Stelle verlegt), ging er nackt zu seiner abgeteilten Kabine, und das flache Onyx-Armband, das er am linken Handgelenk trug, kam Eileen plötzlich wie ein ganz wunderschönes Schmuckstück vor. Sie merkte, dass sie ihn auf die gleiche Weise ansah wie John und der Doktor sie – nur anders –, und errötete.

Nach dem Abendessen zogen sich die anderen schweigsam zu ihren Liegen zurück. Roger erzählte den Mitsumus und Eileen weiterhin Geschichten. Sie hatte ihn nie so viel reden hören. Er schlug ihr gegenüber immer noch einen sarkastischen Ton an, aber sein Lächeln sagte etwas anderes. Sie beobachtete seine Bewegungen ... und seufzte, verärgert über sich selbst; nahm sie nicht genau deswegen an dieser Tour hier draußen teil, um davon wegzukommen? Brauchte oder wünschte sie sich wirklich wieder dieses Gefühl, dieses stimulierende Interesse?

»Sie sind sich immer noch nicht einig, ob es irgendwelche ultrakleinen Nanobakterien im Grundgestein gibt. In den wissenschaftlichen Zeitschriften gehen die Argumente andauernd hin und her. Schon möglich, dass da unten welche sind, so klein, dass wir sie nicht mal sehen könnten. Es hat Berichte über Kontaminationen bei Bohrungen gegeben ... Aber ich glaube es nicht.«

Andererseits war er eindeutig anders als die Männer, die sie in den letzten Jahren kennen gelernt hatte. Nachdem alle anderen zu Bett gegangen waren, konzentrierte sie sich auf diesen Unterschied, diese Eigenschaft; er war ... Marsianer. Er war diese außerirdische Lebensform, und sie begehrte ihn auf eine Weise, wie sie ihre anderen Liebhaber niemals begehrt hatte. Mrs. Mitsumu hatte sie beide angelächelt, als sähe sie, dass etwas zwischen ihnen ablief, etwas, dessen erste zarte Keime sie schon längst bemerkt hatte, in den ständigen Kabbeleien der beiden … Erdenmädchen gelüstet es nach virilem Marsianer; sie lachte über sich, aber so war es. Sie konstruierte immer noch Geschichten, um diesen Planeten zu bevölkern, verliebte sich immer noch, auch gegen ihren Willen. Und sie wollte die Initiative ergreifen. Sie hatte immer nach Eulerts Maxime gelebt: Gefühle sind nur echt, wenn man sie auch auszuleben versucht. Diese Maxime hatte sie auch schon in Schwierigkeiten gebracht, aber das vergaß sie allmählich. Und morgen würden sie den kleinen Außenposten erreichen, das Ziel ihrer Tour, dann war es zu spät. Eine Stunde lang dachte sie darüber nach, schätzte die Blicke ab, die er ihr an diesem Abend zugeworfen hatte. Wie beurteilte man die Blicke eines Außerirdischen? Ach, aber er war ein Mensch – nur auf beneidenswerte Weise an den Mars angepasst –, und in seinen Augen war etwas sehr Menschliches, sehr Verständliches gewesen. Um sie herum zeichneten sich die schwarzen Hügel schemenhaft vor dem schwarzen Himmel ab, der Doppelstern hing über ihr, diese Heimat, auf die sie noch nie einen Fuß gesetzt hatte. Es war einsam hier.

Nun ja, sie war in diesen Dingen nie besonders schüchtern gewesen, aber sie hatte immer eine Herangehensweise bevorzugt, bei der sie den anderen eher zu sich heranzog, hatte eher Annäherungsversuche ermutigt, als selber welche zu unternehmen (jedenfalls für gewöhnlich), sodass ihr Herz wie ein Trommelwirbel schlug, als sie leise von ihrer Liege aufstand und eine Shorts und ein Hemd überzog. Sie schlich auf Zehenspitzen zu den Platten, dachte: *Das Glück ist nur dem Mutigen hold,* und schlüpfte zwischen ihnen hindurch, ging zu ihm.

Er setzte sich auf; sie legte ihm die Hand auf den Mund. Sie wusste nicht, was sie als Nächstes tun sollte.

Ihr Herz klopfte heftiger denn je. Das brachte sie auf eine Idee, und sie beugte sich vor, zog seinen Kopf herum und legte ihn an ihre Rippen, sodass er ihren Pulsschlag hören konnte. Er blickte zu ihr hoch, zog sie auf die Liege herab. Sie küssten sich. Ein paar geflüsterte Worte. Die Liege war zu schmal und knarrte, und sie legten sich nebeneinander auf den Boden und küssten sich. Sie konnte ihn an ihrem Schenkel spüren, hart; eine Art Marsgestein, vermutete sie, wie diese fleischfarbene Jade … Sie flüsterten miteinander, den Mund am Ohr des anderen, wie bei einer Sprechanlage mit Kopfhörern. Es fiel ihr schwer, beim Sex so leise zu sein, dieses Marsgestein zu erforschen, sich davon erforschen zu lassen … Dann schwanden ihr eine Weile die Sinne, und als sie wieder zu sich kam, erzitterte sie hin und wieder; ein gelegentliches Nachbeben, dachte sie bei sich. Eine Seismologie des Sex. Er schien ihre Gedanken zu lesen, denn er flüsterte ihr fröhlich ins Ohr: »Eure Seismographen registrieren uns wahrscheinlich jetzt gerade.«

Sie lachte leise und machte dann den Scherz, der bei den Literaturstudenten an der Universität momentan aktuell war: »Ja, sehr nett … da hat sich die Erde bewegt.«

Nach einer Sekunde kapierte er es und verbiss sich ein Lachen. »Mehrere tausend Kilometer.«

Gelächter ist schwerer zu unterdrücken als die Geräusche der Liebe.

*

Natürlich kann man eine solche Aktivität in einer so kleinen Gruppe – und erst recht in einem so kleinen Zelt – unmöglich verheimlichen, und am nächsten Morgen fing Eileen ein paar anzügliche Blicke von John und ein Lächeln von Mrs. M auf. Es war ein klarer Morgen, und nachdem sie das Zelt im Wagen verstaut hatten und aufgebrochen waren, wanderte Eileen leise vor sich hinpfeifend davon. Während sie zu der weiten Ebene hinunterstiegen, in die der Canyon an seinem tiefsten Punkt mündete, schalteten Roger und sie auf ihren Kanal 33 und unterhielten sich.

»Sag mal, du findest doch nicht wirklich, dass dieses Trockenbett mit ein paar Kakteen und ein bisschen Salbei drin besser aussähe, hm? Oder mit Gräsern?«

»Nee. Mir gefällt es so, wie es ist. Siehst du dieses Fünfeck aus Vulkanglasscherben da drüben?« Er zeigte hin. »Wie hübsch.«

Dank des Helmfunks konnten sie weit voneinander entfernt dahinwandern und sich trotzdem unterhalten, ohne dass jemand es merkte, die Stimme des anderen direkt im Ohr. Also redeten und redeten sie. Jeder hat in seinem Leben schon sehr wichtige Gespräche geführt: Klarheit des Ausdrucks, schnelle Gefühlsregungen, Aufmerksamkeit gegenüber den Worten des anderen, der Glaube an die Realität der Welt des anderen – aus diesen und anderen Elementen bestehen solche Gespräche, während die Worte selbst zugleich von den simpelsten, normalsten Dingen handeln können:

»Schau dir diesen Felsen an.«

»Wie hübsch dieser Kamm vor dem Himmel aussieht – er muss hundert Kilometer entfernt sein, aber man hat den Eindruck, man könnte ihn anfassen.«

»Alles ist so rot.«

»Ja. Der rote Mars. Ich liebe ihn. Ich bin sehr für den roten Mars.«

Sie dachte darüber nach, während sie durch den sich verbreiternden Canyon wanderten, an gegenüberliegenden Hängen, ein Stück vor den anderen. Bald würden sie wieder in der Welt der Städte sein, in der großen weiten Welt. Da draußen gab es Menschen in rauen Massen, und wenn man jemanden kennen lernte, würde man ihn vielleicht nie wiedersehen. Andererseits … sie schaute zu dem hoch gewachsenen Mann mit den linkischen Proportionen hinüber, der mit katzenhafter marsianischer Anmut in der Traumschwerkraft über die Dünen marschierte. Wie ein Tänzer.

»Wie alt bist du?«, fragte sie.

»Sechsundzwanzig.«

»Mein Gott!« Er hatte schon so viele Falten. Mehr Sonne als die meisten.

»Was?«

»Ich hab dich für älter gehalten.«

»Nein.«

»Wie lange machst du das schon?«

»In Canyons wandern?«

»Ja.«

»Seit ich sechs bin.«

»Oh.« Das erklärte, wieso er sich in dieser Welt so gut auskannte.

Sie durchquerte den Canyon, um neben ihm herzugehen. Als er das sah, kam er von seinem Hang herunter, und sie gingen mitten auf dem Trockenbett entlang.

»Kann ich wieder mit dir auf Tour gehen?«

Er sah sie an: hinter der Sichtscheibe ein Grinsen. »O ja. Es gibt einen Haufen Canyons zu sehen.«

Der Canyon öffnete sich, wurde dann flacher, und seine Wände verschmolzen mit der weiten, mit Felsbrocken übersäten Ebene, auf der sich einige Kilometer voraus der kleine Außenposten befand. Eileen konnte ihn in der Ferne gerade eben erkennen, wie ein Schloss aus Glas: im Grunde ein Zelt wie das ihre, nur viel größer. Dahinter ragte der Olympus Mons geradewegs über den Himmel hinaus.

3

DAS ARCHAEA-KOMPLOTT

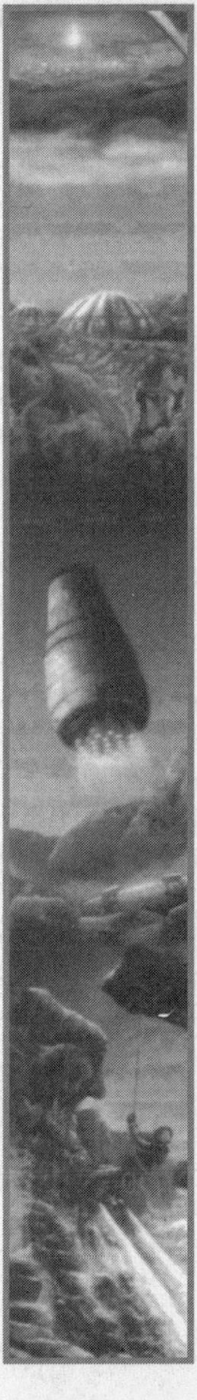

Die kleinen roten Leute hielten rein gar nichts von der Terraformung. So weit es sie betraf, machte sie alles kaputt, so wie die globale Erwärmung auf der Erde alles kaputt machte, nur um zwei Größenordnungen schlimmer, wie üblich. Alles auf dem Mars unterscheidet sich um zwei Größenordnungen von seinem Pendant auf der Erde – um zwei Größenordnungen nach oben oder nach unten.

Die Beziehung zwischen den kleinen roten Leuten und den eingeführten terranischen Organismen war natürlich ohnehin schon kompliziert. Um sie vollständig zu verstehen, muss man sich die noch kleineren Verwandten des kleinen roten Volkes ins Gedächtnis rufen, die Alten. Das waren die Archaea, das dritte Organismenreich neben Eubakterien und Eukaryonten – und in diesem Fall überdies Bewohner jener panspermischen Wolke, die vor vier Milliarden Jahren nach einem viele Lichtjahre weiten Flug von ihrem Ort spontaner Entstehung im Umfeld eines frühen Sterns der zweiten Generation aus dem Weltraum auf den Mars niedergegangen war. Hauptsächlich *Thermoproteus* und *Methanospirillum*, wie es scheint, dazu noch ein paar *Haloferax*. Sie waren hyperthermophil, und darum war der frühe Mars der schweren Bombardements genau das Richtige für sie. Aber dann wurden einige dieser Reisenden durch einen Meteoriteneinschlag von der Oberfläche des Mars gepustet und legten später auf der Erde eine Bruchlandung hin, wobei sie den dritten Planeten befruchteten und die lange, wilde terranische Evolution in Gang setzten. Folglich ist alles irdische Leben in diesem eingeschränkten Sinn marsianisch, obwohl es in Wahrheit sogar noch viel älter ist.

Später kam dann Paul Bunyan, der ferne Nachkomme dieser panspermischen Archaebakterien, auf den Mars und stellte fest, dass er kalt und allem Anschein nach leer war, obwohl einige der Alten noch fortlebten und in diversen submarsianischen Magmazirkulationen herumkarriolten. Paul und sein großer blauer Ochse Babe wurden bekanntlich vom Großen Mann besiegt und von ihm durchs Innere des Planeten, den Krustenmantel und den Kern geschleudert. Von dort breitete sich Johns innere bakterielle Familie über den gesamten Regolith des Planeten aus und setzte zum so genannten kryptoendolithischen großen Sprung nach vorn an, jener ersten submarsianischen Terraformung, die am Ende ihrer Evolution das kleine rote Volk hervorbrachte, wie wir es kennen.

Die Marsianer waren also wieder nach Hause gekommen, fast so klein wie beim ersten Mal – allerdings ungefähr zwei Größenordnungen größer als die verbliebenen Alten, das schon. Aber die Beziehung zwischen dem kleinen roten Volk und den Archaebakterien war alles andere als einfach. Urenkel von Neffen zweiten Grades? Irgendwas in der Art.

Trotz dieser Blutsbande fanden die kleinen roten Leute schon in den frühen Phasen ihrer Zivilisation heraus, dass man ihre Vorfahren, die Archaebakterien, als Nahrungsmittel wie auch als Baumaterial, Bekleidungsstoff und dergleichen züchten und ernten konnte. Die Erfindung dieser Form von Landwirtschaft, Viehzucht oder Industrie hatte eine ungeheure Bevölkerungexplosion zur Folge, da die kleinen roten Leute durch diese Ausbeutung der Ebene des Lebens unmittelbar unter der ihren eine höhere Stufe in der Nahrungskette erklommen hatten. Schön für sie, und weil sie uns auf ihre subtile Weise so sehr geholfen haben, auch schön für die Menschen auf dem Mars; aber die Archaea fanden es barbarisch. Die kleinen roten Leute interpretierten ihre verdrossenen, stupiden Blicke als reine Unterwürfigkeit, doch die Archaea sahen sie die ganze Zeit an und dachten: Ihr Kannibalen, eines Tages zahlen wir's euch heim.

Und so heckten sie ein Komplott aus. Sie sahen, dass die Terraformung nur eine Fortsetzung des immer gleichen aeroben Krams war; dass das kleine rote Volk sich daran anpassen, sich in das neue, größere System einfügen und zur Oberfläche hinaufwandern würde, um seinen kleinen roten Platz in der wachsenden Biosphäre einzunehmen, während die Alten weiterhin in pechschwarzer Finsternis festsitzen und von Wärme, Wasser und den chemischen Reaktionen zwischen Wasserstoff und Kohlendioxid leben würden. Das ist nicht fair, sagten die Archaebakterien zueinander. So läuft das nicht. Und überhaupt, eigentlich ist das unser Planet. Wir sollten ihn zurückerobern.

Aber wie, fragten manche. Wohin man heutzutage auch geht, überall ist Sauerstoff, außer hier unten. Und es wird mit jedem Tag schlimmer.

Wir finden schon eine Möglichkeit, erwiderten einige der anderen. Wir sind *Thermoproteus,* uns fällt schon was ein. Wir infiltrieren sie irgendwie. Sie haben uns vergiftet; jetzt vergiften wir sie. Ihr müsst nur den richtigen Moment abwarten und die Verbindung aufrecht erhalten. Irgendwann kommt der Tag der anaeroben Revolte.

4

WIE DAS LAND ZU UNS SPRACH

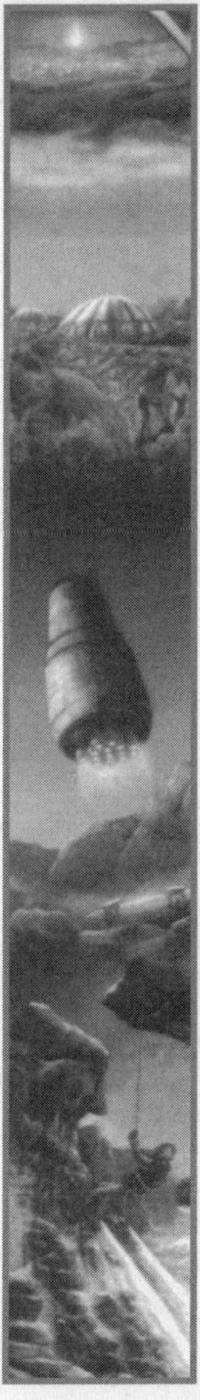

1. Der große Steilhang

Bekanntlich ist der Ursprung der großen Zweiteilung zwischen dem Tiefland im Norden und dem von Kratern übersäten Hochland im Süden immer noch ein Streitpunkt unter den Areologen. Möglicherweise ist sie das Ergebnis des stärksten Einschlags während des frühgeschichtlichen schweren Bombardements, dann wäre der Norden das größte Einschlagsbecken. Vielleicht tobten damals aber auch noch tektonische Kräfte in der gerade erst entstandenen Kruste, und in der südlichen Hemisphäre war ein früher protokontinentaler Kraton – wie Pangäa auf der Erde – hochgestiegen und dann hart geworden, weil der kleinere Planet schneller abkühlte als die Erde, ohne dass die tektonischen Platten anschließend zerbrachen und auseinander trieben. Man sollte meinen, dass die Areologie sich angesichts derart unterschiedlicher Deutungsansätze rasch

Fragen ausdenken würde, die entweder die eine oder die andere Erklärung bestätigen oder widerlegen, aber bisher ist das nicht der Fall; beide Erklärungen haben Befürworter angezogen, die sehr überzeugende Argumente für ihre jeweiligen Positionen vorbringen, und so hat sich die Sache zu einer der wichtigsten Debatten in der Areologie entwickelt. Ich persönlich habe keine Meinung dazu.

Die Frage hat indirekte Folgen für viele andere areologische Themen, aber man sollte auch einmal daran denken, was die große Zweiteilung für die Menschen bedeutet, die auf dem Mars umherstreifen. Wenn man durch Echus Chasma zu dessen östlichen Klippen wandert, hat man vielleicht den dramatischsten Zugang zu dem so genannten Großen Steilhang, der die beiden Hälften trennt.

Der Boden von Echus Chasma ist Chaos in seiner chaotischsten Form, und jemand, der zu Fuß unterwegs ist, muss endlose Umwege und Abschweifungen in Kauf nehmen, wenn er vorankommen will. Heutzutage kann man zwar dem Wanderweg folgen und das unumgängliche Auf und Ab, die unvermeidlichen Schlenker, Sackgassen und Kehrtwendungen auf ein Minimum reduzieren; und der Wanderweg durchs Labyrinth ist geradezu das Modell effizienter Wegführung durch ein solch zerklüftetes Terrain; trotzdem, wenn man ein Gefühl dafür bekommen will, wie es in der Anfangszeit war, sollte man den Wanderweg vielleicht lieber verlassen und auf einer neuen, nicht wiederholbaren Route zu einer Querfeldeinwanderung durch die Einöde aufbrechen.

Wenn man das tut, wird man rasch feststellen, dass man nicht genug von der Umgebung sieht, um einen Kurs über größere Entfernungen festzulegen. Oftmals reicht der Blick höchstens einen Kilometer weit über eine Landschaft, die nur aus großen, klobigen, erodierten Basalt- und Andesitblöcken besteht; es ist, als würde man eine Schutthalde überqueren, deren Trümmer sich um zwei oder drei Größenordnungen von jenen unterscheiden, die man normalerweise unter den Füßen zertritt. Man schlängelt sich also durch das Gelände, wie eine Ameise sich durch einen Trümmerhaufen arbeiten muss. Wohin man auch schaut, überall steht man vor kleinen, aber unbesteigbaren Felsen. Man kommt nur voran, indem man sich an die Kammlinien hält und ein riesiges Loch nach dem anderen umgeht, immer in der Hoffnung, dass man dort, wo die Kammlinien aufeinander treffen, von einer zur anderen wechseln kann. Es ist, als wollte man ein Heckenlabyrinth dadurch überwinden, dass man oben auf den Hecken bleibt.

Chaotisches Terrain: Der Name ist vollauf zutreffend. Hier hat die Oberfläche der Welt einst ihren Unterbau verloren, als das Grundwasser in der Schicht darunter rapide abfloss, eine gewaltige Flutwelle bergab und über den Horizont hinweg – in diesem Fall durch Echus Chasma, um die große Biegung von Kasei Vallis herum, durch die enge Schlucht von Kasei und hinaus auf Chryse Planitia, etwas über zweitausend Kilometer entfernt. Und als das geschah, stürzte die ganze Landschaft in sich zusammen.

Also geht, klettert oder krabbelt man Tag für Tag über die schiefen Ebenen und Bruchkanten der großen Blöcke der herabgestürzten Kruste. Man kann sehen, was passiert ist: Das Land ist abgesackt und zerbrochen; es hatte zu wenig Platz, und so blieb es ganz schief und zerborsten liegen. Die anschließenden drei Milliarden Jahre Winderosion und Staubfall haben die Gewalt dieses uralten Einsturzes kaum überdeckt. Es ist eine Ironie, dass eine derart instabil wirkende Landschaft in Wahrheit so alt und unverändert ist.

Man hat es also mit geborstenem Gestein zu tun, so weit das Auge reicht. Was zugegebenermaßen nicht weit ist; selbst an den höchsten Punkten des Weges (der Labyrinth-Pfad folgt einer Linie, die von einem zum nächsten führt) ist der Horizont nur drei, vier Kilometer entfernt. Ein eng umgrenztes, wirres Ödland rostfarbener Felsen.

Auf dem höchsten Punkt eines langen, dachfirstartigen Kamms ist man schließlich so hoch oben, dass weit im Osten, in großer Ferne, über dem Krakelee gerade eben die Gipfel einer Bergkette sichtbar werden, blassorange im Spätnachmittagslicht. Wenn man an dieser exponierten Stelle sein Lager aufschlägt, wirkt die ferne Bergkette im Alpenglühen wie die träge in den Himmel steigende Wand einer anderen Welt.

Doch am nächsten Morgen begibt man sich wieder in das Labyrinth aus Erosionskesseln, winzigen Durchgängen, Kammlinien und gelegentlichen flachen, von Felsblöcken gebildeten Plateaus hinab, das an die Dächer niedriger Häuser in Manhattan erinnert. Die Durchquerung eines solchen Geländes verlangt höchste Konzentration, und so vergisst man den Anblick der fernen Bergkette beinahe, so groß sind die Probleme (in dieser Region fanden wir in einer dreißig Meter hohen Felswand eine wie von der Vorsehung geschickte Spalte, in der wir gefahrlos absteigen und unsere Sachen an Seilen hinunterlassen konnten) – bis sie sich an der nächsten exponierten Stelle dieses Weges durchs Chaos wieder ins Blickfeld hebt, näher und scheinbar höher, weil man nun mehr von der Wand sieht als nur den obersten Teil. Keine Bergkette, das wird einem jetzt klar, sondern eine Steilwand, die sich nach Norden und Süden erstreckt, von Horizont zu Horizont, eine typische, von den üblichen Gebirgsspornen und Rinnen gezeichnete Felswand, ein bisschen ausgezackt am oberen Rand, aber dennoch massiv und solide – die Zeichnungen ohne jede Tiefe, wie der Bürsteneffekt auf bestimmten Metallflächen.

Und mit jedem Tag rückt sie ein Stück näher – sofern sie überhaupt über den Horizont lugt, was sie jetzt immer öfter und immer länger tut, aber nie die ganze Zeit, weil man sehr oft in die Tiefen der nächsten Senke in diesem abgesunkenen Land absteigen muss. Doch wenn man sich weiterhin ungefähr in östlicher Richtung hält und nicht gerade ganz unten in einem Erosionskessel ist, ragt die Felswand schließlich im Osten unzweideutig über der Welt empor, türmt sich über dem Horizont auf, der beharrlich nicht mehr als fünf Kilometer entfernt bleibt. Zu diesem Zeitpunkt hat man also im Endeffekt zwei Horizonte; der eine nah und niedrig, der andere fern und hoch.

Und endlich kommt man so dicht an die Steilwand heran, dass sie den Himmel im Osten einfach ausfüllt. Sie steigt verblüffend nah am Zenit empor; es ist, als würde man gegen die Wand einer größeren Welt laufen. Als würde man über einen trockenen, rissigen Meeresboden zur Wand eines Kontinentalschelfs krabbeln. Die Rinnen und Einbuchtungen in der Steilwand sind jetzt komplette eigene Landschaften, Canyonwelten von großer Tiefe und noch größerer Steilheit. Jeder Gebirgssporn zwischen ihnen erweist sich jetzt als riesiger Pfeiler, der die Wand einer höheren Welt rippt. Die vereinzelten horizontalen Absätze an diesen Pfeilern wirken so groß, als könnten sie komplette Inselsiedlungen tragen. Aber das ist von unten schwer zu erkennen.

Und tatsächlich, wenn man Cliff Bottom View erreicht, einen der letzten Aussichtspunkte im Chaos, der fast so hoch liegt wie der schmale, hügelige Plateaustreifen zwischen dem Chaos und der Steilwand, und endlich das ganze Land zwischen dem eigenen Standort und dem Fuß der großen Felswand vor sich erblickt, sieht man deren oberstes Ende nicht mehr. Ihre Masse versperrt einem die Sicht, und was dort hoch oben am Zenit den Himmel rahmt, ist nicht der eigentliche oberste Rand, obwohl es einem so vorkommen kann, wenn man nicht aufgepasst hat, sondern ein etwas tiefer gelegener Vorsprung an der Wand.

Nur wenn man mit einem kleinen Blimp in die Luft steigt und immer höher hinauffliegt, weg von der Felswand, zurück über den östlichen Teil des Chaos, kann man sie in ihrem ganzen Ausmaß sehen. Wenn man einen Bezugspunkt im Auge behält, erkennt man, dass sich das, was man am letzten Rastplatz fälschlicherweise für den obersten Rand der Felswand gehalten hat, nur ungefähr auf Zweidrittelhöhe befindet; der Rest war dem Blick entzogen gewesen; und überhaupt hatte der sehr starke optische Effekt der perspektivischen Verkürzung einen in Bezug auf die wahre Höhe der Wand getäuscht. Man steigt immer höher empor, höher und höher, wie ein Vogel, der in einem Aufwind kreist, und als wir aus dieser Perspektive schließlich die ganze Felswand zugleich sahen, brachen wir einfach in Gelächter aus, wir konnten nicht anders – wir lachten oder weinten, oder beides zugleich, der Mund stand uns offen, wir *glotzten* sie geradezu an, und es gab wirklich nichts, was wir sagen konnten, so groß war sie.

2. Die Flächen

In Argyre gibt es ebene Sandflächen, die rundum bis zum Horizont reichen.

Normalerweise wird der Sand zu Dünen aufgeweht. Zu allen möglichen Arten von Dünen, von ganz feinen Kräuselungen des Bodens bis zu wahrhaft gigantischen Sicheldünen. Aber in manchen Gebieten fehlen sogar diese, und man steht auf einer flachen Ebene aus Sand oder Stein, über der sich der Himmel wölbt.

Es heißt, wenn man genau hinschaut, bildet der Himmel das visuelle Äquivalent einer Kuppel. Keine richtige Halbkugel, sondern eine leicht abgeflachte. Das ist eine praktisch universelle menschliche Wahrnehmung, Resultat einer permanenten Überschätzung der horizontalen gegenüber der vertikalen Distanz. Auf der Erde scheint der Horizont doppelt bis viermal so weit entfernt zu sein wie der Zenit, und wenn man jemanden bittet, den Bogen zwischen dem Zenit und dem Horizont in zwei gleiche Stücke zu teilen, liegt der gewählte Punkt erheblich tiefer als bei fünfundvierzig Grad; am Tag ungefähr bei zweiundzwanzig Grad, wie ich festgestellt habe, nachts bei dreißig Grad. Röte verstärkt diesen Effekt. Wenn man den Himmel durch rotes Glas betrachtet, wirkt er niedriger; wenn man ihn durch blaues Glas betrachtet, höher.

Auf dem Mars ist der Horizont bei freiem Blick nur ungefähr halb so weit entfernt wie auf der Erde – ungefähr fünf Kilometer –, und dadurch wirkt der Himmel im Zenit manchmal einfach noch niedriger – als ob er vielleicht zwei Kilometer über einem wäre. Es hängt davon ab, wie klar die Luft ist, und da gibt es natürlich erhebliche Unterschiede: Manchmal schien mir die Himmelskuppel zehn Kilometer hoch zu sein, oder sogar transparent bis zur Unendlichkeit. Aber meistens kam sie mir niedriger vor. Tatsächlich hat das Himmelsgewölbe jeden Tag eine andere Form, wenn man sich die Zeit nimmt, es aufmerksam zu betrachten.

Aber ganz gleich, wie transparent der Himmel ist oder welche Form seine Kuppel hat: Der Sand ist immer derselbe. Flach; rötlich-braun; zum Horizont hin roter. Diese typische Färbung macht sich bemerkbar, sobald auch nur ein Prozent des Grundgesteins oder des Staubs auf dem Boden aus Eisenoxiden wie Magnetit besteht. Das ist überall auf dem Mars der Fall, außer in den Lavaebenen von Syrtis, die fast schwarz sind, wenn der Staub weggeweht wird – einer meiner Lieblingsorte (und das erste Merkmal des Mars, das jemand von der

Erde aus durch ein Teleskop sah, nämlich Christiaan Huygens im Jahre 1654).

Jedenfalls: eine makellose rote Fläche, rundum bis zum kreisförmigen Horizont. Wenn man im Zentrum bestimmter flacher Krater steht, sieht man sogar einen doppelten Horizont: der untere fünf Kilometer entfernt, und vollkommen gerade; der obere weiter weg, und meistens weniger gerade, ja sogar gezackt. (Dieser zweite Horizont flacht die Himmelskuppel ebenfalls beträchtlich ab.)

Die vollständig flachen Gebiete sind jedoch der reinste Anblick. Ein großer Teil von Vastitas Borealis ist so eben, dass dies nur durch die jahrmillionenlange Existenz als Boden eines Meeres zu erklären ist. Und Teile von Argyre Planitia sind genauso eben. Wir dürfen diese Orte nicht verlieren. In diesen Regionen ist man mit einer radikal vereinfachten Landschaft konfrontiert. Dort den Blick schweifen zu lassen, ist eine surreale Erfahrung – surreal im eigentlichen Sinn des Wortes, weil man an einem »über-realen« oder »mehr als realen« Ort zu stehen meint; ein höherer Zustand als die Realität, oder ein unverhüllter Blick auf die Realität in ihrer nacktesten, heraldischsten Schlichtheit. Dann sagt die Welt: Das ist es, woraus der Kosmos besteht; Stein, Himmel, Sonne, Leben (man selbst). Was für eine massive ästhetische Wirkung von dieser derart vereinfachten Landschaft ausgeht! Sie *zwingt* einen, ihr Aufmerksamkeit zu schenken; sie ist so ungewöhnlich, dass man sie dauernd anschaut, man kann nichts anderes tun und an nichts anderes denken – als würde man sein Leben in einer permanenten totalen Sonnenfinsternis oder einem anderen physikalischen Wunder verbringen. Was natürlich immer der Fall ist. Das darf man nie vergessen.

5

MAYA UND DESMOND

1. Maya findet Desmond

Nachdem Maya das fremde Gesicht durch die Flasche in der Farm der *Ares* gesehen hatte, musste sie immerzu daran denken. Es machte ihr Angst, aber sie war kein Feigling. Und es war ein Fremder gewesen, keiner der Hundert. Auf ihrem Schiff!

Und dann erzählte sie John davon, und er glaubte ihr. Er glaubte an sie; also würde sie diesen Fremden aufspüren müssen.

Als Erstes rief sie die Schiffspläne auf und studierte sie so gründlich wie noch nie. Überrascht stellte sie fest, wie viele Räume es in dem Schiff gab, wie groß ihr Gesamtvolumen war. Sie hatte die Bereiche gekannt, wie man ein Hotel, ein Schiff oder ein Flugzeug kennt, oder auch die eigene Heimatstadt – als Reihe alltäglich begangener Wege, die das Ganze wie auf einer geistigen Landkarte durchzogen. Diese Landkarte konnte sie in ihrem Innern aufrufen, sodass sie klar und scharf vor ihrem geistigen Auge erschien; aber alles andere war verschwommen und – falls sie überhaupt daran dachte – von dem abgeleitet, was sie kannte; aber diese Ableitungen waren falsch gewesen, wie sie jetzt herausfand.

Trotzdem, es gab nur eine begrenzte Menge Lebensraum in dem Ding. Die Achsenzylinder waren im Großen und Ganzen nicht bewohnbar, die acht Torusse hingegen größtenteils schon; aber in ihnen herrschte auch sehr reger Verkehr. Es würde nicht so einfach sein, sich dort zu verstecken.

Sie hatte ihn in der Farm gesehen. Es war möglich, vielleicht sogar wahrscheinlich, dass der Mann Verbündete in der Farm-Crew hatte, die ihm halfen, sich zu verstecken. Es fiel ihr schwer, an einen einsamen blinden Passagier zu glauben, den niemand an Bord kannte.

Deshalb begann sie in der Farm.

Jeder Torus war ein Oktagon aus acht amerikanischen Shuttletreibstofftanks, die mit Trägerraketen in die Erdumlaufbahn geschickt und dort zusammengesetzt worden waren. Weitere Tankbündel bildeten die lange Achse, die sich mitten durch die Torus-Oktagone bohrte, und diese waren wiederum durch enge, speichenartige Durchgangsröhren mit der zentralen Achse verbunden. Das gesamte Raumschiff drehte sich um die Längsachse, während es mit der Nase voran zum Mars flog; die Geschwindigkeit dieser Rotation erzeugte eine Zentrifugalkraft, die der Marsschwerkraft entsprach, zumindest am äußeren Rand der Torusringe. Die Corioliskraft hatte zur Folge, dass man das Gefühl hatte, sich ein wenig nach vorn zu beugen, wenn man gegen die Drehrichtung des Schiffes ging. Der gegenteilige Effekt, wenn man in die andere Richtung ging, war irgendwie weniger auffällig. Man musste sich gegen die Wirklichkeit stemmen, um voranzukommen.

Die Farm nahm den gesamten Torus F ein. Gut beleuchtete Reihen von Gemüse und Getreide erstreckten sich in eine kreisrunde Unendlichkeit. Über den Decken und unter den Fußböden waren die Vorräte verstaut. Mit anderen Worten: jede Menge Verstecke, wenn man sich wirklich daran machte, jemanden zu suchen. Besonders wenn man es heimlich tun wollte, wie Maya. Sie suchte nachts, wenn alle schliefen. Da flogen sie nun durch den Weltraum, und trotzdem waren die Leute unglaublich tagaktiv, mit der Regelmäßigkeit eines Uhrwerks; tatsächlich war dafür auch ein Uhrwerk verantwortlich, nämlich das Uhrwerk ihrer eigenen Biologie; und es zeigte, wie viel von ihrer tierischen Natur sie mit sich trugen. Aber es bot Maya die gewünschte Gelegenheit.

Sie fing in dem Raum an, in dem sie das Gesicht gesehen hatte, und vergewisserte sich, dass niemand sie dabei beobachtete. In gewissem Sinn war sie also bereits eine Verbündete des Mannes. Sie arbeitete sich durch die ganze Farm, Reihe für Reihe, Lagerraum für Lagerraum, Tank für Tank. Niemand da. Sie setzte die Suche einen Torus weiter hinten bei den Speichertanks fort. Tage vergingen, und der Mars wuchs zur Größe einer Münze heran.

Im Verlauf ihrer Suche wurde ihr klar, wie ähnlich sich all die Räume sahen, auch wenn sie noch so sehr auf ihren jeweiligen Verwendungszweck zugeschnitten waren. Sie lebten in Tanks aus Metall, und alle Tanks ähnelten sich, so wie die Jahre eines Lebens. Wie das Großstadtleben überall auf der Erde, erkannte sie eines Tages: ein Innenraum nach dem anderen. Hin und wieder die große Blasenkammer, die der Himmel war. Menschliches Leben fand in Schachteln statt. Die Flucht vor der Freiheit.

Sie suchte sämtliche Torusse ab und fand ihn nicht. Sie durchsuchte die Achsentanks und fand ihn nicht.

Vielleicht war er in irgendjemandes Zimmer; viele

davon waren verschlossen, wie in jedem Hotel. Vielleicht war er irgendwo, wo sie nicht nachgeschaut hatte. Vielleicht wusste er, dass sie ihn suchte, und wich ihr aus.

Sie fing wieder von vorne an.

Die Zeit wurde knapp. Der Mars hatte die Größe einer Orange. Einer fleckigen, gesprenkelten Orange. Bald würden sie am Ziel sein, dann kamen das Aerobremsmanöver und die weitere Reduzierung der Geschwindigkeit sowie die Anpassung des Tag-und-Nacht-Zyklus im Orbit.

*

Es war fast so, als würde sie beobachtet. Irgendwie hatte sie sich immer beobachtet gefühlt, als fände ihr Leben auf einer unsichtbaren Bühne statt, eine Aufführung für ein unsichtbares Publikum, das ihre Geschichte mit Interesse verfolgte und sich ein Urteil über sie bildete. Irgendjemand, irgendetwas musste ihre endlosen Gedankengänge doch hören, oder nicht?

Aber diesmal war es realer. Sie verbrachte ihre arbeitsreichen Tage mit den Vorbereitungen auf die Ankunft, stahl sich davon, um mit John zu schlafen, wich Frank aus, um es nicht auch mit ihm tun zu müssen, und spürte dabei die ganze Zeit, dass Augen auf sie gerichtet waren, von irgendwoher. Sie hatte gelernt, dass sie immer und überall in einem Tank voller Dinge war, und sich antrainiert, die Dinge im Tank vor der platonischen Form des Tanks selbst zu sehen, nach Diskrepanzen wie falschen Wänden oder Fußböden zu suchen, und manchmal fand sie auch welche. Hin und wieder fuhr sie abrupt herum. Aber diese Augen sah sie nie.

Eines Nachts kam sie aus Johns Zimmer und spürte, dass sie allein war. Sofort kehrte sie zur Farm zurück und begab sich von deren Decke aus in die Achsentanks. Über der Decke, unter der flachen Krümmung der inneren Tankwand, gab es einen Lagerraum, dessen Rückwand zu nah war, als dass er das wahre Ende des Tanks sein konnte. Sie hatte das eines Morgens beim Frühstück entdeckt, ohne an irgendetwas zu denken. Jetzt zog sie einen Stapel Kisten weg, die vor dieser falschen Wand standen, und sah, dass die ganze Wand eine Tür mit einem Griff war.

Die Tür war verschlossen.

Sie richtete sich auf und dachte nach. Dann klopfte sie dreimal leise an die Tür.

»Roko?«, sagte eine heisere Stimme von drinnen.

Maya schwieg. Ihr Herz schlug hart und schnell. Der Griff drehte sich, und sie packte ihn, riss die Tür auf und zog einen dünnen braunen Arm heraus. Sie ließ die Tür los und packte den Arm fester; sofort wurde sie in das winzige Abteil gezerrt und von zwei Händen in einen Klammergriff genommen.

»Hör auf!«, rief sie, und als der Mann unter ihrem Arm hindurch zu fliehen versuchte, warf sie sich auf ihn, krachte schwer gegen Kisten und Isolierpolster, ließ das Handgelenk jedoch nicht los. Sie setzte sich mit aller Kraft auf ihn, als wollte sie ein wütendes Kind am Boden festhalten. »Hör auf! *Ich weiß, dass du hier bist!*«

Er gab seinen Fluchtversuch auf.

Sie nahmen beide eine etwas bequemere Position ein, und sie lockerte ihren Griff um den Arm des Mannes, hielt ihn aber trotzdem fest, weil sie nicht darauf vertraute, dass er nicht weglaufen würde. Ein kleiner, drahtiger Schwarzer, schmales, irgendwie verzogenes oder asymmetrisches Gesicht, große braune Augen, so ängstlich wie die eines Rehs. Schmale Handgelenke, aber steinharte Unterarmmuskeln unter der Haut. Er zitterte in ihrem Griff. Wenn sie Jahre später an ihre erste Begegnung zurückdachte, erinnerte sie sich vor allem an sein Fleisch, das in ihrer Hand bebte wie das eines verängstigten Kitzes.

Sie sagte scharf: »Was glaubst du, was ich jetzt mache? Glaubst du, ich erzähle allen von dir? Oder schicke dich heim? Hältst du mich für so jemand?«

Er schüttelte den Kopf, mit abgewandtem Gesicht, warf ihr jedoch einen Blick zu, in dem eine neue Mutmaßung lag.

»Nein«, sagte er, fast im Flüsterton. »So jemand bist du nicht, ich weiß. Aber ich hatte solche Angst.«

»Vor mir brauchst du keine zu haben«, sagte sie. Impulsiv streckte sie die freie Hand aus und strich ihm über die Schläfe. Er erschauerte wie ein Pferd. Körper wie ein Bantamgewichtsringer. Ein Tier, das sich unwillkürlich bewegte, wenn es von einem anderen Tier berührt wurde. Vielleicht hungerte er nach Berührungen. Sie wich von ihm zurück, ließ seinen Arm los, setzte sich mit dem Rücken an die gepolsterte Wand und musterte ihn. Ein irgendwie merkwürdiges Gesicht, schmal und dreieckig, mit dieser Asymmetrie. Wie Illustriertenbilder von Rastafaris aus Jamaika. Von unten wehte der Geruch der Farm herauf. Er hatte keinen Geruch, so weit sie erkennen konnte, oder vielleicht roch er genauso wie die Farm.

»Also, wer hilft dir?«, fragte sie. »Hiroko?«

Seine Augenbrauen schossen in die Höhe. Nach kurzem Zögern: »Ja. Natürlich. Hiroko Ai, der Teufel soll sie holen. Meine Chefin.«

»Deine Herrin.«

»Meine Besitzerin.«

»Mit der du schläfst.«

Verwirrt senkte er den Blick auf seine Hände, die zu groß für seinen Körper wirkten. »Ich und das halbe Farmteam«, sagte er mit einem bitteren kleinen Lächeln. »Sie hat uns alle um den kleinen Finger gewickelt. Und dabei hause ich in einem Kriechraum, Herrgott noch mal.«

»Um zum Mars zu kommen.«

»Um zum Mars zu kommen«, wiederholte er verbittert. »Um mit ihr zusammen zu sein, meinst du. Ich Idiot, ich verdammter, närrischer, verrückter Idiot.«

»Woher kommst du?«

»Tobago. Trinidad-Tobago, kennst du das?«

»In der Karibik? Ich war mal auf Barbados.«

»So ähnlich, ja.«

»Aber jetzt der Mars.«

»Irgendwann.«

»Wir sind fast da«, sagte sie. »Ich habe schon befürchtet, wir könnten ankommen, bevor ich dich finde.«

»Hmpf«, machte er, blickte kurz zu ihr auf und dachte darüber nach. »Na ja. Also, ich hab's nicht so eilig, da hinzukommen.« Er blickte wieder auf, mit einem scheuen Lächeln.

Sie lachte.

Sie stellte ihm weitere Fragen, und er antwortete und stellte selber Fragen. Er war witzig – da ähnelte er John –, nur schärfer als dieser. Ein wenig verbittert; und interessant, merkte sie plötzlich, einfach weil er jemand *Neues* war, jemand, den sie nicht schon allzu gut kannte. Du musst dich vor Hiroko in Acht nehmen, warnte er sie einmal. »Hiroko, Phyllis, Arkady – die bedeuten Ärger. Die und Frank, natürlich.«

»Was du nicht sagst.«

»Tolle Crew hast du«, erwiderte er verschmitzt und beobachtete sie dabei.

»Ja.« Sie verdrehte die Augen. Was sollte sie dazu sagen?

Er grinste. »Du erzählst ihnen nichts von mir?«

»Nein.«

»Danke.« Jetzt hielt er sie am Handgelenk fest. »Ich helfe dir, ich schwör's. Ich bin dein Freund.« Zum ersten Mal schaute er ihr direkt in die Augen.

»Und ich deine Freundin«, sagte sie gerührt. Dann war sie auf einmal glücklich. »Ich helfe dir auch.«

»Wir helfen einander. Da sind die Hundert mit ihren ewigen Streitereien, und dann du und ich, wir helfen einander.«

Sie nickte. Der Gedanke gefiel ihr. »Freunde.«

Sie befreite ihren Arm, drückte ihm kurz die Schulter und stand auf, um zu gehen. Er zitterte immer noch ein wenig unter ihrer Hand.

»Warte – wie heißt du?«

»Desmond.«

2. Maya hilft Desmond

Folglich wusste Maya in Underhill die ganze Zeit, dass Desmond, ihr blinder Passagier, in der Farm war und dass seine dortigen Lebensumstände denen in einem Gefängnis ähnelten, genau wie auf der *Ares*. Manchmal vergaß sie das tage- oder gar monatelang, während sie ihre Beziehungen mit John und Frank zugrunde richtete und Nadia und Michel verärgerte, die beide nahezu bedeutungslos für sie waren. Genauso oft oder noch öfter ärgerte sie sich über sich selbst; sie kam sich unfähig vor und war niedergeschlagen, ohne zu wissen warum. Zweifellos fiel es ihr schwer, sich an das Leben auf dem Mars anzupassen. Es war in vieler Hinsicht erbärmlich; erst waren sie in die Wohnwagen eingepfercht, dann ins Quadrat, und immer dieselben Leute. Es war nicht so viel anders als auf der *Ares*, um die Wahrheit zu sagen.

Aber hin und wieder sah Maya aus dem Augenwinkel heraus eine Bewegung und dachte an Desmond. Seine Lage war weitaus schlimmer als ihre, und er beklagte sich nie, nicht wahr? Jedenfalls nicht dass sie wüsste. Sie wollte ihn nicht belästigen, um es herauszufinden. Wenn er zu ihr kam, gut; wenn nicht, würde er von seinem Versteck aus alles beobachten, würde sehen, was er sah. Er würde wissen, was für Probleme sie hatte, und wenn er mit ihr sprechen wollte, würde er zu ihr kommen.

Und er kam auch. Hin und wieder zog sie sich in ihre Kabine in dem Quadrat aus Tonnengewölben oder in die größere draußen in der von Nadia erbauten Arkade zurück, und dann kam dieses *krtsch-tapp-krtsch,* das irgendwie ihr privates Zeichen war, und sie machte die Tür auf, und da war er, klein, schwarz, lebenssprühend und redselig, obwohl er immer mit gedämpfter Stimme sprach. Sie tauschten ihre Neuigkeiten aus. Draußen im Gewächshaus gehe es immer seltsamer zu, sagte er. Hirokos Polyandrie war offenbar ansteckend, und Elena und Ray waren ebenfalls in vielfältige Beziehungen verstrickt; sie entwickelten sich zu einer Art Kommune. Desmond schien sich irgendwie abseits zu halten, obwohl sie seine einzigen Verbündeten waren. Er kam gern vorbei und erzählte Maya ausführlich von ihnen; was zur Folge hatte, dass ein Lächeln auf ihr Gesicht trat, wenn sie die anderen im normalen Alltagsleben sah, wo sie völlig harmlos wirkten. Das machte ihr klar, dass sie nicht die Einzige war, die Probleme hatte, mit ihren Affären zurechtzukommen; dass alle irgendwelche Macken entwickelten. Alle außer Desmond und ihr, so kam es ihr jedenfalls vor, wenn sie in ihrer Kabine auf dem Boden saßen und über jeden Einzelnen ihrer Kollegen sprachen, als würden sie einen Rosenkranz abarbeiten. Und am Ende ihrer Gespräche fand sie jedes Mal einen Grund, ihn zu berühren, ihn an der Schulter zu fassen, und er umklammerte ihren Arm mit seinem schraubstockartigen Griff, vibrierend vor Energie, als liefe sein innerer Dynamo so schnell, dass er beinahe auseinander flog. Dann war er wieder weg. Und die Tage danach waren leichter. Es war therapeutisch, ja; so hätten die Gespräche mit Michel sein sollen, aber sie waren es nicht, weil Michel zugleich zu vertraut und zu fremd war. Und überdies ganz und gar mit seinen eigenen Problemen beschäftigt.

Vielleicht ertrank er aber auch in denen aller anderen. Einmal, als sie mit ihm zu den Salzpyramiden hinausging, die sie gerade bauten, sagte er etwas über die wachsende Befremdlichkeit des Farmteams, und Maya spitzte die Ohren und dachte: Wenn du wüsstest. Aber dann fuhr er fort: »Frank meint, sie sollten vielleicht von einem formellen … ah, na ja, Tribunal oder so überprüft werden. Anscheinend ist Material verschwunden, Ausrüstungsgegenstände und Vorräte, ich weiß nicht. Sie können ihm nicht richtig darlegen, was sie in ihrer Arbeitszeit treiben, und die Leute in Houston fangen an, Fragen zu stellen. Frank sagt, einige da unten sprechen sogar davon, ein Schiff herzuschicken, um alle zu evakuieren, die ernsthaft Sachen gestohlen haben. Ich glaube nicht, dass das irgendwas bringen würde, die Lage ist sowieso schon heikel genug. Aber Frank … na ja, du kennst ja Frank. Er mag es nicht, wenn Dinge passieren, die sich seiner Kontrolle entziehen.«

»Wem sagst du das«, murmelte Maya und tat so, als sorgte sie sich nur wegen Frank. Man konnte Michel alles Mögliche vormachen, er war unachtsam und verlor sich zunehmend in seiner eigenen Welt.

Aber hinterher machte sie sich Sorgen um Desmond. Das Farmteam war ihr völlig schnuppe – geschah diesen Leuten Recht, wenn sie geschnappt und nach Hause geschickt wurden, besonders Hiroko, aber eigentlich allen, sie waren so selbstgerecht und egozentrisch, eine Clique in einen Dorf, das zu klein war für Cliquen; aber natürlich gab es Cliquen immer nur in einem Rahmen, der zu klein für sie war.

Doch wenn sie aus dem Verkehr gezogen wurden, wie sie es verdienten, saß Desmond in der Patsche.

Sie wusste nicht, wo er sich versteckte oder wie sie mit ihm Kontakt aufnehmen sollte. Aus ihren Gesprächen mit Frank über die Angelegenheiten von Underhill entnahm sie jedoch, dass es noch eine Weile dauern würde, bis wirklich Maßnahmen gegen das Farmteam ergriffen wurden; statt also nach Desmond zu suchen, wie sie es auf der *Ares* getan hatte, schlenderte sie nur spät nachts im Gewächshaus umher, zu einer völlig unüblichen Zeit, und stellte Iwao Fragen über Dinge, an denen sie normalerweise kein Interesse zeigen würde; und ein paar Nächte später hörte sie das *krtsch-tapp-krtsch* an ihrer Tür und ließ ihn eilig herein. Sein anfänglich gesenkter Blick rief ihr ins Bewusstsein, dass sie nur ein Hemd und Unterwäsche trug. Aber das war nicht das erste Mal; schließlich waren sie Freunde. Sie verriegelte die Tür, setzte sich neben ihn auf den Boden und erzählte ihm, was sie gehört hatte. »Klauen sie wirklich?«

»O ja, klar.«

»Aber warum?«

»Um was zu haben, was ihnen gehört. Damit sie rausgehen und verschiedene Bereiche des Mars erforschen können, ohne dass ihre Trips entdeckt werden.«

»Das tun sie?«

»Ja. Ich war auch schon draußen. Weißt du, sie sagen, sie machen nur einen Ausflug zum Hebes Chasma, und dann verschwinden sie meistens hinter dem Horizont und machen sich auf den Weg nach Osten. Ins Chaos. Es ist schön da, Maya, wirklich schön. Ich meine, vielleicht liegt es nur daran, dass ich so lange eingesperrt war, aber mir gefällt's da draußen, ich *liebe* es. Deshalb bin ich hergekommen, und jetzt bin ich endlich hier. In meinem Leben. Kostet mich einige Überwindung, zurückzukommen.«

Maya musterte ihn eingehend, während sie darüber nachdachte. »Vielleicht solltet ihr das alle tun.«

»Was?«

»Euch absetzen.«

»Und wohin sollte ich gehen?«

»Nicht nur du – ihr alle. Hirokos ganze Gruppe. Verschwindet und startet eure eigene Kolonie. Geht dahin, wo Frank und die übrige Polizei euch nicht finden können. Sonst werdet ihr vielleicht verhaftet und heimgeschickt.« Sie erzählte ihm, was sie von Michel erfahren hatte.

»Hmm.«

»Würdest du das hinkriegen, was meinst du? Sie alle zu verstecken, wie du dich versteckt hast?«

»Vielleicht. Es gibt ein paar Höhlensysteme in den Chaosregionen westlich von hier, du würdest nicht glauben, was ich gesehen habe.« Er überlegte. »Wir bräuchten all die grundlegenden Dinge. Und wir müssten unser thermisches Signal tarnen. Müssten es in den Permafrost runterschicken, um Wasser für uns zu schmelzen. Ja, ich glaube, es ließe sich machen. Hiroko hat schon darüber nachgedacht.«

»Dann solltest du ihr sagen, sie soll sich beeilen. Bevor sie auffliegt.«

»Okay, mache ich. Danke, Maya.«

Und als er das nächste Mal mitten in der Nacht vorbeikam, tat er es, um sich zu verabschieden. Er umarmte sie, und sie hielt ihn fest, wollte ihn nicht loslassen. Dann zog sie ihn an sich, und sofort entledigten sie sich ihrer Kleider und schliefen miteinander, übergangslos. Sie rollte sich auf ihn, schockiert darüber, wie klein er war, und er kam mit den Oberkörper hoch, um sie in die Arme zu nehmen, und schon waren sie fort, in der anderen Welt des Sex, ein wildes Vergnügen. Bei diesem Mann musste sie nicht auf Nummer sicher gehen, er war der totale Außenseiter, ein Outlaw, ihr blinder Passagier, und in dieser schweren Zeit ihres Lebens einer ihrer wenigen echten Freunde. Sex als Ausdruck von Freundschaft; das war ihr schon früher passiert, ein paar Mal, als sie noch jung gewesen war, aber sie hatte vergessen, wie viel Spaß es machen konnte, wie freundlich und unschuldig es sein konnte, weder romantisch noch anonym.

Hinterher sagte sie: »Ist schon eine Weile her.«

Er verdrehte die Augen und kam hoch, um an ihrem Schlüsselbein zu knabbern. »Jahre, seit ich so was zum letzten Mal erlebt habe«, sagte er fröhlich. »Da war ich ungefähr 15, glaube ich.«

Sie lachte und drückte ihn wieder hinunter. »Schmeichler. Ich nehme an, deine Hiroko schenkt dir nicht genug Aufmerksamkeit.«

Er gab einen angewiderten Laut von sich. »Mal sehen, wie es im Outback läuft.«

Das machte sie traurig. »Du wirst mir fehlen«, sagte sie. »Ohne dich wird hier alles anders sein.«

»Du fehlst mir auch«, sagte er eindringlich, und sein Gesicht berührte beinahe das ihre. »Ich liebe dich, Maya. Du warst eine Freundin für mich, eine gute Freundin, als ich keinen Menschen hatte. Als ich wirklich jemanden brauchte. Das werde ich nie vergessen. Ich komme zurück und besuche dich, wann immer ich kann. Ich bin ein sehr hartnäckiger Freund. Das wirst du schon noch merken.«

»Gut«, sagte sie und fühlte sich besser. Ihr blinder Passagier kam und ging, so war es immer gewesen; es würde auch so bleiben, wenn er Underhill verließ. Sie hoffte zumindest.

3. Desmond hilft Maya

Die Farm-Crew machte sich also davon, verschwand in den zerklüfteten Gebieten des Hinterlands. Ein Glück, dass wir sie los sind, dachte Maya, diese abgekapselten, blasierten Mystiker – eine Sekte, die die erste Stadt auf dem Mars verunzierte. In der Öffentlichkeit gab sie sich überrascht und empört wie alle anderen auch. Niemand nahm Notiz von ihrer Reaktion.

Aber sie war wirklich überrascht und empört darüber, dass Michel zusammen mit ihnen verschwunden war. Desmond hatte ihr gegenüber nie auf eine Weise von ihm gesprochen, die darauf schließen ließ, dass Michel zur Farmsekte gehörte, und es sah ihm so wenig ähnlich, dass Maya es kaum glauben konnte. Aber Michel war ebenfalls fort. Damit hatte sie nun zwei ihrer besten Freunde in der Kolonie verloren – auch wenn Michel trotz seiner ständigen Anwesenheit so unzulänglich gewesen war wie Desmond bei seinen seltenen Besuchen hilfreich. Dennoch hatte sie sich Michel nahe gefühlt; sie waren zwei Unangepasste in einer Gemeinschaft der Normalen. Melancholische Klientin und melancholischer Therapeut. Sie vermisste ihn ebenfalls und nahm es ihm übel, dass er ohne Abschied gegangen war; in diesem Punkt verglich sie ihn unwillkürlich mit Desmond. Und mit der Zeit wurde die angenehme Erinnerung an die sexuelle Begegnung mit Desmond immer stärker – mit einem Mann, der sie gern hatte, aber nicht »liebte«, das hieß, der sie nicht besitzen wollte, wie Frank oder John.

Das Leben ging also weiter, ohne Freunde. Sie trennte sich erst von Frank und dann von John. Nadia verachtete sie, was Maya fuchsteufelswild machte – von so einer Schlampe (die obendrein auch noch ihre Schwester war) links liegen gelassen zu werden! Es war deprimierend. Die ganze verdammte Situation war deprimierend; Tatiana wurde von einem umstürzenden Kran erschlagen; alle zogen sich in ihre eigene Welt zurück.

Deshalb freute sich niemand mehr als Maya über die Ankunft neuer Kolonisten auf dem Mars. Sie hatte die Ersten Hundert satt. Neue Siedlungen wurden errichtet, und so bald sie konnte, verließ Maya Underhill und ging ihrer eigenen Wege. Sie wollte nie mehr zurück, ebenso wenig wie sie freiwillig wieder nach Russland wollte. Man kann nie mehr nach Hause zurück, wie das amerikanische Sprichwort lautete. Was richtig und falsch zugleich war.

*

Sie ging nach Low Point, dem tiefstgelegenen Ort auf dem Mars, fast in der Mitte des Hellas-Beckens. Aufgrund der Lage des Ortes würden sie dort als Erste die neue Luft atmen können, die bei der Terraformung erzeugt wurde. Das glaubten sie damals und hielten sich deshalb für äußerst vorausschauend! Narren, die sie waren. Und sie verliebte sich in einen Ingenieur namens Oleg und zog mit ihm in eine Reihe von Zimmern am Ende eines der langen Wurmröhrenmodule. Jahre vergingen, während sie wie ein Tier schuftete, um eine Stadt aufzubauen, die letztendlich auf dem Grund eines Meeres liegen würde.

Und obendrein erlosch ihre Liebe, obwohl Oleg ein guter, in vielerlei Hinsicht bewundernswerter Mann war, der sie innigst liebte. Es lag an ihr; aber sein Herz würde dabei gebrochen werden. Deshalb brachte sie es lange Zeit nicht über sich, einen Schlussstrich zu ziehen, und das machte sie wütend, und deshalb stritt sie sich mit ihm, bis sie beide so unglücklich waren, wie zwei Menschen es miteinander nur sein konnten.

Und trotzdem klammerte er sich an sie, selbst als sie ihn mit der Zeit dazu brachte, sie zu hassen. Er hasste sie, liebte sie aber auch; war verliebt in sie, fürchtete sich, hatte eine Todesangst davor, dass sie ihn verlassen würde; und seine Feigheit und Abhängigkeit von ihr widerten Maya immer mehr an. Dass er ein Ungeheuer, wie sie es geworden war, lieben konnte, erfüllte sie mit Verachtung und Mitleid, und auf dem Heimweg durch das Menschengewimmel in den Röhren wurde sie mit jedem Schritt langsamer, weil sie den schrecklichen

Abend und die Nacht fürchtete, die jeden Tag vor ihr lagen.

Dann trat eines Tages, als sie in einem Rover auf der weiten, flachen Ebene des westlichen Hellas-Beckens unterwegs war, eine Gestalt in einem Raumanzug hinter einer Gruppe von Felsblöcken hervor und bedeutete ihr, dass sie anhalten sollte. Es war ihr Desmond. Er betrat die Schleuse ihres Rovers, saugte den Staub von seinem Anzug, nahm den Helm ab und kam ins Hauptabteil. »Hi!«

Sie zerquetschte ihn fast mit ihrer Umarmung. »Was gibt's?«

»Ich wollte nur mal hallo sagen.«

Sie setzten sich in Mayas Rover und unterhielten sich den ganzen Nachmittag lang, hielten Händchen oder berührten einander zumindest immer wieder, sahen zu, wie die Schatten der Felsengruppe auf der leeren, ockerfarbenen Fläche länger wurden.

»Bist du dieser Cojote, von dem die Leute reden?«

»Ja.« Sein schiefes Grinsen. Es war schön, ihn zu sehen!

»Hab ich's mir doch gedacht. Ich war mir sicher! Dann bist du ja jetzt eine Legende.«

»Nein, ich bin Desmond. Aber Cojote ist eine verdammt gute Legende, ja. Sehr nützlich.«

Die verborgene Kolonie kam bestens zurecht. Michel ging es gut. Sie lebten die meiste Zeit in Unterkünften in Aureum Chaos und unternahmen Ausflüge mit Rovern, die als Felsblöcke getarnt und vollständig isoliert waren, sodass sie kein Wärmesignal abstrahlten. »Wegen dieser Hydratation stürzt hier draußen alles so schnell zusammen, dass ein neuer Felsen auf einem Satellitenfoto das Normalste von der Welt ist. Ich komme jetzt also ordentlich rum.«

»Und Hiroko?«

Er zuckte die Achseln. »Keine Ahnung.« Er schaute

lange Zeit aus dem Fenster. »Hiroko ist nun mal Hiroko, das ist alles. Lässt sich pausenlos schwängern und kriegt Kinder. Sie ist verrückt. Aber was soll's, ich bin gern mit ihr zusammen. Wir kommen nach wie vor recht gut klar. Ich liebe sie immer noch.«

»Und sie?«

»Ach, sie liebt alles.«

Sie lachten.

»Was ist mit dir?«

»Oh«, sagte Maya, und das Herz wurde ihr schwer. Dann kam alles so aus ihr heraus, wie sie es niemandem sonst hatte erzählen können: Oleg, sein erbärmliches Klammern, sein heldenhaftes Leiden, wie sehr sie das alles hasste und dass sie sich irgendwie nicht dazu durchringen konnte, ihn zu verlassen.

Der Sonnenuntergang legte sich aufs Land und ihr Schweigen.

»Hört sich schlimm an«, sagte er schließlich.

»Ja. Ich weiß nicht, was ich tun soll.«

»Klingt für mich, als wüsstest du's schon, tätest es aber nicht.«

»Tja«, sagte sie, weil es ihr widerstrebte, es offen einzugestehen.

»Weißt du«, sagte er, »das Einzige, was zählt, ist die Liebe. Man muss die Liebe suchen, ganz gleich, was es kostet. Mitleid nützt nichts. Es zerfrisst bloß alles.«

»Falsche Liebe.«

»Nein, nicht falsch, aber eine Art Ersatz für Liebe. Und wenn ... na ja, wenn Liebe und Mitleid zusammenkommen, dann ist das Barmherzigkeit, glaube ich. So ähnlich wie bei Hiroko, und das brauchen wir. Aber Mitleid ohne Liebe oder anstelle von Liebe, das ist was verdammt Trauriges. Glaub mir, ich weiß, wovon ich rede.«

Als die Dunkelheit hereinbrach und die Sterne am schwarzen Himmel funkelten, umarmte er sie und gab ihr einen Kuss auf die Wange, eigentlich nur zum Abschied, aber sie packte ihn, und dann ging es los, und sie liebten sich so leidenschaftlich – nur sie beide, ganz allein dort draußen, in einem Rover –, dass sie es kaum glauben konnte; es war, als würde sie aus einem viele Jahre währenden Schlaf erwachen. Einfach nur weit weg von allem zu sein, in dieser Einsamkeit, zusammen mit ihm; sie lachte, sie weinte, sie jauchzte, sie stöhnte laut, als sie kam. Rhythmische Freiheitsrufe.

»Komm vorbei, wann immer du Lust hast«, scherzte sie, als er sich schließlich von ihr verabschiedete. Sie lachten, und dann verschwand er in die Nacht, ohne sich umzuschauen.

Sie fuhr langsam nach Low Point zurück, mit einem warmen Gefühl im Bauch. Sie hatte Besuch bekommen – von dem Cojoten, ihrem blinden Passagier, ihrem Freund.

*

In dieser Nacht und in vielen Nächten darauf saß sie mit Oleg in ihrem kleinen Wohnzimmer, und ihr war klar, dass sie ihn verlassen würde. Sie aßen zu Abend, und dann setzte sie sich wie immer auf den Fußboden und lehnte sich an die Wand, während sie die Nachrichten auf Mangalavid sahen und Ouzo oder Cognac aus kleinen Gläsern tranken. Sie zerbarst fast vor großen, nebelhaften Gefühlen – schließlich war dies hier ihr Leben, diese zur Gewohnheit gewordenen Abende mit Oleg, immer dasselbe, Woche für Woche, Jahr für Jahr; und bald würde es endgültig vorbei sein. Ihre Beziehung war gescheitert, aber er war kein schlechter Mensch, und immerhin hatten sie auch gute Zeiten miteinander gehabt – fast fünf Jahre, ein ganzes Leben, ein geregeltes, gemeinsames Leben. Bald würde all das in Scherben gehen. Und sie war von Trauer erfüllt, einer Trauer, die Oleg und auch ihr selbst galt – dem schlichen Vergehen der Zeit, dem Zerbrechen und Zerfallen eines Lebens nach dem anderen. Nun, sie hatte ja auch Underhill endgültig hinter sich gelassen! Es war schwer zu glauben. Und während sie dort in der kleinen Welt saß, die sie sich mit Oleg geschaffen hatte und nun bald zerstören würde, spürte sie das Messer der Zeit wie noch niemals zuvor. Selbst wenn sie ihn nicht verließ, würde irgendwann alles kaputt gehen – und dann gäbe es keinen einzigen Abend mehr ohne diese Melancholie, eine nostalgische Sehnsucht nach der Gegenwart selbst, die einem entglitt wie in den Abfluss rinnendes Wasser.

*

Noch viele Jahre danach erinnerte sie sich deutlich an diese seltsame, schmerzhafte Zeit. Es war eine jener Perioden, in denen sie irgendwie aus sich herausgetreten war und sich ihr Leben von außen angeschaut hatte. Sonderbar, wie schrecklich bedeutsam bestimmte stille Momente sein konnten, wie sie diese bedeutungsschwangeren Augenblicke gefühlsmäßig wahrnahm: als befände sie sich im Auge eines Wirbelsturms; viel stärker als die Geschehnisse des Sturms selbst, wenn alles so schnell ging, dass sie fast unbewusst lebte.

Sie und John unterzogen sich gemeinsam der Behandlung und erneuerten ihre Partnerschaft, die besser funktionierte als jemals zuvor. Dann wurde er ermordet, und die Revolution kam und scheiterte; und sie flog durch all das hindurch wie in einem Traum, einem Albtraum, in dem ihre Unfähigkeit, in den sich überstürzenden Ereignissen immer das Richtige zu empfinden, mit zum Schlimmsten gehörte. Zusammen mit Frank stemmte sie sich mit aller Macht dem Chaos entgegen, aber es kam trotzdem. Und Desmond erschien aus dem Rauch der Schlacht und rettete Frank und sie, als Cairo fiel, Michel und sie wurden wieder vereint, sie unternahmen ihre wilde Fahrt durch Marineris, und Frank ertrank, und sie entkamen zum Eis-Refugium im fernen Süden – alles wirbelte so schnell vorbei, dass Maya es kaum mitbekam. Erst hinterher, im langen Zwielicht von Hirokos Zuflucht, stürzte alles auf sie ein: Kummer, Wut – Trauer. Nicht nur, weil all diese Katastrophen geschehen waren, sondern weil auch sie jetzt vorbei waren. Zeiten, in denen sie so lebendig gewesen war, dass sie es nicht einmal gemerkt hatte! – aber vorbei, und nur noch im Gedächtnis existent. Ihre Gefühle kamen immer erst hinterher, wenn sie ihr nichts mehr nützten.

*

Jahre voller Trauer vergingen in Zygote, wie im Winterschlaf. Maya unterrichtete die Kinder und ignorierte Hiroko und die anderen Erwachsenen. Von denen ging ihr Sax mit seiner langweiligen Art noch am wenigsten auf die Nerven. Sie wohnte in einem kreisrunden Bambuszimmer im obersten Geschoss, unterrichtete zusammen mit Sax die junge Brut der Ektogenen und blieb ansonsten für sich.

Hin und wieder kam jedoch der Cojote vorbei, sodass sie wenigstens jemanden hatte, mit dem sie reden konnte. Wenn er auftauchte, lächelte sie, einige abgeschaltete Teile von ihr sprangen an, und sie spazierten am kleinen Seeufer gegenüber von Hirokos Hain entlang zum Rickover und zurück, liefen mit knirschenden Schritten über das reifbedeckte Dünengras. Er erzählte ihr Geschichten vom übrigen Untergrund, sie erzählte ihm von den Kindern und den Überlebenden der Ersten Hundert.

Es war ihre eigene, private Welt. Meistens schliefen sie nicht miteinander, ein- oder zweimal aber schon – sie folgten einfach dem Strom ihrer Gefühle, ihrer Freundschaft, die mehr zählte als jede körperliche Vereinigung. Hinterher verschwand er, ohne sich von jemand anderem zu verabschieden.

Einmal schüttelte er den Kopf. »Du brauchst mehr als das hier, Maya, da draußen ist immer noch die große weite Welt. Alles wartet auf dich, bevor es den nächsten Schritt tun kann, schätze ich.«

»Dann kann es auch noch ein bisschen länger warten.«

Ein andermal: »Warum bist du nicht mit einem Mann zusammen.«

»Mit welchem denn?«

»Das musst du mir schon sagen.«

»Ganz recht.«

Er ließ das Thema fallen. Er drang nie in sie. Das gehörte zu ihrer Freundschaft.

Dann ging Sax fort – in die Demimonde, wie Desmond es nannte –, und das machte Maya unruhig und unerwartet traurig. Sie hatte geglaubt, Sax würde sich mit ihr als zweiter Hauptlehrerin der Kinder wohl fühlen. Obwohl das bei ihm natürlich schwer zu sagen war. Aber sich Gesichtsoperationen zu unterziehen, um Zygote zu verlassen und nach Norden zu gehen; das kam ihr wie ein Tadel vor. Nicht nur, weil sie ein so unbedeutender Faktor in seinen Plänen war, sondern auch, weil sie selbst in ihrer kleinen Zuflucht zurückblieb, obwohl die Welt noch da draußen war und sich mit jedem Tag veränderte. Und überdies vermisste sie ihn, seine affektive Stumpfheit und seine eigenartige Denkweise, die der eines großen, intelligenten Kleinkinds oder eines Angehörigen einer anderen Spezies von Primaten ähnelte, die mit der ihren verwandt war: *homo scientificus*. Er fehlte ihr. Und sie hatte allmählich das Gefühl, als wäre es für sie an der Zeit aufzutauen, ihren Winterschlaf zu beenden und ein neues Leben zu beginnen.

*

Desmond half ihr dabei. Nachdem er ungewöhnlich lange weggeblieben war, kam er zu ihr und bat sie, mit ihm zu kommen. »Ein Mann von Praxis, mit dem ich unbedingt sprechen will, ist auf dem Planeten. Nirgal glaubt, es ist dieser irgendwas, der Bote, aber ich weiß nicht.«

»Klar«, sagte Maya, erfreut über seine Bitte.

Sie brauchte eine halbe Stunde, um ihre Sachen zu packen, dann war sie bereit, Zygote endgültig zu verlassen. Sie ging zu Nadia und bat sie, den anderen zu sagen, dass sie fort war, und Nadia nickte und sagte: »Gut, gut, du musst wirklich raus hier«, immer die kritische Schwester.

»Ja, ja«, erwiderte Maya scharf, und sie war gerade auf dem Weg zur Garage, als sie Michel zu den Dünen hinausgehen sah und ihn rief. Er hatte Underhill verlassen, ohne adieu zu sagen, was ihr seither stets zu schaffen gemacht hatte; sie würde ihm nicht dasselbe antun. Sie ging zum Kamm der ersten Sanddüne hinaus.

»Ich gehe mit Cojote weg.«

»Du nicht auch noch! Kommst du zurück?«

»Wir werden sehen.«

Er musterte ihr Gesicht aufmerksam. »Okay, in Ordnung.«

»Du solltest auch von hier weggehen.«

»Ja … vielleicht mache ich das jetzt.« Er war ernst, sogar feierlich, während er sie so eingehend betrachtete. Vielleicht hatte Desmond von Michel gesprochen, dachte sie. »Meinst du, es ist an der Zeit?«, fragte er.

»An der Zeit wofür?«

»Für uns? Dort draußen zu sein?«

»Ja«, sagte sie mutig.

Dann war sie fort, schlich sich mit dem Cojoten nach Norden, zum Äquator westlich von Tharsis, folgte Canyonwänden und schlängelte sich durch Ebenen voller

Felsbrocken. Es war wunderbar, das Land wiederzusehen, aber die Heimlichkeit gefiel ihr nicht. In einer vereisten Region auf halber Höhe des westlichen Tharsisbuckels tauchten sie unter das heruntergefallene Liftkabel und folgten ihm zwei Tage lang bergab nach Westen. Sie stießen auf ein riesiges, bewegliches Gebäude, das über das Kabel hinweglief und es zu kleinen Wagen verarbeitete, die auf Gleisen nach Sheffield fuhren, und Desmond sagte: »Er ist mit einem Geländewagen weg, folgen wir ihm.« Maya sah zu, wie Desmond die Wagentür des armen Mannes unbrauchbar machte, während dieser gerade draußen unterwegs war, und blieb dann wachsam und auf alles gefasst an Cojotes Seite, als er sich dem ängstlich an die Tür hämmernden Mann näherte und seine groteske Begrüßung von sich gab:

»Willkommen auf dem Mars!«

In der Tat. Maya erkannte mit einem Blick, dass der Mann genau über sie Bescheid wusste und hergeschickt worden war, um Kontakt mit ihnen aufzunehmen, so viel wie möglich in Erfahrung zu bringen und es seinen Herrn auf der Erde zu melden.

»Er ist ein Spion«, sagte sie zu Desmond, als sie allein waren.

»Er ist ein Bote.«

»Das weißt du nicht!«

»Okay, okay. Aber geh behutsam mit ihm um. Sei nicht unhöflich.«

*

Dann erfuhren sie jedoch, dass Sax verhaftet worden war. Alle Bedenken wurden in den Wind geschlagen – und fanden anschließend für viele Jahre keinen Platz mehr in Mayas Leben.

Desmond verwandelte sich in eine andere Variante seines Ichs und konzentrierte sich mit Leib und Seele darauf, Sax zu retten; ein solcher Freund war er, und er liebte Sax genauso wie sie alle. Maya, die ihn beobachtete, verspürte fast so etwas wie Furcht. Dann schlossen Michel und Nirgal sich ihnen auf dem Weg nach Kasei an, und Desmond setzte Maya, ohne sie auch nur anzusehen, zu Michel in den Wagen, der die westliche Flanke ihres Angriffs auf das Sicherheitsgelände bildete. Und sie sah, dass sie Recht gehabt hatte; es war Michel, den Desmond ihr zugedacht hatte.

Das brachte sie zum Nachdenken. Michel stand ihr in der Tat sehr nahe – in gewissem Sinn war er ihr bester Freund, seit damals in der Antarktis. Eines Tages würde sie ihm verzeihen müssen, dass er Underhill verlassen hatte, ohne ihr etwas zu sagen. Immerhin war er der Mann, dem sie vertraute. Und den sie liebte – so sehr, dass Desmond es gesehen hatte. Was Michel dachte, wusste sie natürlich nicht.

Aber sie konnte es herausfinden. Was ihr auch gelang; und während sie in dem Felsenwagen auf Desmonds Sturm warteten, hielt sie Michel in den Armen und drückte ihn so fest an sich, dass sie sich Sorgen um seine Rippen machte. »Mein Freund.«

»Ja.«

»Der Einzige, der mich versteht.«

»Ja?«

❋

Dann kam der Sturm. Sie taumelten an ihrem Ariadnefaden entlang nach Kasei hinein, bahnten sich einen Weg in die Tiefen der Festung, und Mayas Angst und Wut wuchsen mit jedem Schritt des Weges – sie fürchtete um ihr Leben und war zornig darüber, dass es auf dem Mars einen solchen Ort gab und Menschen, die einen solchen Ort schufen, widerliche, verabscheuungswürdige Feiglinge und Tyrannen, die John und Frank auf dem Gewissen hatten und Sasha in Cairo unter ganz ähnlichen verzweifelten Umständen wie diesen getötet hatten – sie konnte jeden Moment tot auf dem Boden liegen und aus den Ohren bluten wie Sasha, mitten unter diesen Mistkerlen, die '61 all die unschuldigen Menschen umgebracht hatten, die Kräfte der Unterdrückung, damals dort und jetzt hier in diesen Betonmauern, inmitten eines ohrenzerreißenden Dröhnens und Kreischens, das ihre Wut noch steigerte –, und so kam es, dass sie den auf die Folterbank geschnallten Sax mit einem Aufschrei befreite und – als sie Phyllis Boyle sah, eine von denen, die ihn gefoltert hatten – ausflippte und eine der Sprengladungen in den Raum warf; ein mörderischer Impuls, aber sie war noch nie so zornig gewesen, es war, als wäre sie völlig außer sich. Sie wollte jemanden töten, und Phyllis war diejenige, die es traf.

Hinterher, als sie wieder bei den Wagen waren und sich südlich von Kasei mit den anderen trafen, verteidigte Spencer Phyllis und beschuldigte Maya lautstark des kaltblütigen Mordes, und sie, schockiert von seiner Behauptung, Phyllis sei unschuldig gewesen, schrie rein instinktiv zurück, verbarg ihren Schock und verteidigte sich – aber sie fühlte sich ihnen allen gegenüber wie eine Mörderin. »Ich habe Phyllis getötet«, sagte sie zu Desmond, als er zu ihnen stieß, und sie starrten sie alle an, diese Männer, als ob sie ein medeisches Scheusal wäre – alle außer Desmond, der neben sie trat und ihr einen Kuss auf die Wange gab, was er noch nie vor anderen Menschen getan hatte. »Du hast deine Sache gut gemacht«, erklärte er und legte ihr die Hand auf den Arm, eine Berührung, die sie elektrisierte. »Du hast Sax gerettet.«

Nur Desmond. Obwohl man fairerweise zugeben musste, dass Michel von einem Schlag auf den Kopf betäubt und darum nicht er selbst war. Später verteidigte auch er ihre Tat gegen Spencers Anschuldigungen. Sie nickte, schmiegte sich voller Angst um ihn in seine Arme und war ungeheuer erleichtert, als sich sein Zustand wieder normalisierte; hielt ihn, wie er sie gehalten hatte, mit dem Griff von Menschen, die zusammen in den Abgrund geschaut hatten. Ihr Michel.

*

Sie und Michel wurden also ein Paar; ihre Liebe, die im Dunkel der Antarktis aufgekeimt war, wurde im Schmelztiegel jenes Sturms geschmiedet, bei Sax' Rettung und ihrem Mord an Phyllis. Sie versteckten sich in Zygote, das für Maya jetzt ein schreckliches Gefängnis war. Michel half Sax, seine Sprachfähigkeit wiederzuerlangen, und auch Maya tat, was sie konnte. Sie arbeitete mit Nadia und Nirgal, Michel und sogar Hiroko an der Idee der Revolution. Sie lebte ihr Leben; und hin und wieder sah sie Desmond, wenn er vorbeikam. Aber es war natürlich nicht mehr ganz dasselbe, obwohl sie sich über seine Besuche genauso freute wie eh und je. Der Blick, mit dem er Michel und sie beobachtete, war sehr liebevoll; im Grunde genommen war es ein freundschaftlicher Blick, als freute er sich, sie endlich glücklich zu sehen. Darin lag etwas, das ihr nicht gefiel; eine gewisse Selbstzufriedenheit; vielleicht auch eine Spur freundschaftlicher Besserwisserei.

*

Jedenfalls änderten sich die Dinge. Desmond und sie drifteten auseinander. Sie waren immer noch Freunde, aber auf distanziertere Weise. Das war unvermeidlich. Michel und die Revolution nahmen so großen Raum in ihrem Leben ein.

Trotzdem brachte es sie zum Lächeln, wenn der Cojote aus dem Nichts auftauchte. Dann hörten sie vom Angriff auf Sabishii und dem Verschwinden sämtlicher Angehöriger der verborgenen Kolonie, und bei ihrem nächsten Wiedersehen verspürte sie eine andere Art von Freude, als Desmond ihnen erzählte, was er gesehen hatte – Erleichterung; eine negative Freude; das Weichen großer Angst. Sie hatte geglaubt, auch er wäre bei dem Angriff ums Leben gekommen.

Er war erschüttert und brauchte ihren Trost – nahm ihn an – ließ sich trösten – im Gegensatz zu Michel, der während dieser Katastrophe Abstand zu ihr wahrte und sich in seine eigene Welt des Kummers zurückzog. Desmond war nicht so; sie konnte ihn trösten, konnte ihm die Tränen von den schmalen, stoppeligen Wangen wischen. Und indem er sich trösten ließ, indem er den Anschein erweckte, es könnte Trost geben, tröstete er sie ebenfalls. Wenn sie die beiden so unterschiedlichen hinterbliebenen Liebhaber von Hiroko ansah, dachte sie bei sich: Echte Freunde können einander helfen, wenn es an der Zeit ist. Und auch Hilfe annehmen. Dazu sind Freunde da.

*

Und so lebte Maya in Odessa mit Michel zusammen, und sie waren Partner – verheiratet wie alle anderen –, während ein Jahrzehnt ihres unnatürlich verlängerten Lebens nach dem anderen ins Land ging. Aber es kam Maya oftmals so vor, als wären sie eher Freunde als ein Liebespaar; sie waren nicht auf jene Weise »ineinander verliebt«, wie sie sich dunkel erinnerte, in John, Frank oder sogar Oleg verliebt gewesen zu sein. Und wenn Cojote vorbeikam und sie sein Gesicht an der Tür sah, fiel ihr manchmal wieder jene schockierende Begegnung mit ihrem blinden Passagier auf der *Ares* ein, als sie ihn in dem Lagerraum entdeckt hatte, ihre erste Unterhaltung – wie sie miteinander geschlafen hatten, bevor er mit Hirokos Gruppe verschwunden war, und die paar Mal danach – ja, sie hatte auch ihn geliebt, ganz ohne Zweifel. Aber jetzt waren sie bloß noch Freunde, und er und Michel waren wie Brüder. Es war schön, eine solche Familie unter den verbliebenen Angehörigen der Ersten Hundert oder vielmehr Ersten Hunderteins zu haben, nach allem, was sie miteinander erlebt hatten, diesen Verflechtungen, aus denen sich das familiäre Band formte. Im Lauf der Jahre wurde das ein immer größerer Trost für sie. Und als die zweite Revolution herannahte wie ein Sturm, dem sie nicht ausweichen konnten, brauchte sie die beiden mehr denn je.

In manchen Nächten, als sich die Krisen verschärften und sie Probleme beim Einschlafen hatte, las sie über Frank. Im Kern seines Wesens gab es ein Geheimnis, das sich einem endgültigen, bündigen Urteil widersetzte. Sie bekam ihn einfach nicht richtig in den Griff. Jahrelang hatte sie sich davor gefürchtet, an ihn zu denken, und nachdem Michel ihr dann den Rat erteilt hatte, sich ihrer Angst zu stellen, der Sache wirklich auf den Grund zu gehen, hatte sie so viel wie möglich über ihn gelesen; aber es hatte nur dazu geführt, dass ihre Erinnerungen mit den Spekulationen anderer Leute durcheinander gerieten. Jetzt las sie in der Hoffnung, einen Bericht zu finden, der dem ähnelte, dessen sie sich mit immer geringerer Gewissheit entsann; sie wollte ihre eigene Erinnerung stärken. Es funktionierte nicht, aber sie hatte das Gefühl, dass es eigentlich funktionieren sollte, und deshalb kam sie von Zeit zu Zeit darauf zurück, wie man einen schmerzenden Zahn mit der Zunge anstupst, um sich zu vergewissern, dass er noch wehtut.

Eines Nachts, als Desmond gerade zu Besuch war, träumte sie von Frank, stand dann auf und ging hinaus, um über ihn zu lesen; ihre Neugier war wieder einmal erwacht. Desmond schlief auf einer Couch im Arbeitszimmer. In dem Buch, das sie las, ging es auf einmal um Johns Ermordung, und sie stöhnte bei der Erinnerung an jene schreckliche Nacht, die jetzt auf ein paar verschwommene Bilder reduziert war (sie stand mit Frank unter einer Laterne, kam an einer Leiche in Gras vorbei, hielt Johns Kopf in den Händen, saß in einer Klinik), allesamt überlagert von den zahllosen Geschichten, die sie seither gehört hatte.

Desmond, der von seinen eigenen Träumen gequält wurde, taumelte stöhnend heraus und kam auf dem Weg zum Bad an ihr vorbei. Er war in jener Nacht ebenfalls in Nicosia gewesen, fiel ihr plötzlich ein. So stand es jedenfalls in einem der Berichte. Sie schaute im Register des Buches nach; dort wurde er nicht erwähnt. Aber es gab Berichte, in denen es hieß, er sei in jener Nacht dort gewesen, da war sie sicher.

Als er zurückkam, wappnete sie sich und fragte ihn. »Desmond – warst du in der Nacht, als John getötet wurde, in Nicosia?«

Er blieb stehen und schaute auf sie herab. Seine Miene war ausdruckslos – eine untypische, allzu achtsame Ausdruckslosigkeit. Seine Gedanken fliegen, dachte sie.

»Ja. War ich.« Er schüttelte den Kopf und verzog das Gesicht. »Eine schlimme Nacht.«

»Was ist damals passiert?« Sie setzte sich aufrecht hin und durchbohrte ihn mit ihrem Blick. »Was ist damals passiert?« Dann: »Hat Frank es getan, wie alle behaupten?«

Er blickte sie wieder an, und sie glaubte erneut zu sehen, wie die Gedanken hinter seinen Augen rasten. Was hatte er gesehen? Woran erinnerte er sich?

Langsam sagte er: »Ich glaube nicht, dass Frank es getan hat.« Dann: »Ich hab ihn in diesem dreieckigen Park gesehen, fast genau zu dem Zeitpunkt, als sie John überfallen haben müssen.«

»Aber Selim und er …«

Desmond schüttelte den Kopf, als wollte er alle krausen Gedanken verscheuchen. »Niemand weiß, was sich zwischen diesen beiden abgespielt hat, Maya. Das ist alles nur Gerede. Niemand kann jemals wissen, was andere wirklich zueinander gesagt haben. Die Leute erfinden das nur. Und es ist auch ganz egal, was jemand zu einem anderen sagt. Jedenfalls verglichen mit dem, was er tut. Selbst wenn Frank zu diesem Araber gesagt hat: ›Bring John um, ich möchte, dass du's tust, töte ihn, töte ihn‹ –, selbst wenn er das gesagt hat, was ich sehr bezweifle, weil Frank nie so direkt war, wie du zugeben musst« – er wartete darauf, dass sie nickte und ein Lächeln zuwege brachte – »und selbst wenn dieser Selim dann losgegangen ist, John ermordet und seine Freunde dazu gebracht hat, ihm zu helfen, dann war es trotzdem ihr Werk, nicht wahr? Die Leute, die eine Tat ausführen, sind die Schuldigen, wenn du mich fragst. Dieses ganze Gerede, man hätte nur Befehle befolgt, sei gezwungen worden, es zu tun, oder was weiß ich, das ist alles bloß Blödsinn. Alles bloß Ausreden.«

»Wenn Hitler also nie jemanden eigenhändig umgebracht hat …«

»Dann ist er nicht so schuldig wie die Kerle in den Lagern, die auf den Abzug drücken und das Gas aufdrehen! Ganz genau! Er war nur ein verrücktes altes Arschloch. Aber sie waren Mörder. Und von denen gab es viele, während er nur ein Einziger war. Traurig, wenn man es so betrachtet.«

»Ja.« So traurig, dass sie es kaum ertragen konnte, darüber nachzudenken.

»Aber das mit Nicosia war kompliziert. Viele haben in dieser Nacht damals gekämpft. Arabische Fraktionen gegeneinander, Araber gegen Schweizer, Bautrupps gegen andere Trupps. Jetzt heißt es: ›Oh, dieser Frank Chalmers hat die ganze Sache ins Rollen gebracht, er hat die Aufstände inszeniert, um den Mord an John Boone zu tarnen‹ – also wirklich! Sie wollen es sich nur einfach machen, sie wollen eine simple Geschichte, verstehst du? Sie geben einem Einzelnen die Schuld, weil es dann eine simple Geschichte ist. Und sie können nur mit simplen Geschichten umgehen. Denn dann hat nur einer Schuld und nicht alle, die in jener Nacht gekämpft haben.«

Sie nickte. Auf einmal ging es ihr besser. »Das ist wahr. Und – na ja – wir waren ja auch da. Also waren auch wir mit von der Partie.«

Er nickte und verzog erneut das Gesicht. Er kam zu ihr, setzte sich neben sie auf die Couch und stützte den Kopf in die Hände. »Manchmal denke ich daran zurück«, sagte er zum Fußboden, mit gedämpfter Stimme. »Ich bin wie üblich in der Stadt rumgeschlichen und hab ordentlich einen draufgemacht. Es war wie Karneval daheim in Trinidad, fand ich. Alle haben zur Musik getanzt und Masken getragen. Ich hatte eine rote Maske, ein Monstergesicht, und konnte überall hingehen, wohin ich wollte. Ich hab John gesehen, und Frank auch. Ich hab dich mit Frank sprechen sehen, in diesem Park – du hast eine weiße Maske getragen, und du warst wunderschön. Ich hab Sax in der Medina gesehen. Und John hat wie üblich gefeiert. Ich – wenn ich doch nur gewusst hätte, dass er in Schwierigkeiten war … ahhh … Ich meine, ich hatte keinen blassen Schimmer, dass jemand es auf ihn abgesehen hatte. Wenn ich es auch nur geahnt hätte, hätte ich ihn vielleicht beiseite nehmen und ihm raten können, dem Ärger aus dem Weg zu gehen. Ich hatte mich ihm kurz zuvor bei der Party oben auf Olympus vorgestellt. Er freute sich, mich zu sehen. Er hatte das mit Hiroko und Kasei rausgefunden, weißt du. Ich glaube, er hätte auf mich gehört. Aber ich wusste es nicht.«

Maya legte ihm die Hand auf den Oberschenkel. »Keiner von uns wusste es.«

»Nein.«

»Außer Frank vielleicht.«

Desmond seufzte. »Vielleicht. Aber vielleicht auch

nicht. Und wenn er es wusste, dann wäre das schlimm, klar. Aber wie ich ihn kenne, hätte er später dafür bezahlt, in seinem Innern. Weil die beiden sich nahe standen. Es wäre so, als hätte man seinen Bruder getötet. Die Menschen bezahlen in ihrem Innern, davon bin ich überzeugt. Deshalb …« Er schüttelte den Kopf, um sich aus diesem Gedankengang zu lösen, und warf ihr einen raschen Blick zu. »Es bringt nichts, sich jetzt darüber den Kopf zu zerbrechen, Maya. Sie sind beide tot.«

»Ja.«

»Sie sind fort, und wir sind hier.« Seine ausladende Geste umfasste Michel oder auch sie alle in Odessa. »Die Lebenden sind wichtig. Das Leben ist wichtig.«

»Ja. Das Leben ist wichtig.«

Er rappelte sich auf und ging ins Arbeitszimmer zurück. »Nacht.«

»Gute Nacht.« Und sie legte das Buch auf den Boden und schlief ein.

4. Die Jahre

In den folgenden Jahren dachte sie nur noch selten an Frank. Er hatte die letzte Ruhe gefunden oder war im Tumult jener Zeiten verloren gegangen. Die Jahre strömten vorbei wie das Wasser eines Flusses. Maya stellte sich vor, dass das Leben auf der Erde wie die dortigen Flüsse war, schnell und wild am Anfang in den Bergen, mächtig und voll auf den Ebenen, langsam und mäandernd in der Nähe des Meeres, während ihr Leben auf dem Mars den abrupten, chaotischen Wegen der Bäche ähnelte, die sie jetzt erst erschufen – sie stürzten Abhänge hinunter, verschwanden in Erosionskesseln, wurden in großer Ferne auf unerwartete neue Höhen emporgepumpt.

Demgemäß überstand sie die zermürbende Wegstrecke zur zweiten Revolution und stürzte sich zusammen mit allen anderen in sie hinein, dann trat sie den Rückflug zur Erde an. Wenn sie an ihre dortige Jugend dachte, kam es ihr so vor, als versuchte sie sich an eine frühere Inkarnation zu erinnern. Sie arbeitete mit Nirgal und den Terranern zusammen, besuchte Michel in der Provence und kehrte mit einem klareren Bild der beiden Männer als je zuvor zum Mars zurück. Sie ließ sich mit Michel in Sabishii nieder und half Nadia beim Aufbau der Regierung, so weit sie das tun konnte, ohne dass Nadia etwas davon mitbekam. Sie kannte den Blick, mit dem diese sie bedenken würde, wenn sie sich direkt einmischte. Sie blieb also in Sabishii, und das Leben wurde ein bisschen ruhiger oder verlief zumindest nach einem überschaubareren Muster: Michel hatte seine Praxis und arbeitete an der Universität, während Maya beim Wasserprojekt im Tyrrhena-Massiv tätig war und hin und wieder an den Schulen der Stadt unterrichtete. Sie sah Desmond nur sehr selten und dachte auch nicht oft an ihn, und sie und Michel trafen auch die anderen Alten bei weitem nicht mehr so oft wie früher. Ihr Bekanntenkreis bestand weitgehend aus ihren Arbeitskollegen und Leuten aus dem Viertel, in dem sie lebten – neu, wie alles andere im zweiten Sabishii. Sie hatten eine Wohnung im zweiten Stock eines großen, hohlen Wohnblocks mit einem sehr hübschen, parkartig angelegten Hof, und wenn es abends warm genug war, aßen sie häufig an Tischen unten im Hof, unterhielten sich mit ihren Nachbarn, spielten, lasen oder machten Handarbeit. Es war eine echte Gemeinschaft, und manchmal ließ Maya den Blick über die Leute schweifen und dachte, dass dies eine historische Realität war, über die es niemals irgendwelche Aufzeichnungen geben würde: eine gute, solide Nachbarschaft, in der alle miteinander ihrer Arbeit nachgingen und ihre Familien hatten, eine

Art Kollektivprojekt, in dem die einzelne Familie ein sinnvoller Teil eines nicht leicht zu charakterisierenden größeren Ganzen war. So führte sie jahrzehntelang ein anonymes, glückliches Leben, und die Gespenster ihrer früheren Inkarnationen kamen nur noch sehr selten zurück, um sie heimzusuchen. Und ihre alten Freunde ebenso wenig.

5. Maya hilft Desmond

Viele Jahre danach, als Maya Probleme mit ihren ausgedehnten Déjà-vu-Erlebnissen und anderen »mentalen Vorfällen« bekam, wie Michel sie nannte, kam Desmond einmal spät nachts vorbei, nach dem Zeitschlupf, wenn niemand sonst auf die Idee gekommen wäre, ihnen einen Besuch abzustatten.

Michel schlief bereits, Maya war noch auf und las. Sie umarmte Desmond, führte ihn in die Küche und bat ihn, Platz zu nehmen, während sie Wasser aufsetzte, um Tee zu machen. Er hatte gezittert, als sie ihn umarmte. »Was ist los?«, fragte sie.

Er zuckte zusammen. »Oh, Maya.«

»Was ist denn!«

Er zuckte die Achseln. »Ich habe Sax in Da Vinci besucht, und Nirgal wohnte gerade bei ihm. Sein Haus oben in den Hügeln ist unter Staub begraben, hast du davon gehört?«

»Ja. Schlimm.«

»Ja. Na jedenfalls, sie haben angefangen, über Hiroko zu sprechen. Als wäre sie noch am Leben. Sax hat sogar behauptet, er hätte sie einmal draußen gesehen, in einem Sturm. Und ich … ich bin so *wütend* geworden, Maya! Ich hätte sie umbringen können!«

»Warum?«, fragte sie.

»Weil sie tot ist. Weil sie tot ist, und sie es nicht wahrhaben wollen. Nur weil sie nie die Leichen gesehen haben, erfinden sie all diese Geschichten.«

»Da sind sie nicht die Einzigen.«

»Nein. Aber sie glauben die Geschichten, einfach weil sie sie glauben wollen. Als ob es wahr würde, wenn man dran glaubt.«

»Und? Stimmt das nicht?«, sagte sie, während sie das Wasser in Tassen goss.

»Nein. Es stimmt nicht. Sie ist tot. Die ganze Farm-Crew ist tot. Sie sind alle ums Leben gekommen.« Und er legte den Kopf auf den Küchentisch und begann zu weinen.

Überrascht kam Maya zu ihm herum und setzte sich neben ihn. Sie legte ihm eine Hand auf den Rücken. Er erzitterte wieder, aber es war nicht dasselbe. Sie zog ihre Teetasse zu sich heran. Nippte daran. Seine Rippen hörten allmählich auf zu zucken.

»Es ist grausam«, sagte sie. »Dieses … dieses Verschwinden. Wenn man die Leichen nicht sieht, weiß man nicht, was man davon halten soll. Man hängt total in der Luft.«

Er richtete sich auf, nickte. Trank einen Schluck Tee.

»Du hast Franks Leichnam nie gesehen«, sagte er. »Aber du läufst nicht rum und erzählst den Leuten, du denkst, er könnte noch am Leben sein.«

»Nein«, sagte sie und wedelte mit der Hand. »Aber diese Flut …«

Er nickte.

»Bei der Farm-Crew ist das was anderes. Verständlich, dass die Leute sich da reinsteigern. Sie hätte immerhin entkommen können. Theoretisch.«

Er nickte. »Aber sie waren hinter mir im Labyrinth. Ich bin gerade noch rechtzeitig rausgekommen. Und dann habe ich mich tagelang dort rumgetrieben, aber sie kamen nicht raus. Sie haben es nicht geschafft.« Er zitterte krampfartig. Eine ganze Menge nervöser Energie in diesem drahtigen kleinen Körper, dachte sie. »Nein. Man hat sie erwischt und umgebracht. Wenn sie rausgekommen wären, hätte ich sie gesehen. Oder sie hätten Kontakt mit mir aufgenommen. Hiroko war grausam, aber so grausam nun auch wieder nicht. Sie hätte mir mittlerweile eine Nachricht zukommen lassen.« Sein Gesicht war verzerrt: Kummer, Zorn. Er war immer noch wütend auf sie, sah Maya. Das erinnerte sie an Frank. Sie war noch Jahre nach seinem Tod wütend auf ihn gewesen. Hatte sich gefragt, ob er John umgebracht hatte. Desmond hatte mit ihr darüber gesprochen, vor vielen Jahren. Sie erinnerte sich: Desmond hatte in jener Nacht herauszufinden versucht, wie er sie trösten konnte. Vielleicht hatte er gelogen. Wenn er eine andere Wahrheit kannte, wenn er gesehen hatte, wie Frank John ein Messer in den Leib rammte, hätte er es ihr dann in jener Nacht erzählt? Nein.

Jetzt versuchte sie herauszufinden, was ihm helfen würde, wenn er an Hiroko dachte. Sie trank ihren Tee in der Stille nach dem Zeitschlupf, und er tat dasselbe.

»Sie hat dich geliebt«, sagte sie.

Er sah sie überrascht an. Schließlich nickte er.

»Sie hätte dir eine Nachricht zukommen lassen, wenn sie noch leben würde, wie du sagst.«

»Ich glaube schon.«

»Also ist sie wahrscheinlich tot. Aber Nirgal und Sax – und Michel übrigens auch …«

»Michel auch?«

»Jedenfalls die Hälfte der Zeit. Die Hälfte der Zeit denkt er, es ist nur Kompensation, ein Mythos, der ihm hilft. Die andere Hälfte ist er überzeugt, dass sie da draußen sind. Aber wenn es ihnen hilft, weißt du …«

Er seufzte. »Ja, vielleicht.«

Sie überlegte weiter. »Du liebst sie immer noch.«

»So ist es.«

»Tja. Das gehört auch zum Leben. In gewissem Sinn.

Die Bewegung von … Hiroko-Strukturen. In deinem Innern. Quantensprünge, wie Michel sagt. Mehr sind wir alle sowieso nicht. Stimmt's?«

Desmond betrachtete seinen zernarbten, runzligen Handrücken. »Ich weiß nicht. Vielleicht sind wir doch mehr als das.«

»Na schön. Wie auch immer. Das Leben ist wichtig, hast du mir das nicht mal erklärt?«

»Hab ich das?«

»Ich glaube schon. Kommt mir so vor. Ist jedenfalls ein gutes, brauchbares Prinzip, ganz gleich, wer's gesagt hat.«

Er nickte. Sie tranken Tee. In den schwarzen Fenstern waren ihre Spiegelbilder durchsichtig. Ein Vogel in der Platane draußen brach die nächtliche Stille.

»Mich beunruhigt, dass uns wieder eine schlimme Zeit bevorstehen könnte«, wechselte Maya das Thema. »Ich glaube nicht, dass die Erde uns die Einwanderungskontrollen noch lange durchgehen lässt. Sie werden sich darüber hinwegsetzen, der Freie Mars wird protestieren, und ehe wir's uns versehen, haben wir Krieg.«

Er schüttelte den Kopf. »Ich glaube, das können wir vermeiden.«

»Aber wie? Jackie würde einen Krieg anfangen, nur um an der Macht zu bleiben.«

»Mach dir nicht allzu viele Gedanken wegen Jackie. Sie ist unwichtig. Das System ist so viel größer als sie …«

»Und was ist, wenn die Systeme zusammenprallen? Unsere Tage sind gezählt. Die beiden Welten haben jetzt sehr verschiedene Interessen, und die Kluft wird immer größer. Unter diesen Umständen sind die Leute an der Spitze sehr wohl wichtig.«

Er wedelte mit der Hand. »Es gibt so viele davon. Wir können die Mehrheit dazu bringen, sich vernünftig zu verhalten.«

»So? Sag mir wie.«

»Na ja, wir können ihnen immer mit den Roten drohen. Es gibt immer noch Rote da draußen, die ihre Komplotte schmieden. Sie versuchen nach Kräften, das Terraformen zu behindern. Das können wir uns zunutze machen.«

Und so unterhielten sie sich über Politik, bis der Himmel in den Fenstern grau und die vereinzelten Vogelstimmen zu einem zwitschernden Chor wurden. Maya fragte ihn weiter aus. Desmond kannte alle Fraktionen auf dem Mars sehr gut und hatte einige vortreffliche Ideen. Sie fand es außerordentlich interessant. Sie entwickelten eine Strategie. Bis zum Frühstück hatten sie eine Art Plan ausgearbeitet, den sie in die Tat umzusetzen versuchen konnten, wenn es so weit war. Desmond lächelte darüber. »Nach all diesen Jahren glauben wir immer noch, wir könnten die Welt retten.«

»Das können wir auch«, sagte Maya. »Oder wir könnten es, wenn sie bloß auf uns hören würden.«

Sie weckten Michel mit dem Geruch und dem Geräusch von brutzelndem Schinken, und Desmond sang irgendeine Calypso-Melodie ins Schlafzimmer. Maya hatte ein warmes Gefühl im Bauch; sie war müde und hungrig. An diesem Tag würde die Arbeit hart sein, aber das war ihr egal.

6. Maya verliert Desmond

Das Leben ging weiter. Sie lebte mit Michel zusammen, sie arbeitete, sie liebte, sie kämpfte mit ihren gesundheitlichen Problemen. Manchmal jedoch bedauerte sie es, dass der Funke echter Leidenschaft, so instabil und wild diese auch gewesen sein mochte, schon vor so langer Zeit erloschen war. Manchmal war sie davon überzeugt, dass sie in ihrem Leben mehr Spaß gehabt hätte, wenn John oder Frank nicht umgekommen wären. Oder wenn sie sich mit Desmond zusammengetan hätte – wenn sie sich irgendwann, als sie beide frei waren, in einer Art phasenweiser Monogamie miteinander verbunden hätten, wie Störche, die sich Jahr für Jahr nach ihren Reisen und Wanderungen wiedertreffen. Doch diesen Weg hatten sie nicht eingeschlagen; und darum war alles anders.

Stattdessen war das Leben weitergegangen, und sie waren mit den Jahren immer weiter auseinander gedriftet; nicht etwa, weil ihre Gefühle füreinander erkaltet wären, das spürte sie, sondern einfach weil sie sich so selten sahen und weil andere Menschen und Dinge Raum in ihren Gedanken beanspruchten. So war das nun einmal; man lebte und entwickelte sich weiter, und das taten auch die Menschen, die einem am nächsten standen, und dann trennte einen das Leben irgendwie – Jobs, Partner, was auch immer –, und wenn diese Menschen nach einer Weile nicht mehr zum täglichen Leben gehörten, nicht mehr physisch präsent waren, ein Körper im Raum, eine Stimme, die neue Dinge sagte, dann liebte man sie möglicherweise nur noch als eine bestimmte Art von Erinnerung. Es lief darauf hinaus, dass man sie früher einmal geliebt hatte und sich nur noch an diese Liebe erinnerte, statt sie so zu spüren wie damals, als die Betreffenden zur Textur des Alltagslebens gehört hatten. Nur seine Partner konnte man wirklich auf Dauer lieben, weil man nur mit ihnen zusammenblieb. Und selbst in festen Beziehungen konnte man auseinander driften, in verschiedene Gewohnheiten, verschiedene Gedankenwelten. Wenn das schon für die Person galt, mit der man schlief, um wie viel mehr galt es dann erst für Freunde, die sich ebenfalls weiterentwickelt hatten, woanders hingegangen waren und nun auf der anderen Seite des Planeten lebten. Irgendwann verlor man sie also, dagegen war kein Kraut gewachsen. Außer wenn man mit ihnen zusammen war. Und man konnte nur mit *einem* Menschen zusammen sein. Wenn sie und Desmond sich jemals auf diese Weise zusammengetan hätten – wer weiß, was passiert wäre. Die mit Asche bedeckte Glut einer alten, distanzierten Freundschaft; wo unablässig Funken hätten sprühen können, wie aus einer offenen Esse. Vielleicht wäre sie imstande gewesen, ihn bei jeder Berührung erzittern zu lassen. Sie liebte die Erinnerung daran, ihn geliebt zu haben, so sehr, dass sie manchmal dachte, es hätte so sein können.

Und nur ganz selten einmal beschlich sie das dunkle Gefühl, dass Desmond nicht viel anders empfand; das war schön. Eines frühen Abends zum Beispiel, viele Jahre später, als Michel nicht in der Stadt war, kam Desmond vorbei und klingelte an der Tür, und sie gingen zusammen zur Küstenstraße hinunter und am Wasser entlang. Es war schön, wieder auf diese Weise zusammen zu sein, dachte Maya, während sie allein und Arm in Arm am Rand ihres Hellas-Meeres dahinschlenderten und anschließend in einer Ecke eines der Bistros zu Abend aßen, sich aufwärmten und über einem Tisch voller Gläser und Teller von Angesicht zu Angesicht miteinander sprachen. Solche Männer liebte sie, solche Freunde.

Diesmal war er nur auf der Durchreise; er wollte einen Schlafwagenzug nach Sabishii nehmen. Deshalb ging sie mit ihm nach dem Abendessen die treppenförmig angelegten Straßen zum Bahnhof hinauf, Arm in Arm, und als sie sich dem Bahnhof näherten, lachte er und sagte: »Ich muss dir meinen letzten Maya-Traum erzählen.«

»Maya-Traum?«

»Ja. Ich habe so etwa jedes Jahr einen. Ich träume von uns allen. Aber dieser war komisch. In dem Traum war ich auf dem Weg nach Underhill, um an irgendeiner Konferenz teilzunehmen, über Geschenkökonomie oder so, und siehe da, als ich ankam, warst du auch da, bei einer hydrologischen Konferenz. Ein Zufall. Und nicht nur das, wir haben auch noch im selben Hotel gewohnt …«

»Ein Hotel in Underhill?«

»In meinem Traum war's eine Stadt wie jede andere, mit Wolkenkratzern und vielen Hotels. Einem Konferenzzentrum oder so was Ähnlichem. Na jedenfalls, wir wohnten nicht nur beide im selben Hotel, sondern sie hatten einen Fehler gemacht und uns beide im selben Zimmer untergebracht. Wir freuten uns, als wir uns in der Lobby trafen, weil wir nicht gewusst hatten, dass wir beide in der Stadt sein würden, aber erst, als wir oben im Flur standen und einen Blick auf unsere Schlüsselanhänger warfen, merkten wir, dass wir zufällig dasselbe Zimmer hatten. Und da wir verantwortungsbewusste Menschen sind, gingen wir wieder runter zur Rezeption, um den Irrtum aufzuklären …«

Maya schnaubte; sie merkte, dass sie seinen Arm reflexhaft fester an sich drückte, und er grinste und winkte mit der anderen Hand ab.

»Aber als wir zur Rezeption kamen, warf uns der Nachtportier den gleichen Blick zu wie du jetzt mir und sagte: ›Hört mal, ihr beiden, ich bin Cupido, der Gott der Liebe, ich habe diesen Fehler absichtlich gemacht, damit ihr ganz ungeplant zusammen sein könnt, also geht wieder rauf und amüsiert euch und kommt mir ja nicht mehr in die Quere!‹«

Maya prustete los, und Desmond lachte ebenfalls.

»Toller Traum«, sagte Maya. Sie sorgte dafür, dass er stehen blieb, und nahm seine Hände. »Und dann?«

»Ach, na ja, dann bin ich aufgewacht! Ich hab zu laut gelacht, so wie jetzt. Ich hab gesagt, nein, nein, noch nicht aufwachen! Jetzt kommt doch das Beste!«

Sie lachte und drückte seine Hände. »Nein. Das Beste war schon vorbei.«

Er nickte, und sie umarmten sich. Dann fuhr sein Zug ein, und er war fort.

6

VIER TELEOLOGISCHE WEGE

1. Falscher Weg

Morgenwanderung die westliche Innenwand des Crommelin-Kraters hinauf. Straßenbahn zu den Blasen, Aufstieg über einen der steilsten Wanderwege im Krater, den Rundweg auf dem Kraterrand entlang zum Teich bei Featherbed, einen neuen Wanderweg runter und auf der Ringstraße zurück zur Straßenbahn, nur ein paar Kilometer.

Aber an diesem Morgen regnete es stark, es war neblig und weitgehend windstill, und schon nach ein paar hundert Metern Fußmarsch vom Wendeplatz der Straßenbahn aus hatte ich mich verirrt. Ich folgte dem Pfad, wie ich glaubte, aber er verlor sich fast sofort, also hatte ich mich getäuscht; doch statt umzukehren, dachte ich, der Pfad wäre ein Stück weiter rechts, und ging schräg aufwärts in diese Richtung, fand ihn aber nicht. Nun ja, jeder Weg führt in den Crommelin hinein, wissen Sie, außer in einige Bereichen des Klippenbogens, deshalb beschloss ich, mir selber einen nach oben zu suchen, in der Hoffnung, zu guter Letzt doch noch auf den Wanderweg zu stoßen. Dabei sah ich sowieso immer wieder eine ältere Version des Pfades, wie mir schien – drei oder vier unmittelbar aufeinander folgende Stufen, die in einem Spalt in der Wand nach oben führten; eine lange Senke; ein paar abgebrochene Zweige; und vor allem rechteckige graue Farbmarkierungen an Bäumen. Sie sahen wie die Wegmarken an den Bäumen im Wald von Cimmeria aus. Es verblüffte mich, dass jemand die Farbe Grau gewählt hatte, und ich hielt es zunächst für eine Flechte, aber es sah wie Farbe aus, auch wenn ich ganz nah heranging, sogar als ich mit dem Fingernagel dran kratzte. Farbe, jede Wette – etwa in Brust- oder Kopfhöhe an Bäume geklatscht, in einer andeutungsweise erkennbaren Linie hangaufwärts. Es war eine zerklüftete, mit Absätzen versehene Kraterwand, massenhaft Bäume, dann ein paar ausgelaugte alte Ringwälle und nackte Felswände, um die man herumkommen oder in denen man Spalten zum Hochklettern finden musste. Ich dachte mir, wo Bäume wuchsen, konnte ich hochkraxeln, also folgte ich mit Bäumen bestandenen Rampen, die sich durch brekziierte Zinnen nach oben wanden, und tauchte unter den Zweigen hindurch. Da es ohnehin wie aus Kübeln schüttete, machten mir die Duschen nichts aus, die ich mir einfing, wenn ich die Äste bewegte. Meine wahre Sorge galt der Frage, wohin ich die Füße setzte, denn die verfilzten Laubschichten bildeten zahlreiche nasse Falltüren im Basaltgewirr der Rampen.

Ich stapfte weiter mühsam bergauf, natürlich immer in der Hoffnung, dass mein Weg nicht irgendwann vor einer der unüberwindlichen Zinnen links und rechts endete. Und fragte mich weiterhin, ob ich mich auf einem alten, unter dem Laub begrabenen Wanderweg befand. Jedes Mal wenn sich die Lücke zwischen den Zinnen verengte, entdeckte ich grob übereinander gestapelte Steine, die mir nach oben halfen; unter dem Geröll, das sich über die Jahre angesammelt hatte, waren sie kaum zu sehen. Doch wenn ich gerade sicher war, auf einem Pfad zu sein, hörte er einfach auf, und ich musste mich wieder durchs Gehölz arbeiten. Die Frage entwickelte sich zum zentralen Thema der Kletterpartie; ich konnte an nichts anderes mehr denken, betrachtete die triefnasse, vom Regen verschleierte, unter meinen Füßen quatschende und wegrutschende Wand um mich herum nur noch unter diesem Aspekt – waren die Steine da von Hand aufgestapelt, um mir den Weg zu zeigen? War das eine graue Wegmarke an dem Baum da rechts, mitten in diesem dichten kleinen Gehölz? Aber warum hatte man sie ausgerechnet dort angebracht?

Ich kämpfte mich weiter aufwärts, bückte mich, um mir nicht das Gesicht zu zerkratzen, zwängte mich zwischen größeren Ästen hindurch. Irgendwie ging es immer weiter nach oben, aber so aufmerksam ich die Landschaft auch musterte, ich konnte mich nicht entscheiden, ob es nun ein Pfad war oder nicht. Oftmals hatte ich den Eindruck, einen unberührten, wilden Hang emporzusteigen. Aber dann tauchte wieder ein kleiner Treppenabschnitt auf und half mir weiter nach oben und aus der Klemme.

Der Aufstieg dauerte so lange, dass ich mich allmählich zu wundern begann. In gerader Linie waren es nur vierhundert Meter bis zum Kraterrand – die hatte ich doch gewiss schon hinter mir? Die Regenwolke wurde dünner, und ich hatte mehr Licht. Es regnete jedoch weiter, und nun kam auch Wind auf, in Fallböen. Der Hang wurde flacher, und ich stieß auf einen ebenen Streifen voller Bäume, mit einem alten, rostigen Bahngleis. Der Anblick versetzte mir einen kleinen Schock. Ich entsann mich, von einer alten Zahnradbahn gelesen zu haben, die zum Gipfel führte, aber die war an der

Südwand des Kraters gewesen. Ein kleines Stück weiter stieß ich auf die West Apron Road, die auf ihren letzten Metern zum Kraterrand hinaufführt, und lief ein paar Minuten darauf entlang, bis ich zur Bahnstation mit dem Laden gelangte. Ich freute mich, dass ich oben angekommen war und genau wusste, wo ich mich befand, aber ich hatte doppelt so lange gebraucht wie erwartet und dreimal so viel Energie verbraucht, und als ich auf dem Rundweg am Kraterrand weiter nach Norden ging, verirrte ich mich erneut! Es regnete, es war neblig, und der westliche Kraterrand ist sehr breit, nichts als zerklüftete Terrassen aus freiliegendem Felsen, Steinhaufen als Wegmarken und ab und zu kleinen, sehr dichten und knorrigen Gehölzen, die einem bis zum Kopf oder zur Hüfte reichen. Viele Trampelpfade führten in diese Gehölze hinein und verloren sich dann nach einer Weile in dornigem Gesträuch. Es war frustrierend, und ich machte mir überdies Sorgen, dass ich viel zu spät nach Hause kommen würde. Bei Morgenwanderungen versuche ich, wieder zurück zu sein, während die Leute noch aufstehen oder beim Frühstück sitzen.

Also blieb ich stehen und überlegte mir die Sache. Meine Brille war vom Regen beschlagen, und der Wind blies puren Nebel an mir vorbei. Ich konnte in keiner Richtung mehr als zwanzig Meter weit sehen, und das reichte hier oben nicht.

Ich machte kehrt, latschte am Kraterrand entlang zur Straße zurück und beschloss, auf der Bergstraße zum Boden des Kraters hinunter und dann zu den Blasen und zur Straßenbahn zu laufen. Die Entfernungen im Krater sind alle so gering, dass ich dachte, es wären im Höchstfall zehn Kilometer, und zwar meistens bergab. Machte nicht so viel Spaß wie eine Kletterpartie im Regen, ging aber schneller.

Bevor ich aufbrach, ging ich in den Laden und kaufte mir ein Mineralwasser. Sie hatten gerade aufgemacht.

Ich ging mit dem Wasser zum Tresen, und zwei junge Frauen starrten mich an, als ich meine Brieftasche zog – unter meiner Regenhose hervor, wissen Sie. Aber die Brieftasche war nass, sogar meine Karte darin war nass. Ich hätte genauso gut gerade in den See gesprungen sein können. Ich beschloss, mir eine Erklärung zu sparen und das Mineralwasser draußen zu trinken.

War ein total verrücktes Gefühl, die Straße runterzulaufen. Nur Serpentinen, immer in dichtem Nebel und Regen. Ich hatte keine Ahnung, auf welcher Höhe der Wand ich mich befand. Ich passierte einen Felsvorsprung, der von der Straße durchschnitten wurde; jetzt war da ein Wasserfall, sehr hübsch. Dann kam ein Wald, und gleich darauf war ich drin, ein langer, grüner, überdachter Tunnel mit der Straße als Boden, und der Regen bombardierte uns immer noch. Ich kam zur Station zurück und fuhr nach Hause, aber an diesem Tag verpasste ich das Frühstück.

Und den ganzen restlichen Tag – und seither eigentlich immer, aber an diesem Tag war ich wirklich wie besessen davon – habe ich mich gefragt, ob ich auf einem alten Wanderweg gewesen war oder nicht.

2. Fehler können gut sein

Als ich meine Eltern auf den Klippenpfad mitnahm, waren sie Mitte sechzig, und ehrlich gesagt, hatte ich diesen Weg vorher praktisch immer im Laufschritt zurückgelegt, um die Sache schnell hinter mich zu bringen, wieder in die Stadt zurückzukommen und mich um meine Familie zu kümmern, deshalb war meine Erinnerung daran unzulänglich. Das wurde mir klar, als ich mit ihnen langsam hinaufstieg. Es gibt verdammt viele Leitern auf diesem Pfad. Nach dem ziemlich akrobatischen Boulder-Quergang über den riesigen Geröllhang kommt eine Leiter nach der anderen mit ein paar Traversen über exponierte Bänder dazwischen, auf denen man vom Kopfende einer Leiter zum Fußende der nächsten gelangt. Auf einem dieser Bänder sprach meine Mutter meinen Namen mit jener Betonung aus, die bedeutet »Das soll wohl ein Scherz sein«, und mein Vater, der die Nachhut bildete, sagte nichts – vielleicht war er nicht so gut in Form wie meine Mutter, und er trug enge Jeans. Später erklärte er, er habe gedacht, ich wollte ihnen alle Gemeinheiten heimzahlen, die sie in meinen Augen je begangen hätten. Aber er war stark, genauso wie Mutter. Als wir oben ankamen, stiegen wir sofort wieder ab, was sauerstofftechnisch leichter, aber trotzdem ziemlich nervenaufreibend war – eigentlich noch schlimmer. Die Leitern bestehen bloß aus Eisensprossen, die in senkrecht aufragende, bis zu fünfzehn Meter hohe Felswände gebohrt sind. Wenn man beim Abstieg nach unten schaut, kann das ganz schön Furcht einflößend sein. Als wir unten ankamen, zeigte ich nach oben, wo wir gewesen waren – von unten sieht es wie eine nackte Klippe aus, und einige Kletterer machten sich gerade bereit, die Steilwand gleich links vom Weg in Angriff zu nehmen, darum war es eindrucksvoll. Bei der Rückkehr ins Camp waren sie high, total aus dem Häuschen. Sie konnten gar nicht glauben, dass sie es geschafft hatten. Obwohl es ein Fehler gewesen war, hatte ich also etwas Gutes gemacht.

3. Man kann nicht vom Weg abkommen

Ich war schon jahrelang im Crommelin-Krater gewandert, als jemand eine Geschichte der Kraterwanderwege herausbrachte, und mit einem Mal war alles wieder ganz neu für mich. Ich hatte gesehen, aber nicht verstanden. Die Wege waren nicht, wie ich vermutet hatte, von der Genossenschaft angelegt worden, die momentan für den Krater zuständig war, sondern von einer Abfolge genialer Verrückter, die sich eine Art Wettbewerb geliefert hatten, wer die schönsten Pfade zustande brachte. Die steilen, brekziierten Granitwände des Kraters waren zur Leinwand für ihre neue Kunstform geworden, an deren Ausgestaltung sie damals vor der Jahrhundertwende etwa zwanzig bis dreißig Jahre lang gearbeitet hatten. Einer hatte seine ganze Genossenschaft dazu gebracht, Fußpfade anzulegen; sie hatten mehrere in die Wand direkt über und hinter dem Scheibenhaus der Genossenschaft gehauen.

Doch als die gegenwärtige Verwaltung ans Ruder kam, schloss sie die Hälfte der Wanderwege im Krater mit der Begründung, sie seien großenteils überflüssig. Was zutraf. Aber sie waren auch Kunstwerke, solide Konstruktionen aus riesigen Steinblöcken, und darum gab es viele von ihnen immer noch, nur *waren sie nicht mehr auf den Karten verzeichnet*. Und dieser Autor hatte die alten Karten in seinem Buch abgedruckt und Hinweise gegeben, wie man die alten Ausgangspunkte jener Wanderwege finden konnte, die dank der gegenwärtig zuständigen Behörde in Vergessenheit geraten waren. Die alten Pfade zu finden – »Trail Phantoming« nannte er das –, war eine neue Kunstform, die sich die ältere zunutze machte und sie bewahrte. Ich fing selbst damit an, und es gefiel mir sehr. Das ohnehin schon schöne Erlebnis einer Kraterwanderung wurde noch gesteigert, indem man nach Routen suchte, archäologische Forschungen anstellte und viel im Gelände umherstreifte.

Eines Tages nahmen wie die Kinder mit und machten uns auf die Suche nach einem der vergessenen Wanderwege der alten Genossenschaft. Unser erster Fund war eine ehemals wohl breite Promenade, die am Fuß der Wand entlanglief und jetzt vollständig mit Birken zugewachsen war. Wir überquerten den nördlichsten noch auf der Karte verzeichneten Weg, gingen auf der überwachsenen Promenade weiter nach Norden und suchten an der riesigen Wand nach Spuren eines Pfades. Es gab eine Menge Möglichkeiten, dachte ich – wie üblich. Doch dann erblickte ich in all dem Laub einen großen, behauenen Stein, der einem menschlichen Torso ähnelte, und wir liefen alle hin, und da war er, der Pfad – eine unter totem Laub begrabene Steintreppe, die an der Wand hinaufführte. Faszinierend!

Auf ging's, die Kinder voran. Wir konnten nicht mit ihnen Schritt halten. Es war ganz leicht, dem Weg zu folgen; er bestand hauptsächlich aus einer vollständigen, in die Wand gehauenen Treppe, eine Flucht nach der anderen. Aber es war auch nicht zu übersehen, dass er seit vielen Jahren kaum mehr benutzt worden war. Ein Quergang hatte seinen Unterbau eingebüßt, und zehn oder zwölf Steinblöcke waren den Hang hinuntergerutscht und bildeten nun eine Schleife aus Steinen, die wir überwinden mussten. An einer anderen Stelle war eine dicke Birke über den Pfad gefallen, und wir mussten uns um die Wurzeln herumschlängeln. An diesen Hindernissen merkten wir, wie schwer es gewesen wäre, den Hang ohne Pfad zu erklimmen. Aber mit Pfad: Spazierwege und Treppen.

Und als wir dann nach vorn schauten, sahen wir, dass der Weg über einen großen, im Schatten liegenden Geröllhang unter einem gekrümmten Abschnitt der Wand aufwärts führte. Das ganze riesige Steintrümmerfeld bestand aus hellrosa Granit, und die darauf wachsenden Flechten waren alle blassgrün. Blassgrüne Kreise, die hellrosa Steinschutt sprenkelten – ein blassgrüner Teppich auf einer hellrosa Treppe – es sah aus, als hätten es die Inkas erbaut, oder Besucher aus Atlantis. Selbst die Kinder blieben stehen, um es sich anzuschauen.

4. Die natürliche Begabung

Dorr hatte die östliche Kraterwand offenbar gründlich erforscht und seine Wege dann so angelegt, dass sie sich die bereits vorhandenen Elemente zunutze machten; sie führten die Wanderer unter Überhängen hindurch, hinter heruntergefallenen Felsblöcken vorbei, Spalten hinauf und durch Tunnels. In einem Abschnitt der Wand gibt es einen großen, steilen, konkaven Granitbuckel, einen freiliegenden Pluton – recht ungewöhnlich – mit einem senkrechten, hüft- oder brusttiefen Riss auf ganzer Länge. Dorr hatte natürlich einen Pfad durch diese Spalte nach oben geführt und sie dazu im unteren Teil mit versetzt aufeinander gestapelten Granitblöcken gefüllt, eine steile, schmale, Hunderte von Steinen lange Treppe.

Eines Morgens wanderte ich diesen wunderschönen Pfad im Regen hinauf. Alles war grau und neblig, sodass ich nur ein kleines Stück über und unter mir sehen konnte, und als ich zu diesem Abschnitt des Weges kam, hatte sich die Spalte in ein Flussbett verwandelt. Schäumendes Wasser ergoss sich von Stufe zu Stufe, wie bei den Fischleitern, die man an Dämmen sieht. Wildwasser, dass aus dem Nebel heraus stufenweise einen Granithang herabstürzte – es war surreal.

Wenn ich weiterging, würden meine Stiefel nass werden, weil ich bei jedem Schritt bis zu den Knöcheln, wenn nicht bis zu den Knien im Wasser stehen würde. Draußen im Hinterland wäre das ein Problem. Aber ich wusste, dass ich zwanzig Minuten nach meiner Wanderung zu Hause sein, dort duschen und meine Stiefel ans Feuer stellen würde. Nicht gerade gut für die Stiefel, aber zum Teufel damit. Das war mir der Spaß wert, diesen Treppenwasserfall hinaufzulaufen. Stufe für Stufe, platsch, platsch, schäumendes Wasser, das Rauschen, der Regen und der Wind. Jeder Schritt sicher platziert, die Hände an den Geländern der Granitwände zu beiden Seiten. Ein schöner Aufstieg; ich glaube nicht, dass ich so etwas noch einmal zu sehen bekommen werde.

Dann, am Kopfende der Treppe, war der Pfad zu Ende. Aus irgendeinem Grund hatte Dorr ihn nicht mit seinen anderen verbunden, und er hört am Kopfende dieses Granitbuckels auf, etwa auf halber Höhe der Kraterwand. Um zum nächsten Dorrschen Treppenpfad zu gelangen, muss man eine breite, abschüssige, von Birken und toten Baumstämmen strotzende Bank queren. Die momentan patschnass war und im Nebel verborgen lag.

Ich stapfte weiter. Dieses neue, ganz anders gelagerte Problem gefiel mir. Hier bilden alle Wanderwegphantome zusammen den Weg, dachte ich und hielt Ausschau nach Zeichen. Ich war nicht übermäßig besorgt, als ich keine sah. Ein Weg kommt und geht, je nachdem, wie dringend man ihn braucht. Wenn viele Wege irgendwohin führen, verteilen sich die Leute auf alle, und darum verlieren sie sich und verschwinden. Man braucht sie nicht. Wenn man nur noch mühsam vorankommt, wird der Pfad wieder sichtbar – es gibt nur wenige Wege, die man nehmen kann, und die finden die Leute immer wieder. So ist das überall, wo Menschen im Land umherstreifen. Wissen Sie, die meisten Pfade sind nicht planmäßig angelegt, sondern von einem zeitüberspannenden Kollektiv aus vielen Einzelnen geschaffen worden, die alle den Hang ganz für sich allein abgeschätzt und daraus sehr oft dieselben Schlüsse gezogen haben. Wenn ich vom Weg abkomme und ihn dann wieder finde, freut es mich darum immer, dass ich zum selben Urteil gelangt bin wie andere vor mir. Ich sage: Hey, da zeigt sich mal wieder unsere natürliche Begabung. Wie schön.

Ich brach also krachend durch das Unterholz auf dieser nassen Bank, zufrieden damit, einfach so durch die

Gegend zu laufen; es machte Spaß. Irgendwann würde ich schon auf Dorrs nächsten Pfad stoßen.

Dann sah ich an einem Baumstamm vor mir einen der rechteckigen grauen Farbkleckse, die ich bereits bei einer früheren Morgenwanderung im Regen entdeckt hatte. Na also, dachte ich, weil ich es für die Bestätigung hielt. Aber dann fielen mir weitere graue Flecken an anderen Baumstämmen in der Umgebung des ersten auf, und tatsächlich waren graue Flecken an jedem Baumstamm, den ich in diesem Moment sah, wohin ich auch schaute. Mir wurde klar, dass der Regenpfad, den ich auf der anderen Seite des Kraters gefunden hatte, offenbar nur in meiner Einbildung existierte; ich hatte in der Landschaft etwas gesehen, das nicht da gewesen war.

Aber es war da gewesen, das schwöre ich. *Da draußen ist etwas.* Deshalb glaube ich, dass wir eine gewisse Form der Teleologie in der Geschichte nicht so leicht abtun können. Die Landschaft selbst scheint den Pfad heraufzubeschwören. Sie zwingt uns den besten Weg auf. Und es könnte sein, dass es in der menschlichen Landschaft und sogar in dem Kontinuum, in dem die Zeit ihren Lauf nimmt, unsichtbare Rampen und Zinnen gibt, die unseren Weg formen. Natürlich haben wir nach wie vor Wahlmöglichkeiten, aber wir müssen ein bestimmtes Terrain durchqueren. Deshalb vermute ich, dass es in Wahrheit eine ganz normale Aktivität des menschlichen Gehirns ist, Wege zu sehen, wo keine sind. Wenn man nur mühsam vorankommt, sammeln sich die Menschen. Und die Pfade erscheinen aus dem Nichts.

Später erfuhr ich, dass es tatsächlich eine genmanipulierte Flechte namens »Graue Farbklecksflechte« gibt. Der Designer findet den Namen bestimmt sehr komisch.

An jenem Tag im Regen war das unwichtig. Kurz darauf stieß ich auf Dorrs nächstes steinernes Meisterwerk – eines, das noch auf den Karten verzeichnet war und so gut genutzt, dass es unter seinem Mantel aus Wasser glänzte, das dort, wo der Pfad den Hang querte, nicht tief war.

Doch dann führte der Weg wieder bergab, zurück zur Stadt, und wurde erneut zu einem plätschernden Wasserfall. Und ich kam zu einem Abschnitt, wo die Kraterwand steiler wurde und sich zu einer konvexen Schüssel krümmte, die über einem tiefen, senkrechten Einschnitt in der Wand hing, direkt neben einem Felsvorsprung. In einer Rinne zwischen diesem Vorsprung und der Wand fiel der Pfad stark ab, in großen, hohen Stufen. Doch jetzt war diese Rinne ein reißender Wasserfall oder vielmehr mehrere Wasserfälle, die einen Vorhang vor der Wand bildeten, dann trichterförmig in steilen Stromschnellen hinabschossen und zwischen Felsen hindurchbrausten, die einem normalerweise bis zu den Hüften oder bis zur Brust gereicht hätten. Wenn ich weiterkommen wollte, würde ich diesen Sturzbach hinuntersteigen müssen.

Ich achtete genau darauf, wohin ich den Fuß setzte, und hielt mich an Felsen oder Ästen zu beiden Seiten fest. Das Wasser reichte mir erst bis zu den Knien, dann bis zu den Oberschenkeln. Ich merkte, wie es von hinten gegen meine Beine drückte.

Dann traf mich eine heftige Regenbö, und die Kraterwand wurde zu einem einzigen gewaltigen Wasserfall. Gleich darauf begann es zu hageln. Wahre Hagelschauer kamen mit dem schäumenden Wasser herabgeschossen und prasselten auf mich ein. Ich packte mit beiden Händen einen Stein neben dem Pfad, zog den Kopf ein und sah zu, wie die Gischt des schwimmenden Hagels an meinem Körper hochstieg, bis ich bis zur Brust in dem Strom stand. Eine Sekunde lang fürchtete ich, das Wasser würde noch höher steigen und mich fortreißen oder an Ort und Stelle ertränken. Dann sank der Flutpegel ein wenig, und es gelang mir, die Stromschnellen zu durchwaten und auf der anderen Seite inmitten des brausenden Wassers Stufe um Stufe hinunterzusteigen. Ich bekam eine nasse Birke zu fassen, hielt mich gut fest und lachte laut. Es war einer der zivilisiertesten Augenblicke meines Lebens.

7

COJOTE MACHT ÄRGER

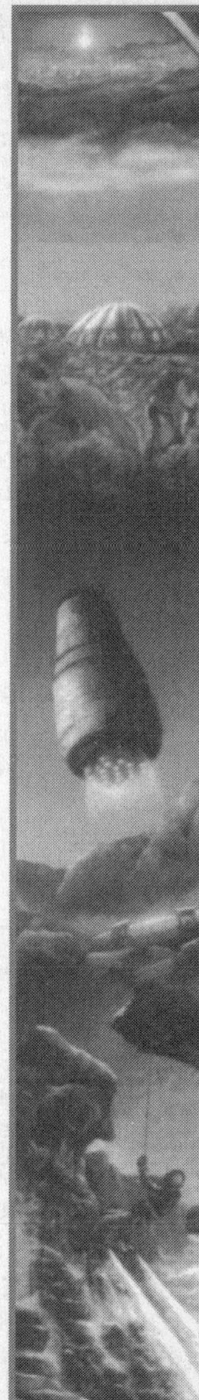

Die Stadt war schön bei Nacht, mit ihrem unsichtbaren Zeltdach – es war, als würde man unter den Sternen leben. Und auch in die Stadt selbst schienen Sterne gefallen zu sein, sie säumten die Wände der neun Mesas, sodass man auf der Straße in einer Flotte riesiger Luxusliner mitzusegeln glaubte, wie an einem Abend in seiner Kindheit, an den er sich noch sehr gut erinnerte, als auf einmal vier große weiße Schiffe im Vorhafen von Port of Spain erschienen waren, jedes eine vollständige, funkelnde Welt. Wie herabgekommene und in ihrem Hafen vor Anker gegangene Galaxien.

Unten am Kanal waren die Straßencafés trotz der späten Stunde noch offen; und es gab kaum eine Nacht, in der die Sterne im Kanal nicht von einem betrunkenen Träumer oder drangsalierten Passanten, der im Wasser landete, ins Wogen gebracht wurden. Cojote verbrachte viele seiner Abende im Gras vor dem griechischen Restaurant am

Ende der Doppelreihe von Bareiss-Säulen. Wenn gerade niemand im Kanal herumplanschte, warf Cojote Kieselsteine hinein, damit die Sterne unter seinen Stiefeln tanzten. Hin und wieder kam jemand und setzte sich neben ihn ins Gras; erstattete ihm Bericht; besprach irgendwelche Pläne mit ihm; und ging wieder seines Weges. In letzter Zeit wurde die Lage jedoch immer brenzliger. Es war nicht mehr so einfach, einen Spionagering in der Hauptstadt der UNTA, der Übergangsbehörde der Vereinten Nationen, zu betreiben. Aber es gab immer noch Tausende von Bauarbeitern mit nur rudimentären Papieren, die die neun Tafelberge aushöhlten und in riesige Gebäude verwandelten. Sofern man einen Arbeitsausweis für die Kontrollstellen hatte, behelligte einen noch niemand. Deshalb arbeitete Cojote tagsüber (an manchen Tagen; er war unzuverlässig) und zechte nachts, wie Tausende andere auch; und holte über eine lose Gruppe alter und einiger weniger neuer Freunde Informationen für den Untergrund ein. Zu dem Ring gehörten auch Maya und Michel, die sich in einer Wohnung über einem Tanzstudio verkrochen hatten und Cojote mit nützlichen Informationen versorgten, sich ansonsten jedoch verborgen und von den Kontrollstellen fern hielten, weil sie auf der immer länger werdenden Fahndungsliste der UNTA standen. Und angesichts dessen, was diese mit Sax – und Sabishii – gemacht hatte, war es klar, dass man ihr besser nicht in die Hände fiel.

Die momentane Situation flößte Cojote Furcht ein, machte ihn aber auch sehr wütend. Hiroko und die ihren: verschwunden – mit anderen Worten, ermordet (obwohl er sich da noch nicht sicher war); Sax hirngeschädigt; Maya und Michel abgetaucht; Sicherheitskräfte der UNTA, wohin man auch schaute. Und Kontrollstellen. Selbst sein Spionagering: Man konnte nie wissen, ob nicht einer von ihnen die Seite gewechselt hatte. Eine junge Frau zum Beispiel – eine Bürokraft in der UNTA-Zentrale in Burroughs, eine sehr attraktive Dravidianerin. Sie setzte sich neben ihn ins Gras und erzählte ihm, Hastings käme übermorgen mit dem Zug aus Sheffield. Hastings, Cojotes Erzfeind. Aber stimmte das? Er fand, dass die gut aussehende junge Frau im Gegensatz zu früher irgendwie spröde war – freundlich, aber mit glitzernden Augen. Seiner Elektronik zufolge war sie nicht verdrahtet. Aber vielleicht war sie umgedreht worden und plauderte aus dem Nähkästchen oder lockte ihn in eine Falle; wer wusste das schon?

Sie hatte herausfinden sollen, welche Informationen die UNTA-Sicherheit über die radikalen Roten besaß. Gereizt fragte er sie danach, aber sie nickte und hatte auch darüber etwas zu berichten. Anscheinend wussten sie eine ganze Menge. Er stellte ihr eine Frage nach der anderen, und sein Interesse wuchs immer mehr; sie erzählte ihm Dinge über die Roten, die er selbst nicht gewusst hatte.

Schließlich schickte er sie mit einem freundlichen Lächeln weg. Er verhielt sich all seinen Leuten gegenüber immer auf die gleiche Weise, die ganze Zeit, und er bezweifelte sehr, dass sie etwas von seinem Argwohn gemerkt hatte. Er kippte sein Glas Metaxa hinunter, ließ es im Gras liegen und ging die Zypressenstraße entlang, zu dem kleinen Tanzstudio. Hinter Tafelglas drehten Leute Pirouetten. Er schlich sich nach oben und gab sein Kratz-und-Klopf-Zeichen. Maya ließ ihn herein.

Sie sprachen über die aktuellen Neuigkeiten und gingen ihre Listen füreinander durch. Maya machte sich momentan mit am meisten Sorgen darüber, dass die radikalen Roten zuschlagen könnten, bevor der übrige Widerstand so weit war, und Cojote stimmte ihr zu, das sei eine unerfreuliche Möglichkeit, obwohl ihm die Einstellung der Roten gefiel. Aber jetzt hatte er Informationen für Maya.

»Anscheinend glauben sie, dass sie das Terraformen zum Erliegen bringen können«, erklärte er ihr. »Sie wollen das System zusammenbrechen lassen. Die UNTA hat irgendwo einen Maulwurf platziert, und das haben sie in Erfahrung gebracht. Ein Flügel der Roten meint, sie könnten es auf biologische Weise schaffen. Eine andere Fraktion will dafür sorgen, dass etwas mit den thermischen Tiefenbomben schief geht. Sie wollen eine dieser nuklearen Sprengladungen so sabotieren, dass die Strahlung bis zur Oberfläche vordringt und die ganze Operation abgeblasen wird.«

Maya schüttelte empört den Kopf. »Strahlung an der Oberfläche. Das ist doch irrsinnig.«

Cojote musste ihr trotz seiner Sympathien für die Roten beipflichten. »Vielleicht sollten wir hoffen, dass die UNTA diese Gruppen ausschaltet, bevor sie aktiv werden.«

Maya verzog das Gesicht. Die Roten mochten töricht sein, aber sie waren ihre Verbündeten; die UNTA hingegen war ihr gemeinsamer Feind. »Nein. Wir sollten ihnen Bescheid sagen, dass sie unterwandert worden sind. Und sie dann dazu bringen, ihre Spinner zu stoppen. Und sich an die vereinbarte Strategie zu halten.«

»Kann sein, dass wir die Spinner selber stoppen müssen.«

»Nein. Ich spreche mit Ann.«

»Gut.« Cojote hielt das für reine Zeitverschwendung. Aber Maya schien fest dazu entschlossen zu sein.

Michel kam herein, und sie machten eine Teepause. Cojote trank einen Schluck und schüttelte den Kopf. »Die Lage spitzt sich immer mehr zu. Wir könnten gezwungen sein, in Aktion zu treten, bevor wir dazu bereit sind.«

»Ich möchte auf Sax warten«, sagte Maya wie immer.

Als Cojote seinen Tee ausgetrunken hatte, stand er auf und verabschiedete sich. »Ich möchte was unternehmen, falls Hastings herkommt«, sagte er.

Maya schüttelte den Kopf. Es war noch nicht an der Zeit, die Karten aufzudecken.

Doch Maya war derzeit ohnehin nur daran gelegen, sie alle bis zum richtigen Moment verborgen zu halten. Da sie sich versteckte, wollte sie, dass sich die ganze Bewegung versteckte. Dieses Ziel verfolgte sie mit Nachdruck, und für gewöhnlich setzte sie ihren Kopf beim größten Teil der Bewegung durch. Es wird einen Auslöser geben, behauptete sie immer. Ich merke es, wenn dieses Ereignis eintritt.

Aber Cojote, der sie und Michel in ihrem kleinen Kaninchenbau sah, war verärgert. »Nur ein kleines Zeichen«, sagte er. »Nicht Ernstes.«

»Nein«, antwortete sie.

»Wir werden sehen«, sagte er.

Er verließ ihr Versteck und ging wieder zum Kanal zurück. Dort genehmigte er sich noch ein paar Drinks und dachte über alles nach, irritiert davon, Maya derart eingesperrt zu sehen. Nun, sie war eine gefährliche Revolutionärin. Da waren Vorsichtsmaßnahmen unumgänglich. Trotzdem, die ganze Situation wurde allmählich gefährlich und, noch schlimmer, enervierend. Es musste etwas geschehen.

Und er musste wissen, ob diese junge Frau die Seite gewechselt hatte oder nicht.

In der nächsten Nacht, als sich die Restaurant-Meile schon fast gänzlich geleert hatte, die Kellner die Stühle auf die Tische stellten und einander mit dumpfen, müden Stimmen verwünschten, kam Cojote anspaziert. Er hatte einen Umweg übers Niederdorf gemacht, um sich zu vergewissern, dass er nicht verfolgt wurde. Seine Kontaktpersonen warteten an der letzten Bareissäule. Getrennt gingen sie zu den Geschäften an der Kreuzung der Zypressenstraße mit dem Boulevard des großen Steilhangs.

Dort trafen sie sich zwischen zwei Zypressen: Cojote

und zwei junge, schwarz gekleidete Frauen, darunter die aus der UNTA-Zentrale.

»Lauter Dryaden in der Nacht«, sagte er.

Die beiden Frauen lachten nervös.

»Habt ihr das Transparent?«

Sie nickten unruhig, und eine zeigte ihm ein Päckchen, das gerade eben in ihre geschlossene Hand passte.

Er führte sie durch die Nacht bergauf, bis sie auf die Wipfel der Zypressen hinabschauten, die ganz leicht in der zirkulierenden Nachtluft schwankten. Die Luft war zuerst angenehm kühl, kam ihm im Verlauf des Aufstiegs dann jedoch immer wärmer vor.

Ellis Butte war steil, aber Cojote hatte sich schon vor langer Zeit den Fußpfad eingeprägt, der in einer tiefen Einkerbung in der Nordwand des Tafelbergs nach oben führte. Die neun Mesas von Burroughs waren mittlerweile riesige Gebäude, und die Menschen sahen in ihnen auch nicht mehr als das; sie betrachteten sie eher als so etwas wie eine Ansammlung mächtiger Kathedralen; wenn man sie heutzutage bestieg, war es darum, als würde man ein Gebäude von außen besteigen, und das kam nur noch sehr selten vor. Doch an den Wänden aller Mesas gab es noch alte Fußpfade; man musste nur wissen, wo. Und Cojote hatte seine Routen, an jeder Seite aller neun.

Das Gelände oben auf Ellis Butte war sehr teurer Boden und vollständig bebaut. Knapp unter dem Rand des Tafelberges gab es jedoch eine Leiste, die gerade breit genug war für einen Pfad, und darauf führte er die beiden jungen Frauen entlang. Er hielt ihre heißen, verschwitzten Hände in seinen und glaubte, ihren Herzschlag darin spüren zu können. Schließlich gelangten sie zu einer Felsnase aus uraltem Basalt, die die Leiste abschloss und ihnen den Weg versperrte. Wenn sie sich vorbeugten, schienen sie direkt auf den Boulevard des großen Steilhangs hinunterzuschauen. Der klobige Bahnhof an der

Zeltwand war natürlich noch erleuchtet, aber in der letzten Stunde waren keine Nachtzüge eingetroffen, und alles war still – so still, dass sie auf irgendeiner privaten Terrasse über ihnen Stimmen hören konnten. Cojote gab seinen Begleiterinnen ein Zeichen, und eine von ihnen holte das Päckchen heraus. Die andere drückte eine Taste auf ihrer Handgelenkkonsole.

»Keine Bewegung«, sagte eine verstärkte Stimme, und Gestalten erschienen hinter ihnen auf der Leiste. Cojote sprang hoch, packte das Geländer der privaten Terrasse und setzte mit einem John-Carter-Sprung darüber hinweg. Ehe die angesäuselte Partygesellschaft seine Anwesenheit so richtig bemerkte, hatte er sich schon zwischen den Feiernden hindurchgeschlängelt und war in die pittoresken ägäischen Gassen auf dem Tafelberg entschwunden – sehr praktisch für jemanden, der auf der Flucht vor der Polizei war. Auf der anderen Seite gab es einen Weg nach unten, den nur wenige kannten, und Cojote kam im Dunkeln ein gutes Stück weit hinab, bevor die Sicherheitsleute die Geländer oben erreichten und mit Lampen auf dieser Seite hinunterleuchteten. Er duckte sich und wurde für die Dauer ihrer Suche zu einem Stein. Als sie weitergingen, setzte er seinen Abstieg fort.

Doch am Fuß des Pfades war noch mehr Sicherheitspolizei. Sie versuchten, den ganzen verdammten Tafelberg abzuriegeln. Cojote kletterte wieder zu einem Schlupfloch hinauf, das in den Tafelberg hineinführte, zu einem Stockwerk auf mittlerer Höhe. Von dort fuhr er mit dem Fahrstuhl zur U-Bahn hinunter, stieg in einen Zug, nahm unauffällig Platz und hielt den Atem an, bis sie in den Bahnhof der Hunt-Mesa einfuhren. Dort stieg er aus.

Nach oben und wieder auf den Boulevard des großen Steilhangs, gegenüber von Ellis und dem dortigen Aufruhr. Nun konnte er in der dunklen, nächtlichen Stadt ungehindert seiner Wege gehen. Aber er war wütend. Bei der Herstellung des ersten Päckchens hatte er gleich noch ein paar mehr angefertigt, und darum kehrte er nun zu seinem Sargzimmer in der Arbeitersektion der Black Syrtis Mesa zurück und holte eines davon. Dann ging er erneut den Thoth-Boulevard entlang und überlegte. Er hatte das erste Transparent zwischen Ellis und Hunt spannen wollen, sodass es über dem Boulevard des großen Steilhangs gehangen und die Leute empfangen hätte, wenn sie aus dem Bahnhof kamen. Dort ging es jetzt nicht mehr. Aber auf dem Weg den Boulevard des großen Steilhangs hinunter würden sie den Kanalpark mit dem großen freien Platz erreichen, wo ihn der Thoth-Boulevard querte. Er konnte also versuchen, es zwischen Table Mountain und Branch Mesa aufzuhängen und es erst dann zu entfalten, wenn sie an einer Stelle angelangt waren, wo sie es sehen würden.

Er musste sich beeilen, denn die Nacht war bald vorbei, und niemand durfte auch nur das Geringste bemerken. Kurz, es war eine Aktion ganz nach Cojotes Geschmack. Deshalb kletterte er so leise wie sein Namensvetter den Table Mountain hinauf, bis zu einem Felsblock hoch oben an der Ostwand des Tafelbergs. Er musste einen Ringbolzen anbringen (Ellis und Hunt hatte er vorher schon präpariert), aber dazu war nur einige Arbeit mit dem Laser vonnöten, wobei er ständig versuchte, den Lärm zu dämpfen. Doch in einer Großstadt gibt es zu jeder Tages- und Nachtzeit ein hohes Maß an Hintergrundgeräuschen, und alles ging gut. Er befestigte das eine Ende des Ersatztransparents an dem Ring und ging den Weg wieder hinunter, wobei er den Ariadnefaden des Transparents hinter sich herzog, ein Spinnwebstrang in der sanft zirkulierenden Nachtluft. Hinunter zum Thoth-Boulevard, auf die andere Seite hinüber wie ein x-beliebiger Nachtschicht-Arbeiter (in einer Großstadt gab es auch jede Menge anderer nächtlicher Wanderer), mit unauffälligen, schnellen Schritten, damit die Passanten möglichst wenig von dem Faden mitbekamen. Dann einen weiteren steilen, vergessenen Pfad zum Bug der Branch Mesa hinauf, bis er auf gleicher Höhe mit dem Ringbolzen auf dem Table Mountain war, ungefähr zweihundertfünfzig Meter über der Straße.

Er schraubte noch einen Ringbolzen ein. Der Tumult auf Ellis legte sich allmählich. Als der Bolzen fest genug saß, zog er den Ariadnefaden über den luftigen Abgrund hinweg durch den über einen Kilometer entfernten Bolzen. Obwohl der Faden hauchdünn war, musste er auf dem letzten Stück mit aller Kraft ziehen, Hand über Hand, bis er die dickere Leine – wie eine Angelschnur aus seiner Kindheit, nur viel stärker – ganz herübergezogen hatte. Er verknotete die Leine um den Bolzen und grinste, als er die letzte Schlinge mit einem kräftigen Ruck festzurrte. Wenn Hastings mit seiner Gruppe von Funktionären später an diesem Morgen tatsächlich aus dem Bahnhof kam, konnte Cojote das Transparent mit einem Schwenk eines Laserbleistifts herunterlassen; es würde sich entfalten, und die Besucher würden von einem Transparent über dem Thoth-Boulevard empfangen werden. Die beiden jungen Frauen hatten den Text auf dem Transparent entworfen, das bei ihrem Verrat auf Ellis Butte verloren gegangen war, aber Cojote hatte ein anderes Ersatztransparent angefertigt. Auf dem der jungen Frauen hatte gestanden: »DER WAHRE ÜBERGANG HAT NOCH GAR NICHT BEGONNEN«, zweifellos eine wirkungsvolle Anspielung auf die *Übergangs*behörde der Vereinten Nationen, sehr clever; Cojote hatte den Text jedoch ein bisschen abgeändert, und auf seinem Transparent würde stehen: »UNTA – EIN TRITT IN DEN ARSCH, UND IHR FLIEGT VOM MARS.«

Er lachte bei dem Gedanken. Es würde keine zehn Minuten hängen, glaubte er, aber man würde es fotografieren. Einige würden lachen, andere die Stirn runzeln. Maya würde sauer auf ihn sein, das wusste er. Momentan war es jedoch ein Nervenkrieg, und die UNTA sollte erfahren, dass die Mehrheit der Bevölkerung gegen sie war; Cojote hielt das für außerordentlich wichtig. Wichtig war auch, die Lacher auf seiner Seite zu haben. Wenn es sein musste, würde er eine Strategiediskussion mit ihr führen.

Wir lachen sie einfach vom Planeten, sagte er im Geiste zu ihr, wütend, und lachte bei dem Gedanken. Im Osten erhellte die Morgendämmerung den Himmel. Später an diesem Tag würde er aus der Stadt verschwinden müssen. Aber zuerst ein gutes Frühstück, vielleicht sogar ein Sektfrühstück, unten am Kanal, bevor der Zug einfuhr. Es war einem schließlich nicht jeden Tag vergönnt, eine Revolution auszurufen.

8

MICHEL IN DER PROVENCE

Viele Jahre später kam Michel doch noch auf den Mars.

In Argyre Planitia, am Fuß der Charitum Montes, war eine Basis der Europäischen Union, und Michel flog mit einer der schnellen Lorenz-Raketen hin, sodass der Flug nur sechs Wochen dauerte. Dann ließ er sich dort für eine anderthalbjährige Assistenzzeit nieder, bis sich die Planeten wieder in der richtigen Stellung für einen billigen Rückflug befanden. Und obwohl die Charitum-Bergkette so faszinierend war wie die ausgedörrten Höhenzüge des Atlasgebirges oder die Berge in der Mojave-Wüste und das Licht sehr gut (verglichen mit der antarktischen Nacht), war er im Grunde kein einziges Mal draußen. Immer nur drinnen, selbst wenn er mit einem Rover oder in den modifizierten Raumanzügen unterwegs war, die mit ihren Helmen und Tornistergeräten große Ähnlichkeit mit den Kälteschutzanzügen von Tauchern hatten, in der magischen Schwerkraft jedoch sehr leicht waren. Dennoch war er eingesperrt. Gefangen; ein verschlossenes Gefäß. Und wie bei den meisten anderen wurde dieses Gefühl auch bei ihm mit der Zeit immer akuter. Sämtliche Mitarbeiter der acht wissenschaftlichen Stationen zeigten Symptome von Klaustrophobie, außer einer kleinen Minderheit, die eine Agoraphobie entwickelte. Michel sammelte Material über sie alle und dokumentierte insbesondere einige spektakuläre Zusammenbrüche sowie ein paar Notfall-Evakuierungen. Nein – es bestand kein Zweifel – er hatte Recht gehabt. Der Mars war auf lange Sicht nicht bewohnbar. Eine Terraformung war zwar theoretisch möglich, lag jedoch noch Jahrtausende in der Zukunft. Bis dahin war der Planet ein Felsbrocken im All, im Grunde ein riesiger Asteroid. Wie alle anderen in seinem Team war Michel überglücklich, als es an der Zeit war, zu der warmen blauen Welt und an die frische Luft zurückzukehren.

*

Aber hatte er wirklich Recht gehabt? Unterschied sich der Mars tatsächlich von McMurdo oder auch nur von Las Vegas, einer Stadt, die in einer lebensfeindlichen Wüste lag? Konnte es nicht sein, dass eine dauerhafte Marskolonie der Menschheit so etwas wie einen Lebensinhalt gegeben hätte, eine symbolische Existenz, die sie durch die Höhen und Tiefen dieses dunklen Jahrhunderts, dieses gefährlichen Millenniums geleitete? Hier auf der Erde wurden Wunder vollbracht, die Wissenschaften veränderten Tag für Tag alles, besonders die medizinischen Wissenschaften, deren Virostatika, Krebs- und Zellverjüngungsbehandlungen sich zu einer immer größeren Barriere gegen den Tod summierten, mit geradezu unfassbaren Implikationen. Das Leben der Menschen wurde um Jahrzehnte verlängert, auch Michels Leben, das seine normale Zeitspanne bereits weit überschritten hatte und immer noch weiterging, wie das vieler anderer auch. Sofern sie das Glück hatten, Zugang zu der Behandlung zu bekommen – mit anderen Worten, sofern sie sich diese leisten konnten –, würden sie noch viele Jahrzehnte weiterleben. Jahrzehnte! Und angesichts der Schwindel erregenden logarithmischen Zunahme der wissenschaftlichen Erkenntnisse hieß das vielleicht, dass ihnen genug Zeit bleiben würde, um aus den Jahrzehnten Jahrhunderte zu machen. Niemand konnte das sagen.

Doch zugleich wusste niemand, was er mit den zusätzlichen Jahren anfangen sollte. Ein unbegreifliches Geschenk. Es warf verwirrende Sinnfragen auf, denn die Missstände in der übrigen Welt wurden dadurch ja nicht beseitigt. Ganz im Gegenteil, die unmittelbaren praktischen Probleme der gesteigerten Langlebigkeit waren enorm – mehr Menschen, mehr Hunger, mehr Neid, mehr Krieg, mehr unnatürlicher, vorzeitiger Tod. Der Einfallsreichtum des Todes schien die Fortschritte der Biowissenschaften Schritt für Schritt wettzumachen, wie bei einem Nahkampf zweier Titanen, sodass Michel nach einem Blick auf die Schlagzeilen manchmal das Gefühl hatte, dass sie ihr Leben nur verlängerten, um noch mehr Menschen umbringen oder ins Elend stürzen zu können. In der »unterentwickelten« Welt kamen Millionen bei Hungersnöten um, während sich zur gleichen Zeit, auf demselben Planeten, Fast-Unsterbliche in ihren Xanadus tummelten.

Vielleicht hätte ein internationales Dorf auf dem Mars allen deutlicher machen können, dass sie eine einzige, gemeinsame Kultur auf einer einzigen, gemeinsamen Welt waren. Verglichen mit dem Nutzen dieser großen Lektion wären die Leiden jedes einzelnen marsianischen Siedlers irrelevant gewesen. Das Projekt hätte sie gerechtfertigt. Die Marssiedler wären wie die Erbauer der Kathedralen gewesen, die eine schwere, lebenszehrende, nutzlose Arbeit verrichteten, um etwas Schönes zu erschaffen, das besagte: *Wir sind alle eins.* Und einige von ihnen hätten diese Arbeit – und das Leben, das sie brachte – sicher geliebt, eben wegen dieser Aussage. Wegen dieses Ziels – ein purer Akt der Aufopferung für andere, der Arbeit zum Wohle späterer Generationen. Sodass die Menschen auf der Erde nachts aufblicken und sagen könnten: Auch das sind wir – nicht nur die schrecklichen Schlagzeilen, sondern eine lebende Welt am Himmel. Ein historisches Projekt.

*

Aus diesem Grund war Michel unbehaglich zumute, wenn der rote Stern am Himmel leuchtete, und in den Jahrzehnten nach seiner Rückkehr vom Mars war sein Leben bestenfalls problembeladen. Er zog rastlos in der Provence, im restlichen Frankreich und der ganzen französischsprachigen Welt umher, versuchte, irgendwo Fuß zu fassen, scheiterte aber immer wieder und kehrte in die Provence zurück. Das war seine Heimat. Trotzdem fühlte er sich nicht wohl, weder dort noch woanders.

Er arbeitete als Therapeut und kam sich dabei wie ein Betrüger vor; der Doktor war krank. Aber er konnte nichts anderes. Und so sprach er mit unglücklichen Menschen, leistete ihnen Gesellschaft und verdiente sich auf diese Weise seinen Lebensunterhalt. Er vermied es tunlichst, Zeitung zu lesen. Und schaute nachts nie nach oben.

*

Dann fand eines Jahres im Herbst eine große internationale Tagung zum Thema »Lebensraum Weltall« in Nizza statt. Die Schirmherrschaft übernahm unter anderem das französische Raumfahrtprogramm, und da Michel auf dem Mars gewesen war und sich mit den einschlägigen Fragen befasst hatte, wurde er als Redner eingeladen. Der Tagungsort war nur ein paar Kilometer von seinem Wohnort entfernt, und weil ihn etwas immer wieder zu der Idee hinzog, ganz gleich, wie sehr er sich dagegen wehrte – aus Schuldbewusstsein, Stolz, innerem Zwang, Verantwortungsgefühl; wer wusste das schon? Wer konnte es wissen? –, sagte er schließlich zu. Es war genau hundert Jahre nach ihrem Winter in der Antarktis.

Anschließend schenkte er der Sache keine weitere Beachtung mehr; er ärgerte sich über sich selbst, weil er zugesagt hatte, fürchtete sich vielleicht sogar ein bisschen. Und ignorierte daher sämtliche Informationen über die Konferenz, die ihm per Post ins Haus flatterten. So kam es, dass er eines Morgens hinfuhr und nichts weiter wusste, als dass er an diesem Nachmittag bei einer Diskussionsveranstaltung auf dem Podium sitzen würde – und da stand Maya Toitovna in der Eingangshalle und sprach mit einer Schar von Bewunderern, die sie umringten.

Sie sah ihn und runzelte die Stirn; dann schossen ihre Augenbrauen in die Höhe, und sie legte dem Mann neben ihr die Hand an den Oberarm, die Finger wie Flügelspitzenfedern gespreizt, entschuldigte sich und verließ den Kreis. Dann stand sie vor ihm und schüttelte ihm die Hand. »Ich bin Toitovna. Kennen Sie mich noch?«

»Bitte, Maya«, sagte er gequält.

Sie lächelte kurz und umarmte ihn. Hielt ihn auf Armeslänge von sich. »Das Alter steht dir«, entschied sie. »Gut siehst du aus.«

»Du auch.«

Sie tat es mit einer wegwerfenden Handbewegung ab, aber es stimmte. Sie hatte silberne Haare und viele Falten im Gesicht, und die großen, grauen Augen waren so klar und intensiv wie immer. Eine Schönheit, wie eh und je. Obwohl Tatiana sie seinerzeit ein wenig überstrahlt hatte, war sie stets die schönste, prachtvollste Frau in seinem Leben gewesen.

Sie standen da, unterhielten sich und schauten einander an. Sie waren jetzt alt, weit über hundert Jahre. Michel musste sich anstrengen, um sich sein Englisch ins Gedächtnis zu rufen, und sie ebenfalls, wenn auch in geringerem Maße; zudem kostete es ihn einige Mühe, sich an die Eigenheiten ihres harten Akzents zu erinnern. Wie sich herausstellte, war sie ebenfalls auf dem Mars gewesen; sie hatte sechs Jahre dort verbracht, zur Zeit der schlimmsten Unruhen in den sechziger Jahren des einundzwanzigsten Jahrhunderts. Bei der Erinnerung daran zuckte sie die Achseln: »Es war schwer, die Zeit zu genießen, weil hier unten so viel Schlimmes passiert ist.«

Mit klopfendem Herzen schlug Michel vor, gemeinsam zu Abend zu essen. »Ja, gut«, sagte sie.

Die Konferenz war wie verwandelt. Michel betrachtete die Teilnehmer mit neuen Augen. Die meisten waren viel jünger als er und Maya; sie konnten es kaum erwarten, in den Weltraum hinauszukommen, auf dem Mond, dem Mars, den Jupitermonden zu leben – überall. Bloß nicht auf der Erde. Der Eskapismus, der ihrer Sehnsucht innewohnte, war für Michel unübersehbar, aber er ignorierte ihn und versuchte, die Dinge so zu sehen wie sie, hielt sich aus Rücksicht auf ihre Sehnsucht mit seinen Äußerungen und Reaktionen bewusst zurück. Wer konnte schon ohne Sehnsucht leben? Für diese Leute war der Mars kein Ort, nicht einmal ein Ziel, sondern ein Brennglas, mit dessen Hilfe sie ihr Leben auf etwas konzentrierten. Angesichts dieser Sachlage verzichtete er darauf, seine übliche geringschätzige Position zu dem Thema einzunehmen, die jetzt ohnehin schon ein Jahrhundert alt und der neuen Situation vielleicht nicht mehr angemessen war. Die Welt zerfiel; der Mars half den Menschen, das zu erkennen. Eine Flucht, ja, vielleicht; aber auch ein Brennglas; wenn er sich Mühe gab, konnte er vielleicht dazu beitragen, den Fokus dieses Brennglases zu schärfen. Oder es auf bestimmte Dinge zu richten.

Also hörte er aufmerksam zu und überlegte sich, was er sagen würde. Wie sich herausstellte, nahm Maya an derselben nachmittäglichen Diskussionsrunde teil wie er. Ein Haufen Marsveteranen auf dem Podium, die von ihren Erfahrungen berichteten und darüber sprachen, was ihrer Ansicht nach zu tun sei. Maya erzählte, wie es war, an der vordersten Front zu stehen und zurückzuschauen; was für eine Perspektive man dadurch bekam; dass die Dinge in den richtigen Proportionen erschienen, und wie klar einem dabei wurde, dass es für die Gesellschaft momentan nichts Wichtigeres gab, als eine stabile Permakultur zustande zu bringen.

Jemand im Publikum fragte, ob der ursprüngliche russisch-amerikanische Plan, hundert Kolonisten auf Dauer zum Mars zu schicken, im Rückblick nicht vielleicht doch die beste Verfahrensweise gewesen wäre.

Ein Stück weiter in der Reihe der Sprecher beugte Maya sich vor, um Michel anzusehen. Offenbar lag es nahe, dass er die Frage beantwortete.

Er beugte sich zum Mikrophon.

»In jeder Situation kann alles Mögliche geschehen«, sagte er und überlegte angestrengt. »Eine Marskolonie in den zwanziger Jahren wäre vielleicht … all das geworden, was wir uns erhofft hatten. Aber …«

Er schüttelte den Kopf und wusste nicht, wie er fortfahren sollte. Aber ich habe den Mut verloren. Ich habe in der Liebe verloren. Ich habe alles verloren.

»Aber alles sprach dagegen. Die Bedingungen wären auf lange Sicht zu schwer zu ertragen gewesen. Die Hundert wären dazu verurteilt gewesen …«

»In Freiheit zu leben«, sagte Maya in ihr Mikro.

Schockiert schaute Michel an den anderen vorbei zu ihr hin und spürte, wie seine Verzweiflung wuchs. »In Freiheit, ja, aber in einer Schachtel. In Freiheit in einem Gefängnis. Auf einer Welt aus Stein ohne Atmosphäre. Körperlich wäre es zu hart gewesen. Das Leben in einer Schachtel ist ein Leben im Gefängnis, selbst wenn es ein eigenhändig errichtetes Gefängnis ist. Nein, wir wären wahnsinnig geworden. Viele, die zum Mars fliegen, kommen mit einem Schaden fürs Leben zurück. Sie zeigen Symptome einer Art posttraumatischer Belastungsstörung.«

»Aber Sie haben gesagt, alles Mögliche könnte passieren«, sagte der Frager im Publikum.

»Ja, das stimmt. Es wäre entwicklungsfähig gewesen. Aber wer weiß das schon. *Was wäre, wenn* ist eine Frage, auf die es nie eine Antwort gibt. Mit Blick auf die Indizien habe ich damals gesagt, das Projekt stecke in großen Schwierigkeiten. Jetzt sollten wir den Blick auf die gegenwärtige Situation richten. Wir sind auf dem Mars Stück für Stück vorangekommen, haben alles in der richtigen Reihenfolge gemacht. Jetzt ist die Infrastruktur vorhanden, um uns das Leben dort zu erleichtern. Vielleicht ist es jetzt an der Zeit für Dauersiedler.«

Und dann nahmen andere zum Glück den Faden auf, und er war aus dem Schneider, von ihrem Verhör erlöst.

*

Doch bei ihrem gemeinsamen Essen an diesem Abend musterte Maya ihn eingehend. Und einmal kam die Sprache auf die nachmittägliche Podiumsdiskussion.

»Ich wusste nicht, was ich sagen sollte«, gestand Michel.

»Die Vergangenheit«, sagte Maya wegwerfend. Sie tat das ganze Thema der Vergangenheit mit einer einzigen raschen Handbewegung ab. Eine Last hob sich von Michels Bauch. Sie schien ihm nichts nachzutragen.

Sie verbrachten einen wundervollen Abend miteinander.

Und am nächsten Tag gingen sie an den Stränden in der Nähe von Nizza spazieren, den kleinen Stränden, die Michel aus seiner Jugend kannte, und einmal zog Maya sich bis auf die Unterwäsche aus und lief ins Mittelmeer hinaus, eine alte Frau mit großartiger Haltung, breiten Schultern, langen Beinen – das hatte die Wissenschaft für sie getan, sie hatte ihnen diese zusätzlichen Jahre voller Gesundheit geschenkt, obwohl sie eigentlich schon längst tot sein sollten, schon seit Jahrzehnten, aber hier waren sie, in der Sonne, spielten mit den Wellen, kraftvoll und stark, nicht einmal gebeugt vom Alter. Zumindest in körperlicher Hinsicht. Und als sie tropfend aus der Brandung taumelte, nass und geschmeidig wie ein Delfin, legte Maya den Kopf in den Nacken und lachte laut auf. Verglichen mit ihr sahen die braunen jungen Frauen, die sich im Sand sonnten, wie Fünfjährige aus.

An diesem Abend schwänzten sie die Konferenz, und Michel fuhr mit ihr zu einem Restaurant in Marseille mit Blick auf den Industriehafen, das er kannte. Sie amüsierten sich prächtig. Und als sie spät nachts wieder im Konferenzhotel eintrafen, fasste Maya ihn an der Hand und nahm ihn mit in ihr Zimmer; sie küssten sich wie Zwanzigjährige, Blut wurde zu Feuer, und sie sanken auf Mayas Bett nieder.

*

Michel erwachte kurz vor Tagesanbruch und schaute seiner Geliebten ins Gesicht. Der Schlaf verlieh sogar diesem alten Falken mädchenhafte Züge. Eine Schönheit. Es war der Charakter, der Schönheit schuf – Intelligenz, Mut und die Kraft zu tiefen Gefühlen, zur Liebe. Courage war Schönheit, das war alles. Und darum wurde man mit dem Alter letztlich nur schöner.

Das machte ihn glücklich – ins Herz der Dinge zu schauen, so da zu sein, in der Wirklichkeit, in solch einer grauen Morgendämmerung. Noch beglückender war jedoch ein Gefühl der Erleichterung, das er nicht recht definieren konnte. Er dachte darüber nach, während er ihr beim Atmen zusah. Wenn sie mit ihm im Bett lag – mit ihm geschlafen hatte, leidenschaftlich und glänzend gelaunt –, dann trug sie es ihm wohl nicht mehr nach, dass er sich vor so vielen Jahren gegen das Marsprojekt ausgesprochen hatte. War das nicht richtig? Damals hatte sie zum Mars gewollt, das wusste er. Also … also musste sie ihm verziehen haben. Die Vergangenheit, hatte sie gesagt und alles abgetan. Für sie zählte die Gegenwart, der Augenblick, den wir »Jetzt« nennen, in dem alles passieren konnte.

Als Maya erwachte, standen sie auf und gingen zum Frühstück hinunter, und Michel war höchst seltsam zumute: Er fühlte sich, als bewegte er sich in marsianischer Schwerkraft. Sein Körper war leicht, schwebte sogar ein wenig, die Füße berührten nur ganz leicht den Boden. Als wäre er im siebten Himmel! Er lachte darüber, dass ein solches Klischee für ihn wahr wurde, mitten in seinem Körper, genau in diesem Moment. Und er wusste auf einmal, dass er sich für den Rest seines Lebens an diesen Augenblick erinnern würde, ganz gleich, was geschah, selbst wenn er noch tausend Jahre lebte. Mit diesem Gedanken als letztem auf dem Totenbett wirst du sogar dann glücklich sein, sagte er sich, weil du weißt, dass du einmal einen solchen Moment erlebt hast. Das wiegt alles andere auf, und mehr als das.

Nach dem Frühstück ließen sie die Konferenz endgültig sausen. Michel fuhr mit ihr herum und zeigte ihr seine Provence. Er zeigte ihr Nîmes, Orange, Montpellier und Villefranche-sur-Mer, seinen alten Strand, wo sie erneut schwimmen gingen. Er zeigte ihr die Pont du Gard, das schönste Werk der Römer. »Das würde Nadia gefallen.« Und er ging mit ihr hinauf nach Les Baux, dem Dorf auf dem Hügel, von wo aus man die Camargue und das Mittelmeer sehen konnte, mit den alten, wie Bienenwaben in den Stein gehauenen Kammern der Burgruine. Später an diesem Nachmittag saßen sie in einem Straßencafé in Avignon nicht weit vom Papstpalast unter Platanen, und Michel trank Cassis und sah zu, wie sie sich entspannt wie eine Katze in ihren Metallstuhl zurücklehnte. »Es ist nett hier«, sagte sie. »Es gefällt mir.« Und wieder hatte er das Gefühl, in marsianischer Schwerkraft zu schweben, und sie lachte beim Anblick des idiotischen Grinsens, das ihm ins Gesicht geklebt war.

Doch am nächsten Tag sollte die Konferenz zu Ende gehen. Und in dieser Nacht, im Bett, nachdem sie miteinander geschlafen hatten und ausgestreckt aneinander lagen, verschwitzt und warm, sagte er aus einem spontanen Impuls heraus: »Bleibst du noch ein wenig hier?«

»Ähm … nein«, sagte sie. »Nein – ich muss zurück.«

Sie stand abrupt auf und ging ins Bad. Als sie herauskam, sah sie seinen Gesichtsausdruck und sagte sofort: »Aber ich komme wieder! Ich komme wieder und besuche dich.«

»Ja?«

»Natürlich. Was, hast du geglaubt, ich würde das nicht tun? Wofür hältst du mich? Ich bin schließlich auch hier, oder etwa nicht?«

»Ja.«

»Hast du gedacht, ich mache das immer so?«

»Nein.«

»Das will ich auch hoffen.«

Sie kam wieder ins Bett, lehnte sich zurück und sah

ihn an. »Ich gehöre nicht zu denen, die kalte Füße kriegen, wenn es um mehr geht.«

»Ich auch nicht.«

»Außer in der Antarktis, stimmt's? Wir hätten schon vor einem Jahrhundert dort oben sein und zusammen in unserer eigenen Welt leben können.« Sie stieß ihm einen Finger in die Rippen. »Stimmt's?«

»Ähm …«

»Aber du hast nein gesagt.« Jetzt blitzten die Klingen auf. Nichts verschwand jemals, nicht wirklich. »Du hättest ja sagen können, und wir wären schon im Jahr Zweitausendsechsundzwanzig dort gewesen, vor hundert Jahren. Womöglich wären wir dort ein Paar geworden. Irgendwann hätten wir vielleicht zueinander gefunden. Wir könnten schon seit sechzig oder siebzig Jahren zusammen sein, wer weiß!«

»Nun mach aber mal halblang«, sagte er.

»Aber ja doch! Ich mochte dich, du mochtest mich. Es war ein bisschen so wie jetzt, sogar in der Antarktis, gib's zu. Aber du hast nein gesagt. Du hast den Mut verloren.«

Er schüttelte den Kopf. »Es wäre nicht so wie jetzt gewesen.«

»Das weißt du nicht! Alles Mögliche kann passieren, das hast du selbst vorgestern bei der Podiumsdiskussion gesagt. Da hast du es in aller Öffentlichkeit zugegeben.«

Er spürte, wie er schwer wurde. Ins Bett sank.

»Ja«, sagte er. »Alles Mögliche hätte passieren können.«

Er musste es ihr eingestehen, nur ihr, jetzt, wo er nackt neben ihr im Bett lag.

»Das stimmt. Und ich habe nein gesagt. Ich hatte Angst. Es tut mir Leid.«

Sie nickte mit falkenhaftem Ernst.

Er drehte sich auf den Rücken und schaute zur

Decke, unfähig, ihr in die Augen zu sehen. Eine Hoteldecke. Er wurde mit jeder Sekunde schwerer. Er musste sich anstrengen, um zur Oberfläche zurückzuschwimmen. »Aber …« Er seufzte. Er sah sie an. »Jetzt ist jetzt. Und – hier sind wir nun, stimmt's?«

»O bitte«, sagte sie. »Du klingst wie John, damals bei der ersten Landung.«

Vor etlichen Jahrzehnten waren sie und John Boone einige Jahre lang ein prominentes Paar gewesen; sie hatte ihn tags zuvor kurz erwähnt. Ein oberflächlicher Mann, hatte sie gesagt. Er will nur seinen Spaß haben.

»Aber es stimmt, was er gesagt hat«, meinte Michel. »Hier sind wir nun.«

»Ja, ja. Und ich komme auch wieder zurück. Das hab ich dir ja gesagt. Aber es gibt Dinge, um die ich mich kümmern muss.«

»Aber du kommst zurück?«, fragte er und packte ihren Arm. »Obwohl – obwohl ich …«

»Ja, ja«, wiederholte sie. Dann hielt sie inne; sie sah aus, als würde sie über etwas nachdenken. Schließlich sagte sie: »Du hast es zugegeben. Das wollte ich hören. Da stehen wir jetzt. Also komme ich zurück.«

Sie küsste ihn; dann rollte sie sich auf ihn. »Wenn ich kann.«

*

An nächsten Morgen reiste sie ab. Michel fuhr sie zum Flughafen und küsste sie zum Abschied. Als er wieder in seinem Wagen saß und den Blick über dessen schäbigen Innenraum schweifen ließ, stöhnte er; er war nicht sicher, dass sie wirklich zurückkommen würde.

Aber sie hatte es ihm versprochen. Nun waren sie hier, auf der Erde, im Jahr 2126. Was hätte gewesen sein können, war nicht mehr als ein Traum, den man beim Aufwachen bereits vergessen hatte. Sie konnten nur vom Hier und Heute aus weitermachen. Also musste er aufhören, sich den Kopf über die Vergangenheit zu zerbrechen, und darüber nachdenken, was er jetzt tun konnte. Falls Maya zurückkam, dann nicht, um einen von Schuldgefühlen geplagten, unglücklichen alten Mann zu trösten, so viel stand fest. Maya schaute nach vorn. Sie war willens, weiterhin ihr Leben zu führen, ganz gleich, was in der Vergangenheit geschehen war. Das war eine der Eigenschaften, derentwegen er sie liebte; sie war offen für die Gegenwart, lebte im Hier und Jetzt. Und sie würde einen Partner wollen, der genauso war. Also würde er dieser Erwartung gerecht werden müssen; er würde sich nun ein Leben hier in der Provence aufbauen müssen, das Mayas Liebe würdig war, das in ihr den Wunsch weckte, immer wieder zu ihm zu kommen, vielleicht sogar bei ihm zu bleiben, zumindest aber, ihn zu besuchen. Vielleicht ihn zu sich nach Russland einzuladen. Vielleicht ein gemeinsames Leben zu führen.

Es war ein Projekt.

*

Dann stand er vor der Frage, wo er sich niederlassen, sich ein Zuhause schaffen sollte. Er war Provencale, also würde er sich in der Provence niederlassen. Aber er war über die Jahre hinweg so viel herumgezogen, dass er sich nirgends mehr richtig heimisch fühlte. Doch jetzt wollte er ein Zuhause haben. Wenn Maya zurückkam (*falls* sie kam; am Telefon klang es, als hielte sie vieles in Russland fest), wollte er ihr einen Michel zeigen können, der im Moment zentriert und glücklich war. Der *daheim* war und dadurch im Nachhinein seine Entscheidung rechtfertigte, nein zum Mars und stattdessen ja zum Mittelmeer zu sagen, dieser immer noch schaukelnden Wiege der Zivilisation, ja zu den sonnenverwöhnten felsigen Landzungen, die immer noch im

Licht schimmerten. Er wollte die russische Schönheit mit der Wärme der Provence verführen.

Dann gab es ein Schicksalszeichen in Form eines familiären Ereignisses; Michels Großonkel starb und hinterließ Michel und seinem Neffen Francis ein Haus an der Küste, östlich von Marseille. Michel dachte an Mayas Liebe zum Meer und suchte seinen Neffen auf. Francis war völlig von seinen Geschäften in Arles in Anspruch genommen und durchaus bereit, Michel seinen Anteil an dem Haus zu verkaufen; er vertraute darauf, dass er dort auch in Zukunft willkommen sein würde, woran nicht der geringste Zweifel bestand – der Sohn von Michels verstorbenem Bruder gehörte zu den Menschen in Michels Leben, die er am liebsten mochte, er war ein Fels der guten Laune und des gesunden Menschenverstandes. Und jetzt zum Glück auch noch äußerst zugänglich. Er schien zu wissen, was Michel vorhatte.

Nun gehörte das Haus also Michel. Ein schmuckloses altes Ferienhaus am Strand, am hinteren Ende einer kleinen Bucht zwischen Pointe de Déffend und Bandol. Ein sehr bescheidenes Haus, das zum Charakter seines Onkels und zu Michels Projekt passte; es sah ganz so aus, als könnte es Maya gefallen, denn es lag wunderschön – unter Platanen, keine drei, vier Meter über dem Meeresspiegel, hinter einem kleinen, flachen, von einem Bachlauf durchzogenen Strand, der von zwei kleinen, felsigen Landzungen eingekeilt wurde. Eine Reihe von Zypressen zog sich die Spalte in den Hügeln hinauf.

Eines Abends, nachdem das Haus auf ihn überschrieben worden war und er den ganzen Tag lang seine Sachen hineingeschafft hatte, stand Michel am Strand, die Füße im Wasser, und schaute erst zur offenen Tür des alten Hauses hinein und dann zum weiten Horizont des Meeres hinaus. Die marsianische Leichtigkeit sickerte wieder in ihn hinein. O Provence, o Erde, du schönste aller Welten, jeder Strand ein Geschenk von Zeit und Raum, Anhängsel des Meeres, in der Sonne funkelnd … er trat nach der erschöpften Welle, die auf den Strand lief, und das Wasser spritzte von seinem Fuß empor, bronziert vom waagerecht einfallenden Sonnenlicht. Der Himmel unter der Sonne war ein heller Zinnstreifen auf einem brennenden Meer. Hier ist mein Zuhause, Maya, sagte er zu sich. Komm zurück und lebe mit mir.

9

GRÜNER MARS

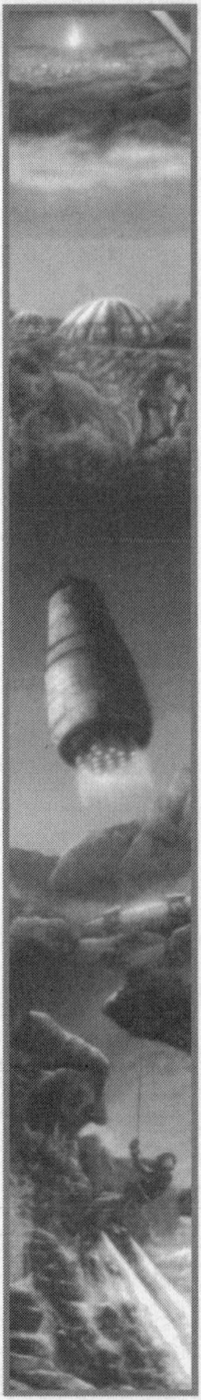

Olympus Mons ist der größte Berg im Sonnensystem: ein ausladender Schildvulkan mit einem Durchmesser von sechshundert Kilometern und einer Höhe von siebenundzwanzig Kilometern. Seine durchschnittliche Hangneigung beträgt nur fünf Grad über der Horizontalen, aber der Lavaschild endet fast an der gesamten Peripherie in einem Steilhang, einer annähernd kreisrunden Klippe, die sechs Kilometer tief zu den umliegenden Waldgebieten abfällt. Die höchsten und steilsten Abschnitte dieser Felswand befinden sich in der Nähe des Südpfeilers, eines massiven Felsvorsprungs, der die südliche und südwestliche Rundung der Klippe trennt (auf der Karte bei fünfzehn Grad Nord auf dem 132. Längengrad). Unter der Ostflanke des Südpfeilers kann man vom felsigen oberen Rand des Tharsis-Waldes aus zu einer Felswand hinaufschauen, die sechstausend Meter hoch ist.

Siebenmal höher als El Capitan, dreimal so hoch wie die Südwestwand des Everest, doppelt so hoch wie die Dhaulagiri-Wand: eine sechs Kilometer hohe Felswand, die einem den Blick auf den Himmel im Westen versperrt. Können Sie sich das vorstellen? (Es ist schwer.)

*

»Ich kriege einfach kein richtiges Gefühl für die Dimensionen!«, ruft der Terraner Arthur Sternbach und hüpft auf und ab.

Dougal Burke, der durch ein Fernglas nach oben schaut, sagt: »Ziemlich starke perspektivische Verkürzung von hier aus.«

»Nein, nein. Daran liegt es nicht.«

*

Die Klettergruppe ist in einer Karawane aus sieben Geländewagen angekommen. Große grüne Karosserien, durchsichtige Kuppelhauben über den Passagierabteilen, Geländereifen mit ihren übertriebenen Profilen, die Staub in den Wind spucken: Die Fahrer haben sie in einem groben Kreis geparkt, und sie stehen wie eine große Halskette aus künstlichen Smaragden mitten auf einer steinigen Wiese.

Diese ramponierte Wiese mit ihren kleinen Gehölzen aus Grannenkiefern und Noctis-Wacholder ist das traditionelle Basislager für Klettertouren am Südpfeiler. Um die Wagen herum sind Reifenspuren, Windschutzmauern aus aufeinander gestapelten Steinen, halb volle Latrinengräben, mit Steinhaufen abgedeckte Müllgruben und weggeworfene Ausrüstungsgegenstände. Während die Expeditionsteilnehmer plaudernd im Camp herumspazieren und sich strecken, inspizieren sie einige dieser Geräte. Marie Whillans hebt zwei ultraleichte Sauerstoffzylinder mit einem aufgeprägten Schriftzug auf, der sie als Bestandteil einer Expedition ausweist, mit der sie vor über hundert Jahren hier klettern war. Grinsend reckt sie die Zylinder in die Höhe, schüttelt sie gegen die Felswand und schlägt sie zusammen. »Wieder daheim!« *Ping! Ping! Ping!*

⁂

Ein letzter Geländewagen rollt auf die Wiese, und die bereits anwesenden Expeditionsteilnehmer versammeln sich um ihn, als er zum Stehen kommt. Zwei Männer steigen aus dem Wagen. Sie werden enthusiastisch begrüßt: »Stephan ist da! Roger ist da!«

⁂

Aber Roger Clayborne hat schlechte Laune. Es war eine lange Reise für ihn. Begonnen hat sie vor sechs Tagen in Burroughs, als er seine Büroräume im Regierungsgebäude endgültig verließ. Seine siebenundzwanzigjährige Amtszeit als Innenminister endete in dem Moment, als er durch die hohen Türen des Regierungsgebäudes hinaustrat, die breite Cherttreppe hinunterging und die Straßenbahn bestieg, die ihn zu seiner Wohnung bringen würde. Während ihm der warme Fahrtwind um die Nase wehte, schaute Roger in die grüne Hauptstadt hinaus, die er während seiner Zeit in der Regierung nur selten verlassen hatte, und ihm kam der Gedanke, dass die siebenundzwanzig Jahre eine einzige große Niederlage gewesen waren. Zu viele Gegner, zu viele Kompromisse, bis schließlich der letzte, unannehmbare Kompromiss kam, und nun war er mit Stephan auf dem Weg hinaus aus der Stadt und aufs Land, das er siebenundzwanzig Jahre lang gemieden hatte, über sanft gewellte, grasbewachsene Hügel mit kleinen Wäldchen aus Walnuss-, Ahorn- und Eukalyptusbäumen, Espen, Eichen und Kiefern: jedes Blatt, jeder Grashalm ein Zeichen seiner Niederlage. Und Stephan war keine große Hilfe; obwohl Umweltschützer wie Roger, war er jahrelang Mitglied der Grünen gewesen. »Da kann man wirklich noch was ausrichten«, beharrte er, während er Roger Vorträge hielt und seine Fahrkünste vernachlässigte. Roger, der Stephan durchaus mochte, tat so, als würde er ihm zustimmen, und schaute aus dem Fenster. Er hätte Stephans Gesellschaft in kleineren Dosen vorgezogen – beispielsweise beim Essen oder bei einem Schlagballspiel. Aber sie fuhren weiter die breite Schotterstraße entlang, über die windgepeitschten Steppen des Tharsis-Buckels, an den Bauernhöfen und Städten in Noctis Labyrinthus vorbei, hinauf in die Krummholzwälder des östlichen Tharsis, bis Roger jenem Gefühl zum Opfer fiel, das einen am Ende einer langen Reise beschleicht, dass sein ganzes Leben ein Teil dieser Reise gewesen war, dass das Reisen diesseits des Grabes nie aufhören würde, dass er dazu verdammt war, bis in alle Ewigkeit über die Schauplätze seiner Niederlagen und Fehler zu wandern, und nie an einen Ort gelangen würde, wo man sie nicht alle zusammen im Rückspiegel sah. Es war eine lange Fahrt.

Denn – und das war das Allerschlimmste – er erinnerte sich an alles.

*

Nun steigt er aus dem Wagen und tritt auf den felsigen Boden des Basislagers. Da er sich der Klettergruppe erst mit Verspätung angeschlossen hat (Stephan hat ihn eingeladen, als er von seinen Rücktritt erfuhr), wird er den anderen Bergsteigern vorgestellt, und es gelingt ihm, jene rein äußerliche Herzlichkeit aufzubringen, die er sich in seiner langen Amtszeit zugelegt hat. »Hans!«, sagt er, als er das vertraute, lächelnde Gesicht des Areologen Hans Boethe erblickt. »Schön, Sie zu sehen. Ich wusste nicht, dass Sie Bergsteiger sind.«

»Nicht so einer wie Sie, Roger, aber ich habe mir in Marineris meine Sporen verdient.«

»Und, wie sieht's aus« – Roger zeigt nach Westen –, »werden Sie die Erklärung für die Steilwand finden?«

»Die kenne ich schon«, verkündet Hans, und die anderen lachen. »Aber wenn wir Beweise finden, die meine These stützen …«

Eine hoch gewachsene, breitschultrige Frau mit ledrigen Wangen und hellbraunen Augen erscheint am Rand der Gruppe. Stephan stellt sie rasch vor. »Roger, das ist unsere Expeditionsleiterin, Eileen Monday.«

»Wir sind uns schon mal begegnet«, sagt sie, während sie ihm die Hand schüttelt. Sie senkt den Blick und lächelt verlegen. »Vor langer Zeit, als Sie Canyonführer waren.«

Der Name, die Stimme; die Vergangenheit regt sich, Bilder erscheinen in schneller Folge vor seinem geistigen Auge, und Rogers unheimliches Gedächtnis erinnert sich an eine Wanderung – (früher einmal hat er Touren durch die Gräben im Norden geführt) – eine *Romanze*, ja, mit einem langbeinigen Mädchen: Eileen Monday, die jetzt vor ihm steht. Sie waren eine ganze Zeit lang ein Paar gewesen, entsinnt er sich; sie eine Studentin in Burroughs, ein Stadtmädchen, und er – immer irgendwo im Hinterland unterwegs. Es hatte nicht gehalten. Aber das war fast hundertachtzig Jahre her! Ein Hoffnungsfunke blitzt in ihm auf – »Sie *erinnern* sich daran?«, fragt er.

»Leider nicht.« Kleine Fältchen bilden ein fächerförmiges Muster unter ihren Augen, als sie blinzelt und wieder das verlegene Lächeln aufsetzt. »Aber als Stephan mir erzählt hat, dass Sie zu uns stoßen würden – na ja – es ist ja bekannt, dass Sie ein vollständiges Gedächtnis haben, und ich dachte mir, ich sollte das überprüfen. Vielleicht bedeutet das, dass ich mich an etwas erinnert habe. Ich habe nämlich meine alten Tagebücher durchgeblättert und Hinweise auf Sie gefunden. Ich habe erst mit über achtzig angefangen, Tagebuch zu schreiben, deshalb sind die Hinweise nicht sehr klar. Aber ich weiß, dass wir uns begegnet sind, obwohl ich nicht behaupten kann, dass ich mich daran erinnere.« Sie blickt auf und zuckt die Achseln.

Diese Situation ist für Roger nichts Ungewöhnliches. Seine »totale Erinnerung« (natürlich ist es nichts dergleichen) umfasst den größten Teil seiner zweihundert Jahre, und er trifft fortwährend Menschen und erinnert sich an sie, die sich nicht an ihn erinnern. Die meisten finden es interessant, einige auch beunruhigend; die von der Sonne rissigen Wangen dieser Eileen sind ein wenig gerötet; sie wirkt verlegen und vielleicht auch ein bisschen belustigt. »Sie werden mir davon erzählen müssen«, sagt sie mit einem Lachen.

Roger ist nicht in der Stimmung, zur Belustigung anderer beizutragen. »Wir waren ungefähr fünfundzwanzig.«

Ihr Mund formt sich zu einem Pfiff. »Sie erinnern sich ja wirklich an alles.«

Roger schüttelt den Kopf; die Kälte in der schattigen Luft durchdringt ihn, die momentane Erregung des Wiedererkennens und der Erinnerung schwindet. Es war eine sehr lange Reise.

»Und wir waren …?«, bohrt sie nach.

»Wir waren Freunde«, sagt Roger mit einer ganz leichten Betonung auf *Freunde,* um sie weiterhin ins Grübeln zu bringen. Sie ist entmutigend, diese Gedächtnisschwäche der Menschen; seine ungewöhnliche Fähigkeit macht ihn ein bisschen zu einem Monstrum, einer Stimme aus einer anderen Zeit. Vielleicht erwachsen seine Bemühungen um den Umweltschutz aus dieser Bewahrung der Vergangenheit; er weiß noch, wie der Planet früher war, damals am Anfang. Wenn er niedergeschlagen ist, neigt er dazu, die Vergesslichkeit seiner Generation auf ihren Mangel an Wachsamkeit zurückzuführen, und er ist oft ein bisschen einsam, so wie jetzt.

Eileen hat den Kopf schief gelegt; sie fragt sich, was er meint.

»Na komm, du Gedächtniskünstler«, ruft Stephan ihm zu. »Lass uns was essen! Ich sterbe vor Hunger, und es ist eiskalt hier draußen.«

»Da oben wird's noch kälter werden«, sagt Roger. Er sieht Eileen an, zuckt die Achseln und folgt Stephan.

*

Munteres Stimmengewirr im größten Zelt des Basislagers. Gesichter glänzen im hellen Lichtschein der Lampe. Roger trinkt einen Schluck Brühe aus einer Schüssel mit heißem Eintopf. Rasch werden die restlichen Vorstellungen abgehakt. Stephan, Hans und Eileen sind ihm bekannt, ebenso wie Dr. Frances Fitzhugh. Die Vorsteiger sind Dougal Burke und Marie Whillans, die gegenwärtigen Stars der Kletterschule von Neuschottland; er hat von beiden gehört. Sie sind in ihrer Ecke von vier jüngeren Kollegen Eileens umgeben, Kletterführern, die von Stephan als Träger angeheuert geworden sind: »Wir sind die Sherpas«, sagt Iwan Vivanow fröhlich zu Roger und stellt ihm Ginger, Sheila und Hannah vor. Ihre Nebenrolle bei dieser Expedition scheint die jungen Guides nicht zu stören; bei einer Gruppe von dieser Größe wird es für alle genug zu klettern geben. Abgerundet wird die Gruppe von Arthur Sternbach, einem amerikanischen Bergsteiger, der bei Hans Boethe zu Besuch weilt. Nachdem sich alle miteinander bekannt gemacht und beschlossen haben, sich in Zukunft zu duzen, ziehen sie ihre Kreise durch den Raum wie die Gäste jeder Cocktailparty, wo auch immer. Roger beschäftigt sich mit seinem Eintopf und bereut seine Entscheidung, an der Klettertour teilzunehmen. Er hat vergessen (gewissermaßen), wie ungeheuer gesellig es auf großen Touren zwangsläufig zugeht. Zu viele Jahre Solo-Kletterei in den Felstälern nördlich von Burroughs. Das war es, was er gesucht hatte, erkennt er: eine endlose Solobesteigung, aufwärts und hinaus aus der Welt.

Stephan fragt Eileen nach der Klettertour, und sie bezieht Roger umsichtig in ihr Publikum ein. »Wir fangen mit dem Aufstieg in der Großen Rinne an, das ist die Standardroute für die ersten tausend Meter der Steilwand. An der Stelle, wo die Erstbesteiger dem Nansen-Kamm links von der Rinne nach oben gefolgt sind, wollen wir nach rechts gehen. Dougal und Marie haben auf den Luftaufnahmen eine Linie gesehen, auf der es ihrer Ansicht nach klappen wird, sodass wir was Neues ausprobieren können. Wir werden also auf dem größten Teil der Strecke eine neue Route nehmen. Und wir werden die kleinste Gruppe sein, die den Steilhang im Gebiet des Südpfeilers jemals bestiegen hat.«

»Du machst Witze!«, ruft Arthur Sternbach.

Eileen lächelt kurz. »Wegen der Größe der Gruppe werden wir so wenig Sauerstoff wie möglich mitnehmen – nur für die letzten paar tausend Meter.«

»Und wenn wir die hinter uns haben?«, fragt Roger.

»Oben wartet ein Depot auf uns – dort wechseln wir die Ausrüstung und spazieren zum Rand der Caldera hinauf. Dieser Teil wird leicht sein.«

»Ich versteh nicht, wozu wir das überhaupt machen«, wirft Marie ein.

»Es ist der einfachste Weg nach unten. Außerdem wollen einige von uns den Gipfel des Olympus Mons sehen«, erwidert Eileen milde.

»Ist doch bloß ein großer Berg«, sagt Marie.

*

Später verlässt Roger zusammen mit Arthur und Hans, Dougal und Marie das Zelt. Jeder von ihnen will eine letzte bequeme Nacht im Wagen verbringen. Roger trottet hinter den anderen drein; er schaut zur Steilwand hinauf. Der Himmel darüber ist immer noch von einem satten, abendlichen Rot. In der riesigen Masse der Wand klafft wie eine Narbe die schwarze Linie der Großen Rinne, eine tiefe, senkrechte Spalte, die im Halbdunkel gerade eben noch zu erkennen ist. Darüber eine glatte Felswand. Bäume rascheln im Wind; die dunkle Wiese sieht wild aus.

»Ich glaub's nicht, wie hoch die ist!«, ruft Arthur zum dritten Mal aus. Er lacht laut auf. »Einfach unglaublich!«

»Von hier aus gesehen, befindet sich der obere Rand siebzig Grad über unserem wahren Horizont«, sagt Hans.

»Du machst Witze! Ich glaub's einfach nicht!« Und Arthur wird von einem Anfall hilflosen Gekichers überwältigt. Die Marsianer, die Hans und seinem Freund folgen, beobachten es mit distanzierter Belustigung. Arthur ist ein ganzes Stück kleiner als alle anderen, und plötzlich kommt er Roger wie ein Kind vor, das unerlaubterweise an den Schätzen in der Hausbar genascht hat und dabei ertappt worden ist. Roger bleibt stehen und lässt die anderen weitergehen.

Das große Zelt leuchtet wie eine matte Lampe, ein heller, gelber Lichtfleck im Dunkeln. Die Felswand ist schwarz und still. Aus dem Wald ertönt ein merkwürdiges, jaulendes Geheul. Sicherlich irgendwelche mutierte Wölfe. Roger schüttelt den Kopf. Vor langer Zeit hat ihn jede Landschaft in Hochstimmung versetzt; er war in den Planeten verliebt. Jetzt kommt es ihm so vor, als hinge die ungeheure Felswand über ihm wie sein Leben, seine Vergangenheit; sie verdeckt den Himmel, versperrt den Weg nach Westen. Er ist dermaßen niedergeschlagen, dass er sich fast ins Gras auf der Wiese setzt, um das Gesicht in den Händen zu bergen; aber bald werden noch weitere aus dem Zelt kommen. Wieder das klagende Geheul – der Planet weint: Der Mars ist fort! Der Mars ist fort! Uh-uuuuuuuuu! Heimatlos legt sich der alte Mann in einem Wagen schlafen.

*

Doch wie immer beansprucht die Schlaflosigkeit ihren Teil der Nacht. Roger liegt entspannt in dem schmalen Bett, aber sein Bewusstsein springt hilflos durch Szenen aus seinem Leben. Schlaflosigkeit, Erinnerung: Einige seiner Ärzte haben ihm erklärt, es gebe eine Korrelation zwischen den beiden. Für ihn sind die Stunden der Insomnie zwischen Wachliegen und Halbschlaf jedenfalls ein Tummelplatz der Erinnerung, und was er auch tut, um die Zeit zwischen dem Hinlegen und dem Einschlafen auszufüllen (zum Beispiel lesen bis zur Erschöpfung oder Notizen kritzeln), die tyrannische Erinnerung bekommt ihre Stunde.

In dieser Nacht denkt er an all die Nächte in Burroughs zurück. An all die Widersacher, all die Kompromisse. Daran, wie der Präsident ihm mit seinem kleinen Lächeln und seiner üblichen schwungvollen Geste – der Hauch von verstecktem Sadismus – die Anweisung aushändigte, Coprates Chasma mit einem Damm abzusperren und zu fluten. An Noyowas offene Abneigung an jenem Abend vor Jahren, nach den Ernennungen des Präsidenten: »Die Roten sind erledigt, Clayborne. Sie sollten kein Amt innehaben – Sie sind der Anführer einer toten Partei.« Er sah das Dammbaugesetz des Präsidenten vor sich und dachte an Coprates damals im letzten Jahrhundert, als er den Canyon erforscht hatte, und es kam ihm so vor, als hätte neunzig Prozent der Arbeit in seinem Amt nur der Erhaltung einer Position gegolten, die es ihm ermöglichte, etwas zu tun. So war das eben, wenn man in der Regierung mitarbeitete. Oder war der Prozentsatz noch höher? Was hatte er wirklich zum Schutz des Planeten getan? Bestimmte Gesetzesvorhaben blockiert, bestimmte Entwicklungsprojekte hinausgezögert; er hatte nur den Taten anderer Widerstand entgegengesetzt, mehr nicht. Ohne viel Erfolg. Und man konnte sogar behaupten, dass sein Rücktrittsgesuch an den Präsidenten und sein Austritt aus dem »Koalitions«-Kabinett nur eine weitere Geste, eine weitere Niederlage war.

Er erinnert sich an seinen ersten Tag im Amt. An einen Morgen auf den Polarebenen. Einen Tag in Burroughs, im Park. Eine Diskussion mit Noyowa in den Amtsräumen des Kabinetts. Und so wird es weitergehen, eine Stunde oder mehr, eine Szene nach der anderen, bis die Erinnerungen bruchstückhaft und traumähnlich werden, auf surrealistische Weise miteinander verflochten, und er aus dem Reich der Erinnerung in den Schlaf überwechselt.

*

Es gibt Topographien des Geistes, und dies ist eine davon:

Tagesanbruch auf dem Mars. Zuerst der pflaumenblaue Himmel, punktiert vom rautenförmigen Muster der vier Morgendämmerungsspiegel, die oben in der Umlaufbahn kreisen und ein wenig mehr von Sols Licht auf den Planeten lenken. Schwärme schwarzer Alpenkrähen gleiten mit schläfrigem Krächzen flügelschlagend über den Geröllhang hinaus und beginnen mit der täglichen Jagd nach Nahrung. Schneetauben gurren in den Zweigen eines Hains gelbbrauner Birken. Oben im Geröll das Klappern von Steinen; drei Dallschafe stellen überrascht fest, dass die Basislager-Wiese besetzt ist. Spatzen schießen über sie hinweg.

Roger, der mit Kopfschmerzen früh aufgestanden ist, registriert diese ersten Regungen der Tierwelt ohne Interesse. Er wandert in den Gesteinsschutt des Geröllhangs hinauf, um davon wegzukommen. Das Licht der aufgehenden Sonne fällt auf den oberen Rand der Steilwand, und nun taucht ein Streifen Rotgold dort oben den ganzen im Schatten liegenden Abhang darunter in reflektiertes Sonnenlicht. Die Morgenspiegel wirken trübe am klaren, violetten Himmel. Die im Gestein verstreuten Blumenbüschel nehmen Farbe an, und die grünen Wacholdernadeln leuchten. Der beschienene Felsenstreifen wird rasch breiter; selbst im hellen Sonnenschein wirken die oberen Hänge nackt und kahl. Aber das liegt an der Entfernung und der perspektivischen Verkürzung. Weiter unten an der Felswand gibt es Spaltensysteme, die wie braune Regenflecken aussehen, und die Wand wirkt rau – ein gutes Zeichen. Wenn sie hoch genug hinaufkommen, werden die oberen Hänge ihre Unregelmäßigkeiten ebenfalls preisgeben.

Dougal kommt aus dem Gesteinsfeld und beendet damit seinen eigenen morgendlichen Ausflug. Er nickt Roger zu. »Na, die schlafen wohl alle noch, was?« Sein Englisch hat einen unüberhörbaren schottischen Akzent.

Aber er irrt sich. Eileen, Marie und Iwan haben bereits die ersten Rucksäcke aus den Wagen geholt, und als Roger und Dougal zurückkommen, verteilen sie sie gerade. Der Geräuschpegel auf der Wiese steigt noch, als das lange Sortieren der Ausrüstung ein Ende nimmt und sie sich auf den Abmarsch vorbereiten. Die Rucksäcke sind schwer, und die Sherpas ächzen und scherzen, als sie die ihren hochheben. Arthur muss bei ihrem Anblick unwillkürlich lachen. »Auf der Erde könnte man einen Rucksack von dieser Größe nicht mal bewegen«, ruft er aus und stößt eins der überdimensionalen Gepäckstücke mit dem Fuß an. »Wie hält man mit so einem Ding die Balance?«

»Das wirst du schon noch merken«, erklärt ihm Hans munter.

*

Arthur stellt fest, dass es schwierig ist, die Masse seines Rucksacks in der Marsschwerkraft im Gleichgewicht zu halten. Der Rucksack ist fast vollständig zylindrisch, eine große grüne Röhre, die vom unteren Ende seines Hinterns bis über seinen Kopf reicht; er sieht damit wie eine große grüne Schnecke aus. Die Leichtigkeit des Gepäckstücks im Verhältnis zu dessen Größe entlockt ihm einen Ausruf, aber auf dem Weg durchs Geröll schwenkt ihn die Masse des Rucksacks mit einer Kraft herum, auf die er nicht gefasst ist. »Hoppla! Vorsicht! Tut mir Leid!« Roger nickt und wischt sich Schweiß aus den Augen. Er sieht, dass der erste Tag für Arthur eine lange Lektion in Sachen Gleichgewicht ist, während sie auf dem unregelmäßigen Hang durch den Wald hausgroßer Felsbrocken in Serpentinen nach oben steigen.

Frühere Gruppen haben mit Steinhaufen und in Felsblöcke geritzten Markierungen einen Weg gekennzeichnet, dem sie folgen, wo immer sie ihn finden. Der Aufstieg ist beschwerlich; obgleich dies einer der kleineren Schwemmkegel aus Gesteinstrümmern am Fuß der Steilwand ist (in manchen Gebieten hat die Bodenverlagerung die gesamte Felswand einstürzen lassen), wird es sie einen sehr langen Tag kosten, über den riesigen Steinhaufen bis zum Fuß der eigentlichen Wand rund siebenhundert Meter oberhalb des Basislagers vorzudringen.

Anfangs gefällt Roger die Wanderung durch das Wirrwarr hausgroßer Felsbrocken. »Der Khumbu-Gesteinsbruch«, ruft Iwan und schlüpft in seine Sherpa-

Rolle, als sie unter einem großen Steinzacken durchgehen. Doch im Gegensatz zum Khumbu-Eisbruch unterhalb des legendären Mount Everest ist dieses chaotische Terrain relativ stabil; die Überhänge werden nicht auf sie herabstürzen, und es gibt nur wenige verborgene Spalten, in die man stürzen kann. Nein, es ist nur ein Gesteinsfeld, und Roger gefällt es. Trotzdem kommen sie unterwegs an einzelnen Gehölzen aus Imodi-Kiefern und Wacholder vorbei, und Hans fühlt sich anscheinend verpflichtet, Arthur die Namen aller Blumen zu nennen. »Da ist Eisenhut, dort drüben sind Anemonen, das ist eine Art Iris, hier hätten wir Enzian, und das da sind Primeln ...« Arthur bleibt stehen und zeigt auf etwas. »Was, zum Teufel, ist das denn!«

Ein kleines, pelziges Säugetier starrt von einem oben abgeflachten Felsbrocken auf sie herunter. »Das ist ein Dünenhund«, sagt Hans stolz. »Im Grunde ein Vielfraß, dem sie ein paar Murmeltier- und Weddellrobbengene eingepflanzt haben.«

»Du machst Witze! Der sieht wie ein Miniatureisbär aus.«

Hinter ihnen schüttelt Roger den Kopf und tritt müßig gegen ein paar Tundrakakteen. Sie blühen gerade; im Norden des Mars bricht in diesen Tagen der sechsmonatige Frühling an. Auf jeder feuchten, sandigen Ebene wachsen Syrtisgrasbüschel. Kleine biologische Experimente, wohin man auch schaut; der ganze Planet ein großes Labor. Roger seufzt. Arthur versucht, eine Blume von jeder Art zu pflücken – ein Strauß wie für ein Staatsbegräbnis –, aber nachdem er zu oft hingefallen ist, gibt er auf und lässt das farbenfrohe Bündel in seiner Hand herunterhängen. Gegen Ende des Tages erreichen sie den Fuß der Wand.

Die ganze Welt liegt im Schatten, während der klare Himmel über ihnen noch von einem strahlenden Lavendelblau ist. Wenn sie nach oben schauen, sehen sie das obere Ende der Steilwand nicht mehr; sie werden es erst wieder zu Gesicht bekommen, wenn ihre Besteigung gelingt.

*

Camp Eins ist ein ausgedehnter, ebener Sandkreis, umgeben von Felsbrocken, die früher einmal zur Wand gehört haben; es liegt unter einem leichten, von der nackten Basaltwand auf der rechten Seite der Großen Rinne geformten Überhang. Vor Steinschlag geschützt, geräumig und als Unterlage bequem, eignet sich Camp Eins perfekt für ein großes unteres Lager und ist früher schon als solches benutzt worden; zwischen den Felsbrocken finden sie Kletterhaken, Sauerstoffzylinder und zugeschüttete Latrinen, die mit leuchtend grünem Moos überwachsen sind.

*

Am nächsten Tag steigen sie über den Geröllhang wieder zum Basislager ab – alle außer Dougal und Marie, die den Tag nutzen, um sich die Aufstiegsrouten von Camp Eins aus anzusehen. Für die anderen heißt das: Aufbruch vor Sonnenaufgang und fast im Laufschritt den Geröllhang hinunter; eine rasche neue Beladung; und im Eiltempo wieder hinauf, um vor Einbruch der Dunkelheit wieder im Camp Eins einzutreffen. Die nächsten vier Tage werden sie alle auf dieselbe Weise verbringen, die Sherpas sogar noch drei Tage länger, immer auf demselben Weg zwischen den Felsbrocken hindurch, bis die ganze Ausrüstung zu Camp Eins hinaufgeschafft worden ist.

So wie man mit der Zunge immer wieder einen schmerzenden Zahn betastet, läuft Roger Hans und Arthur hinterher, um sich die Erklärungen des Areologen anzuhören. Er hat zu seinem Kummer erkannt, dass er fast ebenso wenig über die Flora und Fauna des Mars weiß wie Arthur.

»Siehst du den Blutfasan?«

»Nein.«

»Da drüben. Das Federbüschel am Kopf ist schwarz. Ziemlich gut getarnt.«

»Du machst Witze. O ja, da ist er!«

»Sie mögen diese Felsen. Blutfasanen, Rotschwänzchen, Braunellen – mehr, als wir jemals sehen.«

Später: »Schau, dort!«

»Wo?«

Roger merkt, dass er in die Richtung schaut, in die Hans gezeigt hat.

»Auf dem hohen Felsen, siehst du? Das Killerkaninchen, wie sie's nennen. Ein Scherz.«

»Oh, ein Scherz«, sagt Arthur. Roger revidiert seinen Eindruck vom Scharfsinn des Terraners. »Ein Kaninchen mit Fängen?«

»Eigentlich nicht. Im Grunde hat es sehr wenig von einem Hasen – mehr von Lemmingen und Pikas, aber mit einigen wichtigen Zügen vom Luchs dazu. Ein sehr erfolgreiches Geschöpf. Eins von Harry Whitebooks Werken. Er ist sehr gut.«

»Einige eurer Bio-Designer werden also berühmt?«

»O ja. Sehr sogar. Whitebook ist einer der besten Säugetier-Designer. Und wir scheinen eine ganz besondere Vorliebe für Säugetiere zu haben, nicht wahr?«

»Ich jedenfalls schon.« Mit heftigem Schnaufen etliche Schritte auf hüfthohe Felsbrocken hinauf. »Ich verstehe nur nicht, wie sie die Kälte überstehen!«

»Na ja, hier unten ist es natürlich gar nicht so kalt. Im Grunde sind wir hier im obersten Bereich der alpinen Zone. Die Adaptationen an die Kälte werden normalerweise direkt von Geschöpfen aus der Arktis oder Antarktis übernommen. Viele Robben können bei Bedarf den Blutkreislauf in ihre Extremitäten unterbrechen, um Wärme zu halten. Und sie haben eine Art Gefrierschutz in ihrem Blut – ein Glykoprotein, das sich an die Oberfläche von Eiskristallen bindet und deren Wachstum stoppt – die Anlagerung von Salzen stoppt. Tolles Zeug. Einige dieser Säugetiere können Gliedmaßen einfrieren und wieder auftauen, ohne dabei Schaden zu nehmen.«

»Du machst Witze«, flüstert Roger, während er einen Fuß vor den anderen setzt.

»Du machst Witze!«

»Die meisten marsianischen Säugetiere verfügen über solche Anpassungen. Schau! Da ist ein kleiner Fuchsbär. Auch von Whitebook.«

Roger hört auf, ihnen zu folgen. Ihm reicht's mit dem Mars.

*

Stockfinstere Nacht. Die sechs großen Kastenzelte von Camp Eins leuchten wie eine Lampenkette am Fuß der Felswand. Roger, der sich draußen im Geröll erleichtert, schaut neugierig zu ihnen zurück. Merkwürdige Gruppe, denkt er. Leute aus allen Regionen des Mars (und ein Terraner). Einzige Gemeinsamkeit: Klettern. Die Vorsteiger sind komisch. Dougal kommt einem manchmal vor, als wäre er stumm, er schaut immer aus einer Ecke heraus zu, sagt nie ein Wort. Ein geschlossenes System. Vielleicht spricht Marie für sie beide. Roger hört ihre vom Alkohol aufgeraute Stimme mit dem breiten Midlands-Akzent; sie erklärt gerade jemandem, wie man die Felswand erklimmt. Sie fühlt sich hier pudelwohl.

In Eileens Zelt gerät er mitten in eine hitzige Diskussion. Marie Whillans sagt: »Wisst ihr, Dougal und ich sind diese so genannten glatten Platten schon fast tausend Meter weit raufgestiegen. Da sind überall Risse.«

»Ja, so weit, wie ihr raufgekommen seid, schon«, sagt

Eileen. »Aber die echten Platten sollen über diesen ersten Rissen sein. Vierhundert Meter blanker Fels. Dann säßen wir schon gleich zu Anfang fest.«

»Kann sein, aber ein *paar* Risse gibt's immer. Und wenn es sein muss, können wir mit Bohrhaken jeden wirklich glatten Abschnitt überwinden. Dann würden wir jedenfalls eine völlig neue Route nehmen.«

Hans Boethe schüttelt den Kopf. »Wird nicht gerade ein Vergnügen sein, Bohrhaken in diesen Basalt reinzukriegen.«

»Ich kann Bohrhaken sowieso nicht leiden«, sagt Eileen. »Der Punkt ist, wenn wir in der Rinne zum ersten Amphitheater aufsteigen, wissen wir, dass wir eine gute Route ganz nach oben haben, und die oberen Streckenabschnitte werden alle neu sein.«

Stephan nickt, Hans nickt, Frances nickt. Roger trinkt eine Tasse Tee und schaut interessiert zu. Marie sagt: »Der Punkt ist, was für eine Klettertour wollen wir machen?«

»Wir wollen bis ganz nach oben«, sagt Eileen mit einem raschen Blick zu Stephan, der nickt. Stephan hat diese Expedition größtenteils bezahlt, deshalb ist es in gewissem Sinn seine Entscheidung.

»Nun mal langsam«, sagt Marie scharf und mustert sie alle der Reihe nach. »Darum geht's doch nicht. Wir sind doch nicht hier, bloß um die Rinnen-Route zu nehmen wie alle anderen vor uns auch, oder?« Ihr Ton ist anklagend, und niemand schaut ihr in die Augen. »Mir hat man jedenfalls was anderes gesagt. Mir hat man gesagt, wir suchen uns eine neue Route, und deshalb bin ich hier.«

»Es wird zwangsläufig eine neue Route sein«, beschwichtigt Eileen. »Das weißt du doch auch, Marie. Am oberen Ende der Rinne halten wir uns rechts, dann sind wir auf neuem Terrain. Wir umgehen nur die glatten Platten, die die Rinne auf der rechten Seite flankieren!«

»Ich finde, wir sollten es auf diesen Platten versuchen«, sagt Marie. »Dougal und ich haben nämlich rausgefunden, dass es geht.« Sie bringt Argumente für diese Route vor, und Eileen hört geduldig zu. Stephan schaut besorgt drein; Marie ist überzeugend, und es könnte sein, dass sie Eileen mit ihrer starken Persönlichkeit überrollt und die Gruppe auf eine Route führt, die Gerüchten zufolge nicht zu bewältigen ist.

Aber Eileen sagt: »Wenn wir mit nur elf Leuten überhaupt irgendeine Route an dieser Wand schaffen, ist das schon ganz schön gut. Sieh mal, hier geht's ja nur um die ersten zwölfhundert Meter des Aufstiegs. Danach halten wir uns rechts, wann immer es möglich ist, und sind über diesen Platten auf neuem Terrain.«

»Ich glaub das mit den Platten nicht«, sagt Marie. Und nach ein paar weiteren Wortwechseln: »Also, wenn das so ist, weiß ich nicht, warum du Dougal und mich in diesen letzten paar Tagen die Platten raufgeschickt hast.«

»Ich habe euch nicht raufgeschickt«, sagt Eileen ein bisschen verärgert. »Ihr beiden steigt vor, also sucht ihr den Weg aus, das wisst ihr. Aber hier geht's um eine grundsätzliche Entscheidung, und ich denke, die Rinne ist der richtige Einstieg für uns. Wir wollen schließlich ganz rauf, verstehst du. Und damit meine ich nicht nur die Wand, sondern den ganzen Berg.«

Nach weiteren Diskussionen zuckt Marie die Achseln. »Okay. Du bist der Boss. Aber ich versteh das irgendwie nicht. Wozu machen wir diese Klettertour?«

*

Auf dem Weg zu seinem Zelt fällt Roger diese Frage wieder ein. Er saugt die kalte Luft in die Lungen und schaut sich um. Im Camp Eins wirkt die Welt wie geknickt und gefaltet: Die horizontale Hälfte erstreckt sich in die Dunkelheit hinein – zurück in die tote Vergangenheit; die vertikale Hälfte erstreckt sich zu den Sternen hinauf – ins Unbekannte. Nur zwei Zelte sind jetzt von innen beleuchtet, zwei weiche Kleckse Gelb im Halbdunkel. Roger bleibt vor seinem dunklen Zelt stehen und sieht sie an; ihm ist, als würden sie etwas zu ihm sagen; die Augen des Berges, die ihn anblicken. Wozu macht er diese Klettertour?

*

Sie gehen die Große Rinne hoch. Dougal und Marie steigen an dem zerklüfteten, instabilen Felsen eine Seillänge nach der anderen vor, schlagen Haken ein und lassen Fixseile zurück. Die Seile laufen meist dicht an der rechten Seite der Rinne entlang, damit niemand von den nur allzu häufig die Rinne herabstürzenden Steinen getroffen wird. Die anderen Kletterer folgen in Zweier- und Dreiergruppen von einem Abschnitt zum nächsten. Beim Aufstieg sehen sie die vier Sherpas, winzige Tiere, die sich wieder über den Geröllhang nach unten vorarbeiten.

Roger und Hans bilden an diesem Tag ein Team. Sie klinken sich mit Jumars – Metallklemmen, die am Seil aufwärts, aber nicht abwärts rutschen – ins Fixseil ein. Sie tragen schwere Rucksäcke zu Camp Zwei hinauf, und obwohl die Steigung der Rinne hier nur fünfzehn Grad beträgt und der dunkle Stein höckerig und leicht zu erklimmen ist, bedeutet es für sie beide harte Arbeit. Die Sonne ist heiß, und ihre Gesichter sind sehr bald schweißnass.

»Ich bin nicht gerade in der besten Verfassung für so was«, schnauft Hans. »Kann sein, dass es ein paar Tage dauert, bis ich meinen Rhythmus finde.«

»Mach dir meinetwegen keine Sorgen«, sagt Roger. »Für meinen Geschmack kommen wir schnell genug voran.«

»Wie weit ist es wohl noch bis zum Camp Zwei?«

»Nicht allzu weit. Zu viele Lastentransporte ohne die Motorwinden.«

»Ich freu mich schon auf die senkrechten Strecken. Wenn wir schon klettern gehen, dann sollten wir auch klettern, hm?«

»Vor allem, weil die Motorwinden dann unsere Sachen raufziehen.«

»Ja.« Atemloses Lachen.

*

Steile, tiefe Rinne. Mittelgrauer Andesit, ein vulkanisches Eruptivgestein mit harten, knotigen Vorsprüngen, von Kristallen dunkler Mineralien gesprenkelt. Haken, in kleine vertikale Risse gehämmert.

Mittags treffen sie auf Eileen, Arthur und Frances, das Team über ihnen; die drei sitzen auf einer schmalen Leiste an der Wand der Rinne und verdrücken einen schnellen Lunch. Die Sonne steht fast senkrecht über ihnen; in einer Stunde wird sie verschwunden sein. Roger und Hans sind froh, sich auf die Leiste setzen zu können. Der Lunch besteht aus Limonade und ein paar Hand voll Studentenfutter, das Frances gemacht hat. Die anderen diskutieren über die Rinne und die Kletterstrecke des Tages, und Roger isst und hört zu. Ihm wird bewusst, dass Eileen neben ihm auf der Leiste sitzt. Sie lässt die Füße beiläufig gegen die Wand baumeln, und die unverhältnismäßig kräftigen Quadrizeps-Muskeln an ihren Oberschenkeln spannen und entspannen sich, spannen und entspannen sich, dehnen den Stoff ihrer Kletterhose.

Sie hört Hans aufmerksam zu, als dieser das Gestein beschreibt, und scheint nicht zu merken, dass Roger sie verstohlen beobachtet. Ist es wirklich möglich, dass sie sich nicht an ihn erinnert? Roger stößt einen lautlosen

Seufzer aus. Es war ein langes Leben. Und all seine Anstrengungen …

»Auf geht's, zum Camp Zwei«, sagt Eileen und sieht ihn merkwürdig an.

*

Am frühen Nachmittag finden sie Marie und Dougal auf einem breiten Felsband, das aus den steilen Platten rechts von der Großen Rinne herausragt. Hier schlagen sie Camp Zwei auf: vier große Kastenzelte, die von ihrer Konstruktion her selbst einigermaßen schwerem Steinschlag standhalten können.

Jetzt wird die Vertikalität der Steilwand etwas Unmittelbares und Greifbares. Sie können nur ein paar hundert Meter der Wand direkt über ihnen sehen; jenseits davon ist sie dem Blick entzogen, außer in der Großen Rinne, dieser steilen Furche, die gleich neben ihrem Band die senkrechte Felswand kerbt. Wenn sie in diesen riesigen Couloir hinaufschauen, sehen sie ein größeres Stück der endlosen Klippe über ihnen, dunkel und unheildrohend vor dem rosafarbenen Himmel.

Roger sitzt an diesem kalten Nachmittag eine Stunde lang am Rinnenrand ihres Bandes und schaut nach oben. Sie haben noch einen weiten Weg vor sich; seine Hände in den dicken Vlieshandschuhen sind wund, seine Schultern und Beine müde, und er hat kalte Füße. Er wünscht sich mehr als alles andere, er könnte die Niedergeschlagenheit abschütteln, die ihn erfüllt; aber dieser Gedanke verschlimmert sie nur.

Eileen Monday setzt sich neben ihn. »Wir waren also mal Freunde, sagst du.«

»Ja.« Roger schaut ihr in die Augen. »Erinnerst du dich an überhaupt nichts?«

»Ist lange her.«

»Ja. Ich war sechsundzwanzig, du warst ungefähr dreiundzwanzig.«

»Reicht dein Gedächtnis wirklich so weit zurück?«

»Manchmal, ja.«

Eileen schüttelt den Kopf. Sie hat ein gutes Gesicht, denkt Roger. Schöne Augen. »Ich wünschte, bei mir wär's genauso. Aber mit zunehmendem Alter wird mein Gedächtnis immer schlechter. Jetzt glaube ich, dass ich für jedes Lebensjahr mindestens dieselbe Spanne an Erinnerungen verliere. Es ist traurig. Mein ganzes Leben, bevor ich siebzig oder achtzig war – alles weg.« Sie seufzt. »Na ja, ich weiß, so geht es den meisten Leuten. Du bist eine Ausnahme.«

»Manche Dinge scheinen sich ein für alle Mal in meinem Gedächtnis festgefressen zu haben«, sagt Roger. Einfach unfassbar, dass das nicht bei jedem so ist! Aber das behaupten sie alle. Es macht ihn melancholisch. Wozu lebt man dann überhaupt? »Hast du schon den Zweihundertsten hinter dir?«

»In ein paar Monaten. Aber – na los. Erzähl mir davon.«

»Tja ... du warst Studentin. Oder gerade mit der Schule fertig, ich weiß es nicht mehr.« Sie lächelt. »Jedenfalls, ich habe Wandergruppen durch die kleinen Canyons nördlich von hier geführt, und du hast zu einer Gruppe gehört. Wir haben eine ... eine kleine Affäre angefangen, soweit ich mich entsinne. Und uns nach der Rückkehr noch eine Weile getroffen. Aber du warst in Burroughs, ich habe meine Touren geleitet, und ... na ja, du weißt schon. Es war nicht von Dauer.«

Eileen lächelt erneut. »Und ich bin dann also Bergführerin geworden – das bin ich nun schon, solange ich zurückdenken kann –, während du in die Stadt gezogen und in die Politik gegangen bist!« Sie lacht, und Roger lächelt gequält. »Offensichtlich haben wir Eindruck aufeinander gemacht!«

»O ja, ja.« Roger lacht kurz. »Wir haben einander gesucht.« Er grinst schief, mit einem Gefühl der Verbitterung. »Tatsächlich bin ich erst vor ungefähr vierzig Jahren Regierungsmitglied geworden. Zu spät, wie sich herausgestellt hat.«

Eine Weile Stille. »Das ist es also, was dich fertig gemacht hat«, sagt Eileen.

»Was?«

»Die Rote Marspartei – nicht mehr populär.«

»Nicht mehr existent, meinst du.«

Sie denkt darüber nach. »Ich habe den Standpunkt der Roten nie verstanden …«

»So ging's anscheinend den meisten.«

»… bis ich etwas von Heidegger gelesen habe, wo er einen Unterschied zwischen *Erde* und *Welt* macht. Kennst du das?«

»Nein.«

»*Erde* ist jene inhaltsleere Stofflichkeit der Natur, die vor uns existiert und mehr oder weniger die Parameter dafür setzt, was wir tun können. Sartre hat das die Faktizität genannt. *Welt* hingegen ist das Reich des Menschen, die gesellschaftliche und historische Dimension, die der Erde ihre Bedeutung verleiht.«

Roger nickt verstehend.

»Also – wie ich das sehe, haben die Roten die Erde verteidigt. Oder vielmehr den Planeten – in diesem Fall. Sie haben versucht, den Primat des Planeten über die Welt zu erhalten – oder zumindest ein Gleichgewicht zwischen ihnen zu wahren.«

»Ja«, sagt Roger. »Aber die Welt hat den Planeten überschwemmt.«

»Stimmt. Aber wenn man es so betrachtet, wird einem klar, warum deine Bemühungen hoffnungslos waren. Eine politische Partei gehört zwangsläufig zur Welt, und alles, was sie tut, wird weltlich sein. Und wir nehmen die Stofflichkeit der Natur nur durch unsere menschlichen Sinne wahr – also ist es eigentlich nur die Welt, die wir unmittelbar wahrnehmen.«

»Also, ich weiß nicht«, protestiert Roger. »Ich meine, es ist logisch, und sicherlich stimmt es für gewöhnlich auch – aber manchmal ...« Er schlägt mit seiner behandschuhten Hand auf den Stein ihres Felsenbandes. »Verstehst du?«

Eileen berührt den Handschuh. »Welt.«

Roger schürzt ärgerlich die Lippen. Er zieht den Handschuh aus und schlägt erneut auf den kalten Stein. »Planet.«

Eileen runzelt nachdenklich die Stirn. »Vielleicht.«

Es hat sehr wohl Hoffnung bestanden, denkt Roger grimmig. Wir hätten auf diesem Planeten leben und ihn trotzdem so lassen können, wie wir ihn vorgefunden haben, dann wären wir an jedem Tag unseres Lebens mit der Stofflichkeit des Mars konfrontiert gewesen. Es wäre möglich gewesen.

Eileen wird weggerufen, um bei der Zusammenstellung des Gepäcks für den nächsten Tag zu helfen. »Wir unterhalten uns später weiter«, sagt sie und berührt Roger leicht an der Schulter.

*

Er bleibt allein über der Rinne sitzen. Moos verfärbt den Stein unter ihm und wächst in den Spalten des Couloirs. Schwalben schießen wie fallende Steine in die Rinne hinab, auf der Jagd nach Bergmäusen oder warmblütigen Echsen. Im Osten, hinter dem riesigen Schatten des Vulkans, überziehen dunkle Wälder den von der Sonne beschienenen Tharsis-Buckel wie Flechtenmatten. Nirgends kann man den Mars sehen, den puren, ursprünglichen Mars. Sie haben vergessen, wie es war, auf das leere Antlitz des Mars hinauszutreten.

Einmal ist er in die große nördliche Wüste von Vastitas Borealis hinausgegangen. Alle geographischen Merkmale des Mars sind nach terranischen Maßstäben immens, und so wie die südliche Halbkugel von riesigen Canyons, Becken, Vulkanen und Kratern gekennzeichnet ist, ist die nördliche Halbkugel seltsamerweise eine riesige glatte Fläche; in ihren höchsten Breitengraden gab es dort ein gigantisches Band aus leerem, flachem, geschichtetem Sand, das die damalige polare Eiskappe (sie ist jetzt ein kleines Meer) umgab und sich um den ganzen Planeten herumzog. Und eines Morgens vor Tagesanbruch verließ Roger seinen Lagerplatz, wanderte ein paar Kilometer weit über die lang gestreckten, wellenförmigen Hügel aus windgepeitschtem Sand und setzte sich auf den Kamm einer der höchsten Wellen. Nichts war zu hören, nur sein Atmen, das Blut, das in seinen Ohren pochte, und das leise Zischen des Sauerstoffreglers in seinem Helm. Licht leckte im Südosten über den Horizont und brachte das matte, dunkelrot gesprenkelte Ocker des Sandes zum Vorschein. Als die Sonne den Horizont spaltete, wurde das Licht von den kurzen, steilen Wänden der Dünen reflektiert und erfüllte alles. Er atmete die goldene Luft und etwas in ihm erblühte, er wurde eine Blume in einem Steingarten, das alleinige Bewusstsein der Wüste, ihr Brennpunkt, ihre Seele. Nie zuvor hatte er etwas empfunden, was diesem Hochgefühl auch nur annähernd gleichgekommen wäre, diesem Eindruck von strahlendem Licht und grenzenloser Weite, diesem Bewusstsein der glänzenden, intensiven *Präsenz* stofflicher Dinge. Er kehrte spät am Tag mit dem Gefühl in sein Lager zurück, dass nur eine Sekunde vergangen war – oder eine Ewigkeit. Er war neunzehn Jahre alt, und sein Leben war verändert worden.

*

Allein schon die Tatsache, dass Roger sich nach über hundertachtzig Jahren noch an diesen Vorfall erinnern kann, macht ihn zu einem Monstrum. Weniger als ein Prozent der Bevölkerung besitzt die Gabe (oder den Fluch) eines solch machtvollen Langzeitgedächtnisses. Heutzutage ist diese Fähigkeit für Roger jedoch wie eine schwere Last – als ob jedes Jahr ein Stein wäre, sodass er jetzt die erdrückende Bürde von zweihundert roten Steinen mit sich herumträgt, wohin er auch geht. Es macht ihn wütend, dass andere vergessen. Vielleicht ist es neidvolle Wut.

*

Beim Gedanken an jenen Ausflug im Alter von neunzehn Jahren erinnert sich Roger an eine Zeit, Jahre später, als er Herman Melvilles Roman *Moby Dick* gelesen hat. Der kleine schwarze Schiffsjunge Pip (und Roger hat sich immer mit Pip in *Große Erwartungen* identifiziert), »das unbedeutendste Mitglied der *Pequod*-Mannschaft«, fiel über Bord, als sein Walfängerboot von einem harpunierten Wal mitgezogen wurde. Das Boot fuhr weiter, Pip blieb allein zurück. »Die äußerste Konzentration des eigenen Ichs inmitten einer so herzlosen Unendlichkeit – mein Gott, wer vermag das zu beschreiben?« Einsam und verlassen inmitten des Ozeans, bekam Pip immer mehr Angst, jedoch »durch einen reinen Zufall fand ihn das Schiff selbst, aber von dieser Stunde an lief der kleine Neger als Schwachsinniger auf Deck umher ... Die See hatte zum Hohn seinen sterblichen Körper verschont, seine unsterbliche Seele aber war ertrunken.«

Nach dieser Lektüre war Roger sehr seltsam zumute. Jemand hatte eine Stunde draußen in der unendlichen Leere der Natur verbracht, ganz ähnlich wie er damals einen Tag in der Polarwüste. Doch während Roger darüber in Verzückung geraten war, hatte es Pip in den Wahnsinn getrieben.

Den Blick auf das dicke Buch gerichtet, kam ihm der

Gedanke, dass er vielleicht ebenfalls wahnsinnig geworden war. Entsetzen, Verzückung – diese extremen Gefühle umschiffen den Verstand und nähern sich einander dann wieder, obwohl sie sich vom ursprünglichen Sinneseindruck aus in entgegengesetzte Richtungen bewegen. Wahnsinnig vor Einsamkeit, ekstatisch vom Sein – die beiden Teile der Selbsterkenntnis bilden ein merkwürdiges Paar. Aber der Schock, den Pips Wahnsinn Roger versetzte, steigerte nur seine Liebe zu seiner eigenen Erfahrung der »herzlosen Unendlichkeit«. Er *sehnte* sich nach ihr; und mit einem Mal wurden die entlegensten, tristesten Regionen des Mars zu seinen speziellen Freuden. Er erwachte nachts und setzte sich auf, um den Tagesanbruch mitzuerleben, eine Blume in einem Steingarten. Und bei Tag wanderte er wie Johannes in der Wüste umher und sah Gott in Steinen, Eis und Himmeln, die sich wie Feuerwände wölbten.

*

Jetzt sitzt er auf einem Band an einer Felswand eines Planeten, der nicht mehr seiner ist, und schaut auf Ebenen und Schluchten hinab, die von Leben wimmeln, Leben, *das vom menschlichen Geist geschaffen wurde.* Es ist, als hätte sich dieser Geist in die Landschaft hinein ausgedehnt: jede Blume eine Idee, jede Echse ein Gedanke … Es gibt keine herzlose Unendlichkeit mehr, keinen Spiegel der Leere, in dem das Ich sich erblicken könnte. Nur das Ich selbst, überall, in allem, es erstickt den Planeten, verklebt jede Sinneswahrnehmung, sperrt alles Seiende in ein Gefängnis.

Vielleicht ist diese Sicht der Dinge selbst eine Art Wahnsinn.

Immerhin sorgt der Himmel (denkt er) noch für eine herzlose Unendlichkeit, die jede Vorstellungskraft übersteigt, Nacht für Nacht.

Vielleicht braucht er eine Unendlichkeit von vorstellbaren Ausmaßen, um bei ihrem Anblick in Ekstase zu geraten, statt Entsetzen zu verspüren.

Roger sitzt da und wirft kleine Steinchen über den Rand des Bandes ins Leere, während er an sein Leben zurückdenkt und über diese Dinge nachsinnt.

Zu seiner Überraschung kommt Eileen zu ihm zurück. Sie hockt sich auf die Fersen und rezitiert leise:

»Ich liebe jeden Ort,
der, wüst und leer, uns glauben macht, dort
wär die Welt so grenzenlos und offen,
wie wir's von unserer Seele hoffen.«

»Wer hat das geschrieben?«, fragt Roger, verblüfft von den Versen.

»Shelley«, antwortet sie. »In ›Julian und Maddalo‹.«

»Gefällt mir.«

»Mir auch.« Sie wirft selbst ein Steinchen hinunter. »Isst du mit uns zu Abend?«

»Was? Oh, klar, klar. Ich wusste nicht, dass es schon Zeit ist.«

❊

In dieser Nacht: das Schaben des Zeltes auf Stein, als der Wind es hin und her schiebt. Das Knarren der Gedanken, als Welt an Planet schabt.

❊

Am nächsten Tag teilen sie sich auf. Marie, Dougal, Hannah und Ginger brechen früh auf, die Rinne hoch, um eine Rippe herum und außer Sicht, und hinterlassen einen mit Fixseilen gesicherten Klettersteig. Hin und wieder hören die Zurückbleibenden ihre Stimmen oder das Klirren eines Hakens, der in den harten Stein geschlagen wird. Eine andere Gruppe steigt zu Camp Eins hinunter und fängt an, es abzubauen. Wenn alles oben in Camp Zwei ist, bringt die letzte Gruppe die Fixseile mit. Dergestalt werden sie auf dem ganzen Weg die Wand hinauf Seile über sich anbringen und unter sich entfernen.

*

Spät am nächsten Tag steigt Roger nach oben, um Marie, Dougal, Hannah und Ginger neues Seil zu bringen. Frances kommt mit.

Oberhalb von Camp Zwei ist die Große Rinne steiler, und nach ein paar Stunden, in denen sie nur langsam vorankommen, wird Rogers Gepäck allmählich sehr schwer. Ihm tun die Hände weh, die Tritte werden immer kleiner, und er merkt, dass er nach allen fünf bis zehn Schritten innehalten muss. »Ich hab's heute einfach nicht drauf«, sagt er, als Frances die Führung übernimmt.

»Ich auch nicht.« Sie holt pfeifend Luft. »Ich glaube, wir werden beim Aufstieg ziemlich bald Sauerstoff benutzen müssen.«

Aber die Vorsteiger sind anderer Meinung. Dougal arbeitet sich eine Verengung in der Rinne hinauf, stößt mit seinem Eispickel Eis aus einem Riss, benutzt dann seine Fäuste als Klemmkeile und seine verdrehten Schuhsohlen als Treppe und steigt den Riss so schnell hinauf, wie er ihn freiräumen kann. Marie sichert ihn, und es bleibt Hannah und Ginger überlassen, Roger und Frances zu begrüßen. »Prima, uns geht nämlich so langsam das Seil aus.«

Dougal hält inne, und Marie ergreift die Gelegenheit, zur linken Wand der Rinne zu zeigen. »Seht mal«, sagt sie empört. Roger und Frances sehen einen hellblauen Streifen – ein Stück Xylar-Kletterseil, das lose an einem rostzerfressenen Haken baumelt. »Das war garantiert diese terranische Expedition«, meint Marie. »Die haben auf der ganzen Strecke Seile zurückgelassen, hab ich gehört.«

Dougal über ihr lacht.

Marie schüttelt den Kopf. »Ich find so was zum Kotzen.«

Frances sagt: »Ich glaube, wir sollten ziemlich bald auf Sauerstoff gehen.«

Dafür erntet sie ein paar überraschte Blicke. »Warum?«, fragt Marie. »Wir sind doch gerade erst aufgebrochen.«

»Na ja, wir sind ungefähr vier Kilometer über Normalniveau …«

»Genau«, sagt Marie. »Ich *lebe* in größerer Höhe.«

»Ja, aber wir arbeiten hier ziemlich hart und gehen ziemlich rasch rauf. Ich will nicht, dass jemand Ödeme kriegt.«

»Ich merk überhaupt nichts«, meint Marie, und Hannah und Ginger nicken.

»Ich könnte ein bisschen Sauerstoff brauchen«, sagt Dougal über ihnen und grinst kurz zu ihnen herab.

»Ein Ödem merkt man erst dann, wenn man's hat«, sagt Frances steif.

»Ödeme.« Es klingt, als würde Marie nicht daran glauben.

»Marie ist immun«, ruft Dougal herunter. »Ihr Kopf kann nicht noch mehr anschwellen.«

Hannah und Ginger kichern über Maries gespielt bösen Blick und die Art, wie sie an Dougals Seil zupft.

»Komm mal runter, mein Kleiner.«

»Auf deine Verantwortung.«

»Mal sehen, was das Wetter macht«, sagt Frances. »Aber wie auch immer, wenn wir normal vorwärts kommen, werden wir bald Sauerstoff brauchen.«

Das ist anscheinend so offensichtlich, dass es keiner Antwort für nötig befunden wird. Dougal erreicht das obere Ende des Risses und schlägt einen Haken ein; das Klirren der Schläge wird immer höher, je tiefer der Haken in den Felsen dringt.

*

An diesem Nachmittag hilft Roger den Vorsteigern, ein kleines Wandzelt aufzubauen. Die Wandzelte sind sehr schmal und haben einen festen, aufblasbaren Boden; man kann sie notfalls an einem einzigen Haken aufhängen, sodass die Bewohner auf einem luftgefüllten Kissen schlafen, das über der Leere hängt wie ein Fensterputzerkorb. Häufiger werden sie jedoch auf Leisten oder Einbuchtungen in der Felswand gestellt, die dem Boden Halt geben. Heute haben sie herausgefunden, dass sich über der Verengung der Großen Rinne eine einigermaßen ebene, von einem Überhang geschützte Einbuchtung befindet. Die Risse oberhalb der Einbuchtung sind erbärmlich, aber ein paar zusätzliche Felsenhaken scheinen die Bergsteiger zufrieden zu stellen. Sie werden vor Steinschlag geschützt sein, und morgen können sie sich unverzüglich weiter hinauf wagen, um eine bessere Stelle für Camp Drei zu finden. Da es kaum genug Platz (und Nahrung) für zwei gibt, machen sich Roger und Frances an den Abstieg zu Camp Zwei.

Während des Abstiegs stellt Roger sich vor, die Felswand wäre ebener Boden; eine amüsante neue Perspektive. Kleine Täler sind in dieses flache Land eingeschnitten: in der Vertikalen nennt man sie Rinnen, Couloirs oder Kamine, je nach Form und Neigung. Darin findet der Kletterer eine leichter zu bewältigende Hangneigung und mehr Schutz. Im flachen Land gibt es Hügel und Hügelketten: Vertikal sind das Vorsprünge, Grate, Absätze oder Pfeiler. Je nach Form und Neigung können sie entweder Hindernisse oder – wie einige Grate – leichte Wege nach oben sein. Dann werden Wände zu

Bändern und trockene Flusstäler zu Spalten – obwohl die Spaltenbildung ihren eigenen Weg des geringsten Widerstands nimmt und nur selten vom Wasser gegrabenen Bahnen ähnelt.

Während Roger Frances in einem schwierigen Abschnitt sichert (jetzt wird ihnen klarer, wieso ihr Aufstieg so ermüdend war), lässt er den Blick über das Wenige wandern, was er sieht: die grau-schwarzen Wände der Rinne ein Stück weit über und unter ihm; die Steilwand links von der Rinne. Das ist alles. Eine merkwürdige Dualität; da diese Topographie annähernd vertikal ist, wird er sie in vieler Hinsicht nie so gut sehen wie einen ganz normalen, eher horizontalen Hang. Aber in anderer Hinsicht (er schaut beispielsweise direkt ins Gefüge des Steins, um sich zu vergewissern, ob ein fast schon abgebrochener Vorsprung sein Gewicht während eines langen Schrittes nach unten tragen wird) sieht er sie viel deutlicher, viel *intensiver,* als er die sichere Welt der Ebene jemals sehen wird. Diese Intensität der visuellen Wahrnehmung bedeutet dem Kletterer sehr viel.

*

Am nächsten Tag tun sich Roger und Eileen zusammen, und als sie mit einer weiteren Seilladung die Rinne hinaufsteigen, fällt ein Felsbrocken von der Größe eines ausgewachsenen Menschen neben ihnen herunter, poltert über einen Auswurf hinweg und reißt kleinere Steine mit in die Tiefe. Roger bleibt stehen und schaut ihm nach, bis er unten verschwindet. Gegen einen Stein dieser Größe wären ihre Helme kein Schutz gewesen.

»Hoffentlich steigt uns niemand nach«, sagt Roger.

»Ist nicht vorgesehen.«

»Ich glaube, es wäre keine so schlechte Idee, aus dieser Rinne rauszukommen, hm?«

»An der Felswand ist der Steinschlag fast genauso

schlimm. Letztes Jahr war Marie mit einer Gruppe in der Wand, und da ist ein Stein auf ein Quergangsseil gefallen und hat es durchtrennt. Der Kunde, der gerade den Quergang gemacht hat, ist ums Leben gekommen.«

»Das gibt diesem Sport den Reiz, oder.«

»Steinschlag ist schlimm. Ich hasse ihn.«

Überraschende Emotionen in ihrem Ton; vielleicht hat es auch bei einer der von ihr geleiteten Touren einen Unfall gegeben? Roger sieht sie neugierig an. Merkwürdig, dass eine Bergführerin auf solche Gefahren nicht stoischer reagiert.

Andererseits ist Steinschlag eine Gefahr, gegen die keine Sachkenntnis hilft.

Eileen blickt auf: Besorgnis. »Du weißt schon.«

Er nickt. »Dagegen gibt's keine Vorsichtsmaßnahmen.«

»Ganz recht. Na ja, ein paar schon. Aber die genügen nicht in jedem Fall.«

*

Das Camp der Vorsteiger ist spurlos verschwunden, und ein neues Seil führt an der linken Wand der Rinne nach oben, durch eine Furche im Überhang und darüber außer Sicht. Sie machen Halt, um etwas zu essen und zu trinken, dann setzen sie ihren Weg fort. Die Schwierigkeit der nächsten Etappe beeindruckt sie; selbst mit dem Seil kommen sie nur mühsam voran. Sie zwängen sich in die Randkluft zwischen einer Eissäule und der linken Wand und arbeiten sich quälend langsam nach oben. »Ich möchte wissen, wie lange das so weitergeht«, sagt Roger und wünscht, sie hätten ihre Steigeisen dabei. Eileen über ihm gibt ihm mehr als eine Minute lang keine Antwort. Dann sagt sie: »Noch dreihundert Meter«, wie aus heiterem Himmel. Roger stöhnt theatralisch, der Kunde gegenüber der Führerin.

In Wahrheit macht es ihm Spaß, Eileen in diesem schwierigen Abschnitt nach oben zu folgen. Ihr schneller Rhythmus von Beobachtung und Bewegung erinnert ihn an Dougal, aber sie sucht sich ihre eigenen Griffe aus – und es sind eher diejenigen, die auch Roger wählen würde. Ihr ruhiger Ton bei der Besprechung der Sicherungen, die Art, wie sie sich zügig am Fels nach oben zieht, die hübschen Proportionen ihrer langen Beine, die sich nach einem ungünstig gelegenen Tritt strecken: eine schöne Bergsteigerin. Und hin und wieder bekommt sein Erinnerungsvermögen einen kleinen Stups.

Dreihundert Meter weiter oben finden sie die Vorsteiger außerhalb der Rinne, auf einem flachen, fast einen Hektar großen Absatz, diesmal auf der linken Seite. Von hier aus können sie Teile der Felswand rechts von der Rinne über ihnen sehen. »Hübscher Lagerplatz«, bemerkt Eileen. Marie, Dougal, Hannah und Ginger sitzen herum und ruhen sich aus; sie sind gerade dabei, ihre kleinen Wandzelte aufzubauen. »Sah so aus, als hättet ihr da unten einen harten Tag gehabt.«

»Sehr anregend«, sagt Dougal mit hochgezogenen Augenbrauen.

Eileen mustert sie. »Scheint, als könntet ihr ein bisschen Sauerstoff brauchen.«

Die Vorsteigergruppe protestiert.

»Ich weiß, ich weiß. Nur ein bisschen. Einen Cocktail.«

»Weckt nur das Bedürfnis danach«, sagt Marie.

»Und wenn schon. Hier unten können wir sowieso nicht viel verbrauchen.«

Beim mittäglichen Funkkontakt mit den unteren Lagern befiehlt Eileen den anderen, die Zelte in Camp Eins zusammenzupacken. »Die und die Motorwinden bringt ihr zuerst rauf. Wir müssten die Winden zwischen diesen Camps benutzen können.«

Sie stoßen alle einen kleinen Jubelruf aus. Die Sonne verschwindet hinter der Felswand oben, und sie stöhnen. Die Vorsteiger setzen sich in Bewegung und machen mit dem Aufbau der Zelte weiter. Die Luft kühlt rasch ab.

*

Roger und Eileen klettern durch die Nachmittagsschatten zu Camp Zwei ab, weil die Ausrüstung in Camp Drei nur für die Vorsteigergruppe reicht. Für die Muskeln ist der Abstieg im Vergleich zum Aufstieg leicht, aber er verlangt genauso viel Konzentration. Als sie in Camp Zwei eintreffen, ist Roger sehr müde, und die kalte, sonnenlose Felswand hat seine Depressionen wieder wachgerufen. Auf und ab, auf und ab.

Beim abendlichen Funkgespräch geraten Eileen und Marie in Streit, als Eileen den Vorsteigern Anweisung gibt, herunterzukommen und die Ausrüstung mit hochzutragen. »Sieh mal, Marie, wir anderen haben noch auf keiner einzigen Seillänge den Vorstieg gemacht, oder? Und wir nehmen nicht an dieser Klettertour teil, um euch die Sachen raufzuschleppen.« Eileens Stimme hat einen sehr scharfen, schneidenden Klang, wenn sie verärgert ist. Marie betont nachdrücklich, dass das erste Team zügig vorankommt und noch nicht müde ist. »Das ist nicht der Punkt. Ihr geht morgen runter zu Camp Eins und holt die letzten Sachen rauf. Das unterste Team rückt auf und transportiert Camp Zwei mit der Winde nach Drei rauf, und wir hier in Zwei bringen eine Fracht rauf nach Drei und übernehmen anschließend den Vorstieg. So läuft das nun mal, Marie – bei meinen Klettertouren wechseln wir im Bocksprungverfahren, das weißt du.«

Geräusche hinter dem atmosphärischen Rauschen aus dem Funkgerät; Dougal spricht mit Marie. Schließlich sagt Marie: »Na schön. Ihr werdet uns sowieso mehr brauchen, wenn der Aufstieg schwieriger wird. Aber wir können es uns nicht leisten, viel langsamer zu werden.«

*

Nach dem Funkgespräch geht Roger hinaus und setzt sich auf seine Leistenbank, um sich die Abenddämmerung anzuschauen. Weit im Osten wird das Land noch von der Sonne beschienen, aber die Landschaft verdunkelt sich vor seinen Augen zu einem matten Violett unter einem brombeerfarbenen Himmel. Spiegeldämmerung. Ein paar Sterne sprenkeln die hohe Kuppel über ihm. Die Luft ist kalt, aber still, und er hört, wie Hans und Frances in ihrem Zelt über Gletscherschliff diskutieren. Frances ist eine ziemlich angesehene Areologin, und offenbar ist sie anderer Meinung als Hans, was die Entstehungsgeschichte der Steilwand betrifft; sie verbringt einen Teil ihrer Kletterzeit damit, im Gestein nach Indizien zu suchen.

Eileen setzt sich neben ihn. »Darf ich?«

»Gern.«

Sie schweigt, und ihm kommt der Gedanke, sie könnte aufgebracht sein. Er sagt: »Tut mir Leid, dass mit Marie so schwer auszukommen ist.«

Sie tut es mit einer Handbewegung ab. »Marie ist immer so. Das hat nichts zu bedeuten. Sie will nur klettern.« Sie lacht. »So geht das jedes Mal, wenn wir zusammen bergsteigen, aber ich mag sie trotzdem.«

»Hm.« Roger hebt die Augenbrauen. »Hätte ich nicht gedacht.«

Sie antwortet nicht. Eine lange Zeit sitzen sie einfach nur da. Rogers Gedanken kehren in die Vergangenheit zurück, und ohne dass er etwas dagegen tun kann, sackt seine Stimmung wieder ab.

»Irgendwas scheint dir … schwer zu schaffen zu machen«, wagt Eileen sich vor.

»Ach«, sagt Roger, »so gut wie alles, vermutlich.« Und zuckt angesichts eines solchen Geständnisses zusammen. Aber sie versteht ihn offenbar.

»Du hast also gegen die ganze Terraformung gekämpft?«

»Gegen den größten Teil, ja. Zuerst als Anführer einer Lobbyistengruppe. Zu der gehörst du jetzt bestimmt auch – die Marsianischen Wüstenforscher.«

»Ich zahle meine Beiträge.«

»Dann in der roten Regierung. Und im Innenministerium, nachdem die Grünen an die Macht gekommen waren. Aber es hat alles nichts genutzt.«

»Und warum noch mal?«

»*Weil* …«, platzt er heraus – hält inne – fängt noch einmal an: »Weil mir der Planet gefiel, so wie wir ihn vorgefunden hatten. So ging es damals vielen von uns. Er war so schön … und nicht nur das. Er war eher überwältigend als schön. Die Größe der Dinge, ihre Formen – der ganze Planet hatte sich seit fünf Milliarden Jahren entwickelt, die Landformen selbst, meine ich, und die Spuren all dieser Zeit waren noch an der Oberfläche zu sehen und zu lesen, wenn man den richtigen Blick dafür hatte. Es war einfach wunderbar, dort draußen zu sein.«

»Das Erhabene ist nicht immer schön.«

»Stimmt. Es ging wahrhaftig über Schönheit hinaus. Einmal bin ich in die Polardünen gegangen …« Aber er weiß nicht, wie er es ihr erzählen soll. »Und … also, ich dachte mir, wir hätten doch bereits eine Erde, verstehst du? Wir bräuchten hier oben kein Terra. Und alles, was sie getan haben, hat den Planeten zerfressen, auf den wir gekommen sind. Sie haben ihn zerstört! Und jetzt haben wir – was auch immer. Eine Art Park. Ein Labor, in dem wir neue Pflanzen und Tiere und so weiter testen. Und alles, was ich in diesen ersten Jahren damals so geliebt habe, ist verschwunden. Man findet es nirgends mehr.«

Im Dunkeln kann er sie gerade eben noch nicken sehen. »Also ist dein Lebenswerk …«

»Für die Katz!« Es gelingt ihm nicht, die Frustration aus seiner Stimme herauszuhalten. Auf einmal will er es auch nicht mehr, er will, dass sie versteht, was er empfindet; er sieht sie im Dunkeln an. »Ein zweihundert Jahre langes Leben, und alles für die Katz! Ich meine, ich hätte genauso gut einfach …« Er weiß nicht, was.

Lange Pause.

»Wenigstens kannst du dich dran erinnern«, sagt sie leise.

»Was nützt das? Ich würde es lieber vergessen, das kann ich dir sagen.«

»Ach. Du weißt nicht, wie das ist.«

»Oh, die Vergangenheit. Die gottverdammte Vergangenheit. So toll ist die auch nicht. Nur etwas Totes.«

Sie schüttelt den Kopf. »Unsere Vergangenheit ist niemals tot. Hast du Sartre gelesen?«

»Nein.«

»Schade. Er kann uns, die wir so lange leben, eine große Hilfe sein. Zum Beispiel sagt er an mehreren Stellen, dass es zwei Möglichkeiten gibt, die Vergangenheit zu betrachten. Man kann sie als etwas Totes und ein für alle Mal Feststehendes sehen; sie gehört zu einem, aber man kann sie nicht verändern, und man kann auch ihren Sinn nicht verändern. In diesem Fall beschränkt die Vergangenheit das, was man sein kann, oder bestimmt es sogar. Aber Sartre hält diese Sichtweise für falsch. Ihm zufolge wird die Vergangenheit von dem, was wir in der Gegenwart tun, fortwährend verändert. Der *Sinn* der Vergangenheit ist genauso im Fluss wie unsere Freiheit in der Gegenwart, weil jede neue Handlung, die wir ausführen, allem einen neuen Wert verleihen kann!«

Roger schnaubt. »Existentialismus.«

»Wie immer man's nennen will. Es gehört jedenfalls

zu Sartres Philosophie der Freiheit. Er sagt, wir können unsere Vergangenheit nur in Besitz nehmen – ob wir uns nun an sie erinnern können oder nicht, füge ich hinzu –, indem wir ihr neue Handlungen hinzufügen, die ihr dann einen neuen Wert verleihen. Er nennt das ›seine Vergangenheit auf sich nehmen‹.«

»Aber manchmal ist das vielleicht unmöglich.«

»Nicht für Sartre. Wir nehmen die Vergangenheit immer auf uns, weil wir *nicht* die Freiheit besitzen, ihr *keine* neuen Werte mehr zu verleihen. Die Frage ist bloß, was für Werte das sein werden. Für Sartre geht es nur darum, *wie* man seine Vergangenheit auf sich nimmt, aber nicht darum, *ob* man es tut.«

»Und für dich?«

»Ich bin in diesem Punkt ganz seiner Meinung. Deshalb lese ich ihn seit etlichen Jahren. Es hilft mir, einiges zu verstehen.«

»Hm.« Er lässt sich das durch den Kopf gehen. »Du hast schon damals auf dem College Literatur studiert, weißt du noch?«

Sie geht nicht darauf ein. »Also …« Sie stößt ihn leicht an, Schulter gegen Schulter. »Du musst dich entscheiden, wie du deine Vergangenheit auf dich nehmen willst. Jetzt, wo dein Mars weg ist.«

Er denkt darüber nach.

Sie steht auf. »Ich muss mich in die Logistik für morgen stürzen.«

»Okay. Wir sehen uns drinnen.«

Ein bisschen verwirrt schaut er ihr nach. Eine dunkle, hoch gewachsene Gestalt vor dem Himmel. Die Frau, an die er sich erinnert, war nicht so. Im Kontext dessen, was sie gerade gesagt hat, bringt ihn dieser Gedanke beinahe zum Lachen.

*

In den nächsten paar Tagen schuften alle Mitglieder des Teams schwer, um die Ausrüstung zu Camp Drei hinaufzubefördern, bis auf jeweils zwei pro Tag, die nach oben geschickt werden, um eine Route zum nächsten Lager zu finden. Wie sich herausstellt, gibt es eine brauchbare Windenroute direkt die Rinne hinauf, und so wird der größte Teil der Ausrüstung, sobald er zum Camp Zwei transportiert worden ist, mit der Winde zum Camp Drei hinaufgezogen. Im allabendlichen Funkgespräch nimmt Eileen jedes Mal eine Bestandsaufnahme vor, jongliert mit der Logistik der Klettertour und erteilt die Anweisungen für den nächsten Tag. Roger, der in anderen Camps ist, lauscht ihrer Stimme im Funkgerät; interessiert registriert er den entspannten Ton, ihre Methode, Entscheidungen im direkten Kontakt mit ihnen allen zu treffen, und die Leichtigkeit, mit der sie sich in ihrem Benehmen auf jeden einstellt, mit dem sie gerade spricht. Er kommt zu dem Schluss, dass sie sehr gut in ihrem Job ist, und fragt sich, ob ihre Gespräche auch bloß in diese Kategorie gehören. Irgendwie glaubt er das nicht.

*

Roger und Stephan bekommen den Vorstieg übertragen, und eines frühen Spiegelmorgens steigen sie mit zusätzlich eingeschalteten Helmlampen an den Fixseilen über Camp Drei rasch nach oben. In dieser Frühphase des Aufstiegs fühlt Roger sich stark. Am oberen Ende des Abschnitts sind die Fixseile an einer Reihe von Haken in einem großen, bröckeligen Riss befestigt. Die Sonne geht auf, und plötzlich fällt helles Licht auf die Felswand. Roger seilt sich an, geht mit Stephan noch einmal die Sicherungssignale durch und macht sich auf den Weg die Rinne hinauf.

Endlich, der Vorstieg. Jetzt gibt es kein Fixseil mehr

über ihm, das seinen Weg festlegt; nur den breiten, flachen Rücken und die rauen Wände der Rinne, die viel senkrechter wirken als bisher. Roger entscheidet sich für die rechte Wand und tritt auf einen gerundeten Vorsprung. Die Wand ist eine bröckelige, huckelige Andesitfläche, schwarz und rötlich grau im grellen Morgenlicht; die Rückwand der Rinne ist glatter, geschichtet wie eine Schieferplatte mit sehr grobem Gefüge und hin und wieder von horizontalen Rissen durchsetzt. An der Verschneidung von Rückwand und Seitenwand werden die Risse ein bisschen größer und bieten manchmal perfekte Tritte. Indem er diese ebenso ausnutzt wie die vielen Vorsprünge in der Wand, kann Roger sich nach oben vorarbeiten. Mehrere Meter über Stephan hält er bei einem gut aussehenden senkrechten Riss inne, um einen Haken einzuschlagen. Es ist schwierig, einen Haken von der Gurtschlinge zu nehmen. Als er ihn eingeschlagen hat, zieht er ein Seil durch und zerrt daran. Er scheint festzusitzen.

Roger klettert weiter. Jetzt sind seine Beine gespreizt, ein Fuß in einem Riss, einer auf einem Vorsprung, während seine Finger den Felsen in einem Riss über seinem Kopf prüfen; dann hinauf, und seine Füße stehen beide auf einem Vorsprung in der Verschneidung, seine linke Hand ist weit ausgestreckt an der Rückwand der Rinne, und er hält sich dort in einer kleinen Einkerbung fest. Der Atem kratzt in seinem Hals. Seine Finger werden müde und kalt. Die Rinne wird breiter und flacher, und die Verschneidung von Rückwand und Seitenwand wird selbst zu einer steilen, schmalen Rampe. Den vierten Haken hinein, das Klirren der Schläge in der Morgenluft. Neues Problem: Der erodierte Fels dieser Rampe weist keine guten Risse auf, und Roger muss einen Seilzugquergang zur Mitte der Rinne machen, um einen besseren Weg nach oben zu finden. Wenn er jetzt abstürzt, wird er wie ein Pendel gegen die Seitenwand zurückschwingen. Und er befindet sich in der Steinschlagzone. Zur linken Seitenwand hinüber, rasch einen Haken hinein. Problem gelöst. Er liebt die Unmittelbarkeit des Problemlösens beim Klettern, obwohl er sich in diesem Augenblick nicht bewusst ist, wie viel Spaß es ihm macht. Ein rascher Blick nach unten: Stephan ist ein gutes Stück entfernt, und unter ihm! Wieder volle Konzentration auf die vor ihm liegende Aufgabe. Eine gute Leiste, so breit wie sein Stiefel, bietet einen Platz zum Ausruhen. Er steht da und schöpft Atem. Ein Zupfen am Sicherungsseil von Stephan; das Seil geht ihm aus. Guter Vorstieg, denkt er und schaut die steile Rinne hinunter auf den mit grünem, von Haken zu Haken geschlungenem Seil markierten Pfad. Vielleicht wäre es besser, die Rinne von rechts nach links zu queren? Stephan ruft unter dem Helm hervor etwas herauf. Roger schlägt drei Haken ein und befestigt das Sicherungsseil. »Komm rauf!«, ruft er. Seine Finger und Waden sind müde. Auf seiner Stiefelleiste ist gerade so viel Platz, dass er sich hinsetzen kann: unendliche Welt, dort draußen unter dem hellrosa Morgenhimmel! Er saugt die Luft in die Lungen und sichert Stephans Aufstieg, zieht das Seil hoch und rollt es sorgfältig auf. Die nächste Seillänge gehört Stephan; Roger wird eine Menge Zeit haben, auf der Leiste zu hocken und die ungeheure Einsamkeit seines Platzes in dieser vertikalen Einöde auf sich wirken zu lassen. »Ah!«, sagt er. Immer höher hinaufsteigen, hinaus aus der Welt …

⁕

Das ist die seltsamste Dualität: Wenn er mit dem Gesicht zum Felsen klettert, konzentriert er sich völlig auf den Stein ein bis zwei Meter vor seinen Augen; er sieht sich jeden Fehler, jede Unregelmäßigkeit genau an. Es ist kein besonders gutes Klettergestein, aber da die

Rinne in diesem Abschnitt eine Steigung von ungefähr siebzig Grad hat, ist die eigentliche technische Schwierigkeit nicht so hoch. Das Wichtige ist, dass man den Stein voll und ganz versteht, damit man nur die guten Griffe und guten Risse wählt – damit man suspekte Griffe erkennt und meidet. Eine Menge Gewicht wird ihnen an diesen Fixseilen nach oben folgen, und obwohl sie wahrscheinlich noch einmal neu festgesetzt werden, dürften die von ihm angebrachten Haken standhalten. Man muss den Stein und die Welt unter dem Stein sehen.

Und dann findet er eine Leiste, auf der er sich hinsetzen und sich ausruhen kann, und als er sich umdreht, ist da die gewaltige, weite Fläche des Tharsis-Buckels. Tharsis ist eine Beule von kontinentalen Ausmaßen in der Marsoberfläche; in der Mitte ragt sie elf Kilometer über das marsianische Normalniveau auf, und die drei Königsvulkane liegen auf ihrem höchsten Plateau in einer Reihe, von Nordosten nach Südwesten. Olympus Mons befindet sich am äußersten nordwestlichen Rand des Buckels, fast schon auf der großen Ebene von Amazonis Planitia. Obwohl Roger die Steilwand des riesigen Vulkans noch nicht einmal zur Hälfte erklommen hat, kann er gerade eben die drei Königsvulkane sehen, die im Südosten über den Horizont lugen und auf perfekte Weise die Größe des Planeten selbst demonstrieren. Vor ihm liegt ein Achtzehntel des Mars.

*

An Nachmittag haben Roger und Stephan ihre dreihundert Meter Seil verbraucht und kehren, mit sich zufrieden, zum Camp Drei zurück. Am nächsten Morgen steigen sie in der Spiegeldämmerung eilig an den Fixseilen auf und fangen wieder von vorne an. Am Ende von Rogers dritter Seillänge im Vorstieg stößt er auf einen guten Lagerplatz: eine Art Pfeiler, der auf der rechten Seite an die Große Rinne grenzt, endet abrupt in einer sehr viel versprechend aussehenden ebenen Fläche. Nach einem kurzen, schwierigen Quergang auf den Pfeiler hinüber warten sie auf die mittägliche Funkbesprechung. Die Beratung mit Eileen ergibt, dass der Pfeiler sich ungefähr in der richtigen Entfernung von Camp Drei befindet, und so stehen sie auf einmal in Camp Vier.

»Ganz in eurer Nähe ist die Rinne sowieso zu Ende«, sagt Eileen.

Roger und Stephan haben also den Tag frei, um ein Wandzelt aufzubauen und sich dann umzuschauen. Die Klettertour läuft gut, denkt Roger: keine großen technischen Schwierigkeiten, eine relativ harmonische Gruppe … vielleicht wird sich der große Südpfeiler letztendlich doch nicht als so schwierig erweisen.

Stephan holt ein kleines Skizzenbuch heraus. Roger wirft einen Blick auf die vollen Seiten, während Stephan es rasch durchblättert. »Was ist das?«

»Eine Imodi-Kiefer, wie man sie nennt. Ich habe einige aus dem Fels über Camp Eins wachsen sehen. Erstaunlich, wie viel Leben es an dieser Felswand gibt.«

»Ja«, sagt Roger.

»Oh, ich weiß, ich weiß. Du magst es nicht. Aber ich verstehe nicht, warum nicht.« Er hat jetzt das leere Blatt des Skizzenbuchs aufgeschlagen. »Wirf mal einen Blick in die Spalten oberhalb der Rinne. Jede Menge Eis, aber auch bemooste Stellen dazwischen. Das ist Stängelloses Leimkraut, mit den lavendelblauen Blüten über dem Moospolster, siehst du?«

Er beginnt zu zeichnen, und Roger schaut fasziniert zu.

»Das ist ein wundervolles Talent, zeichnen zu können.«

»Kann man lernen. Schau, da wachsen Edelweiß und

Astern fast an derselben Stelle.« Er zuckt zusammen, legt einen Finger an die Lippen und deutet auf etwas. »Pikas«, flüstert er.

Roger schaut zu den verwitterten Nischen in der Randkluft der Rinne auf der anderen Seite hinüber. Dort bewegt sich etwas, und auf einmal sieht er sie – zwei kleine, graue Fellknäuel mit glänzenden schwarzen Augen – drei – das letzte hoppelt furchtlos den Felsen hinauf. Ihr Zuhause ist ein Loch im hinteren Teil einer Nische. Stephan zeichnet schnell, skizziert die Umrisse der drei Geschöpfe und füllt sie dann aus. Glänzende, marsianische Augen.

*

Und einmal, im nördlichen Herbst in Burroughs, als die Blätter fielen und den Boden bedeckten – Blätter in der Farbe von Sand, braun wie Antilopen, grün wie unreife Äpfel, weiß wie Sahne oder gelb wie Butter –, war er durch den Park geschlendert. Eine steife Brise kam aus dem großen Trichter des Deltas im Südwesten und trug Wolken heran, die rasch über ihn hinwegzogen, vereinzelte, weiße und von Sonnenschein durchbrochene Wolken im Westen, dicht geballte, dunkle, schwarzblaue Wolken im Osten; und die immergrünen Pflanzen wedelten mit den Armen in all ihren Schattierungen von Dunkelgrün, vor dem die kreiselnden Blätter der Laubbäume aufflammten; und im Osten, über den Bäumen und unter den dunklen Wolken, leuchtete eine Kirche mit weißen Mauern, rötlichen, gewölbten Dachziegeln und weißem Glockenturm.

Kinder spielten auf den Schaukeln am anderen Ende des Parks, gelb-rote Espen schwankten über dem steinernen Rathaus hinter ihnen im Norden – und Roger fühlte – als er unter weit auseinander stehenden Bäumen mit weißen Stämmen dahinwanderte, die ihre weißen Äste in alle Richtungen nach oben streckten – er fühlte – als er spürte, wie der Wind die dahingleitenden Blätter über ihm in die Höhe hob – er fühlte, was all die anderen gefühlt haben mussten, wenn sie hier spazieren gingen, dass der Mars ein Ort von erlesener Schönheit geworden war. In diesem Licht sah er jeden Zweig, jedes Blatt und jede Nadel unter dem Ansturm des Windes schwanken, er sah heimfliegende Krähen und niedrigere Wolken, die dick und weiß unter den höheren schwarzen dahinsegelten, und es traf ihn mit einem Mal alles zugleich: frisch gefärbt, hell erleuchtet, geräumig und lebendig im Wind – was für eine Welt! Was für eine Welt!

Und als er dann wieder in seinen Büroräumen gewesen war, hatte er niemandem davon erzählen können. Es hätte nicht zu ihm gepasst.

Beim Gedanken daran – und an sein kürzliches Gespräch mit Eileen – ist Roger unbehaglich zumute. Seine Vergangenheit hatte den Sieg über diesen Spaziergang im Park damals davongetragen: was für eine Art, sie auf sich zu nehmen, war das?

*

Roger verbringt seinen Nachmittag mit Freiklettern über Camp Vier, schaut sich ein bisschen um und genießt es, seine Kletterfähigkeiten zu trainieren. Endlich kommen sie wieder zurück. Aber der Fels ist nahezu spaltenfrei, sobald man die Rinne verlässt, und er kommt zu dem Schluss, dass Freiklettern keine gute Idee ist. Außerdem fällt ihm etwas Seltsames auf: Ungefähr fünfzig Meter oberhalb von Camp Vier ist die Große Zentrale Rinne zu Ende. Sie endet in einer Reihe von Überhängen, die den Rippen unter der vorspringenden Wand eines Gebäudes ähneln. Eindeutig nicht der Weg nach oben. Allerdings ist die Felswand rechts von den Überhängen auch nicht viel besser; sie wird ebenfalls immer steiler, bis sie beinahe senkrecht ist. Bei den wenigen Rissen, die diese Masse durchbrechen, wird sie nicht leicht zu erklettern sein. Roger bezweifelt sogar, dass er sie überhaupt erklimmen könnte, und fragt sich, ob die Vorsteiger dazu imstande sind. Na ja, klar, denkt er. Die können alles erklettern. Aber die Wand sieht schrecklich aus. Hans hat vom »harten Äon« des Vulkans erzählt, als die aus der Caldera strömende Lava dichter und konsistenter war als in den früheren Jahren des Vulkans. Die Steilwand – eine Art gigantische Bohrung, die Auskunft über die Vulkangeschichte gibt – spiegelt in ihren vielen horizontalen Bändern natürlich die Veränderungen der Lavakonsistenz. Bisher sind sie auf weicherem Gestein geklettert; nun haben sie den Fuß eines härteren Bandes erreicht. Zurück in Camp Vier schaut Roger zu dem sichtbaren Teil der Felswand über sich hinauf und fragt sich, welche Richtung sie einschlagen werden.

*

Eine weitere Dualität: die beiden Hälften des Tages, Vormittag und Nachmittag. Der Vormittag ist sonnig und deshalb heiß: ein morgendlicher Eis- und Steinschauer in der Rinne; Zeit, Schlafsäcke und Socken zu trocknen. Dann geht der Mittag vorüber, und die Sonne verschwindet hinter der Felswand oben. Etwa eine Stunde lang herrscht das seltsame Halblicht der Abenddämmerungsspiegel; dann verschwinden auch sie, und auf einmal ist die Luft beißend kalt, bloße Hände laufen Gefahr, Frostbeulen zu bekommen, und die Beleuchtung ist indirekt und unheimlich: eine Welt im Schatten. Wasser an den Felswänden wird zu Eis, und Steine werden herausgedrückt – eine weitere Phase, in der herabfallende Steine vorbeipoltern. Alle danken

Gott für ihre Helme, ziehen die Schultern hoch und diskutieren erneut über die Möglichkeit von Schulterpolstern. In der Kälte ist der freundliche Morgen vergessen, und es hat den Anschein, als würde die ganze Klettertour im Schatten stattfinden.

*

Als Camp Vier eingerichtet ist, unternehmen sie mehrere Erkundungsaufstiege durchs Jaspisband, wie Hans es genannt hat. »Sieht aus wie Kugeljaspis, seht ihr?« Er zeigt ihnen einen stumpfen Stein und, nachdem er mit einer Lasersäge daran herumgeschnitten hat, eine glatte braune Fläche, die mit kleinen gelben, grünen, roten und weißen Kreisen gesprenkelt ist. »Sieht wie Flechte aus«, sagt Roger. »Versteinerte Flechte.«

»Ja. Das ist Kugeljaspis. Dass er in diesem Basalt eingeschlossen ist, lässt auf eine metamorphe Schmelze schließen – die Lava hat das Gestein in dem Schlund über der Magmakammer teilweise aufgeschmolzen und dann alles ausgeworfen.«

Also ist es das Jaspisband, und es ist schwierig. Zu steil – eigentlich fast vertikal, und ohne jeden erkennbaren Weg nach oben. »Zumindest ist es guter, harter Stein«, sagt Dougal fröhlich.

*

Dann kommen Arthur und Marie eines Tages von einem langen Quergang nach rechts mit anschließendem Aufstieg ins Camp zurückgeeilt, von einem Ohr zum anderen grinsend.

»Eine Leiste«, sagt Arthur. »Eine perfekte Leiste. Ich glaub's einfach nicht. Sie ist ungefähr einen halben Meter breit und zieht sich ein paar hundert Meter weit um diesen Ringwall herum, wie ein Spazierweg! Wir sind einfach da vorn um die Ecke gegangen! Darüber und darunter ist die Wand absolut senkrecht – ein Wahnsinnsblick, sag ich euch!«

*

Diesmal findet Roger Arthurs Begeisterung ausnahmsweise einmal absolut angemessen. Die Gott-sei-Dank-Leiste, wie Arthur sie getauft hat (»So eine gibt's auch am Half Dome in Yosemite«), ist ein horizontaler Bruch in der Felswand; er hat einen waagrecht verlaufenden Absatz hervorgebracht, der gerade breit genug ist, dass man darauf gehen kann. Roger bleibt mitten auf der Leiste stehen und schaut sich um. Senkrecht nach oben: Felsen und Himmel. Senkrecht nach unten: das winzige Gewirr des Geröllhangs scheinbar direkt unter ihnen, weil Roger sich nicht so weit vorbeugen will, dass er den Felsen dazwischen sieht. Die Ausgesetztheit ist erstaunlich. »Habt ihr diese Leiste ohne Seile begangen?«, fragt Roger.

»Ach, sie ist ziemlich breit«, erwidert Arthur. »Findest du nicht? Am Schluss, wo sie sich ein bisschen verengt, bin ich auf Händen und Knien gekrabbelt. Aber meistens gab's keine Probleme. Marie ist die ganze Strecke gegangen.«

»Da bin ich sicher.« Roger schüttelt den Kopf, froh darüber, ins Seil eingeklinkt zu sein, das ungefähr in Brusthöhe über der Leiste angebracht worden ist. Mit seiner Hilfe kann er die seltsame Leiste genießen – ein perfekter Gehsteig in einer absolut senkrechten Welt: die harte, höckrige Wand direkt neben seinen Kopf – unter ihm die glatte Oberfläche der Leiste, und dann leerer Raum.

*

Vertikalität. Denken Sie darüber nach. Ein Balkon ganz oben an einem hohen Gebäude ist eine notdürftige Analogie: Probieren Sie's aus. Im Gegensatz zum Gebäude gibt es bei dieser Felswand keinen Boden mehr. Die Welt unten ist die Welt des Unten, die winddurchtoste Luft unter den Füßen. Die abweisende glatte Wand der Klippe, schwarz und aufrecht neben Ihnen, trennt den Himmel in zwei Hälften. Erde, Luft; das feste Hier und Jetzt, die luftige Unendlichkeit; die Wand aus Basalt, das Meer der Gase. Eine weitere Dualität: Klettern heißt, auf der symbolischsten und physischsten Daseinsebene *zugleich* zu leben. Auch das bedeutet dem Bergsteiger sehr viel.

❊

Am anderen Ende der Gott-sei-Dank-Leiste durchbricht ein Spaltensystem das Jaspisband; es ist wie eine enge Miniaturversion der Großen Rinne voller Eis. Jetzt kommen sie wieder schneller voran, und die Spalten führen zum unteren Ende eines mit Eis gefüllten Halbtrichters hinauf, der das Jaspisband noch weiter teilt. Der Boden des Trichters ist gerade eben genug für Camp Fünf, das der bei weitem beengteste Lagerplatz sein wird. Da sie die Gott-sei-Dank-Leiste queren müssen, können sie allerdings die Motorwinde zwischen Camp Vier und Fünf nicht benutzen. Deshalb legt jeder zehn bis zwölf Transportwege zwischen den beiden Lagern zurück. Jedes Mal wenn Roger auf dem Gehsteig durch den leeren Raum geht, staunt er aufs Neue darüber.

❊

Während die anderen die Ausrüstung über die Leiste schleppen und Camp Zwei und Drei abbauen, haben Arthur und Marie sich bereits auf die Suche nach dem nächsten Abschnitt der Route gemacht. Roger steigt mit Stephan zu ihnen hinauf, um ihnen Seile und Sauerstoff zu bringen. Das Klettern ist »gemischt«, halb auf Stein, halb auf schwarzem Eis mit einer Decke aus schmutzigem, hartem Schnee. Unangenehmes Zeug. Bei manchen Seillängen keuchen Roger und Stephan vor Anstrengung und sehen einander mit großen Augen an. »Hier ist bestimmt Marie vorgestiegen.« – »Ich weiß nicht, dieser Arthur ist verdammt gut.« Der Stein ist vielerorts von harten, spröden Schichten aus schwarzem Eis überzogen: Der immer wieder gefrorene Sommerregen vieler Jahre hat die freiliegenden Flächen in dieser Höhe verkrustet. Roger rutscht mit seinen Stiefeln auf dem glatten Eis wiederholt aus. »Hier oben braucht man Steigeisen.«

»Aber das Eis ist so dünn, dass man gleich wieder auf Stein stoßen würde.«

»Gemischtes Klettern.«

»Macht Spaß, hm?«

Kratzender Atem über pochendem Herzschlag. Jemand hat mit Eispickeln Löcher ins Eis geschlagen; der Stein darunter ist guter Stein, gesäumt von senkrechten Rissen. Ein Eisbrocken saust vorbei, poltert unten gegen die Wand.

»Ich möchte wissen, ob das Arthurs oder Maries Arbeit ist.«

Diese Seillänge kann Roger nur dank des Fixseils bewältigen, so schwer ist sie. Ein weiterer Eisbrocken fliegt vorbei, und sie fluchen beide.

Am oberen Ende der spitz zulaufenden Spalte, in der sie hochsteigen, sind jetzt Füße zu sehen.

»Hey! Passt auf da oben! Ihr bewerft uns mit Eisbrocken!«

»Oh! Tut uns Leid, wir haben euch gar nicht bemerkt.« Arthur und Marie jümaren am Seil zu ihnen herunter. »Tut uns Leid«, wiederholt Marie. »Wir wussten nicht, dass ihr so spät noch raufkommt. Habt ihr mehr Seil dabei?«

»Ja.«

Die Sonne verschwindet hinter der Felswand; das Straßenlaternenlicht der Abendspiegel fällt ein. Arthur schaut zu ihnen hinauf, während Marie das neue Seil in ihre Rucksäcke stopft. »Wunderschön«, ruft er aus. »Auf der Erde gibt's auch Nebensonnen, wisst ihr – ein natürlicher Lichteffekt, wenn Eiskristalle in der Atmosphäre sind. Normalerweise sieht man ihn in der Antarktis – große Lichthöfe um die Sonne, und an zwei Stellen des Lichthofs diese Nebensonnen. Aber ich glaube nicht, dass wir jemals vier falsche Sonnen pro Seite hatten. Wunderschön!«

»Gehen wir«, sagt Marie, ohne den Blick zu heben. »Wir sehen uns heute Abend in Camp Fünf.« Und schon sind sie wieder unterwegs, arbeiten sich mithilfe des Seils und der beiden Seiten der spitz zulaufenden Spalte rasch nach oben.

»Komisches Paar«, sagt Stephan beim Abklettern zu Camp Fünf.

*

Am nächsten Tag bringen sie noch mehr Seil hinauf. Nach einem sehr langen Aufstieg finden sie Arthur und Marie spätnachmittags in einer Höhle in der Felswand, die groß genug für ihr komplettes Basislager ist. »Ist das zu glauben?«, ruft Arthur. »Das ist ja ein richtiges Hotel!«

Der Höhleneingang ist eine horizontale Öffnung in der Felswand, ungefähr vier Meter hoch und über fünfzehn Meter breit. In der Nähe des Eingangs ist der relativ ebene Boden der Höhle mit einer dünnen Eisschicht überzogen. Überall liegen Felsbrocken herum, die vom höckrigen, aber soliden Dach heruntergefallen sind. Roger hebt einen der Steine auf und schleppt ihn zum Rand der Höhle, wo Boden und Dach aufeinander treffen und eine schmale Spalte bilden. Marie versucht, jemand von den anderen weiter unten ans Funkgerät zu kriegen, um von dem Fund zu berichten. Roger geht zur etwa zwanzig Meter vom Eingang entfernten Rückwand der Höhle und bückt sich, um das Gewirr von Steinen in der langen Spalte zu inspizieren, wo sich Boden und Dach treffen. »Was freu ich mich darauf, mich wieder mal ausstrecken zu können«, seufzt Stephan. Roger schaut zum Mund der Höhle hinaus und sieht das breite Lächeln des lavendelblauen Himmels.

*

Als Hans eintrifft, gerät er in helle Aufregung. Er läuft im Halbdunkel herum, hackt mit seinem Eispickel hier und dort etwas ab, leuchtet mit seiner Taschenlampe in diverse Winkel und Ritzen. »Das ist Tuff, seht ihr?«, sagt er und hält einen Brocken hoch, damit sie ihn genau betrachten können. »Dies ist ein Schildvulkan, das heißt, er hat über die Jahre hinweg sehr wenig Asche ausgeworfen – daher die abgeflachte Form. Aber ein paar Ascheeruptionen muss es trotzdem gegeben haben, und zusammengepresste Asche wird zu Tuff – zu diesem Stein hier. Da Tuff viel weicher ist als Basalt und Andesit, ist diese freiliegende Schicht im Lauf der Jahre erodiert, und darum haben wir nun unser wunderbares Hotel.«

»Ich find's toll hier«, sagt Arthur.

In der Spiegeldämmerung gesellt sich der Rest des Teams zu ihnen, aber in der Höhle bleibt trotzdem jede Menge Platz. Sie bauen zwar ihre Zelte auf, um darin zu schlafen, stellen aber die Lampen auf den Höhlenboden und nehmen ihr Abendessen in einem großen Kreis um eine Sammlung glühender kleiner Kocher ein. Augen schimmern vor Gelächter, während die Kletterer Schüsseln voller Eintopf verzehren. Dieses sichere Zuhause, dreitausend Meter über der Ebene in der Steilwand versteckt, hat etwas Wundersames an sich. Es ist ein gänzlich unerwarteter Genuss, sich ohne Gurte auf ebenem Boden herumzulümmeln. Hans schleicht nach wie vor mit seiner Taschenlampe in der Höhle umher. Hin und wieder stößt er einen Pfiff aus.

»Hans!«, ruft Arthur, als die Mahlzeit vorbei ist und die Schüsseln und Töpfe bis zum letzten Rest ausgekratzt sind. »Komm rüber, Hans. Nimm Platz. So ist's gut. Setz dich.« Marie reicht ihren Flachmann mit Brandy herum. »Okay, Hans, erzähl mal. Wieso gibt's hier so eine Höhle? Und überhaupt, wie kommt eigentlich die ganze Steilwand hierher? Weshalb ist Olympus Mons der einzige Vulkan der ganzen Welt mit so einer kreisförmigen Klippe drum herum?«

»Er ist nicht der *einzige* Vulkan mit diesem Merkmal«, erklärt Frances.

»Na ja, Frances«, sagt Hans. »Du weißt, er ist der einzige große Schildvulkan, der von einer Steilwand umgeben ist. Die vergleichbaren Exemplare in Island, die du meinst, sind nur kleine Schlote größerer Vulkane.«

Frances nickt. »Das stimmt. Aber der Vergleich ist vielleicht trotzdem haltbar.«

»Vielleicht.« Hans wendet sich an Arthur. »Wie du siehst, besteht noch keine endgültige Einigkeit über die Ursache für die Entstehung der Steilwand. Aber ich glaube, ich kann behaupten, dass meine Theorie allgemein akzeptiert wird – stimmst du mir da nicht zu, Frances?«

»Doch …«

Hans lächelt freundlich und sieht die Mitglieder der Gruppe der Reihe nach an. »Seht ihr, Frances gehört zu denjenigen, die glauben, dass der Vulkan ursprünglich durch eine Eiskappe nach oben gewachsen ist. Der Gletscher hat dann im Endeffekt eine Stützmauer gebildet, die die Lava eingedämmt hat. Und nach dem Verschwinden der Eiskappe ist diese Steilwand zurückgeblieben.«

»In Island gibt es gute Analogien für diese spezielle Vulkanform«, erklärt Frances. »Sie entstehen durch die Eruption unter Eis und durch Eis hindurch.«

»Sei dem, wie dem sei«, sagt Hans, »ich gehöre zu denen, die der Ansicht sind, dass das *Gewicht* von Olympus Mons die Ursache für die Entstehung der Steilwand ist.«

»Das hast du schon mal gesagt«, erwidert Arthur, »aber ich verstehe nicht, wie das funktionieren soll.«

Stephan pflichtet ihm in diesem Punkt bei, und Hans trinkt mit glücklichem Gesicht einen Schluck aus dem Flachmann. »Der Vulkan ist außerordentlich alt, wisst ihr«, sagt er. »Drei Milliarden Jahre oder so, und er hat immer an dieser Stelle gestanden, oder doch ganz in der Nähe – hier gibt es im Gegensatz zur Erde nur sehr wenig Plattentektonik. Also, Magma steigt auf, Lava quillt heraus, immer und immer wieder, und lagert sich auf weicherem Material ab – wahrscheinlich auf dem eingeebneten Regolith, der vom heftigen Meteoritenbombardement in den Anfangsjahren des Planeten herrührt. Ein ungeheures Gewicht wird auf der Oberfläche des Planeten abgelagert, versteht ihr, und dieses Gewicht nimmt immer weiter zu, während der Vulkan wächst. Und wie wir alle wissen, ist es ein sehr, sehr großer Vulkan. Irgendwann wird die Lavaschicht dann so schwer, dass sie das weichere Material darunter herauspresst. Wir finden dieses Material im Nordosten, auf der abfallenden Seite des Tharsis-Buckels – naturgemäß die Seite, wo das unter Druck stehende Gestein herausgeschoben werden würde. Hat schon mal jemand von euch die Olympus-Mons-Aureole besucht?« Einige von ihnen nicken. »Faszinierendes Gebiet.«

»Okay«, sagt Arthur, »aber wieso sinkt das ganze Gebiet dadurch nicht einfach ab? Ich würde meinen, es müsste eher eine Senke um den Rand des Vulkans herum geben als diese Felswand.«

»Genau!«, ruft Stephan.

Aber Hans schüttelt lächelnd den Kopf und lässt sich noch einmal die Brandyflasche reichen. »Der Punkt ist, der Lavaschild von Olympus Mons ist eine einzige zusammenhängende Felsplatte – mit verschiedenen Schichten, zugegeben, aber im Grunde eine große Basaltkappe, die auf einer etwas weichen Oberfläche liegt. Nun, das weitaus meiste Gewicht hat diese Kappe in der Nähe des Zentrums – beim Gipfel des Vulkans, nicht wahr, der noch so weit über uns liegt. Also – die Kappe ist eine Einheit, ein einziges Felsstück – und Basalt besitzt eine gewisse Flexibilität, wie jedes Gestein. Die Kappe selbst ist also ein wenig biegsam. Nun, ihr Zentrum sinkt am tiefsten, weil es am schwersten ist – und der äußere Rand des Schildes, der ja auch zu dieser flexiblen, zusammenhängenden Kappe gehört, wölbt sich nach oben.«

»Sechstausend Meter weit?«, fragt Arthur. »Du machst Witze!«

Hans zuckt die Achseln. »Man muss sich ins Gedächtnis rufen, dass der Vulkan fünfundzwanzig Kilometer über die Ebenen drum herum aufragt. Er hat das hundertfache Volumen des größten Vulkans der Erde, Mauna Loa, und drückt seit mindestens drei Milliarden Jahren auf diese Stelle.«

»Aber wenn es wirklich so gewesen wäre, dann wäre die Steilwand doch nicht derart symmetrisch«, wendet Frances ein.

»Im Gegenteil. Tatsächlich ist das gerade der aufschlussreichste Aspekt dabei. Der äußere Rand des Lavaschildes wird hochgehoben, okay? Immer höher, bis die Biegsamkeit des Basalts *überschritten* wird. Anders ausgedrückt, der Schild besitzt nur eine begrenzte Flexibilität. In dem Moment, wo die Belastung zu groß wird, bricht das Gestein ab, und die Innenseite des Bruchs steigt weiter hoch, während der Teil jenseits der Bruchstelle absinkt. Die Ebenen unter uns gehören also noch zum Lavaschild von Olympus Mons, befinden sich aber jenseits der Bruchkante. Und da die Lava überall annähernd gleich dick war, hat sie überall ungefähr in derselben Entfernung vom Gipfel nachgegeben, sodass die annähernd kreisrunde Steilwand entstanden ist, die wir gerade erklettern!«

Hans wedelt mit dem Stolz eines Architekten mit der Hand. Frances rümpft die Nase. »Schwer zu glauben«, sagt Arthur. Er klopft auf den Boden. »Die andere Hälfte dieser Höhle liegt also unter der Schutthalde da unten?«

»Genau.« Hans strahlt. »Obwohl die andere Hälfte nie einen Höhle war. Hier handelte es sich wahrscheinlich um eine kleine, annähernd kreisrunde Tuffschicht, die in viel härterer basaltischer Lava eingeschlossen war. Doch als der Schild zerbrach und die Steilwand entstand, wurde die Tuffablagerung auseinander gerissen, sodass die nunmehr freiliegende Fläche der Erosion ausgesetzt war. Und ein paar Äonen später haben wir unsere kuschelige Höhle.«

»Schwer zu glauben«, wiederholt Arthur.

Roger trinkt einen Schluck aus dem Flachmann und stimmt Arthur insgeheim zu. Es ist erstaunlich, wie schwierig es ist, die Theorien des Areologen, in denen sich Berge wie Kunststoff oder Zahnpasta verhalten, auf die ungeheure, harte Basaltrealität unter und über ihnen zu übertragen. »Die für solche Transformationsprozesse erforderliche Zeitspanne übersteigt im Grunde das Vorstellungsvermögen«, sagt er laut. »So etwas dauert doch bestimmt …« Er wedelt mit einer Hand.

»Jahrmilliarden«, sagt Hans. »So viel Zeit können wir uns einfach nicht richtig vorstellen. Aber wir können die sicheren Zeichen dafür sehen, dass sie verstrichen ist.«

Und uns gelingt es binnen drei Jahrhunderten, diese

Zeichen auszulöschen, erwidert Roger im Stillen. Zumindest die meisten davon. Und stattdessen einen Park anzulegen.

*

Über der Höhle ist die Felswand ein bisschen stärker geneigt, und anstelle des glatten Jaspisbandes finden sie dort einen chaotischen, komplizierten Hang aus Eisrinnen, Pfeilern und niedrigen horizontalen Schlitzen vor, die ihre Höhle unten imitieren. Diese Stufen, wie sie sie nennen, muss man wie Gletscherspalten auf ebenem Boden umgehen, weil ihr überhängendes Dach ein ernsthaftes Hindernis darstellt. Die Eisrinnen bieten die besten Aufstiegsmöglichkeiten, und so suchen sie sich ihren Weg nach oben schließlich in einem vertikalen Delta, als würden sie einem Blitzstrahl folgen, der sich in die Felswand gebrannt hat und dann gefroren ist. Jeden Morgen, wenn die Sonne auf die Felswand scheint, gibt es etwa eine Stunde lang starken Eis- und Steinschlag, und nachmittags, in der Stunde, nachdem die Sonne von der Felswand verschwunden ist, eine weitere Steinschlagperiode. Ein paar Mal kommen sie nur um Haaresbreite davon, und eines Morgens wird Hannah von einem Eisbrocken an der Brust getroffen und zieht sich eine böse Prellung zu. »Das Kunststück ist, in der Randkluft zwischen dem Eis in der Rinne und der Felswand zu bleiben«, sagt Marie zu Roger, während sie in einem Sackgassen-Couloir wieder absteigen.

»Oder bei Sonnenaufgang dort zu sein, wo man sein will«, setzt Dougal hinzu. Und auf seinen Rat an Eileen hin fangen sie an, lange vor Tagesanbruch aufzustehen, um die exponierten Strecken der Tour hinter sich zu bringen. In der eiskalten Dunkelheit piept ein Armbandwecker. Roger dreht sich in seinem Schlafsack um und versucht, ihn abzustellen; aber er gehört einem seiner Zeltmitbewohner. Mit einem Stöhnen setzt er sich auf, streckt die Hand aus und schaltet seinen Kocher ein. Bald glühen die Metallringe oben in dem würfelförmigen Ding in einem freundlichen, warmen Orange, heizen die Luft im Zelt auf und spenden ein wenig Licht. Eileen und Stephan sitzen in ihren Schlafsäcken da und versuchen, den Schlaf zu vertreiben. Ihre Haare sind zerzaust, ihre Gesichter faltig, aufgedunsen und müde. Es ist drei Uhr morgens. Eileen setzt einen Topf Eis auf den Kocher und dämpft damit dessen Licht. Sie schaltet eine Lampe auf niedrigster Stufe ein, aber das Licht ist trotzdem so hell, dass Stephan aufstöhnt. Roger wühlt in einem Nahrungsbeutel nach Tee und Trockenmilch. Das Frühstück wärmt wunderbar, doch auf einmal muss er die bequeme, aber kalte Latrine der Höhle aufsuchen. Stiefel an – der schlimmste Teil des Ankleidens. Als würde man seine Füße in Eisblöcke stecken. Dann aus dem warmen Zelt in die beißende Kälte der Höhlenluft. Durch die Dunkelheit zur Latrine. Die anderen Zelte sind matt erleuchtet – Zeit für einen weiteren frühmorgendlichen Angriff auf die oberen Hänge.

Zu dem Zeitpunkt, als Archimedes, der erste Morgenspiegel, erscheint, sind sie schon fast eine Stunde an den Hängen über der Höhle und klettern im Licht ihrer Helmlampen. Die Spiegeldämmerung ist besser – genug Licht, um gut zu sehen, aber der Felsen und das Eis sind noch nicht so stark erwärmt, dass Brocken herabzustürzen beginnen. Roger arbeitet sich mit Steigeisen die Eisrinnen hoch; es macht ihm Spaß, damit zu klettern, er stößt die Frontzacken der Steigeisen in das zähe Eis und hängt wie festgeklebt an den Hängen. Unter ihm huldigt Arthur seinen Steigeisen mit einem permanenten Singsang: »Spiderman, Spiderman, Spiderman, Spidermannnnn.« Doch sobald sie über die Fixseile hinaus sind, gibt es nicht mehr genug überschüssige Luft zum Singen; der Vorstieg ist extrem schwierig. In einer Seillänge hängt Roger mit gespreizten Armen und Beinen in der Wand, den rechten Fuß in den Eisfall gebohrt, den linken Fuß in eine Nische von der Größe seines Zehennagels gegraben; die linke Hand hält den Schaft des Eispickels gepackt, der fest in den Eisfall über ihm gehauen ist, die rechte Hand dreht mühsam den Kopf einer Eisschraube, die in diesem kleinen Couloir als Haken dienen wird: Und einen Moment lang kommt ihm zu Bewusstsein, dass er sich zehn Meter über dem letzten Standplatz befindet und dort an drei winzigen Punkten hängt. Und nach Atem ringt.

Am Ende dieser Seillänge ist ein kleiner Vorsprung, auf dem man sich ausruhen kann, und als Eileen sich am Fixseil hochzieht, findet sie Roger und Arthur im morgendlichen Sonnenschein auf dem Stein ausgestreckt wie zum Trocknen ausgelegte Fische. Sie mustert sie, während sie selbst keuchend Atem schöpft. »Zeit für Sauerstoff«, erklärt sie. Beim mittäglichen Funkruf befiehlt sie den nachrückenden Teams, zusammen mit den Zelten und der anderen Ausrüstung fürs nächste Lager Sauerstoffflaschen heraufzubringen.

*

Mit drei Camps über der Höhle, die als eine Art Basislager dient, in das sie von Zeit zu Zeit zurückkehren, kommen sie gut voran. Pro Nacht sind jeweils nur ein paar von ihnen in jedem Camp. Fast während der gesamten Kletterphasen müssen sie nun Sauerstoff benutzen, und die meisten schlafen auch mit einer Maske auf dem Gesicht, deren Regler auf die niedrigste Stufe eingestellt ist. Die Einrichtung der Hochlager, bei der sie ohne zusätzliche Sauerstoffzufuhr auszukommen versuchen, wird zu einer überaus strapaziösen Arbeit, und sie frieren dabei bis auf die Knochen. An den schattigen Nachmittagen, wenn die Camps eingerichtet sind und sie ihr tägliches Kletterpensum hinter sich haben, hängen sie, mühsam nach Luft ringend, in den Lagern herum, nehmen heiße Getränke zu sich, stampfen mit den Füßen, um diese warm zu halten, und warten auf den abendlichen Funkruf und die Anweisungen für den nächsten Tag. Das Denken überlassen sie mittlerweile mit Freuden Eileen.

*

Beim Klettern oberhalb des höchsten Camps sichert Roger eines Nachmittags Eileen, die gerade auf einer schwierigen Seillänge vorsteigt; dabei hat er das Gesicht von der Felswand abgewandt. Gewitterwolken, die langstieligen Pilzen ähneln, ziehen im Gänsemarsch mit dem Wind nach Nordosten. Nur die Wolkengipfel sind höher als sie. Der Abend naht, und die Felswand ist ein Schatten. Die flauschigen Schäfte der Gewitterwolken sind von einem dunklen, schattigen Grau – dann wölben sich die Gewitterwolken selbst weiß und glänzend in den sonnigen Himmel über ihnen und reflektieren tatsächlich etwas Licht auf die Felswand. Roger strafft das Sicherungsseil und hebt den Blick zu Eileen. Die schaut ebenfalls nach oben, auf ihr nächstes Wegstück, einen Spalt in zwei Wänden, die sich im Neunzig-Grad-Winkel treffen. Die Sauerstoffmaske bedeckt ihren Mund und ihre Nase. Roger zupft einmal – sie schaut nach unten – er zeigt auf die ungeheuere Phalanx der Wolken. Sie nickt, zieht die Maske beiseite. »Wie Schiffe!«, ruft sie herunter. »Linienschiffe!«

Roger zieht seine Maske über eine Wange. »Glaubst du, dass ein Unwetter im Anzug ist?«

»Würde mich nicht überraschen. Bis jetzt haben wir Glück gehabt.« Sie rückt ihre Maske wieder zurecht und beginnt zu piazen, steckt die Finger beider Hände in den Riss, stellt die Sohlen beider Stiefel direkt unter ihren Händen gegen die Wand und drückt sich zur Seite weg, sodass sie seitwärts eine der Wände hinauflaufen kann. Roger hält das Sicherungsseil stramm.

*

Wenn die vorherrschenden Westwinde des Mars auf den Olympus Mons treffen, steigt die Luft nach oben, strömt jedoch nicht über den Gipfel hinweg; der Berg ist so hoch, dass er fast über die Atmosphäre hinausragt, und die Winde werden deshalb zu beiden Seiten um ihn herumgetrieben. Die solcherart verdichtete Luft wirbelt kalt und trocken von der Ostflanke weg, nachdem sie ihre Feuchtigkeit an der Westflanke abgeladen hat, wo sich Gletscher bilden. Das ist jedenfalls das übliche Muster; doch wenn ein Sturmsystem von Südwesten heranfegt, streift es den Vulkan im Süden, verdichtet sich, trifft auf den südöstlichen Quadranten des Schildes und prallt verstärkt nach Osten ab.

*

»Was sagt das Barometer, Hans?«

»Vierhundertzehn Millibar.«

»Du machst Witze!«

»Das ist eigentlich nicht allzu weit unter dem Normalwert.«

»Du machst Witze.«

»Jedenfalls steht es niedrig. Ich glaube, da zieht gerade ein Tiefdrucksystem über uns weg.«

*

Die ersten Vorboten des Sturms sind katabatische Winde: kalte Luft, die über den Rand der Steilwand zur Ebene hinunterfällt. Manchmal treibt der starke Westwind über dem Plateau des Schildes die Böen weit über die eigentliche Felswand hinaus, an der dann völlige Windstille herrscht.

Ein rascher Windstoß von oben, der die Zelte laut flattern lässt und ihr Gestänge voll beansprucht, füllt das leichte Vakuum jedoch wieder auf. Roger grunzt, als eine solche Bö das Zelt fast zusammendrückt, und sieht Eileen kopfschüttelnd an. »Da musst du dich dran gewöhnen«, sagt sie. »Im oberen Bereich der Felswand sind Fallwinde keine Seltenheit.« *WAMM!* »Obwohl der hier ein bisschen stärker zu sein scheint als sonst. Aber es schneit nicht, oder?«

Roger schaut durch das kleine Fenster in der Zelttür hinaus. »Nein.«

»Gut.«

»Aber es ist fürchterlich kalt.« Er dreht sich in seinem Schlafsack um.

»Das macht nichts. Schnee wäre ein wirklich schlechtes Zeichen.« Eileen setzt sich ans Funkgerät und beginnt, die anderen Teams zu rufen. Sie und Roger sind in Camp Acht (die Höhle heißt jetzt Camp Sechs); Dougal und Frances in Camp Neun, dem höchsten und exponiertesten neuen Lager; Arthur, Hans, Hannah und Iwan in Camp Sieben; und die anderen unten in der Höhle. Die Gruppe ist ein bisschen zu weit auseinander gezogen, weil es Eileen widerstrebt hat, die Höhle endgültig zu räumen. Jetzt begreift Roger allmählich, weshalb. »Ihr bleibt morgen früh alle im Zelt, bis ihr von mir hört. Ich melde mich in der Spiegeldämmerung. Dann halten wir eine weitere Konferenz ab.«

Im Lauf der Nacht frischt der Wind immer mehr auf. Um drei Uhr morgens wird Roger von einem besonders heftigen Stoß gegen das Zelt geweckt. Wenn der Wind über den Stein streicht, ist kaum etwas zu hören – dann ein *PENG*, und auf einmal pfeift das Zelt und zerrt an seinen Befestigungen, als würde es gefoltert. Der Wind lässt nach, und die Felsen zischen leise. Wieder entspannen und dem leisen Lufthauch lauschen – *WAMM*, das quietschende Zelt wird in die Nische hineingetrieben, in die sie es gebaut haben, und wieder herausgesaugt. Das tröstliche Zischen der Sauerstoffmaske, die seine Nase ausnahmsweise einmal warm hält – *WAMM*. Eileen schläft anscheinend, den Kopf in ihrem Schlafsack vergraben; nur ihre Babymütze und der Sauerstoffschlauch schauen aus der zugezogenen Öffnung heraus. Roger findet es unglaublich, dass die wie Schüsse peitschenden Schläge des Windes sie nicht wecken. Er schaut auf seine Armbanduhr und kommt zu dem Schluss, dass es zwecklos ist, wieder einschlafen zu wollen. Neues, gefrorenes Kondensat an der Innenwand des Zeltes fällt ihm wie Schnee ins Gesicht und jagt ihm einen Moment lang einen Schrecken ein. Doch als er den Lichtstrahl der Taschenlampe durch das kleine, durchsichtige Feld in der Zelttür nach draußen richtet, sieht er, dass es nicht schneit. Roger dämpft das Licht der Lampe, so weit es geht, stellt ihren Topf mit Eis auf den klobigen, rechteckigen Kocher und schaltet ihn ein. Er steckt seine abgekühlten Hände wieder in den Schlafsack und sieht zu, wie der Kocher heiß wird. Die Ringe unter dem Topf sind bald leuchtend orange und strahlen spürbare Hitze ab.

Eine Stunde später ist es erheblich wärmer im Zelt. Roger trinkt heißen Tee und versucht, die Windschläge vorherzusehen. Das aus dem Eis der Höhle gewonnene Schmelzwasser enthält offenbar ein bisschen Schlick; Roger und drei oder vier andere haben davon Verdauungsstörungen bekommen, und jetzt spürt er wieder die ersten Ansätze glazialer Ruhr. Mit einigem Unbehagen unterdrückt er den Drang. Ein paar besonders heftige Stöße gegen das Zelt wecken Eileen; sie streckt den Kopf aus dem Schlafsack und schaut verwirrt drein.

»Ganz schön windig draußen«, sagt Roger. »Willst du Tee?«

»Mmmpf.« Sie setzt ihre Sauerstoffmaske ab. »Ja.« Sie nimmt eine volle Tasse und trinkt. »Durst.«

»Ja. Kommt anscheinend von den Masken.«

»Wie viel Uhr ist es?«

»Vier.«

»Ah. Mein Wecker muss mich geweckt haben. Ist fast Zeit für den Anruf.«

Trotz des bewölkten Himmels im Osten wird es deutlich heller, als Archimedes aufgeht. Roger zieht seine kalten Stiefel an und stöhnt. »Muss mal raus«, sagt er zu Eileen und öffnet den Reißverschluss des Zeltes gerade weit genug, um hinauszuschlüpfen.

»Seil dich ja an!«

Draußen versetzt ihm einer der katabatischen Windstöße einen heftigen Schubs. Es ist sehr kalt, vielleicht zwanzig Grad unter Null, sodass der Windchill-Faktor bei den stärksten Böen extrem hoch ist. Unglücklicherweise hat er Durchfall. Sehr erleichtert und bis ins Mark durchgefroren zieht er die Hose hoch und schlüpft wieder ins Zelt. Eileen sitzt am Funkgerät. Die anderen sollen drinbleiben, bis der Wind ein bisschen nachlässt, sagt sie. Roger nickt lebhaft. Als sie fertig ist, lacht sie ihn an. »Du weißt ja, was Dougal sagen würde.«

»O ja. Es war wirklich sehr anregend.«

Sie lacht erneut.

Zeit vergeht. Als ihm wieder warm wird, döst Roger ein. Es ist sogar leichter, tagsüber zu schlafen, wenn es im Zelt wärmer ist.

Am späten Vormittag wird er von einem Ruf von draußen unsanft geweckt. Eileen setzt sich in ihrem Schlafsack ruckartig auf und öffnet den Reißverschluss an der Zelttür. Dougal steckt den Kopf herein und zieht seine Sauerstoffmaske auf die Brust; die Atemwolken, die er keuchend ausstößt, legen sich wie Raureif auf sie.

»Unser Zelt ist von einem Stein zertrümmert worden«, sagt er beinahe entschuldigend. »Frances hat sich den Arm gebrochen. Ich brauche Hilfe, um sie runterzubringen.«

»Runter? Wohin?«, fragt Roger unwillkürlich.

»Na, jedenfalls zur Höhle, dachte ich. Oder zumindest hierher – unser Zelt ist hin, und sie liegt jetzt praktisch im Freien – in ihrem Schlafsack, wisst ihr, aber das Zelt bringt nicht mehr viel.«

Grimmig schlüpfen Eileen und Roger in ihre Klettersachen.

Draußen zerrt der Wind an ihnen, und Roger fragt sich, ob er klettern kann. Sie klinken sich ins Seil und jümaren im Notfalltempo nach oben. Manchmal sind die Windstöße von oben so heftig, dass sie sich nur an den Felsen drücken und abwarten können. Bei einem solchen Windstoß bekommt Roger es mit der Angst – es scheint unmöglich, dass Fleisch und Knochen, Gurte, Jumar, Seil, Haken und Stein unter dem immensen Druck des Fallwinds halten. Aber er kann sich nur in den Riss kauern, dem das Fixseil folgt, und hoffen. Mit jeder Sekunde wird ihm kälter.

Sie steigen in eine lange, gewundene Eisrinne ein, die sie vor dem schlimmsten Wind schützt, und kommen schneller voran. Etliche Male stürzen Steine oder Eisbrocken an ihnen vorbei, fallen wie Bomben oder riesige Hagelkörner herab. Dougal und Eileen klettern so schnell, dass er kaum mithalten kann. Roger fühlt sich schwach, und er friert; obwohl jeder Zentimeter seines Körpers und seines Kopfes bedeckt ist, fühlen sich seine Nase und seine Finger an, als wären sie erfroren. Ihm wird ein wenig mulmig, als er über einen Felsbrocken kriecht, der in der Eisrinne feststeckt, und er stöhnt. An diesem Tag wäre er wirklich lieber im Zelt geblieben.

Auf einmal sind sie in Camp Neun – ein großes Kastenzelt, das an einem Ende plattgedrückt ist. Es flattert wie eine große Fahne bei Sturm, knallt und knattert immer wieder, übertönt beinahe ihre Stimmen. Frances ist froh, sie zu sehen: Ihre Augen unter der Brille sind rot gerändert. »Ich glaube, ich kann in einer Schlinge sitzen und mich abseilen, wenn ihr mir helft«, sagt sie über den Lärm des Zeltes hinweg.

»Wie geht's dir?«, fragt Eileen.

»Der linke Arm ist direkt über dem Ellbogen gebrochen. Ich hab mir eine Art Schiene dafür gemacht. Mir ist schrecklich kalt, aber abgesehen davon geht's mir nicht allzu schlecht. Ich hab ein paar Schmerztabletten genommen, aber nicht so viele, dass ich davon müde werde.«

Sie drängen sich alle in die Überreste des Zeltes, und Eileen schaltet einen Kocher ein. Dougal turnt draußen herum und versucht vergeblich, das offene Ende des Zeltes zu befestigen, damit es nicht mehr flattert. Sie brühen Tee auf und schlüpfen in Schlafsäcke, um ihn zu trinken. »Wie viel Uhr ist es?«

»Zwei.«

»Dann sollten wir uns lieber auf den Weg machen.«

»Ja.«

*

Frances zu Camp Acht hinunterzuschaffen, ist eine langsame, kalte Arbeit. Das schnelle Klettern an den Fixseilen war gerade anstrengend genug, um sie beim Aufstieg warm zu halten; jetzt müssen sie sich an den Felsen drücken und sich daran festhalten oder abwarten, während Frances über einen der steileren Abschnitte abgeseilt wird. Sie benutzt den rechten Arm und klettert überall hinunter, wo sie nur kann, unterstützt ihre Helfer so gut wie möglich.

Sie steigt gerade über den Felsbrocken weg, der Roger solche Probleme bereitet hat, als eine Bö sie wie ein Faustschlag trifft, und sie strauchelt und stürzt ab, das

Gesicht zum Stein. Roger springt von unten hoch und packt sie, als sie gerade im Begriff ist, hilflos auf die linke Seite zu rollen. Einen Moment lang kann er nichts weiter tun, als dort zu hängen und sie ruhig zu halten. Dougal und Eileen rufen von oben herunter. Kein Platz für sie. Roger schiebt den Jumar am Fixseil über sich zweimal hoch und zieht sich mit einem Arm hinauf, wobei er Frances mit dem anderen umfasst hält. Sie sehen einander durch ihre Brillen an – sie strampelt blindlings nach einem Halt für die Füße – findet irgendetwas und übernimmt selbst einen Teil ihres Gewichts. Trotzdem sitzen sie fest. Roger zeigt auf seine Hand, versucht, Frances seinen Plan zu vermitteln. Sie nickt. Er klinkt sich aus dem Fixseil, setzt den Jumar noch einmal direkt unter Frances, steigt zu einer Stelle hinunter, wo er mit den Füßen guten Halt findet, und verschränkt die Hände. Er hebt sie hoch und lenkt Frances' freien Fuß hinein. Sie verlagert ihr Gewicht auf diesen Fuß und lässt sich herunter, bis Roger die Hände nicht mehr weiter senkt. Dann kreuzt der andere Fuß zu Rogers beiden Füßen hinüber – ein hübsches Stück Arbeit von Frances, die sicher starke Schmerzen hat. Mitten in der Bewegung bringt sie eine weitere Bö fast aus dem Gleichgewicht, aber sie lehnen sich aneinander und halten sich fest. Sie sind unterhalb des Felsbrockens, und Dougal und Eileen können jetzt darüber hinwegklettern und Frances erneut sichern.

Sie machen sich wieder an den Abstieg. Aber die Anstrengung hat eine Reaktion in Roger ausgelöst, und auf einmal bekommt er einen Anfall von Darmkontraktionen. Er verflucht den Höhlenschlick und versucht verzweifelt, den Drang zu unterdrücken, aber der lässt sich nicht negieren. Er signalisiert den anderen seine Notlage und jümart am Fixseil nach unten, weg von ihnen, um sich aus der Abstiegsroute zu entfernen und ein wenig für sich zu sein. Es ist wirklich ein technisches Problem, die Hose herunterzuziehen, während der Wind ihn ums Fixseil schleift, und er flucht in einem fort, während sein Darm sich spritzend entleert; es ist ohne Zweifel die kälteste Scheißerei seines Lebens. Als die anderen bei ihm eintreffen, zittert er so sehr, dass er kaum noch klettern kann.

*

Gegen Sonnenuntergang erreichen sie Camp Acht, und Eileen setzt sich ans Funkgerät. Die unteren Camps werden über die Situation informiert und erhalten ihre Anweisungen. Niemand stellt Eileen Fragen, wenn diese Schärfe in ihrem Ton liegt.

Das Problem ist, dass sie nicht mehr viel Nahrung und Sauerstoff im Lager haben. »Ich gehe runter und hole was rauf«, erbietet sich Dougal.

»Aber du bist schon so lange draußen«, wendet Eileen ein.

»Ach was. Eine warme Mahlzeit, dann mach ich mich wieder auf den Weg. Du solltest bei Frances bleiben, und Roger ist zu stark ausgekühlt.«

»Wir können Arthur oder Hans bitten, uns was zu bringen.«

»Wir wollen doch nicht, dass jemand zu uns raufkommt, oder? Er müsste nämlich hier oben bleiben, und wir haben sowieso schon zu wenig Platz. Außerdem – wenn jemand daran gewöhnt ist, bei diesem Wind und im Dunkeln zu klettern, dann ich.«

Eileen nickt. »Okay.«

»Ist dir warm genug?«, wendet sich Dougal an Roger.

Roger bibbert hilflos vor sich hin. Sie helfen ihm in seinen Schlafsack und flößen ihm Tee ein, aber es fällt ihm schwer, ihn zu trinken. Lange nachdem Dougal gegangen ist, zittert er immer noch.

»Ist ein gutes Zeichen, dass er zittert«, sagt Frances zu Eileen. »Aber er friert fürchterlich. Vielleicht ist er zu stark unterkühlt, um sich wieder aufzuwärmen. Mir ist selber kalt.«

Eileen lässt den voll aufgedrehten Kocher an, bis ein warmer Mief im Zelt hängt. Sie schlüpft zu Frances in den Schlafsack, wobei sie sorgfältig darauf achtet, ihre verletzte Seite nicht zu berühren. Im rötlichen Lichtschein des Kochers sind ihre Gesichter vor Unbehagen verkniffen.

»Mir geht's gut«, murmelt Frances nach einer Weile. »Und warm ist mir auch. Kümmere dich jetzt um ihn.«

Roger ist kaum bei Bewusstsein, als Eileen zu ihm in den Schlafsack schlüpft. Es passt ihm gar nicht, dass er sich bewegen muss. »Zieh dein Überzeug aus«, befiehlt Eileen. Halb im Schlafsack steckend, mühen sie sich ab, Roger aus seinen Klettersachen zu schälen. Als sie in ihrer Thermounterwäsche aneinander liegen, wird es Roger langsam wärmer. »Mann, bist du kalt«, sagt Eileen.

»... weiß es zu schätzen«, murmelt Roger müde. »Keine Ahnung, was passiert ist.«

»Wir haben dich beim Abstieg nicht genug schuften lassen. Außerdem musstest du deinen Hintern bei einem Windchill-Faktor freilegen, über den ich nicht mal Vermutungen anstellen möchte.«

Körperwärme, die in ihn einsickert. Langer, harter Leib, an seinen gedrückt. Sie will ihn nicht einschlafen lassen. »Noch nicht. Umdrehen. So. Trink das.« Frances zieht ihm die Augenlider hoch, um ihn zu untersuchen. »Trink das!« Er trinkt. Endlich lassen sie ihn schlafen.

*

Dougal kommt mit einem vollen Rucksack hereingeplatzt und weckt sie auf. Er und sein Rucksack sind mit einer Schneekruste überzogen. »Ganz schön herbe«, sagt er mit einem eigenartigen Lächeln. Er schlüpft rasch in einen Schlafsack und trinkt Tee. Roger schaut auf seine Armbanduhr – Mitternacht. Dougal ist jetzt seit fast vierundzwanzig Stunden auf den Beinen, und nachdem er eine ordentliche Portion Eintopf in sich hineingeschlungen hat, setzt er seine Maske auf, rollt sich in eine Ecke des Zelts und fällt in tiefen Schlaf.

⁂

Am nächsten Morgen prügelt der Sturm noch immer auf das Zelt ein. Die vier machen sich unbeholfen bereit – das Zelt ist eigentlich nur für drei Personen geeignet, und sie müssen auf Frances' Arm Acht geben. Eileen setzt sich ans Funkgerät und befiehlt den Leuten in Camp Sieben, das Lager zu räumen und in die Höhle zurückzukehren. Beim Abstieg stellt sich heraus, dass Frances' ganze linke Seite steif geworden ist. Um sie hinunterzuschaffen, müssen sie neue Haken einschlagen, Abseilseile anbringen und sie mit einem davon hinablassen, wobei einer am Fixseil neben ihr abwärts jümart. Hin und wieder kauern sie sich zusammen, um heftigen Windböen auszuweichen. In Camp Sieben machen sie eine Stunde Pause, um etwas zu essen, dann steigen sie zur Höhle ab. Als sie die dunkle Zuflucht betreten, ist bereits der Abend hereingebrochen.

⁂

Nun sind sie also alle wieder in der Höhle. Der Wind wirbelt darin herum, und die anderen haben den Vortag damit verbracht, an der Südseite des Höhleneingangs Steine zu einem Schutzwall aufzustapeln. Der hilft ein bisschen.

Als der vierte Tag des Sturms mit gelegentlichen Schneegestöbern und dem jähen Wechsel von Windstille und aufheulenden Böen verstreicht, versammeln sich die Mitglieder der Klettergruppe in einem der großen

Kastenzelte. Sie sitzen Schulter an Schulter, damit sie alle hineinpassen.

»Also, ich will nicht runter, nur weil sich eine von uns den Arm gebrochen hat«, sagt Marie.

»Ich kann nicht mehr klettern«, sagt Frances. Roger findet, dass sie sich sehr gut hält; ihr Gesicht ist weiß, und ihre Augen sehen aus, als stünde sie unter Drogen, aber sie drückt sich sehr klar aus und ist ganz ruhig.

»Das weiß ich«, sagt Marie. »Aber wir könnten uns aufteilen. Es sind nur ein paar Leute nötig, um dich zu den Wagen runterzubringen. Die anderen können die restliche Ausrüstung nehmen und weiter aufsteigen. Wenn wir's bis zum Depot am Ende der Steilwand schaffen, brauchen wir uns wegen der Vorräte keine Sorgen mehr zu machen. Wenn nicht, steigen wir eben auch wieder ab. Aber ich fänd's gar nicht gut, wenn wir jetzt aufgeben würden – dazu sind wir nicht hergekommen, hm? Um abzusteigen, obwohl es nicht nötig ist?«

Eileen sieht Iwan an. »Es wäre eure Aufgabe, Frances runterzubringen.«

Iwan verzieht das Gesicht und nickt. »Dazu sind Sherpas da«, sagt er lahm.

»Meinst du, vier Leute reichen?«

»Mehr wären wahrscheinlich bloß im Weg.«

Dann folgt eine rasche Diskussion darüber, wie es um ihre Vorräte steht. Hans' Ansicht nach sind sie so knapp, dass eine Aufteilung gefährlich ist. »Ich denke, unsere Hauptaufgabe besteht darin, Frances sicher nach unten zu bringen. Die Klettertour kann ein andermal beendet werden.«

Marie widerspricht ihm, aber Hans wird von Stephan unterstützt, und es scheint, als würde keine Seite die andere überzeugen. Nach einem unbehaglichen Schweigen räuspert sich Eileen.

»Maries Plan klingt für mich gut«, sagt sie. »Wir haben genug Vorräte, um in beide Richtungen zu gehen, und die Sherpas können Frances allein runterbringen.«

»Keine der beiden Gruppen wird viel Spielraum für Fehler haben«, warnt Hans.

»Die Gruppe, die runtergeht, kann das Wasser mitnehmen«, schlägt Marie vor. »Auf dem restlichen Weg nach oben gibt's genug Eis und Schnee.«

»Wir werden ein bisschen sparsamer mit dem Sauerstoff umgehen müssen«, meint Hans. »Frances sollte genug für den gesamten Abstieg haben.«

»Ja«, sagt Eileen. »Spätestens in ein, zwei Tagen müssen wir weiter, ganz egal, wie das Wetter ist.«

»Na und?«, sagt Marie. »Wir haben bewiesen, dass wir bei jedem Wetter an den Fixseilen auf- und absteigen können. Wir sollten so bald wie möglich raufgehen und Camp Neun reparieren. Morgen zum Beispiel.«

»Wenn der Sturm ein bisschen nachlässt.«

»Wir müssen die Ausrüstung in die oberen Camps bringen …«

»Ja. Wir werden tun, was wir können, Marie. Mach dir keine Sorgen.«

*

Während der Sturm weiter tobt, bereiten sie die Teilung der Gruppe vor. Roger, der nichts damit zu tun haben will, hilft Arthur, den Wall am Höhleneingang zu bauen. Sie haben am südlichen Ende angefangen und den Spalt dort vollständig gefüllt. Im weiteren Verlauf müssen sie sich mit einer zwei Meter hohen Mauer zufrieden geben, die sich quer über den Eingang zieht, dann sind die Felsbrocken auf dem Höhlenboden aufgebraucht. Sie setzen sich an die Mauer und sehen zu, wie die Sachen aufgeteilt werden. Der Wind pfeift immer noch durch die Höhle, aber als sie nun am Fuß der Mauer sitzen, merken sie, dass diese doch etwas nützt.

Die Aufteilung der Ausrüstung bereitet einige Probleme. Marie will möglichst wenige Sauerstoffflaschen herausrücken. »Ihr geht doch runter, oder?«, sagt sie zu Iwan. »Ihr braucht doch gar keinen Sauerstoff mehr, sobald ihr ein paar Camps weiter unten seid.«

»Frances wird erheblich länger welchen brauchen«, widerspricht Iwan. »Und wir wissen nicht, wie lange die ganze Aktion dauern wird.«

»Zum Teufel, ihr könnt sie doch mit der Winde abseilen, sobald ihr an der Gott-sei-Dank-Leiste vorbei seid. Geht doch blitzschnell …«

»Jetzt hör schon auf, Marie«, faucht Eileen. »Die Vorräte werden aufgeteilt. Am besten, du hältst dich da raus.«

Marie funkelt sie böse an und stapft zu ihrem Zelt davon.

Arthur und Roger sehen sich viel sagend an. Die Aufteilung geht weiter. Die Seile werden das größte Problem sein, wie es scheint. Aber alles wird knapp werden.

*

Als der Wind zum ersten Mal ein wenig nachlässt, bricht der Rettungstrupp – Frances und die vier Sherpas – auf. Roger steigt mit ihnen ab, um ihnen bei der Überquerung der Gott-sei-Dank-Leiste zu helfen und das dortige Fixseil zu bergen. Der Wind ist immer noch böig, hat aber nicht mehr ganz dieselbe Kraft. Mitten auf der Leiste verliert Frances das Gleichgewicht und schwingt herum; Roger ist mit ein paar Sätzen bei ihr (ohne zu merken, dass er gelaufen ist) und hält sie fest. »Wir müssen aufhören, uns auf diese Weise zu treffen«, sagt Frances, deren Stimme von der Maske gedämpft wird.

Als sie die Große Rinne erreichen, verabschiedet sich Roger von ihnen. Die Sherpas sind durchaus guter Dinge, aber Frances ist bleich und still. Sie hat während der letzten paar Tage kaum ein Wort gesprochen, und Roger weiß nicht, was in ihrem Kopf vorgeht. »Pech«, sagt er zu ihr. »Aber du kriegst bestimmt noch mal eine Chance.«

»Danke, dass du mich beim Abstieg von Camp Neun festgehalten hast«, sagt sie, als er gerade gehen will. Sie sieht mitgenommen aus. »Du bist enorm schnell. Es hätte verdammt wehgetan, wenn ich auf die linke Seite gerollt wäre.«

»Freut mich, dass ich dir helfen konnte«, sagt Roger. Dann, schon im Gehen: »Du warst ganz schön hart im Nehmen. Das gefällt mir.«

Eine Grimasse von Frances.

⁂

Auf dem Rückweg muss Roger das Fixseil lösen, um es für den weiteren Aufstieg mitzunehmen. Deshalb ist er auf der Gott-sei-Dank-Leiste immer nur am nächsten Haken gesichert. Falls er abstürzt, würde er bis zu fünfundzwanzig Meter tief fallen und wie ein Pendel über den rauen Basalt schwingen. Er sieht die Leiste wieder mit neuen Augen: der Gehsteig mit seiner glatten Oberfläche ist tatsächlich breit genug, um darauf zu gehen, aber trotzdem – der Wind schubst ihn von hinten – er ist allein – der Himmel ist niedrig und dunkel und es droht zu schneien – und ganz plötzlich sträuben sich ihm die Nackenhaare, der Sauerstoff pfeift in seiner Maske, als er ihn in sich hineinsaugt, die zernarbte Felswand scheint von innen heraus zu leuchten, und die ganze Welt dehnt sich aus, dehnt sich immer weiter aus, wird mit jedem Pulsschlag größer; und seine Lungen füllen sich und füllen sich und füllen sich.

⁂

Nach seiner Rückkehr in die Höhle erzählt Roger nichts von dem unheimlichen Augenblick auf der Leiste. Nur Eileen und Hans sind noch da – die anderen sind schon losgegangen, um Vorräte zu den höhergelegenen Camps hinaufzubringen, und Dougal und Marie sind bis zu Camp Neun aufgestiegen. Eileen, Hans und Roger schnallen sich ihre Rucksäcke um – sehr schwere Lasten, merken sie, als sie gebückt die Höhle verlassen – und machen sich an den Aufstieg an den Fixseilen. Es ist schwierig, an dem leicht vereisten Seil aufwärts zu jümaren, manchmal sogar gefährlich. Der Wind schlägt jetzt eher von links zu anstatt von oben. Als sie in Camp Sieben eintreffen, ist es fast schon dunkel, und Stephan und Arthur haben bereits das einzige Zelt mit Beschlag belegt. Im Halbdunkel der Spiegeldämmerung und bei dem starken Seitenwind ist es nicht leicht, ein zweites Zelt aufzubauen. Es gibt auch keinen weiteren ebenen Platz dafür – sie müssen es auf eine abschüssige Fläche stellen und an in die Felswand geschlagenen Haken befestigen. Als Eileen, Roger und Hans endlich in das neue Zelt schlüpfen, ist Roger völlig durchgefroren, hat einen Bärenhunger und höllischen Durst. »Echt ganz schön herbe«, ahmt er Marie und die Sherpas müde nach. Eingemummelt in ihre Schlafsäcke schmelzen sie Schnee und machen sich Eintopf warm, und nach dem Essen setzt Roger seine Sauerstoffmaske auf, stellt den Luftstrom auf Schlafen und legt sich aufs Ohr.

Plötzlich kommt ihm der Augenblick auf der Gott-sei-Dank-Leiste in den Sinn und weckt ihn kurzzeitig wieder auf. Der Wind peitscht die straffen Zeltwände, und Eileen, die mit Bleistift logistische Notizen für den nächsten Tag hinkritzelt, rutscht auf dem schrägen Boden unter dem Zelt abwärts, bis ihre beiden Schlafsäcke eine verklumpte Masse bilden. Roger sieht sie an: kurzes Lächeln aus diesem müden, aufgedunsenen, vom Frost verbrannten Gesicht. Ausgedehnte Faltendeltas unter ihren Augen. Seine Füße werden allmählich warm, und er schläft mit dem Knattern des Zeltes, dem Zischen von Sauerstoff und dem Kratzen des Bleistifts ein.

In dieser Nacht frischt der Sturm wieder auf.

*

Am nächsten Morgen bauen sie das Zelt bei starkem Wind ab – harte Arbeit – und fangen an, Traglasten zu Camp Acht hinaufzutransportieren. Auf halbem Wege zwischen den Lagern beginnt es zu schneien. Roger schaut durch Strudel harter, trockener Körnchen auf seine Füße. Seine behandschuhten Finger klammern sich um die eiskalte Steigklemme, schieben sie am vereisten Seil hinauf und klemmen sie fest, dann zieht er sich an ihr hoch. Es ist ein mühsames Geschäft, Tritte in dem Sprühnebel zu finden, der vor seinen Augen horizontal über die Felswand zieht, von links nach rechts. Die ganze Felswand scheint weiß zur Seite wegzugleiten, wie eine Welle. Er merkt, dass er seine Aufmerksamkeit ausschließlich auf seine Hände und Füße konzentrieren muss. Seine Finger, seine Nase und seine Zehen sind sehr kalt. Er reibt sich durch die Maske die Nase, spürt aber nichts. Der Wind versetzt ihm heftige Stöße, wie ein Riese, der ihn zu Fall zu bringen versucht. In den schmalen Rinnen ist der Wind weniger stark, aber dafür stürzt der Schnee in lawinenartigen Wellen auf sie herab, während sie in die Höhe steigen; eine Wehe nach der anderen häuft sich zwischen ihrem Körper und dem Hang auf, begräbt sie unter sich, rutscht ihnen zwischen den Beinen durch und verschwindet nach unten. Eine Rinne will einfach kein Ende nehmen. Roger macht sich in regelmäßigen Abständen Sorgen um seine Nase, aber meistens ist er mit den Gedanken bei der gegenwärtigen Situation: am Seil aufsteigen, nicht mit den Füßen abrutschen. Die Sicht ist auf ungefähr zwanzig Meter gesunken – sie befinden sich in einer kleinen weißen Blase, die durch weißen Schnee nach links fliegt, so kommt es ihm jedenfalls vor.

Einmal muss Roger auf Eileen und Hans warten, um den Felsbrocken zu überwinden, der Frances solche Schwierigkeiten bereitet hat. Seine Gedanken schweifen ab, und ihm wird bewusst, dass sich ihre Erfolgsaussichten radikal verändert haben – und mit ihnen der Charakter der Klettertour. Die Vorräte gehen allmählich zur Neige, vor ihnen liegt eine unbekannte Route, während sich das Wetter stetig verschlechtert – Roger fragt sich, wie Eileen damit fertig werden wird. Sie hat schon früher Expeditionen geleitet, aber es ist schierer Zufall, wenn eine so verläuft.

Sie steigt an ihm vorbei, bestens in Form, klopft Eis vom Seil, wischt Sprühnebel von der Oberseite des Felsbrockens. Zieht sich mit einer geschmeidigen Bewegung hoch und steigt über das Hindernis hinweg. Roger spürt den eisigen Wind, während er zusieht, wie Hans das Ganze noch einmal wiederholt: Der Wind schneidet durch das laminierte Überzeug, den dicken, inneren Strampelanzug, seine Haut … mit einer eiskalten Hand wischt er sich Sprühnebel von der Brille und zieht sich hinter ihnen hoch.

*

Obwohl es Frühling ist, hängt das winterliche Tiefdrucksystem über dem Olympus Mons, zieht die feuchten Winde aus dem Süden an und sorgt für eine stabile Schlechtwetterlage am südlichen und östlichen Bogen der Steilwand. Es schneit in unregelmäßigen Abständen, aber der Wind bleibt konstant. Fast eine ganze Woche lang kämpfen die sieben an der Felswand verbliebenen Bergsteiger mit den miserablen Bedingungen. Eines Abends, in der Funkstunde bei Sonnenuntergang, hören sie von Frances und den Sherpas unten im Basislager. Der marsianische Schnee enthält eine Menge Sand, sodass ihre Stimmen von atmosphärischen Störungen entstellt sind, aber die Botschaft ist klar: Sie sind unten, sie sind in Sicherheit, und sie fahren nach Alexandria, um Frances' Arm richten zu lassen. In Eileens abgewandtem Gesicht sieht Roger einen Moment lang einen Ausdruck purer Erleichterung, und ihm wird klar, dass ihr Schweigen in den letzten paar Tagen ein Anzeichen der Besorgnis gewesen ist. Nun erteilt sie den restlichen Kletterern mit zufriedener Miene und in einem frischen, entschlossenen Ton ihre Anweisungen für den nächsten Tag.

*

Spätabends ins Camp, frierend und fast zu müde zum Laufen. Die großen, voll gepackten Rucksäcke landen auf den Absätzen und in den Nischen, die es in diesem Lager gibt. Vor Hunger zitternde Hände. Das Camp – Dreizehn, glaubt Roger – liegt auf einem Sattel zwischen zwei Kämmen mit Blick auf einen tiefen, gewundenen Kamin. »Genau wie Devil's Staircase auf dem Ben Nevis«, bemerkt Arthur, als sie ins Zelt schlüpfen. Er isst mit Genuss. Roger bibbert vor sich hin und hält die Hände zwei Zentimeter über den glühenden Ring des Kochers. Das Umschalten vom Klettern zum Zeltaufenthalt ist eine knifflige Sache, und an diesem Abend ist es Roger nicht besonders gut gelungen. In dieser Höhe und bei diesem Wind ist die Kälte ihr härtester Gegner geworden. Überhandschuhe aus, und dann muss alles sehr schnell gehen, damit die Hände in den leichten Innenhandschuhen so rasch wie möglich wieder geschützt sind. Selbst wenn der übrige Körper durch die Anstrengung erhitzt ist, erfrieren die Fingerspitzen, wenn sie zu viel Kontakt mit kalten Gegenständen haben. Dennoch gibt es viele Handgriffe im Camp, die man ohne die Fäustel besser erledigen kann. Das hat häufig Frostbrand zur Folge; dabei werden die Finger sehr empfindlich, sodass es zu einer schmerzhaften Angelegenheit wird, sich an einer Felswand hochzuziehen oder auch nur die Reißverschlüsse oder Knöpfe der eigenen Kleidung zu schließen. Die dabei entstehenden Blasen lassen die Haut absterben; es bilden sich schwarze Flecken, die frühestens nach einer Woche abblättern. Immer wenn sie nun in den Zelten um den rötlichen Lichtschein des Kochers sitzen und mit ernster Miene zuschauen, wie die Mahlzeit vor sich hin gart, sehen sie über den Topf hinweg Gesichter mit Flecken auf Wangen und Nase: Schwarze Haut pellt ab, sodass die hellrosa neue Haut darunter zum Vorschein kommt.

*

Beim Aufstieg geraten sie in ein Band aus porösem Gestein, ein Lava-Tuff-Gemisch, das ihnen manchmal unter den Händen zerbröselt. Marie und Dougal brauchen zwei volle Tage, um brauchbare Sicherungspunkte für die hundertfünfzig Meter des Bandes zu finden, und der allmorgendliche, starke Steinschlag ist Furcht einflößend. »Ist ein bisschen so, als würde man das Ding raufschwimmen, was?«, meint Dougal. Als sie zu dem harten Gestein darüber gelangen, befiehlt Eileen Dougal und Marie, zum Fuß ihrer »Leiter« abzusteigen und sich ein bisschen auszuruhen. Diesmal beschwert Marie sich nicht; jeder Tag im Vorstieg ist ungeheuer anstrengend, und Marie und Dougal sind fix und fertig.

Nachts arbeitet Eileen die Pläne für den folgenden Tag aus – Pläne, die sie immer wieder revidiert, je nachdem, wie die aktuellen Bedingungen aussehen oder wie es um die Kraft und die Gesundheit der Kletterer bestellt ist. Die Logistik ist kompliziert, und die sieben Bergsteiger wechseln täglich ihre Partner und die Positionen im Aufstieg. Bei Einbruch der Dunkelheit kritzelt Eileen in ihrem Notizbuch herum, plaudert am Funkgerät und ändert ihre Pläne und Anweisungen fast bei jeder neuen Information, die sie aus den höhergelegenen Lagern erhält. Ihre Methode wirkt chaotisch. Marie tauft sie »der manische Mahdi« und spottet über die fortwährenden Änderungen der Pläne; aber sie befolgt sie, und sie funktionieren: Jede Nacht sind sie in zwei bis drei Lager an der Felswand verteilt und haben alles, was sie brauchen, um die Nacht zu überstehen und am nächsten Tag weiterzuklettern; und jeden Tag arbeiten sie sich im Bocksprungverfahren weiter nach oben, bauen das unterste Lager ab und suchen sich einen Platz für ein neues Hochlager. Der bitterkalte Wind weht weiter. Alles ist schwierig. Sie verlieren den Überblick über die Anzahl der Camps und bezeichnen sie nur noch als oberes, mittleres und unteres Lager.

*

Naturgemäß besteht die Arbeit für jeden von ihnen zu drei Vierteln im Lastenschleppen. Roger hat allmählich den Eindruck, dass er die Unbilden des Wetters und der Höhe besser bewältigt als die meisten anderen; er kann mehr tragen und kommt dabei schneller voran, und obwohl er am Ende des Tages zumeist in einer Verfassung ist, in der jeder Schritt nach oben zu einer zehn Atemzüge währenden Tortur wird, stellt er fest, dass er sich am nächsten Tag mehr zumuten kann. Seine Verdauung normalisiert sich wieder, was ein Segen ist – wirklich eine große Wohltat für den Körper. Vielleicht werden die Folgeerscheinungen der Höhe von den Verbesserungen auf diesem Gebiet überdeckt, oder vielleicht machen sie Roger noch nicht zu schaffen; es trifft sicher zu, dass große Höhe unterschiedliche Auswirkungen auf die Menschen hat, aus Gründen, die nichts mit ihrer ureigenen Kraft zu tun haben – tatsächlich aus Gründen, die man noch nicht vollständig verstanden hat.

Roger wird also zum Chefträger; Dougal nennt ihn Roger Sherpa, Arthur nennt ihn Tenzing. Die tägliche Herausforderung besteht von nun an darin, all die unzähligen Aktivitäten so effizient wie möglich zu erledigen, ohne Frostbrand, übermäßige Unannehmlichkeiten, Hunger, Durst oder Erschöpfung. Er summt kleine Musikfetzen vor sich hin, am liebsten die aus acht Tönen bestehende Phrase am Ende des ersten Satzes von Beethovens Neunter: sechs Töne abwärts, zwei aufwärts, immer und immer wieder. Und jeder Abend, an dem er sich warm und satt im Schlafsack ausstrecken kann, ist ein kleiner Sieg.

*

Eines Nachts wacht er im Dunkeln auf; es ist völlig still. Von einer Sekunde auf die andere ist er hellwach. Sein Herz klopft. Verwirrt denkt er, er hätte vielleicht von der Gott-sei-Dank-Leiste geträumt. Doch dann fällt ihm wieder auf, wie still es ist, und er erkennt, dass seine Sauerstoffflasche leer ist. Das passiert ungefähr einmal pro Woche.

Er trennt die Flasche vom Regler, sucht im Dunkeln eine neue und klinkt sie ein. Als er Arthur am nächsten Morgen davon erzählt, lacht dieser. »Ist mir vor ein paar Tagen passiert. Ich glaub nicht, dass jemand weiterschlafen kann, wenn ihm der Sauerstoff ausgeht – ich meine, man wacht auf und ist sofort voll da, stimmt's?«

*

In dem harten Felsband transportiert Roger seine Traglast eine Seillänge hinauf, die ihm unter seiner Maske einen Pfiff entlockt: Die Rinnen sind verschwunden, über ihm ragt eine fast senkrechte schwarze Wand auf, durchbrochen von einem blitzförmigen Riss, der nun von einem Fixseil mit daran befestigten Schlingen – einer Art Strickleiter – markiert wird. Schön für ihn, aber der Vorstieg! »Das ist bestimmt wieder Dougal gewesen.«

Und tags darauf übernimmt er an einem weiteren Stück dieser Wand selbst den Vorstieg, zusammen mit Arthur. Vorsteigen ist etwas ganz anderes als Lastentransport. Die verbissene, immer gleiche, nahezu hirnlose Arbeit des Lastenschleppens weicht übergangslos der nervösen Konzentration des Vorstiegs. Arthur, der die erste Seillänge übernimmt, sprudelt am Ende geradezu vor Begeisterung über. Nur seine Sauerstoffmaske hindert ihn daran, Roger mit einem wahren Wortschwall zu überschütten, als dieser ihn beim Vorstieg ablöst. Dann ist Roger selbst oben am leeren Fels, über dem letzten Sicherungspunkt, und sucht nach dem besten Weg. Der Reiz des Vorsteigens wird von neuem spürbar, die Freude über das gelöste Problem erfüllt ihn mit Energie. Innerlich wieder ganz auf den Vorstieg eingestellt, arbeitet er mit Arthur zusammen, der sich als erfindungsreicher und versierter Sportkletterer erweist. Dies ist ihr bisher bester Sturmtag: fünfhundert Meter Fixseil, ihr gesamter Vorrat, an einem Tag in die Wand gehängt. Sie steigen rasch wieder ins Camp ab, wo sie noch Eileen und Marie antreffen, die gerade Nahrungsmittel für die nächsten paar Tage abladen.

»Bei Gott, wir sind ein Team!«, ruft Arthur, als sie schildern, was sie an diesem Tag geleistet haben. »Du solltest uns öfter zusammenspannen, Eileen. Findest du nicht auch, Roger?«

Roger grinst und nickt Eileen zu. »Hat Spaß gemacht.«

Marie und Eileen steigen wieder zum nächsttieferen Lager ab, und Arthur und Roger setzen eine große Portion Eintopf auf und tauschen Dutzende von Bergsteigergeschichten aus – und jede endet mit: »Aber das war gar nichts im Vergleich zu heute.«

*

Es beginnt wieder stark zu schneien, sodass sie in ihren Zelten gefangen sind und nicht mehr tun können, als das obere Camp mit Vorräten zu versorgen. »Echt ganz schön herbe da draußen!«, beschwert sich Marie, als könnte sie gar nicht glauben, wie schlecht das Wetter ist.

Nach einem schlimmen Nachmittag sind Stephan und Arthur im oberen Lager, Eileen und Roger im mittleren Lager, und Hans, Marie und Dougal mit sämtlichen Vorräten im unteren Lager. Der Sturm schlägt so brutal auf Rogers und Eileens Zelt ein, dass sie in Erwägung ziehen, ein paar Steine zu holen, um es noch mehr zu beschweren. Das Funkgerät gibt einen Summton von sich, und Eileen nimmt es zur Hand.

»Eileen, hier ist Arthur. Ich fürchte, Stephan ist zu schnell raufgekommen.«

Eileen legt besorgt die Stirn in Falten und flucht unterdrückt. Stephan ist in zwei strapaziösen Klettertagen vom unteren zum oberen Lager aufgestiegen.

»Er ist ganz kurzatmig und spuckt blutigen Speichel. Und er redet wirres Zeug.«

»Mir fehlt nichts!«, ruft Stephan durch die atmosphärischen Störungen. »Es geht mir gut!«

»Sei still! Es geht dir nicht gut! Eileen, hast du das gehört? Ich fürchte, er hat ein Ödem.«

»Ja«, sagt Eileen. »Hat er Kopfschmerzen?«

»Nein. Im Moment sind es bloß seine Lungen, glaube ich. Halt den Mund! Ich höre es in seiner Brust blubbern, weißt du.«

»Ja. Erhöhte Pulsfrequenz?«

»Pulsschlag ist schwach und schnell, ja.«

»Verdammt.« Eileen sieht Roger an. »Dreh ihm den Sauerstoff voll auf!«

»Hab ich schon. Trotzdem …«

»Ich weiß. Wir müssen ihn runterbringen.«

»Mir fehlt nichts!«

»Ja«, sagt Arthur. »Er muss runter, mindestens bis zu eurem Lager, vielleicht noch tiefer.«

»Verdammter Mist«, ruft Eileen aus, nachdem sie das Funkgerät abgeschaltet hat. »Ich hab ihn zu schnell raufgehen lassen.«

Eine Stunde später – sie haben unten Bescheid gesagt, das ganze Camp ist in Aktion – sind Roger und Eileen wieder draußen im Sturm, im Dunkeln. Der Lichtschein ihrer Helmlampen zeigt ihnen nur das Schneegestöber dicht vor ihnen. Sie können es sich nicht leisten, bis zum Morgen zu warten – Lungenödeme können sehr schnell zum Tod führen, und die weitaus beste Behandlung besteht darin, den Betroffenen in geringere Höhe hinunterzubringen, wo seine Lungen das überschüssige Wasser loswerden können. Schon ein geringer Höhenunterschied kann dramatische Auswirkungen haben. Also gehen sie los; Roger übernimmt den Vorstieg. Er klopft Eis vom Seil, jümart daran nach oben, kratzt mit den Zacken seiner Steigeisen blindlings über den Stein, um im Schnee und im Eis Halt zu finden. Es ist bitterkalt. Sie erreichen den Fuß des glatten Wandstücks, das Roger derart beeindruckt hat, und die Route wird tückisch. Er fragt sich, wie sie Stephan herunterkriegen sollen. Der Aufstieg ist nur dank des Fixseils möglich, aber es hilft ihnen immer weniger, weil es ebenso von Eis überzogen ist wie die Felswand selbst. Der Wind drischt auf sie ein, und Roger spürt auf einmal ganz deutlich den leeren Raum hinter ihnen. Im Lichtstrahl der Helmlampen ist nur wirbelnder Schnee zu sehen. Nun gesellt sich auch noch der Eishauch der Furcht zu der Kälte.

Als sie das obere Lager erreichen, geht es Stephan bereits sehr schlecht. Keine weiteren Proteste mehr von ihm. »Ich weiß nicht, wie wir ihn runterkriegen sollen«, sagt Arthur nervös. »Ich hab ihm eine kleine Morphiumspritze gegeben, damit sich die äußeren Blutgefäße weiten.«

»Gut. Wir werden ihn einfach in einen Sitzgurt schnüren und ablassen müssen.«

»Leichter gesagt als getan, bei diesem Schneetreiben.«

Stephan ist kaum bei Bewusstsein, er keucht und hustet bei jedem Atemzug. Ein Lungenödem bewirkt, dass sich die Lunge mit Wasser füllt; wenn dieser Vorgang nicht rückgängig gemacht wird, ertrinkt er. Allein schon ihm den Gurt umzulegen, ist in dem kleinen Wandzelt harte Arbeit. Dann wieder hinaus in den brutal zuschlagenden Wind und zu den Fixseilen. Roger steigt als Erster ab, anschließend lassen Eileen und Arthur Stephan mithilfe einer Motorwinde hinunter, und Roger nimmt ihn wie ein großes Wäschebündel in Empfang. Nachdem er ihn aufrecht hingestellt und ihm die gefrorene Spucke unten aus der Maske geklopft hat, wartet Roger auf die anderen beiden, und als sie eintreffen, klettert er von neuem hinunter. Der Abstieg scheint kein Ende nehmen zu wollen, und allen wird gefährlich kalt. Windgepeitschter Schnee, die Felswand, allgegenwärtige Kälte: Nur daraus besteht die Welt. Am unteren Ende eines Abschnitts bekommt Roger den Knoten am Ende seines Sicherungsseils nicht auf, um es für Stephan hinaufzuschicken. Fünfzehn Minuten lang müht er sich mit dem gefrorenen Knoten ab, der einer nassen Brezel aus Eisen ähnelt. Er hat auch nichts dabei, womit er ihn abschneiden könnte. Eine Weile sieht es so aus, als müssten sie alle erfrieren, weil es ihm nicht gelingt, einen Knoten zu lösen. Schließlich zieht er seine Kletterhandschuhe aus und zerrt mit bloßen Fingern an dem Ding, bis es aufgeht.

Irgendwann treffen sie im unteren Camp ein, wo Hans und Dougal mit einem Sanitätspack warten. Stephan wird in einen Schlafsack gesteckt und bekommt ein harntreibendes Mittel und noch etwas Morphium. Ruhe und der Abstieg in geringere Höhe sollten eigentlich dafür sorgen, dass er wieder gesund wird, obwohl seine Haut im Augenblick blau ist und sein Atem rau klingt: keine Garantien. Er könnte sterben – ein Mann, der vielleicht tausend Jahre alt werden würde –, und auf einmal kommt Roger das gesamte Unternehmen total irrwitzig vor. Stephans Husten klingt schwach unter der Maske, die auf maximale Sauerstoffversorgung eingestellt ist und laut zischt.

»Eigentlich müsste er's schaffen«, verkündet Hans. »Aber genau wissen wir's erst in einigen Stunden.«

Da sind sie nun – sieben Leute in zwei Wandzelten. »Wir gehen wieder rauf«, sagt Eileen mit einem Blick zu Roger. Der nickt.

Und sie gehen wieder hinaus. Der strudelnde weiße Schnee im Licht ihrer Helmlampen, die Kälte, die Windstöße ... sie sind müde und kommen nur langsam voran. Roger rutscht einmal aus, und die Steigklemmen fassen an dem vereisten Seil ungefähr drei Meter lang nicht, dann greifen sie plötzlich und testen seine Gurte und den Haken über ihm. Ein Sturz! Die plötzliche Aufwallung von Furcht verleiht ihm neue Kräfte. Dickköpfig kommt er zu dem Schluss, dass ein großer Teil seiner Schwierigkeiten seelisch bedingt ist. Es ist dunkel und windig, aber im Grunde unterscheidet sich dieser Aufstieg von den anderen, die er in der letzten Woche bei hellem Tageslicht absolviert hat, nur durch die Kälte und die mangelnde Sicht. Aber dank der Helmlampen kann er doch etwas erkennen – er befindet sich im Mittelpunkt einer sich bewegenden weißen Kugel und sieht den Stein, an dem er arbeiten muss. Der ist mit einer Schicht aus Eis und verdichtetem Schnee überzogen, und wo das Eis durchsichtig ist, glänzt es im Licht wie Glas über dem schwarzen Felsen darunter. Für solche Situationen sind Steigeisen hervorragend geeignet – die scharfen Frontzacken bleiben fest im Schnee und im Eis stecken, und das einzige Problem ist das spröde schwarze Glas, das dabei in großen, ausgezackten Tafeln wegbricht. Im hellen, bläulichen Lichtschein der

Lampen ist sogar das schwarze Eis zu erkennen, sodass ihm die Arbeit eigentlich keine größeren Schwierigkeiten bereitet. Betrachte das Ganze wie einen x-beliebigen Aufstieg, schärft er sich ein, während er wie ein Wilder mit dem linken Fuß zutritt, um einen Riss freizuräumen, in den er einen weiteren Haken als Ersatz für einen schlechten Griff setzen kann. Das Schwindel erregende Gefühl, frei in der Luft zu hängen, als er sich über eine Felsnase hinwegzieht; das Greifen mit lang ausgestrecktem Arm nach einem festen Knoten hoch oben: Die Arbeit wird für ihn zu einer Art Spiel, zu einer Abfolge von Problemen, die trotz der Kälte, des Durstes oder der Erschöpfung (seine Hände ermüden allmählich vom ständigen Hochziehen in dieser langen Nacht, sodass jeder Griff schmerzt) gelöst werden müssen. Wenn man es so betrachtet, ändert sich alles. Jetzt ist der Wind ein Widersacher, den man besiegen, aber auch respektieren muss. Das Gleiche gilt natürlich auch für den Fels, seinen Hauptgegner – und er ist ein einschüchternder Gegner, der ihn bis an die Grenzen seiner Leistungsfähigkeit treibt. Roger gräbt die Zacken in einen Hang aus hartem Schnee und steigt rasch hoch.

Er schaut nach unten, als Eileen sich gerade den Hang emporarbeitet: eine rasche Erinnerung an die Risiken dieses Spiels. Mit dem Licht der Helmlampe sieht sie wie ein Tiefseefisch aus. Es dauert nicht lange, dann hat sie ihn eingeholt; eine Hand mit langem Handschuh über den oberen Rand der Wand, und sie gesellt sich mit einer geschmeidigen Kontraktion des Bizeps zu ihm. Starke Frau, denkt Roger, beschließt aber, trotzdem noch einen weiteren Vorstieg zu übernehmen. In seiner gegenwärtigen Stimmung glaubt er nicht, dass irgendjemand außer Dougal genauso schnell vorsteigen könnte.

Sie klettern immer höher hinauf, durch das trübe Dunkel.

*

Eigenartigerweise können die beiden Kletterer kaum miteinander kommunizieren. Roger »hört« Eileen durch eine Anzahl von Zupfsignalen an dem Seil, das sie verbindet. Wenn er zu lange eine schwierige Stelle über ihm mustert, spürt er ein sanftes, fragendes Zupfen am Seil. Wenn Roger Eileen sichert, bedeuten zwei Zupfer, dass sie auf dem Weg nach oben ist. Wenn sie das Sicherungsseil sehr straff hält, verrät sie damit, dass er ihrer Meinung nach in einem schwierigen Abschnitt ist. Kommunikation per Seil kann also ziemlich komplex und subtil sein. Doch abgesehen davon und einem gelegentlichen Ruf mit beiseite gezogener Maske (wofür man zur Strafe eine Ladung Sprühnebel ins Gesicht kriegt), sind sie isoliert. Stumme Partner. Die Ablösung beim Vorstieg klappt gut – einer klettert mit entsprechendem Handzeichen am anderen vorbei – die Sicherung ist bereit. Eileen geht nach oben. Roger beobachtet sie und hält das Sicherungsseil straff. Wenig Zeit, um über ihre Situation nachzudenken – zum Glück; doch während er sich auf Stufen ausruht, die er mit seinem Eispickel geschlagen und in die er die Zacken seiner Steigeisen gerammt hat, spürt Roger ganz deutlich das Gegenwärtige seiner momentanen Position, abgeschnitten von Vergangenheit oder Zukunft, unwiderruflich in diesem Moment, an dieser Felswand, die in eine bodenlose Tiefe abfällt und sich unendlich weit nach oben erstreckt. Wenn er nicht gut klettert, wird es keine andere Realität mehr geben.

*

Dann erreichen sie eine Seillänge, in deren Mitte das Fixseil durchtrennt worden ist. Herunterfallendes Gestein oder Eis haben es abrasiert. Ein schlechtes Zeichen. Jetzt muss Roger einen seillosen Abschnitt hinaufsteigen und zu seinem Schutz unterwegs Haken einschlagen. Jeder Meter über dem letzten Sicherungspunkt bedeutet einen Sturz von zwei Metern …

Roger hat nicht mit einem so schweren Aufstieg gerechnet, und das Adrenalin vertreibt seine Erschöpfung. Er mustert das erste kleine Teilstück einer – wie er weiß – zehn oder zwölf Meter langen Seillänge, die im dunklen Schneetreiben über ihm verschwindet. Wahrscheinlich haben Marie oder Dougal diesen Riss zuerst erklommen. Er entdeckt, dass der Riss ihm gerade genug Platz für die Hände bietet; eine Zeit lang verläuft er fast senkrecht, mit ins Eis gehauenen Stufen. Roger arbeitet sich langsam nach oben, krabbenartig und trittsicher.

Nun verbreitert sich der Riss, und das Eis darin weicht so weit zurück, dass es ihm nicht mehr von Nutzen ist – aber er kann die Stiefel mit den Steigeisen in die Spalte stecken und seitlich drehen, sodass sie in der dünnen Eisschicht, die das Innere der Spalte überzieht, mit Müh und Not haften. Man schafft sich seine eigene Treppe, hauptsächlich indem man die Spannung der verdrehten Steigeisen nutzt. Dann schließt sich die Spalte abrupt, und er muss sich umschauen, ah, dort, ein horizontaler Riss mit dem leeren Haken drin. Sehr gut – er hängt sich ein und ist bis hierher gesichert. Vielleicht ist der nächste Haken ein Stück weiter oben an der Rampe rechts von ihm? Mit gekrümmten Fingern sucht er nach den winzigen Einbuchtungen, die als Griffe dienen, kauert sich zusammen, arbeitet sich mit ein paar heiklen Schritten die Rampe empor – er fragt sich, wie er hier mit den Steigeisen zurechtkommen wird … ah. Der nächste Haken, genau in Augenhöhe. Perfekt. Und dann ein Bereich mit ungefähr meterdicken horizontalen Schichten, die eine steile – sehr steile – Leiter bilden.

*

Und am Ende dieser Seillänge stellen sie fest, dass das Zelt des oberen Lagers von einer Ladung Schnee zermalmt worden ist. Lawine. Eine Ecke des Zelts flattert kläglich unter den Schneemassen hervor.

Eileen kommt herauf und besieht sich den Schaden im doppelten Lichtschein ihrer beider Helmlampen. Sie zeigt auf den Schnee und macht eine Geste, als würde sie graben.

Der Schnee ist so kalt, dass er nicht klebt – es ist, als würde man grobkörnigen Sand wegschippen. Aber sie haben keine andere Wahl; sie machen sich an die Arbeit. Schließlich liegt das Zelt wieder frei, und obendrein sind sie auch aufgewärmt, obwohl Roger das Gefühl hat, dass er sich kaum noch rühren kann. Die Zeltstangen sind geknickt, manche sogar zerbrochen, und sie müssen sie mit Schienen stabilisieren, bevor sie das Zelt wieder aufbauen können. Roger häufelt mit den Füßen Schnee und Eisbrocken um den Rand des Zeltes herum, bis es »hundertprozentig bombensicher« ist, wie die Vorsteiger sagen würden. Außer wenn es von einer weiteren Lawine getroffen wird, aber sie können es sich nicht leisten, darüber nachzudenken, weil sie das Camp nicht verlegen können. Sie müssen es einfach darauf ankommen lassen. Drinnen setzen sie ihre Rucksäcke ab, werfen den Kocher an und stellen einen Topf mit Eis darauf. Danach Steigeisen ab und rein in die Schlafsäcke, bis zum Bauch. Dann können sie anfangen, das Schlamassel aufzuräumen. Alles ist mit gefrorenem Sprühnebel überzogen, aber wenn es nicht ganz nah an den Kocher kommt, schmilzt er nicht. Während Roger in dem chaotischen Wirrwarr nach einem Päckchen Eintopf sucht, merkt er erneut, wie müde sein Körper ist. Sauerstoffmasken ab, damit sie trinken können. »Das war vielleicht ein Ausflug.« Mörderischer Durst. Sie lachen erleichtert. Er streift mit der bloßen Hand einen unbenutzten Topf, was ihm garantiert eine Frostbrandblase einbringen wird. Eileen berechnet ohne sichtbare Angst die Wahrscheinlichkeit einer weiteren Lawine: »... also, wenn der Wind stark genug bleibt, dürfte uns nichts passieren.« Sie diskutieren über Stephan und schnüffeln wie Jagdhunde, als der erste Eintopfduft aufsteigt. Eileen sucht das Funkgerät und ruft im unteren Lager an. Stephan schläft, anscheinend ohne Beschwerden. »Das kommt vom Morphium«, sagt Eileen. Sie schlingen ihre Mahlzeit innerhalb von ein paar Minuten hinunter.

Der Schnee unter dem Zelt ist von Stiefelabdrücken zerstampft, und Rogers Schlaffläche ist unglaublich huckelig. Er rollt sich hinüber, bis er der Länge nach an Eileens Schlafsack verkeilt ist, süchtig nach Wärme und in der Hoffnung auf eine ebenere Unterlage. Aber dort ist es genauso. Eileen kuschelt sich ebenfalls an ihn, und er spürt das Wärmepotenzial; er weiß, dass ihm warm werden wird. Er fragt sich, ob es der Mühe wert wäre, gemeinsam in einen Schlafsack zu kriechen.

»Schon erstaunlich, womit manche Leute sich so vergnügen«, bemerkt Eileen schläfrig.

Kurzes Lachen. »Das ist nicht der vergnügliche Teil.«

»Nein? Dieser Aufstieg ...«

Großes Gähnen. »Das war ein irrer Aufstieg«, stimmt er zu. Lässt sich nicht abstreiten.

»Ja, ein toller Aufstieg.«

»Vor allem, weil wir dabei nicht umgekommen sind.«

»Ja.« Sie gähnt ebenfalls, und Roger merkt, wie eine große Welle Schlaf auf ihn zukommt, die gleich über ihn hereinbrechen und ihn forttragen wird. »Hoffentlich bessert sich Stephans Zustand. Sonst müssen wir ihn runterbringen.«

*

In den nächsten paar Tagen müssen sie alle mehrmals in den Sturm hinaus, um Vorräte ins obere Lager zu schaffen und dafür zu sorgen, dass die Fixseile eisfrei bleiben. Es ist eine erbärmliche Schufterei, sofern es überhaupt geht, und manchmal geht es nicht: An manchen Tagen macht der Wind jede Arbeit unmöglich, und sie können nur in den Zelten hocken und hoffen, dass deren Befestigung an der Felswand hält. An einem trüben Tag sitzt Roger mit Stephan und Arthur im unteren Lager. Stephan hat sich von dem Ödem erholt und kann es kaum erwarten, wieder zu klettern. »Nicht so eilig«, sagt Roger. »Momentan geht sowieso niemand irgendwohin, und Wasser in der Lunge ist eine ernste Sache. Du musst es langsam angehen lassen …«

Der Reißverschluss an der Zelttür wird aufgezogen, und eine Schneewolke quillt herein, gefolgt von Dougal. Er grinst sie zur Begrüßung an. Die Stille scheint eine Bemerkung erforderlich zu machen. »Ganz schön anregend da draußen«, sagt er, um das Schweigen zu brechen, und schaut sich nach einer Teekanne um. Nachdem die erste Verlegenheit vorbei ist, schwatzt er mit Arthur fröhlich über das Wetter. Als er den Tee ausgetrunken hat, macht er sich wieder auf den Weg; er will schnell noch eine Ladung zum oberen Lager hinaufbringen. Ein rasches Grinsen, und weg ist er. Und Roger kommt der Gedanke, dass es zwei Typen von Bergsteigern auf ihrer Expedition gibt (eine weitere Dualität): jene, die das schlechte Wetter, die Unfälle und all die verschiedenen Schwierigkeiten der Felswand, die diese Klettertour so unangenehm machen, *ertragen,* und jene, die den ganzen Ärger auf irgendeine bedeutsame, eigenartige Weise *genießen.* Zur ersteren Gruppe gehören Eileen, die die Hauptverantwortung für die Klettertour trägt, Marie, die es so eilig hat, nach oben zu kommen, sowie Hans und Stephan, die nicht so erfahren sind und genauso glücklich wären, wenn sie unter einem sonnigen Himmel mit wenigen größeren Schwierigkeiten klettern könnten. Jeder von ihnen ist zweifellos standfest und unbeugsam; aber sie *ertragen* das alles nur.

Dougal hingegen, Dougal und Arthur: Diese beiden amüsieren sich ganz eindeutig, und je schlimmer es wird, desto mehr Spaß scheinen sie zu haben. Roger findet das pervers. Der schweigsame Einzelgänger Dougal, der mit stillem Vergnügen jede verfügbare Chance ergreift, in den Sturm hinauszukommen und zu klettern … »Er scheint sich ja bestens zu amüsieren«, sagt Roger laut, und Arthur lacht.

»Dieser Dougal!«, ruft er. »Ein Brite, wie er im Buche steht. Wisst ihr, Kletterer sind überall gleich. Da fliege ich bis zum Mars und finde hier genau dieselben Leute vor, die man am Ben Nevis anzutreffen erwarten würde. Aber ist ja auch logisch, nicht? Diese Neuschottlandschule und so.«

Das stimmt; seit Anbeginn der Kolonisierung sind britische Kletterer auf der Suche nach neuen Routen zum Mars gekommen, und viele von ihnen sind geblieben.

»Und ich sage euch«, fährt Arthur fort, »diese Typen sind am glücklichsten, wenn es mit Windstärke zehn stürmt und ganze Wagenladungen Schnee vom Himmel kommen. Ach, was rede ich – Schnee! Eher so eine Art Graupelschauer, das wollen sie. Eisregen oder nassen Schnee. Perfekt. Und wisst ihr, warum? Damit sie bei ihrer Rückkehr am Ende des Tages sagen können: ›Echt ganz schön herbe heute da draußen, hm, Kamerad?‹ Sie brennen alle darauf, das zu sagen. Ha! Wisst ihr, was ich meine? Es ist, als würden sie sich selbst eine Medaille verleihen oder so, keine Ahnung.«

Roger und Stephan nicken lächelnd. »Die totale Machotour«, sagt Stephan.

»Aber Dougal!«, ruft Arthur. »Dougal! Der ist zu cool dafür. Er geht bei den schlimmsten Bedingungen raus, die er nur irgendwie finden kann – so wie jetzt gerade, ich meine, schaut ihn euch doch bloß an – er konnte es gar nicht erwarten, wieder rauszukommen! So eine tolle

Gelegenheit, die wollte er nicht ungenutzt lassen! Und er klettert die härtesten Seillängen, die er finden kann. Habt ihr's nicht gesehen? Na, ihr kennt ja die Routen, die er legt. Mann, dieser Kerl könnte mitten in einem Hurrikan mit Butter bestrichenes Glas hochsteigen. Und was sagt er dazu? Sagt er, das war verdammt noch mal echt ganz schön herbe? Nein! Er sagt«, und Roger und Stephan stimmen im Chor mit ein: »Wie anregend!«

»Ja.« Stephan lacht. »Ganz schön anregend da draußen. Kann man wohl sagen.«

»Diese Schotten«, sagt Arthur, vor sich hinkichernd. »Und dann auch noch marsianische Schotten. Einfach unglaublich.«

»Nicht nur die Schotten sind merkwürdig«, erklärt Roger. »Wie steht's mit dir, Arthur? Wie ich sehe, erheitert dich das alles ganz enorm, hm?«

»O ja, ja«, antwortet Arthur. »Ich amüsiere mich prächtig. Ihr nicht? Ich sag euch, sobald wir mit dem Sauerstoff angefangen hatten, ging's mir großartig. Vorher war's nicht so leicht. Die Luft kam mir wirklich dünn vor, ich meine, *wirklich* dünn. Die hiesigen Höhen sagen mir gar nichts, ihr habt ja keinen richtigen Meeresspiegel, also was soll Höhe da eigentlich bedeuten? Aber eure Luft, die hat's echt in sich, Mann. Also, als wir auf Flasche gegangen sind, hab ich den Unterschied wirklich gemerkt. Das war meine Rettung. Und dann die Schwerkraft! Also, die ist wunderbar. Wie hoch ist sie, zwei Fünftel Ge? Praktisch gar nichts! Man könnte genauso gut auf dem Mond sein! Sobald ich gelernt hatte, das Gleichgewicht zu halten, war's ein reines Vergnügen. Hab mich wie Superman gefühlt. Auf diesem Planeten ist es einfach nicht so schwer, bergauf zu gehen, das ist alles.« Er lacht und prostet den anderen beiden mit Tee zu. »Auf dem Mars bin ich Superman.«

*

Ein Höhenödem wirkt schnell; entweder man erliegt ihm sehr rasch oder man erholt sich sehr rasch. Als Stephans Lungen wieder ganz frei sind, befiehlt ihm Hans, weiterhin auf maximaler Sauerstoffzufuhr zu bleiben, und er bekommt eine leichte Traglast und die Anweisung, es langsam angehen zu lassen und immer nur von einem unteren Camp zum nächsten aufzusteigen. Roger ist inzwischen der Ansicht, dass es schwieriger wäre, ihn nach unten zu bringen, als weiter nach oben zu gehen – eine ziemlich häufig auftretende Situation beim Klettern, über die jedoch niemand spricht. Stephan beschwert sich über die Einschränkungen, erklärt sich aber bereit, sich an die Anweisungen zu halten. Die ersten paar Tage, als er wieder draußen ist, bleibt Roger bei ihm und behält ihn scharf im Auge. Aber Stephan klettert ziemlich schnell und beklagt sich nur über Rogers Überängstlichkeit und den kalten Wind. Roger kommt zu dem Schluss, dass mit ihm alles in Ordnung ist.

*

Dann fängt die Schlepperei wieder an. Hans und Arthur steigen vor und quälen sich mit einem breiten, steilen Ringwall ab, den sie auf direktem Wege zu bezwingen versuchen. Ein paar Tage lang, in denen die Lager mit Vorräten versorgt werden und die Vorsteiger jeweils nicht mehr als fünfzig bis fünfundsiebzig Meter schaffen, geht es nicht weiter. Als Hans eines Abends am Funkgerät einen schwierigen Überhang beschreibt, schnappt sich Marie das Mikro und unterbricht ihn. »Also, ich weiß nicht, was da oben los ist, aber wenn Stephan den Sauerstoff nur so in sich reinsaugt und ihr alle bloß ein paar Zentimeter pro Tag vorankommt, sitzen wir bis in alle Ewigkeit an dieser verdammten Felswand fest! Was? Ist mir scheißegal, was für Probleme ihr habt, Kumpel – wenn ihr den Vorstieg nicht schafft, solltet ihr, verdammt noch mal, runterkommen und es jemand anderem überlassen, der dazu in der Lage ist!«

»Wir sind hier in einem dicken Tuffband«, verteidigt sich Arthur. »Wenn wir das hinter uns haben, geht's mehr oder weniger direkt bis ganz nach oben …«

»Ja, *wenn* ihr dann noch Sauerstoff habt, verdammt! Sagt mal, was ist das hier eigentlich, eine Genossenschaft? Ich bin keiner verdammten Genossenschaft beigetreten!«

Roger beobachtet Eileen sehr genau. Sie hört dem Wortwechsel aufmerksam zu, den Finger auf der Sendetaste, eine tiefe Furche zwischen den Augen, als würde sie sich konzentrieren. Er ist überrascht, dass sie nicht schon dazwischengegangen ist. Aber sie erlaubt Marie noch ein paar heftige Attacken und greift erst dann ein. »Marie! Marie! Hier ist Eileen …«

»Das weiß ich.«

»Arthur und Hans kommen laut Plan sowieso bald wieder runter. Bis dahin halt den Mund.«

Und am nächsten Tag bringen Arthur und Hans dreihundert Meter Fixseil an und erreichen das obere Ende des Tuffbandes. Als Hans das beim Sonnenuntergangs-Funkruf bekannt gibt (im Hintergrund hört Roger gerade eben Arthurs Falsett: »Na bitte! Na bitte!«), zuckt ein kleines Lächeln um Eileens Mundwinkel, bevor sie ihnen gratuliert und zu den Anweisungen für den nächsten Tag übergeht. Roger nickt nachdenklich.

*

Oberhalb von Hans' und Arthurs Band ist die Wand nicht mehr ganz so steil, und sie kommen trotz des unaufhörlichen Windes schneller voran. Die Felswand ist wie eine Mauer aus riesigen, unregelmäßigen, gegeneinander verschobenen Ziegelsteinen, die nach oben hin jeweils ein Stück zurückweichen. In diesem großen Gewirr aus Felsblöcken, Absätzen und Rampen kann man problemlos im Zickzack klettern und findet gute Lagerplätze. Eines Tages macht Roger beim Aufstieg eine Pause und schaut sich um. Er transportiert gerade eine Ladung vom mittleren zum oberen Lager und ist Eileen ein Stück voraus. Niemand zu sehen. Tief unter ihnen hängt eine Wolkenschicht, eine graue, zerknitterte Decke über der ganzen Welt. Das vertikale Reich der Steilwand, ein irrwitziges Durcheinander aufgeschichteter Felsblöcke, erstreckt sich bis zu einer sehr glatten, beinahe konturlosen Wolkenschicht über ihnen. Nur ganz leichte, wellenartige Kräuselungen verunzieren dieses graue Dach. Boden und Dach aus Wolken, Wand aus Stein: Einen Moment lang hat es den Anschein, als würde diese Klettertour bis in alle Ewigkeit weitergehen; es ist eine ganze Welt, eine unendliche Wand, die sie bis ans Ende aller Tage ersteigen werden. War das je anders? Derart eingeschlossen zwischen Wolke und Wolke ist es leicht, nicht an die Vergangenheit zu glauben; vielleicht ist der Planet eine unendlich vielgestaltige Felswand, eine ewige Herausforderung.

Dann ein Aufblitzen von Farbe in Rogers Augenwinkel. Er schaut zu dem tiefen Riss zwischen dem Absatz, auf dem er steht, und dem nächsten senkrechten Block hinüber. Ins verkrümmte Eis schmiegt sich ein Flecken Stängelloses Leimkraut. Schwarzgrünes Moospolster, darauf ein Rund von vielleicht einhundert winzigen, dunkelrosa Blüten. Nach drei Wochen beinahe ununterbrochenem Schwarz-Weiß scheint die Farbe aus den Blumen zu bersten und in seinen Augen zu explodieren. So ein dunkles, leuchtendes Rosa! Roger bückt sich, um sie genauer zu betrachten. Das Moos ist sehr fein strukturiert und scheint direkt aus dem Stein zu wachsen, obwohl im hinteren Teil des Risses bestimmt ein wenig Sand ist. Ein Samenkorn oder ein Fetzen Moos muss vom Schildplateau herabgeweht worden sein und hier Wurzeln geschlagen haben.

Roger steht auf und schaut sich erneut um. Eileen hat zu ihm aufgeschlossen und beobachtet ihn aufmerksam. Er zieht seine Maske beiseite. »Schau dir das an«, sagt er. »Man ist einfach nirgends davor sicher.«

Sie schüttelt den Kopf. Zieht ihre Maske herunter. »Es ist nicht die neue Landschaft, die du so hasst«, sagt sie. »Ich habe gesehen, wie du diese Pflanze angeschaut hast. Und es ist schließlich bloß eine Pflanze, die ihr Bestes tut, um zu überleben. Nein, ich glaube, du hast eine Verschiebung vorgenommen. Du benutzt die Topographie als Symbol. Es ist nicht die Landschaft, es sind die Menschen. Es ist die von uns gemachte Geschichte, die dir nicht gefällt. Das Terraformen ist nur ein Teil davon – das sichtbare Zeichen einer Geschichte der Ausbeutung.«

Roger denkt darüber nach. »Du meinst, wir sind nur eine weitere terranische Kolonie. Kolonialismus …«

»Ja. Das ist es, was du hasst, verstehst du? Nicht die Topographie, sondern die Geschichte. Das Terraformen hat nämlich bisher überhaupt nichts gebracht. Es erfolgt nicht für einen sinnvollen Zweck.«

Roger schüttelt unsicher den Kopf. So hat er das noch nie gesehen, und er weiß nicht recht, ob er ihr zustimmt: Das Land hat schließlich am meisten gelitten. Obwohl …

Eileen fährt fort: »Etwas Gutes hat es, wenn man sich's überlegt. Die Landschaft wird sich nämlich nie wieder zurückverwandeln. Aber die Geschichte – Geschichte bedeutet Wandlung, per definitionem.«

Und sie übernimmt den Vorstieg und lässt Roger stehen. Er starrt ihr nach.

*

Mitten in der Nacht legt sich der Wind. Das Verstummen der Zeltgeräusche weckt Roger. Es ist bitterkalt, sogar in seinem Schlafsack. Er braucht eine Weile, bis er erkennt, was ihn aufgeweckt hat; sein Sauerstoff zischt ihm noch immer leise ins Gesicht. Als ihm klar wird, was es ist, lächelt er. Mit einem Blick auf seine Armbanduhr stellt er fest, dass es fast Zeit für die Spiegeldämmerung ist. Er setzt sich auf und schaltet den Kocher ein, um Tee zu machen. Eileen regt sich in ihrem Schlafsack, öffnet ein Auge. Roger schaut gern dabei zu, wie sie wach wird; trotz der Maske kann man deutlich sehen, wie sie sich vom verletzlichen Mädchen zur Expeditionsleiterin verwandelt. Es ist wie die Wiederholung der Phylogenese in der Ontogenese: Das morgendliche Erwachen rekapituliert den Reifungsprozess des Lebens. Jetzt braucht er nur noch die griechische Terminologie, dann hat er eine wissenschaftliche Wahrheit. Eileen zieht ihre Sauerstoffmaske herunter und rollt sich auf einen Ellbogen.

»Tee?«, fragt er.

»Ja.«

»Dauert noch einen Augenblick.«

»Halt den Kocher fest – ich muss pinkeln.« Sie stellt sich in die Zelttür, steckt sich eine Urinflasche aus Plastik in den offenen Hosenstall und uriniert zur Tür hinaus. »Puh, ist das kalt draußen. Und die Luft ist ganz klar! Ich kann Sterne sehen.«

»Prima. Der Wind hat sich auch gelegt.«

Eileen kriecht wieder in ihren Schlafsack. Sie bereiten mit großer Ernsthaftigkeit ihren Tee zu, als würden sie delikate Elixiere mischen. Roger schaut ihr beim Trinken zu.

»Erinnerst du dich wirklich nicht mehr an uns, von früher?«, fragt er.

»Nein …«, sagt sie langsam. »Wir waren in den Zwanzigern, stimmt's? Nein, die ersten Jahre, an die ich mich wirklich erinnere, da war ich schon in den Fünfzigern und hab oben in der Caldera trainiert. Wandklettern, so ähnlich wie jetzt.« Sie trinkt einen Schluck. »Aber erzähl mir von uns.«

Roger zuckt die Achseln. »Ist nicht so wichtig.«

»Muss merkwürdig sein. Sich als Einziger von allen an was zu erinnern.«

»Ja, das stimmt.«

»Ich war in dem Alter wahrscheinlich schrecklich.«

»Nein, nein. Du hast Literatur studiert. Du warst ... sehr nett.«

Sie lacht. »Schwer zu glauben. Außer ich bin seither auf dem absteigenden Ast.«

»Aber woher denn. Damals hättest du das alles bestimmt nicht geschafft.«

»Das glaub ich gern. Eine halbe Expedition über die ganze Felswand zu verteilen, Leute krank werden zu lassen ...«

»Nein, nein. Du machst deine Sache gut.«

Sie schüttelt den Kopf. »Tu nicht so, als wäre diese Klettertour bisher gut gelaufen. So schlecht ist mein Gedächtnis nun auch wieder nicht.«

»Was schief gegangen ist, war nicht deine Schuld, das musst du zugeben. Ich finde sogar, dass wir uns in Anbetracht dessen, was passiert ist, sehr gut halten. Und das ist in erster Linie dein Verdienst. Ist nicht so leicht mit Frances und Stephan, und dem Sturm, und Marie.«

»Marie!«

Sie lachen. »Und dieser Sturm«, sagt Roger. »Diese nächtliche Kletterpartie, als wir Stephan runtergebracht haben!« Er trinkt seinen Tee.

»Die war echt abenteuerlich«, pflichtet Eileen ihm bei.

Roger nickt. Das bleibt ihnen. Er steht auf, um zu pinkeln, und lässt einen Schwall eiskalter Luft herein. »Mein Gott, ist das kalt! Was sagt das Thermometer?«

»Sechzig Grad unter Null draußen.«

»Oh. Kein Wunder. Dann hat uns diese Wolkendecke ja wohl doch was gebracht.« Draußen ist es noch dunkel, und die eisbärtige Felswand schimmert weiß unter den Sternen.

»Mir gefällt es, wie du uns führst«, sagt Roger. »Du machst das mit sehr leichter Hand, hast aber trotzdem alles im Griff.« Er schließt den Reißverschluss der Zelttür und schlüpft eilig wieder in seinen Schlafsack.

»Noch etwas Tee?«

»Unbedingt.«

»Komm – rück ran, dann wird dir schneller warm, und ich könnte die Isolierung selber brauchen.«

Roger nickt bibbernd und rollt seinen Schlafsack hinter ihren, sodass sie, auf einen Ellbogen gestützt, in der Löffelchenstellung aneinander liegen.

Sie trinken Tee und unterhalten sich. Roger wird es warm, und er hört auf zu zittern. Das angenehme Gefühl der leeren Blase, des Körperkontakts mit ihr. Sie trinken den Tee aus und dösen ein bisschen in der Wärme. Richtig einschlafen können sie ohne die Sauerstoffmasken nicht.

»Die Spiegel gehen bald auf.«

»Ja.«

»Moment – rück ein Stück rüber.«

Roger denkt daran zurück, wie sie ein Liebespaar waren, vor so langer Zeit. In einem früheren Leben. Sie war damals die Stadtbewohnerin, er der Canyonkriecher. Jetzt ... jetzt hat er von dem Kontakt mit ihr – und weil es so warm und behaglich ist – eine Erektion bekommen. Er fragt sich, ob sie durch die beiden Schlafsäcke hindurch etwas davon merkt. Wahrscheinlich nicht. Hmmm. Er erinnert sich plötzlich – miteinander geschlafen haben sie zum ersten Mal in einem Zelt. Er war zu Bett gegangen, und sie kam einfach in seine kleine Kabine des Gemeinschaftszeltes und stürzte sich auf ihn! Die Erinnerung trägt nicht dazu bei, dass seine Erektion sich mäßigt – im Gegenteil. Er fragt sich, ob er hier mit einer ähnlichen Nummer Erfolg haben würde. Sie sind eindeutig eng aneinander gepresst. Und die ganze gemeinsame Kletterei: Eileen stellt die Teams zusammen, also muss es ihr auch gefallen haben. Zusammen klettern hat etwas von tänzerischem Teamwork – ein Felsbrockenballett; und in dem ständigen kinetischen Nebeneinander, der Fühlbeziehung des Seils, liegt eine gewisse Sinnlichkeit. Es ist zweifellos eine körperliche Partnerschaft. Natürlich kann das Klettern trotzdem eine vollkommen asexuelle Beziehung bleiben – es gibt wirklich andere Dinge, an die man denken muss. Aber jetzt …

Jetzt döst sie wieder. Er denkt daran, wie sie klettert, wie sie die Tour leitet. Denkt an die Dinge, die sie unten in den ersten Lagern zu ihm gesagt hat, als er so deprimiert war. Eine Art Lehrerin.

Diese Gedanken führen zu Erinnerungen an die Vergangenheit, an seine erfolglose Arbeit. Zum ersten Mal seit vielen Tagen präsentiert ihm sein Gedächtnis wieder die übliche Parade des Gestern, das Theater der Gespenster. Wie kann er eine solche lange, fruchtlose Geschichte jemals auf sich nehmen? Ist das überhaupt möglich?

Gott sei Dank tun die Wärme des Tees und die pure Tatsache, dass er auf dem Bauch liegt, ihre Wirkung bei ihm, und er döst schließlich ein.

*

Die Morgendämmerung bricht herein. Himmel wie ein altes Blatt Papier, die Sonne eine große bronzene Münze unter ihnen im Osten. Die Sonne! Ein wundervoller Anblick, Sonnenschein und Schatten. Im Licht scheint sich die Felswand ein paar zusätzliche Grade nach hinten zu neigen, und es sieht so aus, als nähme sie dort oben ein Ende. Eileen und Roger sind im mittleren Camp, und nachdem sie Gepäck zum oberen Lager transportiert haben, folgen sie dem Zickzackkurs des Seils die schmalen Leisten hinauf. Die schöne, leicht zu erklimmende Wand, der Sonnenschein, die frühmorgendlichen Gespräche, die Ebenen von Tharsis *so* tief unter ihnen: Alles zusammen macht Roger glücklich. Er klettert kraftvoller denn je, springt die Leisten hinauf, genießt die Vielfalt der vom Felsen zur Schau gestellten Formen. Wie kann grobes, plattenförmiges, kantiges, zerklüftetes Gestein nur so schön sein!

Die Neigung der Felswand wird immer stärker, und am oberen Ende einer rampenartigen Leiste stehen sie auf einmal am Fuß eines riesigen Amphitheaters voller Schnee. Und das Dach dieses weißen Halbkessels ist … Himmel. Das obere Ende der Steilwand, wie es scheint. Jedenfalls nichts als Himmel darüber. Dougal und Marie machen sich gerade auf den Weg nach oben, und Roger schließt sich ihnen an. Eileen bleibt zurück, um die anderen einzusammeln.

*

Die technisch schwierigen Abschnitte der Klettertour liegen hinter ihnen. Der obere Rand der gewaltigen Felswand ist von der Winderosion gerundet und in alternierende Grate und Rinnen aufgebrochen. Nun stehen sie also am Fuß eines großen, in der Mitte auseinander gebrochenen Kessels; am Boden beträgt die Neigung des Hangs etwa vierzig Grad, dann krümmt er sich aufwärts zu einer letzten, etwa sechzig Grad steilen Wand. Der Grund des Kessels ist jedoch mit tiefen Schneewehen gefüllt, die aus leichtem, trockenem, körnigem Schnee mit einer verharschten Deckschicht bestehen. Es ist harte Arbeit, das Zeug zu durchqueren, und sie wechseln sich an der Spitze oft ab. Der oder die Erste bricht durch die Deckschicht, sinkt bis zu den Knien oder sogar bis zur Taille ein, muss anschließend einen Fuß über die Deckschicht heben, sie erneut durchbrechen und sich auf diese Weise durch den Schnee bergauf kämpfen. Sie sichern das Seil mit Totmännern – in diesem Fall leere Sauerstoffflaschen, die sie tief im Schnee vergraben. Roger übernimmt die Führung und beginnt im grellen Sonnenschein rasch zu schwitzen. Jeder Schritt ist eine Anstrengung und kostet wegen der zunehmenden Steigung mehr Kraft als der Schritt davor. Nach zehn Minuten gibt er die Führung wieder an Marie ab. Zwanzig Minuten später ist er erneut an der Reihe – die anderen beiden halten nicht länger durch als er. Die Steilheit der letzten Wand ist sogar eine Erleichterung, weil dort weniger Schnee liegt.

Sie halten an, um sich Steigeisen an die Stiefel zu schnallen. Beim Weitersteigen verfallen sie in einen langsamen, stetigen Rhythmus. Tritt, Schritt, Tritt, Schritt, Tritt, Schritt. Grelles Licht, das sich auf dem Schnee bricht. Der Geschmack von Schweiß.

Als Roger zum zehnten Mal den Vorstieg übernimmt, sieht er, dass das obere Ende der Wand in greifbare Nähe gerückt ist, und beschließt, den Vorstieg nicht mehr abzugeben. Der Schnee unter der verharschten Deckschicht ist weich, und er muss sich in die Höhe recken, ein kleines Stück mit dem Eispickel freiräumen, sich zum neuen Tritt hochschieben, wieder etwas wegräumen – und immer so weiter, er keucht in die Sauerstoffmaske und schwitzt stark in der plötzlich viel zu warmen Kleidung. Aber er kommt immer näher heran. Dougal ist hinter ihm. Roger findet seinen Rhythmus wieder und behält ihn bei. Nichts als der Rhythmus. Zwanzig Schritte, ausruhen. Noch mal. Noch mal. Noch mal. Schweiß läuft ihm über den Rücken, selbst seine

Füße könnten warm werden. Gleißender Widerschein der Sonne auf dem steilen Schnee.

Er stolpert auf ebenen Boden hinaus. Es kommt ihm wie ein schrecklicher Irrtum vor, als könnte er auf der anderen Seite hinunterfallen. Doch er steht am Rand eines gigantischen Plateaus, das sich zu einem breiten, unglaublich großen Kegel emporschwingt. Er sieht einen flachen, fast schneefreien Felsbrocken und taumelt dorthin. Dougal ist neben ihm, zieht seine Sauerstoffmaske beiseite: »Sieht so aus, als hätten wir die Wand geschafft!«, sagt er mit überraschter Miene. Roger lacht, nach Atem ringend.

*

Wie bei allen Felsklettereien ist es ein seltsames Erlebnis, oben anzukommen. Nach einem Monat vertikaler Realität kommt einem die gewaltige Waagerechte völlig falsch vor – vor allem diese verschneite Waagerechte, die sich wie ein ausgedehnter Schwemmkegel nach allen Seiten erstreckt. Der Schnee endet am zerklüfteten Rand der Felswand hinter ihnen und erstreckt sich hoch hinauf auf den sanft ansteigenden Hang der konischen Unermesslichkeit vor ihnen. Es fällt ihnen nicht schwer zu glauben, dass sie auf der Flanke des größten Vulkans im Sonnensystem stehen.

»Ich schätze, der schwierige Teil liegt hinter uns«, sagt Dougal nüchtern.

»Jetzt, wo ich gerade in Form komme«, sagt Roger, und sie lachen beide.

Ein verschneites, mit schwarzen Felsbrocken übersätes Plateau, einige große Tafelberge. Im Osten luftige Leere: tief unten die Wälder von Tharsis. Im Nordwesten ein Hang, der unaufhörlich ansteigt.

*

Marie kommt herbei und vollführt einen kleinen Freudentanz auf dem Felsbrocken. Dougal geht zur Wand zurück und steigt wieder ins Amphitheater hinunter, um eine weitere Ladung heraufzubringen. Es ist nicht mehr viel übrig, was er heraufbringen kann; ihre Vorräte sind beinahe aufgebraucht. Eileen kommt an, und Roger schüttelt ihr die Hand. Sie setzt ihren Rucksack ab und umarmt ihn. Sie holen etwas zu essen aus den Rucksäcken und genehmigen sich einen kalten Lunch, während sie zusehen, wie Hans, Arthur und Stephan vom Boden des Kessels aus aufzusteigen beginnen. Dougal ist fast schon unten bei ihnen.

⁂

Als sie alle in einer kleinen Kette mit Dougal an der Spitze oben eintreffen, geht die Feier richtig los. Sie setzen ihre Rucksäcke ab, sie umarmen sich, sie stoßen Freudenschreie aus, und Arthur dreht sich im Kreis, um alles zugleich zu sehen, bis ihm schwindlig wird. Roger erinnert sich nicht, sich schon jemals so gefühlt zu haben wie jetzt.

»Unser Depot ist ein paar Kilometer südlich von hier«, sagt Eileen, nachdem sie einen Blick auf ihre Karten geworfen hat. »Wenn wir heute Abend noch dorthin kommen, können wir den Champagner aufmachen.«

Sie wandern im Gänsemarsch durch den Schnee, wobei sie sich an der Spitze abwechseln, um eine Spur zu legen. Es bereitet ihnen große Freude, auf ebenem Boden zu gehen, und sie sind so guter Dinge, dass sie rasch vorankommen. Spät am Tag – ein ganzer Tag Sonnenschein, zum ersten Mal, seit sie das Basislager betreten haben – erreichen sie ihr Depot, ein seltsames Lager voller mit Planen abgedeckter, unter Schneewehen begrabener Haufen, das von einem etwa einen Kilometer oberhalb der Steilwand endenden Lavadamm markiert wird.

Zur neuen Ausrüstung gehört auch ein großes Pilzzelt. Sie blasen es auf, klettern durch die Schleuse hinein und steigen zum Zeltboden hinauf, um dort die abendliche Party zu feiern. Auf einmal befinden sie sich in einem riesigen, transparenten Pilz, hüpfen auf dem weichen, durchsichtigen, erhöhten Boden herum wie Kinder auf einer mit Federn gefüllten Matratze; ein übertriebener, grotesker Luxus, der sie geradezu trunken macht. Champagnerkorken knallen und fliegen in die transparente Kuppel des Zeltdachs, in der warmen Luft tut der Alkohol rasch sein Werk, und sie erzählen einander, wie wunderbar die Klettertour war, wie viel Spaß sie ihnen gemacht hat – all die Qualen und Beschwerlichkeiten, die Erschöpfung, Kälte, Gefahr und Furcht schwinden bereits aus ihrem Gedächtnis, verwandeln sich bereits in etwas anderes.

*

Am nächsten Tag ist Marie alles andere als begeistert über den restlichen Teil ihrer Klettertour. »Das ist ein Spaziergang auf einen dämlichen Berg! Und ein langer Spaziergang obendrein!«

»Wie willst du sonst wieder runterkommen?«, fragt Eileen scharf. »Springen?«

Sie hat Recht; die Tour ist so geplant, dass sie den Vulkankegel ersteigen müssen. Es gibt eine Eisenbahn, die vom Nordrand der Caldera nach Tharsis und in die Zivilisation hinabfährt; als Bahntrasse dient einer der gewaltigen Lavaströme, unter denen die Steilwand im Norden begraben liegt. Doch zunächst einmal müssen sie zu dieser Eisenbahn gelangen, und der wahrscheinlich schnellste, aber mit Sicherheit interessanteste Weg dorthin führt auf den Kegel hinauf.

»Du könntest auch alleine die Felswand runterklettern«, fügt Eileen sarkastisch hinzu. »Der erste Soloabstieg …«

Marie, die offenbar noch unter den Nachwirkungen des Champagners von vergangener Nacht leidet, stolziert nur knurrend davon und legt sich eins der Gurtgeschirre für den Wagen um. Ihr neues Ausrüstungssortiment passt in einen fahrbaren Wagen, den sie den Hang hinaufziehen müssen. Bequemlichkeitshalber tragen sie bereits die Raumanzüge, auf die sie weiter oben angewiesen sein werden; bei diesem Aufstieg werden sie fast ganz über die neue Atmosphäre des Mars hinausgelangen. In ihren silbriggrünen Anzügen und durchsichtigen Helmen sehen sie komisch aus, findet Roger; er fühlt sich an seine Zeit als Canyonführer erinnert, als man solche Anzüge überall auf dem Mars benötigte. Dank des gemeinsamen Kanals der Helmfunkgeräte geht es in diesem Abschnitt der Tour geselliger zu als bei der Ersteigung der Felswand. Außerdem sind sie jetzt alle sieben zusammen; vier ziehen den Wagen, drei laufen vorneweg oder hinterher. Vom Klettern zum Wandern: Der erste Tag ist ein bisschen enttäuschend.

*

An der verschneiten Südflanke des Vulkans machen sich überall Lebenszeichen bemerkbar. Tagsüber werden sie von Goraks umkreist, die auf der Suche nach ein wenig Abfall sind; in der Abenddämmerung tanzen Kugeleulen wie Fledermäuse um die Zelte. Auf den Felsbrocken und kleinen Buckeln vulkanischen Gesteins sieht Roger Murmeltiere, und im System der ins Plateau eingeschnittenen Erosionstäler finden sie verkrümmte Hokkaidofichten, Imodi-Kiefern und Noctis-Wacholder. Arthur jagt zwei Dallschafe mit ihren gebogenen Hörnern, und im Schnee entdecken sie Abdrücke, die wie Bärenspuren aussehen. »Yetis«, sagt Dougal. In einer Spiegeldämmerung erhaschen sie einen Blick auf ein Rudel Schneewölfe, die sich im Westen über den

Hang verteilen. Stephan verbringt seine Freizeit an den Rändern der neuen Erosionstäler, wo er zeichnet und durchs Fernglas späht. »Komm mal her, Roger«, sagt er. »Ich will dir die Ottertiere zeigen, die ich gestern gesehen habe.«

»Lauter Mutationen«, grummelt Roger, hauptsächlich um Stephan zu ärgern. Aber Eileen beobachtet ihn, gespannt auf seine Reaktion, und er nickt skeptisch. Was soll er sagen? Er geht mit Stephan zu dem Erosionstal, um sich wilde Tiere anzusehen. Eileen lacht über ihn, nur mit den Augen, voller Zuneigung.

*

Weiter geht es, den großen Berg hinauf. Das Gelände steigt sehr gleichmäßig mit sechs Prozent an und ist eben, bis auf die Erosionstäler und hin und wieder einen kleinen Krater oder Lavabuckel. Unter ihnen, wo das Plateau abbricht und zur Steilwand wird, ist das Schild von einigen ziemlich großen Tafelbergen gekennzeichnet – Merkmale der Belastung, sagt Hans, die zum Bruch des Schildes geführt habe. Über ihnen ist die konische Form des riesigen Vulkans deutlich sichtbar; der endlose Berg, den sie besteigen, fällt zu allen Seiten hin gleichmäßig ab, und hoch oben in der Ferne sehen sie den breiten, flachen Gipfel. Sie haben noch einen weiten Weg vor sich. Es ist leicht, sich zwischen den Erosionstälern hindurchzuschlängeln, und die Ästhetik des Aufstiegs, der einzige technisch interessante Aspekt, besteht bald in der Frage, welche Strecke sie jeden Tag zurücklegen können. Von der Steilwand bis zum Kraterrand sind es zweihundertfünfzig Kilometer; sie bemühen sich, fünfundzwanzig pro Tag zu schaffen, und manchmal werden es sogar dreißig. Die Wärme fühlt sich seltsam an; nach der beißenden Kälte bei der Besteigung der Steilwand sorgen die Raumanzüge und das Pilzzelt für eine merkliche Distanz zur Umgebung.

Als Gruppe zu wandern, ist ebenfalls seltsam. Der gemeinsame Kanal ist ein niemals abreißender Gesprächsstrom, den man nach Belieben ein- oder ausschalten kann. Selbst wenn Roger keine Lust hat zu reden, findet er es unterhaltsam, zuzuhören. Hans spricht über die Areologie des Vulkans und diskutiert mit Stephan über die Gentechnik, der sich die Flora und Fauna um sie herum verdankt. Arthur weist auf Dinge hin, die die anderen für selbstverständlich halten könnten. Marie beklagt sich über Langeweile. Eileen und Roger lachen und geben hin und wieder ihren Senf dazu. Selbst Dougal schaltet sich am Nachmittag in den Kanal ein, wobei er einen flinken Verstand demonstriert und Arthur zu einer erstaunlichen Entdeckung nach der anderen anspornt. »Schau mal dort, Arthur, das ist ein Yeti.«

»Was! Du machst Witze! Wo?«

»Da drüben, hinter dem Felsen.«

Hinter dem Felsen ist Stephan, der sich gerade erleichtert. »Kommt ja nicht hierher!«

»Lügner«, sagt Arthur.

»Er muss sich weggeschlichen haben. Ich glaube, ein Weddellfuchs war hinter ihm her.«

»Du machst Witze!«

»Ja.«

*

Eileen: »Gehen wir auf einen privaten Kanal. Hier geht deine Stimme in all den anderen unter.«

Roger: »Okay. Kanal dreiunddreißig.«

»Warum gerade auf den?«

»Äh …« Es ist wirklich lange her, aber solche merkwürdigen Fakten fördert sein Gedächtnis manchmal unversehens zu Tage. »Könnte sein, dass es unser privater Kanal von unserer ersten gemeinsamen Wanderung ist.«

Sie lacht. An diesem Nachmittag bleiben sie ein wenig hinter den anderen zurück und unterhalten sich miteinander.

*

Eines Morgens wacht Roger früh auf, kurz nach der Spiegeldämmerung. Die matten horizontalen Strahlen des Nebensonnenquartetts erhellen ihr Zelt. Roger dreht den Kopf und schaut durch den transparenten Zeltboden neben seinem Kissen. Dünnes Erdreich über Stein, ein paar Meter unter ihm. Er setzt sich auf; der Boden gibt ein wenig nach, wie bei einem Gel-Bett. Er geht langsam über den weichen Plastikboden, damit er dic anderen, die am Rand schlafen, wo der Hut des Dachs auf die Bodenlamellen trifft, nicht ins Schaukeln bringt. Das Zelt ähnelt wirklich einem großen, durchsichtigen Pilz; Roger steigt durchsichtige Stufen an der Innenseite des Stiels zum Waschraum hinunter, der sich an der Stelle befindet, wo die Volva des Pilzes wäre. Dort trifft er auf eine schläfrige Eileen, die sich in dem kleinen Bad neben dem Presslufterzeuger und dem Luftregler mit einem Schwamm wäscht. »Guten Morgen«, sagt sie. »Hier, seifst du mir mal den Rücken ein?«

Sie reicht ihm den Schwamm und dreht sich um. Mit kräftigen Bewegungen reibt er über die harten Muskeln ihres Rückens und spürt einen Kitzel sinnlichen Interesses. Diese Schräge, wo der Rücken in den Po übergeht: hübsch.

Sie schaut sich um: »Ich glaube, ich bin jetzt sauber.«

»Ah.« Er grinst. »Kann sein.« Er gibt ihr den Schwamm. »Ich mache noch einen Spaziergang vor dem Frühstück.«

»Okay. Danke.«

Roger zieht sich an, geht durch die Schleuse hinaus und schlendert zur höchsten Stelle der Wiese hinüber, auf der sie kampieren: eine mit Moos und Flechten bedeckte, mit mutiertem Edelweiß und Steinbrech gesprenkelte surarktische Wiese. Ein leichter Frost überzieht alles mit einer funkelnden weißen Decke, und Roger spürt, wie seine Stiefel beim Laufen knirschen.

Eine Bewegung fällt ihm ins Auge, und er bleibt stehen, um einen weißpelzigen Pika zu beobachten, der eine abgerissene Wurzel in seinen Bau zerrt. Ein Aufblitzen und Flattern, und ein Schneefink landet im Eingang des Baus. Der winzige Hase blickt von seiner Arbeit auf, schnattert auf den Finken ein und schiebt sich mit seiner Beute an ihm vorbei. Der Fink tut, was Vögel so tun, sein Kopf dreht sich mit schnellen, abrupten Bewegungen hin und her und erstarrt dann. Er folgt dem Hasen in den Bau. Roger hat davon gehört, aber er hat es noch nie gesehen. Der Hase kommt herausgehoppelt, um weitere Nahrung zu suchen. Der Fink erscheint, sein Kopf ruckt erneut hin und her. Eine rasche Drehung, und er sieht Roger direkt an. Er fliegt zu dem dahinhoppelnden Hasen hinüber, taucht im Sturzflug auf ihn herab, fliegt davon. Der Hase ist in einem anderen Bau verschwunden.

Roger überquert den Eisstrom in der Wiese und steigt mit knirschenden Schritten die Uferböschung hinauf. An einem hüfthohen Felsbrocken liegt eine merkwürdige, schneeweiße Masse mit einer weißen Rundung in der Mitte. Er bückt sich, um sie sich genauer anzusehen. Streicht mit einem behandschuhten Finger darüber. Offenbar eine Art Eis. Sieht ungewöhnlich aus.

Die Sonne geht auf, und eine Flut gelben Lichts ergießt sich über das Land. Die gelblich-weiße Eishalbkugel zu seinen Füßen glänzt seidig. Sie erzittert; Roger tritt einen Schritt zurück. Das Eis rüttelt sich von dem Felsen los. Die Wölbung bricht in der Mitte auf. Ein Schnabel sticht aus der Rundung hervor, hackt sie auf. Emsiger kleiner Kopf da drin. Blaue Federn, langer, krummer schwarzer Schnabel, kleine schwarze Knopfaugen. »Ein Ei?«, sagt Roger. Aber die Stücke bestehen eindeutig aus Eis – er kann sie zwischen seinen behandschuhten Fingern zum Schmelzen bringen und spürt ihre Kälte. Der Vogel (obwohl seine Beine und seine Brust eher fellbedeckt wirken, seine Flügel stummelig aussehen und er Reißzähne im Schnabel zu haben scheint) torkelt aus der weißen Blase und schüttelt sich wie ein nasser Hund, obwohl er trocken aussieht. Anscheinend ist das Eis eine Art Isolierung – ein Heim für die Nacht, oder nein – für den Winter, kein Zweifel. Ja. Aus Speichel oder etwas Ähnlichem geformt, eine Mauer vor dem Eingang einer flachen Höhle. Roger hat noch nie von so etwas gehört, und er sieht mit offenem Mund zu, wie das Vogelding ein paar rasche Schritte macht und davonsegelt.

Eine neues Geschöpf betritt das Antlitz des grünen Mars.

❋

An diesem Nachmittag lassen sie auch noch den Bereich der surarktischen Wiese hinter sich. Keine Bodendecker, keine Blumen, keine kleinen Tiere mehr. Nur noch Spalten, in denen Moos ums Überleben kämpft, und große Matten Otoo-Flechten. Manchmal ist es, als gingen sie auf einem dünnen Teppich aus Gelb, Grün, Rot und Schwarz – Farbflecken wie die im Kugeljaspis breiten sich in alle Himmelsrichtungen aus, so weit das Auge reicht, ein Teppich, der morgens vom Reif knirscht und in der Mittagssonne ein bisschen feucht ist, ein krakelierter, bunter Teppich. »Erstaunliches Zeug«, murmelt Hans, während er es mit einem Finger anstupst. »Die Hälfte unseres Sauerstoffs wird durch diese wunderbare Symbiose erzeugt …«

Spät an diesem Nachmittag, nachdem sie Halt gemacht, das Zelt aufgebaut und an mehreren Steinen verankert haben, stürzt Hans zur Schleuse herein, schwenkt sein Luftmessgerät und hüpft aufgeregt herum. »Hört mal«, sagt er, »ich hab's mir gerade per Funk von der Gipfelstation bestätigen lassen. Momentan liegt ein Hochdrucksystem über uns. Wir sind vierzehntausend Meter über Normalniveau, aber der Luftdruck beträgt dreihundertfünfzig Millibar, weil diese Woche eine große Luftzelle über die Flanke des Vulkans zieht.« Die anderen starren ihn an. Hans sagt: »Versteht ihr, was ich meine?«

»Nein«, rufen drei Stimmen zugleich aus.

»Hochdruckzone«, sagt Roger wenig hilfreich.

»Also«, sagt Hans und steht dabei still, »es reicht zum Atmen! Zwar nur knapp, aber immerhin. Und natürlich hat das noch nie jemand getan – in dieser Höhe, meine ich. Die freie marsianische Luft geatmet.«

»Du machst Witze!«

»Wir können also hier und heute einen neuen Höhenrekord aufstellen! Ich schlage vor, wir tun es. Wer Lust dazu hat, kann sich mir gern anschließen.«

»Moment mal«, sagt Eileen. »Ich will nicht, dass alle ihre Helme abnehmen und hier oben tot umfallen, um Himmels willen. Die nehmen mir meine Lizenz ab. Wir müssen das auf geordnete Weise machen. Und du ...« Sie zeigt auf Stephan. »Du machst nicht mit. Ich verbiete es dir.«

Stephan protestiert laut und lang, aber Eileen ist unerbittlich, und Hans pflichtet ihr bei. »Der Schock könnte bei dir wieder ein Ödem auslösen, so viel steht fest. Keiner von uns sollte es lange tun. Aber für ein paar Minuten wird's gehen. Atmet einfach durch die Stoffmasken, um die Luft zu erwärmen.«

»Du kannst aufpassen und uns retten, wenn wir umkippen«, sagt Roger zu Stephan.

»Mist«, sagt Stephan. »Na schön. Macht schon.«

Sie versammeln sich gleich neben dem Hut des Zeltes, wo Stephan sie theoretisch zur Schleuse hineinschleifen kann, wenn es sein muss. Hans wirft einen letzten prüfenden Blick auf sein Barometer und nickt ihnen zu. Sie stehen in einem groben Kreis, mit dem Gesicht nach innen. Alle fangen an, ihre Helmverschlüsse zu entriegeln.

Roger hat seine Verschlüsse als Erster offen – in solchen kleinen Dingen haben die Jahre als Canyonführer ihre Spuren bei ihm hinterlassen – und hebt ihn hoch. Als er ihn auf den Boden legt, trifft die Kälte seinen Kopf, und er spürt einen pochenden Schmerz. Er saugt Luft ein – trockenes Eis – und widersteht dem Drang zu hyperventilieren, weil er befürchtet, seine Lungen könnten zu schnell auskühlen und Schaden nehmen. Gleichmäßig atmen, denkt er, ein und aus. Ein und aus. Obwohl Dougals Mund von einer Stoffmaske bedeckt ist, sieht Roger, dass er breit grinst. Komisch, dass man das am oberen Teil des Gesichts erkennen kann. Rogers Augen brennen, seine Brust ist innerlich gefroren, er saugt die eisige Luft ein, und all seine Sinne werden stimuliert, Atemzug für Atemzug. Die Ränder einen Kilometer entfernter kleiner Steinchen sind scharf und klar. Tausende von Rändern. »Als würde man Lachgas atmen!«, ruft Arthur mit beschwingter, hoher Stimme. Er jauchzt wie ein kleiner Junge, und es klingt merkwürdig, wie aus weiter Ferne. Roger geht auf einem Quilt aus rostroter Lava und bunt gefärbten Flechten im Kreis. Die intensive Wahrnehmung des Atmungsprozesses scheint sein Bewusstsein mit allem zu verbinden, was er sehen kann; er fühlt sich wie eine seltsam geformte Flechte, die wie alle anderen nach Luft ringt. Felsengewirr, im Sonnenschein glänzend. »Bauen wir eine Steinpyramide«, sagt er zu Dougal, und seine Stimme klingt irgendwie falsch in seinen Ohren. Langsam gehen sie von einem Stein zum anderen, heben die Steine auf und legen sie auf einen Haufen. Bei jedem berauschenden Atemzug spürt er das Innere seiner Brust bis in den letzten Winkel. Andere schauen mit leuchtenden

Augen zu, schnuppern, sind vollauf mit ihren eigenen Wahrnehmungen beschäftigt. Roger sieht, wie seine Hände in der Bewegung verschwimmen, sieht, wie Dougals Gesichtshaut rosa pulsiert, in der Farbe der Blüten des Stängellosen Leimkrauts. Jeder Stein ist ein Stück vom Mars, er scheint beim Gehen zu schweben, der Vulkan wird größer und immer größer; schließlich sieht er ihn in seinen wahren Ausmaßen. Stephan läuft zwischen ihnen umher, grinst unter seinem Helm, hält beide Hände hoch. Zehn Minuten sind um. Die Steinpyramide ist noch nicht fertig, aber das können sie morgen noch erledigen. »Ich bastle heute Abend einen Behälter mit einer Botschaft dafür!«, sagt Dougal glücklich, mit pfeifendem Atem. »Wir können alle unterschreiben.« Stephan beginnt sie zusammenzutreiben. »Unglaublich kalt«, sagt Roger, der sich immer noch umschaut, als hätte er noch nie etwas von all dem gesehen – oder überhaupt irgendetwas.

Dougal und er treten als Letzte wieder in die Schleuse; sie schütteln sich die Hände. »Anregend, hm?« Roger nickt. »Sehr gute Luft.«

Aber die Luft ist nur ein Teil von allem – ein Teil der Welt, nicht des Planeten. Richtig? »Richtig«, sagt Roger und schaut durch die Zeltwand den endlosen Hang des Berges hinab.

*

An diesem Abend feiern sie wieder mit Champagner. Es wird eine richtig ausgelassene Party, und sie werden immer alberner. Marie versucht, die Innenwand des Zeltes zu erklimmen, indem sie das weiche Material mit den Händen packt, und fällt mehrmals herunter; Dougal jongliert mit Stiefeln; Arthur fordert jeden, der Lust hat, zum Armdrücken heraus und gewinnt so schnell, dass sie zu dem Schluss kommen, er arbeite »mit einem Trick«, und seine Siege annullieren; Roger erzählt Regierungswitze (»Wie viele Minister braucht man, um eine Tasse Kaffee einzuschenken?«) und organisiert ein langes und lebhaftes Löffelspiel. Er und Eileen sind dabei Nachbarn, und wenn sie sich auf die Löffel stürzen, landen sie aufeinander. Als sie hinterher um das Heizgerät hocken und Lieder singen, sitzt sie an seiner Seite, und ihre Beine und Schultern pressen sich aneinander. Kinderkram, vertraut und angenehm, selbst für diejenigen, die sich nicht an ihre Kindheit erinnern können.

So kommt es, dass Roger in dieser Nacht, als sich alle in die kleinen Schlafnischen am Rand des kreisrunden Zeltes zurückgezogen haben, nur an Eileen denken kann. Er erinnert sich daran, wie er sie diesen Morgen abgeseift hat. An ihre Ausgelassenheit an diesem Abend. Das Klettern im Sturm. Die langen, gemeinsamen Nächte im Wandzelt. Und wieder einmal kehrt die ferne Vergangenheit zurück – sein dummes, unkontrollierbares Gedächtnis zeigt ihm Bilder aus einer Zeit, die so lange zurückliegt, dass sie keinerlei Bedeutung mehr haben sollte ... aber das Gegenteil ist der Fall. Es war auch damals gegen Ende der Tour. Sie war in seine kleine Kabine geschlüpft und hatte sich auf ihn gestürzt! Und das, obwohl die dünnen Trennwände, mit denen sie damals Schlafräume abgeteilt hatten, viel weniger Privatheit boten als das, was sie hier haben; dieses Zelt ist groß, der Luftregler ist laut, die sieben Betten liegen weit auseinander und sind durch Rippen voneinander getrennt – durchsichtige Rippen, das schon, aber jetzt ist es dunkel im Zelt. Der gepolsterte Boden unter ihm (so bequem, dass Marie ihn als unbequem bezeichnet) gibt nach, wenn er sich bewegt, ohne in einem Meter Entfernung auch nur zu zittern, und macht nicht das leiseste Geräusch. Kurz, er könnte lautlos zu ihrem Bett schleichen und sich zu ihr legen, wie sie sich einst zu ihm gelegt hat, und es wäre absolut diskret. Was der eine darf, darf auch der andere, oder? Selbst zweihundert Jahre später? Auf dieser Tour bleibt nicht mehr viel Zeit, und wie man so sagt, das Glück ist nur dem Mutigen hold …

Er will sich gerade in Bewegung setzen, als Eileen auf einmal neben ihm ist und seinen Arm schüttelt. »Ich hab da eine Idee«, sagt sie ihm ins Ohr.

Und hinterher, neckisch: »Vielleicht erinnere ich mich *doch* an dich.«

*

Sie wandern noch höher hinauf, in die Felszone. Keine Tiere, Pflanzen, Insekten; keine Flechten; kein Schnee. Sie sind über all dem, so hoch oben am Vulkankegel, dass sie kaum noch die Stelle ausmachen können, wo ihre Steilwand zu den Wäldern abfällt; der Rand der Steilwand ist zweihundert Kilometer entfernt und fünfzehn Kilometer unter ihnen, und sie erkennen ihn nur daran, dass dort der ausgedehnte Schneering endet. Als sie eines Morgens aufwachen, hängt ein paar Kilometer tiefer eine Wolkenschicht, die den Planeten unter ihnen verbirgt. Sie stehen auf dem schrägen Boden einer ungeheuren konischen Insel in einem noch größeren Wolkenmeer: die Wolken ein weißer, von Wellen gefurchter Ozean, der Vulkan ein gewaltiger, rostroter Felsen, der Himmel eine niedrige, dunkle, violette Kuppel, alles in einem Maßstab, den der Verstand kaum erfassen kann. Im Osten drei ausladende Gipfel, die aus dem Wolkenmeer ragen – ein Archipel – die drei säuberlich aufgereihten Tharsis-Vulkane, Prinzen des Königs Olympus. Diese fünfzehnhundert Kilometer entfernten Vulkane vermitteln ihnen einen vagen Begriff von der ungeheuren Weite des Blicks …

Das Gestein hier oben ist glatt und marmoriert, wie eine Fläche aus versteinerten Muskeln. Einzelne Steinchen und Felsbrocken bekommen eine unheimliche Präsenz, als wären sie von olympischen Göttern verstreuter Schutt. Hans kommt erheblich langsamer voran, weil er diese Steine untersucht. Eines Tages finden sie einen Steinwall, der sich den Berg hinaufschlängelt wie eine langgestreckte Geschiebezunge oder eine römische Straße. Hans erklärt, das sei ein Lavastrom, der härter gewesen sei als der Basalt drum herum; die Erosion habe den Basalt abgetragen und das Lavagestein freigelegt. Sie benutzen den Steinwall als Hochstraße und wandern einen ganzen langen Tag darauf entlang.

Roger beschleunigt seinen Schritt, lässt den Wagen und die anderen hinter sich zurück. In einem Anzug und einem Helm auf dem leblosen Antlitz des Mars: Die Erinnerungen von Jahrhunderten brechen über ihn herein, und er merkt, wie ihm die Luft wegbleibt; sein Atem geht unregelmäßig.

Das ist mein Land, denkt er. Das ist die transzendente Landschaft meiner Jugend. Sie ist noch da. Man kann sie nicht zerstören. Sie wird immer da sein. Er merkt, dass er fast schon vergessen hat, wie es in einer solchen Wildnis ist – nicht wie es dort aussieht, sondern wie man sich dort *fühlt*. Dieser Gedanke ist der Dorn in dem Hochgefühl, das mit jedem Schritt wächst. Stephan und Eileen, die anderen beiden, die an diesem Tag nicht im Wagengeschirr stecken, folgen ihm nach oben. Roger bemerkt sie und runzelt die Stirn. Ich will nicht darüber reden, denkt er. Ich will darin allein sein.

Aber Stephan marschiert schnurstracks an ihm vorbei, offenbar überwältigt von der einsamen Weite aus Stein, der Welt aus Fels und Himmel. Roger muss unwillkürlich grinsen.

Und Eileen begnügt sich damit, einfach nur mit ihm zu gehen.

*

Am nächsten Tag stapft Stephan jedoch im Wagengeschirr neben ihm her und sagt: »Okay, Roger, ich versteh schon, warum du das liebst. Es ist wirklich erhaben. Und zwar genau auf die Art, wie wir uns das Erhabene wünschen – es ist eine reine Landschaft, ein reiner Ort. Aber …« Er stapft mehrere Schritte weiter, und Roger und Eileen, die im Gleichschritt ziehen, warten darauf, dass er fortfährt. »Aber es *gibt* nun mal Leben auf dem Mars. Und mir scheint, dass nicht der ganze Planet so sein muss. Das hier wird immer bleiben. Die Atmosphäre wird nie so hoch steigen, deshalb wirst du das hier immer haben. Und die Welt dort unten, mit all dem Leben, das überall wächst – die ist wunderschön.« Das Schöne und das Erhabene, denkt Roger. Noch so eine Dualität. »Und vielleicht brauchen wir das Schöne mehr als das Erhabene?«

Sie ziehen den Wagen weiter. Eileen sieht den stummen Roger an. Ihm fällt keine Erwiderung ein. Sie lächelt. »Wenn der Mars sich ändern kann, dann kannst du das auch.«

⁕

»Die äußerste Konzentration des eigenen Ich inmitten einer so herzlosen Unendlichkeit – mein Gott, wer vermag das zu beschreiben?«

⁕

In dieser Nacht geht Roger zu Eileen und schläft besonders leidenschaftlich mit ihr; und als sie fertig sind, merkt er, dass er ein bisschen weint, er weiß nicht warum; und sie hält seinen Kopf an ihrer Brust, bis er von ihr abrückt, sich umdreht und einschläft.

⁕

Und am folgenden Nachmittag, nachdem sie den ganzen Tag einen Hang hinaufgestiegen sind, der immer flacher wird, der ständig gleich hinter dem Horizont über ihnen zu enden scheint, erreichen sie ebenen Grund. Eine Stunde Marsch, und sie sind an der Wand der Caldera. Sie haben den Olympus Mons bestiegen.

Sie schauen in die Caldera hinab, eine gigantische braune Ebene, eingefasst vom Klippenrund der Caldera-Wand. Kleinere ringförmige Steilwände im Innern der Caldera fallen zu Einsturzkratern ab und terrassieren die runde Ebene mit einander überlappenden runden Senken.

Der Himmel oben ist beinahe schwarz; sie können Sterne und den Jupiter sehen. Vielleicht ist der hoch stehende Abendstern die Erde. Die dicke blaue Rinde der Atmosphäre fängt tatsächlich erst unter ihnen an, sodass sie auf einer weitläufigen Insel inmitten eines runden blauen Bandes stehen, über der sich eine schwarze Himmelskuppel wölbt. Himmel, Caldera, ringförmig eingefasste steinerne Leere. Eine Million Schattierungen von Hellbraun und Dunkelbraun, Rot und Rost. Der Planet Mars.

*

Ein Stück weiter um den Rand herum stehen die Ruinen eines tibetanischen buddhistischen Lamaklosters. Als Roger es sieht, fällt ihm das Kinn herunter. Es ist braun, und das Hauptgebäude scheint ein quadratischer Felsbrocken von den Ausmaßen eines großen Hauses gewesen zu sein, behauen und ausgehöhlt, sodass er nun mehr Luft als Stein ist. Zu der Zeit, in der er bewohnt war, muss er hermetisch verschlossen gewesen sein, mit Luftschleusen in den Eingängen und fest montierten Fenstern; jetzt sind die Fenster verschwunden, und die

Wände der Anbauten, die sich ans Hauptgebäude lehnen, sind geborsten, ihre Dächer sind fort, und sie sind zum schwarzen Himmel hin offen. Eine brusthohe Steinmauer führt von den Nebengebäuden weg und zieht sich am Rand entlang; darauf stehen farbige Gebetsmühlen und Gebetsfahnen auf dünnen Stangen. Unter der leichten Berührung der Stratosphäre drehen die Mühlen sich langsam, die Fahnen flappen matt.

*

»Die Caldera ist so groß wie Luxembourg.«

»Du machst Witze!«

»Nein.«

Endlich ist sogar Marie einmal beeindruckt. Sie geht zur Gebetsmauer, legt die Hand an eine Gebetsmühle; schaut in die Caldera hinaus und dreht von Zeit zu Zeit geistesabwesend die Mühle.

»Anregender Ausblick, hm?«

*

Da die Wanderung um die Caldera herum zur Eisenbahnstation ein paar Tage dauern wird, schlagen sie ihr Lager neben dem verlassenen Lamakloster auf, und so gesellt sich ein großer, durchsichtiger Kunststoffpilz voller bunter Ausrüstungsgegenstände zu dem Haufen brauner Steine.

Am späten Nachmittag wandern die Bergsteiger umher und unterhalten sich leise über Steine oder über den Blick in die verschattete Caldera. Mehrere Abschnitte der ringförmigen Innenwände sehen aus, als wären sie gut zum Klettern geeignet.

Die Sonne ist kurz davor, hinter den Westrand zu sinken, und große Lichtschäfte durchstoßen den indigoblauen Himmel unter ihnen und tauchen den Berggipfel in eine unheimliche, indirekte Beleuchtung. Die Stimmen auf dem gemeinsamen Kanal sind verzückt und leise und verklingen dann, bis es ganz still wird.

*

Roger drückt Eileen die Hand und wandert allein davon. Der Boden ist schwarz, das Gestein in Millionen Stücke zersprungen, als hätten die Götter es äonenlang mit Vorschlaghämmern bearbeitet. Nichts als Stein. Er klinkt sich aus dem gemeinsamen Kanal aus. Die Sonne geht fast schon unter. Große, lavendelfarbene Lichtschäfte durchbohren die trübe, purpurne Luft an den Seiten, und über ihm leuchten Sterne in der Schwärze. Alle Schatten strecken sich bis in die Unendlichkeit. Die helle, bronzefarbene Münze der Sonne wird groß und abgeplattet und sinkt langsamer hinab. Roger wandert um das Lamakloster herum. Die Westmauern fangen die letzten Sonnenstrahlen ein und werfen einen warmen, orangefarbenen Schein auf den Boden und die Ruinen der Nebengebäude. Roger geht um die niedrige Gebetsmauer herum, setzt einen herausgefallenen Stein wieder ein. Die Gebetsmühlen drehen sich immer noch – irgendein leichtes Holz, denkt er, Zylinder, in die große schwarze Augen und kursive Beschriftungen geschnitzt sind und von denen weiße, rote und gelbe Farbe abblättert. Roger starrt in ein Paar stoischer asiatischer Augen, versetzt die Mühle in eine langsame Drehung und verspürt ein leises Schwindelgefühl. Überall Welt. Sogar hier. Die abgeflachte Sonne landet auf dem Rand jenseits der Caldera, im Westen. Ein leichter Windstoß erfasst ein langes Banner, kräuselt es langsam in dunkler, orangefarbener Luft – »In Ordnung«, sagt Roger laut, bringt die Mühle mit einem letzten, heftigen Stoß noch einmal zum Rotieren und tritt zurück, dreht sich schwankend um die eigene Achse und versucht, alles zugleich in sich aufzunehmen. »In Ordnung! In Ordnung. Ich gebe auf. Ich akzeptiere es.«

Er wischt roten Staub vom Glas seiner Sichtscheibe und erinnert sich an das kleine Vogelding, das sich aus trübem Eis gehackt hat. Ein neues Geschöpf betritt das Antlitz des grünen Mars.

10

ARTHUR STERNBACH BRINGT DEN CURVEBALL ZUM MARS

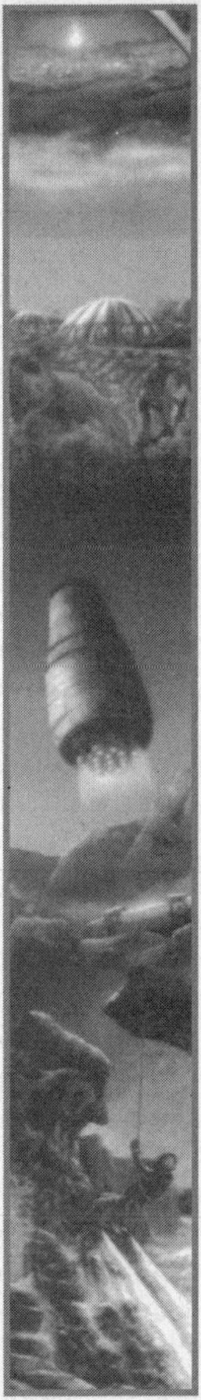

Er war ein großer, dünner marsianischer Junge, schüchtern und mit krummer Haltung. Schlaksig wie ein junger Hund. Keine Ahnung, warum sie ihn als Third Baseman aufgestellt haben. Aber mich haben sie ja auch als Shortstop aufgestellt, dabei bin ich Linkshänder. Und kann keine Bodenbälle stoppen. Aber ich bin eben Amerikaner. Das kommt davon, wenn man einen Sport per Video lernt. Manches ist so selbstverständlich, dass gar niemand auf die Idee kommt, es zu erwähnen. Zum Beispiel, dass man nie einen Linkshänder als Shortstop aufstellen sollte. Aber auf dem Mars fingen sie ganz neu an. Einige Leute dort hatten sich in Baseball verliebt, bestellten sich die Ausrüstung und legten ein paar Spielfelder an, und los ging's.

Da waren wir nun also, ich und dieser Gregor, und stümperten an der linken Seite des Innenfelds herum. Er sah so jung aus, dass ich ihn fragte, wie alt er sei, und er sagte, acht, und ich dachte, herrje, *so* jung bist du nun auch wieder nicht, aber dann wurde mir klar, dass er natürlich marsianische Jahre meinte, also war er ungefähr sechzehn oder siebzehn, aber er wirkte jünger. Er war erst kürzlich von irgendwoher nach Argyre gezogen und wohnte im örtlichen Haus seiner Genossenschaft bei Verwandten oder Freunden, das hab ich nie so richtig kapiert, aber er kam mir ziemlich einsam vor. Er fehlte nie beim Training, obwohl er der Schlechteste eines grauenhaften Teams war, und er war unverkennbar frustriert über all seine Fang- oder Wurffehler und Strikeouts. Ich habe mich häufig gefragt, warum er überhaupt kam. Und diese Schüchternheit; diese krumme Haltung; die Akne; er stolperte über seine eigenen Beine, errötete dauernd und sprach ganz leise – er war ein klassischer Fall.

Englisch war auch nicht seine Muttersprache. Es war Armenisch oder Mährisch oder so. Jedenfalls irgendwas, das sonst niemand sprach, außer einem älteren Paar in seiner Genossenschaft. Also murmelte er in einer Sprache, die auf dem Mars als Englisch durchgeht, und manchmal benutzte er sogar eine Übersetzungsbox, aber im Grunde versuchte er, nie in eine Situation zu geraten, in der er was sagen musste. Und machte einen Fehler nach dem anderen. Wir müssen ein toller Anblick gewesen sein – ich ging ihm ungefähr bis zur Taille, und wir beide ließen Bodenbälle durch, als wären wir bei einer Zaubervorstellung. Oder wir ließen sie abprallen, hetzten hinterher und warfen sie dann am First Baseman vorbei. Wir machten nur sehr selten einen Gegenspieler aus. Unter normalen Umständen wäre es auffällig gewesen, aber hier waren die anderen alle genauso. Beim Mars-Baseball gab es immer viele Punkte.

Aber schön war's trotzdem. Es war wirklich wie ein Traum. Zunächst mal ist der Horizont auf einer flachen Ebene wie Argyre nur drei Meilen entfernt anstatt sechs. Das nimmt ein terranisches Auge sehr deutlich wahr. Dann haben ihre Spielfelder nur etwas größere Innenfelder als üblich, aber die Außenfelder müssen riesig sein. Im Stadion meines Teams waren es 275 Meter bis zum fernsten Punkt in der Mitte und 213 Meter an den Außenlinien entlang. Wenn man auf der Home Plate stand, war der Zaun hinter dem Außenfeld ein kleiner grüner Strich in der Ferne unter einem purpurroten Himmel, ziemlich nah am Horizont – soll heißen, der Baseballplatz nahm so ziemlich *die gesamte sichtbare Welt* ein. So groß war er.

Sie spielten mit vier Außenfeldspielern, wie beim Softball, aber die Zwischenräume zwischen den Feldspielern waren trotzdem gewaltig. Die Luft war ungefähr so dünn wie im Everest-Basislager, und die Schwerkraft selbst erreicht – um mal im Baseballjargon zu bleiben – nur einen Durchschnittswert von 0,380. Wenn man den Ball also richtig erwischt, fliegt er wie ein Golfball, der von einem großen Driver getroffen wurde. Trotz der Größe der Felder gab es bei jedem Spiel eine Reihe Homeruns. Nicht viele Zu-Null-Spiele auf dem Mars. Jedenfalls nicht, bis ich kam.

Ich ging dorthin, nachdem ich den Olympus Mons bestiegen hatte; ich wollte ihnen beim Aufbau eines neuen Instituts für Bodenkunde helfen. Sie waren so vernünftig, das nicht per Video zu versuchen. Anfangs kletterte ich in den Charitums, aber nachdem ich dem Baseball verfallen war, beanspruchte es den größten Teil meiner Freizeit. Gut, ich spiele, sagte ich, als sie mich fragten. Aber ich coache nicht. Ich hab keine Lust, Leuten zu sagen, was sie tun sollen.

Beim Training starteten wir immer mit Fußball-Übungen, um all die Muskeln aufzuwärmen, die wir nie benutzen würden. Dann fing Werner mit dem Innenfeld-Training an, und Gregor und ich begannen mit der Herumhampelei. Wir wichen den Bällen aus wie ein Stierkämpfer dem Stier. Hin und wieder erwischten wir einen und warfen ihn zum First Base rüber, und hin und wieder fing der First Baseman, der weit über zwei Meter groß und wie ein Panzer gebaut war, unsere Würfe, und wir schlugen unsere Handschuhe gegeneinander. So ging das Tag für Tag, und Gregor verlor etwas von seiner Schüchternheit mir gegenüber, wenn auch nicht viel. Aber ich sah, dass er den Ball verdammt hart warf. Sein Arm war so lang wie mein ganzer Körper und offenbar knochenlos, wie der Tentakel eines Tintenfischs, und sein Handgelenk war so locker, dass seine Würfe einen satten Drall nach oben bekamen. Natürlich stieg der Ball manchmal immer noch weiter in die Höhe, wenn er zehn Meter über den Kopf des First Baseman hinwegflog, aber seine Flugbahn war unregelmäßig, so viel stand fest. Ich erkannte allmählich, dass er vielleicht deshalb zum Spielen herkam – außer um einfach mit Leuten zusammen zu sein, mit denen er nicht reden musste –, weil er hier Gelegenheit hatte, richtig hart mit irgendwas zu werfen. Ich erkannte auch, dass er nicht so sehr schüchtern als vielmehr mürrisch war. Oder beides.

Jedenfalls war unser Verteidigungsspiel ein Witz. Beim Schlagen ging es ein bisschen besser. Gregor lernte, den Ball von oben zu treffen und Bodenbälle in die Mitte des Spielfelds zu schicken; es war ziemlich effektiv. Und ich bekam allmählich mein Timing auf die Reihe. Nachdem ich vorher jahrelang Softball mit seinen langsamen Schlägen gespielt hatte, schwang ich anfangs eine Woche zu spät nach allem, und ich bin sicher, dass meine Mannschaftskameraden bis zu meinem Einsatz als Shortstop dachten, sie hätten ein Mängelexemplar von einem Amerikaner abgekriegt. Und da sie eine Regel hatten, derzufolge es in keinem Team mehr als zwei Terraner geben durfte, waren sie darüber zweifelsohne enttäuscht. Aber ich kriegte mein Timing langsam hin, und danach traf ich ziemlich gut. Die Sache war, dass ihre Pitcher keine Würfe mit ungerader Flugbahn drauf hatten. Diese Riesenkerle holten mit dem ganzen Körper aus und warfen so hart sie konnten, wie Gregor, aber sie brauchten schon ihre ganze Kraft, um Strikes zu werfen. Es war ein bisschen Furcht einflößend, weil sie oftmals aus Versehen direkt auf den Mann warfen. Aber wenn sie den Ball genau in die Mitte der Schlagzone schickten, musste man nur mit dem richtigen Timing zuschlagen. Und wenn man traf, wie der Ball dann flog! Jedes Mal wenn ich ihn wegknallte, war es wie ein Wunder. Es fühlte sich an, als könnte man ihn in den Orbit schlagen, wenn man ihn richtig erwischte, und tatsächlich war das einer ihrer Spitznamen für einen Homerun – oh, der ist orbital, sagten sie immer, während sie einem Ball nachschauten, wie er das Stadion in Richtung Horizont verließ. Sie hatten eine kleine Glocke am Fangzaun befestigt, so eine Art Schiffsglocke, und jedes Mal, wenn einer so einen unerreichbaren Ball schlug, bimmelten sie damit, während der Batter die Male umrundete. Ein sehr hübscher lokaler Brauch.

Also, es machte mir Spaß. Baseball ist ein schönes Spiel, sogar wenn man nur rumstümpert. Am meisten Muskelkater hatte ich nach dem Training im Bauch, weil ich so lachen musste. Mit der Zeit hatte ich sogar einen gewissen Erfolg als Shortstop. Wenn ich Bälle fing, die rechts an mir vorbeizischten, wirbelte ich rückwärts herum und warf zum ersten oder zweiten Base. Die Leute waren beeindruckt, obwohl es natürlich lächerlich war – der Einäugige im Lande der Blinden. Nicht dass sie keine guten Sportler gewesen wären, verstehen Sie, aber sie hatten als Kinder alle nicht gespielt, deshalb besaßen sie keine Baseball-Instinkte. Sie spielten einfach gern. Und ich verstand auch, warum – draußen zu sein auf einem grünen Feld, das so groß war wie die Welt, unter einem purpurroten Himmel, und lauter gelbgrüne Bälle, die durch die Gegend flogen – es war schön. Wir hatten viel Spaß.

Ich gab Gregor ein paar Tipps, obwohl ich mir geschworen hatte, nicht mit dem Coachen anzufangen. Ich will einfach niemandem Anweisungen erteilen. Dazu ist das Spiel zu hart. Aber ich schlug Flugbälle zu den Außenfeldspielern, und es fiel mir schwer, ihnen nicht zu sagen, dass sie den Ball im Blick behalten und unter ihn laufen und dann den Handschuh heben und ihn fangen sollten, statt beim Laufen die ganze Zeit den Arm in die Höhe zu recken wie die Freiheitsstatue. Oder ihnen keine Tipps zu geben, wenn sie Flugbälle zu schlagen versuchten (was schwerer ist, als es aussieht). Und da Gregor und ich beim Einspielen immer miteinander Fangen übten, wurde er allein schon dadurch besser, dass er mich beobachtete – und auf ein solch nahes Ziel zu werfen versuchte. Er warf richtig hart. Und ich sah, dass seine Bälle sich dabei ordentlich bewegten. Sie kamen auf jede erdenkliche Weise auf mich zu, keine Überraschung bei seinem lockeren Handgelenk. Ich musste genau hinschauen, sonst griff ich daneben. Seine Würfe waren unkontrolliert, aber er hatte echtes Potenzial.

Und die Wahrheit war, unsere Pitcher waren schlecht. Ich mochte die Jungs sehr gern, aber sie konnten keine Strikes werfen, weder für Geld noch für gute Worte. Sie ließen in jedem Spiel regelmäßig zehn oder zwanzig Batter zum First Base spazieren, und dabei waren das Spiele mit nur fünf Innings. Werner sah zu, wie Thomas zehn Schlagmänner auf den Walk schickte, dann löste er Werner ab und schickte ihnen noch mal zehn hinterher. Manchmal exerzierten sie das sogar zweimal durch. Gregor und ich standen da, während die Läufer der anderen Mannschaft wie eine Parade oder eine Schlange im Lebensmittelgeschäft an uns vorbeizogen. Wenn Werner zum Pitcherhügel ging, stellte ich mich zu Gregor und sagte, weißt du, Gregor, du könntest besser werfen als diese Burschen. Du hast einen guten Arm. Und er sah mich entsetzt an und murmelte, nein, nein, nein, nein, nicht möglich.

Aber dann brachte er beim Einspielen einmal einen richtig fiesen Curveball, und ich bekam ihn ans Handgelenk. Während ich es noch rieb, ging ich zu ihm rüber. Hast du die Kurve gesehen, die der Ball beschrieben hat?, fragte ich.

Ja, sagte er und schaute weg. Tut mir Leid.

Braucht dir nicht Leid zu tun. Das nennt man einen Curveball, Gregor. Kann ein nützlicher Wurf sein. Du hast im letzten Moment die Hand verdreht, und der Ball ist drüber weggegangen, so, siehst du? Hier, probier's noch mal.

So näherten wir uns der Sache allmählich. Ich war in meinem letzten Jahr an der High-School im All-State-Team von Connecticut gewesen, und zwar nur wegen meiner Trickwürfe – Curves, Sliders, Split-Fingers, Changeups. Ich sah, dass Gregor die meisten davon rein zufällig warf, aber um ihn nicht zu verwirren, arbeitete ich nur an einem korrekten Curve. Wirf einfach auf mich, erklärte ich ihm. So wie beim ersten Mal.

Ich dachte, du wolltest uns nicht coachen, sagte er.

Ich coache dich nicht! Wirf ihn einfach so. Im Spiel wirfst du ihn dann ordentlich. So ordentlich wie möglich.

Er murmelte mir irgendwas auf Mährisch entgegen und schaute mir nicht in die Augen. Aber er tat es. Und nach einer Weile bekam er einen guten Curve hin. Wegen der dünneren Luft auf dem Mars hatten die Bälle natürlich nicht so viel Widerstand zu überwinden. Aber mir fiel auf, dass die Bälle mit dem blauen Punkt höhere Nähte hatten als die Bälle mit dem roten Punkt. Sie spielten mit beiden, als gäbe es keinen Unterschied, aber den gab es. Also merkte ich mir das und arbeitete weiterhin mit Gregor.

Wir übten viel. Ich zeigte ihm, wie man mit verkürzter Ausholbewegung wirft, weil ich mir dachte, dass Gregor sich bei einem Windup wahrscheinlich einen Knoten in den Arm machen würde. Und in der Mitte der Saison warf er auf diese Weise einen gemeinen Curveball. Wir hatten niemandem etwas davon erzählt. Seine Technik war total chaotisch, aber die Bälle beschrieben einen deutlichen Haken; bei einigen musste ich wirklich höllisch aufpassen, um sie zu kriegen. Dadurch wurde ich auch als Shortstop besser. Obwohl ein Batter schließlich in einem Spiel, bei dem wir wie üblich Zwanzig zu Null zurücklagen, einen turmhohen Pop Fly schlug und ich hinterher rannte, während der Wind ihn davontrug, bis ich, als ich ihn endlich zu fassen bekam, mit ausgebreiteten Armen und Beinen zwischen unseren verblüfften Centerfieldspielern lag.

Vielleicht solltest du Außenverteidiger spielen, sagte Werner.

Gott sei Dank, sagte ich.

Also stand ich anschließend sowohl links als auch rechts von mittleren Außenfeld und verbrachte die Spiele damit, Parallelbällen bis zum Zaun nachzujagen und sie zum Cutoff Man zurückzuwerfen. Meistens stand ich allerdings einfach nur rum und sah zu, wie das andere Team von einer Base zur nächsten spazierte. Ich machte meine üblichen Sprüche und merkte erst hinterher, dass niemand auf dem Mars bei diesen Spielen jemals irgendwas brüllte. Es war, als würde ich in einer Liga der Taubstummen spielen. Ich musste die Sprüche fürs ganze Team aus zweihundert Metern Entfernung im Centerfield liefern, darunter natürlich auch Kritik an den Entscheidungen der Hauptschiedsrichter. Ich sah die Home Plate nur noch im Miniaturformat, war aber trotzdem besser als sie, und das wussten sie auch. Es machte Spaß. Wenn Leute vorbeikamen, sagten sie, hey, da draußen muss ein Amerikaner sein.

Eines Tages, nach einem unserer verlorenen Heimspiele – 28 zu 12, glaube ich –, gingen alle was essen, nur Gregor stand einfach da und starrte Löcher in die Luft. Willst du nicht mit?, fragte ich ihn mit einer Geste zu den anderen, aber er schüttelte den Kopf. Er musste nach Hause und arbeiten. Ich wollte selber heim und mich wieder an die Arbeit machen, deshalb ging ich mit ihm in die Stadt, einen Ort wie im nördlichsten Teil von Texas. Ich blieb draußen vor seiner Genossenschaft stehen, einem großen Haus oder einem kleinen Wohnungskomplex, das konnte ich auf dem Mars einfach nicht auseinander halten. Er stand da wie ein Laternenpfahl, und ich wollte gerade gehen, als eine alte Frau herauskam und mich ins Haus bat. Gregor habe ihr von mir erzählt, sagte sie in steifem Englisch. Ich wurde also den Leuten in der Küche vorgestellt; die meisten waren unglaublich groß. Gregor schien das Ganze ernsthaft peinlich zu sein, es war ihm gar nicht Recht, dass ich dort war, deshalb verabschiedete ich mich so rasch wie möglich. Die alte Frau hatte einen Ehemann, und sie schienen Gregors Großeltern zu sein. Ein junges Mädchen etwa in seinem Alter war auch da; sie beobachtete uns beide mit Luchsaugen. Gregor mied ihren Blick.

Als wir das nächste Mal trainierten, sagte ich: Gregor, waren das deine Großeltern?

So was in der Art.

Und dieses Mädchen, wer war das?

Keine Antwort.

Eine Nichte oder so?

Ja.

Gregor, was ist mit deinen Eltern? Wo sind sie?

Er zuckte nur die Achseln und warf mir den Ball zu.

Ich hatte den Eindruck, dass sie woanders lebten, in einer anderen Zweigstelle seiner Genossenschaft, aber ich fand es nie genau heraus. Vieles, was ich auf dem Mars sah, gefiel mir – die Zusammenarbeit unter dem

Dach von Genossenschaften nimmt viel Druck von ihnen, und sie führen im Vergleich zu uns auf der Erde ein ziemlich entspanntes Leben. Aber einige ihrer Elternschaftssysteme – wo die Kinder von Gruppen oder einem Elternteil oder was auch immer aufgezogen werden – da war ich mir nicht so sicher. So was erzeugt nur Probleme, wenn man mich fragt. Einen Haufen männlicher Teenager, denen es in den Fäusten juckt. Aber vielleicht ist das immer so, ganz egal, was man tut.

Jedenfalls kamen wir schließlich ans Ende der Saison, und danach würde ich zur Erde zurückkehren. Wir hatten drei Spiele gewonnen und fünfzehn verloren und standen in der Tabelle auf dem letzten Platz. Aber sie veranstalteten ein letztes Wochenend-Turnier für alle Teams im Argyre-Becken, ein Haufen Spiele mit nur drei Innings, weil es so viele Mannschaften gab. Wir verloren sofort das erste Spiel und waren in der Verlierergruppe. Dann verloren wir das nächste auch noch, und zwar vor allem wegen der Walks. Werner löste Thomas für eine Weile ab, und als das nicht funktionierte, ging Thomas wieder auf den Hügel, um Werner abzulösen. Als das passierte, lief ich den ganzen Weg vom Centerfield zu ihnen hinüber. Ich sagte: Hört mal, Jungs, lasst Gregor werfen.

Gregor!, sagten sie beide gleichzeitig. Kommt überhaupt nicht infrage!

Der wird noch schlechter sein als wir, meinte Werner.

Wie denn?, sagte ich. Ihr habt grade elf Batter nacheinander spazieren gehen lassen. Bevor Gregor das fertig bringt, ist es dunkel.

Also erklärten sie sich einverstanden. Sie waren in diesem Moment beide ziemlich entmutigt, wie nicht anders zu erwarten. Ich ging zu Gregor und sagte, okay, Gregor, versuch du's jetzt mal.

O nein, nein nein nein nein nein nein nein. Er weigerte sich mit Händen und Füßen. Er warf einen Blick zu den Tribünen hinauf, wo wir ein paar hundert Zuschauer hatten, größtenteils Freunde und Angehörige und ein paar neugierige Passanten, und da sah ich, dass seine So-was-in-der-Art-Großeltern und seine Nichte-oder-so da oben standen und zuschauten. Gregor wurde mit jeder Sekunde niedergeschlagener und mürrischer.

Komm schon, Gregor, sagte ich und steckte ihm den Ball in den Handschuh. Ich sag dir was, ich fange. Wie beim Einspielen. Wirf nur immer deinen Curveball. Und ich schleifte ihn zum Hügel.

Werner spielte ihn eine Weile warm, während ich rüberging und mir die Catchersachen anzog, und wo ich gerade dabei war, schob ich rasch noch eine Schachtel mit Blaue-Punkte-Bällen im Vorrat des Umpires ganz nach vorn. Ich sah, dass Gregor nervös war, und mir ging's genauso. Ich hatte noch nie gefangen, er hatte noch nie gepitcht, alle Bases waren besetzt, und keiner war aus. Es war eine ungewöhnliche Baseball-Situation.

Schließlich hatte ich meine Kluft an und stapfte zu ihm hinaus. Hab keine Angst, dass du zu hart werfen könntest, sagte ich. Knall mir den Curveball einfach direkt in den Handschuh. Achte nicht auf den Batter. Ich gebe dir vor jedem Wurf ein Zeichen; zwei Finger für Curve, einer für Fastball.

Fastball?, sagte er.

Da wirfst du den Ball schnell und hart. Mach dir keine Gedanken deswegen. Wir werden sowieso Curves werfen.

Und du hast gesagt, du wolltest nicht coachen, meinte er verbittert.

Ich coache nicht, sagte ich, ich catche.

Ich ging zurück und nahm Aufstellung hinter der Plate. Achten Sie auf Curveballs, sagte ich zum Schiri.

Curveballs?, sagte er.

Dann fingen wir an. Gregor stand geduckt auf dem Hügel, wie eine große Gottesanbeterin, grimmig und mit rotem Gesicht. Sein erster Wurf ging direkt über unsere Köpfe hinweg in den Fangzaun. Zwei Gegenspieler erzielten Punkte, während ich ihn holte, aber ich warf den Runner aus, der auf dem Weg vom ersten zum dritten Base war. Ich ging zu Gregor. Okay, sagte ich, die Bases sind frei, und wir haben einen aus gemacht. Lass uns jetzt einfach werfen. Direkt in den Handschuh. Genau wie beim letzten Mal, nur tiefer.

Und das tat er. Er warf den Ball auf den Batter, der wich aus, um nicht getroffen zu werden, und der Ball landete genau in meinem Handschuh. Der Umpire war sprachlos. Ich drehte mich um und zeigte ihm den Ball in meinem Handschuh. Das war ein Strike, erklärte ich ihm.

Strike!, brüllte er. Er grinste mich an. Das war ein Curveball, oder?

Ganz genau.

Hey, sagte der Batter. Was war das denn?

Wir zeigen's dir noch mal, sagte ich.

Und danach begann Gregor, sie der Reihe nach aus zu machen. Ich zeigte ihm immer wieder zwei Finger, und er warf immer wieder Curveballs. Natürlich waren nicht alle Strikes, aber genug, um zu verhindern, dass zu viele Batter an den Bases vorrücken konnten. Alle Bälle hatten blaue Punkte. Der Schiedsrichter kapierte es allmählich.

Und bei einem Schlagmannwechsel schaute ich mich um und sah, dass die gesamte Zuschauermenge und alle Teams, die in diesem Moment nicht spielten, sich hinter dem Fangzaun versammelt hatten, um Gregor werfen zu sehen. Niemand auf dem Mars hatte jemals einen Curveball gesehen, und jetzt standen sie dicht zusammengedrängt da hinten, um den besten Blick zu haben, schnappten nach Luft und schwatzten jedes Mal, wenn der Ball abrupt die Richtung änderte. Der Batter wich aus oder schwang matt nach dem Ball und schaute dann mit breitem Grinsen nach hinten zur Menge, als wollte er sagen, habt ihr das gesehen? Das war ein Curveball!

Also holten wir überraschend auf und gewannen dieses Spiel, und Gregor warf weiter, und wir gewannen die nächsten drei Spiele auch noch. Im dritten Spiel warf er genau siebenundzwanzig Pitches und machte alle neun Batter mit jeweils drei Würfen aus. Walter Johnson hat in einem High-School-Spiel mal alle siebenundzwanzig Batter aus gemacht; so war das jetzt auch.

Die Menge war hellauf begeistert. Gregors Gesicht war nicht mehr ganz so rot. Er stand aufrechter im Pitcherraum. Er wollte immer noch nirgends anders hinschauen als auf meinen Handschuh, aber das grimmige Entsetzen in seiner Miene war grimmiger Konzentration gewichen. Er war vielleicht dünn, aber er war groß. Da draußen auf dem Hügel sah er allmählich verdammt eindrucksvoll aus.

So stiegen wir wieder in die Gewinnergruppe auf, und dann waren wir im Halbfinale. Zwischen den Spielen kamen die Leute in hellen Scharen zu Gregor, damit er ihre Bälle signierte. Meistens wirkte er wie betäubt, aber einmal sah ich, wie er kurz zu seiner Genossenschaftsfamilie auf der Tribüne hochblickte und ihnen mit einem kurzen Lächeln zuwinkte.

Wie geht's deinem Arm?, fragte ich.

Was meinst du?, sagte er.

Okay, sagte ich. Hör mal, ich will in diesem Spiel wieder im Außenfeld spielen. Kannst du auf Werner pitchen? In der Mannschaft, gegen die wir als Nächstes antraten, gab es nämlich zwei Amerikaner, Ernie und Caesar, und ich vermutete, dass sie einen Curveball treffen konnten. War nur so eine Ahnung.

Gregor nickte, und ich sah, dass ihm alles egal war, solange er nur einen Handschuh hatte, auf den er werfen konnte. Also regelte ich die Sache mit Werner, und im

Halbfinale war ich wieder draußen im Außenfeld, rechts von der Mitte. Wir spielten diesmal im Flutlicht, das Spielfeld wie grüner Samt unter einem purpurroten Abendhimmel. Vom Centerfield aus gesehen war alles winzig, wie in einem Traum.

Und meine Ahnung schien mich nicht getrogen zu haben, denn ich erwischte einen Parallelball von Ernie, indem ich nach vorn stürzte und ein Stück weit rutschte, um ihn mir zu schnappen, und dann einen anderen, indem ich eine halbe Minute lang, wie es mir schien, quer durch die Mitte rannte, bis ich unter einen turmhohen kurzen Flugball von Caesar kam. Zwischen den Innings kam Gregor sogar zu mir und gratulierte mir.

Und Sie kennen ja den alten Spruch, dass ein gutes Feldspiel zu einem guten Schlagdurchgang führt. Schon in den Spielen tagsüber hatte ich ein gutes Schlagergebnis erzielt, doch als ich nun in diesem Halbfinalspiel als Batter dran war, traf ich einen Ball mit solcher Wucht, dass es mir vorkam, als hätte ich ihn gar nicht getroffen, und er flog als hoher Fastball auf und davon. Homerun-Schlag über den Centerfield-Zaun, in die Abenddämmerung hinaus. Ich verlor ihn schon aus den Augen, bevor er den Gipfel seiner Flugbahn erreicht hatte.

Im Finale machte ich das im ersten Inning noch mal, gleich im Anschluss an Thomas – seiner ging nach links, meiner wieder in die Mitte. Das war mein zweiter Hit hintereinander, wir waren auf der Siegerstraße, und Gregor machte die Gegner der Reihe nach aus. Als ich im nächsten Inning wieder drankam, fühlte ich mich gut, die Leute verlangten lautstark nach einem weiteren Homerun, und der Pitcher der anderen Mannschaft sah zu allem entschlossen aus. Er war ein richtig großer Bursche, so groß wie Gregor, aber mit dem massiven Brustkasten vieler Marsianer, und er holte weit aus und warf den ersten direkt nach meinem Kopf. Nicht absichtlich, er hatte sich einfach nicht unter Kontrolle.

Dann gelang es mir gerade noch, ein paar ungültige Schläge zu machen; ich schwang sehr spät und wich seiner inneren Hitze aus, bis der entscheidende Pitch kam, und ich dachte mir, Herrgott, was soll's, es ist doch eigentlich egal, wenn du hier aus gemacht wirst, zumindest hast du zwei Hits hintereinander gemacht.

Dann hörte ich Gregor rufen, komm schon, Coach, du schaffst es! Lass dich nicht unterkriegen! Konzentrier dich! Eine passable Imitation von mir, nehme ich an, weil sich der Rest der Mannschaft kaputtlachte. Vermutlich hatte ich all das vorher ihnen zugerufen, obwohl es natürlich nur das Zeug war, was man bei so einem Spiel immer ganz automatisch von sich gibt, ich hatte damit nie irgendwas sagen wollen, ich wusste nicht mal, dass die Leute mich gehört hatten. Aber ich hörte Gregors leicht ironische Anfeuerungsrufe sehr deutlich, und ich trat wieder in den Schlagraum und dachte, also wirklich, ich hab überhaupt keine Lust, jemand zu coachen, ich hab zehn Spiele als Shortstop gemacht und versucht, euch nicht zu coachen, und ich war so irritiert, dass ich den Wurf kaum bemerkte, aber ich hämmerte ihn trotzdem über den Zaun hinter dem rechten Außenfeld weg, sogar noch höher und weiter als meine ersten beiden. Ein kniehoher Fastball, dicht auf meine Innenseite geworfen. Wie Ernie hinterher zu mir sagte, dem Baby hast du echt voll eine verplättet. Meine Mannschaftskameraden läuteten die kleine Schiffsglocke auf meinem ganzen Weg um die Bases herum, und zwischen dem dritten und der Home Plate schlug ich jedem von ihnen in die erhobene Hand und spürte das Grinsen in meinem Gesicht. Hinterher saß ich auf der Bank und fühlte den Hit in den Händen. Ich sehe ihn immer noch fliegen.

Im letzten Inning lagen wir also mit Vier zu Null vorn, und das andere Team kam mit dem Schlagen an die Reihe. Es war fest entschlossen, uns einzuholen.

Gregor wurde endlich müde, und er ließ den Batter zweimal vorrücken, dann warf er einen Curve, und ihr großer Pitcher erwischte ihn und knallte ihn hoch über meinen Kopf weg. Also, ich bin ja ganz gut bei Parallelbällen, aber in dem Moment, wo ein Ball über mich wegfliegt, bin ich total aufgeschmissen. Also drehte ich ihm den Rücken zu und rannte zum Zaun, weil ich mir dachte, entweder er geht raus oder ich krieg ihn am Zaun, in der Luft seh ich ihn jedenfalls nie wieder. Aber mit dem Laufen auf dem Mars ist es merkwürdig. Man sprintet zu schnell los, und schon ist man buchstäblich Hals über Kopf unterwegs und tut sein Bestes, nicht mit der Nase im Dreck zu landen. So ging es mir, als ich den Warnstreifen erblickte, und ich schaute wieder nach oben und sah den Ball runterkommen, also sprang ich, ich versuchte, senkrecht in die Höhe zu steigen, verstehen Sie, aber ich hatte reichlich Schwung, und ich hatte die Sache mit der Schwerkraft völlig vergessen, also schoss ich nach oben und erwischte den Ball erstaunlicherweise, merkte aber, wie ich dabei *direkt über den Zaun wegflog*.

Ich kam herunter und überschlug mich im Staub und im Sand, aber der Ball blieb in meinem Handschuh. Ich hüpfte über den Zaun zurück, wobei ich den Ball hochhielt, um allen zu zeigen, dass ich ihn hatte. Aber sie gaben dem anderen Pitcher trotzdem einen Homerun, weil man beim Fangen im Stadion bleiben muss. Ist eine hiesige Regel. Mir war's egal. Beim Spielen geht's ja gerade darum, dass man dazu gebracht wird, trotzdem solche Sachen zu machen. Und es war gut, dass dieser Pitcher auch einen Homerun gekriegt hat.

Also legten wir uns noch mal richtig ins Zeug, und Gregor machte die gegnerischen Batter aus, und wir gewannen das Turnier. Die Leute stürzten sich auf uns, vor allem auf Gregor. Er war der Held des Tages. Jeder wollte ein Autogramm von ihm. Er sagte nicht viel, aber er stand auch nicht mehr so krumm da. Er sah überrascht aus. Hinterher holte sich Werner zwei Bälle, und alle signierten sie, sozusagen als Siegestrophäen für Gregor und mich. Später sah ich, dass die Hälfte der Namen auf meinem Scherze waren, »Mickey Mantel« und andere solche Namen. Gregor hatte draufgeschrieben »Hi, Coach Arthur, schöne Grüße, Greg«. Ich habe den Ball noch. Er liegt zu Hause auf meinem Schreibtisch.

11

SALZIG UND SÜß

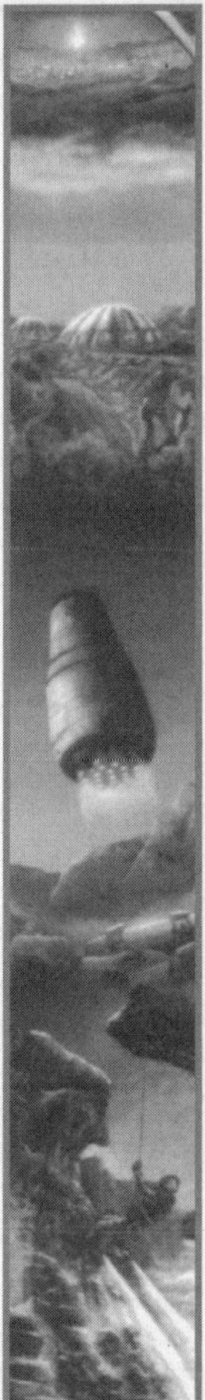

Anfangs war das Wasser der neuen Bäche immer schlammig, als würde flüssiger Backstein in Falten im Land dahinrinnen. Aus dem Erdreich lösten sich so viele Salze, dass das Wasser beinahe zähflüssig wurde und die Uferbänke oftmals mit phantastischen Streifen aus weißen Kristallen überzogen waren. In gewissen Stromgebieten sah es so aus, als flössen Blutströme in Kandiszuckerbetten. Und darin lag mehr Wahrheit, als jemand ahnte.

Nachdem die kleinen roten Leute zur neunzehnten Reinkarnation des Dalai Lama geworden waren, gelangten sie zur Erleuchtung, müssen Sie wissen, und damit standen sie vor einem Dilemma. Zuvor hatten die Menschen und ihre ganze Windmacherei an der Oberfläche als großartige Unterhaltung gedient; jetzt waren sie für das kleine rote Volk ein Problem, oder zumindest ein Anlass zu großer Besorgnis. Die kleinen roten Leute mussten den Mars vor den Menschen retten, aber auf eine Weise, die diesen liebenswerten Stümpern kein Leid zufügte, sondern ihnen half.

Gleichzeitig ging ihnen mit einem Mal auf, was die verdrossenen Blicke ihres Archaea-Zuchtvolks bedeutet hatten – es war ja auch offensichtlich. So wie der Dalai Lama auf der Erde keine Kühe aß, sollte das kleine rote Volk auf dem Mars keine Archaea essen.

Diese Erkenntnis hatte bei den kleinen roten Leuten eine sofortige Hungersnot zur Folge. Zwar betrachteten sie das Ganze größtenteils als einen erfreulichen Aufstieg auf eine höhere Bewusstseinsstufe, aber es löste doch einige Unruhe aus, als sie zu einer veganen Ernährung übergingen, die keinem Geschöpf das Leben kostete, sondern im Wesentlichen aus Samenkörnern, bakteriellen Früchten, Milch und Honigäquivalenten bestand. Während des Aufbaus dieser neuen Landwirtschaft litten sie lange Zeit Hunger und suchten darum, wenn es gar nicht anders ging, auch in den Überresten der Menschen an der Oberfläche nach Nahrung, um irgendwie zu überleben. Aber die Menschen neigten dazu, auf derartige Aktivitäten mit Pestiziden zu reagieren, und darum wurden sie nur im äußersten Notfall unternommen; gefährliche Zeiten erforderten eben gefährliche Maßnahmen.

So wie die Menschen ihnen das Leben von oben aus schwer machten, setzten ihnen die undankbaren Archaea indessen von unten zu. Viele der Alten waren durch die Befreiung keineswegs beschwichtigt; sie wollten Wiedergutmachung, sie wollten Rache, einige von ihnen verlangten sogar die Rückkehr zu ihrer ursprünglichen Vorherrschaft über die Marsoberfläche. Unglücklicherweise ist es nun einmal so, dass Archaea immer gleich die ganze Hand nehmen, wenn man ihnen den kleinen Finger reicht; jede Ecke meiner Küche beweist das. Folglich planten Kader staatsverdrossener Archaea eine Revolution von unten, und obgleich sie anfangs eine Minderheit waren, übten diese Unzufriedenen einen zersetzenden Einfluss auf viele anderen Archaea aus, was Ergebnisse zu zeitigen drohte, die durch die größeren Ebenen des planetaren Ökosystems kaskadenartig nach oben durchschlagen würden.

Die kleinen roten Leute steckten also in der Zwickmühle, wie es Gemäßigten so oft ergeht. Wir brauchen erheblich mehr Mitgefühl auf allen Ebenen der Ökosphäre, und zwar sehr schnell, sagten sie zueinander. Doch obwohl sie Telepathen und nunmehr im Geist boddhisattvascher Tugend vereint waren, merkten sie, dass sie in der Frage, mit welcher Politik man auf diese Krise reagieren sollte, geteilter Meinung waren. Einige fanden, man solle sich auf die Archaea konzentrieren, andere, auf die Menschen; andere wiederum wollten beide zugleich ins Visier nehmen, und wieder andere keinen von beiden. Mehr Mitgefühl, klar – aber wie?

Schließlich brachte die gegenwärtige, manchmal als Große Rehydration bezeichnete Phase des Terraformens eine Gruppe von ihnen auf die Idee, dass sie beide Probleme auf einen Schlag lösen könnten.

Es würde ihnen niemals gelingen, die Menschen auf direktem Wege zu beeinflussen, argumentierte diese Gruppe kleiner roter Wissenschaftler. Der Versuch, Städte im Vorbau ihrer Ohren zu errichten und ihnen ein Continuo der Vernunft zu singen, hatte nur in die Praxen von Hals-Nase-Ohrenspezialisten geführt, wo sie selbst in ungeheure Gefahr geraten waren. Gleichzeitig konnten die Archaea nicht länger gegen ihren Willen in der kryptoendolithischen Welt festgehalten werden. Womit konnten sie also arbeiten? Sie hatten jede Menge Wasser, jede Menge Salz, jede Menge Archaea und jede Menge Menschen. Der Vorschlag lief darauf hinaus, das alles zu vermischen.

Die Evaporitsalze an der Oberfläche wurden in der neuen Hydrosphäre wieder gelöst. Beim langsamen

Verdunsten der alten marsianischen Meere waren Kohlenstoffe, Sulfate und Nitrate zurückgeblieben; deren riesige Ablagerungen vermischten sich nun mit dem Wasser, das über die Oberfläche rann. Der Mechanismus der Salzanreicherung war nach wie vor kaum erforscht, aber das Oberflächenwasser auf dem Mars würde zweifelsohne noch für sehr lange Zeit Salze in sich aufnehmen. Die Archaea wiederum waren bereits abgehärtete Halophile; eine Spezies, *Haloferax,* konnte unmittelbar auf und in Salzkristallen leben. Menschen waren nicht so salztolerant, aber ihr Blut war ungefähr so salzig wie das Meerwasser auf der Erde, und viele von ihnen salzten ihr Essen viel zu stark. Also gab es vielleicht eine Chance. Das gemeinsame Element war Salz.

Eine Gruppe kleiner roter Wissenschaftler sprach sich für eine raffinierte Doppelintervention aus. Archaea sollten in Salzbehältern, die für sie wie Ozeandampfer aussähen, an die Oberfläche entlassen werden. Diese würden ins Wasser und, eingeführt in menschliche Wirte, mühelos in deren Blutstrom gelangen. Anschließend würden noch kleinere Gefäße einige dieser Archaea über die Blut-Gehirn-Barriere hinwegtragen – spezielle, von den kleinen roten Wissenschaftlern gentechnisch manipulierte Varianten, die gewisse elektrische Felder erzeugten und damit die Ausschüttung nützlicher Hormone und anderer Gehirnchemikalien auslösten.

Einige der kleinen roten Leute kritisierten das als reine Drogentherapie. Die Gruppe kleiner roter Wissenschaftler verteidigte sie als solche. Die seelische Verfassung war zu großen Teilen ein chemischer Zustand, wie alle einräumten. Aufgrund dessen ließ sich die chemische Intervention rechtfertigen. Es handelte sich schließlich um einen Notfall; die Menschen waren höchstwahrscheinlich dabei, sich auf dem Mars ungezügelt auszubreiten, wobei sie den Planeten für all dessen unsichtbare indigene Lebensformen zerstörten. Gleichzeitig gab es bei den Archaea eine Bevölkerungsexplosion, und sie suchten Streit. Eine Lösung, die beide Seiten neutralisierte, wäre höchst begrüßenswert. Für die Archaea wäre es die Freiheit der Oberfläche; für das kleine Volk eine Drogentherapie; für die Menschen ein bewusster Wandel ihrer Werte. Wenn niemand jemals etwas anderes ahnte, was schadete es dann? Warum sollten sie sie nicht in diesem Glauben lassen?

Also röteten sich überall auf dem Mars die Bäche von Schlamm und Salz und liefen über das vom Regen durchtränkte Land. Schließlich vereinigten sich manche dieser Bäche, wurden zu Flüssen und mündeten dann in den neu entstehenden Ozean. Da man das Nordmeer aus tiefen, grundwasserführenden Permafrost-Schichten heraufgepumpt hatte, war sein Wasser zu diesem Zeitpunkt noch außerordentlich rein. Im Grunde war es ein Meer aus destilliertem Wasser, während die Bäche und Flüsse salzig waren. Die Menschen betonten immer wieder, dass es genau umgekehrt sei wie auf der Erde.

Eine ganze Reihe dieser neuen Bäche ergoss sich über Klippen direkt ins Meer; an diesen Stellen hatte es den Anschein, als würde jemand rote Farbe in einen durchsichtigen, unberührten Teich gießen, wo sie sich in schaumigen Ringen und Klecksen ausbreitete. Das sieht ja schrecklich aus, sagten die Menschen zueinander, obwohl sie noch nicht einmal die Hälfte wussten. Dann gingen sie im nahe gelegenen Meer schwimmen und verzehrten anschließend ihr Mittagessen, und auf dem Heimweg fühlten sie sich komisch und beschlossen, künftig netter zu anderen zu sein.

12

DIE VERFASSUNG DES MARS

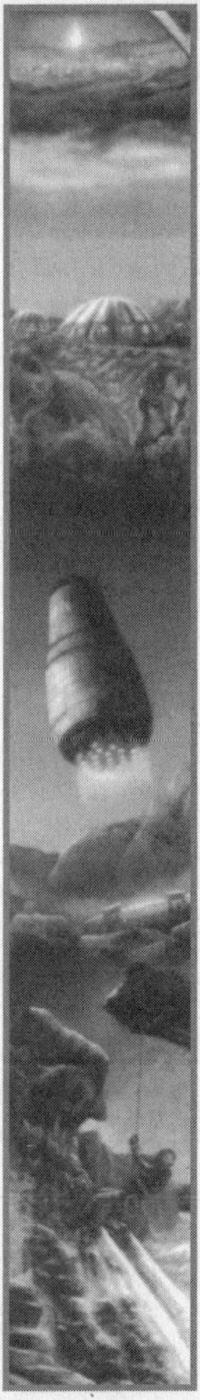

Wir, das Volk des Mars, haben uns im Jahre 2128 hier auf Pavonis Mons versammelt, um uns eine Verfassung zu geben, die als gesetzlicher Rahmen eines unabhängigen planetaren Staates dienen soll.

Diese Verfassung soll ein flexibles Dokument sein, das sich im Lichte der Erfahrungen und der sich wandelnden historischen Bedingungen mit der Zeit verändern kann, aber wir erklären an dieser Stelle ausdrücklich, dass wir einen Staat erschaffen wollen, der jetzt und immerdar die folgenden Prinzipien hochhält: Rechtsstaatlichkeit; Gleichheit aller vor dem Gesetz; individuelle Freizügigkeit, Rede- und Versammlungsfreiheit; Freiheit von politischer oder wirtschaftlicher Tyrannei; Verfügungsgewalt über das eigene Arbeitsleben und dessen Wert; gemeinsame Verwaltung der natürlichen Ressourcen des Planeten; und Achtung vor dem Urerbe des Planeten.

ARTIKEL 1. LEGISLATIVE

Paragraph 1. Die gesetzgebenden Körperschaften

1. Die gesetzgebende Körperschaft für globale marsianische Angelegenheiten ist der *Kongress*, der aus zwei Kammern besteht, der *Duma* und dem *Senat*.

2. Die Duma setzt sich aus fünfhundert Abgeordneten zusammen, die jedes M-Jahr per Los aus einer Liste aller über zehn M-Jahre alten Bewohner des Mars ermittelt werden. Sie tritt jedes M-Jahr an Ls=0 und Ls=180 zusammen und tagt so lange, wie es zur Erfüllung ihres Auftrags erforderlich ist.

3. Der Senat setzt sich aus jeweils einem Senator aus jeder Stadt oder Siedlung auf dem Mars mit über 500 Einwohnern zusammen (durch Verfassungszusatz 22 auf 3000 Einwohner geändert), die alle zwei M-Jahre mithilfe eines australischen Wahlsystems in geheimer Abstimmung ermittelt werden. Der Senat tagt permanent, bis auf Pausen von höchstens einem Monat alle zwölf Monate.

Paragraph 2. Befugnisse des Kongresses

1. Die Duma wählt die sieben Mitglieder des Exekutivrats mithilfe eines australischen Wahlsystems in geheimer Abstimmung.

2. Der Senat wählt ein Drittel der Mitglieder des globalen Umweltgerichts und eine Hälfte der Mitglieder des Verfassungsgerichts mithilfe eines australischen Wahlsystems in geheimer Abstimmung.

3. Der Kongress erlässt Gesetze, die ihn dazu ermächtigen, in angemessenem Umfang Steuern von den im Senat vertretenen Städten und Siedlungen zu erheben und einzutreiben; für die gemeinsame Verteidigung des Mars zu sorgen; den Handelsverkehr auf

dem Mars und mit anderen Welten zu regulieren; die Einwanderung auf den Mars zu regeln; Geld zu drucken und dessen Wert festzusetzen; ein Strafgerichtssystem zu schaffen; und eine feste Polizei- und Sicherheitstruppe zu bilden, die den Gesetzen Geltung verschafft und das Gemeinwesen schützt.

4. Alle vom Kongress verabschiedeten Gesetze werden vom Exekutivrat überprüft; wenn der Exekutivrat sein Veto gegen den Gesetzesvorschlag einlegt, kann der Kongress sich mit Zweidrittelmehrheit über dieses Veto hinwegsetzen.

5. Alle vom Kongress verabschiedeten Gesetze werden überdies vom Verfassungs- und Umweltgericht überprüft, und ein Veto dieser Gerichte kann nicht überstimmt werden, sondern soll Anlass sein, das Gesetz zu überarbeiten, sofern der Kongress es für angebracht hält. Danach beginnt der Prozess der Verabschiedung der Gesetzesvorlage von Neuem.

ARTIKEL 2. EXEKUTIVE

Paragraph 1. Der Exekutivrat

1. Der *Exekutivrat* besteht aus sieben Mitgliedern, die alle zwei M-Jahre von der Duma gewählt werden. Mitglieder des Exekutivrats müssen zum Zeitpunkt ihrer Wahl Bürger des Mars und mindestens zehn M-Jahre alt sein.

2. Der Exekutivrat wählt eines seiner Mitglieder mithilfe eines australischen Wahlsystems in geheimer Abstimmung zum Ratspräsidenten. Er wählt oder ernennt auch eine angemessene Anzahl von Beamten, die erforderlich sind, ihm bei der Erfüllung seiner diversen Aufgaben zu helfen.

Paragraph 2. Befugnisse des Exekutivrats

1. Der Exekutivrat befehligt die globale Polizei- und Sicherheitstruppe bei der Verteidigung des Mars und beim Schutz und der Durchsetzung der Verfassung auf dem Mars.

2. Der Exekutivrat hat – vorbehaltlich der Zustimmung des Kongresses – die Befugnis, Verträge mit politischen und ökonomischen Körperschaften der Erde (und, wie in Zusatz 15 festgelegt, mit den anderen politischen Organisationen im Sonnensystem) zu schließen.

3. Der Exekutivrat wählt oder beruft ein Drittel der Mitglieder des Umweltgerichts und eine Hälfte der Mitglieder des Verfassungsgerichts.

ARTIKEL 3. JUDIKATIVE

Paragraph 1. Die globalen Gerichtshöfe

1. Es gibt zwei globale Gerichtshöfe, das *Umweltgericht* und das *Verfassungsgericht.*

2. Das Umweltgericht besteht aus 66 Mitgliedern, die zu einem Drittel vom Senat gewählt, zu einem Drittel vom Exekutivrat gewählt oder berufen und zu einem Drittel von allen Marsbewohnern mit einem Mindestalter von zehn M-Jahren gewählt werden. Die ins Gericht Gewählten oder Berufenen haben ihr Amt für zehn M-Jahre inne.

3. Das Verfassungsgericht besteht aus zwölf Mitgliedern, die zur Hälfte vom Senat gewählt, zur Hälfte vom Exekutivrat gewählt oder berufen werden. Mitglieder dieses Gerichts haben ihr Amt für zehn M-Jahre inne.

Paragraph 2. Befugnisse des Umweltgerichts

1. Das Umweltgericht hat die Befugnis, alle vom Kongress verabschiedeten Gesetze auf ihre Folgen für die marsianische Umwelt hin zu überprüfen, und das Recht, sein letztinstanzliches Veto gegen diese Gesetze einzulegen, wenn es deren Folgen für die Umwelt als verfassungswidrig erachtet; regionale Landkommissionen einzusetzen, welche die Handlungen aller marsianischen Städte und Siedlungen auf ihre Folgen für die Umwelt hin überwachen; in Streitigkeiten zwischen Städten und Siedlungen, bei denen es um Umweltfragen geht, Recht zu sprechen; und alle Rechtsfragen bezüglich der Verwaltung oder des Besitzes von Land und Wasser zu regeln. Die entsprechenden Rechte werden in Zusammenarbeit mit dem Kongress schriftlich fixiert; sie sollen terranische Eigentumsvorstellungen ersetzen oder an die Marsgemeinschaft anpassen.
2. Das Umweltgericht entscheidet in allen Fällen, die ihm vorgelegt werden, nach Maßgabe von Konzepten, die einen langsamen, stabilen, schrittweisen Terraformungsprozess garantieren, wobei eines der Ziele dieser Terraformung ein maximaler Luftdruck von 350 Millibar in einer Höhe von sechs Kilometern über dem Normalniveau in den äquatorialen Breiten ist. Diese Zahl soll alle fünf M-Jahre einer Revision unterzogen werden.

Paragraph 3. Befugnisse des Verfassungsgerichts

1. Das Verfassungsgericht überprüft alle vom Kongress verabschiedeten Gesetze auf ihre Verfassungsmäßigkeit und spricht Recht in allen ihm vorgelegten lokalen und regionalen Fällen, die seiner Ansicht nach wichtige globale Verfassungsfragen betreffen oder Auswirkungen auf die individuellen Rechte haben,

die in dieser Verfassung niedergelegt sind. Vom Kongress verabschiedete wie auch lokale Gesetze, die es als verfassungswidrig beurteilt, können überarbeitet und dem Gericht von den entsprechenden gesetzgebenden Körperschaften erneut vorgelegt werden.

2. Dem Verfassungsgericht untersteht eine fünfzig Mitglieder starke Wirtschaftskommission. Das Gericht beruft zwanzig Mitglieder, allesamt mindestens zehn M-Jahre alte Bewohner des Mars, für Amtszeiten von fünf M-Jahren. Die anderen dreißig Mitglieder werden von Zunftgenossenschaften berufen oder gewählt, welche die verschiedenen auf dem Mars ausgeübten Berufe und Gewerbe repräsentieren (vorläufige Liste liegt bei). Die Wirtschaftskommission erarbeitet eine Sammlung von Gesetzen und Verfahrensregeln für das Wirtschaftsleben und legt sie der Legislative zur Genehmigung vor. Diese Gesetze und Verfahrensregeln gelten für gemeinnützige Unternehmen der öffentlichen Hand, welche die Grundversorgung sicherstellen, sowie für steuerpflichtige, gewinnorientierte Privatunternehmen; legen im Einzelnen fest, welches die öffentlichen Versorgungsbetriebe sind und welche Regelungen für sie gelten; definieren rechtsverbindliche Grenzen für die Größe aller Privatunternehmen; enthalten gesetzliche Richtlinien für Privatunternehmen, die sicherstellen, dass den Mitarbeitern ihre Unternehmen sowie das dazugehörige Kapital und die erwirtschafteten Gewinne gehören; und sorgen für das Wohl einer partizipatorischen, demokratischen Volkswirtschaft.

Paragraph 4. Abstimmung zwischen den beiden Gerichtshöfen

1. Der Exekutivrat wählt eine Schlichtungskommission, die aus fünf Mitgliedern des Umweltgerichts

und fünf Mitgliedern des Verfassungsgerichts besteht und bei allen Meinungsverschiedenheiten sowie Unstimmigkeiten und anderen Konflikten zwischen den Entscheidungen der beiden globalen Gerichte vermittelt und schlichtet und diese beilegt.

ARTIKEL 4. DER GLOBALE STAAT UND DIE STÄDTE UND SIEDLUNGEN

1. Die Städte, überdachten Canyons, überdachten Krater und kleineren Siedlungen auf dem Mars sind in Bezug auf den globalen Staat und aufeinander halbautonom.
2. Städte und Siedlungen haben ein Anrecht auf ihre eigenen lokalen Gesetze, politischen Systeme und kulturellen Praktiken, sofern diese Gesetze, Systeme und Praktiken nicht die von dieser globalen Verfassung garantierten individuellen Rechte außer Kraft setzen.
3. Bürger jeder Stadt und Siedlung haben Anspruch auf alle in dieser Verfassung garantierten Rechte sowie auf sämtliche Rechte aller anderen Städte und Siedlungen.
4. Städte und Siedlungen dürfen keine regionalen politischen Verbände bilden, die als Entsprechung von Nationalstaaten fungieren würden. Regionale Interessen können nur durch gelegentliche und zeitlich befristete koordinierte Aktivitäten zwischen Städten und Siedlungen verfolgt und geschützt werden.
5. Keine Stadt oder Siedlung darf physische oder wirtschaftliche Akte der Aggression gegen eine andere Stadt oder Siedlung begehen. Streitigkeiten zwischen zwei oder mehreren Städten bzw. Siedlungen werden durch Schlichtung oder Urteil des zuständigen Gerichts entschieden.

6. Der räumliche Geltungsbereich der von einer Stadt oder Siedlung erlassenen lokalen Gesetze wird von der Landkommission in Absprache mit den von ihrem Urteil betroffenen Städten und Siedlungen festgelegt. Überdachte Krater und Canyons sowie frei stehende Zeltstädte haben offensichtliche räumliche Grenzen, die als Entsprechung von »Stadtgrenzen« gelten können, aber diese Städte wie auch diffuse Freiluftsiedlungen haben legitime »Einflusssphären«, die sich oftmals mit den Einflusssphären benachbarter Städte und Siedlungen überschneiden. Gemäß dem generellen Verzicht auf terranische Vorstellungen von Souveränität und Eigentum darf das Land innerhalb dieser Einflusssphären nicht als »Territorium« definiert werden, das sich im Besitz der Städte und Siedlungen befindet. Trotzdem haben alle Städte und Siedlungen einen Rechtsanspruch auf Gehör bezüglich sämtlicher Fragen der Landnutzung – einschließlich der Wasserrechte – innerhalb ihrer von der Landkommission festgelegten Einflusssphären.

ARTIKEL 5. INDIVIDUELLE RECHTE UND PFLICHTEN

Paragraph 1. Individuelle Rechte

1. Freizügigkeit und Versammlungsfreiheit.
2. Religionsfreiheit.
3. Redefreiheit.
4. Das uneingeschränkte Recht, bei globalen Wahlen abzustimmen.
5. Das Recht auf einen Rechtsbeistand, eine baldige Verhandlung und Anordnung eines Haftprüfungstermins.

6. Schutz vor willkürlicher Durchsuchung, Verhaftung oder Beschlagnahme sowie vor mehrmaliger Strafverfolgung in derselben Sache und das Privileg, nicht gegen sich selbst aussagen und sich unfreiwillig belasten zu müssen.
7. Schutz von grausamen oder ungewöhnlichen Strafen.
8. Das Recht auf die freie Wahl einer Beschäftigung.
9. Das Anrecht auf den größten Teil der wirtschaftlichen Früchte der eigenen Arbeit, berechnet nach Formeln, die von der Wirtschaftskommission genehmigt werden müssen, wobei der eigene Anteil jedoch keinesfalls unter 50 % liegen darf.
10. Das Recht auf sinnvolle Beteiligung an der Organisation des eigenen Arbeitsprozesses.
11. Das Recht auf einen lebenslangen Mindestlohn.
12. Das Recht auf angemessene Gesundheitsfürsorge, einschließlich des kompletten Verfahrens, das in seiner Gesamtheit als »Langlebigkeitsbehandlung« bekannt ist.

Paragraph 2. Individuelle Pflichten

1. Die Bürger des Mars opfern im Lauf ihres Lebens ein M-Jahr der gemeinnützigen Arbeit im globalen Dienstleistungsbereich. Die Art dieser Arbeit wird von der Wirtschaftskommission bestimmt, es darf sich jedoch nicht um eine militärische oder polizeiliche Tätigkeit handeln.
2. Auf dem Mars ist es jedermann ausdrücklich untersagt, tödliche Waffen zu tragen oder zu besitzen. Das gilt auch für Polizisten und Angehörige der Aufstandsbekämpfungstruppen.

ARTIKEL 6. DAS LAND

Paragraph 1. Ziele und Grenzen der Terraformung

1. Der Urzustand des Mars soll rechtliche Würdigung erfahren und darf nicht verändert werden, außer im Rahmen eines Terraformungsprogramms, das darauf abzielt, die Oberfläche des Planeten bis hinauf zur Sechs-Kilometer-Höhenlinie für Menschen bewohnbar zu machen. Oberhalb dieser sechs Kilometer soll der ursprüngliche Zustand so weit wie möglich erhalten bleiben.
2. Der Atmosphärendruck in sechs Kilometer Höhe über dem Normalniveau in den äquatorialen Breiten (30 Grad Nord bis 30 Grad Süd) darf 350 Millibar nicht übersteigen.
3. Die Menge des Kohlendioxids in der Atmosphäre darf zehn Millibar nicht übersteigen.
4. Der Meeresspiegel von Oceanus Borealis (des Nordmeers) darf nicht über die Tausend-Meter-Höhenlinie steigen.
5. Der Meeresspiegel des Hellas-Beckens darf nicht über das Normalniveau steigen.
6. Das Argyre-Becken soll ein trockenes Becken bleiben.
7. Die absichtliche Einführung jeder natürlichen oder gentechnisch erzeugten Spezies muss hinsichtlich ihrer Auswirkungen auf bereits existierende Biome und Ökologien untersucht und anschließend von den Dienststellen des Umweltgerichts genehmigt werden.
8. Auf dem Mars dürfen keine Terraformungsmethoden angewendet werden, bei denen Strahlung ins Land, ins Grundwasser oder in die Luft freigesetzt wird.

9. Es dürfen keine Terraformungsmethoden angewendet werden, die den Entscheidungen des Umweltgerichts zufolge instabil sind und rasch in sich zusammenbrechen können oder der Marslandschaft schweren Schaden zufügen.

ARTIKEL 7. ZUSÄTZE ZU DIESER VERFASSUNG

Wenn zwei Drittel der Mitglieder beider Kammern der Legislative oder eine Mehrheit der Stimmberechtigten in einer Mehrzahl der Städte und Siedlungen des Mars Zusätze zu dieser Verfassung vorschlagen, wird der vorgeschlagene Zusatz bei der nächsten planmäßig erfolgenden globalen Wahl zur Abstimmung gestellt. Zu seiner Annahme ist eine qualifizierte Zweidrittelmehrheit erforderlich.

ARTIKEL 8. RATIFIZIERUNG DER VERFASSUNG

Nachdem die Repräsentanten der verfassunggebenden Versammlung den Text dieser Verfassung Punkt für Punkt mit einfacher Mehrheit gebilligt haben, soll diese Verfassung als Ganzes allen Bewohnern des Mars, die über fünf M-Jahre alt sind, zur Zustimmung oder Ablehnung vorgelegt werden. Wenn eine qualifizierte Zweidrittelmehrheit die Verfassung billigt, soll sie das oberste Gesetz des Planeten werden.

13

EINIGE ARBEITSNOTIZEN UND ANMERKUNGEN ZUR VERFASSUNG VON CHARLOTTE DORSA BREVIA

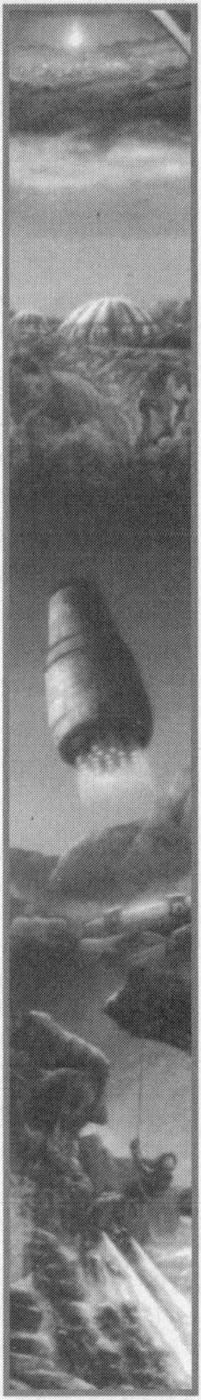

PRÄAMBEL Obwohl schon allein die Idee einer Verfassung bei manchen auf Ablehnung stieß, setzte sich das Konzept der Verfassung als »Struktur für die Debatte« durch, und der Prozess ging weiter.

1.1.2 Die Idee einer Regierung, deren Mitglieder per Los bestimmt werden, ist selten in die Tat umgesetzt worden, aber die theoretischen Argumente, die dafür sprachen, waren interessant genug, um die Väter und Mütter der Verfassung zu einem solchen Versuch anzuregen. Dass jeder Bürger zum Gesetzgeber werden kann, hat enorm positive psychologische und soziale Auswirkungen gehabt, obwohl die Duma in der Praxis nur selten die treibende Kraft in legislativen Angelegenheiten gewesen ist – ja, manchmal war sie eher ein ziemlich chaotischer Haufen, und sie hat immer etwas (erfrischend) Unprofessionelles an sich. Doch in Verbindung mit der wirtschaftlichen

Autonomie, die der Normalbürger genießt, hat diese spürbare politische Selbstverwaltung das Element der Verantwortung im Konzept der Staatsbürgerschaft enorm gestärkt und den Menschen ein erhöhtes Bewusstsein für das ja immer schon vorhandene Kollektiv vermittelt.

2.1.1 Der aus sieben Mitgliedern bestehende Exekutivrat wurde vom schweizerischen Regierungssystem übernommen. Damit sollen die exekutiven Funktionen des Staates entpersönlicht werden, ohne sie unerfüllbar zu machen, indem man sie etwa einer kompletten Körperschaft von der Größe des Kongresses überträgt. Obwohl politische Auseinandersetzungen unter den Ratsmitgliedern unvermeidlich sind, lassen sich Streitigkeiten rasch per Abstimmung beenden, und damit hat sich der exekutive Zweig dann für eine bestimmte Vorgehensweise entschieden. Das unterscheidet sich nicht sehr von einer Beratergruppe, die einen einzelnen Regierungschef beeinflusst. Aber es macht Schluss mit der Tendenz, die Politik zu personalisieren, das heißt, Einzelpersonen zu dämonisieren oder zu Helden zu küren, obwohl es in diesem speziellen Bereich des gesellschaftlichen Lebens eigentlich um die Politik geht. In der Schweiz hat diese Methode gut funktioniert; dort wissen viele gebildete Bürger nicht, wer ihr Präsident ist, haben jedoch eine dezidierte Meinung zu allen aktuellen politischen Fragen. Und das hat sich auch auf dem Mars bewahrheitet.

2.1.2 Das australische Wahlsystem wird in der Verfassung so oft vorgeschrieben, weil ihre Väter und Mütter zu der Überzeugung gelangt sind, dass es die Kandidaten ermutigt, »dem anderen die Hand hinzustrecken«. Die Wähler stimmen für mindestens drei Kandidaten, die sie an die erste, zweite, dritte Stelle usw. setzen, und ihre erste Wahl bekommt in einem solchen Bewertungssystem mehr Punkte. Das nötigt die Kandidaten, Stimmen für den zweiten und dritten Platz von Wählern außerhalb ihres eigenen Wahlbezirks zu suchen, welcher das auch sein mag. Auf der Erde hat das bei in sich zerstrittenen Wählerschaften sehr gut funktioniert und im Lauf der Zeit einige tief greifende Spaltungen geheilt, und in Anbetracht der polyglotten Natur der Marsgesellschaft kamen die Väter und Mütter der Verfassung zu dem Schluss, dass es auch für den Mars das Richtige sei.

3.1.3 Bei der verfassunggebenden Versammlung wurden Bedenken gegen die Aufteilung der globalen Judikativc in zwei Zweige laut. Am Ende entschied man jedoch, die Lebenspraxis auf dem Mars sei unauflöslich mit so vielen Fragen der Umweltschutzgesetzgebung verbunden, dass sie eine eigene Körperschaft verdienten, die sich speziell der Reglementierung dieses Bereichs widmen sollte. Damals wurde argumentiert, das Verfassungsgericht sei rudimentär und überflüssig, was sich jedoch nicht bewahrheitet hat, weil es bei den von ihm zu verhandelnden Fällen sehr oft um wichtige Probleme der Marsgesellschaft geht. Es wurde auch eingewandt, das Umweltgericht würde wegen der artifiziellen Natur der marsianischen Biosphäre die mächtigste politische Körperschaft auf dem Mars werden. Das ist in der Tat eine weitaus zutreffendere Vorhersage gewesen, und man könnte durchaus die Meinung vertreten, die marsianische Geschichte seit der Verabschiedung der Verfassung sei die Geschichte der Integration der ungeheuren Macht des Umweltgerichts in das übrige gesellschaftliche Leben gewesen. Aber das ist ja nicht unbedingt etwas Schlechtes.

3.2.2 Die gesetzliche Festschreibung des Atmosphärendrucks hat die Marsverfassung zur Zielscheibe vieler

Witze gemacht, aber nur dank dieser so genannten »großen Geste« gegenüber roten Bedenken konnte sie überhaupt vollendet werden. Und es schadet nichts, die Menschen daran zu erinnern, dass die Umwelt auf dem Mars in gewissem Maße von ihren Entscheidungen abhängt. Das war auch auf der Erde fast zweihundert Jahre lang so, aber erst seit der Großen Flut ist es eine allgemein akzeptierte Wahrheit.

3.3.1 Diese Bestimmung versucht, einen Kurs für die schwierige Gratwanderung zwischen lokaler Autonomie und globalem Recht festzulegen. Das Paradox einer freien und toleranten Gesellschaft besteht darin, dass sie, um zu funktionieren, keine Intoleranz dulden kann. Die beiden Gebote »Menschen können sich selbst regieren« und »niemand darf einen anderen unterdrücken« müssen als lebendiger Widerspruch oder dynamische Spannung stehen bleiben.

In der Praxis sind lokale Gesetze, die den Geist des marsianischen Rechts (wie in der Verfassung detailliert aufgeführt) verletzt haben, immer sofort überdeutlich aufgefallen.

3.3.2 Der Gedanke, dass die Verfassung bestimmte Wirtschaftsformen vorschreiben sollte, war umstritten und wurde bei der verfassunggebenden Versammlung heftig diskutiert, aber das Argument, das den Sieg davontrug, war unanfechtbar: Ökonomie ist Politik, und eine akzeptable politische Existenz, ein akzeptables Leben, hängt von einem akzeptablen Wirtschaftssystem ab. Da dies so ist, konnten die Väter und Mütter der Verfassung dieses Thema nicht einfach ignorieren, sonst wären all ihre Bemühungen angesichts der Geschichte zu so etwas wie einer großen Geste oder einem Witz geworden.

Wie sich herausgestellt hat, war der Aufbau eines demokratischen, partizipatorischen Wirtschaftssystems kompliziert und mit Problemen und Diskussionen befrachtet, die jedoch weder bösartig waren noch auch nur besonders viel Uneinigkeit ausgelöst haben. Die alte Behauptung, die »menschliche Natur« führe zwangsläufig zu einem feudalen, auf den wirtschaftlichen Vorteil bedachten, hierarchischen Verhalten, verschwand wie ein Nebel in dem Augenblick, als die Entrechtung der Menschen im Arbeitsleben aufgehoben wurde, als das von generationenlanger Arbeit geschaffene Kapital in den Besitz des Kollektivs überging und von jenen verwaltet wurde, die damit arbeiten. In allen sozialen Strukturen gibt es nach wie vor Hierarchien, aber im Kontext allgemeiner Gleichheit werden sie als Resultat von Arbeit, Erfahrung und Alter statt als unverdientes Privileg betrachtet und rufen deshalb nicht dieselben Ressentiments hervor. Mit anderen Worten, Menschen sind immer noch Menschen; sie streiten sich, ärgern sich, hassen sich, sind egoistisch und wollen nur mit ihresgleichen oder denen teilen, die sie kennen, falls das mit »menschlicher Natur« gemeint ist; doch jetzt leben sie in einem ökonomischen Rahmen, in dem sie denjenigen, die sie hassen, annähernd gleich sind und sie nicht auf grobe Weise in finanzieller Hinsicht unterdrücken oder von ihnen unterdrückt werden können. Das nimmt der Wut auf andere den Stachel, glauben Sie mir. Aber man muss unter dem alten Regime gelebt haben, um den Unterschied wirklich in seinem ganzen Ausmaß zu spüren.

3.4.1 Diese Bestimmung rief bei der verfassunggebenden Versammlung einige Heiterkeit hervor, weil es sich um eine nachträglich konzipierte Körperschaft handele, mit der grundlegende Widersprüche in der vorgesehenen Judikative und Regierung »übertüncht« werden sollten; es wurde sogar prophezeit, dieser angeklebte Schlichtungsausschuss werde schließlich die eigentlichen Regierungsgeschäfte führen.

Wie sich herausgestellt hat, war das in der Tat manchmal der Fall. Man muss jedoch im Gedächtnis behalten, dass das nicht unbedingt etwas Schlechtes ist. Der Schwerpunkt des Staates sollte in den Gerichten liegen und nicht etwa im Hauptquartier des Militärs. Ich fand die Debatten vor dem Schlichtungsausschuss immer absolut faszinierend: die ganze Philosophie des Staates und der menschlichen Natur, um die man sich bis ins kleinste korinthenkackerische bürokratische Detail kabbelte. Natürlich können Sie sagen, aber das ist Ihr Job, Charlotte, Sie mögen solche Sachen. Zur Erwiderung würde ich jedoch darauf hinweisen, wie viele Menschen heutzutage so sind wie ich und ihre Arbeit sehr gern tun; denn diese Arbeit ist keine Zeit mehr, die man anderen gibt, um sich Geld zu verdienen, mit dem man dann das tun kann, was man gern will, sondern wirklich etwas, das man sich ausgesucht hat, weil man es interessant findet (wenn man vernünftig ist), weil man ganz und gar mit den Ergebnissen seiner Arbeit verbunden ist und für diese Arbeit weitgehend auf dieselbe Art und im selben Maße wie jeder andere auf der Welt entschädigt wird, zumindest mit einem hinreichenden Auskommen, für gewöhnlich jedoch mit viel mehr: So liegen die Dinge, und das hat die auf dieser Verfassung basierende Gesellschaft erreicht. Das finde ich so interessant daran.

4.2 Wieder das große Paradoxon: Intoleranz gegenüber Intoleranz. Aber wie soll man sonst für Gerechtigkeit sorgen?

4.4 Diese Klausel wurde fraglos zu dem Zweck aufgenommen, sowohl die lokale als auch die globale Ebene in die marsianische Politik mit einzubeziehen und letztendlich alles abzuschaffen, was an die Nationalstaaten der Erde erinnerte. Ob der Nationalstaat wirklich die Quelle der schrecklichen Probleme der Erde war, ist noch die Frage, aber niemand sah einen Grund dafür, weshalb es Nationen auf dem Mars geben sollte, und so wurde die Klausel verabschiedet. Kein Mensch hat den Nationalstaat hier vermisst, und wenn man sich das Wort *Patriotismus* anschaut, dann wird einem klar, dass der Mars sich mit diesem Konzept nicht befassen muss.

4.5 Ein Versuch, Krieg für verfassungswidrig zu erklären; auch darüber haben bei der Versammlung viele gelacht, aber der Passus wurde trotzdem verabschiedet. Vielleicht kann man Menschenfreundlichkeit nicht vorschreiben, aber es mag trotzdem einen Versuch wert sein.

5.1.9 Wiewohl umstritten, war allein schon diese Klausel eine wichtige Triebkraft im Kampf für Gleichheit und Gerechtigkeit auf dem Mars.

5.2.1 Dieses Verfahren wurde ebenfalls von der Schweiz übernommen, allerdings in modifizierter Weise, um es zu entmilitarisieren und auf die gemeinnützige Arbeit für das kollektive Wohl der Marsgesellschaft zu beschränken. Das übliche Muster ist mittlerweile Folgendes: sechs Monate nach Abschluss der höheren Schule, drei dreimonatige Phasen in den vier unmittelbar darauf folgenden Jahren und neun weitere Monate je nach Zeit und Gelegenheit in den Jahren danach. Folglich wird das Gros der gemeinnützigen Dienste von der Jugend übernommen und gehört zu ihrer Ausbildung und Erziehung. Eine Studie hat gezeigt, dass sich über dreißig Prozent der marsianischen Paare während ihrer Zeit im gemeinnützigen Dienst kennen gelernt haben, also fungiert er zumindest als Kontaktraum und Eheanbahnungsinstitut.

5.2.2 Diese Klausel traf bei der Versammlung auf erstaunlich wenig Widerstand. Art zufolge ein »Selbstgänger«.

6 Der Umgang mit dem Land ist von entscheidender Bedeutung für jede Staatsform, die sich mit Permakultur befasst, das heißt, mit der Verwaltung der Biosphäre zum Wohle künftiger Generationen. Die Gesellschaft ist »eine Partnerschaft nicht nur zwischen den Lebenden, sondern auch zwischen den Lebenden, den Toten und den noch Ungeborenen«. (Edmund Burke) Deshalb müssen wir uns um das Land kümmern.

7 In den zwanzig M-Jahren, in denen die Verfassung nun bereits in Kraft ist, sind vierzehn Verfassungszusätze verabschiedet worden. Die meisten räumen inhärente Widersprüche in der Verfassung bzw. in den lokalen/globalen oder Toleranzsituationen aus oder entwickeln die Terraformungsgesetze den aktuellen Bedingungen gemäß weiter.

8 Verabschiedet am 11. Oktober, M-Jahr 52, mit 78 % zu 22 %. Jetzt erfolgreich seit einundzwanzig M-Jahren in Kraft.

Zum gegenwärtigen Zeitpunkt glaube ich, dass man die Verfassung als Erfolg beurteilen kann. Diejenigen, die damals behauptet haben, eine Verfassung sei an sich schon anachronistisch und unnötig, haben deren Funktion nicht verstanden: Sie soll kein statisches »ehernes Gesetz« sein, in dem alle gesellschaftlichen Widersprüche ein für alle Mal aufgehoben sind, sondern eine Schablone zur Strukturierung der Diskussion und ein Ansporn auf dem Weg zur Gerechtigkeit. Trotz der Schwierigkeiten, auf die wir seither bei der Umsetzung der unbestimmteren oder radikaleren Paragraphen des Dokuments gestoßen sind, glaube ich, dass es wie seine großen amerikanischen und schweizerischen Vorgänger in dieser Hinsicht erfolgreich gewesen ist.

Die von dieser Verfassung vorgeschriebene Regierungsform kann als Polyarchie bezeichnet werden; die Macht ist auf eine große Zahl von Institutionen und Individuen verteilt, ein Netz aus Kontrollen und Gegengewichten, das die Möglichkeit der Entstehung einer repressiven Hierarchie erheblich vermindert. Die in der Präambel aufgeführten Verfassungsziele laufen auf Gerechtigkeit und friedlichen Dissens hinaus. Wo diese erreicht worden sind, wird alles Weitere folgen.

Natürlich ist die Verfassung jetzt ein Stück weit in den Hintergrund getreten, weil sich große Massen von Gesetzen und informellen Verfahren um sie herum angelagert haben, die die Alltagsaktivitäten der meisten Marsianer regeln. Aber das war von vornherein ihre Funktion und ist kein Anlass zur Klage. Aus meiner Sicht ist die Verfassung niedergelegt worden, um den Menschen bewusst zu machen, dass die Art und Weise, wie sie ihre Angelegenheiten geregelt haben, keineswegs »natürlich« oder in Stein gemeißelt war; Gesetze und Regierungssysteme sind immer schon künstliche Erfindungen, Verfahrensweisen und Gewohnheiten gewesen. Sie können sich ändern, sie haben sich geändert, sie werden sich wieder ändern. Folglich gibt es keinen Grund, nicht zu versuchen, sie zum Besseren zu verändern. Und das haben wir getan. Wie das Ergebnis auf lange Sicht ausfallen wird, kann niemand sagen. Aber ich glaube, es ist ein guter Anfang gewesen.

14

JACKIE ÜBER ZO

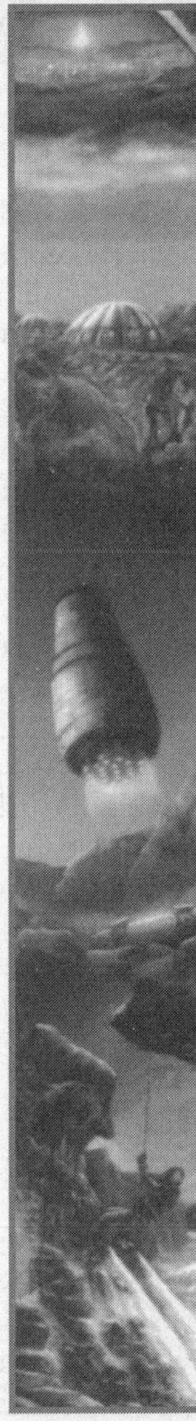

Mir kam es nicht so schlimm vor, aber ich hatte eine Epiduralanästhesie bekommen, also was weiß ich. Es war wie eine extrem anstrengende sportliche Aktivität, die ich nicht einfach unterlassen konnte. Ich habe die verächtlichen Blicke der Leute gesehen, wenn ich die Epiduralanästhesie erwähnt habe, aber ich meine, wir sind terranische Tiere, und wenn wir auf einem anderen Planeten gebären sollen, haben wir Anspruch auf ein bisschen medizinische Unterstützung. Auf dem Mars an natürlicher Geburt festzuhalten ist eine Form von Machismo, die mich nicht interessiert.

Sie war von Anfang an schwierig. Sie wurde aus mir herausgezerrt und mir auf die Brust gelegt, und ich sah dieses kleine rote Gesicht, das mich direkt anschaute und protestierend brüllte. Sie war stocksauer, das konnte man ihr genauso deutlich am Gesicht ablesen wie jedem älteren Menschen auch. Ich zweifle nicht daran, dass wir im Mutterleib Bewusstsein besitzen, zumindest gegen Ende der Zeit, die wir dort eingesperrt sind, versunken in Gedanken ohne sprachliche Gestalt, wie Musik oder Meditation. Deshalb ist unser Charakter schon vollständig fertig, wenn wir herauskommen. Nichts, was danach noch geschieht, verändert ihn. Und sie war in der Tat noch jahrelang so sauer.

Sie saugte gierig, weinte untröstlich, schlief unruhig und schrie im Schlaf, als wäre sie hellwach – dann wachte sie auf, erschrocken über ihren eigenen Lärm, und schrie weiter. Ich fragte mich oft, wovon sie träumte, was ihr im Schlaf solche Angst machte. Seit Jahrtausenden nennt man es »Kolik«, aber niemand weiß, was es ist. Manche behaupten, es sei die allmähliche Anpassung des Verdauungssystems an den Schwall neuer Chemikalien. Danach zu schließen, wie sie sich wand, muss daran wohl etwas Wahres sein. Aber ich glaube auch, sie war immer noch grantig, weil sie aus dem Mutterleib hinausgeworfen worden war. Zorn über den unfairen Verlust dieser narzisstischen, ozeanischen Seligkeit. Sie erinnerte sich an den Mutterleib. Selbst später, als sie ihn vergaß, erinnerte sie sich an ihn und tat ihr Möglichstes, um dorthin zurückzugelangen. Im Grunde ist das Zos ganze Geschichte.

Die Koliken machten mich wahnsinnig. Ich konnte sie nicht beruhigen, und ich konnte sie nicht dazu bringen, mit dem Schreien aufzuhören. Nichts funktionierte, und glauben Sie mir, ich habe alles versucht, was mir einfiel, weil es mich total zur Verzweiflung brachte. Manchmal schrie sie zehn Stunden durch. Das ist eine lange Zeit, wenn ein Baby schreit. Das Einzige, was wenigstens ein bisschen half, war, sie in den Händen zu halten, eine Hand unter ihrem Po, die andere hinter ihrem Kopf und Hals, und sie rasch auf und ab zu bewegen, als säße sie auf einer Schaukel. Das verblüffte sie so, dass sie verstummte, und sie schien es sogar zu mögen oder zumindest interessant zu finden. Jedenfalls hörte sie auf zu schreien. Aber einmal, als ich das machte, kam eine Araberin zu mir, streckte die Hand aus und sagte: »Bitte, Sie sollten das nicht tun, Sie könnten der Kleinen Schaden zufügen.«

»Ich stütze ihren Kopf«, erklärte ich ihr und zeigte es ihr.

»Trotzdem, ihre Hälse sind so schwach.« Sie war nervös, sogar ängstlich, aber sie gab nicht nach.

»Es gefällt ihr. Ich weiß, was ich tue.«

Aber ich tat es nie wieder. Und ich dachte später darüber nach, was für einen Mut es erfordert, einer Fremden Vorhaltungen wegen der Art zu machen, wie sie mit ihrem Kind umgeht.

Michel glaubt ja an die Theorie der vier Temperamente. Wenn er damit Recht hat, was ich bezweifle, dann war sie eine Cholerikerin. Launisch – wie Maya, ja, so war sie. Diese Ähnlichkeit störte mich nicht so sehr, wie manche vermutlich dachten. Ich mochte Maya erheblich mehr als sie mich – wer könnte sie nicht mögen, sie ist wie aus einem Stück von Sophokles entsprungen –, aber sie wollte sich streiten, und ich wollte nicht klein beigeben. Mit Zo war es genauso. Ist alles eine Frage der Biochemie – die Launen, meine ich. Das hat Michel mit all seinen biologischen Wechselwirkungen im Grunde auch gesagt. Die vier Temperamente, sicher, nur dass es vierzig oder vierzigtausend gibt. Vielleicht lose in seinen vieren gruppiert, wer weiß. Jedenfalls war Zo eine Cholerikerin hoch zwei, eine Cholerikerin in Reinkultur.

Ihr ganzes erstes Lebensjahr hindurch war sie ungeheuer frustriert, weil sie noch nicht reden oder laufen konnte. Sie sah, wie wir alle das taten, und sie wollte es auch. Sie kippte eine Million Mal um, wie eine oberlastige Puppe. Ich besorgte mir einen Vorrat an Schmetterlingspflastern, ja sogar einen kompletten kleinen Erste-

Hilfe-Kasten. Sie brabbelte jedermann herrisch an, aber wenn man sie nicht verstand, wurde sie wütend. Sie riss einem Sachen aus der Hand. Sie schmiss mit ihren Tassen, Löffeln und Tellern nach einem oder warf sie auf den Boden. Sie hieb mit weit ausholenden Bewegungen nach einem und war dabei so schnell, dass ein paar Schläge trafen. Sie versetzte einem Stöße mit dem Hinterkopf – zweimal schlug sie mir die Lippe auf, aber danach wurde ich mit dem Gesicht schneller als sie mit dem Kopf. Was sie wütend machte. Sie warf sich der Länge nach hin, schlug mit Fäusten und Füßen auf den Boden und schrie Zeter und Mordio. Angesichts dieses theatralischen Getues konnte man sich kaum das Lachen verkneifen, aber ich achtete für gewöhnlich darauf, dass sie mich nicht lachen sah, weil es sie rasend machte und sich ihr Gesicht auf alarmierende Weise puterrot färbte. Also versuchte ich, mir nichts anmerken zu lassen. Mit der Zeit fiel es mir leicht, sie zu ignorieren. »Ach, das ist bloß Zo, die zieht wieder ihre Show ab«, sagte ich dann. »Es ist, als würde ein Trockengewitter in ihrem Nervensystem wüten. Da kann man nichts machen, man muss einfach warten, bis es vorbei ist.«

Als sie laufen lernte, legte sich ihre schlechte Laune ein wenig. Sie lernte auch sehr schnell, selbst zu essen. Hochstühle, Sitzauflagen und andere Babyutensilien lehnte sie als Affront gegen ihre Würde ab. Sobald sie herumlaufen konnte, war sie in noch stärkerem Maße als zuvor eine Gefahr für sich selbst. Sie aß alles. Wenn ich ihre Windeln wechselte, fand ich Sand, Schmutz, Kieselsteine, Wurzeln, Zweige, kleine Spielsachen und Haushaltsgegenstände – es war wirklich schlimm. Und sie wehrte sich wie verrückt, wenn man ihr das abzuerziehen versuchte. Nicht immer, aber ungefähr die Hälfte der Zeit. So war es bei allen täglichen Verrichtungen – umziehen, Zähne putzen, in die Badewanne steigen, aus der Badewanne kommen – die eine Hälfte der Zeit kooperierte sie, die andere hatte sie etwas dagegen und bekämpfte einen von Anfang bis Ende. Und wenn man sie gewinnen ließ, wurde es beim nächsten Mal nur noch schlimmer. Wenn man ihr einen Zentimeter nachgab, wollte sie einen Kilometer.

Krank wurde sie, glaube ich, weil sie Dreck aß. Sie fing sich eine Variante des Guillain-Barré-Virus ein, aber wir wussten das damals nicht, wir sahen nur die vierzig Grad Fieber, und dann war sie vollständig gelähmt, sechs Tage lang. Ich konnte es nicht glauben. Ich stand immer noch total unter Schock, als die Lähmung nachließ und sie wieder anfing, sich zu bewegen – zuerst nur Zuckungen, dann wieder normal. Es war eine ungeheure Erleichterung. Aber ich muss zugeben, dass sie danach schlimmer war denn je. Ihre Wutanfälle dauerten mindestens eine Stunde, und wenn man sie allein in ihr Zimmer steckte, tat sie ihr Bestes, es zu zerstören. Sie brach sich Knochen in beiden Händen. Man musste also im Zimmer bleiben und auf sie aufpassen. Ich erwog ernsthaft, es zur Gummizelle umzurüsten.

Sie benahm sich auch anderen Kindern gegenüber schrecklich. Sie ging direkt auf sie zu und stieß sie um, fast wie in einem Experiment. Es war unpersönlich, und sie wirkte dabei nicht bösartig, sondern eher geistig verwirrt. Und später fanden wir in der Tat heraus, dass sie nach ihrer Krankheit ein Wahrnehmungsproblem hatte und glaubte, weiter von den Dingen entfernt zu sein, als sie wirklich war. Wenn sie sich also für ein anderes Kind interessierte, zack, schon fiel es um. In ihrer Kindertagesstätte war sie eine fröhliche kleine Anarchistin, die so viel Betreuung brauchte, dass es mir peinlich war, sie der Einrichtung zuzumuten. Aber ich musste arbeiten, und ich brauchte Zeit für mich selbst, also tat ich es trotzdem. Sie beklagten sich nicht. Nicht direkt.

Je mehr sie reden lernte, desto mehr stellte sie die Spielregeln infrage. NEIN war ihr erstes Wort, und es blieb auf Jahre hinaus ihr Lieblingswort. Sie sprach es mit enormer Überzeugung aus. Auf Trickfragen bekam man die allergrößten NEINs. Kommst du aus dem Bad? Nein. Willst du denn kein Buch lesen? Nein. Willst du keinen Nachtisch? Nein. Sagst du gern nein? NEIN.

Sie eignete sich die Sprache so schnell an, dass ich es gar nicht richtig mitbekam. Ein paar Monate lang waren es nur ein paar Worte, dann konnte sie auf einmal alles sagen, was sie wollte. Das bewirkte, dass sie sich in mancher Hinsicht entspannte. Ihre guten Phasen waren wirklich gut und hielten länger an. Sie war so süß, dass man es kaum aushielt. Es muss eine Art evolutionärer Mechanismus sein, der verhindert, dass man Kinder umbringt. Sie war immer in Bewegung, hüpfte herum, hielt Ausschau nach etwas, das sie tun oder wohin sie gehen konnte. Sie entwickelte eine Passion für Straßenbahnen und Lastwagen und rief immer wieder »Straßenbahn!« oder »Lastwagen!«. Einmal war ich allein unterwegs, und als ich einen Lastwagen sah, sagte ich: »Oooh, großer Lastwagen«, und die Leute, die in der Straßenbahn um mich herumsaßen, sahen mich an.

Aber sie hatte nach wie vor ein höllisches Temperament. Und wenn sie jetzt wütend wurde, dann schlug sie nicht nur zu oder warf mit Sachen, sondern beschimpfte einen auch noch. Man musste darüber lachen, wie direkt sie war. Sie sagte die gemeinsten Sachen, die sie sich ausdenken konnte. »Geh weg!«, »Ich mag dich nicht!«, »Du bist nicht meine Freundin!«, »Du bist nicht meine Mama!«, »Du bist gar nichts!«, »Ich hab dich nicht mehr lieb!«, »Ich hasse dich!«, »Du bist tot!«, »Geh weg!«

In der Öffentlichkeit war das manchmal peinlich. Wenn ich mit ihr aus dem Haus ging, konnte es durchaus passieren, dass sie jemanden in der Nähe ansah und lauthals verkündete: »Ich mag den Mann nicht.« Und manchmal fügte sie noch hinzu: »Geh weg!«

»Benimm dich, Zo«, sagte ich dann immer mit einem entschuldigenden Blick und versuchte, dem Betroffenen zu vermitteln, dass sie das bei jedem machte. »Das ist nicht nett.«

Als sie nach dieser frühen Kindheit in die so genannten »schrecklichen zwei« kam, war der Unterschied schwer auszumachen. In mancher Hinsicht wurde es allerdings tatsächlich noch schlimmer. Manchmal war es nahezu unmöglich, mit ihr fertig zu werden. Es war, als würde man mit einer Psychotikerin zusammenleben. Jeder Tag war eine wahre Achterbahnfahrt, mit mehreren tollen Höhepunkten und genauso vielen kreischenden Wutanfällen. Was man ihr auch befahl, sie hielt zunächst einmal inne und überlegte sich, ob sie gehorchen wollte oder nicht, und für gewöhnlich beleidigte sie schon allein der Gedanke, dass man ihr einen Befehl erteilte, und sie entschied sich schon aus Prinzip, ihn zu missachten. Oftmals tat sie das Gegenteil von dem, was man ihr gesagt hatte. Ich musste darauf vorbereitet sein, sonst gab es Ärger. Ich musste mir überlegen, ob es der Mühe wert war, ihr zu befehlen, etwas nicht zu tun – ob es wirklich etwas brachte. Wenn ich es tat, musste ich auf das ganze Melodrama gefasst sein. Einmal sagte ich: »Zo, knall den Becher nicht so auf den Tisch«, und sie hämmerte los, bevor ich zu ihr kommen konnte, und zerbrach den Becher und die Tischplatte, die aus Glas war. Sie machte große Augen, bereute aber nichts. Wütend auf mich, als ob ich sie reingelegt hätte. Außerdem wollte sie noch ein paar mehr Sachen zerbrechen, um zu sehen, wie es ging.

Diese Intensität legte sie immer und in allen Dingen an den Tag; daher konnte sie auch ein echter Sonnenschein sein, wenn sie guter Laune war. Wir erforschten den Mars, wie John es am Anfang getan hatte. Als sie ungefähr drei war, gingen wir manchmal draußen in den Mooren oder auf den Straßen einer Stadt spazieren, und ich spürte so stark wie sonst nie – nicht einmal bei Sax oder Vlad oder Bao Shuyo –, dass ich einen brillanten Verstand neben mir hatte. Ich fühlte, dass hier etwas war, das die Welt aufmerksam beobachtete und dann alles schneller zusammensetzte, als ich es mir jemals erträumen konnte. Sie lachte die ganze Zeit über irgendetwas, häufig aus Gründen, die mir verborgen blieben, und wenn sie lachte, war sie wunderschön. Sie war ohnehin ein ungewöhnlich gut aussehendes Kind, aber wenn sie lachte, kamen eine physische Schönheit und eine Unschuld zum Vorschein, bei deren Anblick einem das Herz stehen blieb. Dass es uns gelingt, diese Eigenschaften zu zerstören, ist das große Verbrechen der Menschheit, ein Verbrechen, das immer und immer wieder begangen wird.

Jedenfalls machten diese Schönheit und das Lachen all die Wutanfälle weitaus erträglicher für mich, keine Frage. Man konnte einfach nicht anders, als sie lieb zu haben, so leidenschaftlich, wie sie war. Wenn sie explodierte, sich schreiend hinwarf, auf den Boden schlug und sich hin und her wälzte, dachte ich immer, ach, was soll's, so ist Zo eben. Kein Grund, es persönlich zu nehmen. Selbst die Ich-hasse-dich-Mama-Bekundungen waren im Grunde nicht persönlich gemeint. Es lag einfach an ihrer Leidenschaftlichkeit. Ich liebte sie so sehr.

Das machte die Begegnungen mit Nirgal allerdings nur umso schwieriger. Was für ein Gegensatz – sich Woche für Woche um Zo zu kümmern, oftmals bis zur völligen Erschöpfung, und dann schneite er herein, lässig, zerstreut und liebenswürdig wie immer – jedermanns Freund, milde und ein wenig distanziert. Ein bisschen wie Hiroko. Und ja, er war Zos Vater, das gebe ich jetzt zu, aber wer würde vermuten, dass sie etwas mit ihm zu tun hatte, so unbekümmert und gewandt war er, sein Leben lang. Mag sein, dass er der Große Marsianer ist, anscheinend denken das alle, aber Zo ließ er völlig kalt, das kann ich Ihnen sagen. Einmal kam er vorbei, und alle scharwenzelten wie üblich um ihn herum, von ihm angezogen wie von einer Art Zauberspiegel, aber Zo schaute ihn nur einmal an, wandte sich zu mir um und sagte: »Ich mag den Mann nicht.«

»Zo.«

Ein herausfordernder Blick in seine Richtung: »Geh weg!«

»Zo! Sei nett!« Ich sah ihn an. »Das macht sie bei allen.«

Sofort rannte sie zu Charlotte und schmiegte sich an ihre Beine, wobei sie mich ansah. Alle lachten, und sie machte ein finsteres Gesicht. Damit hatte sie nicht gerechnet.

»Okay«, sagte ich, »sie macht es bei fünfzig Prozent der Leute, die andere Hälfte umarmt sie. Aber zu welcher Hälfte du gehörst, ändert sich ständig.«

Nirgal nickte und lächelte sie an, schaute aber trotzdem bestürzt drein, als sie lautstark wiederholte: »Ich mag den Mann nicht!«

»Zo, hör auf damit! Benimm dich!«

Und schließlich, ich meine, im Lauf der Jahre, benahm sie sich ein bisschen besser. Irgendwann zermürbt einen die Welt, und das wahre Ich verschwindet unter der Lackschicht der Zivilisation. Aber wie sehr ich sie liebte, als sie ein kleines Tier war und man genau sah, wie sie wirklich war. Wie sehr ich sie liebte. Heutzutage treffen wir uns zum Essen, und sie ist die arroganteste, hochnäsigste junge Frau, die man sich nur vorstellen kann, völlig von sich selbst eingenommen, grenzenlos herablassend mir gegenüber, und ich sehe sie nur lachend an und denke, du hältst dich für so taff – du hättest dich mal sehen sollen, als du zwei warst.

15

HÜTER DER FLAMME

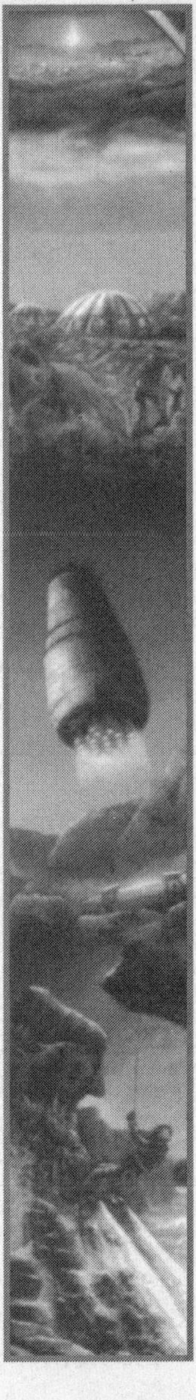

Bei einem seiner langen Läufe durchs Land, nachdem er die Suche nach Hiroko zwar schon aufgegeben hatte, die Suchbewegung selbst jedoch noch nicht zum Stillstand gekommen war, durchquerte Nirgal einmal den großen, dunklen Wald von Cimmeria, südlich von Elysium. Im Wald kam er nur langsam voran. Hohe Tannen und Linden überragten eine dichte, niedrigere Waldschicht aus Hokkaido-Fichten und Birken. Die Sonne bohrte sich mit hellen Lichtstiften durchs dicke Blätterdach und fiel auf dunkle Moospolster, aufgerollte Farne, wilde Zwiebeln und Matten schillernder grüner Flechten. Tag für Tag trabte er in diesem Halbdunkel dahin, lief langsam durch die unzähligen parallelen Strahlen buttergelben Lichts, ohne zu wissen, wo er war; aber er machte sich keine Sorgen, weil er früher oder später irgendwo am Großen Kanal aus dem Wald herauskommen würde, wenn er sich grob in westlicher Richtung hielt. Die Stille des Waldes wurde nur vom Tschilpen der Vögel, dem tiefen, rauschenden Gesang des Windes und der Fichtennadeln über ihm und zwei Mal vom fernen Geheul von Cojoten oder Wölfen unterbrochen. Einmal krachte etwas Großes, Unsichtbares durchs Unterholz. Er war jetzt seit sechzig Tagen unterwegs.

Die einzige Abwechslung waren niedrige Kraterringe mit abgemilderten Konturen, die alle unter Bäumen, Laubschichten, Humus und steinigen Moosteppichen begraben waren. Die meisten Krater hatten keine Ränder, sodass er beim Laufen auf die gekrümmte Außenwand eines versunkenen, runden Raumes stieß und durch Zweige eine kleine runde Wiese oder einen flachen runden Teich mit schräg abfallenden Wiesen drum herum erspähte. Für gewöhnlich umrundete er den Krater und setzte seinen Weg fort. Auf einer kleinen, versunkenen Wiese standen jedoch die Ruinen eines Tempels aus weißem Stein.

Er lief den sanften Hang der Senke hinab und näherte sich zögernd, im Schritttempo. Der Tempel war aus Alabaster und sehr weiß. Er erinnerte ihn an das weiße Steindorf in Medusa Fossa. Obwohl er rund war, wirkte er griechisch. Zwölf schlanke ionische Säulen aus übereinander gestapelten Steintrommeln, die um das flache Fundament herum angeordnet waren wie die Stundenmarkierungen einer Uhr. Kein Dach, was ihm noch mehr das Aussehen einer griechischen Ruine oder eines britischen Henge verlieh. Flechten wuchsen in den Rissen im Fundament.

Nirgal ging um ihn herum und hindurch und war sich auf einmal der Stille bewusst. Kein Windhauch regte sich, weder ein Vogel noch ein Tier war zu hören. Alles lag im Schatten; die Welt war stehen geblieben. Vielleicht würde Apollo aus dem Halbdunkel treten. Etwas erinnerte ihn an Zygote; vielleicht einfach das Weiß der Säulen, das der Farbe der Kuppel von Zygote ähnelte, damals in seiner Vergangenheit, die ihm jetzt wie ein Märchen aus einer anderen Zeit vorkam, ein Märchen mit einem kindlichen Helden und einer Tiermutter. Der Gedanke, dass das Märchen und der Moment, in dem er lebte, zum selben Leben gehörten – seinem Leben –, erforderte einen Sprung ins Ungewisse, zu dem er außerstande war. Schwer vorstellbar, wie das in ein, zwei Jahrhunderten sein würde, mit anderen Worten, wie es jetzt für Nadia und Maya und die übrigen Issei war …

Etwas bewegte sich, und er fuhr zusammen. Aber es war nichts. Er schüttelte den Kopf, berührte die kühle, glatte Fläche einer Säule. Eine menschliche Spur im Wald. Menschliche Spuren, sowohl der Tempel als auch der Wald. In diesem uralten, erodierten Krater.

Zwei alte Leute erschienen auf der anderen Seite der Lichtung. Sie gingen zum Tempel, ohne Nirgal zu bemerken. Das Herz schlug ihm bis zum Hals, wie ein Kind, das zu entfliehen versuchte …

Aber es waren Fremde. Er hatte sie noch nie gesehen. Alte Männer; hellhäutig; kahlköpfig; runzlig; der eine klein, der andere noch kleiner.

Nun sahen sie ihn beide misstrauisch an.

»Hallo!«, sagte er.

Sie kamen näher. Einer hatte eine Pfeilpistole in der Hand. Die Mündung zeigte zu Boden.

Nirgal sagte: »Was ist das hier?«

Der eine blieb stehen, hielt den anderen am Arm zurück. »Bist du nicht Nirgal?«

Nirgal nickte.

Sie warfen einander einen Blick zu.

»Komm mit zu uns«, sagte derselbe wie eben. »Dort sagen wir es dir.«

Sie gingen durch den Wald, der die alte Kraterwand bedeckte, zum Rand des Kraters hinauf, wo eine kleine, mit dunkelroten Schieferplatten gedeckte Blockhütte stand. Die Männer führen Nirgal in ihr Heim. Nirgal zog den Kopf ein und trat unter dem Türsturz durch.

Drinnen war es schummrig. Ein Fenster ging zum Krater hinaus. Zwischen den Baumwipfeln sah man die Säulenspitzen des Monuments.

Sie schenkten Nirgal einen merkwürdigen Kräutertee aus einer Art Laichkrautgewächs ein und erklärten, sie seien Issei – nicht nur Issei, sondern Angehörige der Ersten Hundert. Edvard Perrin und George Berkovic. Edvard war der Wortführer. Sie seien Freunde. Und Kollegen von Phyllis Boyle. Das Monument im Krater sei ein Denkmal für sie. Zu dritt hätten sie vor langer Zeit ein ähnliches Bauwerk aus Eistrommeln errichtet, nur so zum Spaß. Bei der ersten Reise zum Nordpol, mit Nadia und Ann, im M-Jahr 2.

»Am Anfang«, fügte George mit einem steinernen Lächeln hinzu.

Sie erzählten ihm ihre Geschichte, und er merkte, dass sie das schon oft getan hatten. Edvard erzählte den größten Teil, George fügte Anmerkungen hinzu oder beendete einige von Edvards Sätzen, die sich im Ungewissen verloren.

»Wir waren dabei, als die ganze Sache passiert ist. Es gab überhaupt keinen Grund dafür. Sie haben's vermasselt, obwohl es so einfach gewesen wäre. Ich will nicht sagen, dass wir verbittert sind, aber wir sind's. 2061 war *unnötig.*«

»Es hätte vermieden werden können, wenn sie auf Phyllis gehört hätten. War alles Arkadys Schuld.«

»Bogdanovs dumme Zuversicht. Phyllis dagegen hatte einen Plan, der funktioniert hätte, ohne all die Zerstörung und die Toten.«

»Ohne den Krieg.«

»Sie hat uns alle gerettet, als wir auf Clarke festsaßen. Nachdem sie zuvor jeden auf dem Mars gerettet hatte.«

Sie erblühten ein wenig bei der Erinnerung an sie,

freuten sich, ihrer beider Geschichte erzählen zu können. Sie hatten '61 überlebt, hatten sich in den Jahren zwischen den Revolutionen für den Frieden eingesetzt, hatten der UNTA in Burroughs geholfen, den Bergbau in Vastitas zu koordinieren, indem sie die Abfolge der einzelnen Maßnahmen so festlegten, dass jene Lagerstätten, die in Gefahr waren, vom Nordmeer überflutet zu werden, in aller Eile im Tagebau ausgebeutet wurden, bevor das Eis und das Wasser sie begruben. Das waren die glorreichen Jahre gewesen, ein Moment in der Geschichte, als man die ungeheuere Macht der Technik noch folgenlos gegen die Landschaft hatte einsetzen können – keine Berichte über Umweltschäden, keine Wunden, die bestehen bleiben würden ... Metall im Wert von Milliarden Dollar war herausgeholt worden, bevor das Eis die Lagerstätten bedeckte.

»Damals haben wir diesen Platz hier gefunden«, sagte George.

»Damals war Amazonia voller Metalle«, fügte Edvard hinzu. »Die konnten wir gar nicht alle rausholen.«

»Tja, und jetzt ...«, sagte Edvard und trank einen Schluck von seinem Tee.

Schweigen senkte sich herab. George schenkte Tee nach, und Edvard sprach weiter.

»Wir waren in Burroughs, als die zweite Revolution ausgebrochen ist. Haben für die UNTA gearbeitet. Phyllis war damals schon tot. Von roten Terroristen ermordet.«

»In Kasei.«

Nirgal achtete darauf, keine Miene zu verziehen.

Sie beobachteten ihn.

»Oder vielmehr, von Maya. Maya hat Phyllis ermordet. Das haben wir gehört.«

Nirgal erwiderte ihren Blick, trank seinen Tee.

Sie gaben das Spielchen auf. »Na ja, das ist ja allgemein bekannt. Sie war jedenfalls fähig dazu. Wenn es jemand getan hat, dann sie. Mordgierig. Mir ist immer noch kotzübel deswegen. Kotzübel.«

»Unglaublich, die ganze Sache.«

»Manchmal frage ich mich, ob es wirklich passiert ist. Ob Phyllis vielleicht davongekommen und verschwunden ist, wie man's von Hiroko behauptet. Sie haben ihre Leiche nie gefunden. Ich habe sie nie gesehen. Wir waren gegen den Freien Mars, wir waren gegen dich.« Sie sahen ihn bei diesen Worten trotzig an.

»Wir haben die roten Guerilleros verabscheut. Zumindest bis …«

»Aber unser besonderer Hass ist unseren Krippengefährten vorbehalten, nicht wahr.«

»So ist es und so bleibt es.«

»Nadia, Sax, Maya – Tod und Zerstörung. Das ist alles, was sie uns mit ihren so genannten Idealen gebracht haben. Tod und Zerstörung.«

»Nicht deine Schuld«, sagte George zu Nirgal.

»Aber wenn Phyllis überlebt hätte … Zum Zeitpunkt der Protestaktionen waren wir in Burroughs. Wir haben die Kraftprobe mit der UNTA miterlebt. Und die Überschwemmung der Stadt – die absichtliche Überschwemmung der größten Stadt auf dem Mars! Phyllis hätte das nie zugelassen.«

»Wir waren in den Evakuierungsflugzeugen.«

»Fünf Flugzeuge, fünf riesige Flugzeuge. Wir sind nach Sheffield geflogen. Deshalb waren wir dort auch dabei. Tod und Zerstörung. Wir haben versucht zu vermitteln. Wollten tun, was Phyllis getan hätte.«

»Vermitteln.«

»Ja, vermitteln, zwischen der UNTA und den Roten. Es war unmöglich, aber wir haben's getan. Wir haben's getan. Das Kabel wäre noch ein zweites Mal runtergekommen, wenn wir nicht gewesen wären. Es ist ein Denkmal für Phyllis, genau wie unser kleiner Pavillon da unten. Sie hat sich als Erste für einen Aufzug eingesetzt. Eine Visionärin. Also haben wir unser Bestes getan.«

»Nach dem Waffenstillstand sind wir nach Osten gegangen.«

»Auf Pisten, wo es noch möglich war. Mit Rovern, wo es nicht mehr ging. In Underhill haben wir uns dann getrennt.«

»Und uns auf Elysium wieder getroffen. Aber erst nach den erstaunlichsten Abenteuern, von denen ich je gehört habe.«

»Ich habe das Nordmeereis überquert.«

»Ich habe mich über die Brücke über La Manche geschlichen.«

»Wir sind die ganze Strecke über den Buckel zu Fuß gegangen. Schließlich haben wir uns hier wieder getroffen und geholfen, Cimmeria Harbor zu bauen. Dabei haben wir uns die ganze Zeit dafür eingesetzt, dass es den Namen Boyle Harbor bekommt, so wie Boone Harbor in Tempe.«

»Und all die Ortschaften namens Bogdanov.«

»Aber wir hatten kein Glück. Sie ist eine vergessene Heldin. Aber eines Tages wird die Gerechtigkeit siegen. Die Geschichte wird ihr Urteil sprechen. Bis dahin helfen wir, Cimmeria aufzubauen, und suchen im Wald ein bisschen nach Bodenschätzen.«

Nirgal fragte: »Habt ihr jemals was von Hiroko gehört?«

Sie sahen einander an. Nirgal hatte keine Ahnung, was ihre Blicke bedeuteten, aber sie führten ein richtig gehendes stummes Gespräch.

»Nein. Hiroko … sie ist vor so langer Zeit verschwunden. Wir haben nie wieder von ihr gehört. Sie ist deine Mutter, nicht?«

»Ja.«

»Hörst du nichts von ihr?«

»Nein. Sie ist in Sabishii verschwunden. Als die

UNTA es niedergebrannt hat.« Um ihnen das ins Gedächtnis zu rufen. »Einige behaupten, sie sei damals ums Leben gekommen. Andere meinen, dass sie mit Iwao, Gene und Ray und den anderen entwischt sei. Kürzlich habe ich gehört, sie seien vielleicht nach Elysium gekommen. Oder hielten sich irgendwo hier in der Nähe auf.«

Sie runzelten die Stirn. »Das hab ich noch nie gehört, du?«

»Nein. Aber sie hätten uns ja wohl kaum was davon gesagt, oder?«

»Nein.«

»Aber ihr habt hier draußen nichts gesehen«, setzte Nirgal nach. »Keine Siedlungen oder Lager?«

»Nein. Na ja ...«

»Hier gibt's überall Siedlungen. Aber die kommen alle in die Stadt. Das sind alles Einheimische, wie du. Ein paar Kurden.«

»Niemand Ungewöhnliches.«

»Ihr meint, alle Siedlungen sind bekannt?«

»Meine ich, ja.«

»Ich auch.«

Nirgal dachte darüber nach. Die beiden gehörten zu den sehr wenigen der Ersten Hundert – vielleicht einem halben Dutzend –, die immer auf der Seite der UNTA gestanden hatten. Würde Hiroko sich ihnen zu erkennen geben? Würde sie versuchen, sich vor ihnen zu verstecken? Wenn sie von Hirokos Anwesenheit wüssten, würden sie es ihm erzählen?

Aber sie wussten nichts. Er saß in dem großen, bequemen Lehnsessel und schlief langsam ein. Es gab nichts zu wissen.

In dem schummrigen Raum schlurften die beiden verhutzelten alten Männer leise um ihn herum. Alte Schildkröten, tief in ihrer dunklen Höhle. Aber sie hatten Phyllis geliebt. Alle beide. Als Freunde. Oder vielleicht war es nicht so gewesen. Vielleicht war es nicht so einfach gewesen. Wie immer es dazu gekommen war, sie waren jetzt Partner. Vielleicht waren sie immer schon Partner gewesen. Unter den Ersten Hundert mochte das ein Problem dargestellt haben. Ausgerechnet bei Phyllis Zuflucht zu suchen, schien allerdings ein aussichtsloses Unterfangen gewesen zu sein. Umso besser vielleicht. Wer wusste schon, was am Anfang geschehen war. Die Vergangenheit war ein Geheimnis. Selbst für diejenigen, die dabei gewesen waren und sie miterlebt hatten. Und natürlich hatte das alles schon damals keinen Sinn ergeben, nicht die Art Sinn, von der man hinterher redete. Jetzt werkelten sie im Halbdunkel herum. Er merkte, wie die Erschöpfung des langen Laufes von ihm Besitz ergriff.

Lass ihn schlafen.

Wir sollten es ihm sagen.

Nein.

Warum nicht?

Nicht nötig. Sie werden es alle noch früh genug herausfinden.

Wenn alles zu sterben beginnt. Phyllis hätte das nicht gewollt.

Aber sie haben sie umgebracht. Darum ist sie jetzt nicht hier, um sie zu retten.

Sie kriegen also, was sie verdienen? Alles stirbt?

Es wird nicht alles sterben.

Doch, wenn es so läuft, wie die sich das vorstellen. Sie hätte das nicht gewollt.

Wir hatten keine Wahl. Das weißt du. Sie hätten uns getötet.

Wirklich? Da bin ich nicht so sicher. Ich glaube, du wolltest es. Sie töteten Phyllis, also werden wir …

Wir hatten keine Wahl, sage ich! Komm schon. Sie hätten die Stellen in den Aufzeichnungen finden können. Und wer weiß schon, ob sie nicht sowieso Recht haben?

Rache.

Okay, Rache. Sagen wir, es war Rache. Geschieht ihnen Recht. Dieser Planet hat ihnen nie gehört.

Viel später merkte Nirgal auf einmal, dass er wach war. Er fror. Der Nacken tat ihm weh, weil er so krumm in dem großen Lehnsessel gehockt hatte. Die alten Männer kauerten am Küchentisch über Büchern, reglos wie Wachsfiguren. Einer von ihnen schlief, träumte den Traum des anderen. Der andere sah den Traum in der Luft. Ihr Feuer schwelte nur noch unter grauer Asche. Nirgal sagte leise, er müsse gehen. Er stand auf und trat in die eiskalte Dunkelheit vor der Morgendämmerung hinaus, ging eine Weile dahin und lief dann wieder zwischen den dunklen Bäumen hindurch, rannte, als nähme er vor irgendetwas Reißaus.

16

DIE RETTUNG DER NOCTIS-TALSPERRE

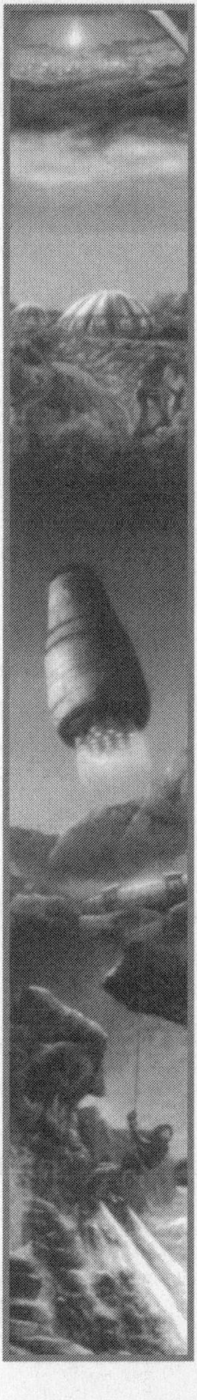

Die Noctis-Talsperre war ohnehin schon keine gute Idee, und dann pfuschten sie auch noch beim Bau. Sie platzierten die Staumauer in die Mündung des südlichsten Noctis-Canyons, wo die Talflanken Basaltkappen sind, die auf altem Sandstein liegen. Sobald sich das Reservoir füllte, sättigte sich der Sandstein natürlich, was die Fundamente der Talsperre schwächte. Außerdem war der einzige vorgesehene Notablauf ein großer Abfluss, der das Wasser durch einen Stollen im Gestein an der Seite ins Quellgebiet des Ius-Flusses unten leitete. Den Stollen kleideten sie natürlich mit Beton aus, aber dahinter war Sandstein. Als das Wettergeschehen an Heftigkeit zunahm und wir die ersten Superunwetter bekamen, war die Talsperre folglich nicht dazu ausgelegt, mit solchen Zuflussmengen fertig zu werden, und dann stieg der Wasserspiegel im Reservoir manchmal sehr rasch an. Eines der allerersten Male, als das geschah, war ich dort und sah es, und es war ein beängstigendes Schauspiel. Wir öffneten den Abfluss sofort, als Regen vorhergesagt wurde, aber der Erfolg war praktisch gleich null. Und diesmal war das Gestein hinter dem Beton durch Sickerwasser derart geschwächt, dass die Kavitation den Beton richtig gehend herauszureißen schien. Alle Anzeigen für den Stollen fielen aus, und dann sahen wir, wie der Beton aus dem Loch unten ins seichte Wasser des Quellgebiets gespien wurde; manchmal nach ein oder zwei Minuten vollständiger Blockade, sodass hausgroße Betonbrocken Hunderte von Metern weit flogen, wie aus der Kanone geschossen. Ein sehr beunruhigender Anblick für uns alle.

Natürlich begann das durch den Stollen schießende Wasser sofort, den Sandstein herauszureißen, und bald würde von der Talflanke unter uns nichts mehr übrig sein, was die Südseite der Staumauer hielt.

Folglich hatten wir keine andere Wahl, als den Abfluss am oberen Ende zu schließen; wir waren sogar froh, dass wir diese Möglichkeit noch besaßen. Aber danach konnten wir kein Wasser mehr aus dem Reservoir ablassen. Und es regnete immer noch so stark wie noch nie, als ob die Wolken besät worden wären; und Noctis Labyrinthus ist eine enorm große Wasserscheide – schon allein der südlichste Quadrant, aus dem das Wasser ins Reservoir abfloss.

Der Pegel im Reservoir stieg also immer höher, erst zwei Meter pro Stunde, dann drei. Bei diesem Tempo blieben uns nur noch ein paar Stunden, bis das Wasser die Krone der Talsperre erreichte und überfloss, und dann würde die Krone zwangsläufig irgendwo reißen, und die ganze Staumauer, alle 330 senkrechten Meter, würde sich ohne viel Federlesens abschälen, wahrscheinlich in einem einzigen Zusammenbruch. Die Seitenmauern gleich hinter der Sperre würden sehr wahrscheinlich ebenfalls nachgeben. Und was noch wichtiger war, die daraus resultierende Flutwelle würde mit Sicherheit sämtliche Siedlungen am Boden der Canyons im Oudemans-Krater und oberen Marineris wegschwemmen, vielleicht bis hinunter zum Melas Chasma.

Nachdem wir den Abfluss geschlossen hatten, wussten wir eine ganze Weile nicht, was wir als Nächstes tun sollten. Mary alarmierte natürlich den Rettungsdienst in Cairo und sagte den Leuten, sie sollten die Menschen in Oudemans und im Ius Chasma warnen und sie auffordern, den Krater und die Schlucht zu verlassen oder zumindest an deren Wänden so weit nach oben zu steigen, wie sie konnten, weil der Krater und die Schlucht sehr tief waren und es für große Zahlen von Menschen keinen schnellen Fluchtweg aus ihnen gab. Doch abgesehen davon war es nicht klar, was wir tun konnten. Wir eilten zwischen der Steuerzentrale und der Staumauer hin und her, sahen zu, wie das Wasser stieg, und liefen dann wieder zur Steuerzentrale hinauf, um uns die Wetterberichte anzusehen, während es die ganze Zeit wie aus Eimern schüttete. Die Wetterberichte gaben Anlass zu der Hoffnung, dass der Regen bald aufhören würde – stromaufwärts in der Wasserscheide und weiter westlich war er bereits versiegt. Und der letzte Schauer hatte hauptsächlich aus Eiskörnern bestanden – Eiskörnern von der Größe von Orangen, die uns in den Schutz der Zentrale trieben, jedoch den Vorteil hatten, stromaufwärts liegen zu bleiben, zumindest bis sie schmolzen. Also gab uns auch das ein wenig Hoffnung.

Trotzdem machten die in der Zentrale eingehenden Daten über den Zufluss von stromaufwärts deutlich, dass der See über die Krone der Talsperre steigen würde, den Angaben der KI zufolge um zwei bis drei Meter. Einige überschlägige Berechnungen führten mich zu dem Schluss, dass die Krone der Staumauer einem solchen Überlauf wahrscheinlich nicht standhalten würde. Ich unterrichtete die anderen von diesem unerfreulichen Resultat.

»Drei Meter!«, sagte Mary schließlich und brachte den Wunsch zum Ausdruck, die Mauer wäre nur vier Meter höher. Das wäre sicher hilfreich gewesen.

Ohne wirklich darüber nachzudenken, sagte ich: »Vielleicht können wir sie vier Meter höher machen.«

»Wie denn?«, fragten die anderen.

»Na ja«, sagte ich, »ganz oben wird der Druck nicht gar so schlimm sein. Selbst eine Sperrholzbarriere könnte reichen.«

Das fanden sie komisch, aber wir stiegen trotzdem in den Lastwagen, rasten auf einer mit großen Hagelkörnern übersäten Straße zur Holzhandlung in Cairo und kauften den gesamten Bestand an Sperrholzplatten auf. Wir waren zu nervös, um ihnen zu erklären, wozu wir sie brauchten.

Zurück bei der Talsperre stellten wir die Sperrholzplatten an die Brüstung und befestigten sie mit Nagelpistolen an deren Kunststoffsockel, damit der Wind sie nicht wegwehte, bevor das Wasser sie gegen das Geländer drückte und dort festhielt. Währenddessen begann es wieder zu regnen. Wir arbeiteten, so schnell wir konnten, das versichere ich Ihnen – noch nie habe ich bei irgendeiner Arbeit einen solchen Zeitdruck verspürt. Trotzdem leckte das Wasser zu dem Zeitpunkt, als wir mit unserer Arbeit fertig waren, bereits über den Beton, und wir mussten auf der Straße auf der Mauerkrone zurücklaufen und dabei durch knöcheltiefes Wasser planschen – ein schreckliches Erlebnis.

Sobald wir die Mauer hinter uns hatten und auf der Straße zur Steuerzentrale waren, blieben wir stehen und schauten uns um. Wenn das Sperrholz nicht hielt und die Staumauer nachgab, würde dieser Rand sehr wahrscheinlich ebenfalls wegbrechen, und wir würden alle ums Leben kommen; trotzdem blieben wir stehen und schauten uns um. Wir konnten nicht anders.

Der letzte Regenschauer war vorbeigegangen, während wir geschuftet hatten, und der Himmel über uns war in Aufruhr: dunkles Orange im Osten, und sowohl im Norden als auch im Süden ein leuchtendes Türkis, eine Himmelsfarbe, die wir noch nie gesehen hatten. Im Westen war er immer noch schwarz, aber die Sonne blitzte unter einer fernen Wolke durch und tauchte die Szenerie in ein kupfernes, horizontales Licht. Unter uns sahen wir, dass der See weiter am Sperrholz hochstieg. Bei Einbruch der Dunkelheit stand er schließlich ein ganzes Stück über der Mitte der Sperrholzplatten. Als wir die Bretterwand nicht mehr besonders gut sehen konnten – und ich wollte sie auch nicht sehen, muss ich gestehen, denn sie sah so fadenscheinig aus –, gingen wir zur Steuerzentrale zurück.

Dort oben warteten wir. Höchstwahrscheinlich würde das Provisorium sehr bald nachgeben; wir würden das auf den Instrumenten sehen, dann vielleicht mitgerissen und zusammen mit den Seitenmauern weggespült werden. Also beobachteten wir die ganze Nacht hindurch die Computeranzeigen. Zwischendurch erzählten wir am Telefon, was wir getan hatten. Mein Hals blieb trocken, so oft ich auch schluckte. Um uns zu beschäftigen, erzählten wir uns Witze – eine Spezialität von mir, aber noch nie hatten die Zuhörer so laut über meine Witze gelacht. Nach einem davon umarmte mich Mary, und ich spürte, dass sie zitterte; und ich sah, dass meine Hände ebenfalls zitterten.

Am Morgen stand das Wasser immer noch am Sperrholz, aber es schien nicht mehr ganz so hoch zu sein. Allem Anschein nach würde die Bretterwand halten. Es war jedoch nach wie vor ein erschreckender Anblick; die Oberfläche des Sees war einfach zu hoch, wie bei einer optischen Illusion; dennoch lag sie unleugbar dort unter uns, ungeheuer weit und farbig im Morgenlicht.

Die Staumauer hielt also. Nachdem Pumpen eingetroffen waren und wir den Wasserspiegel langsam wieder unter die Mauerkrone gesenkt hatten, feierten wir, aber es war eine gedämpfte, fast schon betäubte Feier. Wir waren ebenfalls ausgepumpt, sozusagen. Mary schaute zur feuchten Kurve der Sperrholzplatten oben auf der Mauer und sagte: »Bei Gott, Stephan, bei dieser Talsperre haben wir echt einen auf Nadia gemacht!«

Später rissen sie sie natürlich ab. Ich kann nicht behaupten, dass ich es bedaure.

17

WAHRE GRÖßE

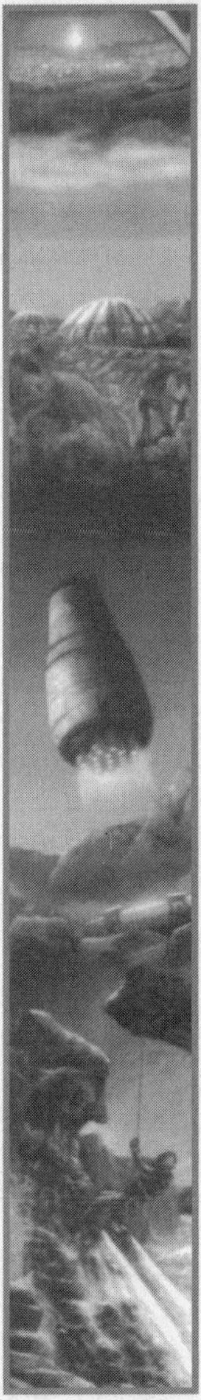

Als der Große Mann sich in eine Menschenfrau verliebte, gab es große Probleme.

Sie hieß Zoya. Ja, sie hatte denselben Vornamen wie Zo Boone – in der Tat war sie ein Klon von Zo, hergestellt von Zos Freunden nach deren tödlichem Unfall. Genetisch war Zoya also eine weitere Tochter von Jackie, folglich auch Enkelin von Kasei und Urenkelin von John Boone selbst. Aber das war noch nicht alles; da Zos Leiche eine Weile im Nordmeer getrieben hatte, war sie ein bisschen salzig, sodass ungewollt auch eine gewisse Verwandtschaft mit den aufständischen Archaea bestand. Außerdem schien sie in dieser salzigen, sprudelnden, urtümlichen Suppe von einem Meer auch Merkmale von Kelp und Napfschnecken, Delfinen und Seeottern und wer weiß was noch allem angenommen zu haben. Sie war also vielerlei – groß wie Paul Bunyan, wild wie Zo, rebellisch wie die Archaea, fröhlich wie John und so stürmisch und ungestüm wie das Nordmeer. Das war Zoya; Zoya war alles. Sie schwamm durch Eisberge, flog im Jetstream und lief am Nachmittag mal eben um die Welt. Sie trank, sie rauchte, sie nahm seltsame Drogen, sie hatte flüchtigen Sex mit Fremden und sogar mit Freunden, und immer wenn es große Wellen gab, machte sie blau. Kurzum, sie suchte den Nervenkitzel; sie war eine leibhaftige Attacke auf Anstand und Moral; sie verhöhnte alle Prinzipien menschlichen Fortschritts. Sie konnte mit einem Blick oder einem Handtellerstoß gegen die Nase töten. Ihr Motto lautete: »Spaß – koste es, was es wolle«.

So kam es, dass der Große Mann, als er eines Tages auf dem Mars vorbeikam und Zoya auf den Hundert-Meter-Wellen der polaren Halbinsel reiten sah, sich Hals über Kopf in sie verliebte. Das war eine Frau nach seinem Geschmack!

Und Zoya war keineswegs abgeneigt. Sie mochte große Männer, und der Große Mann war ein großer Mann. Also amüsierten sie sich miteinander auf dem ganzen Mars, wobei der Große Mann vorsichtig in seine alten Fußstapfen trat, um kein neues Unheil anzurichten, und sich alle Mühe gab, nirgends hängen zu bleiben. Aber es ging einfach nicht. Sie tollten auf dem Höhenwanderweg von Ius herum, und obschon er auf Zehenspitzen schlich, stürzten dabei vor zehn Jahren all die Felswände ein. Er ging mit Zoya schwimmen, und obwohl er nur bis zu den Knien ins Wasser watete, wurde die Halbinsel Boone's Neck überflutet. Er flog mit ihr im Jetstream, und sein Schatten verursachte das erste Jahr ohne Sommer. Sie merkten nichts davon; sie hatten zu viel Spaß miteinander.

Sie versuchten es sogar mit Sex. Zoya kletterte in die Ohren des Großen Mannes und alberte dort herum, und hinterher hielt er sie in der offenen Hand und stöhnte sie an wie King Kong Fay Wray, kommt schon, Baby, bitte lass uns miteinander schlafen, schlaf mit mir, aber sie lachte nur und zeigte nach unten auf seine Erektion und sagte, tut mir Leid, Großer Mann. Ich würde ja gern, aber du passt nicht rein. Ich würde ja schon den ganzen Tag brauchen, um diesen eigenwilligen Turm zu ersteigen, es wäre genauso schwer, wie auf Geschirr in der Spüle oder den Anderen Alten Mann von Hoy zu klettern. Und um ihm zu zeigen, dass sie das auch schon mal ausprobiert hatte, kletterte sie im Freeclimbing-Stil bis zum Überhang und massierte, was sie erreichen konnte. Aber für den Großen Mann fühlte es sich an, als würde er von einer Ameise gezwickt.

Schade, sagte sie, während sie schwimmen ging. Mehr kann ich nicht tun.

Aber es muss sein, stöhnte der Große Mann, ich will es, ich brauche es, ich *kann* nicht mehr ohne, die üblichen Sprüche, die Jungs und Mädels in aller Welt kennen. Aber diesmal war da nichts zu machen. Tut mir Leid, sagte Zoya. Geht nicht. Wenn du nur kleiner wärst.

Dann sagte sie einmal, offenbar selbst ein bisschen erhitzt und frustriert: Sieh mal, es ist eine Frage des Wollens. Wenn du nur kleiner wärst, gäb's gar keine Probleme! Ich würde dich die ganze Nacht reiten. Vielleicht solltest du mal überlegen, dir einen kleineren Schwanz anzuschaffen.

Was?, rief der Große Mann. Wie meinst du das?

Na, einen kleineren Zipfel eben. Du weißt schon, besorg dir ein Transplantat. Lass dir den hier abschneiden und stattdessen einen kleineren annähen.

Einen *kleineren …? Abschneiden?*

Nach Lage der Dinge ist das nun mal erforderlich, mein Großer. Wenn es mit uns klappen soll.

Was? Was?

Transplantat! Transplantat! Du kannst dir überall eins besorgen, wo Organverpflanzungen durchgeführt werden. In Krankenhäusern, stimmt's?

Kommt gar nicht infrage, sagte der Große Mann. Schon allein deshalb nicht – und es gibt wahrhaftig noch viel mehr Gegenargumente –, weil transplantierte Organe von Leichen stammen.

Du könntest dir einen eigenen, kleineren züchten lassen. Solche Sachen machen sie inzwischen.

O bitte, sagte der Große Mann. Mir wird schon schlecht, wenn ich bloß drüber *rede*.

Nicht meine Schuld, sagte Zoya. Wo ein Wille ist, ist auch ein Weg. Und sie ging hinaus und flog allein.

Tja, Sie wissen schon. Das Leben machte keinen Spaß mehr. Schließlich geriet der Große Mann in Verzweiflung. Seine Verzweiflung wurde so groß, dass er sich ganz insgeheim mit der Angelegenheit zu beschäftigen begann. Er ging in eine Klinik und erzählte den Leuten dort eine einfallsreiche Geschichte über einen Freund mit einer sehr kleinen Braut. Und er fand heraus, dass die neuesten Entwicklungen in der so genannten Seestern-Biotechnik der geschilderten Aufgabe tatsächlich gewachsen waren. Er konnte sich seine Geschlechtsorgane operativ entfernen und durch neue ersetzen lassen, die aus Zellen des Originals gezüchtet wurden. Aus Zellen des empfindlichsten Teils, wie ihm ein Arzt versicherte. Nach einer Verkleinerung um zweimal zwei Größenordnungen würde er ungefähr die richtigen Ausmaße für Zoya haben.

Der Große Mann verlor seinen Seelenfrieden. Er steckte in einem echten Dilemma. Das ist schrecklich!, sagte er. Das ist lächerlich! Ich werde es nicht tun. Ich werde sie vergessen. Er verließ die Klinik für kosmetische Urologie und ging nicht wieder hin.

Tatsache war jedoch, dass der Große Mann verliebt war, und die Liebe des Großen Mannes war eine große Liebe. Und Liebe ist etwas Großes; etwas sehr Eigenwilliges. Und ein Leben ohne Liebe ist etwas Trauriges. Und ein Leben ohne Zoya war unglaublich langweilig.

Also sagte der Große Mann eines Tages, in Ordnung, in Ordnung, in Ordnung, und schleppte sich wieder in die Klinik, um sich ein paar Zellen von der empfindlichsten Stelle entnehmen zu lassen. Es tat höllisch weh.

Anschließend flog er zur Oortschen Wolke hinaus, um mit sich zu Rate zu gehen. Wir wollen den Vorhang über dieser Szene ziehen, ihn ein bisschen mit sich allein lassen und nur sagen, dass er sich bei seiner Rückkehr – er wirkte müde und ängstlich – bereit erklärte. Und Zoya hielt seine Hand, während sie ihm mehrere Liter Narkosemittel verabreichten und die Operation durchführten, und als er wieder aufwachte, waren seine Geschlechtsteile zweimal zwei Größenordnungen kleiner als zuvor.

Lächerlich, sagte er.

Als Ausdruck der Anerkennung für seinen Mut hatte Zoya seinen alten Riesenpimmel chemisch petrifizieren und per Luftfracht zum Hellespontus bringen lassen, wo er neben dem Felsturm namens Geschirr in der Spüle aufgestellt wurde. Seither ist er bekanntlich ein beliebter Kletterturm mit vielen Kletterrouten geworden.

Und im Sommer, als sich alle Nähte aufgelöst hatten und der Große Mann wieder ganz gesund war, begab sich Zoya mit ihm an die Küste des Chryse-Golfs, zu einem ihrer Lieblingsstrände, einem leeren Strand an einer vergessenen Bucht.

Wirst du mich jetzt lieben?, fragte der Große Mann.

Das werde ich, sagte Zoya.

Hier wollen wir erneut den Vorhang ziehen und den beiden ein bisschen Privatsphäre gönnen. Es genügt wohl, wenn ich sage, dass der Große Mann bei ihrer Rückkehr nach Süden zum ersten Mal wirklich leichtfüßig war; er schwebte zehn Meter über dem Boden. Er hatte nicht gewusst, dass es so schön sein konnte.

Leider verließ Zoya ihn später und brach ihm das Herz, und er musste sich daran gewöhnen, ebenso wie daran, dass sein Schniedel nur ein niedliches kleines Ding zwischen seinen Beinen war. Es war irgendwie seltsam, aber eigentlich gar nicht so schlimm. Wenn er nun andere Menschenfrauen traf, die ihm gefielen, konnte er manchmal recht befriedigende Beziehungen mit ihnen eingehen. Und hin und wieder traf er Zoya, und bisweilen erneuerten sie ihre alte Affäre mit beträchtlicher Leidenschaft. Sodass er alles in allem, auf lange Sicht, unter Berücksichtigung all dessen, was seither geschehen war, und alles gegeneinander abwägend zu dem Schluss kam, dass sich die Sache gelohnt hatte. Und die Kletterer auf dem Mars wussten und wissen seine Entscheidung ebenfalls zu würdigen.

18

EIN ARGUMENT FÜR DEN EINSATZ HUNDERTPROZENTIG SICHERER TERRA-FORMIERUNGSTECHNOLOGIEN

Nach Stürmen auf Margaritifer Terra ist der Oxia-Fluss von Schlick gesättigt, und das schlammige Wasser strömt zwischen den Sandbänken an der Mündung des Flusses hindurch und färbt den Chryse-Golf blutrot, ein satter Schimmer, der sich drei oder vier Kilometer weit in Richtung des Archipels am Horizont erstreckt. Wenn das Wasser zurückweicht und der Schlick sich am Boden absetzt, nimmt das Flussbett fast immer einen neuen Verlauf. Die Mündung kann sich bis zum anderen Ende des Strandes verlagern. Dann verlandet das alte Flussbett, aber seine unterhalb der Wasserlinie gelegenen Sandbänke dienen weiterhin als Landzungen, an denen sich hereinkommende Wellen brechen, bis sie von diesen abgetragen worden sind. Alles ist immer wieder neu, Woche für Woche, Sturm für Sturm – außer den beteiligten Elementen natürlich: Sonne, Meer, Himmel; die Steilufer, die sich ins Meer hinausschieben, die Schlucht des Flusses zwischen ihnen; die vom Strand eingedämmte Lagune des Flusses am Ende seines Weges, die Dünen, das gekräuselte Flusswasser, das zwischen den vom Fluss und der Flut geschaffenen Sandbuckeln hindurchrinnt und sich unter die direkt am Strand brechenden Wellen schiebt. Die sind immer da.

»Immer« im relativen Sinn, natürlich. Ich meine, es war jahrelang so. Aber auf dem Mars ist die Landschaft in permanenter Veränderung begriffen. Ein unterbrochenes Gleichgewicht, wie Sax einmal gesagt hatte, ohne das Gleichgewicht. Und die Abkühlung in den sommerlosen Jahren zwischen 2210 und 2220 war so stark, dass es diese Flussmündungsszenerie nicht mehr sehr lange geben würde, wenn nicht etwas geschah.

Aber die Methoden, die den Trend mit einiger Aussicht auf Erfolg stoppen zu können schienen, klangen wahrhaftig drastisch. Für jemanden, der das Land liebt, ist die Vorstellung einer Million thermonuklearer Explosionen im tiefen Regolith schockierend und schändlich. Man kann noch so viele Argumente über die Eindämmung der Strahlung, die lebenswichtige Wärme von unten, ja sogar die Beseitigung alter terranischer Waffen vorbringen, es scheint trotzdem nichts zu sein, was ein Umweltschützer gut heißen sollte.

Und es war auch alles andere als hilfreich, dass manche Befürworter sich mit der denkbar dümmsten Sprache für die diversen vorgeschlagenen schwerindustriellen Methoden einsetzten. Das waren Leute, die keine Ahnung von der Macht der Sprache hatten. Sie redeten salopp von einem »manifesten Schicksal« des Mars, als stammte diese Floskel nicht aus einer ganz bestimmten Phase der amerikanischen Geschichte, einer Phase, die unentwirrbar mit imperialistischen Eroberungskriegen, idiotischem Hurrapatriotismus und einem Völkermord verknüpft war, vor dem die meisten Amerikaner immer noch die Augen verschlossen. Deshalb war es schwachsinnig, diese schreckliche alte Floskel auf die Rettung der marsianischen Biosphäre zu verwenden; aber manche Leute taten es trotzdem.

Und andere, wie Irishka, nahmen extremen Anstoß daran. Und alles wegen der Worte. Ich saß während dieser ganzen Sitzung des globalen Umweltgerichts da, hörte mir die Argumente pro und kontra an, und obwohl ich mit Worten arbeite, dachte ich mir im Stillen, das ist doch absurd, einfach schrecklich. Sprache ist nichts als ein riesiges Sortiment falscher Analogien. Es muss eine bessere Methode geben, seine Ansicht durchzusetzen.

Deshalb lud ich Irishka und ihre Partnerin Freya nach der Sitzung zu einem Ausflug ein, und wir nahmen die Äquatorialpiste nach Westen zum Ares Fjord und fuhren dann in nordwestlicher Richtung an der Küste des Chryse-Golfs entlang zu der Schotterstraße, die zum Soochow Point über der breiten Strandmündung des Oxia-Flusses hinausführte. An einem frühen Sommervormittag fuhren wir um eine Biegung der Steiluferstraße, und alles war makellos. Der Horizont war eine saubere Linie zwischen Himmel und Meer. Beide waren blau: der Himmel ein sehr dunkles Blau mit einem Hauch Purpur, als wäre noch eine rote Hülle über der blauen; das Meer ein fast schwarzes Blau, das Wasser an diesem Tag durchsichtig bis in große Tiefe. Das Land bestand aus dem üblichen roten Gestein, obwohl es hier schwärzlich getönt war, wie fast überall in diesem Gebiet; nach Osten zur schwarzen Syrtis hin wurde es noch dunkler. Es ging kein Wind, und das Wasser war so still, dass sich die Wellen wie in einem Wellentank im Physikunterricht brachen, sie spülten sauber über Sandbänke hinweg, schnurrten herein und ließen sprudelnde weiße Gobelins hinter sich zurück, bis sie auf den nassen roten Strand schäumten.

Ich sah sofort, dass sich der Untergrund beim letzten Sturm wieder verändert hatte. Ganz links am Strand gab es einen neuen Pointbreak, wo die Wellen immer an derselben Stelle entlang einer Landzunge brachen. Diese lag in einem perfekten Winkel zum auflaufenden Seegang dieses Morgens, der ziemlich hoch war. Durch den großen Canyon und Fjord von Kasei auf der anderen Seite des Chryse-Golfs fegte wahrscheinlich ein starker Wind, der diese Wellen in rund dreizehnhundert Kilometer Entfernung hervorbrachte. Wir konnten die Wellenberge draußen am Horizont sehen, die Kämme in perfektem Abstand voneinander und leicht zu uns geneigt, wie Bögen eines Kreises, der größer war als der Chryse-Golf selbst, so kamen sie heran, rollten um Soochow Point und auf unseren Strand, eine nach der anderen; alle brachen zuerst am neuen Pointbreak, dann in einer durchgehenden sauberen Linie auf dem ganzen Weg über den Strand zur neuen Flussmündung rechts außen. Das Brechen erfolgte schnell, aber nicht zu schnell, und jedes Mal natürlich ein wenig anders, flache Schüsseln wichen schnellen Wasserwänden oder langen tunnelförmigen Abschnitten, wo die Kämme in perfekten, klaren Wasserfällen umkippten. Die Bedingungen hätten nicht besser sein können. »O mein Gott«, sagte Irishka. »Ich glaube, ich bin im Himmel.«

Wir parkten auf dem Steilufer direkt über dem Strand, stiegen aus dem Wagen und zogen unsere Surfanzüge an, dann gingen wir mit den Schwimmflossen in der Hand den Weg hinunter und über den Strand. Der Brandungsschaum lief über unsere Schuhe, und wir jaulten auf, als das kalte Wasser an den Waden in unsere Kälteschutzanzüge eindrang – es hatte ungefähr acht bis zehn Grad, wurde aber rasch wärmer. Wir gingen bis zur Taille hinein, zogen uns dann die Flossen an und die Hauben unserer Anzüge über den Kopf und tauchten unter dem nächsten Brecher durch. Obwohl nur das

Gesicht frei war, brachte uns der Kälteschock alle zum Schreien, als wir wieder in brusttiefem Wasser standen. Wir kämpften uns zu Fuß weiter hinaus und drehten uns um, wenn die Wellen in uns hineinkrachten, dann tauchten wir unter einer hohen weißen Wand aus herabstürzendem Wasser durch und begannen zu schwimmen.

Es war harte Arbeit, nach draußen zu kommen. Die Wellen sehen vom Strand aus immer kleiner aus, und noch kleiner, wenn man oben auf einem Steilufer steht, besonders wenn niemand da ist, der auf ihnen reitet und einem ein Gefühl für die Größenverhältnisse gibt. Jetzt sahen wir aus nächster Nähe, dass die Brecher zwei bis drei Meter über uns aufragende Wände waren, und unter so einer durchzutauchen, kann ein echtes Konditionstraining sein, wenn man es nicht richtig macht. Und ganz gleich, wie gut die Anzüge sind, anfangs friert man trotzdem darin.

Ich tauchte tief hinunter, bevor mich eine Wand traf, entspannte mich und ließ mich vom untersten Rand der Unterwasserdrehung der Welle hinausschieben. Eine kleine Turbulenz schüttelte mich wie ein Fähnchen im Wind und trieb mich dann brutal nach oben, aus dem Brecher heraus. Ich kam an die Oberfläche, schwamm mit aller Kraft, den Kopf hoch erhoben, im Freistil durch die zischende Gischt zur nächsten brodelnden Wand, unter der ich erneut durchtauchte. Wenn man den richtigen Moment erwischt und die Unterwasserbewegung der Wellen zu Hilfe nimmt, kommt man viel leichter wieder heraus, als wenn man direkt gegen den Brecher ankämpft. Irishka ist eine echte Meisterin darin, und an diesem Tag war sie wie immer bereits weit vor uns.

Sechsmal runter für mich, und dann sah ich, dass ich es über oder durch die nächste Welle schaffen konnte, kurz bevor sie brach, also legte ich einen mächtigen

Sprint hin, paddelte mit meinen langen Flossen und spürte, wie mich auch die Rückströmung hinauszog, flog die Stirnwand der nächsten Welle hinauf, brach durch den klaren oberen Teil, sauste an ihrem Rücken hinunter und schwamm weiter, um von den Turbulenzen wegzukommen. Draußen!

Und die nächste Welle war nur ein Fahrstuhl nach oben, von wo aus ich einen kurzen Rundblick hatte. Ich trieb in direkter Linie vor dem Pointbreak und sah, dass Irishka und Freya schon ein Stück weiter draußen waren. Irishka schwamm zu einer Welle hinaus, drehte sich dann um und schwamm mit kraftvollen Zügen in Rückenlage, als die Welle sie hochhob – eine große Wassermasse, ein Hügel, der wie durch Zauberei zu einer Wand anschwoll und Irishka immer höher hinauftrug.

Dann drehte sie sich auf die Brust und sauste die Wellenwand herunter. Sie streckte die Handschuhe mit den Schwimmhäuten vor sich nach unten, sodass eine kleine Gleitfläche entstand, drehte sich dann und machte unten einen scharfen Bottom Turn, wobei ein weißer Wasserflügel von ihr wegspritzte. Kälteschutzanzüge haben heutzutage große Ähnlichkeit mit Vogelanzügen, weil sie sich unter der Belastung, der sie ausgesetzt sind, versteifen und die Knie sich schließen, sodass Irishka nun wie ein Wasserflugzeug über die Wasseroberfläche gleiten konnte, die sie nur mit Händen, Unterschenkeln und Flossen berührte.

In dieser Haltung glitt sie auf die breite Schulter der Welle hinaus, die links in stetigem, majestätischem Tempo brach, nicht schnell, außer in ein paar schüsselförmigen Abschnitten, über die sie wegschoss; aber für gewöhnlich hatte sie Zeit genug, um Linien über die Wellenfront zu ziehen, fast bis zum Kamm hochzugleiten und dann hinunterzuzischen, gefährlich weit vor dem Brechen hinaus, wo sie die Welle letztendlich von neuem erwischen musste, aber mit viel mehr Schwung diesmal, sodass sie an der immer steiler werdenden Wand wieder zu dem Wasserfall hinaufrasen konnte, der sich über die ebene Wasserfläche unten ergoss. Eine Röhre, ja! In der Mitte des Strandes gab es anscheinend einen schnellen Abschnitt, wo sich zwischen dem vordersten Rand der herunterbrechenden Welle und dieser selbst ein Hohlraum bildete, sodass Irishka sekundenlang aus meinem Blickfeld verschwand, dann aus der Tube hoch auf die Schulter hinausschoss und wieder hinabkurvte, um in der Welle zu bleiben.

Yow!, schrie ich und schwamm mit aller Kraft Richtung Pointbreak. Freya setzte gerade zu einem Ritt an, als ich ankam, raste mit einem Jauchzer vorbei und verschwand hinter mir. Jetzt hatte ich den nächsten Brecher ganz für mich allein, und der sah genauso gut aus wie alle davor, sogar ein bisschen besser. Ich schwamm auf ihren steilsten Teil zu, sah, dass ich rechtzeitig in die Startzone gekommen war, drehte mich um und schwamm mit kraftvollen Zügen Richtung Strand. Die Welle hob mich hoch, und ich begann, an ihrer Front hinunterzufallen; ich wusste, ich hatte sie erwischt. Nach einer großen Wende im Tal raste ich zu ihrer Schulter hinauf, studierte die Welle, die links unter mir anstieg, nahm jedoch auch die Schlucht der Flussmündung rechts von mir und den Himmel wahr. Ich sauste auf der Welle dahin wie auf einer Rodelbahn, raste einen sich verlagernden Hügel hinunter, der sich vor mir beständig in die Realität aufschwang.

Auf einer Welle zu reiten, ist ein so seltsames Erlebnis, dass es schwer zu beschreiben ist. Während des Ritts verändert sich die Zeit, oder besser, das Zeitgefühl – sofern das nicht dasselbe ist. Der Moment dehnt sich in alle Richtungen zugleich aus. Man scheint zehn Mal oder hundert Mal so viele Dinge wahrzunehmen wie in einer normalen Sekunde. Doch gleichzeitig, oder in einer paradoxen Oszillation, rauscht alles im Nu vorbei.

Jeder Ritt ist eine zeitlose kleine Ewigkeit, in ein paar Sekunden gezwängt. Oftmals sind die Ritte wirklich nur ein paar Sekunden lang, aber am Ende kommt es einem selbst dann so vor, wenn sie eine Minute oder länger gedauert haben. Vielleicht liegt es daran, dass man am Ende immer das Gefühl hat, es war nicht lang genug!

Wie immer man diese Knotenpunkte in der Zeit erlebt, hinterher kann man sich kaum an Einzelheiten erinnern; nur an einen Tag pausenloser Aktivität, sowohl der eigenen als auch der Welt. Etwas behindert das Gedächtnis; vielleicht, dass es keine Worte dafür gibt. Ein Ritt verschmilzt mit dem nächsten, und wenn man am Ende des Tages wieder am Strand ist, in der normalen Wirklichkeit, und sich zu erinnern versucht, kommen einem nur bestimmte Höhepunkte in den Sinn, bildhafte Momente, in denen sich ein Anblick oder eine Bewegung ein für alle Mal ins Gehirn eingebrannt hat, um in unerwarteten Momenten und nicht erinnerten Träumen zurückzukehren.

Deshalb kann ich wenig über einen bestimmten Ritt an diesem Tag sagen, obwohl der erste (wie die meisten ersten Dinge) besser haften blieb als die anderen. Es war ein langer, ereignisreicher Ritt, wie alle, die darauf folgten. Ich glitt über die Schulter, fuhr, während die Welle sich unter mir aufwölbte, wie in der Achterbahn hoch und nieder, fühlte, wie mein Körper zugleich reglos war und sich rasch bewegte, veränderte meine Position zur Welle, um an der richtigen Stelle zu bleiben. Ich sah den schnellen Abschnitt kommen und verlangsamte das Tempo, bis ich in einen Tunnel fuhr, der eine Weile bestehen blieb; dann sah ich, wie er zusammenbrach, und schoss zur letzten kleinen ovalen Öffnung hinaus, glitt wieder hoch auf die Schulter der Woge hinauf und fast auf ihrer Rückseite hinab, sodass ich mich mit einer Drehung um 360 Grad wieder in die Welle fallen ließ und einen Bottom Turn hinlegte, um weiterzufliegen. So ging es über die ganze Länge des Strandes. Der Ritt dauerte fast zwei Minuten.

Und alle Ritte waren so. Hinterher fiel es uns jedes Mal leichter, uns erschöpft ans Ufer zu wälzen wie Ährenfische, über den Strand zu gehen und von der Landzunge aus loszuschwimmen, als am ganzen Strand entlang nach Süden zurückzuschwimmen. Wir machten also alle drei unsere Ritte und gingen dann zusammen zurück, kickten das seichte Wasser zu Gischtfächern auf, jauchzten über die Ritte und ließen den Blick durch den sonnengetränkten Tag schweifen. Dann ging es wieder hinaus zu einem weiteren anstrengenden Kampf, einem weiteren wilden Ritt.

Die Wellen wurden größer, als der Vormittag in den Nachmittag überging, und schließlich wühlte ein Wind die glatte Wasseroberfläche auf. Es war jedoch ein ablandiger Wind, der Freund des Surfers; er sorgte dafür, dass wir weiterhin hohe Wellen bekamen, indem er aus der Schlucht in die Nachmittagssonne hinausfegte, das Brechen verzögerte und Gischt von den Wellenkämmen peitschte, Gischt, die wie starker Regen auf ihren Rücken fiel. Als wir beim Tanz über die Kämme an der Wellenlinie entlangschauten, sahen wir in der sprühenden Gischt einige dieser kurz aufschimmernden Regenbogen, die die Hawaiianer *ehukai* nennen. Und als ich spät am Tag zu einem Ritt startete, sah ich Irishka vor mir, die sich von der Schulter derselben Welle aus vor mich setzte, und nach einer zeitlosen Zeit jagte ich tief im Innern des Tunnels hinter ihr her, wir beide reglos wie Statuen und doch in rasender Fahrt durch eine riesige, rotierende Röhre aus Wasser, das zu unserer Linken hochstrudelte und über unsere Köpfe hinwegschoss. Und ich sah, wie die Welle vor Irishka auf ganzer Länge zu brechen begann, und wir beide bogen nach oben ab und schossen gleichzeitig wieder in die

Luft hinaus, in der Gischt, die vom Wind nach hinten geweht wurde, und ich schaute zu ihr hinüber und sah sie mit ausgestreckten Armen im ehukai schweben wie eine Meerjungfrau, die einen Regenbogen hinaufzufliegen versucht.

19

AUSGEWÄHLTE ABRISSE AUS DER *ZEITSCHRIFT FÜR AREOLOGISCHE STUDIEN*

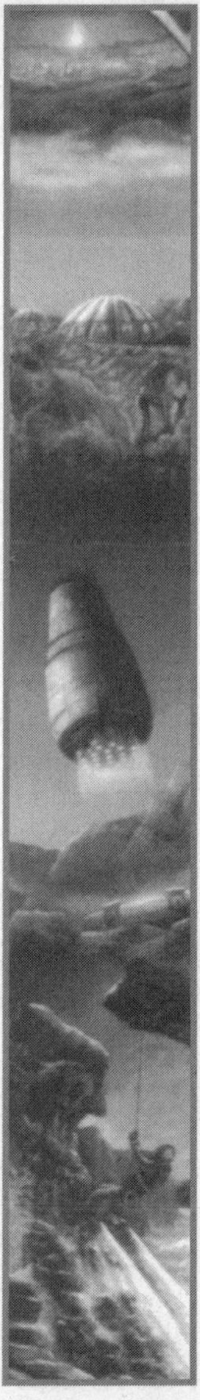

»Möglicherweise einheimischer Nano-Organismus in der Ceraunius-Tholus-Region gefunden.« Bd. 56, 2. November M61. Von G.N. Forbes und V.L. Taneev et al., mikrobiologische Abteilung des Acheron-Instituts für areologische Studien

Es kann als erwiesen gelten, dass die auf der Erde gefundenen SNC-Meteoriten aus dem SNC-Krater am Fuß der Nordflanke von Ceraunius Tholus stammen (vgl. Clayborne und Frazier, M4d). An der Nordflanke von Ceraunius Tholus wurden an Stellen, wo der Boden 10–50 Mikrokelvin wärmer war als die Durchschnittstemperatur der Flanke, Bohrungen bis zu einer Tiefe von 1 km durchgeführt. Die meisten Bohrplätze lagen in einem Umkreis von 4 km um den markanten Lavakanal, der von der Ceraunius-Caldera in den SNC-Krater hinunterführt. Fünf Bohrschächte an der Westseite des Lavakanals (s. Karte 1) stießen auf die eingestürzten Überreste einer Thermalquelle, die Eis und Einschlüsse flüssigen Wassers im ml-Bereich enthielten. An den Wänden dieser Brüche fanden sich ovoide Gebilde, alle unter 20 Nanometer lang, die den im SNC-Meteoriten ALH 84001 gefundenen Strukturen ähneln. Bei den Ceraunius-Gebilden wurde keinerlei Stoffwechselaktivität festgestellt, aber unter dem Elektronenmikroskop kamen Strukturen zum Vorschein, bei denen es sich um Zellwände und RNA-Protein-Fragmente innerhalb der Gebilde zu handeln scheint. An den Proben wurde eine PCR mit speziellen Primern für ribosomale RNA durchgeführt, und die Produkte wurden sequenziert, wobei eine magnetotaktische Sequenz sichtbar wurde, die der mariner Methanogene auf der Erde gleicht. Einige Silikate in dem eingestürzten Thermalschlot in der Nähe des geborgenen Materials weisen überdies stratifizierte spongiforme Strukturen von deutlich stromatolithischer Erscheinung auf, wobei die Schichten zwei Größenordnungen dünner sind als diejenigen, die man in terranischen Proben gefunden hat. Man vermutet, dass es sich hierbei um Stromatolithen handelt und dass die ovoiden Gebilde Archaea oder Nanobakterien sind, entweder im Ruhezustand oder mit verlangsamtem Stoffwechsel als Reaktion auf eine lang anhaltende Mangelsituation.

»Terranische Ursprünge bei den Proben aus dem Ceraunius-Grundgestein denkbar.«
Bd. 57, 1. Januar M62. Von R. Claparede und H.X. Borazjani et al., Fachbereich Ökologie der Universität des Mars, Burroughs.

Wir untersuchten die nanobakterienähnlichen Strukturen, die in Bohrproben aus der Nordflanke von Ceraunius Tholus entdeckt worden waren (vgl. Forbes und

Taneev, M61a). Sie weisen dieselben Karbonate, Magnetite und PAHs auf wie die entsprechenden Gebilde in ALH 84001, aber keinerlei Bewegung oder Stoffwechseltätigkeit. Wie im Fall von ALH 84001 in der Antarktis könnte dies von einer unlängst erfolgten Kontamination des Gesteins herrühren, in diesem Falle von einer anthropogenen Kontamination; die Hydration der betreffenden Verwerfung ist möglicherweise im Zeitraum von M15 bis M38 erfolgt, als der Lavatunnel auf Ceraunius Tholus als Flussbett benutzt wurde. Und obwohl die Proben tatsächlich Magnetit enthalten, bezweifeln wir, dass sich einheimische Archaea oder Nanobakterien im Laufe ihrer Evolution zu Magnetitproduzenten entwickeln würden; das Magnetfeld des Mars ist so schwach, dass es nicht wahrgenommen und für biologische Zwecke genutzt werden konnte.

»Areomagnetosphäre in der Noachischen Epoche weitaus stärker als heute.« Bd. 57, 2. April M62. Von C.H. Kim, Institut für Areophysik, Senzeni Na; und G.N. Forbes, mikrobiologische Abteilung des Acheron-Instituts für areologische Studien.

Paläomagnetische Studien in der südlichen Hälfte der dichotomischen Marskruste zeigen, dass die Paläointensität des marsianischen Magnetfelds bis vor 1,3 Milliarden Jahren immerhin 250 bis 1000 nT betrug, wahrscheinlich aufgrund des Vorhandenseins eines aktiven Dynamos im Kern. Das lässt darauf schließen, dass der Mars während der gesamten Noachischen Epoche, etwa vor 4,1 bis 1,3 Milliarden Jahren, ein magnetisches Moment größer als 10^{13} T-m^3 (verglichen mit demjenigen der Erde von 8x10^{15} T-m^3) erzeugt hat (vgl. Russell et al., M6j). Die Entwicklung von Biomagnetismus bei frühem einheimischem Leben wäre demnach nicht überraschend.

»Frage der Paläomagnetosphäre noch nicht entschieden.« Bd. 57, 2. August M62. Von S. Russell, Labors der Da-Vinci-Genossenschaft.

Eine Durchsicht neuerer Studien lässt den Schluss zu, dass die marsianische Magnetosphäre bereits vor etwa 3,5 Milliarden Jahren wahrscheinlich verschwindend schwach war.

»Ähnlichkeiten zwischen den einheimischen Archaea, die unter Ceraunius Tholus gefunden wurden, und den Methanospirillum-jacobii-Archaea aus dem Columbia-Grundgestein.« Bd. 58, 1. August M63. Von G.N. Forbes, Fachbereich Mikrobiologie der Universität des Mars, Cairo; V.L. Taneev, Acheron-Institut für areologische Studien; und P.F. Allan, Fachbereich Mikrobiologie der Universität des Mars, Cairo.

Die in Ceraunius gefundenen archaeaähnlichen Organismen und deren mutmaßliche Nanofossilien haben in physikalischer und chemischer Hinsicht viele Ähnlichkeiten mit den *Methanospirillum jacobii,* die im Grundgestein des Columbia River entdeckt wurden (s. Abbildung 1.2). Die marsianischen Proben weisen alle den isotopisch schweren Stickstoff auf, der die Atmosphäre des Mars von praktisch allen anderen Gasreservoirs im Sonnensystem unterscheidet, sodass Kontamination als mögliche Quelle ausgeschlossen ist. Eine partielle Genomanalyse der RNA-Fragmente in den Ceraunius-Organismen ergibt eine Übereinstimmung von 44,6 % mit der DNA der *Methanospirillum-jacobii*-Archaea aus dem Columbia-Grundgestein. Eine solche Übereinstimmung lässt sich durch unabhängige Entstehung nicht erklären. Als plausibelste Erklärung wird Aussaat des Lebens von einem Planeten zum anderen vorgeschlagen. Die Lewontin-Thierry-Analyse der Mutationsrate ergibt als vorläufiges Datum für die Trennung der beiden Spezies ungefähr 3,9 Milliarden Jahre vor unserer Zeit, gegen Ende des starken Bombardements.

»Überwiegende Linkshändigkeit bei den Aminosäuren der Archaea-Organismen von Ceraunius gefunden.« Bd. 58, 2. Oktober M63.
Von G.N. Forbes, P.F. Allan und W.W. Wang, Fachbereich Mikrobiologie der Universität des Mars, Cairo; und von V.L. Taneev, Acheron-Institut für areologische Studien.

Wie sich herausstellt, überwiegt die Linkshändigkeit bei Aminosäuren, die in *Archaea ceraunii* von Ceraunius Tholus gefunden wurden, proportional in ähnlichem Maße wie bei der Händigkeit der *Methanospirillum jacobii* aus dem Columbia-Grundgestein (vgl. N. W. Ellsworth, 2067a).

Da Organismen, die vor über einer Million Jahren abgestorben sind, in der Probe ungefähr dieselbe Menge links- und rechtshändiger Aminosäuren aufgewiesen hätten, deutet der hohe Anteil ersterer in den Ceraunius-Proben darauf hin, dass einige Exemplare entweder noch am Leben sein oder in der letzten Jahrmillion am Leben gewesen sein müssen. Es ist mittlerweile allgemein akzeptiert (vgl. Nabdullah, 2054), dass Extremophile unter sich verschlechternden Bedingungen auf die Belastung reagieren, indem sie den Stoffwechsel so stark verlangsamen, dass es seltener als einmal pro Jahrhundert zu Zellteilungen kommt. Wenn die biologischen Funktionen zeitweise eingestellt oder erheblich verlangsamt sind, lassen sich Lebenszeichen am deutlichsten in biochemischen Zuständen wie der Händigkeit aufspüren.

**»Genomanalyse von Ceraunius- und Columbia-Nanobakterien zeigt Trennung der Populationen in jüngster Zeit.« Bd. 59, 1. Februar M64.
Von R. Claparede und H.X. Borazjani, Fachbereich Ökologie; und G.B. Olson und J.J. Thresh et al., Fachbereich Mikrobiologie der Universität des Mars, Burroughs.**

Zwar scheint es unter der Nordflanke von Ceraunius tatsächlich Nanobakterien zu geben, aber die Genomanalyse von DNA-Fragmenten aus beiden Populationen zeigt, dass ihre DNA zu 85,4% identisch ist. Auf Grundlage der von Nguyen und McGonklin rekalibrierten Mutationsraten lässt dies den Schluss zu, dass sich die beiden Organismen innerhalb der letzten 5000 Generationen voneinander getrennt haben. Das deutet auf eine Kontamination des Ceraunius-Tholus-Gesteins mit terranischen Nanobakterien vor rund 20 M-Jahren hin, also in der Zeit, als der Lavatunnel an der Nordflanke des Vulkans als Flussbett genutzt wurde. Diese Praxis wurde auf Anordnung des globalen Umweltgerichts beendet (vgl. *GUG Verhandlungen,* M46, S. 3245–47), weil sich herausstellte, dass der Boden des Tunnels zu porös war und, so der Bericht, »ein beträchtliches Risiko der Kontamination des tiefen Regolith besteht«.

»Stromatolithische Formationen unter Ceraunius Tholus entsprechen in Struktur und chemischer Zusammensetzung dem hydatogenen Geyserit, das unter Tharsis Tholus entdeckt wurde.« Bd. 60, 1. Mai M65. Von H. X. Borazjani, Fachbereich Ökologie; L. D. Robertson, V. W. Wulf und N. Flores, Fachbereich Areologie der Universität des Mars, Burroughs.

Bei Bohrungen in Tharsis Tholus wurde ein Kieselsediment aus nahezu reinem Opal entdeckt. Die Thermalquelle an der Westflanke in 4,2 km Tiefe war noch aktiv, und die entstandene Geyserit-Formation war eindeutig abiologischen Ursprungs. In dem geborgenen Gestein, das samt und sonders unter Einsatz der vom GUG vorgeschriebenen Sterilisationstechniken heraufgeholt und behandelt wurde, fanden sich keine Mikrobakterien, Nanobakterien, Archaea oder Nanofossilen.

»Mitochondrien-Analyse von Archaea ceraunii und Methanospirillum jacobii deutet darauf hin, dass die Ceraunius-Population die ältere der beiden ist.« Bd. 60, 2. Mai M65. Von G.N. Forbes, Fachbereich Mikrobiologie, und I.I. Pieron, Fachbereich Genetik der Universität des Mars, Cairo; und C. H. Kim, Institut für Areophysik, Senzeni Na.

Obwohl die Geyserit-Formationen in Ceraunius Tholus durch abiologische Prozesse entstanden sind, können die Archaea, die die Bruchstellen im Basalt überziehen, laut der von Russell und anderen berechneten Feuchtigkeitsaufnahmeraten basaltischer Lava (vgl. Russell et al., M12t) nicht so schnell ins Gestein eingedrungen sein, dass sie anthropogenen Ursprungs sein könnten. Die Mitochondrien-Analyse zeigt eindeutig, dass die fossilen *Archaea ceraunii,* die zusammen mit lebenden Exemplaren vor Ort gefunden wurden, älter als alle datierten *Methanospirillum* aus dem Columbia-Grundgestein sind. Die Mitochondrien-Analyse lässt überdies den Schluss zu, dass die deszendente terranische Spezies sich vor ungefähr 180 Millionen Jahren von ihrem Vorfahren getrennt hat, also zu der Zeit, als der SNC-Krater entstand und die SNC-Meteoriten in den Raum geschleudert wurden (vgl. N. Matheson, 1997b). Das deutet darauf hin, dass die terranischen Archaea in den SNC-Meteoriten auf die Erde gelangt sein könnten.

»SNC-Krater nicht unbedingt Herkunftsort der SNC-Meteoriten.« Bd. 60, 1. Dezember M65. Von R. Claparede, Fachbereich Ökologie; N. Xthosa, Institut für Areophysik, Senzeni Na; und V.L. Taneev, Acheron-Institut für areologische Studien.

Spektrographische Analysen der Shergotty- und Zagami-Meteoriten zeigen, dass beide Doleritsteine hauptsächlich aus den Pyroxenen Pigeonit und Augit sowie aus Maskelynit bestehen, einem verdichteten, glasigen Plagioklas. Das Maskelynit ist zoniert; akzessorische Phasen sind Titanomagnetit, Ilmenit, Pyrrhotit, Fayalit, Tridymit, Whitlockit, Chlorapatit und Baddeleyit. Bei vor Ort durchgeführten Untersuchungen des brekziierten Dolerits im SNC-Krater und dessen Umgebung stellte sich jedoch heraus, dass Ilmenit und Whitlockit dort fehlen. Überdies zeigen Studien in einem anderen ovalen Krater ungefähr desselben Alters und derselben Größe auf dem Elysium-Massiv, Krater Tf, dass es dort denselben brekziierten Dolerit mit denselben akzessorischen Phasen gibt wie im SNC-Krater und in dessen Umgebung. Der Dolerit des Kraters Tf weist zudem eine ähnliche poikilitische Struktur auf wie der Chassigny-Meteorit (Banin, Clark und Wänke, 1992). Jeder der beiden Krater kann also der Ursprungsort der bisher auf der Erde gefundenen SNC-Meteoriten sein.

»Exotische Merkmale von Archaea ceraunii bestätigen einheimischen Ursprung.« Bd. 64, 1. April M69. Von G. N. Forbes, Fachbereich Biologie, Sabishii-College.

Die in einer alten Thermalquelle in 2,3 km Tiefe unter der Oberfläche von Ceraunius Tholus gefundenen Archaea weisen Anteile des isotopisch schweren Stickstoffs auf, den es nur auf dem Mars gibt. Eine unter Verwendung der überarbeiteten Thurmond-Gleichungen durchgeführte Mitochondrien-Analyse bestätigt, dass *Archaea ceraunii* und die Nanobakterien namens *Methanospirillum jacobii* aus dem Columbia-Grundgestein sich vor 6000 bis 15 000 Generationen von einem gemeinsamen Vorfahren abgespalten haben. Die Mutationsraten von Extremophilen mit radikal verlangsamtem Stoffwechsel stehen zwar noch nicht fest, aber es gibt klare Anzeichen dafür, dass sie weit über eine Größenordnung niedriger sein könnten als in früheren Schätzungen angegeben (vgl. H. Whitebook, M33f). Das heißt, die Aufspaltung in Ceraunius- und Columbia-Nanobakterien könnte schon vor über 1,8 Milliarden Jahren stattgefunden haben. Die Feuchtigkeitsaufnahmeraten des Basalts sind <1cm/Jahrmillion (vgl. Russell et al., M12t), und nicht alle *Archaea ceraunii* wurden an der Oberfläche geborstenen Gesteins im Thermalschlot gefunden; einige saßen bis zu einem Meter tief in nicht zerbrochenen Proben. Diese und andere Erwägungen zeigen, dass die *Archaea ceraunii* nicht durch anthropogene Handlungen dorthin gelangt sein können; die Zeit reicht nicht aus. Die einzige gute Erklärung für alle vorliegenden Daten ist, dass sie indigenen Ursprungs sind.

Stichwortsuche

In: *Zeitschrift für areologische Studien, Bd. 65–75*

Stichwort: *Archaea ceraunii*

Kein Treffer gefunden.

20

ODESSA

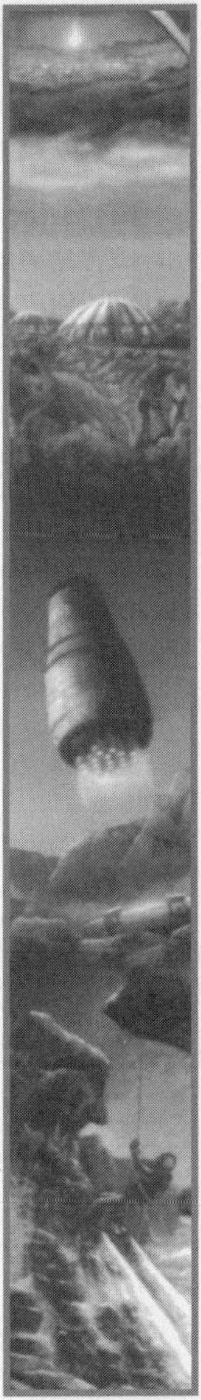

Ach, was waren wir damals glücklich. Verliebt, na klar. Nur wir beide, keine Kinder; interessante Arbeit; jede Menge Freizeit; und den ganzen Mars, den wir gemeinsam erforschen konnten. Manchmal unternahmen wir lange Wanderungen ins Hinterland, streiften umher und redeten. Draußen, bei Nacht, unter den Sternen. Mehrere Jahre lang verbrachten wir den Herbst in Odessa, wo wir in den Weinbergen und Weinkellereien arbeiteten. Wir mieteten uns ein kleines Haus in dem Dorf am Strand ein paar Kilometer westlich von Odessa, am Ende der Straßenbahnlinie. Ein Dorf am Hang über einem gekrümmten Strand; am Fuß des Hangs standen die Häuser dicht an dicht, weiter oben verteilten sie sich zwischen den Bäumen. Unser Haus lag ziemlich hoch oben am Hang, mit einem Blick über Baumwipfel und Ziegeldächer auf die weite blaue Fläche des Hellas-Meeres. Eine kleine Terrasse hinter dem Haus, ein Tisch und zwei Stühle.

Viele blühende Kletterpflanzen, ein kleiner Zitronenbaum in einem Topf. Fast alle Sommergäste waren dann schon fort, sodass nur noch ein Restaurant offen hatte, unten hinter dem Strand. Die Katzen waren freundlich, sie wirkten gepflegt und gut genährt, obwohl sie niemandem gehörten. Im Restaurant sprang mir eine geradewegs auf den Schoß und schnurrte. Ich weiß noch, wie wir das erste Mal auf der Terrasse standen und nach unten schauten, dann zum Haus zurück – weißgetünchte Mauern, Kletterpflanzen, der Schlafzimmerbalkon mit Eisengeländer, die braunen Hügel über und hinter dem Haus, das Meer und der Himmel. Wir lachten darüber, wie vollkommen es war. Morgens fuhren wir meist mit der Straßenbahn in die Stadt und zur Arbeit, kamen dann am Nachmittag zurück und gingen an den Strand. Oder umgekehrt. Sonnenuntergang auf der Terrasse, mit einem Glas Wein. Abendessen in unserer kleinen Küche oder unten im Restaurant, wo freitags ein Gitarre-und-Mandoline-Duo spielte. Dann die Nächte im Bett in einem Haus ganz für uns allein. Manchmal wachte ich vor Tagesanbruch auf und ging hinunter, setzte Kaffeewasser auf und trat auf die Terrasse hinaus. Einmal klebte morgens eine Federwolke am Himmel, die sich erst rosa und dann golden färbte.

21

SEXUELLER DIMORPHISMUS

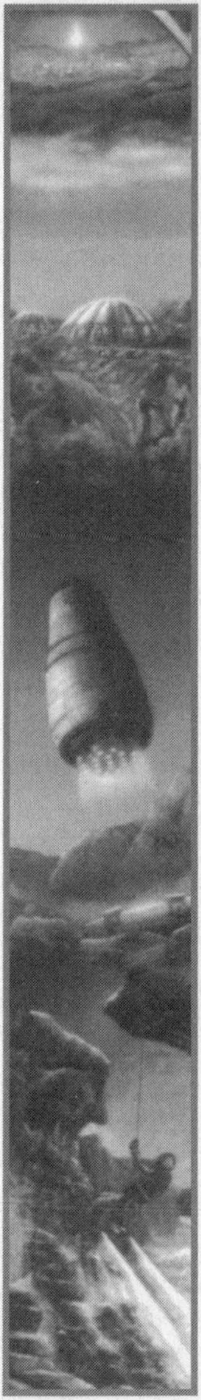

Das Halluzinationspotenzial in der Paläogenomik war hoch. Das lag nicht nur an der allgegenwärtigen Rolle der Instrumente und Geräte beim Sichtbarmachen des ultramikroskopisch kleinen fossilen Materials, sondern auch an der allmählichen Metamorphose des Materials selbst, sowohl der DNA als auch ihrer Matrizes, sodass die Daten unweigerlich unvollständig und oftmals bruchstückhaft waren. Deshalb musste man die Möglichkeit einräumen, dass man aus psychologischen Gründen Muster auf die *Rorschacherie* letztendlich vielleicht doch rein mineralischer Prozesse projizierte.

Dr. Andrew Smith war sich dieser Möglichkeit vollauf bewusst. Sie stellte eins der zentralen Probleme auf seinem Fachgebiet dar – die DNA-Spuren im Fossilarchiv überzeugend einzuordnen und sie dabei von einer ganzen Phalanx möglicher Pseudofossilien zu unterscheiden. Pseudofossilien verschandelten die ganze Geschichte der

Disziplin, von den frühesten falschen Nautiloiden bis hin zu den berühmten marsianischen Pseudonanobakterien. In der Paläogenomik ging es keinen Millimeter voran, ehe man nicht beweisen konnte, dass man wirklich über das sprach, worüber man zu sprechen behauptete. Deshalb hielt sich Dr. Smiths Aufregung über seinen Fund in der Junk-DNA eines frühen Delfinfossils anfangs in Grenzen.

Überhaupt gab es zu dieser Zeit eine ganze Menge Dinge, die ihn von seiner Arbeit ablenkten. Er lebte an der Südküste des Amazonischen Meeres, jener tiefen südlichen Bucht des die ganze Welt umgebenden Ozeans, östlich von Elysium, in der Nähe des Äquators. Im Sommer, sogar in den kühlen Sommern der letzten Jahre, wurden die zahlreichen Untiefen des Meeres nahe der Küste so warm wie Blut, und Delfine – adaptiert von terranischen Flussdelfinen wie den Baiji aus China, den Boto vom Amazonas, den Susu vom Ganges oder den Bhulan vom Indus – tummelten sich direkt vor dem Strand. Das morgendliche Sonnenlicht stieß durch die Wellen und hob ihre blitzenden Silhouetten hervor, manchmal acht oder zehn zugleich, die alle in derselben Welle spielten.

Das an der Strandpromenade der Hafenstadt Eumenides Point gelegene Meereslabor, in dem er arbeitete, war den Acheron-Labors weiter westlich an der Küste angegliedert. Bei der Arbeit in Eumenides ging es in erster Linie um die sich verändernden Ökologien eines Meeres, dessen Salzgehalt ständig zunahm. Im Rahmen seines aktuelles Projekts, das sich mit diesem Thema befasste, untersuchte Dr. Smith unter anderem die diversen Adaptationen ausgestorbener Cetaceen, die zu einer Zeit gelebt hatten, als das Meerwasser der Erde unterschiedliche Salzniveaus aufgewiesen hatte. In seinen Arbeitsräumen hatte er fossiles Material, das dem Labor zu Forschungszwecken von der Erde geschickt worden war, ebenso wie die umfangreiche Literatur zu dem Thema, darunter die vollständigen Genome aller lebenden Abkömmlinge dieser Geschöpfe. Der Transfer von Fossilien von der Erde warf zusätzlich zu allen anderen Problemen, die mit der Erforschung alter DNA verbunden waren, auch noch die Frage der Kontamination durch kosmische Strahlung auf, aber die meisten Leute taten diese Einwirkungen als geringfügig und unerheblich ab, weshalb Fossilien überhaupt auf diese Reise geschickt wurden. Und durch den Einsatz fusionsgetriebener schneller Schiffe wurden sie neuerdings natürlich auch erheblich weniger kosmischer Strahlung ausgesetzt. Deshalb konnte Smith dieses Forschungsprojekt über die Salztoleranz früherer und heutiger Säugetiere durchführen. Damit leistete er einen Beitrag zur Erhellung der gegenwärtigen Situation auf dem Mars und schaltete sich auch in die laufenden Debatten über die Paläohalozyklen der beiden Planeten ein, eines der momentan heißen Forschungsgebiete in der vergleichenden Planetologie und der Biotechnik.

Trotzdem war es ein so obskures Forschungsgebiet, dass man dazu neigte, nicht an seine Existenz zu glauben, wenn man nicht unmittelbar damit zu tun hatte. Es war ein Nebenzweig, eine Kombination zweier schwieriger Fachgebiete, deren letztendlicher Nutzwert in den Sternen stand, erst recht im Vergleich zu den meisten anderen Untersuchungen, die in den Labors von Eumenides Point durchgeführt wurden. Smith merkte, dass er bei den diversen Laborkonferenzen und informellen Versammlungen, in Cafés, auf Cocktailparties, beim Picknick am Strand und bei Bootsausflügen immer gegen das Gefühl ankämpfte, an den Rand gedrängt zu werden. Stets war er der Außenseiter; nur sein Kollege Frank Drumm, der über die Fortpflanzung der gegenwärtig in Küstennähe lebenden Delfine arbeitete, ließ größeres Interesse an seiner Arbeit und deren Anwendungsmöglichkeiten erkennen. Zu allem Unglück schien seine Arbeit für seinen Berater und Arbeitgeber, Vlad Taneev, immer unwichtiger zu werden. Taneev war als einer der Ersten Hundert und Mitbegründer der Acheron-Labors vermeintlich der mächtigste wissenschaftliche Mentor, den man auf dem Mars haben konnte; in der Praxis kam man jedoch so gut wie gar nicht an ihn heran, und es hieß, sein Gesundheitszustand sei schlecht, sodass es so war, als hätte er überhaupt keinen Chef und deshalb auch keinen Zugang zum technischen Personal des Labors und so weiter. Eine bittere Enttäuschung.

Und dann war da natürlich Selena – seine Partnerin, Mitbewohnerin, Freundin, Lebensgefährtin, Geliebte – es gab viele Worte für ihre Beziehung, obwohl keines davon genau passte. Die Frau, mit der er zusammenlebte, mit der er die höheren Fachsemester und zwei Assistentenstellen absolviert hatte, mit der er nach Eumenides Point gezogen war und sich eine kleine Wohnung in Strandnähe genommen hatte, unweit der Endstation der Küstenstraßenbahn, wo sich die Landspitze, wenn man nach Osten zurückschaute, gerade eben noch über den Horizont erhob, wie eine Rückenfinne weit draußen auf dem Meer. Selena machte gewaltige Fortschritte auf ihrem eigenen Fachgebiet, der gentechnischen Produktion von Salzgräsern; ein hochwichtiges Thema in dieser Region, wo sie eine tausend Kilometer lange Küstenlinie aus niedrigen Dünen und Treibsandsümpfen zu stabilisieren versuchten. Wissenschaftlicher und biotechnischer Fortschritt; wichtige, situationsrelevante Errungenschaften; in beruflicher Hinsicht flog ihr alles zu, darunter natürlich Angebote, an einer Vielzahl spannender Gemeinschaftsprojekte auf staatlichem oder genossenschaftlichem Sektor teilzunehmen.

Und auch privat flog ihr alles zu. Smith hatte sie immer schön gefunden, und jetzt sah er, dass andere Männer angesichts ihres Erfolges zu derselben Erkenntnis gelangten. Man brauchte wirklich nur ein Fünkchen Aufmerksamkeit, um es zu bemerken; man musste imstande sein, über schäbige Laborkittel und einen generell ungepflegten Stil hinwegzuschauen und den geschmeidigen, kurvenreichen Körper sowie die intensive, beinahe wilde Intelligenz zu sehen. Nein – im Labor sah seine Selena nicht viel anders aus als all die anderen Laborratten, aber im Sommer, wenn die Gruppe abends an den warmen, braunen Strand zum Schwimmen ging, watete sie wie eine Göttin im Badeanzug über die ausgedehnten Untiefen hinaus, wie Venus, die ins Meer zurückkehrte. Alle in der Gruppe taten so, als würden sie es nicht bemerken, aber sie konnten gar nicht anders.

Alles völlig in Ordnung; außer dass sie das Interesse an ihm verlor. Das war ein unumkehrbarer Prozess, wie Smith befürchtete; oder genauer, ein Prozess, den er nicht mehr aufhalten konnte, wenn dieser schon so weit gediehen war, dass er ihn bemerkte. Darum beobachtete er sie nun, verstohlen und hilflos, bei ihrer gemeinsamen häuslichen Routine; in seinem Bad war eine Göttin, die sich duschte, sich abtrocknete und sich anzog, jeder Augenblick wie ein Tanz.

Aber sie unterhielten sich nicht mehr miteinander. Sie war in ihre Gedanken vertieft und kehrte ihm meistens den Rücken zu. Nein – es ging alles verloren.

*

Sie hatten sich in einem Schwimmclub für Erwachsene in Mangala kennen gelernt, als sie beide bereits höhere Semester an der dortigen Universität gewesen waren. Nun trat Smith, wie um diese Zeit wieder heraufzubeschwören, auf Franks Anregung hin in einen ganz ähnlichen Club in Eumenides Point ein, in dem Frank bereits Mitglied war, und begann erneut, regelmäßig zu schwimmen. Von der Straßenbahn oder vom Labor aus ging er gleich morgens zum großen Fünfzig-Meter-Becken auf einer Terrasse mit Meeresblick hinunter und verausgabte sich beim Schwimmen derart, dass er den ganzen restlichen Tag auf einem Strom von Betaendorphinen dahinsummte und kaum einen Gedanken an seine Arbeitsprobleme oder die Situation zu Hause verschwendete. Wenn er nach der Arbeit mit der Straßenbahn heimfuhr, meldete sich sein Appetit, und er fuhrwerkte in der Küche herum, um sich eine Mahlzeit zusammenzubasteln, und aß einen Großteil davon, noch während er sie zubereitete. Dabei ärgerte er sich über Selenas erbärmliche Kochkünste und ihr munteres Geplauder über ihre Arbeit (sofern sie überhaupt da war). Wahrscheinlich rührte sein Ärger aber auch einfach vom Hunger und von der Furcht her, die diese ungeklärte, bedrohliche Situation bei ihm auslöste; diese Heuchelei, dass sie noch ein normales Leben führten. Doch wenn er sie in dieser heiklen Stunde anfauchte, verstummte sie für den ganzen restlichen Abend; das passierte ziemlich oft; deshalb bemühte er sich, seinen Zorn zu zügeln, das Essen zu machen und seinen Teil davon hinunterzuschlingen, um seinen Blutzuckerspiegel rasch wieder nach oben zu bringen.

Sie schlief ohnehin gegen neun abrupt ein, und er blieb allein zurück und las bis zum Zeitschlupf oder machte noch einen Spaziergang am nächtlichen Strand, ein paar hundert Meter von ihrer Wohnung entfernt. Als er eines Abends nach Westen ging, sah er Pseudophobos weiter unten an der Küste wie ein Notsignal in den Himmel steigen, und bei seiner Rückkehr in die Wohnung war Selena wach und telefonierte fröhlich; sie war überrascht, ihn zu sehen, und machte rasch Schluss. Sie überlegte, was sie sagen sollte, und erklärte dann: »Das war Mark, wir haben Tamariske drei-neunundfünzig dazu gekriegt, Repetitionen des dritten Salzaufnahmegens anzunehmen!«

»Das ist gut«, sagte er und ging in die dunkle Küche, damit sie sein Gesicht nicht sah.

Das ärgerte sie. »Du interessiert dich überhaupt nicht für meine Arbeit, stimmt's.«

»Aber natürlich. Das ist gut, hab ich gesagt.«

Sie tat es mit einem Schnauben ab.

*

Dann kam er eines Tages nach Hause, und Mark war bei ihr, im Wohnzimmer, und er sah auf einen Blick, dass sie über etwas gelacht hatten; dass sie näher beieinander gesessen hatten, bevor er die Tür aufgemacht hatte. Er ignorierte es und war so freundlich, wie er konnte.

Als er am nächsten Tag seine morgendlichen Trainingsrunden schwamm, beobachtete er die Frauen, die mit ihm in seiner Bahn schwammen. Alle drei hatten ihr Leben lang geschwommen, hatten ihren Freistil über die Vollkommenheit aller jemals an Land gemachten Tanzschritte hinaus perfektioniert; ihre Bewegungen waren durch die millionenfachen Wiederholungen so unbewusst wie die der Fische im Meer. Er sah ihre Körper unter der Oberfläche vorwärts gleiten, wobei ihre eleganten Konturen sichtbar wurden – klassische Schwimmerkörper, wie der von Selena – breite Schultern wurden nacheinander zu den Ohren hochgezogen, kräftige Rückenmuskeln glätteten den Brustkorb, Brüste verschmolzen mit großen Brustmuskeln oder hüpften erst nach links, dann nach rechts, beides gab es; Bäuche trafen auf hohe Hüftknochen, die von den weit ausgeschnittenen Badeanzügen betont wurden, Rücken krümmten sich zu runden, kompakten Hinterteilen und weiter zu kräftigen Schenkeln, langen Waden und Füßen, die gestreckt waren wie die von Ballerinas. Tanz war eine schwache Analogie für solch eine schöne Bewegung. Und so ging es immer weiter, Zug für Zug, Runde um Runde, bis er so fasziniert war, dass er keinen weiteren Gedanken mehr fassen, keine weitere Beobachtung mehr machen konnte; es war nur ein Aspekt einer sinnlich gesättigten Umgebung.

Ihre momentane Vorschwimmerin war schwanger, aber sie schwamm kraftvoller als alle anderen und keuchte nicht einmal während ihrer gemeinsamen Ruhephasen, in denen Smith oftmals nach Luft ringen musste – stattdessen lachte sie, schüttelte den Kopf und rief: »Immer wenn ich eine Rollwende mache, tritt er mich!« Sie war im siebten Monat, rund um die Mitte wie ein kleiner Wal, schoss aber in einem Tempo durchs Becken, bei dem die drei anderen auf der Bahn alle nicht mithalten konnten. Die stärksten Schwimmer im Club waren schlichtweg erstaunlich. Kurz nach seinem Einstieg in diesen Sport hatte Smith hart gearbeitet, um hundert Meter Freistil in weniger als einer Minute zu schwimmen, ein angemessenes Ziel für ihn, und schließlich hatte er es bei einem Treffen einmal gemacht und war froh gewesen; dann hatte er später vom Training des lokalen College-Frauenteams gehört, das aus hundert Hundert-Meter-Freistil-Strecken *jeweils im Abstand von einer Minute* bestand. Da war ihm klar geworden, dass die Menschen zwar alle annähernd gleich aussahen, einige jedoch weitaus stärker waren als andere. Ihre schwangere Vorschwimmerin gehörte zu den unteren Rängen dieser starken Schwimmer und betrachtete ihr heutiges Training als leichte Stretchübung, obwohl die anderen in der Gruppe schon das nicht schafften, selbst wenn sie sich allergrößte Mühe gaben. Man musste sie einfach ansehen, wenn man in der Gegenrichtung an ihr vorbeikam, weil sie trotz ihres Tempos ungeheuer elegant und unangestrengt wirkte – sie brauchte weniger Züge pro Runde als alle anderen und kam trotzdem weitaus schneller voran. Es war wie Zauberei. Und diese niedliche blaue Rundung des neuen Kindes in ihrem Innern.

*

Zuhause wurde es immer schlimmer. Selena arbeitete oftmals bis tief in die Nacht hinein und sprach weniger denn je mit ihm.

»Ich liebe dich«, sagte er. »Selena, ich liebe dich.«

»Ich weiß.«

Er versuchte, sich ebenfalls in die Arbeit zu stürzen. Sie waren im selben Labor, sie konnten nachts zusammen heimfahren. Wie früher über ihre Arbeit sprechen, die zwar nicht dieselbe war, bei der es in beiden Fällen aber dennoch um Genomik ging; wie viel näher konnten zwei Wissenschaften beieinander liegen? Sicher würde das helfen, sie wieder zusammenzubringen.

Aber Genomik war ein sehr weites Feld. Und man konnte durchaus ganz unterschiedliche Teile davon beackern, kein Zweifel. Sie bewiesen es ja. Smith gab jedoch nicht auf, er benutzte ein neues und stärkeres Elektronenmikroskop und begann einige Fortschritte bei der Entschlüsselung der Muster in seiner fossilisierten DNA zu machen.

Anscheinend handelte es sich bei dem konservierten Material in den Proben, die er bekommen hatte, beinahe ausschließlich um die so genannte Junk-DNA des Geschöpfs. In früheren Zeiten wäre das Pech gewesen, aber die Kohl-Labors in Acheron hatten unlängst große Fortschritte bei der Enträtselung der verschiedenen Funktionen von Junk-DNA gemacht, die letztendlich also doch nicht nutzlos war, wie angesichts der Sparsamkeit der Evolution ja eigentlich auch nicht anders zu erwarten. Ihr Durchbruch bestand in der Charakterisierung sehr kurzer und verschlüsselter repetitiver Sequenzen innerhalb der Junk-DNA, die nachweislich Befehle für Vorgänge auf höheren Hierarchieebenen codierten, als sie auf der Ebene der Gene zu sehen gewohnt waren – Differenzierung von Zellen, zeitliche Steuerung der Informationsausprägung, Apoptose und dergleichen.

Natürlich würde es schwer sein, mithilfe dieser neuen Erkenntnisse irgendwelche Anhaltspunkte in teilweise degradierter fossiler Junk-DNA aufzuspüren. Aber die Nukleotidsequenzen waren auf seinen EM-Bildern zu sehen – oder genauer, die charakteristischen Ersatzminerale für die Adenin-Thymin- und Cytosin-Guanin-Paare, Ersatzminerale, die in der Literatur gut belegt waren, ließen sich darauf eindeutig identifizieren. Nanofossilien, kein Zweifel; aber lesbar für diejenigen, die sie lesen konnten. Und wenn man sie erst einmal gelesen hatte, konnte man Sequenzen lebender Nukleotide zusammenbrauen, die mit denen des fossilen Geschöpfs identisch waren. Theoretisch konnte man das ganze Tier wiedererschaffen, aber in der Praxis war niemals auch nur annähernd das komplette Genom vorhanden, sodass es unmöglich war. Aber es gab natürlich Leute, die es bei einfacheren fossilen Organismen trotzdem versuchten; entweder gingen sie gleich aufs Ganze, oder sie verpflanzten die genetischen Informationen, die sie hatten entziffern können, mithilfe gentechnischer Methoden auf lebende Trägerorganismen, meist auf Nachkommen der früheren Arten.

Bei diesem speziellen alten Delfin – es war fast mit Sicherheit ein Süßwasserdelfin (wenngleich diese meist in Flussmündungen lebten und darum ziemlich salztolerant waren) – würde eine vollständige Wiederbelebung unmöglich sein. Aber das hatte Smith sowieso nicht vor. Sein Interesse galt Fragmenten, die keine Entsprechung im Genom der gegenwärtig lebenden Nachkommen zu haben schienen; wenn er welche fand, konnte er möglicherweise lebende In-Vitro-Fragmente synthetisieren, sie in heutige Stränge einfügen und sehen, wie sich diese experimentellen Tiere bei Hybridisierungstests und in verschiedenen Umgebungen machten. Nach Unterschieden in der Funktion suchen.

So weit möglich, führte er auch Mitochondrien-Analysen durch, mit deren Hilfe es ihm im Erfolgsfall gelingen würde, die Abspaltung der Spezies von der Vorläuferspezies präziser zu datieren. Er würde vielleicht imstande sein, ihr einen spezifischen Platz im Stammbaum der Meeressäuger zuzuweisen, der im frühen Pliozän sehr kompliziert war.

Beide Untersuchungsansätze erforderten laborintensive, zeitraubende, fast gedankenlose Arbeit – genau das Richtige, mit anderen Worten. Wochenlang, dann monatelang arbeitete er täglich endlose Stunden. Manchmal schaffte er es, zusammen mit Selena nach Hause zu fahren, aber das kam eher selten vor. Sie war gerade dabei, ihre neuesten Ergebnisse zusammen mit ihren Mitarbeitern, hauptsächlich mit Mark, in Schriftform zu fassen. Ihre Arbeitszeit war unregelmäßig. Wenn er arbeitete, musste er nicht daran denken; deshalb arbeitete er die ganze Zeit. Es war keine Lösung, nicht einmal eine sonderlich gute Strategie – es schien alles sogar noch schlimmer zu machen –, und er musste dabei gegen eine wachsende Verzweiflung und ein immer stärker werdendes Verlustgefühl ankämpfen; aber er tat es trotzdem.

*

»Was hältst du davon?«, fragte er Frank eines Tages bei der Arbeit und zeigte auf den neuesten Ausdruck vom Kohl-Labor, der mit Anmerkungen übersät auf seinem Schreibtisch lag.

»Sehr interessant! Sieht so aus, als kämen wir endlich

über die Gene hinaus zur kompletten Bedienungsanleitung.«

»Wenn es so was gibt.«

»Muss es ja wohl, oder? Obwohl ich nicht sicher bin, ob die Werte des Kohl-Labors für die Fixierungsrate adaptiver Mutationen hoch genug sind. Ohta und Kimura haben zehn Prozent als Obergrenze vorgeschlagen, und das passt zu dem, was ich gesehen habe.«

Smith nickte erfreut. »Sie sind wahrscheinlich bloß vorsichtig.«

»Zweifelsohne, aber man muss sich an die Daten halten.«

»Sag mal, in diesem Zusammenhang – hältst du's für sinnvoll, dass ich die Sache mit der fossilen Junk-DNA weiter verfolge?«

»Na klar. Wieso fragst du? Da werden wir bestimmt interessante Dinge erfahren.«

»Es geht unglaublich langsam voran.«

»Warum liest du nicht eine lange Sequenz ab, braust sie dir zusammen, venterst sie und schaust dir an, was dabei rauskommt?«

Smith zuckte die Achseln. Die Schrotschuss-Technik zur Sequenzierung des kompletten Genoms kam ihm irgendwie schludrig vor, aber mit ihr ging es natürlich schneller. Die meisten Gene des menschlichen Genoms waren rasch identifiziert worden, indem man kleine, als *expressed sequence tags* – exprimierte Sequenzabschnitte – bezeichnete Stücke Einstrang-DNA gelesen hatte; einige Gene waren dabei jedoch nicht erfasst worden, und es fielen sogar jene regulatorischen DNA-Sequenzen unter den Tisch, die den Proteine codierenden Teil der Gene steuerten, ganz zu schweigen von der so genannten Junk-DNA selbst, die lange Strecken zwischen den Sequenzen mit offenkundigerem Bedeutungsgehalt füllte.

Smith teilte Frank seine Bedenken mit. Dieser nickte, meinte aber: »Die Kartierung ist ja jetzt praktisch abgeschlossen, da ist das nicht mehr dasselbe. Man hat so viele Bezugspunkte, dass man nicht mehr durcheinander kommen kann, was die Lage der Schnipsel in der Gesamtsequenz betrifft. Berechne das, was du hast, einfach mit dem Lander-Waterman-Modell und geh anschließend noch mal mit den Kohl-Variationen drüber, und selbst wenn du massive Repetitionen hast, ist das immer noch in Ordnung. Und deine Schnipsel … na ja, die sind sowieso fast wie ESTs, so degradiert, wie die sind. Also kannst du's genauso gut versuchen.«

Smith nickte.

In dieser Nacht fuhren Selena und er zusammen nach Hause. »Wie fändest du's, wenn ich In-Vitro-Kopien meines Materials mit der Schrotschuss-Technik sequenzieren würde?«, fragte er schüchtern.

»Schlampig«, antwortete sie. »Doppeltes Risiko.«

❋

Ein neuer Tagesablauf bildete sich heraus. Er arbeitete, schwamm, fuhr mit der Straßenbahn nach Hause. Selena war meistens nicht da. Auf dem Anrufbeantworter waren oftmals Nachrichten für sie von Mark, der über ihre Arbeit sprach. Oder Nachrichten von ihr für Smith, in denen sie ihm mitteilte, sie komme spät heim. Da es so oft geschah, ging er manchmal mit Frank und anderen vom Schwimmclub nach dem abendlichen Training essen. Einmal bestellten sie in einem Strandrestaurant mehrere Krüge Bier, gingen dann am Strand spazieren, liefen am Schluss in die Bucht hinaus, schwammen in dem warmen, dunklen, seichten Wasser herum, das so anders war als das in ihrem Schwimmbad, und bespitzten einander unter lautem Gelächter. Es war eine schöne Zeit.

❋

Doch als er in dieser Nacht nach Hause kam, fand er auf dem Anrufbeantworter eine weitere Nachricht von Selena vor. Sie sagte, sie und Mark seien gerade einen Happen essen gegangen und arbeiteten nun weiter an ihrer Abhandlung, und sie komme heute Nacht erst sehr spät heim.

Das war kein Scherz; um zwei Uhr morgens war sie immer noch nicht da. In den langen Minuten nach dem Zeitschlupf wurde Smith klar, dass niemand so lange wegblieb und an einer Abhandlung arbeitete, ohne zu Hause anzurufen. Dies war also eine Nachricht anderer Art.

Schmerz und Zorn spülten über ihn hinweg, erst das eine, dann das andere. Die Indirektheit fand er feige. Er verdiente doch wohl zumindest eine Enthüllung – ein Geständnis – eine Szene. Während die langen Minuten verstrichen, wurde er immer zorniger; dann befürchtete er einen Moment lang, ihr könnte etwas zugestoßen sein oder so. Aber nein. Sie war irgendwo da draußen und vögelte mit einem anderen herum. Auf einmal war er außer sich vor Wut.

Er holte Pappkartons aus ihrem gemeinsamen Schrank, riss Selenas Schubladen auf und warf all ihre Kleider in die Kartons, presste sie zusammen, damit sie alle hineinpassten. Aber sie gaben ihren charakteristischen Duft von sich, den Duft von Waschmitteln und Selena, und als er das roch, stöhnte er auf und sank mit weichen Knien aufs Bett. Wenn er so weitermachte, würde er nie mehr sehen, wie sie diese Kleider an- und auszog, und bei diesem Gedanken stöhnte er wie ein verwundetes Tier.

Aber Menschen sind keine Tiere. Er packte all ihre Sachen in Kartons und stellte sie draußen vor die Wohnungstür.

Um drei Uhr kam sie zurück. Er hörte, wie sie gegen die Kartons stieß und einen gedämpften Aufschrei von sich gab.

Er riss die Tür auf und ging hinaus.

»Was ist denn hier los?« Der Schreck hatte sie aus irgendeinem Szenario gerissen, das sie geplant hatte, und jetzt wurde sie zornig. Sie wurde zornig! Seine wilde Wut erwachte von neuem.

»Du weißt, was los ist.«

»Was denn!«

»Du und Mark.«

Sie sah ihn an.

»Jetzt merkst du's«, sagte sie schließlich. »Ein Jahr, nachdem es angefangen hat. Und das ist deine erste Reaktion.« Mit einer Geste zu den Kartons.

Er schlug sie ins Gesicht.

Sofort hockte er sich neben sie und half ihr, sich aufzusetzen, sagte: »O Gott, Selena, tut mir Leid, tut mir Leid, das hab ich nicht gewollt«, er hatte ihr nur eine Ohrfeige wegen der Verachtung geben wollen, die sie ihn spüren ließ, weil er nicht früher gemerkt hatte, dass sie ihn betrog. »Ich kann nicht glauben, dass ich …«

»Hau ab« – sie hieb mit wilden Schlägen auf ihn ein, weinend und schreiend, »hau ab, hau ab« – ängstlich – »du Mistkerl, du elender Mistkerl, was fällt dir ein, wag es *ja* nicht, mich zu schlagen!« Sie kreischte fast, obwohl auch sie darauf achtete, nicht zu laut zu werden; sie war sich trotz allem des Wohnkomplexes um sie herum bewusst. Die Hände vor dem Gesicht.

»Tut mir Leid, Selena. Tut mir sehr, sehr Leid, ich war wütend über das, was du gesagt hast, aber ich weiß, das ist nicht, das ist kein … Tut mir Leid.« Mittlerweile war er genauso wütend auf sich selbst wie zuvor auf sie – was hatte er sich bloß dabei gedacht, warum hatte er ihr Gelegenheit gegeben, sich moralisch derart über ihn zu erheben, sie war es doch, die ihr gemeinsames Band zerrissen hatte, sie sollte im Unrecht sein! Sie, die jetzt schluchzte – sich abwandte – auf einmal in die Nacht hinausging. In ein paar Fenstern in der Nähe ging das

Licht an. Smith stand da und schaute auf die Kartons mit ihren hübschen Kleidern hinab. Die Knöchel der rechten Hand taten ihm weh.

*

Dieses Leben war vorbei. Er wohnte von nun an allein in der Wohnung am Strand und ging weiterhin zur Arbeit, aber seine Kolleginnen und Kollegen, die alle wussten, was geschehen war, mieden ihn. Selena kam erst wieder zur Arbeit, als die blauen Flecken verheilt waren, und danach erstattete sie weder Anzeige gegen ihn noch sprach sie mit ihm über jene Nacht, aber sie zog zu Mark und ging Smith bei der Arbeit nach Möglichkeit aus dem Weg. Wer hätte das auch nicht getan. Hin und wieder kam sie in sein Kabuff und sprach in neutralem Ton irgendeinen logistischen Aspekt ihrer Trennung an. Er konnte ihr nicht die Augen schauen. Er konnte auch sonst niemandem im Labor in die Augen schauen, nicht richtig. Es war schon seltsam, wie zwei Menschen miteinander reden und dabei den Anschein erwecken konnten, sie würden einander ansehen, obwohl sie im Grunde die ganze Zeit dem Blick des anderen auswichen. Subtile Verhaltensweisen von Primaten, ausgefeilt in Jahrmillionen auf der Savanne.

Er verlor den Appetit, verlor seinen Schwung. Morgens wachte er auf und fragte sich, wozu er aufstehen sollte. Dann fiel sein Blick auf die leeren Wände des Schlafzimmers, wo Selenas Poster gehangen hatten, und er wurde manchmal so wütend auf sie, dass ihm das Blut unangenehm heftig im Hals und in der Stirn pochte. Das trieb ihn aus dem Bett, aber dann konnte er nirgends hin, außer zur Arbeit. Und dort wussten alle, dass er einer war, der Frauen schlug, der zu Hause gewalttätig wurde – ein Arschloch eben. Die marsianische Gesellschaft tolerierte solche Leute nicht.

Scham oder Zorn; Zorn oder Scham. Kummer oder Demütigung. Groll oder Reue. Verlorene Liebe. Ziellose Wut.

Vor allem aber schwamm er nicht mehr. Der Anblick der Schwimmerinnen war jetzt zu schmerzhaft, obwohl sie so freundlich waren wie immer; außer ihm und Frank wussten sie nichts vom Labor, und Frank hatte ihnen nicht erzählt, was passiert war. Es änderte nichts. Die Verbindung zu ihnen war abgerissen. Er wusste, er sollte mehr schwimmen, aber er schwamm weniger. Immer wenn er beschloss, sich am Riemen zu reißen, schwamm er zwei oder drei Tage hintereinander, dann hörte er wieder auf.

Einmal standen sie gegen Ende eines frühabendlichen Trainings, zu dem er sich hingequält hatte – und nach dem er sich nun wie üblich besser fühlte –, dampfend in der Bahn, und seine drei beständigsten Gruppenkameradinnen sprachen sich rasch ab, nach dem Duschen in eine nahe gelegene Trattoria zu gehen. Eine sah ihn an. »Pizza bei Rico's?«

Er schüttelte den Kopf. »Hamburger daheim«, sagte er traurig.

Sie lachten. »Ach, komm schon. Der hält sich noch einen Tag.«

»Ja, genau, Andy«, sagte Frank von der Bahn nebenan. »Ich komme auch mit, wenn's euch Recht ist.«

»Klar«, sagten die Frauen. Frank schwamm oft auch in ihrer Gruppe mit.

»Tja …« Smith raffte sich auf. »Na gut.«

Er saß mit ihnen am Restauranttisch und hörte ihrem Geplauder zu. Sie schienen immer noch ein wenig zu dampfen; die nassen Haare standen in kleinen Büscheln von ihren Stirnen weg. Die drei Frauen waren jung. Es war interessant; außerhalb des Schwimmbeckens sahen sie normal und durchschnittlich aus: mager, unscheinbar, pummelig, unbeholfen, wie auch immer. Wenn sie

Kleider trugen, ahnte man nichts von ihren unglaublich kräftigen Schultern, ihrer kompakten, glatten Muskulatur. Wie Robben im Clownskostüm, die auf einer Bühne herumwatschelten.

»Alles in Ordnung mit dir?«, fragte ihn eine, als er zu lange geschwiegen hatte.

»O ja, ja.« Er zögerte, warf Frank einen Blick zu. »Hab mich von meiner Freundin getrennt.«

»A-ha! *Wusste* ich's doch, dass irgendwas nicht stimmt!« Mit einer Hand an seinem Arm (sie stießen im Becken dauernd gegeneinander): »In letzter Zeit warst du anders als sonst.«

»Ja.« Er lächelte trübselig. »War nicht leicht.«

Er konnte ihnen unmöglich erzählen, was passiert war. Und Frank würde es auch nicht tun. Aber ohne das ergab der Rest seiner Geschichte keinen Sinn. Deshalb konnte er überhaupt nicht darüber reden.

Sie spürten es und rutschten auf ihren Stühlen herum, bereiteten sich darauf vor, das Thema zu wechseln. »Tja«, sagte Frank, um ihnen zu helfen. »Gibt jetzt viel mehr Fische im Meer.«

»Im Schwimmbecken«, scherzte eine der Frauen und stieß ihn mit dem Ellbogen an.

Er nickte und versuchte zu lächeln.

Sie sahen einander an. Eine bat die Bedienung um die Rechnung, eine andere sagte zu Smith und Frank: »Kommt mit rüber zu mir, wir hocken uns ins Heißwasserbecken und spülen unsere Wehwehchen runter.«

Sie wohnte in einem Zimmer eines kleinen Hauses mit umschlossenem Hof zur Miete, und alle anderen Bewohner waren fort. Sie folgten ihr durchs dunkle Haus auf den Hof, nahmen den Deckel vom Heißwasserbecken ab und schalteten es ein, zogen sich dann aus und stiegen ins dampfende Wasser. Smith gesellte sich ein wenig befangen zu ihnen. An den Stränden des Mars sah man dauernd nackte Menschen beim Sonnenbaden, das war wahrhaftig nichts Besonderes. Frank schien es nicht zu bemerken, er war völlig entspannt. Aber im Bad schwammen sie nicht so.

Sie seufzten alle über die Wärme des Wassers. Die Frau aus dem Haus ging hinein und brachte Bier und Becher herbei. Aus der Küche fiel Licht auf sie, als sie die Bierflasche abstellte und die Becher verteilte. Smith kannte ihren Körper von ihren vielen gemeinsamen Stunden im Schwimmbad bereits ganz genau; trotzdem schockierte es ihn, sie vollständig nackt zu sehen. Frank ignorierte den Anblick und füllte die Becher aus der Flasche.

Sie tranken Bier und unterhielten sich. Zwei waren Veteraninnen; ihre ehemals schwangere Vorschwimmerin war schon ein bisschen älter, eine Chemikerin in einem pharmazeutischen Labor in der Nähe des Schwimmbads. Ihr Baby wurde an diesem Abend von ihrer Genossenschaft beaufsichtigt. Sie blickten alle zu ihr auf, sah Smith, sogar hier. Seit einiger Zeit brachte sie das Baby mit ins Schwimmbad, stellte den Kinderwagen gleich jenseits der Spritzergrenze ab und schwamm so kraftvoll wie immer. Im heißen Wasser wurden Smiths Muskeln weich, und er trank sein Bier, während er ihnen zuhörte.

Eine der Frauen schaute auf ihre Brüste im Wasser hinunter und lachte. »Die haben einen Auftrieb wie Pullbuoys.«

Das war Smith bereits aufgefallen.

»Kein Wunder, dass Frauen besser schwimmen als Männer.«

»Solange sie nicht so groß sind, dass sie die Hydrodynamik stören.«

Die Vorschwimmerin schaute durch ihre beschlagene Brille nach unten, mit rosarotem Gesicht, die Haare hochgebunden, feucht, gelassen. »Ob meine wohl weniger Auftrieb haben, weil ich stille?«

»Aber die ganze Milch.«

»Ja, aber das Wasser in der Milch hat neutrale Dichte,

nur das Fett hat Auftrieb. Könnte sein, dass leere Brüste mehr Auftrieb haben als volle.«

»Je nachdem, wo mehr Fett drin ist. Igitt.«

»Ich könnte mal ein Experiment machen, ihn nur mit einer Seite stillen, dann ins Wasser steigen und nachschauen …« Aber sie lachten so laut, dass sie dieses Szenario nicht beenden konnte. »Es würde gehen! Warum lacht ihr denn!«

Sie lachten nur noch mehr. Frank wurde von wahren Lachkrämpfen geschüttelt, er sah glücklich und selig aus. Diese Freundinnen vertrauten ihnen. Aber Smith hatte trotzdem das Gefühl, dass er nicht zu ihnen gehörte. Er sah ihre Vorschwimmerin an; eine rosarote, brillentragende Göttin, auf heiter-gelassene Weise zerstreut und unbefangen; die Wissenschaftlerin als Heldin; der erste vollwertige Mensch.

*

Doch als er Frank dieses Gefühl später zu erklären oder auch nur zu beschreiben versuchte, schüttelte dieser den Kopf. »Es ist ein schlimmer Fehler, Frauen zu verehren«, warnte er. »Ein Kategoriefehler. Frauen und Männer sind sich so ähnlich, dass der Unterschied nicht der Rede wert ist. Die Gene sind fast vollständig identisch, wie du weißt. Ein paar Abweichungen in den Hormonmengen, das ist alles. Sie sind genauso wie du und ich.«

»Mehr als nur ein paar.«

»Nicht viel mehr. Am Anfang sind wir alle weiblich, stimmt's? Also ist man besser dran, wenn man davon ausgeht, dass es da keine groß angelegten Veränderungen mehr gibt. Der Penis ist nur eine überdimensionale Klitoris. Männer sind Frauen. Frauen sind Männer. Zwei Teile eines Fortpflanzungssystems, absolut gleichwertig.«

Smith starrte ihn an. »Du machst Witze.«

»Wieso?«

»Also – ich hab noch nie gesehen, dass ein Mann einen dicken Bauch gekriegt und einen neuen Menschen zur Welt gebracht hat, um es mal so zu sagen.«

»Na und? Es geschieht, es ist eine spezialisierte Funktion. Man sieht auch keine Frauen ejakulieren. Aber hinterher sind wir wieder alle gleich. Einzelheiten der Fortpflanzung sind nur für einen winzigen Bruchteil der Zeit von Bedeutung. Nein, wir sind alle gleich. Wir müssen alle gemeinsam da durch. Es gibt keine Unterschiede.«

Smith schüttelte den Kopf. Es wäre ein tröstlicher Gedanke, wenn es so wäre. Aber die Daten stützten diese Hypothese nicht. Fünfundneunzig Prozent aller Morde in der Geschichte waren von Männern begangen worden. Das war ein Unterschied.

Er sprach das aus, aber Frank war nicht beeindruckt. Die Mordquoten auf dem Mars glichen sich allmählich an, erwiderte er, und sänken überhaupt sehr stark, ein sehr hübscher Beweis dafür, dass der Umstand kulturell bedingt sei, ein Produkt des terranischen Patriarchats, das auf dem Mars keine große Rolle mehr spiele. Kultur statt Natur. Obwohl das eine falsche Dichotomie sei. Die Natur könne alles beweisen, was man wolle, beharrte Frank. Hyänenweibchen seien bösartige Killer, männliche Bonobos und Spinnenaffen sanft und hilfsbereit. Es bedeute nichts, sagte Frank. Man könne keinerlei Lehren daraus ziehen.

Aber Frank hatte keiner Frau ins Gesicht geschlagen, ohne es jemals beabsichtigt zu haben.

*

Die Muster in den fossilen *Inia*-Datensätzen wurden immer deutlicher. Stochastische-Resonanz-Programme brachten klar zum Vorschein, was erhalten geblieben war.

»Schau mal«, sagte Smith eines Nachmittags zu Frank, als dieser zur Tür hereinschaute, um sich in den Feierabend zu verabschieden. Er zeigte auf seinen Computerbildschirm. »Hier ist eine Sequenz von meinem Boto, ein Teil von GX drei-null-vier, in der Nähe der Verbindungsstelle, siehst du?«

»Dann hast du also ein Weibchen?«

»Ich weiß nicht. Na ja, demnach schon. Aber schau mal, wie es diesem Teil des menschlichen Genoms entspricht. Es ist in Hillis achtzig-fünfzig …«

Frank kam in sein Kabuff und schaute auf den Bildschirm. »Du vergleichst Junk mit Junk … Ich weiß nicht recht …«

»Aber über hundert Einheiten hintereinander sind identisch, siehst du? Führt direkt ins Gen für die Progesteronbildung.«

Frank schaute mit zusammengekniffenen Augen auf den Bildschirm. »Ähm … tja.« Er warf Smith einen raschen Blick zu.

Smith sagte: »Ich frage mich, ob Junk-DNA ihre Sequenzen vielleicht über sehr lange Zeiträume bewahrt, bis zurück zu noch früheren Säugetier-Vorläufern beider Arten.«

»Aber Delfine sind nicht unsere Vorfahren«, sagte Frank.

»Irgendwo in der Vergangenheit gibt es einen gemeinsamen Vorfahr.«

»So?« Frank richtete sich auf. »Tja, wie auch immer. Ich bin nicht so sicher, was die Kongruenz der Muster betrifft. Sie sind irgendwie sehr ähnlich, aber du weißt ja.«

»Was soll das heißen, siehst du das denn nicht? Schau, hier!«

Frank blickte erst verblüfft und dann mit ausdrucksloser Miene auf ihn herunter. Als Smith das sah, befiel ihn eine unerklärliche Angst.

»Doch«, sagte Frank, »schon. Vielleicht solltest du Hybridisierungstests durchführen, um zu sehen, wie hoch die Übereinstimmung wirklich ist. Oder dich bei Acheron nach Wiederholungen in nichtcodierenden DNA-Abschnitten erkundigen.«

»Aber es ist eine hundertprozentige Kongruenz! Und zwar über Hunderte von Paaren, wie kann das Zufall sein?«

Franks Miene wurde noch ausdrucksloser als zuvor. Er schaute zur Tür des Kabuffs hinaus. Schließlich sagte er: »Ich sehe da keine so hohe Kongruenz. Tut mir Leid, ich seh's einfach nicht. Schau mal, Andy. Du hast lange Zeit schrecklich hart gearbeitet. Und du warst deprimiert, stimmt's? Seit Selena dich verlassen hat?«

Smith nickte. Er spürte, wie sich sein Magen verkrampfte. Das hatte er vor ein paar Monaten zugegeben. Frank war einer der sehr wenigen Leute, die ihm heutzutage noch in die Augen schauten.

»Na ja, du weißt schon. Depressionen haben chemische Auswirkungen aufs Gehirn. Manchmal sieht man dann Muster, die andere nicht sehen. Das heißt nicht, dass sie nicht da sind, ganz bestimmt sind sie da. Aber ob sie von Bedeutung sind, ob sie mehr sind als eine Art Analogie, eine Ähnlichkeit …« Er schaute auf Smith herunter und brach ab. »Sieh mal, das ist nicht mein Gebiet. Du solltest das Amos zeigen oder nach Acheron fahren und mit dem alten Mann reden.«

»Mhm. Danke, Frank.«

»O nein, nein, nicht nötig. Tut mir Leid, Andy. Ich hätte wahrscheinlich den Mund halten sollen. Es ist nur, du weißt schon. Du hast höllisch viel Zeit hier verbracht.«

»Ja.«

Frank ging hinaus.

*

Manchmal schlief er an seinem Schreibtisch ein. Einen Teil seiner Arbeit erledigte er in Träumen. Ab und zu fand er unten am Strand Schlaf, auf dem feinen Sand, in einen Überzieher gehüllt, eingelullt von den hereinrollenden Wellen. Bei der Arbeit starrte er auf die unterstrichenen Punkte und Buchstaben auf den Bildschirmen, aus denen sich die schematischen Darstellungen der Sequenzen zusammensetzten, Nukleotid für Nukleotid. Die meisten waren vollkommen eindeutig. Die Korrelation zwischen den beiden Hauptdiagrammen war so hoch, dass es unmöglich ein Zufall sein konnte. Die X-Chromosomen des Menschen wiesen eindeutig nichtcodierende DNA-Spuren eines fernen aquatischen Vorfahren auf, einer Art Delfin. Bei den menschlichen Y-Chromosomen fehlten diese Passagen, dafür gab es hier eine weitaus stärkere Ähnlichkeit mit dem entsprechenden genetischen Material von Schimpansen als bei den X-Chromosomen. Frank schien es nicht geglaubt zu haben, aber da war es, direkt dort auf dem Bildschirm. Aber wie konnte das sein? Was hatte das zu bedeuten? Wo waren sie alle geworden, was sie waren? Sie hatten von Geburt an eine bestimmte Veranlagung. Vor knapp fünf Millionen Jahren hatten sich Schimpansen und Menschen als zwei verschiedene Spezies von einem gemeinsamen Vorfahren abgespalten, einem Waldaffen. Das *Inis geoffrensis*-Fossil, an dem Smith arbeitete, war exakt auf ein Alter von 5,1 Millionen Jahre datiert. Ungefähr die Hälfte aller sexuellen Begegnungen von Orang Utans sind Vergewaltigungen.

*

Eines Nachts, nachdem er, ganz allein im Labor, mit der Arbeit Schluss gemacht hatte, nahm er eine Straßenbahn in die falsche Richtung, in die Innenstadt, ohne sich einzugestehen, was er tat, bis er draußen vor Marks

Wohnungskomplex unter der steilen Wand des Dorsum-Kamms stand. Er ging eine Treppengasse an der Wand hinauf; unterwegs gab es eine Stelle, von wo aus er direkt in Marks Fenster schauen konnte. Und da war Selena, sie spülte am Küchenfenster Geschirr, schaute sich gerade um und sprach mit jemandem. Die hervorstehende Sehne an ihrem Hals zeichnete sich im Licht ab. Sie lachte.

Smith ging zu Fuß nach Hause. Er brauchte eine Stunde. Viele Straßenbahnen fuhren an ihm vorbei.

In dieser Nacht konnte er nicht schlafen. Er ging an den Strand, hüllte sich in seinen Überzieher und legte sich hin. Endlich schlief er ein.

Er hatte einen Traum. Ein kleiner, haariger, zweibeiniger Primat mit Schimpansengesicht ging in der Spätnachmittagssonne wie ein Buckliger an einem ostafrikanischen Strand entlang. Das warme Wasser der Untiefen lag grünlich und durchscheinend da. Delfine schwammen in den Wellen. Der Affe watete in die Untiefen hinaus. Lange, kräftige Arme, von der Evolution zum Zuschlagen vorgesehen; ein rascher Griff, und er hatte einen Delfin am Schwanz, an der Rückenfinne gepackt. Natürlich hätte der Delfin entkommen können, aber er versuchte es nicht. Ein Weibchen; der Affe drehte es um, paarte sich mit ihm und ließ es los. Er ging weg, und als er zurückkam, fand er das Delfinweibchen in den Untiefen vor, wo es Zwillinge gebar, ein Männchen und ein Weibchen. Die Affengruppe schwärmte in die Untiefen aus, tötete die beiden und fraß sie. Weiter draußen brachte der Delfin zwei weitere Junge zur Welt.

Die Morgendämmerung weckte Smith. Er stand auf und ging in die Untiefen hinaus. In den transparenten, indigoblauen Wellen sah er Delfine. Er watete in die Brandung hinaus. Das Wasser war nur ein wenig kälter als das im Trainingsbecken. Die Morgensonne stand tief am Himmel. Die Delfine waren nicht viel größer als er, klein und geschmeidig. Er ließ sich zusammen mit ihnen von den Wellen tragen. In den Wellen waren sie schneller als er, aber wenn nötig, glitten sie um ihn herum. Einer sprang über ihn hinweg und klatschte in die Gischt der Welle vor ihm. Dann schoss einer unter ihm durch, und aus einem spontanen Impuls heraus packte er dessen Rückenflosse, hielt sie fest und bewegte sich plötzlich schneller in der Welle, als sie sich auftürmte und sie alle beide hochsteigen ließ – bei weitem der tollste Wellenritt seines Lebens. Er hielt sich weiterhin fest. Der Delfin machte mitsamt seinem ganzen Schwarm kehrt und schwamm ins Meer hinaus, und Smith hielt sich immer noch fest. Das ist es, dachte er. Dann fiel ihm wieder ein, dass auch sie Luftatmer waren. Ihm würde nichts passieren.

22

GENUG IST BESSER ALS ZU VIEL

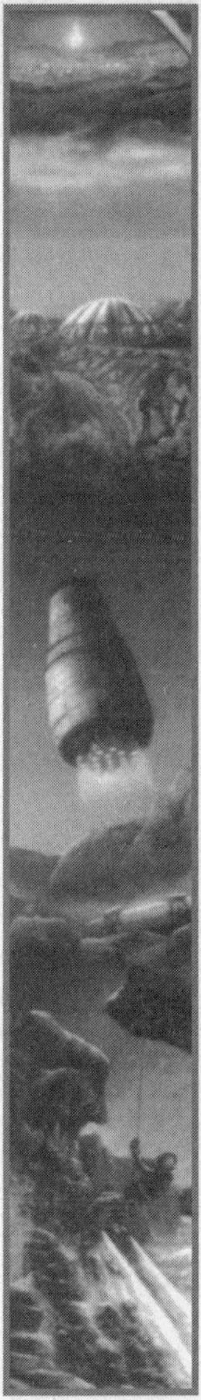

Wir hatten unser Haus auf dem Schuttfächer des Jones-Kraters erbaut, 19. Breitengrad Süd, 20. Längengrad. Der Schuttfächer war ziemlich dicht besiedelt, rund zweitausend Farmen wie unsere verteilten sich darauf, aber wir konnten von uns aus keine anderen Gehöfte sehen, obwohl unseres größtenteils oben auf einem niedrigen Kamm mit breitem Rücken lag, der sich strahlenförmig nach unten über die Südwestflanke des Kraters ausbreitete. Wir sahen die Weinberge des Namibianerdorfes nördlich von uns und die Wipfel der Zypressenreihe am Rand ihres Teichs. Und weiter unten am Schuttfächer war das kahle Gestein in unserem Blickfeld von hellgrünen Quadraten gefleckt, alles junge Obstplantagen wie unsere.

Wie sich herausgestellt hatte, gehörten Krater – besonders im südlichen Hochland – zu den Orten, die man automatisch ansteuerte, wenn man ins Hinterland hinauszog; allein schon deshalb, weil es eine Million davon gab, es also leicht war, unbewohnte zu finden. Anfangs suchten die Leute in ihrem Innern Schutz; in den frühen Jahren überkuppelten sie die Krater oft und legten kleine, zentrale Kraterseen an. Als die Luft dann atembar geworden war, hatten sie gelernt, dass die Errichtung von Siedlungen in einem Krater mit dem Umzug in eine Höhle vergleichbar ist. Kurze Tage, kein Ausblick, Probleme mit Überschwemmungen und so weiter. Deshalb wanderten die neuen Freiluftsiedlungen auf die Schuttfächer außerhalb des Kraters hinaus, von wo man einen guten Blick hatte. Das Innere verwandelte sich in randvolle Kraterseen oder in Seen mit Reisterrassen, je nach Klima, Wasserzuteilung, Dichtigkeit des Kraterbeckens und dergleichen. Währenddessen wurden die Schuttfächer kultiviert, und überall dort, wo geeignete Bedingungen für das Entstehen von Ackerkrume vorlagen, breiteten sich Äcker, Obstplantagen und Weideland aus. Spalten, die strahlenförmig die Schuttfächer durchzogen, dienten als Betten schneller, stürmischer Bäche, deren Wasser ganz nach oben gepumpt oder von voll gepumpten Wassertanks auf dem Kraterrand abgezapft wurde. Die Bewässerungsanlagen waren immer ausgeklügelt. Zur selben Zeit entwickelten sich die Ränder selbst mehr und mehr zu Stadtzentren, weil man dort den weitesten Blick und Zugang sowohl zu den Altstädten im Innern der Krater als auch zu den vielen neuen Siedlungen hatte, die sich über den Schuttfächer erstreckten. Die Randstraßen hießen nun häufig »Hauptstraße« und hatten auf ganzer Strecke um den Krater herum ausgeprägt urbanen Charakter. Bei kleinen Kratern – jenen Tausenden mit ungefähr einem Kilometer Durchmesser – war der dicht bevölkerte Rand wie ein großes Dorf, sehr heimelig und gemütlich; jeder kannte jeden vom Sehen und solche Sachen. Vielleicht tausend Bewohner; dann war die Bevölkerung des Schuttfächers typischerweise halb so groß oder kleiner. Bei größeren Kratern wurden die Randstädte natürlich auch größer, und eine Stadt von fünfzigtausend Menschen auf dem Rand eines Zehn-Kilometer-Kraters war nichts Ungewöhnliches und ähnelte vom Charakter her den auf Hügeln gelegenen Stadtstaaten der italienischen Renaissance oder den College-Städten im amerikanischen mittleren Westen – und es gab Hunderte davon. Manche gediehen und wurden geschäftige kleine Städte, die sich in ihren inneren Bereich ergossen, eine Art zentraler Parkanlage mit runden Seen oder gärtnerisch angelegten Feuchtgebieten. Die Schuttfächer blieben fast immer landwirtschaftlich geprägt und lieferten häufig den größten Teil der Nahrung für die Stadt auf dem Gipfel. All diese Aspekte der Kraterkultur entwickelten sich spontan, als die Mustersprache der Landschaft, wenn man es so nennen will, sich mit der im Entstehen begriffenen Genossenschaftskultur verband und die Bedürfnisse der Menschen der Region ganz einfach auf vernünftige Weise befriedigt wurden. Natürlich gab es ein gewisses Maß an Planung. Die Leute kamen mit Genehmigungen und Programmen zu einem unbewohnten Krater (von den mehr als zwanzigtausend allein im südlichen Hochland, die vom Umweltgericht immer noch registriert waren) und machten sich an die Arbeit, und die wirtschaftliche Aktivität der ersten Jahrzehnte in der Stadt bestand primär darin, sie zu erbauen. Das waren häufig Leute, die eine Idealvorstellung davon hatten, was sie wollten; manche liefen mit zerfledderten Exemplaren von *Eine Muster-Sprache* oder irgendeiner anderen Design-Fibel unter dem Arm herum oder surften im Web nach Dingen, die ihnen gefielen. Aber schon nach kurzer Zeit zogen Leute in jeden Krater, über die die ursprüngliche Gruppe keine Kontrolle mehr hatte, und dann kam es auf die spontane Selbstorganisation der Gruppe an, einen Prozess, der außerordentlich gut funktioniert, wenn die Gruppe in sozialer Hinsicht intakt ist.

Der Jones-Krater war groß, fünfzig Kilometer im Durchmesser, und seine Randstadt war ein hübsches neues Gebilde aus transparenten pilzförmigen Gebäuden und Wassertanks; steinerne Wolkenkratzer drängten sich an den vier Kompasspunkten zusammen. Die meisten von unserer Farmgruppe hatten eine Weile oben in der Stadt gearbeitet, und schließlich beschlossen zwanzig Familien, die eine Reihe landwirtschaftlicher Projekte betrieben, gemeinsam hangabwärts zu ziehen, dort ein Gehöft zu errichten und Mitglied eines Agro-Wanderrings zu werden. Deshalb beantragten wir beim regionalen Umweltgericht die Pachtrechte für herrenloses Land auf dem sich strahlenförmig verzweigenden Kamm rund vierzig Kilometer weiter unten am südsüdwestlichen Hang des Kraters, und als uns die Verwaltung des Landes übertragen wurde, zogen wir dorthin und hausten in jenem ersten Winter in Zelten. Wir hatten wirklich gar nichts, bis auf unsere großen Hauszelte, die noch aus einer früheren Zeit stammten; sie waren meistenteils durchsichtig, und es wohnte sich sehr angenehm darin, weil wir so viel von der Welt und dem Wetter sehen konnten. Obwohl es uns also an vielem mangelte, war dieser Winter so schön, dass wir beschlossen, als dauerhafte Wohnsitze Scheibenhäuser zu bauen, sodass wir weiterhin »auch drinnen draußen waren«.

Diese Scheibenhäuser basierten auf einem Entwurf von Paul Sattelmeier aus Minnesota. Es waren sehr schlichte, funktionale und offene Wohngebäude, die überdies leicht zu bauen waren. Wir trugen uns auf der Liste für eine mobile Gießerei ein, und als sie kam, gaben wir die Befehle ein und sahen zu, wie sie große Keramikprodukte auswarf: runde Dächer und etwas größere runde Fußböden, und dann die Wände, alles gerade Innensegmente; im Endeffekt ruhte das Dach auf einer Art Doppel-M aus Innenwänden, die sich nur unter einem Halbkreis des Daches befanden; die andere Seite war der Wohnraum, so etwas wie eine große, halbrunde Veranda mit frei schwebendem Dach darüber. Die diversen kurzen Wände erstreckten sich von der zentralen Querwand in die andere Hälfte des Hauses, unterteilten diesen Halbkreis in drei Schlafzimmer, zwei innere Badezimmer und einen Teil der Küche. Die Wohnräume waren hangabwärts ausgerichtet, sodass wir einen weiten Blick nach Südwesten hatten, und die runde »Außenwand« auf dieser Seite war nur eine durchsichtige Zeltplane, die man offen lassen konnte. Das taten wir auch meistens und lebten draußen im Wind; oder wir schlossen sie, wenn es kalt oder regnerisch war. Das Gleiche galt für die zum Hang hin gelegenen Schlafzimmer, nur dass ihre Planenwände weiß, gefärbt oder polarisiert waren, um sie undurchsichtig zu machen. Aber auch die blieben normalerweise offen.

Wir ließen uns also die Bauteile für sechzehn dieser Scheibenhäuser auswerfen und montierten sie dann zusammen. Wenn man bereit ist, die Arbeit selbst zu erledigen, ist das ganze Unternehmen nicht allzu teuer, obwohl wir bei unserer Stadtgenossenschaft zugegebenermaßen bis zu den Ohren in der Kreide standen. Die Montage der Scheibenhäuser lief größtenteils problemlos ab, zu unserer großen Freude. Einige Teile wuchsen einfach an die vorgesehenen Stellen, nachdem wir die richtigen Kulturen aktiviert hatten: Unsere Toiletten, Spülen, Badewannen und Fliesenböden zum Beispiel bestanden alle aus Biokeramik und wuchsen genau dorthin, wo sie hinsollten, praktisch eine Art vorschablonierter Koralle. Wirklich ein hübscher Anblick.

Lange bevor wir mit den Häusern überhaupt anfingen, hatten wir jedoch schon Nährboden ausgebracht und unsere Obstplantagen und Weinberge angelegt. Unsere Nahrungsmittel bauten wir so weit wie möglich in Gemüsegärten bei den Zelten auf fertig angeliefertem Mutterboden an, aber die Produkte, mit denen wir Geld verdienen wollten – unsere Beiträge zur Jones-Ökonomie –, sollten Mandeln und Weintrauben sein, die beide erwiesenermaßen an dieser Flanke des Schuttfächers wuchsen. Die bisher produzierten Weine hatten einen vulkanischen Geschmack, den ich nicht mochte, fast eine Schwefelnote, aber das war in Ordnung; es ließ Raum für Verbesserungen. Und die Mandeln waren toll. Wir bereiteten den Boden vor und pflanzten dreihundert Hektar Mandeln und fünfhundert Hektar Weintrauben in breiten, konzentrisch zum Rand hoch über uns angelegten Terrassen. Die Agrarzonen wurden von Teichen und Sümpfen durchbrochen und verbreiterten sich alle nach unten hin, sodass sie eine Art riesigen Quilt unterhalb unserer kleinen Farm bildeten, die am obersten Ende des unserer Obhut unterstellten Landes lag. Es war unser Kunstwerk, und wir hingen mit Leib und Seele daran. Ich glaube, in vieler Hinsicht waren wir wie Kibbutzim der ersten Generation. Ungefähr zwanzig Paare, vier davon gleichgeschlechtlich; elf allein stehende Erwachsene; über dreißig Kinder, später dreiundfünfzig. Wir unternahmen alle eine Menge Reisen mit der lokalen Zahnradbahn nach Jones hinauf und auch seitlich zu anderen Farmen auf dem Schuttfächer, um unter Leute zu kommen und zu sehen, was andere in landwirtschaftlicher Hinsicht und in Bezug auf ihr Siedlungs-Design taten. Sie waren ebenfalls alle Künstler.

Ich war die ganze Zeit mit unserem Weinbau beschäftigt, und wir machten schließlich einen guten Fumé blanc, aber seltsamerweise arbeitete ich letztendlich zumeist in den Mandelplantagen. Das kam daher, dass ich mich in das Nussgras-Problem verbiss. Schon ziemlich zu Anfang hatten wir Segge gefunden, die aus einem Sumpf in einem der Radialstreifen in die Weinberge kroch, und ich war sie losgeworden, indem ich sie einfach ausgerupft hatte. Als dann die Mandelplantagen infiziert wurden, holte man mich, damit ich es dort ebenfalls tat. Aber diesmal war es nicht so einfach. Nussgras ist eine der Pflanzen, von denen ich wünschte, sie wären nie auf den Mars gebracht worden, aber es eignet sich gut für feuchte, sandige Gebiete, und darum säten die Leute es anfangs aus, um Wiesen anzulegen. Es ist eine uralte Pflanze, die sich vermutlich zusammen mit den Dinosauriern entwickelt hat und dadurch sehr robust geworden ist: und immun gegen fast alle Versuche, sie auszurotten. Tatsächlich glaube ich mittlerweile, sie interpretiert derartige Versuche als freundliche Stimulation, wie eine Massage. Aber für diese Erkenntnis zahlte ich eine Menge Lehrgeld.

Ich kann Ihnen gar nicht sagen, wie viele Tage ich damit verbracht habe, in unseren Plantagen Nussgras zu jäten. Wir hatten uns entschieden, organische Landwirtschaft zu betreiben, ohne chemische Pestizide, also gab es nur zwei Möglichkeiten: entweder biologische Kontrolle oder rohe Gewalt. Ich probierte es mit beidem, betrieb also integrierte Schädlingsbekämpfung. Jedoch ohne Erfolg, ganz gleich, wie man es nannte. Viele Stunden lang saß ich im tiefgelegenen Gelände gleich südlich der jungen Mandelbäume in einer struppigen Wiese aus purpurnem Nussgras. *Cyperus rotundus.* Wäre es gelbes Nussgras gewesen, hätten uns andere aus meiner Gruppe ermuntert, es zu ernten und die Erdmandeln genannten Nüsse zu essen. Aber die Nüsse des purpurnen Nussgrases sind harte, braune, schrumpelige, längliche, faserige Röhrchen, innen weiß und von grässlich bitterem Geschmack. Sie liegen ungefähr einen halben Meter tief in der Erde, durch dünne Schösslinge, die beim leisesten Zug abreißen, mit den Grashalmen an der Oberfläche und unterirdisch miteinander durch drahtige Rhizome verbunden, die ebenfalls leicht reißen, sodass die Nüsse im Boden bleiben. Zuerst dachte ich, ich hätte Erfolg, als ich das Erdreich lockerte und sorgfältig durchsuchte, um alle Nüsse herauszuklauben. Es war eine langsame, aber nicht unangenehme Arbeit; ich saß in der Sonne am Boden, bekam Schmutz unter die Fingernägel und suchte im krümeligen Erdreich nach den Klümpchen, die in Wahrheit lebende Kieselsteine waren. Die in Dreiergruppen übereinander angeordneten Halme mit dem v-förmigen Querschnitt, die steifer waren als Grashalme, rupfte ich aus und kompostierte sie. Die Nüsse grub ich aus und warf sie in den Schnellkompostierer, weil ich abergläubisch war. Was sich in Anbetracht der weiteren Geschehnisse als nicht unangemessen erwies.

Da hatte ich nun die Krume im gesamten Wuchsbereich der Pflanze bis in eine Tiefe von einem halben Meter sorgfältig gereinigt – und im nächsten Frühling machte sich exakt in dem gesäuberten Gebiet ein dicker Rasen aus jungem Nussgras breit. Ich glaubte meinen Augen nicht zu trauen. Aber dann begann ich mich ernsthaft mit dem Thema zu befassen und fand heraus, dass es eine Seggengras-Unterstützungsgruppe gab. Dort erfuhr ich, man habe schon erlebt, dass nur fünfhundert Nanometer lange Rhizomfragmente die vollständige Pflanze in einer einzigen Wachstumsperiode regeneriert hatten.

Man musste die Sache also anders anpacken. Ungefähr zu dieser Zeit konnte ich auch eine Umgruppierungspause einlegen, weil unsere Farm Vollmitglied in einem Agro-Arbeitsring der Flussliga wurde, was bedeutete, dass wir im Verlauf der Herbsternte zwei Monate lang als Wanderarbeiter von einer Farm des Ringes zur anderen zogen, während die verschiedenen Feldfrüchte zur Reife gelangten. In unserer Abwesenheit kamen andere Gruppen bei uns durch; Elke und Rachel waren dageblieben, um deren Arbeit zu überwachen. Ich sah auch an vielen anderen Stellen in der Umgebung des Jones-Kraters Nussgras und tauschte mit den Leuten, die es zu bekämpfen versucht hatten, Geschichten und Theorien aus. Es war eine nette Art, sich kennen zu lernen. Mir fiel auf, dass nicht wenige von ihnen einen gewissen Fanatismus in Bezug auf das Seggenthema entwickelt hatten, ohne jedoch mit dem Befall fertig zu werden, was mir ein schlechtes Zeichen zu sein schien. Doch als ich am zweiten November wieder nach Hause kam, probierte ich es mit Deckfrüchten. Das hatte mir jemand mit den Worten »Das ist ein langfristiges Projekt« vorgeschlagen, und zwar auf eine Art, die mich auf den Gedanken brachte, dass es nicht schlecht wäre, so was in meinem Leben zu haben. Im Herbst und Winter war es also Klee, im Frühling und im Sommer waren es Langbohnen, immer eine dicke Matte über der Segge, die infolgedessen manchmal jahrelang nicht erschien. Wenn ich allerdings nur eine Woche zu spät mit der Aussaat einer neuen Frühlings-Deckfrucht begann, schob sich ein Teppich kleiner grüner Pagoden durch die absterbende alte Deckfrucht, und ich konnte wieder von vorn anfangen. Einmal, als das Nussgras den Langbohnen zuvorkam, solarisierte ich den Boden mit durchsichtigen Plastikplanen und verzeichnete darunter Temperaturen in der Nähe des Siedepunkts. Ein paar Spezialisten für integrierte Schädlingsbekämpfung sahen sich das an und schätzten, dass bis in eine Tiefe von zwanzig Zentimetern alles Leben abgetötet worden sein müsse; aber andere meinten zwei; und obwohl das Pflanzenmaterial an der Oberfläche am Ende des Sommers tatsächlich verkohlt war, kam der grüne Teppich in dem Moment wieder hoch, als ich die Plane abnahm.

Meine nächste Idee war, das Erdreich vier Jahre lang

durchzupflügen und auszutrocknen. Aber dann schlug jemand, der auf der Farm zu Besuch war, in aller Unschuld ein neues chemisches Pestizid vor, mit dem die Namibianer im Norden gute Resultate erzielt hatten.

Das löste eine Kontroverse aus. Einige waren bereit, die diversen fruchtlosen Strategien des organischen Kampfes weiter zu verfolgen. Andere schlugen vor, wir sollten aufgeben und das Gebiet zu einem Seggensumpf werden lassen. Doch da sich Segge per Samenflug ebenso gut ausbreitet wie durch das unterirdische Wachstum des Rhizoms, kamen kleine Büschel überall in Windrichtung meiner Obstplantagenwiese hoch. Und der Wind weht letztendlich in alle Richtungen. Das Gras in Ruhe zu lassen, kam also eigentlich nicht infrage. Währenddessen war der Rasen nach acht Jahren der Bekämpfung nur umso üppiger geworden. Zu diesem Zeitpunkt hätte man auf meinem Stück Land Krocket spielen können.

Also überredete eine Mehrheit unserer Gruppe schließlich eine kleine Minderheit, einer einmaligen Ausnahme von unserer organischen Politik zuzustimmen, sodass wir etwas Methyl 5-{[(4,6 dimethoxy-2-pyrimidinyl)amino]carbyonylaminosulfonyl}-3-chloro-1-methyl-1-H-pyrazol-4-carboxylat einsetzen konnten. Aus dieser Aktion machten wir eine Art balinesischer Maskentanzzeremonie, und die Gegner verkleideten sich als Dämonen und verfluchten uns, und wir sprühten das Zeug und begaben uns auf eine ausgedehnte Arbeitsreise. Wir ernteten Trauben in Weinbergen an Flussläufen, bauten Trockenmauerterrassen und sahen Teile von Her Desher Vallis, Nirgal Vallis, Uxboi Vallis, Clota Vallis, Ruda Vallis, Arda Vallis, Ladon Vallis, Oltis Vallis, Himera Vallis und der Samara Valles. Das sind alles kleine Flusstäler unmittelbar südwestlich von Jones – schönes Land, das an das Four-Corners-Gebiet von Nordamerika erinnert, obwohl unsere Nachbarn uns versichern, dass es auch große Ähnlichkeit mit einigen Regionen Zentralnamibias hat. Wie auch immer; als wir nach Hause zurückkamen, erinnerte uns das Land hangabwärts im Südwesten jetzt an die schönen kleinen Täler, die, wie wir wussten, das Plateau durchsetzten, obwohl wir sie nicht sehen konnten, Täler, die uns nun immer vor Augen standen, tief eingeschnittene, mäandernde Gärten mit Flüssen und Pappelinseln auf dem Grund. Und das Nussgras war fort. Nicht überall, aber dort, wo wir gesprüht hatten. Und neue Seggen haben, wenn man sie früh genug erwischt, noch nicht die Regenerationskraft eines alten Bewuchses, weil die Nüsse noch nicht im Boden sind.

Also pflanzten wir neue Bodendecker unter den blühenden Mandelbäumen, das Leben ging weiter, und die Farm gedieh prächtig. Natürlich änderte sich einiges; Elke und Rachel zogen nach Burroughs, und Matthew und Jan später auch – sie beklagten sich unter anderem, es sei keine organische Farm mehr, und ich bekam ein schlechtes Gewissen. Aber die anderen aus ihrem Haus beruhigten mich, ihr Auszug habe zuallerletzt mit Strategien der Schädlingsbekämpfung zusammengehangen; und es war ein Schock für mich, als ich erfuhr, welche anderen Dinge dabei eine Rolle gespielt hatten. Offenbar war ich die ganze Zeit mit Scheuklappen durch die Gegend gelaufen; und tatsächlich erzählten mir alle kurz darauf, niemand auf der Farm außer mir habe das Nussgras-Problem für sonderlich wichtig gehalten. Was in meinen Augen eine Krise und ein verzwicktes Problem der Invasionsbiologie gewesen war, betrachteten sie als eine Frage der alltäglichen Bodenpflege, als ein bloßes Ärgernis neben wichtigeren Dingen, und, mehr als alles andere, als einen Fimmel von mir.

Sicher, angesichts des großen Klimawandels, der später kam, war das wahrscheinlich die richtige Sichtweise.

Aber zur damaligen Zeit war es wichtig gewesen. Oder ich hatte Vergnügen daran gefunden, was auch immer. In jenen Jahren war eigentlich alles wichtig gewesen. Wir hatten nichts, nur uns selbst. Wir waren auf uns allein gestellt, bauten den größten Teil unserer Nahrungsmittel selbst an, machten unser Werkzeug weitgehend selbst, ja sogar unsere Kleider, und das bei all den heranwachsenden Kindern. Wir wuchsen alle miteinander heran. In einer solchen Zeit ist es sehr wohl wichtig, ob es einem gelingt, eine funktionsfähige Landwirtschaft aufzubauen oder nicht.

Dann änderten sich die Dinge, wie sie es immer tun, die Kinder gingen zur Schule, Leute zogen weg; das ganze Lebensgefühl änderte sich. Das ist nun mal der Lauf der Welt. Natürlich lässt es sich auch jetzt noch hier leben, aber es ist schwer, die Stimmung jener Jahre wieder einzufangen, besonders in Anbetracht der Kälte, und wo die Kinder fort sind. Heute denke ich, dass *Kibbutz* ein Name für eine bestimmte Zeit ist, eine Zeit im Leben einer Siedlung, am Anfang, wenn sie ebenso sehr Abenteuer wie Heimat ist. Später muss man dann ein neues Konzept dafür finden, dann erlebt man sie auf andere Weise, vielleicht als den Platz, an den man gehört, als Form eines ganzen Lebens. Aber ich erinnere mich noch an unser erstes großes Fest, als wir die Nachbarn einluden und alle nur mit Produkten aus unseren neuen Gärten, unserem neuen Zuhause beköstigten. Es war eine gute Stimmung. Es war ein guter Platz zum Leben.

23

WAS ZÄHLT

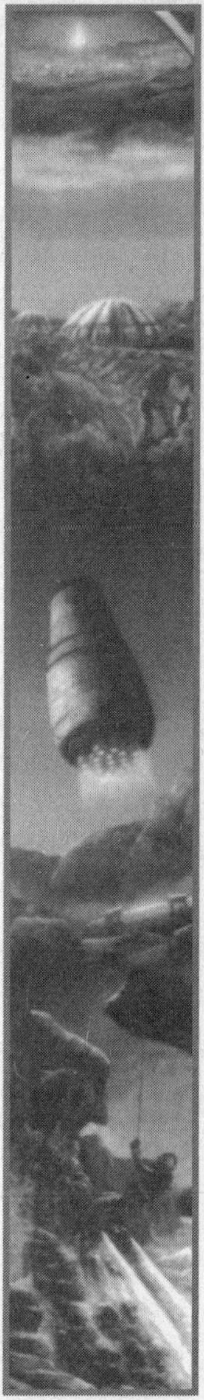

Peter Clayborne arbeitete lange Zeit im hydrologischen Bereich. Seine Genossenschaft hieß Verwaltung Noachischer Wasserreserven, oder VNW. Er trat in sie ein, weil er sich als Ökologe für die Arbeit interessierte und weil er zu jener Zeit eine intensive Beziehung mit einer Frau unterhielt, die seit ihrer Jugend in der Genossenschaft war. Ihr höheres Alter gehörte zu den Dingen, die später zu Problemen in ihrer Beziehung führten, obwohl es sich dabei eindeutig nur um ein Symptom und nicht um eine Ursache handelte. Mit zunehmendem Alter genoss man in ihrer Genossenschaft einige der üblichen Vorteile bezüglich des Gehalts, der Position und des Anspruchs auf Freizeit, aber im Grunde waren in der Organisation alle gleichberechtigt. Potenzielle Mitglieder wurden von Auswahlkomitees eingeladen und kamen manchmal auf eine Warteliste, wenn die Größe der Genossenschaft stabil war. Peter hatte vier Jahre gewartet, bis durch Austritte,

Pensionierungen und ein paar tödliche Unfälle ein Platz frei wurde. Danach war er Mitglied und arbeitete wie jeder andere zwanzig Stunden pro Woche, hatte Stimmrecht in allen Fragen der Genossenschaftspolitik, erhielt einen Anteil an den Einkünften und war versichert. Die Gehaltsskala umfasste die gesamte gesetzlich zugelassene Bandbreite, basierend auf Alter, Arbeitszeit und Beiträgen zur Effizienz und zur Produktivität. Er fing mit maximal zwanzig Prozent an, wie jeder andere auch, und stellte fest, dass seine Bedürfnisse befriedigt wurden. In manchen Jahren sank sein Gehalt auf den Minimalwert, was immer noch ausreichte, um ihn sowohl während der Arbeitszeit als auch in der sechsmonatigen Freizeit pro M-Jahr zu ernähren. Es war ein gutes Leben.

Aber er und seine Partnerin lebten sich allmählich auseinander und trennten sich dann. Peter war nicht die treibende Kraft dabei. Anschließend nahm er mehrere Sabbaticals hintereinander und machte während dieser beruflichen Auszeiten verschiedene Dinge, alle fernab von Argyre und der Mitgliedschaft in der VNW. Er arbeitete im Stab der Duma in Mangala; er lebte in einem Stadtschiff im Nordmeer; er legte Obstplantagen auf Lunae Planitia an. Aber wohin er auch ging, die Erinnerung an seine Partnerin aus der VNW ließ ihn nicht los.

Schließlich tat die verstreichende Zeit jedoch auch bei ihm ihr Werk; es bestand nicht so sehr im Vergessen als vielmehr in einem Ausbleichen oder Betäuben. Wir blicken durchs falsche Ende eines Teleskops auf die Vergangenheit, dachte er eines Tages; irgendwann wird alles, was wir darin sehen, einfach zu klein, um uns wehzutun.

Es war ein kalter nördlicher Frühling, überall um ihn herum knospte und blühte es in den Obstplantagen, so weit das Auge reichte, und mit einem Mal hatte er das Gefühl, von seiner Vergangenheit befreit zu sein, am

Anfang eines neuen Lebens zu stehen. Er beschloss, eine schon lange ins Auge gefasste Tour entlang der südlichen Ränder der riesigen Marineris-Canyons zu machen – Ius, Melas, Coprates und Eos. Diese berühmte lange Wanderung sollte ein Markstein für ihn sein, die Zelebration seines Übergangs in ein neues Leben. Hinterher würde er nach Argyre und zur VNW zurückkehren und dann sehen, ob er weiterhin dort leben und arbeiten konnte oder nicht.

Gegen Ende dieser Tour, auf der er sich durch viele tiefe Schneewehen kämpfen musste – eine echte Schinderei, obwohl der Blick in die Canyons natürlich grandios war –, stieß er auf eine schweizerische Berghütte direkt am Rand von Coprates Chasma, in der Nähe des Dover-Tors. Wie die meisten schweizerischen Hütten war sie in Wahrheit ein sehr teures, aus Stein erbautes Hotel mit einem Restaurant, dessen zum Rand hin gelegene Terrasse mehreren hundert Personen Platz bot. Es lag jedoch völlig einsam in der Wildnis, abseits aller Straßen oder Pisten. Trotzdem waren an diesem Abend eine Menge Gäste da – Wanderer, Kletterer, Flieger –, und die Cafétische auf der Terrasse waren allesamt besetzt.

Peter ging durch die Menge schnurstracks zum Geländer der mit Steinplatten ausgelegten Terrasse und schaute hinunter. Direkt unter der Hütte verengte sich der riesige Canyon, und die Narbe der alten Flut verunzierte seinen ganzen Boden, von einer Wand zur anderen. Ein grauer, übrig gebliebener Gletscher lag noch in der tiefsten Mulde des Canyons, vollständig von Geröll bedeckt und mit Strudeltöpfen, Schmelzwasserteichen und umgestürzten Eiszacken übersät. Die gegenüberliegende Steilwand des Canyons war massiv und stratifiziert, und der ungeheure Abgrund leerer Luft schimmerte und glitzerte unwirklich im Spätnachmittagslicht; die Hütte darüber war isoliert und klein. Sie thronte am Rand einer Welt.

Im Restaurant war es noch voller als auf der Terrasse, also ging Peter wieder hinaus. Es machte ihm nichts aus zu warten; die Abendsonne beschien Wolken, die unmittelbar über sie hinwegsegelten, verwandelte sie in strudelnde Massen aus rosafarbenem Glasgespinst. Niemand nahm Notiz von einem einsamen Beobachter am Geländer oder kümmerte sich um ihn; tatsächlich waren noch andere dort, die ebenfalls die Aussicht genossen.

Gegen Sonnenuntergang wurde es allmählich kalt, aber die Wanderer, die hier durchkamen, waren an Kälte gewöhnt und trugen die richtige Kleidung dafür, und nirgends auf der Terrasse wurde ein Tisch frei. Schließlich ging Peter zum Oberkellner, um sich auf eine Warteliste setzen zu lassen, und der Kellner zeigte auf einen der Zweipersonentische direkt am Geländer, fast am Ende der Terrasse, an dem ein einzelner Mann saß. »Soll ich mal fragen, ob Sie sich dazusetzen können?«

»Sehr gern«, sagte Peter. »Wenn er nichts dagegen hat.«

Der Kellner ging zu dem Mann hinüber und fragte ihn, dann winkte er Peter herbei.

»Danke«, sagte Peter, als er an den Tisch kam, und der Mann nickte, als er ihm gegenüber Platz nahm.

»Kein Problem.« Er schien sich an einem Bier festzuhalten. Dann kam sein Essen, und er machte eine fragende Geste.

»Bitte, nur zu.« Peter warf einen Blick auf die Tageskarte. Eintopf, Brot, Salat; er nickte dem vorbeikommenden Kellner zu, deutete auf die Karte und bestellte auch ein Glas Wein, den hiesigen Zinfandel.

Der Mann hatte nicht gelesen, und jetzt tat Peter das auch nicht. Sie sahen sich vorbeiziehende Wolken an, betrachteten den Canyon unter ihnen und die riesige, rissige Wand gegenüber; Schatten streckten sich nach

Osten, vertieften jede kleine Einbuchtung, spitzten jeden Vorsprung zu.

»Was für Strukturen«, bemerkte Peter. Er hatte schon lange keine Konversation mehr gemacht.

»Von hier aus sieht man, wie tief die Brighton-Schlucht wirklich ist«, stimmte der Mann zu. »So einen guten Blick hat man sonst so gut wie nirgends.«

»Haben Sie sie erklettert?«

Der Mann nickte. »Ist aber eigentlich eher eine Wanderung. Heute sowieso, wenn man den Leiterweg nimmt, was die meisten tun.«

»Macht bestimmt Spaß.«

Ein Blinzeln. »Ja, wenn man mit der richtigen Gruppe unterwegs ist.«

»Dann haben Sie's schon oft gemacht?«

Ein Schluck. »Führer.« Noch ein Schluck. »Ich führe Gruppen im Canyonland. Wanderungen, Klettertouren, Bootsfahrten.«

»Oh, ich verstehe. Wie schön.«

»Ist es, ja. Und Sie?«

»Verwaltung Noachischer Wasserreserven. Eine Genossenschaft in Argyre. Hab grade Urlaub, bin aber auf dem Heimweg.«

Der Mann nickte mit vollem Mund und streckte ihm die Hand hin. Peter ergriff sie und schüttelte sie. »Peter Clayborne.«

Die Augen des Mannes wurden groß, und er schluckte. »Roger Clayborne.«

»Hey. Hübscher Name. Freut mich, Sie kennen zu lernen.«

»Gleichfalls. Ich treffe nicht oft andere Claybornes.«

»Ich auch nicht.«

»Sind Sie mit Ann Clayborne verwandt?«

»Sie ist meine Mutter.«

»Oh! Ich wusste nicht, dass sie Kinder hatte.«

»Bloß mich. Kennen Sie sie?«

»Nein, nein. Nur Geschichten, wissen Sie. Wir sind nicht verwandt, glaube ich. Meine Familie ist mit der zweiten Welle gekommen, aus England.«

»Ah, ich verstehe. Tja – früher waren wir irgendwann bestimmt mal verwandt.«

»Klar. Nachkommen vom ersten Clayborne.«

»Ein Töpfer oder so.«

»Kann sein. Schreiben Sie sich mit i oder y?«

»Y.«

»Ah ja. Ich auch. Ich hab einen Freund, der schreibt sich mit i.«

»Also kein Verwandter.«

»Oder ein französischer Verwandter.«

»Ja, klar.«

»E am Ende?«

»Ja, klar.«

»Ich auch.«

Der Kellner brachte Peters Essen. Peter aß, und als Roger fertig war und an seinem Grappa nippte, fragte ihn Peter, was er so mache.

»Ich bin Führer«, antwortete er achselzuckend.

Er habe in seiner Jugend damit angefangen, sagte er, als der Planet noch ursprünglich gewesen sei, und sei dabei geblieben. »Hat mir Spaß gemacht, den Leuten meine Lieblingsorte zu zeigen. Ihnen zu zeigen, wie schön es war.« Dadurch war er in diverse rote Gruppen hineingeraten, obwohl er kein solcher Gegner des Terraformens zu sein schien wie Peters Mutter. Er zuckte die Achseln, als Peter ihn danach fragte. »Ist schon sicherer, dass es eine Atmosphäre gibt. Und überall Wasser. In mancher Hinsicht jedenfalls. Felswände können auf jemanden drauffallen. Ich hab gegen Staubecken in den Canyons gekämpft, weil das Wasser die Seitenwände sättigt und dazu führt, dass sie einstürzen. Am Anfang hatten wir ein paar Mal Erfolg. Der Damm unten bei Ganges, der das Nordmeer aus den Canyons raushält, der war unser Werk. Und der Abriss der Noctis-Talsperre.«

»Ich wusste gar nicht, dass die weg ist.«

»Ja. Jedenfalls, das ist so gut wie alles, was ich für die rote Sache getan habe. Ich hab daran gedacht, mich stärker zu engagieren, aber … ich hab's nicht getan. Sie?«

Peter schob seine Schüssel mit Eintopf weg und trank einen Schluck Wasser. »Ich glaube, ich bin ein Grüner, wie Sie's nennen würden.«

Rogers Augenbrauen gingen in die Höhe, aber er sagte nichts.

»Ann findet das natürlich überhaupt nicht gut. Wir hatten Probleme deswegen. Aber ich habe meine ganze Kindheit in Innenräumen verbracht. Ich kann gar nicht genug draußen sein.«

»Die Anzüge haben Ihnen nicht gepasst.«

»Nein. Sind Sie damit klargekommen?«

Roger zuckte die Achseln. »Ich hab mich mit ihnen abgefunden. Ich hatte das Gefühl, trotzdem draußen zu sein. Obwohl es mir recht gut gefällt, dass ich jetzt das Gesicht in den Wind halten kann. Aber die ursprüngliche Landschaft – die hatte schon was …« Er schüttelte den Kopf, um zu zeigen, dass er es nicht in Worte fassen konnte. »Das gibt's jetzt nicht mehr.«

»Wirklich? Ich finde, sie ist genauso wild wie eh und je.« Mit einer Geste übers Geländer, wo sie jetzt dicken, von der Sonne beschienenen Schnee von der Unterseite einer dunklen Wolke herabrieseln sahen.

»Na ja, wild. Es ist eine schwierige Welt. Als ich mit dem Führen angefangen habe, da hätte ich sie vielleicht als wild bezeichnet. Aber seit die Luft und die großen Seen da sind, kommt's mir hier nicht mehr so wild vor. Der Mars ist ein Park. Das Resultat des Burroughs-Protokolls, wenn Sie mich fragen.«

»Das kenne ich nicht.«

»Sie wissen schon – dieses große Landnutzungs-Projekt.«

Peter schüttelte den Kopf. »Muss schon eine Weile her sein.«

Roger schüttelte ebenfalls den Kopf. »So lange auch wieder nicht.«

»Aber Burroughs ist überschwemmt worden, damals, als …«

»Klar. Jeden Frühling, wie ein Uhrwerk. Aber was mich beunruhigt, ist, dass die Flut jetzt immer später kommt und immer reißender wird. Ich glaube, wir kriegen da irgendwas nicht mit, was diese langen, kalten Winter verursacht.«

»Ich fand diesen Winter eigentlich ziemlich warm.«

Dann drängten sich die Musiker einer Band mit ihren Instrumenten und Geräten an ihrem Tisch vorbei. Während sie ihre Verstärker und Notenständer auf einer kleinen Bühne am Geländer der Terrasse direkt neben den beiden Claybornes aufbauten, strömte eine große Zahl Maskierter auf die Terrasse, als hätte die Band eine Art Parade angeführt. Roger hielt ihren Kellner auf, als er vorbeieilte. »Was ist das?«

»Oh, das ist Fassnacht, wussten Sie das nicht? Jetzt, wo der Zug da ist, wird's ziemlich voll werden. Heute Abend werden alle hier sein, Sie haben Glück, dass Sie früh gekommen sind.« Er zog einen Stapel kleiner weißer Domino-Masken aus einer seiner Westentaschen und warf ihnen zwei auf den Tisch. »Viel Vergnügen.«

Peter trennte die Masken und gab Roger eine. Sie setzten sie auf und grinsten über den merkwürdigen Anblick, den sie damit boten. Wie der Kellner vorhergesagt hatte, füllten sich die Terrasse und der ganze Komplex – Hotel, Restaurant, Nebengebäude, Genossenschaftsquartier – rasch mit Menschen. Die Masken der meisten Leute waren viel kunstvoller als die von Roger und Peter. Anscheinend waren ihre Träger Einheimische aus der Region, hauptsächlich Schweizer aus der Bergsteiger- und Tourismusbranche; außerdem viele Araber von Nectaris Fossae und aus herumvagabundierenden Wohnwagen, die für die Nacht eintrudelten. Das Licht des äquinoktialen Sonnenuntergangs fiel direkt in die riesige Schlucht des Canyons und beleuchtete alles horizontal; tatsächlich kam es ihnen so vor, als wäre die Sonne ein gutes Stück unter ihnen und schiene nach oben. Ihre Terrasse der Rand der Welt; der Himmel dunkel und nun voller wirbelnder Schneeflocken, wie Glimmerstückchen.

Die Band begann zu spielen. Trompete, Klarinette, Posaune, Klavier, Bass, Schlagzeug. Sie war laut. Aus München, unten im Süden, im Protva Vallis. Eindeutig die Lieblinge der hiesigen Schweizer – ein Privileg, sie hier zu haben, man merkte es an der begeisterten Reaktion. Hot Jazz schallte in die kalte Abenddämmerung.

Peter und Roger bestellten einen Krug Dunkelbier und jubelten ihnen zusammen mit der übrigen Menge zu. Einige Maskierte tanzten, viele saßen herum, einige standen da und wanderten von einem Tisch zum anderen, plauderten mit den Sitzenden oder miteinander. Einige Gruppen schickten den Kellner zwischen den Stücken mit einer Runde Grappa zur Band, und die Musiker kippten die Schnäpse fröhlich hinunter, bis sie genug hatten, dann gaben sie die Drinks an die Leute in der ersten Reihe weiter; zwei oder drei Mal kamen diese nach Medizin schmeckenden Getränke zu Roger und Peter, die sie gemeinsam leerten. Bald hatten sie ganz ungewollt einen in der Krone. In den häufigen »kleinen Pausen« setzten sie ihr Gespräch fort, aber der Geräuschpegel der Menge beeinträchtigte ihr Hörvermögen, und sie merkten, dass sie einander oft nicht richtig verstanden.

Nach einer mitreißenden letzten Nummer (»King of the Zulus«, mit einem spektakulären Trompetensolo von »unserem Star, Dieter Lauterbaun!«) beendete die Band schließlich ihren ersten Set. Die beiden Männer bestellten noch eine Runde Grappa, der ihnen zu diesem Zeitpunkt bereits zu schmecken begonnen hatte, ja für sie zum wahren Ambrosia geworden war. Der dunkelnde Abend war immer noch kühl, aber auf der Terrasse wimmelte es weiterhin von schwatzenden, maskierten Feiernden; das waren keine Leute, die sich von ein paar auf den Tisch gewehten Schneeflocken nach drinnen vertreiben ließen. Beide Claybornes merkten, dass es sich bei der leichten Brise eigentlich um reglose Luft handelte, die unter ihrem eigenen Gewicht über den Rand des Abgrunds in den schwarzen Canyon unten fiel.

»Ich finde das toll.«

»Ja.«

»Muss nett sein, mit Leuten in solchen Nächten draußen unterwegs zu sein.«

»Ja. Wenn sie nett sind.«

»Ich vermute mal, das ist unterschiedlich.«

»O ja.«

»Aber wenn sie *wirklich* nett sind – verstehen Sie?«

»Ah ja. Dann macht's Spaß.«

»Manchmal ist es bei Ihnen also …«

»Tja, Sie wissen schon. Manchmal.«

»Klar.«

»Ist nicht wie Lehrer und Schüler oder Anwalt und Mandant.«

»Kein Machtverhältnis.«

»Nein. Sollte's jedenfalls nicht sein. Ich führe sie – sie können mitkommen oder es bleiben lassen. Sie heuern mich an. Geht nur mit Gleichrangigen. Und wenn was anderes läuft …«

»Klar.«

»Aber …«

»Aber was?«

»Ich muss zugeben, es passiert in letzter Zeit nicht mehr so oft, wo ich jetzt drüber nachdenke. Ich weiß nicht, warum.«

Sie lachten.

»Reiner Zufall.«

»Oder das Alter!«

Mehr Gelächter angesichts dieser schrecklichen Möglichkeit.

»Ja – die Touristen werden langsam zu alt.«

»Ah ha ha. Genau. Aber …«

»Aber was?«

»Tja, die Sache ist, es macht mehr Scherereien, als es wert ist.«

»Ah ja. Sie dazu zu bewegen, wieder nach Hause zu gehen.«

»Ja, ganz recht. Oder dass man nicht mitkommen kann! Ich meine, so oder so …«

»Also, das ist eindeutig noch schlimmer.«

»Ja, stimmt. Ich weiß noch, wie's beim ersten Mal war. Ich war jung, sie war jung …«

»Es war Liebe.«

»War's auch! Wirklich. Aber was hätten wir machen sollen? Sie war Studentin, ich war Führer. Ich konnte nicht einfach aufhören, selbst wenn ich gewollt hätte. Und ich hab's auch nicht getan. Ich konnte das Land nicht aufgeben. Und sie konnte ihre Arbeit nicht aufgeben. Also …«

»Das ist hart. So was hört man oft. Die Arbeit führt die Leute in verschiedene Richtungen, das, was sie tun …«

»Was sie sind!«

»Richtig. Das trennt sie, selbst wenn sie, wenn ihre Gefühle füreinander …«

»Es ist hart.« Tiefer Seufzer. »Es war hart. Damals, das war … ich weiß nicht. Hart eben. Solche Gefühle wie damals hatte ich seither im Grunde nie wieder.«

Langes Schweigen.

»Sie haben sie nie wiedergesehen?«

»Doch, schon. Wir sind uns zufällig wieder begegnet und hinterher dann in Verbindung geblieben. Gewissermaßen. Ich sehe sie alle paar Jahre. Es ist immer dasselbe. Sie ist toll, wirklich. Sie hat sogar selber eine Weile als Canyonführerin gearbeitet. Und ich sehe immer noch, warum ich damals so in sie verknallt war, obwohl es schon so lange her ist. Und anscheinend geht's ihr sogar irgendwie ähnlich. Aber Sie wissen ja …«

»Nein?«

»Also, einer von uns beiden ist immer grade mit jemand anderem zusammen! Unweigerlich. Sie war allein, als ich eine Partnerin hatte, und umgekehrt.« Ein Kopfschütteln. »Ist jedes Mal so.«

»Kommt mir bekannt vor.«

»So?«

»Ja. Vor langer Zeit. War eigentlich nicht viel anders als bei Ihnen, obwohl …«

»Jemand, den Sie kennen gelernt haben?«

»Jemand, mit dem ich sozusagen aufgewachsen bin. In Zygote. Kennen Sie Jackie Boone?«

»Eigentlich nicht.«

»Als sie noch klein war, dachte sie, ich wäre … na ja, ich wäre der Richtige für sie.« Ein Achselzucken. »Aber sie war noch ein Kind. Selbst als sie ein bisschen älter wurde, war sie immer noch ein Kind, fand ich. Dann bin ich ihr Jahre später einmal zufällig begegnet, als ich … als ich lange allein gewesen war.«

Von Herzen kommendes Nicken.

»Und sie war – erwachsen geworden. Sie hatte in Sabishii und Dorsa Brevia gelebt. Sie war eine der Großen geworden. Eine Autorität. Und immer noch interessiert. Nun war ich also endlich bereit, und wir wurden ein Paar, und es war unglaublich. Ich war … ich war verliebt, klar. Aber das Problem war, sie war nicht mehr *wirklich* interessiert. Nicht mehr auf dieselbe Art. Es ging ihr eigentlich nur darum, eine alte Geschichte zu Ende zu bringen. Wie wenn man irgendwo raufklettert, um zu zeigen, dass man's kann, aber ohne das Gefühl dabei, das man hatte, als man's nicht konnte.«

»So was kommt vor.«

»Andauernd. Also, na ja, ich bin drüber weggekommen. Sie ist – ich weiß nicht – in letzter Zeit sowieso irgendwie komisch geworden. Aber ich glaube, wenn wir jemals zur selben Zeit am selben Ort gewesen wären, in derselben Gemütsverfassung …«

»Klar. Genauso ist es bei mir und Eileen auch. Ich glaube, wir hätten …«

»Ja.«

Das gedankenschwere, ernste Schweigen des Was-hätte-sein-können.

»Vertane Chancen.«

»Stimmt. Ist das Schicksal von Chancen.«

»Manches Schicksal ist Charakter.«

»Klar. Aber das meiste Schicksal ist *Schicksal.* Es hebt einen hoch und trägt einen weg. Wen man zufällig trifft, was passiert – was man tief im Innern fühlt, ganz gleich, was man denkt. Und es wirkt sich auf alles aus. Auf alles und jedes! Die Leute diskutieren über Politik, und wenn sie Geschichtsbücher schreiben, geht es um Politik oder um Strategie und Taktik, um die *Gründe,* weshalb Menschen dies oder jenes getan haben – aber was wirklich gezählt hat, war immer das Persönliche, das Private.«

»Genau das, worüber sie nicht schreiben. Worüber sie nicht schreiben können. Der Blick, mit dem einen jemand anschaut.«

»Genau, die Art, wie einen irgendwas packt …«

»Wie es einen mitreißt.«

»Wie wenn man sich verliebt. Was immer das auch bedeutet.«

»Das ist es, was zählt, klar. Sich zu verlieben, wiedergeliebt zu werden …«

»Oder auch nicht.«

»Genau, oder auch nicht! Und alles verändert sich.«

»Alles.«

»Und kein Mensch weiß warum! Und später, oder irgendwie von außen, sehen sie sich deine Geschichte an und sagen, die ergibt überhaupt keinen Sinn.«

»Aber wenn sie wüssten …«

»Dann ergäbe sie einen Sinn.«

»Ja. Absolut.«

»Es wäre die Geschichte des Herzens, jedes Mal.«

»Eine Geschichte der Gefühle. Wenn man die schreiben könnte.«

»Es wäre die Herzensgeschichte.«

»Ja.«

»Ja.«

»Ja.«

»Das heißt … wenn man sich darüber klar werden will, was man tun soll – im Hier und Jetzt, verstehen Sie …?«

»Ja.«

Ein weiteres langes, nachdenkliches Schweigen. Die Band kam zurück und begann mit dem zweiten Set, und die beiden Männer sahen zu, wie sie spielte, beide in ihre eigenen Gedanken vertieft. Schließlich standen sie auf, um auf die Toilette zu gehen, und hinterher gingen sie wieder hinaus und wanderten im Menschengewühl herum, wurden getrennt und trafen einander nicht wieder. Die Band beendete ihren zweiten Set, spielte dann einen dritten, und erst kurz vor Sonnenaufgang verlief sich die Menge schließlich, und die beiden Männer verschwanden mit ihr. Und als der eine ging, war er entschlossen, etwas zu unternehmen. Und der andere nicht.

24

COJOTE ERINNERT SICH

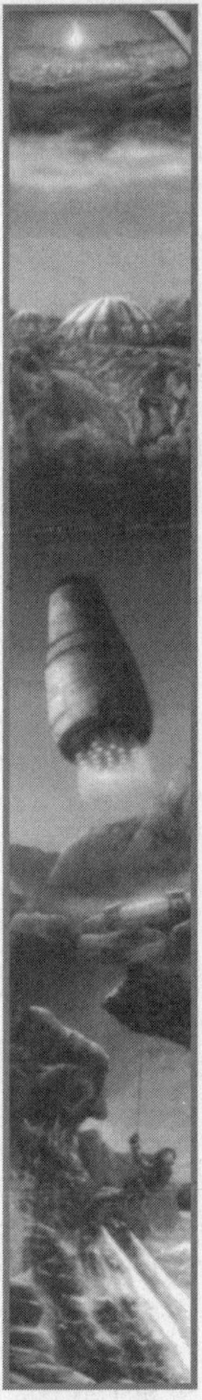

Ich bin ihr überallhin gefolgt, und dann war sie fort. Sie wissen nicht, was es heißt, jemanden zu verlieren. Oder vielleicht doch. Klar, jeder weiß es. Wer hat noch nie einen geliebten Menschen verloren? Es lässt sich nicht vermeiden. Sie wissen also, wie es mir ging.

Hinterher sind es die Freunde, die einen retten. Maya. Später konnten wir nicht mehr miteinander schlafen, weil sie mit Michel zusammen war, aber darum ging es bei ihr ohnehin nicht, außer die paar Male. Sie ist wie eine Schwester, oder noch besser, wie eine ehemalige Geliebte und unverbrüchliche Freundin, die unter allen Umständen für einen da ist, selbst dann, wenn sie nicht da ist. Wie bei diesen Bergsteigern, die in große Höhen vordringen und sich imaginäre Gefährten herbeihalluzinieren, die ihnen dort oben im Jetstream, in der Todeszone Gesellschaft leisten. Sie ist mein Bruder.

*

Und Nirgal. Was für ein seltsamer Gedanke, wenn man ihn ansieht, dass er in seinem genetischen Material halb ich und halb Hiroko ist. Es ist mir ein Rätsel, wie das sein kann, und ich glaube auch nicht, dass es irgendetwas erklärt. Und überhaupt, wer weiß schon, wie das funktioniert. Es wäre doch möglich, dass Gene das zufällige Zeichen von etwas Tieferem sind, einer Art morphischer Resonanz oder einem impliziten Befehl – aber das entzieht sich unserer Kenntnis, wahrscheinlich sollten wir nicht einmal diese Bezeichnungen benutzen, weil es dann bloß eine andere Ebene ist und die wahre Ursache immer noch unerklärt darunter liegt. Sax hat sich immer Gedanken über die Vielzahl unerklärlicher Dinge gemacht. Aber wir sind nun einmal Muster-Staubteufel im Unerklärlichen, wir tanzen in einem unbegreiflichen Wind. Hiroko und ich stießen zusammen wie zwei Staubteufel, die ineinander hineinwirbelten – so etwas kommt vor –, und der Staubteufel, der daraus entstand, war Nirgal, das Glückskind. Was für eine Freude es für mich ist, ihn durchs Leben gleiten oder vielmehr fliegen zu sehen, immer hoch oben, gut gelaunt, aktiv, neugierig, interessiert, mitfühlend. Glücklich.

Aber nur als er jung war, bevor die Revolution obsiegte. Danach – änderte sich alles. Vielleicht war es auch nicht so einfach. Er war immer auf der Suche nach etwas. Hiroko – sie ist wie ein großes Loch in unser aller Leben. Die Verschwundene. Und Jackie war auch keine Hilfe. Sagen wir's ganz offen: Diese Frau war ein Miststück. Deshalb mochte ich sie. Sie war knallhart, und sie wusste, was sie wollte. In dieser Hinsicht waren sie und Nirgal einander tatsächlich sehr ähnlich, es hätte klappen sollen. Aber es hat nicht geklappt, und darum irrte der arme Junge so einsam durch die Welt wie der alte Cojote selbst. Und er hatte Maya nicht – oder vielleicht doch, aber nur als Ersatz für Hiroko, nicht für Jackie.

Nicht mutterlos, sondern partnerlos. Er hat mir Leid getan. Man sieht Paare, die miteinander verwachsen sind wie zwei alte Bäume, die eine Pflanze bilden, deren Stämme ineinander verschlungen sind wie die Doppelhelix selbst, und man denkt, ja, so sollte es sein. Dann wäre man nicht so einsam. Aber so ist das nun mal. Man kann sich keinen Partner herbeizaubern.

Bleiben also die Freunde und die Einsamkeit. Ich sah zu, wie Nirgal seine Leben lebte wie ein zweites Ich, ungebunden im Wind. Wir leben alle dieselben Geschichten. Nirgal ist wie ein Bruder für mich.

*

Und Sax ist mein Bruder im Geiste. Die gleiche Neugier, der gleiche Wissensdurst. Es gibt wahrlich keine reinere Seele auf der Welt. Er ist so unschuldig, dass man sich einfach nicht vorstellen kann, er sei ein kluger Kopf. Seine ganze Intelligenz ist in einem tiefen Loch gelandet, und was den Rest anbelangt, ist er ein neugeborenes Baby. Das Interessante ist, mitanzusehen, wie so ein Verstand mithilfe seines einzigen Talents versucht, diesen Rest zu erziehen. Um zurechtzukommen. Nach seinem Unfall – nachdem diese Arschlöcher sein Gehirn mit einer Fackel versengt hatten, sollte ich sagen – musste er damit noch mal ganz von vorn anfangen. Und bei diesem zweiten Mal hat er's richtig hingekriegt. Er hat es geschafft. Michel hat ihm geholfen – zum Teufel, Michel hat ihn geformt wie eine Vase. Und ich habe auch mitgeholfen, glaube ich. Ich habe diese Vase durch den Brennofen begleitet, durchs lodernde Feuer. Jetzt ist er mein Waffenbruder, der Mensch, den ich mehr liebe als alle anderen – aber sie alle – nun ja, Sie wissen schon. In diesem Reich gibt es kein Oben und Unten. Er ist mein Bruder.

*

Was Michel anbetrifft, so kann ich noch nicht darüber sprechen. Er fehlt mir.

*

Und Hiroko auch, zur Hölle mit ihr. Wenn sie das jemals liest, wenn sie wirklich noch am Leben ist und sich da draußen versteckt, wie alle behaupten, was ich jedoch bezweifle, dann habe ich hier eine Botschaft für sie: Zur Hölle mit dir. Komm zurück!

25

SCHNAPPSCHÜSSE VON SAX

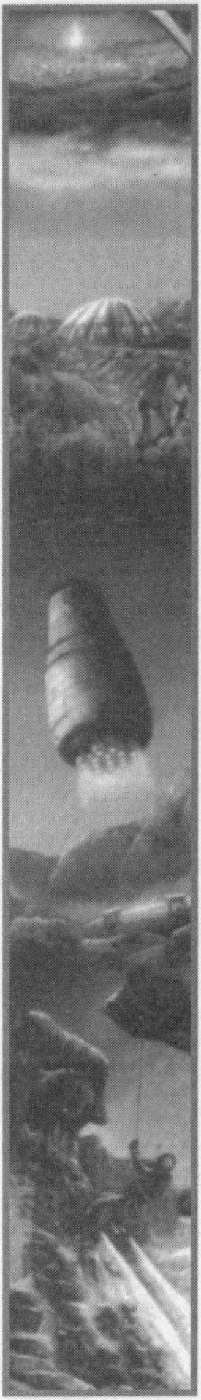

In der Zeit, als Sax sich als Stephen Lindholm ausgab, rief er im Laborcomputer oftmals Artikel aus dem Journal of Irreproducible Results auf, und obwohl die meisten Artikel ziemlich albern waren, brachten ihn einige doch zum Lachen. Eines Tages kam er, immer noch vor sich hinglucksend, zu Claire und Berkina ins Labor und schilderte ihnen Harry Lewis' »Datenanreicherungsmethode«.

»Angenommen, man macht ein Experiment, um festzustellen, ob Geräusche auf verschiedenen Dezibel-Stufen wahrgenommen werden können, und hat seine Daten in einer Tabelle. Wenn man nun mehr Daten haben möchte, aber keine weiteren Experimente durchführen will, nimmt man an, dass ein Geräusch, das auf Dezibel-Stufe *a* unhörbar ist, auf niedrigen Stufen auch unhörbar wäre, und setzt das Ergebnis von *a* auch für alle niedrigeren Dezibelwerte ein.«

»Oh-oh.«

»Oder sagen wir, man will beweisen, dass bei Münzwürfen umso eher Kopf oben liegt, in je größerer Höhe man den Wurf durchführt …«

»Wie bitte?«

»Das ist die Hypothese, also macht man einen Test und ordnet seine Daten in einer ähnlichen Tabelle, seht ihr, so …« – er hatte sie ausgedruckt –, »das sieht natürlich ein bisschen uneindeutig aus, aber nun benutzt man einfach die Datenanreicherungsmethode, wie bei den Dezibeln beschrieben, sodass man jedes Mal, wenn Kopf oben liegt, das Ergebnis für alle Positionen weiter oben auf der Treppe übernimmt, und da hat man's – je höher auf der Treppe man die Münze wirft, desto öfter liegt Kopf oben! Sehr überzeugend!« Und er ließ sich kichernd auf einen Stuhl sacken. »Genau auf die gleiche Weise hat Simons gezeigt, dass der CO_2-Spiegel sinkt, wenn man den Druck auf zwei Bar erhöht.«

Claire und Berkina starrten ihn verdutzt an. Claire sagte: »Stephen gefällt die *reductio ad absurdum.*«

»Stimmt«, gestand Sax. »Die gefällt mir eindeutig.«

»Das ist Wissenschaft«, sagte Berkina. »Wissenschaft in ihrer essenziellen Form.«

Und sie saßen alle grinsend da.

*

»Zuletzt kann niemand aus den Dingen, die Bücher eingerechnet, mehr heraushören, als er bereits weiß.«

Sax las das in einem Buch und ging spazieren, um darüber nachzudenken.

Als er zurückkam, las er weiter. »Hat man Charakter, so hat man auch sein typisches Erlebnis, das immer wiederkommt.«

Sax fand, dass dieser Nietzsche ein interessanter Schriftsteller war.

*

Je mehr sich Sax mit dem Erinnerungsvermögen befasste, desto mehr Sorgen bereitete ihm der Gedanke, es könnte nichts geben, womit es sich jemals verbessern ließe. Als er eines Abends in der ersten Zeit an seinem Schreibtisch saß und las, verwandelte sich die Besorgnis in kalte Furcht.

Er sah sich gerade noch einmal die klassischen Abhandlungen von Rose über das Erinnerungsvermögen von Küken an, deren Hyperstriatum ventrale oder IMHV in beiden Gehirnhälften vor oder nach Trainingssitzungen mit süßen oder bitteren Nahrungskügelchen weggebrannt worden war. Küken mit IMHV-Läsionen in der linken Gehirnhälfte vergaßen spätere Lektionen, wie man ein bitteres Kügelchen vermied; Küken mit Läsionen in der rechten Hälfte erinnerten sich an sie. Das erweckte den Eindruck, das linke IMHV sei für die Erinnerung nötig. Doch wenn das Training vor den Läsionen stattfand, brauchten die Küken keine der beiden IMHVs, um sich an die Lektion zu erinnern. Vielleicht, postulierte Rose, sei die Erinnerung tatsächlich im linken oder rechten Lobus Parolfactorius lokalisiert, sodass keine der beiden IMHVs mehr benötigt werde, wenn etwas einmal gelernt worden sei. Weitere Läsionen schienen diese Hypothese zu bestätigen und begründeten schließlich ein Verlaufsmodell, bei dem Lektionen zuerst im linken IMHV registriert werden, dann ins rechte IMHV und von dort aus sowohl zum linken als auch zum rechten LPO wandern. Wenn dieses Modell richtig war, dann würde eine Läsion des rechten IMHV vor dem Training, die, wie bereits gezeigt, an sich nicht zum Gedächtnisverlust führte, diese Wanderung unterbrechen, während LPO-Läsionen nach dem Training, die ansonsten zum Gedächtnisverlust führten, dies nicht mehr taten, weil die Erinnerung im linken IMHV gestrandet wäre. Und wie sich herausstellte, war das auch der Fall. Daraus folgte also, dass eine Läsion des rechten IMHV vor dem Training, gefolgt von einer Läsion der linken IMHV nach dem Training, ebenfalls zum Gedächtnisverlust führen würde, denn zuerst würde der Transferpfad blockiert und dann der einzige Verwahrungsort zerstört.

Nur war dem nicht so. Rechte Läsion; Küken trainieren; Erinnerungszeichen; linke Läsion; und das Küken erinnerte sich immer noch an die Lektion. Die Erinnerung war entwischt.

Sax stand von seinem Schreibtisch auf und machte einen Spaziergang auf der Küstenstraße, um darüber nachzudenken. Und um sich von der jähen Angst zu erholen, die ihn befallen hatte: dass sie es nie verstehen würden. Dunkelheit, Stimmen aus Restaurants, klapperndes Geschirr, Sternenlicht auf dem still daliegenden Meer. Er konnte Maya nicht finden, sie war in keinem ihrer Stammlokale.

Er setzte sich trotzdem auf eine der Bänke. Der Geist war ein Mysterium. Erinnerungen waren überall und nirgends: Das Gehirn hatte eine enorme Äquipotenzialität, es war ein ungeheuer komplexes dynamisches System, fast alles war möglich.

Theoretisch sollte das ein Grund zur Hoffnung sein. Bei einem derart flexiblen, vielseitigen System konnte man die nicht mehr funktionierenden Teile doch gewiss unterstützen und die Erinnerungen woandershin verschieben. Falls das so richtig formuliert war. Durchaus möglich; aber wie konnten sie angesichts einer solchen Unermesslichkeit (schnell genug) lernen, was sie tun mussten? Sorgte nicht gerade die Macht dieses Systems dafür, dass es ihrem Verständnis entzogen blieb? Sodass die Größe des menschlichen Geistes das große Unerklärliche eher vermehrte als verringerte?

Dunkler Himmel, dunkles Meer. Sax stand auf und ging weiter, umklammerte das Geländer der Küstenstraße und biss die Zähne zusammen, als er auf einmal an Michel dachte. Michel hätte dieses große Unerklärliche in ihnen gut geheißen. Er musste lernen, es so zu sehen wie Michel damals.

Auch wenn man alle Muskeln anspannte, behinderte das die Gedanken nicht und lenkte sie auch nicht ab. Er stöhnte und machte sich wieder auf die Suche nach Maya.

*

Ein andermal, als er über Aspekte desselben Problems nachdachte, ging er zur Küstenstraße hinunter und fand Maya in einem ihrer Stammlokale, und sie gingen zu einer Bank, setzten sich hin und sahen sich mit Essenstüten in der Hand den Sonnenuntergang an, und Sax erklärte ihr: »Das, was uns im eigentlichen Sinne menschlich macht, gibt es nicht.«

»Wieso?«

»Na ja, im Wesentlichen sind wir einfach nur Tiere. Aber unser Bewusstsein unterscheidet uns von den Tieren, weil wir über Sprache und Erinnerungsvermögen verfügen.«

»Die gibt es.«

»Stimmt, aber sie funktionieren nur wegen der Vergangenheit. Wir erinnern uns an die Vergangenheit, wir lernen aus ihr, und alles, was wir gelernt haben, ist in der Vergangenheit. Und da die Vergangenheit vergangen ist, existiert sie im eigentlichen Sinne nicht. Ihre Gegenwart in uns ist nur eine Illusion. Das, was uns menschlich macht, existiert also nicht!«

»Das habe ich schon immer behauptet«, sagte Maya. »Wenn auch nicht aus demselben Grund.«

*

»Technik ist der Trick, die Welt so einzurichten, dass wir sie nicht erleben müssen.« Sax las das in einem der

Traktate der Wilden und ging hinaus, um einen Spaziergang zu machen.

Unten auf der Küstenstraße sah er, dass eine Front über sie hinweggezogen war. Am Himmel segelten schwarze Wolken nach Osten. Die Abendsonne brach unter ihnen durch, mattes Silber am westlichen Ende des Unwetters; die Luft über der Stadt war reglos und trübe, dunkle Luft zwischen den dunklen Ebenen des Meeres und der Wolken. Er betrachtete das Spiegelbild der Stadt jenseits des Hafens, und ihm fiel auf, dass sich die Wasseroberfläche an einigen Stellen kräuselte, an anderen jedoch glatt dalag und dass die Grenzen zwischen beiden mit erstaunlicher Schärfe gezeichnet waren, obwohl vermutlich derselbe Wind über ihnen wehte. Das war erstaunlich, bis ihm der Gedanke kam, dass ein dünner Ölfilm die kleinen Wellen an den glatten Stellen dämpfte. Ein Bootsmotor musste lecken. Wenn er eine Probe aus dem Wasser und von allen Booten entnehmen könnte, ließe sich wahrscheinlich feststellen, welches es war.

*

Zur Vorbereitung seiner Seereise mit Ann beschäftigte sich Sax mit den diversen psychologischen Studien über die Persönlichkeit des Wissenschaftlers. Maslow, so fand er heraus, hatte Wissenschaftler in kühle und warme Typen eingeteilt und sie als grün und rot gekennzeichnet – um keine unerwünschten Wertungen über sie vorzunehmen, so Maslow, was Sax ein Lächeln entlockte.

Grüne Wissenschaftler interessierten sich für das Einfache im Komplizierten, liebten Erklärungen auf Grundlage der anerkannten Gesetze, dachten realistisch, suchten Regelmäßigkeit, Erklärung, Sparsamkeit und Einfachheit. Rote Wissenschaftler hingegen interessierten sich für das Komplizierte im Einfachen, waren warm, intuitiv, mystisch, phantasievoll und suchten Höhepunkte im »Verstehen des Soseins«.

»Ach du meine Güte«, sagte Sax. Er ging spazieren. In den Gassen oberhalb des Paradeplatzes stand eine Reihe roter Rosen in voller Blüte, und er blieb stehen und ging mit der Nase bis auf einen Zentimeter an eine junge Rose heran, um sich ihre vollkommenen Blütenblätter anzusehen. Solch samtige, dunkle Rottöne vor einer verputzten Wand. Okay, sagte er, hier bin ich. Was die wohl rot macht?

❋

Kosmologie und Teilchenphysik waren schon vor Sax' Geburt eine einheitliche Wissenschaft geworden, und in all der Zeit seither hatten beide Seiten auf die Große Vereinheitlichte Theorie gehofft, die die Quantenmechanik, die Schwerkraft und sogar die Zeit selbst miteinander in Einklang bringen würde. Dennoch war die Physik sein ganzes Leben hindurch immer komplizierter geworden; postulierte Mikrodimensionen wurden als Tatsachen akzeptiert, und Symmetrien ziemlich simpler, aber beängstigend kleiner Strings wurden als Erklärungen ins Feld geführt, obwohl sie um viele Größenordnungen zu klein waren, als dass man sie jemals beobachten konnte – die Nichtbeobachtbarkeit selbst ließ sich mathematisch beweisen. Deshalb hatte die Suche nach einer endgültigen Weltformel etwas Religiöses an sich, wie Lindley bemerkte; oder es war die messianische Bewegung in der Religion, zu der die wissenschaftliche Weltsicht geworden war. Dann lernte er Bao Shuyo kennen.

Während eines Winters in Da Vinci führte Bao ihn Schritt für Schritt in die neuesten Entwicklungen der Superstring-Theorie ein. Die Idee zusätzlicher Mikrodimensionen war unkompliziert. Es gab sieben weitere Dimensionen, aber sie waren alle sehr klein und in einer so genannten »Siebenersphäre« angeordnet. Um einen Punkt in unseren konventionellen vier Dimensionen zu beschreiben, musste man dann Koordinaten in all den zusätzlichen sieben Dimensionen hinzufügen, und diverse Kombinationen entschieden darüber, um was für ein Partikel es sich handelte, ein Muon, ein Top-Quark etc. Aber diese Punkte waren nur die Enden von Strings, und die grundlegende quantenmechanische Einheit war eine Vibration im ganzen String. Bei deren Berechnung traten viele Überlichtgeschwindigkeitsprobleme auf, außer wenn man sechsundzwanzig Dimensionen heranzog, und das tat man. Dieses Stadium der Theorie ergab jedoch nur Bosonen, aber keine Fermionen. Deshalb griff man auf eine Ableitung des sechsundzwanzigdimensionalen Strings zurück, die in zehn Dimensionen existierte; die anderen sechzehn waren Eigenschaften des Strings selbst geworden und gehörten zur Geometrie der Supersymmetrie. Die sechzehn String-Dimensionen ließen sich jedoch auf ungeheuer vielfältige Weise kombinieren; alle Kombinationen waren gleichermaßen möglich, keine wurde bevorzugt. Dann hatten mathematische Überlegungen gezeigt, dass von all den Möglichkeiten nur zwei, SO(32) und E_8xE_8, Händigkeit statt Spiegelsymmetrie aufwiesen. Und das Universum war rechtshändig. Dass von den unzähligen Möglichkeiten nur zwei übrig blieben, war verblüffend. Aber so hatten die Dinge bis zu diesem Winter gelegen, als Bao gezeigt hatte, dass E_8xE_8 die bevorzugte Formulierung war und dass man, wenn man den Implikationen folgte und diese Formulierung weiter entwickelte, Quantenmechanik, Schwerkraft und Zeit mit einer einzigen Theorie erklären konnte, die komplex, aber anschaulich und überaus wirkungsvoll war.

»So schön, dass sie wahr sein muss«, schloss Bao.

Sax nickte. »Aber diese Schönheit ist ihr einziger Beweis.«

»Was willst du damit sagen?«

»Ansonsten lässt sie sich nicht durch ein Experiment belegen. Es ist die Schönheit der Mathematik, die sie bestätigt.«

»Und dass sie allen physikalischen Beobachtungen entspricht, die wir machen können! Das ist nicht nur Mathematik, Sax. Alles, was wir je gesehen haben, stimmt mit dieser einen Theorie überein!«

»Richtig.« Er nickte unsicher. Das war ein gutes Argument. Und dennoch … »Ich finde, sie müsste etwas vorhersagen, was wir noch nicht gesehen haben – etwas, das geschieht, weil sie und keine andere Erklärung die richtige ist.«

Sie schüttelte den Kopf, empört über seine Sturheit.

»Sonst ist sie nur ein Mythos«, setzte er nach.

»Das Planck-Reich wird niemals beobachtbar sein«, sagte sie.

»Tja. Ein sehr schöner Mythos. Und wertvoll, glaub mir, davon bin ich durchaus überzeugt. Vielleicht sagen wir jetzt, wir sind ans Ende dessen gelangt, was die Physik erklären kann. Also …«

»Also?«

»Was kommt als Nächstes?«

*

Imbibition ist die Neigung körnigen Gesteins, eine Flüssigkeit durch Kapillaranziehung aufzunehmen, ohne jeden Druck. Sax gelangte zu der Überzeugung, dass dies auch eine Eigenschaft des Geistes war. Er pflegte über eine Person zu sagen: »Sie hat eine große Imbibition«, und dann sagten die Leute: »Ambition?«, und er erwiderte: »Nein, Imbibition.« – »Inhibition?« – »Nein, Imbibition.« Und wegen seines Schlaganfalls nahmen sie an, er hätte nur Probleme mit dem Sprechen.

*

Lange Spaziergänge durch Odessa am Ende des Tages. Planlos und ohne Ziel, außer vielleicht ein abendliches Treffen mit Maya unten an der Küstenstraße. Er schlenderte durch die Straßen und Gassen. Sax mochte Thoreaus Erklärung des englischen Wortes für schlendern, *saunter:* von *à la Saint Terre,* eine Beschreibung für Pilger auf dem Weg ins Heilige Land. Da geht ein *Saint Terrer,* ein *saunterer,* einer, der ins Heilige Land will. Aber es war eine falsche Etymologie, die offenbar auf einem Buch mit dem Titel *Country Words* von S. und E. Ray, 1691, basierte. Doch da die Ursprünge des Wortes im Dunkeln lagen, konnte es auch gut die wahre Geschichte sein.

Wie auch immer, Sax hätte es gern genau gewusst. So wurde das Wort selbst zu einem Problem, über das er nachgrübeln musste. Doch während er so durch Odessa schlenderte und darüber nachdachte, sah er keine Möglichkeit, die Sache näher zu untersuchen; die Etymologen waren gründlich gewesen. Die Vergangenheit widerstand der Forschung.

*

Automorphismus; Idiomorphismus. Das waren Eigenschaften, denen Michel in seinen Persönlichkeitstheorien zu wenig Beachtung schenkte, fand Sax. Er sagte zu Michel: »Wir machen uns selbst.«

Altruistisches Verhalten wird tendenziell dann gewählt, wenn $k>1/r$ ist, wobei k der Quotient aus dem Nutzen des Rezipienten gegenüber den Kosten des Altruisten ist und r der Koeffizient der Beziehung zwischen Altruist und Rezipient, umgerechnet auf alle Rezipienten. In der klassischen Version der Theorie ist r das Verhältnis der Gene bei zwei Individuen, die aufgrund ihrer gemeinsamen Abstammung identisch sind. Aber was ist, wenn man unter »gemeinsame Abstammung« denselben Stamm oder dieselbe Ordnung versteht? Was ist, wenn *r* keine Funktion der gemeinsamen Abstammung, sondern des gemeinsamen Interesses ist? Sax fand die Sozialwissenschaften sehr interessant.

*

Nachdem Sax sich weitgehend von seinem Schlaganfall erholt hatte, las er eine Zeit lang sehr viel über Schlaganfälle und Hirnschäden und versuchte, mehr darüber zu erfahren, was ihm zugestoßen war. Bei einem berühmten Fall in der Literatur ging es um einen hochintelligenten Studenten am Polytechnikum in Moskau, der im Zweiten Weltkrieg eine Kopfverletzung davongetragen hatte. Dieser junge Russe namens Zasetsky hatte ein schweres Trauma des linken parieto-occipitalen Bereichs erlitten (wie Sax) und konnte in der rechten Hälfte seines Blickfelds nichts mehr sehen, konnte nicht addieren, kannte die Abfolge der Jahreszeiten nicht und so weiter; sein Symbolverständnis und seine Fähigkeiten zur Begriffsbildung waren geschädigt worden. Aber seine Frontallappen waren unversehrt geblieben (wie die von Sax), sodass er seinen Willen, seine Wünsche und Sehnsüchte, seine Sensibilität für Erfahrungen behalten hatte. Und so hatte er den Rest seiner Tage damit verbracht, mühsam einen Bericht über seinen Geisteszustand niederzuschreiben, für die Wissenschaft und damit er etwas zu tun hatte; es war sein Lebensprojekt und trug zuerst den Titel »Die Geschichte einer schrecklichen Verletzung«, den er später in »Ich kämpfe weiter« änderte. Er schrieb jeden Tag, fünfundzwanzig Jahre lang.

Bei der Lektüre dieses Tagebuchs verspürte Sax ungeheures Mitgefühl mit Zasetsky. Die Sätze versetzten ihm manchmal einen schrecklichen Stich ins Herz, so vertraut waren ihm die darin geschilderten Wahrnehmungen: »Ich laufe die ganze Zeit herum wie in einem Nebel, einem schweren Halbschlaf … Alles, woran ich mich erinnere, ist zersplittert, in unzusammenhängende Stücke zerbrochen. Deshalb reagiere ich so anomal auf jedes Wort und jeden Gedanken, jeden Versuch, die Bedeutung von Worten zu verstehen … Ich wurde am 2. März 1943 getötet, doch dank der Vitalität meines Organismus bin ich wundersamerweise am Leben geblieben.«

⁂

Diese Hand auf seinem Handgelenk, was für ein unbeschreibliches Gefühl!

⁂

Als Ann und Sax von dem Unwetter umhergeworfen wurden, spürte Sax die Thermik in der Gewitterwolke, die sie aufwärts zog, und kam zu dem Schluss, dass sie dem Ertrinken im Meer entronnen waren, nur um oben aus dem Himmel geschleudert zu werden. Die Cockpitkuppel würde wahrscheinlich sogar im Vakuum des Weltraums halten, aber die Kälte würde sie umbringen. Es war zu laut, um sich etwas zu merken, aber er wollte daran denken, Ann zu sagen: Wir fragen unser ganzes Leben lang Warum und kommen nie über Weil hinaus. Nach diesem Wort halten wir verwirrt inne. Ich wünschte, ich hätte mehr Zeit mit dir verbracht.

26

DIE NAMEN DER KANÄLE

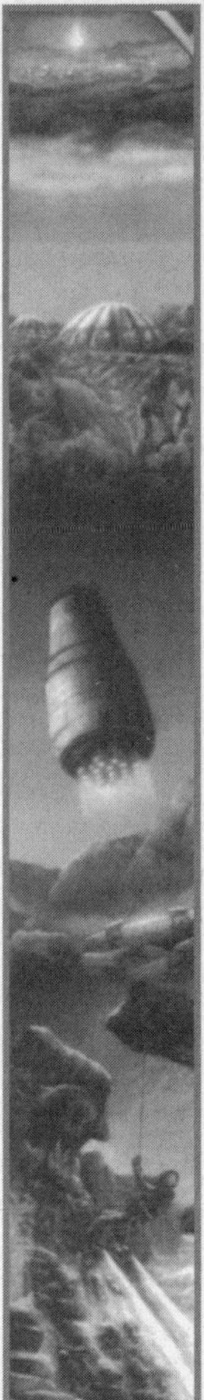

Laestrygon, Antaeus, Cimmeria, Hyblaeus, Scamander, Pandoraea, Fretum, Hiddekel, Phison, Protonius, Python, Argaeus.

Meist griechisch, lateinisch und hebräisch. Einige Namen beziehen sich auf reale Merkmale, die von der Erde aus durch frühe Teleskope sichtbar waren: die großen Vulkane, Hellas und Argyre, die großen Canyons, das dunkle Land auf Syrtis, die sich bewegenden Polkappen.

Idalius, Heliconius, Oxus, Hydroates.

Aber die Linien. Linien, die alles verbinden. Schon damals war bekannt, dass beim Blick durchs Teleskop trügerische Linien zwischen dunklen Punkten auftreten, eine Sache der Optik und der Sicht. Man wusste auch, dass die Mindestbreite jeder Linie, die man durch diese Teleskope auf dem Mars sehen konnte, hundert Kilometer betrug. Und dennoch die Namen. Wir wollen Leben. Wir wollen leben.

Cadmus, Erigone, Hebrus, Ilisus.

So albern. Aber auch ich lebe in einer Welt, die ich liebe.

Pyriphlegeton, Memnonia, Eumenides, Ortygia.

Ich lebe in einem großen Tal, auf dessen ebener Sohle; an den meisten Tagen kann man die Berge zu beiden Seiten sehen, die kleinere, nähere Bergkette im Westen, die größere weiter weg im Osten. Im Norden und Süden, so weit das Auge reicht, ein Tal. Ein Tal, ungefähr so breit wie ein marsianischer Kanal.

27

DER SOUNDTRACK

Vor der Arbeit jeden Morgen Espresso und Steve Howes »Turbulence«. Für *Roter Mars:* Glass' *Satyagraha.* Für *Grüner: Ahknaten.* Für *Blauer: Mishima* und *The Screens.* Für Maya: Astor Piazzola, besonders »Tango: Zero Hour«. Für Ann: Goreckis Dritte Sinfonie, Paul Winters »Sun Singer« und das japanische Volkslied »Sakura«. Für Sax: Beethovens späte Streichquartette und Klaviersonaten. Für Nadia: Louis Armstrong 1946–1956, außerdem Clifford Brown und Charles Mingus. Für Michel: Keith Jarretts »Köln Concert«. Für Nirgal: Najma. Und immer Van Morrison, Pete Townshend und Yes.

Van when I'm happy
Pete when I'm mad
Steve when I'm energetic
Astor when I'm sad

28

EINE MARSIANISCHE LIEBESGESCHICHTE

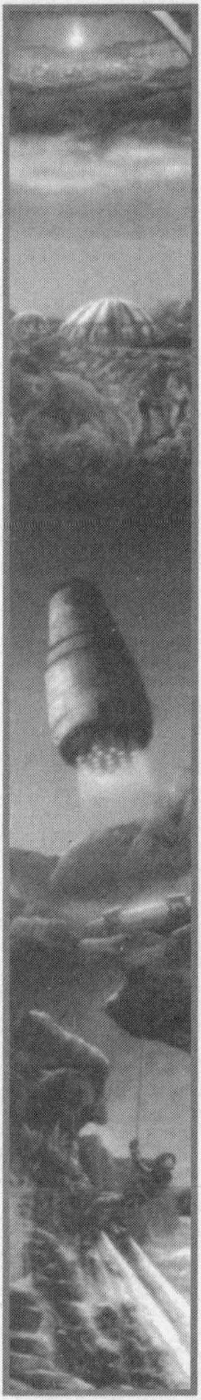

Eileen Monday hievt ihren Rucksack von den Stufen des Zuges und schaut dem Zug nach, der die Piste entlanggleitet und um die Landspitze herum verschwindet. Heraus aus dem leeren Bahnhof, und sie steht auf den Straßen von Firewater, im nördlichen Elysium.

Eine Geisterstadt, verlassen und dunkel, alles verriegelt und verrammelt, die Einwohner weggegangen, weitergezogen. Die einzigen Lebenszeichen kommen vom westlichsten Kai: eine kleine, kugelförmige Ansammlung gelber Straßenlaternen und erleuchteter Fenster, die das Eis der Bucht zwischen dem Kai und ihr streifen. Sie geht auf der leeren Küstenstraße um die Bucht herum, der Himmel ganz purpurn in der frühen Abenddämmerung. Noch vier Tage bis Frühlingsanfang, aber dieses Jahr wird es keinen Frühling geben.

*

Sie tritt in das dampfige Gelärme des Hotelrestaurants. Küchenpersonal stellt den Gästen, die sich an den langen Tischen im Speisesaal drängeln, volle Teller in die breite Durchreiche. Die Gäste sind fast alle jung, entweder Eisboot-Segler oder die wenigen Leute, die noch in der Stadt geblieben sind. Sicherlich kommen auch noch ein paar aus den Bergen, aus reiner Gewohnheit. Eine wild aussehende Horde. Eileen erspäht Hans und Arthur; sie ähneln zwei großen Marionetten, wie sie da der Menge am Ende eines Tisches Vorträge halten – ältere Pinocchios, deren Augen völlig in Runzeln und Falten verschwinden, während sie ihre Lügengeschichten erzählen und sowohl einander als auch die jungen Riesen anlachen, die den beiden zuhören und dabei Teller weiterreichen und ihre Pasta verschlingen. Die Alten als Entertainment. Gar keine so schlechte Art, sein Leben zu beschließen.

Für Roger ist das allerdings nichts, und als Eileen sich umschaut, sieht sie ihn tatsächlich in der Ecke bei der Jukebox stehen, wo er so tut, als würde er Musik aussuchen, während er in Wirklichkeit seine Mahlzeit verzehrt. Typisch Roger. Grinsend drängelt sich Eileen zu ihm durch.

»Hey«, sagt er, als er sie sieht, und drückt sie mit einem Arm kurz an sich.

Sie beugt sich vor und gibt ihm einem Kuss auf die Wange. »Du hattest Recht, der Laden ist wirklich nicht schwer zu finden.«

»Nein.« Er wirft ihr einen schnellen Blick zu. »Freut mich, dass du doch noch gekommen bist.«

»Ach, die Arbeit läuft schon nicht weg, ich bin froh, dass ich mal rauskomme. Lieb von dir, dass du daran gedacht hast. Sind die anderen alle schon da?«

»Ja, bis auf Frances und Stephan, die haben gerade angerufen und gesagt, sie würden bald hier sein. Wir können morgen aufbrechen.«

»Prima. Komm, setzen wir uns zu den anderen, ich will was essen und den anderen Hallo sagen.«

Roger rümpft die Nase und macht eine Handbewegung zu der dichten, lauten Menge. Dieser Hang zum Alleinsein war der Grund für einige lange Trennungen in ihrer Beziehung, und deshalb stößt Eileen ihn jetzt am Arm an und sagt: »Ja, ja, all diese Leute. Elysium quillt ja geradezu über vor Menschen.«

Roger grinst schief. »Deshalb gefällt's mir hier.«

»Oh, natürlich. Fern vom Treiben der Menge.«

»Immer noch die Literaturstudentin, wie ich sehe.«

»Und du bist immer noch der Canyon-Einsiedler«, gibt sie zurück und zieht ihn lachend ins Getümmel; es ist schön, ihn nach drei Monaten endlich wiederzusehen. Sie sind jetzt seit vielen Jahren fest zusammen. Roger kehrt nach jeder Tour zu ihrer gemeinsamen Wohnung in der Genossenschaft in Burroughs zurück; aber er arbeitet nach wie vor im Hinterland, deshalb sind sie immer noch sehr oft getrennt.

Gerade als sie sich zu Hans und Arthur setzen, die ihre Weltgeschichte allmählich zu Ende bringen, kommen Stephan und Frances zur Tür herein, und sie feiern bei einem späten Abendessen ein fröhliches Wiedersehen. Sie haben einiges nachzuholen; so viele Teilnehmer ihrer Klettertour auf den Olympus Mons waren schon lange nicht mehr beisammen. Als die anderen Gäste schon längst nach oben und zu Bett gegangen sind oder sich auf den Heimweg gemacht haben, hockt die kleine Gruppe alter Leute noch stundenlang am Ende eines Tisches und schwatzt. Ein Haufen schlafloser Alter, denkt Eileen, keiner sonderlich darauf erpicht, zu Bett zu gehen und sich die ganze Nacht hin und her zu wälzen. Schließlich steht sie als Erste auf, streckt sich und sagt gute Nacht. Die anderen erheben sich wie aufs Stichwort, außer Roger und Arthur; die beiden haben über die Jahre hinweg viele gemeinsame Klettertouren unternommen, und Roger hat schon als junger Mann notorisch an Schlaflosigkeit gelitten; jetzt schläft er wirklich sehr schlecht. Und Arthur wird so lange reden, wie jemand bereit ist, ihm zuzuhören. Oder noch länger. »Bis morgen, in aller Herrgottsfrühe«, sagt Arthur zu ihr. »Und dann auf zur Überquerung des Amazonischen Meeres!«

*

Am nächsten Morgen fährt das Eisboot über größtenteils weißes Eis, das an manchen Stellen jedoch klar und bis zum flachen Meeresboden hinunter durchsichtig ist. An anderen Stellen hat es die Farbe von Ziegelstein und auch eine ganz ähnliche Struktur, und die Kufen des Bootes klappern über kleine Dünen aus Geröll und Staub hinweg. Wenn sie auf Schmelzwasserteiche treffen, wird das Boot abrupt langsamer, und große Wasserfahnen spritzen zu den Seiten. Jenseits dieser Teiche gleiten die Kufen wieder wie Schlittschuhe dahin, während sie von neuem beschleunigen. Rogers Boot ist eine Eisjacht, erklärt er ihnen; kein solch spinnenhaftes, skelettartiges Ding, wie Eileen erwartet hat, nachdem sie derartige Fahrzeuge in Chryse gesehen hat – die nennt Roger DNs. Das hier ist eher ein ganz normales Boot, lang, breit und niedrig, an dessen Rumpf längsschiffs mehrere parallele Kufen genagelt sind. »Ist besser auf rauem Eis«, erklärt Roger, »und es schwimmt, wenn man zufällig mal auf Wasser stößt.« Das Segel breitet sich wie die Schwinge eines großen Vogels über ihnen aus, Segel und Mast sind miteinander verschmolzen und ändern ihre Form bei jeder Bö, um so viel Wind wie möglich einzufangen.

»Was verhindert, dass es umkippt?«, fragt Arthur und schaut über die Leereling auf das blitzende Eis höchstens ein, zwei Meter unter ihm.

»Nichts.« Das Deck steht ziemlich schräg, und Roger grinst.

»Nichts?«

»Die Gesetze der Physik.«

»Nein, mal im Ernst.«

»Wenn das Boot kippt, fängt das Segel weniger Wind ein, sowohl weil es schräg steht, als auch weil es die Krängung liest und sich selbsttätig refft. Außerdem haben wir eine Menge Ballast. Und es gibt Gewichte im Deck, die magnetisch auf der Windseite festgehalten werden. Es ist, als würde eine schwere Crew auf der Luvreling sitzen.«

»Das ist nicht nichts«, protestiert Eileen. »Das sind drei Dinge.«

»Stimmt. Trotzdem könnten wir umkippen. Aber wenn, dann können wir immer noch aussteigen und es wieder aufrichten.«

Sie sitzen im Cockpit und schauen zum Segel hinauf oder nach vorn aufs Eis. Das Eisboot navigiert um die per Satellit identifizierten gefährlichsten Stellen herum; deshalb ändert der automatische Pilot häufig den Kurs, und sie wechseln die Plätze im Cockpit, wenn nötig. Mehlige Stellen verlangsamen die Fahrt am meisten, und auf ihnen bremst das Boot manchmal sehr schnell ab und schleudert die Unvorbereiteten gegen die Schultern derjenigen, die direkt vor ihnen sitzen. Eileen wird mehr als einmal gegen Hans und Frances geworfen; wie sie selbst sind auch die beiden noch nie auf einem Eisboot gewesen, und sie registrieren mit großen Augen, welches Tempo es bei starken Böen auf glattem Eis erreicht. Hans vermutet, dass die sandigen Stellen alte Packeisgrate markieren, die wie lange Stegosaurier-Rücken hervorstanden, bis die Winde sie abgerieben und dabei ihre Fracht aus Sand und Schlick auf dem flachen Eis zurückgelassen hatten. Roger nickt. In Wahrheit wird die gesamte Wasseroberfläche vom Wind abgetragen, und was daraus hervorsteht, verschwindet am schnellsten; und das Meer ist jetzt bis auf den Grund gefroren, sodass keine neuen Packeisgrate entstehen. Bald wird das ganze Meer so eben sein wie eine Tischplatte.

*

Der erste Tag auf dem Eis ist klar, der königsblaue Himmel kräuselt sich in einem böigen Westwind. Unter der durchsichtigen Cockpitkuppel ist es warm, die Luft hat dort einen etwas höheren Druck als draußen. Der Luftdruck auf Höhe des Meeresspiegels beträgt jetzt dreihundert Millibar und sinkt jedes Jahr, wie vor einem großen Unwetter, das nie richtig kommt. Sie gleiten in hohem Tempo um das majestätische Kap der Phlegra-Halbinsel herum, dessen riesiger Bug von einem dorischen Tempel mit weißen Säulen gekrönt wird. Während Eileen zu ihm hinaufschaut, hört sie Hans und Frances zu, die über das seltsame Phänomen der Phlegra Montes diskutieren, die sich wie ein am Ufer gekentertes Langschiff an der Nordküste von Elysium entlangziehen; ungewöhnlich geradlinig für eine marsianische Bergkette, so wie die Erebus Montes im Westen. Als wären sie nicht wie alle anderen Bergketten auf dem Mars die Überreste von Kraterrändern. Hans vertritt die Ansicht, dass es sich bei ihnen um zwei konzentrische Ringe eines gewaltigen Einschlagbeckens handelt, das fast so groß war wie das des Großen Treffers selbst, aber älter als jenes und darum vom späteren Einschlag weitgehend zerstört, sodass nur die Isidis-Bucht und ein Großteil des Utopischen und Elysischen Meeres noch anzeigen, wo das Becken gewesen ist. »Anschließend könnten die Ketten bei der Deformation des Elysium-Buckels noch ein wenig begradigt worden sein.«

Frances schüttelt den Kopf, wie immer. Eileen hat

noch nie erlebt, dass die beiden einer Meinung waren. In diesem Fall denkt Frances, die Bergketten könnten noch älter sein, als Hans meint, Überbleibsel früh- oder prototektonischer Plattenbewegungen. Für diese frühtektonische Ära gebe es eine Menge Beweise, behauptet sie, aber Hans schüttelt den Kopf: »Das Andesit, das auf tektonische Aktivität hindeutet, ist jünger. Die Phlegras sind aus der frühen Noachischen Zeit. Ein großer Treffer vor dem Großen Treffer.«

Wie auch immer die Erklärung lauten mag, dort steht der prächtige Felsenbug, die Spitze einer steil aufragenden Landzunge, die sich von Firewater aus vierhundert Kilometer weit direkt nach Norden ins Eis erstreckt. Eine lange Klippe, die steil ins Meer abfällt, auf der anderen Seite genauso. Die Wallfahrt über den Kamm zum Tempel ist eine der berühmtesten Wanderungen auf dem Mars; Eileen hat sie mehrmals gemacht, seit Roger sie vor ungefähr vierzig Jahren zum ersten Mal mitgenommen hat, manchmal mit ihm, manchmal ohne ihn. Als sie zum ersten Mal hergekommen sind, haben sie auf ein blaues, von weißen Schaumkronen umsäumtes Meer hinausgeblickt. Seither ist es selten eisfrei gewesen.

Roger schaut ebenfalls zur Landspitze hinüber, und seine Miene bringt Eileen auf den Gedanken, dass er vielleicht ebenfalls an diese Zeit zurückdenkt. Sicherlich würde er sich daran erinnern, wenn man ihn danach fragte; sein unglaubliches Gedächtnis ist immer noch kein bisschen schlechter geworden, und angesichts des Sortiments von Erinnerungsdrogen, die nunmehr erhältlich sind – Drogen, die Eileen geholfen haben, sich an eine ganze Menge Dinge zu erinnern –, könnte es gut sein, dass er überhaupt nie etwas vergessen wird, sein Leben lang. Eileen beneidet ihn um sein Erinnerungsvermögen, obwohl sie weiß, dass er geteilter Meinung darüber ist. Doch inzwischen gehört es zu den Dingen an ihm, die sie liebt. Er erinnert sich an alles, und dennoch ist er in all den Jahren des Zusammenbruchs guten Mutes, ja sogar fröhlich geblieben. Ein Fels zum Anlehnen in ihren eigenen periodisch wiederkehrenden Phasen der Verzweiflung und Trauer. Natürlich könnte man sagen, dass er als Roter keinen Grund zur Trauer hat. Aber das wäre nicht wahr. Seine Einstellung war komplexer, Eileen hat es erlebt; so komplex, dass sie sie nicht vollständig versteht. Ein Aspekt seines starken Erinnerungsvermögens, das ihm hilft, alles langfristig zu sehen; eine Entschlossenheit, seine Sache gut zu machen; wehmütige Freude am geduldigen Land; eine Mischung all dieser Dinge. Sie beobachtet ihn, während er gedankenverloren zum Kap hinüberschaut, wo er und sie einst über einer lebendigen Welt gestanden haben.

*

Wie viel er ihr über die Jahre hinweg bedeutet hat, kann sie mittlerweile gar nicht mehr in Worte fassen. Manchmal ist ihr Herz übervoll davon. Dass sie einander ihr ganzes Leben lang kennen; dass sie einander geholfen haben, schwere Zeiten zu überstehen; dass er sie überhaupt erst ins Land herausgeholt, sie auf den Weg gebracht hat, der seither ihr ganzes Leben bestimmt; all das hätte ihn für sie zu einem sehr wichtigen Menschen gemacht. Aber jeder hat viele solcher Menschen. Und im Lauf der Jahre haben ihre divergierenden Interessen sie immer wieder auseinander gerissen; sie hätten sich völlig aus den Augen verlieren können. Doch dann war Roger einmal nach Burroughs gekommen und hatte sie besucht, als sie und ihr damaligen Partner sich schon seit vielen Jahren immer weiter auseinander gelebt hatten, und Roger sagte, ich liebe dich, Eileen. Ich liebe dich. Weißt du noch, wie es war, als wir den Olympus

Mons bestiegen haben? Also, heute glaube ich, dass die ganze Welt so ist. Der Steilhang nimmt kein Ende. Wir klettern einfach immer weiter, bis wir schließlich hinunterfallen. Und ich will mit dir zusammen klettern. Wir treffen uns immer wieder und gehen dann erneut unserer eigenen Wege, und das ist zu riskant, es könnte sein, dass sie sich nicht mehr kreuzen. Irgendwas könnte dazwischenkommen. Ich will mehr als das. Ich liebe dich.

Und so bezogen sie schließlich eine Wohnung in Eileens Genossenschaft in Burroughs. Sie arbeitete weiterhin im Umweltministerium, er führte weiterhin Touren im Hinterland und segelte auf dem Nordmeer; aber er kam immer wieder von seinen Touren und Törns zurück, und sie immer wieder von ihren Arbeits- und Urlaubsreisen; und sie lebten miteinander in ihrer Wohnung, wenn sie beide zu Hause waren, und wurden ein echtes Paar. Und in den sommerlosen Jahren sowie während der anschließenden kleinen Eiszeit und des Zusammenbruchs ist seine unerschütterliche Anwesenheit das Einzige gewesen, was sie davon abgehalten hat zu verzweifeln. Sie erschauert bei dem Gedanken, wie es gewesen wäre, diese Jahre allein zu durchleben. So schwer zu schuften und dann zu scheitern … das war hart. Sie hat gesehen, dass er sich Sorgen um sie gemacht hat. Diese Reise ist ein Ausdruck davon: Weißt du, hat er einmal gesagt, als sie in Tränen aufgelöst heimkam, nachdem sie Berichte über den Artenschwund in den tropischen und gemäßigten Zonen gelesen hatte – weißt du, ich glaube, du musst da hin und es dir anschauen. Musst die Welt so sehen, wie sie jetzt ist, mit dem Eis. Es ist nicht so schlimm. Es hat früher schon Eiszeiten gegeben. Es ist nicht so schlimm.

Und da sie sich in Burroughs immer mehr verkrochen hatte, unfähig, sich all dem zu stellen, hatte sie schließlich zugeben müssen, dass es eine gute Sache wäre – theoretisch. Kurz darauf organisierte er diese Reise. Jetzt sieht sie, dass er einige ihrer Freunde von der Olympus-Mons-Expedition zusammengeholt hat, vielleicht um sie aus Burroughs wegzulocken; aber auch, um ihr, sobald sie einmal hier wäre, diese Zeit in ihrem Leben ins Gedächtnis zu rufen. Jedenfalls ist es schön, ihre geröteten, grinsenden Gesichter zu sehen, während sie dahinfliegen.

*

Nach Osten!, schreit der Wind, und sie schlittern um Scrabster herum, die Nordostspitze von Elysium, und steuern dann südwärts über die große Platte aus weißem Eis, die in die einwärts gekrümmte Küste eingesetzt ist. Das ist die Bucht von Arcadia, und das steil ansteigende Land hinter den Steilufern heißt Acadia, weil es angeblich Nova Scotia und der Küste von Maine ähnelt. Dunkles Gestein, misshandelt vom dunklen Nordmeer; Klippen aus geschundenem Granit, umspült von großen Brechern. Nun jedoch alles reglos und weiß, nachdem das wie Pulver aus der Gischt und dem Schaum rieselnde Eis auf den Strand und die Klippen niedergegangen ist und sie mit Reif überzogen hat, sodass sie jetzt wie die abgestuften Ebenen eines Hochzeitskuchens aussehen. Kein Lebenszeichen in Acadia; nichts Grünes in Sicht. Dies ist nicht ihr Elysium.

*

Roger übernimmt das Ruder von Arthur und bringt sie um eine Landspitze herum, und auf einmal liegt eine steilwandige, rechteckige Insel mit leuchtendem Grün auf der Kuppe vor ihnen – ah. Ein Stadtschiff, festgefroren nahe der Einfahrt zu einem Fjord, zweifellos in einem tiefen Kanal. Alle Stadtschiffe sind Inseln im Eis geworden. Das Grün auf der Kuppe wird von einem Zelt geschützt, das Eileen in der strahlenden Sonne nicht sehen kann. »Ich mache nur kurz Halt, um den Rest unserer Crew an Bord zu nehmen«, erklärt Roger. »Zwei junge Freunde von mir werden zu uns stoßen.«

»Welches ist das?«, erkundigt sich Stephan.

»Das ist die *Altamira.*«

Roger lässt das Boot eine hübsche Kurve beschreiben, an deren Ende sie in den Wind gehen, an Fahrt verlieren und schlitternd zum Stehen kommen. Er fährt die Cockpit-Kuppel zurück. »Ich habe übrigens nicht vor, da raufzusteigen, das ist ein Ganztagstrip, ganz egal, wie man's anstellt. Meine Freunde sollten hier unten am Ufer auf uns warten.«

Sie steigen aufs Eis hinunter, das größtenteils von schmutzigem, opakem Weiß ist, rissig und ein bisschen hubbelig an der Oberfläche, sodass es an manchen Stellen rutschig, aber meistens ziemlich trittfest ist; und Eileen sieht, dass die tückischen Stellen sich wie Fenster in einer gefliesten Fläche abzeichnen. Roger spricht in seine Handgelenkkonsole und führt sie dann in den Fjord, an dessen einer steilen Seite eine hübsche Granittreppe prangt; Reif liegt wie ein flaumiger Teppich auf den Stufen.

Diese Treppe steigt Roger hinauf, wobei er die Stiefel in frühere Abdrücke setzt. Oben auf der Landspitze über dem Fjord haben sie einen guten Blick übers Eis bis zum Stadtschiff, das mit einem Kilometer Seitenlänge wirklich sehr groß ist für ein künstliches Objekt und dessen Deck nicht viel tiefer liegt als ihr gegenwärtiger Standort. Sein mit einer rechteckigen Plane überzogener Mittelpunkt leuchtet grün wie ein ummauerter Renaissancegarten, der verzauberte Raum eines Märchens.

Auf der Landspitze steht ein kleiner steinerner Unterstand oder Schrein, und sie folgen dem Weg dorthin.

Der Wind kühlt Eileens Hände, Zehen, Nase und Ohren ab. Eine große weiße Platte, über die der Wind pfeift. Hinter ihnen erhebt sich die klobige Masse von Elysium, dessen zwei Vulkane gerade eben über den hohen Horizont im Westen ragen. Eileen hält Roger an der Hand, als sie näher kommen. Wie immer vermischt sich ihre Freude über den Mars mit ihrer Freude über Roger; beim Anblick dieses großen, kalten Panoramas weht Liebe durch sie hindurch wie der Wind. Jetzt lächelt er, und sie folgt seinem Blick durch die offenen Mauern des Unterstands und sieht zwei Personen. »Da sind sie.«

Sie umrunden die Vorderseite des Schreins, und die beiden bemerken sie. »Hallo, ihr beiden«, sagt Roger. »Eileen, das sind Freya Ahmet und Jean-Claude Bayer. Sie werden sich uns anschließen. Freya, Jean-Claude, das ist Eileen Monday.«

»Wir haben von Ihnen gehört«, sagt Freya mit freundlichem Lächeln zu ihr. Sie und Jean-Claude sind riesengroß; sie ragen turmhoch über die Alten auf.

»Das sind Hans und Frances, die sich da hinten auf dem Weg streiten. Da müsst ihr euch dran gewöhnen.«

*

Hans und Frances treffen ein, dann Arthur und Stephan. Alle werden einander der Reihe nach vorgestellt. Sie besichtigen den leeren Schrein oder Unterstand, und die Aussicht entlockt ihnen Ausrufe des Entzückens. Die Ostseite des Elysium-Massivs, vorhin noch ein Regenschatten, ragt jetzt so schwarz und leer wie immer empor, fast so, wie sie auch früher ausgesehen hat. Die riesige weiße Platte des Meeres jedoch und das wie ein Fremdkörper wirkende Rechteck der *Altamira:* die sind neu und seltsam. Eileen hat nie etwas dergleichen gesehen. Eindrucksvoll, ja; gewaltig; erhaben; aber ihr Blick kehrt immer zu dem kleinen Gewächshauszelt im Stadtschiff zurück, einer winzigen Spur von Leben in einem leblosen Universum. Sie will ihre Welt zurück.

Auf dem Rückweg die Steintreppe hinunter fällt ihr Blick auf eine Spalte im freiliegenden Granit der Seitenwand des Fjords, und sie sieht schwarzes, krümeliges Zeug darin. Sie bleibt stehen, um es genauer zu betrachten.

»Schau dir das an«, sagt sie zu Roger und kratzt den Raureif weg, um mehr davon zu sehen. »Ist das eine Flechte? Oder Moos? Ist es lebendig? Sieht fast so aus, oder?«

Roger geht mit dem Gesicht ganz nah heran, bis seine Augen nur noch einen Zentimeter davon entfernt sind. »Moos, glaube ich. Tot.«

Eileen wendet den Blick ab und merkt, wie ihre Hoffnung verfliegt. »Ich hab es so satt, tote Pflanzen und Tiere zu finden. Die letzten dutzend Mal, die ich draußen war, habe ich überhaupt nichts Lebendiges mehr gesehen. Schon klar, im Winter erfriert immer einiges, aber das hier ist doch grotesk. Die ganze Welt stirbt!«

Roger wedelt unbestimmt mit der Hand und richtet sich auf. Er kann es im Grunde nicht leugnen. »Vermutlich hat das Sonnenlicht von Anfang an nicht gereicht«, sagt er mit einem Blick zu ihrem bronzenen Lichtknopf hinauf, dessen Strahlen schräg auf Elysium fallen. »Aber die Leute wollten es, also haben sie's trotzdem getan. Nur interessiert sich die Wirklichkeit nicht dafür, was jemand will.«

Eileen seufzt. »Nein.« Sie bohrt wieder in dem schwarzen Zeug herum. »Bist du sicher, dass es keine Flechte ist? Es ist schwarz, aber es sieht irgendwie so aus, als wäre es noch am Leben.«

Er inspiziert etwas davon zwischen seinen behandschuhten Fingern. Kleine schwarze Wedel, wie ein winziges Seegras, ausgefranst und im Zerfall begriffen.

»Fransenflechte?«, schlägt Eileen vor. »Oder Wedelflechte?«

»Moos, glaube ich. Totes Moos.« Er räumt mehr Eis und Schnee weg. Schwarzer Stein, rostroter Stein. Schwarze Flecken. Überall dasselbe. »Aber es gibt bestimmt noch lebendige Flechten. Und Freya und Jean-Claude zufolge gibt es im subnivalen Bereich noch jede Menge Leben. Sehr robust. Geschützt vor den Elementen.«

Leben unter einer permanenten Schneedecke. »Mhm.«

»Hey. Besser als nichts, oder?«

»Das schon. Aber dieses Moos hier lag frei.«

»Ja. Und deshalb ist es tot.«

Sie machen sich wieder an den Abstieg. Roger geht gedankenverloren neben ihr her. Er lächelt. »Ich hab grade ein Déjà-vu-Erlebnis. So was ist schon mal passiert, nicht? Vor langer Zeit haben wir gemeinsam irgendwas Kleines, Lebendiges gefunden, aber es war tot. Das ist schon mal passiert!«

Sie schüttelt den Kopf. »Sag du's mir. Du bist der Gedächtniskünstler.«

»Aber ich krieg's nicht richtig zu fassen. Es ist eher wie ein Déjà-vu. Tja, vielleicht … vielleicht bei dieser ersten Tour, als wir uns kennen gelernt haben?« Er macht eine Handbewegung nach Osten – über das Amazonische Meer, vermutet sie, zum Canyongebiet östlich von Olympus. »Irgendwelche kleinen Schnecken oder so.«

»Könnte das wirklich sein?«, fragt Eileen. »Ich dachte, wir hätten uns kennen gelernt, als ich noch aufs College gegangen bin. Damals hatte die Terraformung doch gerade erst angefangen, oder?«

»Stimmt.« Er legt die Stirn in Falten. »Na ja, Flechten hat's von Anfang an gegeben, für deren Verbreitung haben sie als Allererstes gesorgt.«

»Aber Schnecken?«

Er zuckt die Achseln. »Ich glaube mich daran zu erinnern. Du nicht?«

»Nicht die Spur. Nur was du mir seither erzählt hast, weißt du.«

»Na schön.« Er zuckt erneut die Achseln. Das Lächeln ist verschwunden. »Vielleicht war's tatsächlich nur ein Déjà-vu.«

*

Im Cockpit und der Kabine des Eisbootes ist es nach ihrer Rückkehr, als würden sie in einer x-beliebigen kleinen Wohnung dicht gedrängt um den Küchentisch sitzen. Die beiden Neuankömmlinge, deren Köpfe die Decke streifen, obwohl sie auf Schemeln hocken, kochen für sie. »Nein, bitte, deshalb sind wir hier«, sagt Jean-Claude mit breitem Grinsen. »Macht mir großen Spaß, für so viele Leute zu kochen.« In Wahrheit kommen sie mit, um sich jenseits des Amazonischen Meeres mit ein paar Freunden zu treffen – alles Leute, mit denen Roger in den letzten Jahren oft zusammengearbeitet hat – und ein Forschungsprojekt am Westhang von Olympus in die Wege zu leiten – Glaziologie respektive Ökologie.

Nach diesen Erklärungen hören sie zusammen mit den anderen zu, wie Hans und Frances eine Zeit lang über den Zusammenbruch diskutieren. Frances meint, er sei von der rapiden Zunahme der Albedo des Planeten verursacht worden, als das Nordmeer heraufgepumpt worden war und gefror – der erste Schlag in einer ganzen Reihe sich gegenseitig verstärkender Ereignisse mit negativer Tendenz, ein autokatalytischer Sturz in die Todesspirale des totalen Zusammenbruchs. Hans meint, es habe daran gelegen, dass die unterirdische Permafrostschicht in Wahrheit nicht mehr als ein paar Zentimeter weit aufgetaut worden sei, sodass die daraus entstandene extrem schmale Lebenszone viel stabiler gewirkt habe, als sie gewesen sei; tatsächlich sei sie bei einem Angriff mutierter Bakterien sehr kollapsanfällig gewesen. Und genau der war Hans' Ansicht nach erfolgt. Die Mutationen seien durch das starke einfallende UV-Licht beschleunigt worden …

»Das weiß man nicht«, widerspricht Frances. »Wenn man dieselben Organismen im Labor bestrahlt oder sie sogar in Raumlabors der Strahlung aussetzt, kriegt man nicht die Mutationen oder Zusammenbrüche, die wir hier unten auf dem Boden sehen.«

»Interaktion mit Bodenchemikalien«, sagt Hans. »Manchmal glaube ich, es wird einfach alles zu Tode gesalzen.«

Frances schüttelt den Kopf. »Das sind verschiedene Probleme, und es gibt keine Anzeichen für synergistische Effekte, wenn man sie miteinander verbindet. Du listest nur Möglichkeiten auf, Hans, gib's zu. Die wirfst du uns hier so hin, aber niemand weiß was Genaues. Die Ätiologie ist bisher noch nicht verstanden.«

Das ist wahr; Eileen hat in Burroughs zehn Jahre lang an dem Problem gearbeitet und weiß, dass Frances Recht hat. Die Wahrheit ist, dass in der planetaren Ökologie ebenso wie auf den meisten anderen Gebieten letztgültige Ursachen sehr schwer zu ermitteln sind. Hans wedelt mit der Hand, für ihn das weitreichendste Eingeständnis, dass Frances in einem Punkt Recht haben könnte. »Nun ja, wenn man eine derart lange Liste von Möglichkeiten hat wie in diesem Fall, braucht man keine Synergieeffekte. Eine simple Addition der Faktoren würde schon genügen. Alles hat seine speziellen Auswirkungen.«

Eileen schaut zu den jungen Leuten hinüber, die den Alten beim Kochen den Rücken zukehren. Sie diskutieren auch über Salz, aber dann sieht sie, wie einer von ihnen die Finger prüfend in den Reis schiebt.

*

Im Duft des Basmati-Dampfes löffeln sie ihre Schüsseln aus. Freya und Jean-Claude setzen sich zum Essen auf den Boden. Sie hören den Alten zu, sagen aber selbst nicht viel. Hin und wieder stecken sie die Köpfe zusammen, um im Geplauder an dem kleinen Tisch ein paar private Worte zu wechseln. Eileen sieht, wie sie sich küssen.

Sie lächelt. Sie war schon lange nicht mehr mit so jungen Leuten zusammen. Dann sieht sie durch ihre Spiegelbilder in der Cockpitkuppel das Eis draußen unter den Sternen leuchten. Es ist ein beunruhigender Anblick. Aber die beiden schauen nicht aus dem Fenster. Und selbst wenn, sie sind jung und glauben darum nicht so recht an den Tod. Sie sind unbekümmert.

Roger bemerkt den Blick, den sie den jungen Riesen schenkt, und sie tauschen ein kleines Lächeln über die beiden aus. Er hat sie gern, das sieht sie. Sie sind seine Freunde. Als sie gute Nacht sagen und gebückt in den Durchgang zu ihrem winzigen Quartier im Bug tauchen, küsst er seine Finger und tätschelt ihnen den Kopf, als sie an ihm vorbeikommen.

Die Alten beenden ihre Mahlzeit, dann sitzen sie da, starren aus dem Fenster und trinken heißen Kakao mit einem Schuss Pfefferminzschnaps.

»Wir können unsere Kräfte neu formieren«, setzt Hans die Diskussion mit Frances fort. »Wenn wir wieder verstärkt zu schwerindustriellen Methoden greifen würden, schmölze das Meer von unten, und wir wären erneut im Geschäft.«

Frances schüttelt stirnrunzelnd den Kopf. »Bomben im Regolith, meinst du.«

»Bomben *unter* dem Regolith. Sodass wir die Wärme kriegen, aber die Strahlung abfangen. Damit und mit einigen der anderen Methoden könnten wir's schaffen. Eine fliegende Linse, um einen Teil des Spiegellichts zu bündeln und die Oberfläche mit gebündeltem Sonnenlicht aufzuheizen. Dann Stickstoff vom Titan holen. Ein paar Kometen in unbewohnte Gebiete lenken oder von der Luft abbremsen lassen, sodass sie in der Atmosphäre verbrennen. Dann würde sich alles schnell verdichten. Und mehr Fabriken für halogenierten Kohlenwasserstoff, das haben wir zu schnell aufgegeben.«

»Klingt ziemlich industriell«, meint Frances.

»Ist es natürlich auch. Das Terraformen ist ein industrieller Prozess, zumindest teilweise. Das haben wir vergessen.«

»Ich weiß nicht«, sagt Roger. »Vielleicht wäre es das Beste, wir würden uns weiterhin an die biologischen Methoden halten. Einfach unsere Kräfte neu formieren und eine neue Welle losschicken. Es dauert länger, aber … nun ja. Wäre ein weniger gewalttätiger Umgang mit der Landschaft.«

»Ökopoiese bringt nichts«, sagt Hans. »Dabei wird nicht genug Wärme in der Biosphäre gehalten.« Er deutet nach draußen. »Da siehst du, wie weit man mit Ökopoiese kommt.«

»Vielleicht im Moment«, sagt Roger.

»Ah ja. Du machst dir natürlich keine Sorgen. Aber du bist ja wohl sowieso froh über den Zusammenbruch, hm? Ein Roter wie du?«

»Hey, nun mal langsam«, sagt Roger. »Wieso sollte ich froh sein? Ich habe gesegelt.«

»Aber früher warst du ein entschiedener Gegner des Terraformens.«

Roger macht eine wegwerfende Handbewegung und sieht Eileen mit einem schüchternen Lächeln an. »Das ist lange her. Außerdem ist das Terraformen ja nicht tot« – mit einer Geste zum Eis – »es ruht nur.«

»Na bitte«, springt Arthur darauf an, »du bist also doch dagegen.«

»Nein, bin ich nicht, das sage ich doch.«

»Wieso bist du dann in diesen Tagen so verdammt fröhlich?«

»Ich bin nicht fröhlich«, erwidert Roger mit fröhlichem Grinsen, »ich bin nur nicht traurig. Ich glaube nicht, dass die Situation nach Trauer verlangt.«

Arthur sieht die anderen an und verdreht die Augen, bezieht sie in seine Stichelei mit ein. »Die Welt gefriert, aber das ist kein Grund zur Trauer. Mich schaudert's bei dem Gedanken, was dazu für dich erforderlich wäre!«

»Was Trauriges natürlich!«

»Aber ein Roter bist du selbstredend nicht.«

»Bin ich auch nicht!«, protestiert Roger und grinst über ihr Gelächter, ist aber gleichzeitig auch ernst. »Wie gesagt, ich habe schließlich gesegelt. Übrigens, wenn die Lage so schlimm wäre, wie ihr alle behauptet, dann würden Freya und Jean-Caude sich auch Sorgen machen, stimmt's? Aber das tun sie nicht. Fragt sie, dann werdet ihr schon sehen.«

»Die sind halt noch jung«, sagt Hans und spricht damit aus, was Eileen gedacht hat. Die anderen nicken ebenfalls.

»Richtig«, sagt Roger. »Und es ist ein vorübergehendes Problem.«

Das gibt ihnen zu denken.

Nach einer kurzen Stille sagt Stephan: »Was ist mit dir, Arthur? Was würdest du tun?«

»Was, ich? Keine Ahnung. Mich dürft ihr da sowieso nicht fragen. Ihr kennt mich. Ich sage den Leuten nicht gern, was sie tun sollen.«

Sie warten schweigend, nippen an ihrem heißen Kakao.

»Aber wisst ihr, wenn ihr nur ein paar kleine Kometen direkt *ins* Meer lenken würdet …«

Alte Freunde, die über alte Freunde lachen, weil sie einfach so sind, wie sie sind. Eileen lehnt sich an Roger und fühlt sich besser.

*

Am nächsten Morgen geht es wieder rasant gen Osten, und nach ein paar Stunden sind sie so weit draußen auf dem Eis, dass kein Land mehr in Sicht ist. Sie gleiten im böigen Wind dahin, mit klappernden, quietschenden oder zischenden Kufen, je nach Wind und Beschaffenheit des Eises. Der Tag vergeht, und es hat allmählich den Anschein, als wären sie auf einer Welt aus Eis, wie Callisto oder Europa. Am Ende des Tages drehen sie in den Wind und kommen zum Stehen, dann steigen sie aus, setzen ums Boot herum ein paar Eisschrauben ins Eis und vertäuen es im Zentrum eines Netzes aus Seilen. Gegen Sonnenuntergang ist das Boot gesichert, und Roger und Eileen brechen zu einem Spaziergang übers Eis auf.

»War doch eine schöne Tagestour heute, oder nicht?«, fragt Roger.

»Ja, war es«, sagt Eileen. Aber sie denkt unwillkürlich daran, dass sie auf der Oberfläche ihres Meeres spazieren gehen. »Was meinst du zu dem, was Hans gestern Abend gesagt hat, dass wir's nochmal probieren sollten?«

»Das hört man von vielen Leuten.«

»Und du bist anderer Ansicht?«

»Tja, ich weiß nicht. Mir gefallen viele der Methoden nicht, über die sie reden. Aber …« Er zuckt die Achseln. »Es kommt nicht darauf an, was mir gefällt oder nicht.«

»Hmm.« Das Eis unter ihnen ist weiß; winzige, aufgeplatzte Luftblasen verunzieren die Oberfläche wie klitzekleine Kraterringe. »Und du sagst, die jungen Leute seien auch nicht sonderlich interessiert. Aber ich verstehe nicht, weshalb nicht. Man sollte meinen, dass ihnen mehr als sonst jemandem am Erfolg des Terraformens gelegen sein müsste.«

»Sie glauben, dass ihnen noch jede Menge Zeit bleibt.«

Eileen lächelt. »Da könnten sie Recht haben.«

»Ja, ihnen vielleicht. Aber uns nicht. Ich denke manchmal, wir sind nicht so sehr wegen des Zusammenbruchs traurig als deshalb, weil es so rasch mit uns bergab geht.« Er sieht sie an und schaut dann wieder aufs Eis. »Wir sind zweihundertfünfzig Jahre alt, Eileen.«

»Zweihundertvierzig.«

»Ja, ja. Aber es gibt niemanden, der älter als zweihundertsechzig ist.«

»Ich weiß.« Eileen denkt an eine Zeit zurück, als eine Gruppe alter Leute um den großen Tisch eines Hotelrestaurants saß und Kartenhäuser baute, weil es kein anderes Kartenspiel gab, das alle kannten; gemeinsam hatten sie ein vierstöckiges Kartenhaus errichtet, und als die Konstruktion allmählich wacklig wurde, sagte jemand: »Ist wie meine Langlebigkeitsbehandlung.« Und trotz des allgemeinen Gelächters hatte niemand eine ausreichend ruhige Hand gehabt, um die nächste Karte draufzustellen.

»Na also. Da hast du's. Wenn ich zwanzig wäre, würde mir der Zusammenbruch auch keine schlaflosen Nächte bereiten. Wohingegen es für uns sehr wahrscheinlich der letzte Mars ist, den wir erleben werden. Aber du weißt ja. Am Ende kommt es nicht darauf an, welcher Mars einem am besten gefällt. Sie sind alle besser als nichts.« Er lächelt sie schief an, legt ihr einen Arm um die Schultern und drückt sie zärtlich.

*

Am nächsten Morgen erwachen sie im Nebel, aber es weht auch eine stetige Brise, deshalb machen sie nach dem Frühstück die Leinen los und fahren mit einem leichten, schwungvollen Gleitgeräusch nach Osten. Eisstaub, pulverisierter Schnee, gefrorener Nebel – alles schießt westwärts an ihnen vorbei.

Schon ganz kurz nach dem Start kommt jedoch ein Anruf übers Funktelefon. Roger nimmt den Hörer ab, und Freyas Stimme dringt an sein Ohr. »Ihr habt uns zurückgelassen.«

»*Was?* Mist! Zum Teufel, warum seid ihr von Bord gegangen?«

»Wir wollten runter aufs Eis, uns da ein bisschen verlustieren.«

»Himmelherrgott, ihr beiden.« Roger grinst unwillkürlich, während er den Kopf schüttelt. »Was ist, seid ihr jetzt fertig?«

»Geht euch gar nichts an«, ruft Jean-Claude fröhlich im Hintergrund.

»Aber ihr seid bereit, euch auflesen zu lassen«, sagt Roger.

»Ja, sind wir.«

»Na schön. Mist. Bleibt einfach, wo ihr seid. Wird eine Weile dauern, bei diesem Wind zu euch zurückzukreuzen.«

»Macht nichts. Wir haben unsere warmen Sachen an und eine Isomatte dabei. Wir warten auf euch.«

»Bleibt euch ja wohl auch kaum was anderes übrig«, sagt Roger und legt den Hörer auf.

Er beginnt ernsthaft zu segeln. Zuerst dreht er das Boot durch den Wind, dann kreuzt er gegen ihn an, und das Boot kreischt auf einmal wie eine Todesfee. Der Segelmast ist straff gewölbt. Roger schüttelt beeindruckt den Kopf. Man müsste jetzt schon schreien, um sich bei diesem Wind Gehör zu verschaffen, aber niemand sagt ein Wort; sie erlauben Roger, sich aufs Segeln zu konzentrieren. Das Weiß, das sie durchfliegen, ist überall gleich hell, sie sehen nichts als das Eis, das direkt unter dem Cockpit vorbeischießt. Dank des Windes und des Eises unter der Leereling ist es nicht der reinste Whiteout, den Eileen je erlebt hat, aber doch beinahe; und nach einer Weile verschwinden sogar der Bug und das Heck des Eisboots, ja selbst das Eis unter der Leereling in der Wolke. Sie fliegen vibrierend durch ein brüllendes weißes Nichts; eine sonderbare kinetische Erfahrung, und Eileen merkt, wie sie die Augen weiter zu öffnen versucht, als gäbe es noch ein anderes Sehvermögen in ihrem Innern, das auf Momente wie diesen wartet, um sich zu aktivieren.

Nichts zu machen. Sie stecken in einem sich bewegenden Whiteout, das ist alles. Roger sieht nicht gerade erfreut aus. Er hält den Blick aufs Radar und die übrigen Instrumente gerichtet. In früheren Zeiten wäre solch blindes Segeln wegen der Packeisgrate sehr gefährlich gewesen. Jetzt jedoch gibt es hier draußen nichts, wogegen man prallen könnte.

Auf einmal werden sie vorwärts gestoßen, das Brüllen wird lauter, unter ihnen ist Dunkelheit. Sie gleiten über eine sandige Stelle, lassen sie dann hinter sich, und weiter geht's, sie sausen durch helles Weiß. »Ich bringe das Boot jetzt herum«, sagt Roger.

Eileen macht sich auf die erste Wende gefasst, aber dann sagt Roger: »Ich werde halsen, Leute.« Er zieht die Ruderpinne zu den Knien heran, und sie rasen mit dem Wind davon, drehen sich, drehen sich immer weiter, erwischen den Wind dann querschiffs von der anderen Seite, und der Rumpf des Bootes neigt sich alarmierend. Dumpfe Schläge von unten, als das Ballastgewicht sich zur Luvreling verlagert, und dann fahren sie wieder mit dem gleichen brüllenden Lärm wie zuvor, aber auf dem entgegengesetzten Schlag. Sie haben die ganze Prozedur eher gehört und gefühlt als gesehen; Roger hat sogar eine Weile die Augen geschlossen. Dann ein Augenblick relativer Stille, bis zur nächsten Halse. Eine Rückwärtsschleife am Ende jedes Schlags.

Roger zeigt auf den Radarschirm. »Da sind sie, seht ihr?«

Arthur schaut mit zusammengekniffenen Augen hin. »Die sitzen anscheinend auf dem Eis.«

Roger schüttelt den Kopf. »Sie sind immer noch größtenteils hinter dem Horizont. Das da sind ihre Köpfe.«

»Hoffst du.«

Roger schaut mit gerunzelter Stirn auf den APS-Schirm. Er halst erneut. »Wir müssen uns langsam an sie heranarbeiten. Das Radar sieht nur bis zum Horizont, und selbst wenn sie stehen, erfasst es sie höchstens bis zu einer Entfernung von sechs Kilometern, und wir haben ungefähr hundertfünfzig Stundenkilometer drauf. Wir müssen es also mithilfe unserer ASP-Positionen machen.«

Arthur stößt einen Pfiff aus. Satellitennavigation, um sich in einem Whiteout mit jemandem zu treffen. »Du könntest doch jederzeit …«, setzt er an und schlägt sich dann die Hand vor den Mund.

Roger grinst ihn an. »Es müsste gehen.«

Für eine Landratte wie Eileen ist das ein bisschen schwer zu glauben. Tatsächlich ist ihr ein bisschen schwindlig von der ganzen blinden Vibration und dem Geschaukel von einer Seite zur anderen, und Hans, Stephan und Frances sehen aus, als wäre ihnen wirklich übel. Alle fünf beobachten Roger, der auf den APS-Schirm schaut, dabei äußerst vorsichtig die Ruderpinne bewegt und sie dann ganz plötzlich wieder zu den Knien heranzieht. Freya und Jean-Claude sind zwei leuchtend grüne Säulen auf dem Radarschirm. »Hey, ihr beiden«, sagt Roger in den Hörer des Funktelefons, »ich bin gleich bei euch, ich komme gegen den Wind, winkt mit den Armen und haltet die Augen offen, ich werde versuchen, so langsam wie möglich links von euch anzukommen.«

Er bewegt die Ruderpinne sanft hin und her, beobachtet aufmerksam die Bildschirme. Sie fahren so hoch am Wind, dass der Segelmast sich krümmt wie ein stark gebogenes Kurvenlineal, und sie verlieren Fahrt. Roger schaut nach vorn, aber da ist immer noch nichts, nur die reine, weiße Leere, und er blinzelt unglücklich und zieht die Ruderpinne noch einen Zentimeter zu sich heran. Das Segel kneift jetzt und hat fast keinen Bauch mehr; Eileen hat den Eindruck, dass sie kaum noch Fahrt machen und bald stehen bleiben und zurück getrieben werden; und immer noch keine Spur von ihnen.

Dann sind sie da, direkt an backbord, zwei Engel, die durchs Weiß auf das reglose Boot zuschweben – zumindest sieht es einen illusionären Moment lang so aus. Sie springen über die Reling aufs Vorderdeck, Roger benutzt das letzte bisschen Schwung des Eisbootes, um erneut zu halsen, und binnen Sekunden fliegen sie wieder mit dem Wind nach Osten. Das Brüllen ist erheblich leiser geworden.

*

Bei Sonnenuntergang liegt nur noch ein leichter Dunst über ihnen. Am nächsten Morgen ist er völlig verschwunden, und die Welt ist wieder da. Das Eisboot liegt fest vertäut im langen Schatten von Olympus Mons, der im Osten ungeschlacht über den Horizont ragt. Ein Kontinent von einem Berg, der sich von Nord nach Süd quer durch ihr ganzes Blickfeld erstreckt; eine andere Welt, ein anderes Leben.

Sie fahren weiter zum Ostufer des Amazonischen Meeres, vor dem Zusammenbruch berühmt für seine wildromantische Küstenlinie. Jetzt ragt sie abrupt aus dem Eis empor, weiß und kahl, wie ein Wintermärchen: Der Gordii-Wasserfall, der sich vom Küstenplateau aus einen senkrechten Kilometer tief ins Meer ergoss, ist jetzt ein großer Eisfall mit lauter Pfeilern und einem riesigen Haufen Eistrümmer an seinem Fuß.

Sie gleiten an diesem Wahrzeichen vorbei in die Lycus-Sulci-Bucht südlich von Acheron, wo das Land weniger steil ansteigt, sanfte Hügel über niedrigen Klippen, die auf die Eisbucht hinabschauen. In der Bucht kreuzen sie langsam gegen die morgendliche ablandige Brise, bis sie kurz vor einem Strand an einem schwimmenden Kai anlegen, der in dem drückenden Eis jetzt ein wenig schräg steht. Roger macht das Boot daran fest, und sie ziehen sich für eine Wanderung an Land an. Freya und Jean-Claude nehmen ihre Rucksäcke mit.

Aus dem Boot und aufs Eis. *Krtsch-krtsch* übers Eis zum Ufer, alles merkwürdig still; dann über den vereisten Strand und einen Fußpfad zum Gipfel des Steilufers hinauf. Anschließend einen sanfteren Pfad auf der gewaltigen Schräge des Küstenplateaus entlang. Hier haben die Erbauer des Pfades Steinplatten gelegt, manchmal zehn Stück hintereinander bis zur nächsten niedrigen Stufe nach oben. In steileren Abschnitten ähnelt er mehr einer Treppe, einer riesigen, endlosen Treppe, bei der jeder Stein auf perfekte Weise unter den nächsten eingepasst ist. Obwohl die Platten von Reif überzogen sind, findet Eileen die Arbeit des Steinschneiders außerordentlich schön. Die Quarzitplatten sind so eng platziert wie die einer Trockenmauer auf den Orkney-Inseln, und ihre Oberflächen sind eine Mischung aus blassem Gelb und Rot, Silber und Gold, bei jeder Platte in unterschiedlichen Proportionen und auf dem Weg nach oben immer mit einer anderen dominanten Farbe. Mit einem Wort: ein Kunstwerk.

Den Blick auf diese Steinplatten gesenkt, geht Eileen weiter, hinauf und immer weiter hinauf. Der ansteigende Hang über ihnen ist weiß bis zum fernen, hohen Horizont, hinter dem der schwarze Olympus wie eine massive Welt für sich aufragt.

Die Sonne kommt über dem Vulkan hervor. Licht erstrahlt auf dem Schnee. Weiter vorn führt der Quarzitweg in einen Wald. Oder vielmehr, in das Skelett eines Waldes. Bedrückt, ja geradezu ängstlich beeilt sich Eileen, zu Roger aufzuschließen. Freya und Jean-Claude sind weiter vorn, ihre anderen Gefährten weit hinter ihnen.

Roger führt sie vom Weg herunter, zwischen den Bäumen hindurch. Sie sind alle tot. Es war ein Wald aus Weihrauch- und Grannenkiefern; aber die Baumgrenze ist in diesen Breiten bis zum Meeresspiegel gesunken, und all die großen, alten, knorrigen Bäume sind abgestorben. Danach hat ein Sandsturm – oder eine ganze Reihe von Sandstürmen – die Nadeln, die kleinen Zweige und sogar die Rinde der Bäume weggeschmirgelt, sodass nur die gebleichten Baumstämme und die größten unteren Äste zurückgeblieben sind, die sich wie die gebrochenen Arme sich windender Leiber in die Höhe recken. Der Wind hat die spiralige Maserung der Stämme so lange poliert, dass sie nun im Morgenlicht glänzt. Eis füllt die Risse im Hartholz.

Die Bäume stehen weit auseinander, und sie wandern zwischen ihnen hindurch, betrachten den einen oder anderen eingehender, gehen dann weiter. Hin und wieder stoßen sie auf kleine gefrorene Teiche und Bergseen. Für Eileen wirkt das Ganze wie ein riesiger Skulpturengarten oder wie eine Werkstatt, in der ein mächtiger Rodin tausend Versuche über eine einzige Idee herumstehen lassen hat, einer so schön wie der andere, ein Park von surrealer Majestät. Aber dennoch auch schrecklich; sie spürt es wie einen stechenden Schmerz in der Brust; dies ist ein Friedhof. Tote Bäume, denen der sandige Wind die Haut abgezogen hat; toter Mars, ihre Hoffnungen von der Kälte geflenst. Roter Mars, Mars, der Kriegsgott, holt sich sein Land mit einem borealen Eissturm zurück. Der eisige Boden reflektiert gleißend die Sonne, schmieriges Licht überzieht die Welt. Das nackte Holz leuchtet orange.

»Schön, nicht?«, sagt Roger.

Eileen schüttelt den Kopf und schaut nach unten. Ihr ist bitterkalt, und der Wind pfeift durch die abgebrochenen Äste und das kahle, gemaserte Holz. »Es ist tot, Roger.«

»Was meinst du mit ›es‹?«

»›Die Dunkelheit nahm rasch zu‹«, murmelt sie und wendet den Blick von ihm ab. »›Ein kalter Wind begann in steifen Böen aus dem Osten zu blasen.‹«

»Was redest du da?«

»Die Zeitmaschine«, erklärt sie. »Das Ende der Welt. ›Es ist beinahe unmöglich, die Tiefe dieses Schweigens zu beschreiben.‹«

»Ah«, sagt Roger und legt ihr den Arm um die Schultern. »Immer noch die Literaturstudentin.« Er lächelt. »All diese Jahre vergehen, und wir sind nach wie vor, was wir immer schon waren. Du bist eine Literaturstudentin von der Universität des Mars.«

»Ja.« Eine Bö scheint direkt durch ihre Brust zu gehen, als hätte der Wind sie plötzlich aus einer unerwarteten Richtung getroffen. »Aber jetzt ist alles vorbei, siehst du das nicht? Es ist alles tot« – sie macht eine Handbewegung – »alles, was wir wollten, ist dahin!« Ein verlassenes Plateau über einem Eismeer, ein Wald toter Bäume; ihre ganze Arbeit, alles für die Katz.

»Stimmt nicht«, sagt Roger mit einer Geste zum Hang über ihnen. Freya und Jean-Claude kommen durch den toten Wald herab, bleiben stehen, um bestimmte Bäume zu inspizieren, streichen über die eisige, spiralige Maserung des Holzes, gehen weiter zum nächsten schönen Leichnam.

Roger ruft sie, und sie kommen beide auf ihn zu. Roger sagt im Flüsterton zu Eileen: »Jetzt hör zu, Eileen, hör zu, was sie sagen. Beobachte sie einfach nur und hör ihnen zu.«

Die jungen Leute gesellen sich zu ihnen; sie schütteln den Kopf und reden sich den Mund fusselig über den Anblick des Waldes mit den gebrochenen Gliedern. »Er ist so schön!«, sagt Freya. »So rein!«

»Sagt mal«, unterbricht Roger, »habt ihr keine Angst, dass alles zugrunde gehen wird, so wie dieser Wald hier? Dass der Mars unbewohnbar wird? Glaubt ihr nicht an den Zusammenbruch?«

Verblüfft starren die beiden ihn an. Freya schüttelt den Kopf wie ein nasser Hund. Jean-Claude zeigt nach Westen, zur riesigen Fläche des Eismeeres, das sich unter ihnen ausbreitet. »Es geht nie rückwärts«, sagt er und sucht stockend nach Worten. »Man sieht all das Wasser da draußen, und die Sonne am Himmel. Und den Mars, den schönsten Planeten der Welt.«

»Aber der Zusammenbruch, Jean-Claude. Der Zusammenbruch.«

»Wir nennen es nicht so. Es ist nur ein langer Winter. Unter dem Schnee gibt es Leben, das auf den nächsten Frühling wartet.«

»Es hat seit dreißig Jahren keinen Frühling mehr gegeben! Du hast in deinem ganzen Leben noch keinen Frühling erlebt!«

»Frühling ist Ls Null, nicht? Der Frühling kommt jedes Jahr.«

»Und er wird kälter und immer kälter.«

»Wir werden schon dafür sorgen, dass es wieder wärmer wird.«

»Aber es könnte tausend Jahre dauern!«, ruft Roger aus. Die Provokation macht ihm großen Spaß. Er klingt wie alle Leute in Burroughs, denkt Eileen, wie sie selbst, wenn sie die Verzweiflung über den Zusammenbruch packt.

»Ist mir egal«, sagt Freya.

»Aber das heißt, dass ihr nie auch nur die geringste Veränderung sehen werdet. Selbst wenn ihr wirklich lange lebt, werdet ihr nichts davon sehen.«

Jean-Claude zuckt die Achseln. »Es ist die Arbeit, die zählt, nicht das Ende der Arbeit. Warum schaut man immer nur auf das Ende? Es bedeutet doch nur, dass man fertig ist. Besser, man ist mittendrin oder am Anfang, wenn die ganze Arbeit noch vor einem liegt und die Sache so oder so ausgehen kann.«

»Es könnte schief gehen«, beharrt Roger. »Es könnte noch kälter werden, die Atmosphäre könnte ausfrieren, alles könnte sterben wie diese Bäume hier. Bis schließlich überhaupt nichts mehr am Leben ist.«

Freya wendet angewidert den Kopf ab. Jean-Claude sieht es und wirkt zum ersten Mal verärgert. Sie verstehen nicht so recht, was Roger getan hat, und jetzt haben sie es satt. Jean-Claude macht eine Handbewegung zu der öden Landschaft. »Du kannst sagen, was du willst«, meint er. »Von mir aus kannst du behaupten, dass alles zusammenbrechen wird, dass alles, was lebt, sterben wird, dass der Planet Jahrtausende lang gefroren bleiben wird – oder sogar, dass die Sterne vom Himmel fallen werden! Aber es *wird* Leben auf dem Mars geben.«

29

WENN WANG WEI AUF DEM *MARS LEBTE* UND ANDERE GEDICHTE

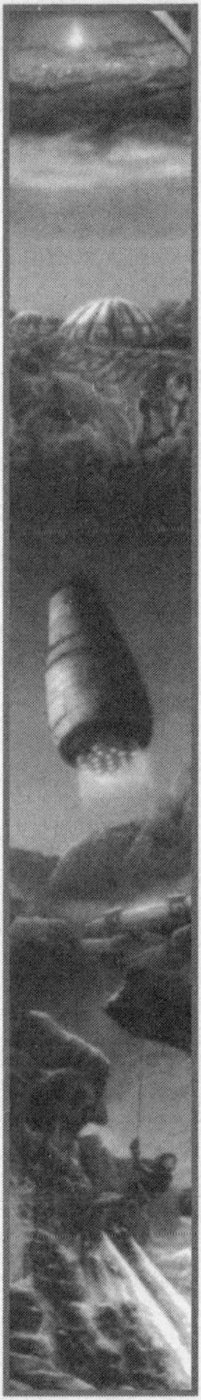

Wenn Wang Wei auf dem Mars lebte, verbrächten wir mehr Zeit im Freien

1. Besuch
2. Nach einem Umzug
3. Canyonfarbe
4. Vastitas Borealis
5. Nachtlied
6. Verlassenheit
7. Noch ein Nachtlied
8. Sechs Gedanken zum Nutzen der Kunst
   1. *Was in meiner Tasche ist*
   2. *Im Finale von Beethovens Neunter*
   3. *Bei der Lektüre von Emersons Tagebuch*
   4. *Der Walkman*
   5. *Träume sind Wirklichkeit*
   6. *Beim Laufen gesehen*
9. Über den Mather-Pass
10. Nacht in den Bergen
    1. *Camp*
    2. *Der Boden*
    3. *Schreiben im Sternenlicht*

Besuch

Niemand auf dem Mars hat ein Zuhause
ewig auf Achse von Motel zu Motel
meine alten Freunde sind alle fort
die meisten werd ich nie wiedersehn
seltsamer Gedanke, dass jedes Leben nur
ein paar Jahre dauert
man richtet sich ein
jeden Tag dasselbe
Essen Wohnung Straßen Freunde
man könnte glauben, so ginge es weiter
bis in alle Ewigkeit

Nach einem Umzug

Eines Nachts erwachte ich halb aus einem Traum
Quälte mich aus dem Bett und ging zum Klo.
An Bücherregalen vorbei zum Fußende des Bettes,
  hinaus durch
Die Tür, Hand an die Wand – doch sie war nicht da.
Leere: zeitloser Moment, dunkles Nirgendwo
Der Raum zwischen den Sternen -
Ah. Ein anderes Schlafzimmer
Ohne Wand, ohne Bücherregale -
Geradeaus zu einem anderen Klo,
In einer anderen Wohnung.
Ich erkannte, wo ich war, und
Eine ganze Welt entglitt mir.

Canyonfarbe

Bootsfahrt im Lazuli Canyon.
Eisdecke überm schattigen Fluss
Unter unserem Bug, knisternd.
Flusslauf weitet sich, krümmt sich in die Sonne:
Eine große Biegung im uralten Kanal.
Kältewolken bei jedem Atemzug.
Endlos ansteigender roter Canyon,
Canyon in Canyons, ohne Ende.
Netz schwarzer Linien auf rostrotem Sandstein:
Windgeformter Felsblock über uns.
Dort, auf einem nassen roten Strand -
Grünes Moos, grüne Segge. Grün.
Nicht Natur, nicht Kultur: nur Mars.
Westhimmel dunkelviolett,
Zwei Abendsterne, einer weiß, einer blau:
Venus, und die Erde.

Vastitas Borealis

Der rote Stein und Sand sind ganz unter Wasser
Wir haben es selbst aus dem Boden gepumpt und
das Wenige überschwemmt was wir damals wussten
von diesem Ort wie er war an der Luft
wie Gas das in der Schweißbrennerflamme verbrennt

Die ganze Welt flackert vor uns wie Feuer
wirft ihre Flammen orangefarben in die Luft
die damals nicht hier war
als wir diesen Boden betraten
wo alles in Wasser geschrieben steht

Nachtlied

Das Baby es schreit
Ich steh auf seh nach
Es schläft immer noch
Leg mich wieder hin

Stunden um Stunden
Hab ich so verbracht
Wach in der Nacht
Die Familie schläft

Frau schiebt ihr Bein an meins
Wind weht zum Südfenster herein
Rumpeln des fernen Nachtzugs
Grillenchor pulsierend elektrisch

Gedanken die ziellos wandern
Von einem Ort zum andern schweifen
Wie oft

Verlassenheit

Über der Senke des Passes hängen Wolken.
Sonnenstrahlen besprühn die Silhouette des Kamms.
Weißer Granit, orangeroter Granit,
Schneeflecken. Ein See.
Zwischen Felsen
Baumgruppen. Schatten.
Der See kräuselt seine
Kalten Schneespiegelungen:
Fische durchbrechen die Oberfläche.
Erblühende Kreise auf dem Wasser,
Warum kann das Herz nicht auch so schnell wachsen?

Noch ein Nachtlied

Hin und her in zerknitterten Laken
Heiß aber kalt. Kleine Schmerzen
Schwelen im Fleisch.
Geist halb im Leerlauf:
Knirschendes Wirrwarr zerstückelter Jahre.
Reue, Sehnsucht, Kummer wegen nichts,
Kummer wegen etwas, Sorgen um dies und das,
Angst ohne Grund, Verwirrung,
Die Vergangenheit: Weißt du noch? Weißt du noch?

Scherben aus buntem Glas. Die Erinnerung
Spricht in einer Sprache
Die du nicht mehr verstehst.
Die Zukunft verstehst du zu gut.
Schmerzen im Knie, ahnungsvolle
Seufzer der Frau,
Der Jungs in ihrem Zimmer –
Mit doppelter Anstrengung, schlaf, schlaf!

Sechs Gedanken zum Nutzen der Kunst

für Pierre-Paul Durastanti und Yves Frèmion

1. *Was in meiner Tasche ist*

Ich weiß noch, wie ich in meinem Jahr in Boston
bei Sonnenuntergang allein am Charles entlang ging
Das Flussufer gänzlich von Schnee bedeckt
Die Bäume schwarze Stacheln vorm Himmel
Die Wasserfläche ein schimmernder Glanz

Schob die kalte Hand in die Tasche der Daunenjacke
Ertastete ein Buch, das ich darin vergessen hatte
Wusste den Titel nicht mehr, nur ein Buch, irgendein Buch
Doch auf einmal war alles was ich sah wunderschön

2. *Im Finale von Beethovens Neunter*

Die Passage in der jeder Teil
des Chors ein anderes Lied
zu singen beginnt und das Orchester diese Partien
aufgreift oder mit seinen eigenen zu einer
kompakten Fuge verdichtet in deren Verlauf so viele
Melodien zugleich gesungen werden dass man sie
nur als Gesamtklang erfassen kann ich muss immer
daran denken dass Beethoven diese Musik
geschrieben hat als er vollständig
taub war für ihn waren es nur Muster
auf einer Seite er musste den Zusammenklang
der Stimmen in seinem Kopf sehen er musste
ein Schriftsteller sein

3. *Bei der Lektüre von Emersons Tagebuch*

»Kummer perlt von uns ab
wie Wasser von einer Ente«

Ach Waldo, Waldo
Wenn es nur so wäre
Aber es ist genau umgekehrt
Wir nehmen den Kummer in uns auf
Wie Löschpapier Tinte

4. *Der Walkman*

Beim Laufen zu *Satyagraha*
sah ich einen Falken am Himmel
und jede Wendung, jede Verlagerung seiner Schwingen
  wurde
laut in die sonnige Luft gesungen

5. *Träume sind Wirklichkeit*

Der Tag geht vorbei in ein Buch
Eine Weile sind wir draußen
Auf See in einem offenen Boot

Wilde Wellen aus dem Nichts
In die nächste Realität geworfen
Sah Shackleton eine so große Welle

Dass er sie für eine Wolke hielt
Das Boot kenterte, ging unter und kam
Später in einer neuen Welt hoch

Auf Südgeorgien
In einer Höhle schlafend sprang er
Mit lautem Schrei auf und stieß

Sich den Kopf so heftig an der Höhlendecke
dass er sich beinahe umgebracht hätte
Als er von dieser Welle träumte

6. *Beim Laufen gesehen*

Vier Vögel in der Luft, raufend
Turmfalke
Elster
Krähe
Habicht
alle miteinander kreisten
in einer kurzen Kabbelei über mir

Über den Mather-Pass

Am Wendepunkt meines Lebens
wanderte ich zum Mather-Pass.
Bei jedem Schritt wurden die Wolken dicker
Bis die Welt grau überdacht war.

Donner rollte von West nach Ost
Wie große Fässer über einen Boden
Und als ich das weite Upper Basin durchquerte
Fiel der erste Schnee.

Bald ging ich in einer weißen Blase
Dicker Schneematsch auf jedem Stein.
Warm und trocken in Parka und Hose
fühlte ich, wie mein Leben von mir abfiel.

Ich gab es auf. Flieg davon
Mit dem Wind, treib in den Matsch,
Ich kehre nicht mehr zurück! Ich gehe!
Jeder Schritt nach oben war ein Schritt fort.

Ein konvexer Geröllhang
stieg in den Nebel. Eine Wand aus Felsbrocken.
Der Pass oben unsichtbar. Der Weg
Führte unablässig aufwärts,

Immer von rechts nach links,
Ein echtes Kunststück der Muir-Trail-Crew.
Er kostete ein Leben: Auf einer Gedenktafel am Weg
Las ich den Namen: meinen.

Dann war ich auf dem Pass.
Flocken wehten auf einer Seite hoch und
Auf der anderen hinunter. Im Windschatten versuchte
  ich
Zu essen, begann jedoch zu zittern. Weiter.

Leichten Schrittes stapfte ich
Die weißen Sse am Nordhang hinunter
Bis ich die Palisade Lakes sah,
Tief, tief unten. Die Sonne kam heraus.

Weiße Spitze auf nassem, goldenem Granit,
Eine neue Welt, ein neues Leben,
Eine neue Welt, ich mache sie neu!
Zwei Wanderer schlugen gerade ihr Lager auf.

Bist du in diesem Sturm rübergekommen?
Ja, sagte ich, ich habe mein Leben drüben gelassen
Und jetzt habe ich keine Angst.

Nacht in den Bergen

»Oder ich kann mir sagen, als wäre ich
Ein Wanderer, gefragt, wo er gewesen sei
In den Bergen: ›Es gab einmal ein Gebirge,
Das ich so liebte, dass ich keine Luft mehr bekam.‹«

– Thomas Hornsby Ferril

1. *Camp*

Bach, der über Felsen rinnt:
Laute Musik. Nacht und eine Kerze.

Auf halbem Wege durch dieses Leben:
Es kommt mir nicht so lang vor.

Kämme, Klippen, Gipfel, Sättel:
Ich verspüre unstillbare Sehnsucht nach ihnen.

Teiche, Wiesen, Bäche, Moos:
Meine Knie zählen sie.

Sterne draußen vor meiner Zelttür:
All meine Sorgen genauso weit weg.

2. *Der Boden*

Kerzenflamme, Minuten.
Kiefernadeln, Monate.
Zweige, Jahre.

Sand, Jahrhunderte.
Kieselsteine, Jahrtausende.
Das Grundgestein, Äonen.
Ich und zerbrochene Zweige.

3. *Schreiben im Sternenlicht*

Kann die Worte nicht sehen.
Wasserfall ein Seil aus Klang,
Hin und her tanzend, getrieben vom Wind.
Bäume schwarz vor den Sternen.

Verschwommene, leere, weiße Seite.
Ich schreibe darauf und sehe eine
Verschwommene, leere, weiße Seite.
Die Geschichte meines Lebens!

Wacholder, Zelt, Stein, Dunkel.
Ersterbender Wind. Mein Herz
hat Ruh. Ein Freitagabend.

Der Große Bär hockt auf dem Berg.
Meine Freunde liegen in ihren Zelten.
Mein Rücken am weißen Stein,
Während die Sternenschüssel über mir kreist:
Die Bewegung spüren und wegfliegen.

Wer weiß, wie viele Sterne es gibt,
All diese matt leuchtenden füllen die Schwärze
Bis sie gar nicht mehr da zu sein scheint.
Und dann sieht man die Milchstraße.
Der Himmel sollte blendend weiß sein vor
  Sternen,
Da oben ist schwarzer Staub, der einem die Sicht
  raubt,

Kohlenstoff genau wie wir! Alles gemeinsam durchs
All geschleudert
Genau auf diese Weise.

Im Sternenlicht ist alles klar.
Bäume leben. Steine schlafen.
Wasserfälle, so laut!
Alles andere –
Still wie mein Herz.

Unsichtbare Eulen

Ich erinnere mich an unsere Nacht auf dem Kamm
Jahre zuvor hatte ich dort eine Ecke gesehen
Ebener Sand und Büsche im geborstenen Granit
Oben auf dem Kamm also kein Problem sie zu finden
Und du warst für alles zu haben

Am Spätnachmittag wanderten wir hinauf
Mit Wasser in unseren Rucksäcken
Hinauf in den Schatten der Crystal Range
Über Granitgeröll bewachsen mit Gräsern
Bis wir wieder ins Licht hinaustraten

Wir fanden die Ecke und bauten das Zelt
Zwischen zwei knorrige Wacholderbüsche
Die Sonne sank in den Dunst des großen Tals
Das Licht sickerte aus dem Himmel
Wir lehnten am Stein und machten uns Essen

Und im letzten schillernden Blau
Der sattesten Farbe der ganzen Welt
Zuckten wir zusammen als etwas über uns
  wegschoss
Und zuckten erneut zusammen als aus der Nacht
Schwarze Schemen auf unsere Köpfe herabstießen

Im Dunkeln konnten wir sie kaum sehen
Ihre schnellen Sturzflüge waren völlig lautlos
Zu groß für Fledermäuse zu leise für Falken
Wir duckten uns anscheinend vor einem Angriff von
  Eulen
Die in einem kleinen Schwarm auf der Jagd waren

Eine seltsame Disjunktion der Sinne
Gedämpfte Schwingen um ihr Geräusch zu
vermindern
Darum hörten wir nichts als den Kocher
Sahen jedoch die steilen schwarzen stroboskopischen
Anflüge
Das Bremsen die scharfen Wendungen beim Abdrehen

Dann kam eine ganz nah heran wir ahnten die Krallen
Ich nahm den Kocher und hielt ihn hoch
Eine Bluet-Kartusche mit blauer Flamme
Hell in der dunkelblauen Weite des Raums
Dahinter schwarze weghuschende Schwingen

Wir lachten mit leisem Schaudern
Tatsächlich für Nahrung gehalten zu werden
Am Himmel kamen überall Sterne heraus
Vernetzten sich zur Milchstraße
Und Nachbildern der blauen Flamme

Dann lagen wir in unserem blauen Zelt
Der Mond ging auf und unsere Luft wurde blau
Ein Blau das noch in uns ist
Es wird uns immer begleiten
All die Farbe des Dämmerungshimmels

All die Zeit und der Raum durch die wir reisen
Die Jahre vergehen so viele schon
Wenn wir einschlafen kreisen Eulen über uns
Ich spüre den Granit unter unseren Körpern
Geräuschlos schwingen wir uns auf ins Blau

Tenzing

Tenzing sprach nicht viel Englisch
Hungrig essen müde ausruhen
Paragraphen einer Autorität im Land

Von Teehaus zu Teehaus führte er uns
Über tief eingekerbtes Land
Und Flüsse in endlosen Bergen

Er sorgte für unser Essen
Er sorgte für unsere Nachtruhe
Er zeigte uns den Weg

Durch die Schlucht des Dudh Khosi
Grünes Laub Blutegel alles nass
Immer in den Monsunwolken

Eines Abends lichteten sie sich und dort
Über den Gipfeln über den Wolken
Eine weitere Bergkette über der Welt

Dort hinauf gingen wir
Namche Bazaar thronte im Raum
Thyangboche Pangboche Pheriche

Durch Gletscherschluchten und an deren Wänden
empor
Über Eis und Fels nach Gorak Shep
Tote Krähe das letzte Teehaus

Mühsamer Morgenaufstieg auf den Kala Pattar
Auf dem Gipfel sitzen den Hals verrenkt
Um zum Everest hochzuschauen

Massiver heller Steinklotz im Himmel
Sagarmatha Chomolungma
Muttergöttin der Welt

Tenzing zeigte auf den Südsattel
Berühmtes letztes Camp voller Müll
Schreckliche Geschichten Leichen

Tenzing war vier Mal dort gewesen
Als Träger den Khumbu-Eisfall hinauf und hinab
Den Gehsteig über den weißen Abgrund

Wo die Welt jeden Moment einstürzen
Und allem ein Ende machen konnte kurzum
ein Ort
Wie jeder andere wir stehen

Neben Tenzing wir wissen noch nicht
Dass die Welt und der Eisfall dasselbe sind
Wir sehen es im Himalaya seines Gesichts

Glänzend wie Eis in der Sonne
Windig sagte er Südsattel sehr windig
Er war vierundfünfzig

Später an diesem Vormittag wurde es Lisa übel
Er führte sie an der Hand hinunter
Bot ihr Tee an gab ihr Wasser zu trinken

Und brachte uns nach Pheriche
Half im Teehaus während Lisa genas
Half den Sherpanis die den ganzen Tag kochten

Führte uns zum alten Kloster
Zeigte uns die Wand der Dämonenmasken
Brachte uns im Regen nach Thyangboche

Ließ uns das Mandala der Mönche sehen
Fünf Männer in Rot die lachend
Über einem Kreis aus farbigen Sanden saßen

Mit Stöcken an Trichtern rieben
Und Rinnsale aus Rot Grün Gelb Blau freisetzten
Konzentriert dann ein Scherz und wir drei

Saßen einen dunklen Regentag lang mit ihnen
zusammen
In einem inneren Raum sitzen wir immer noch dort
Er brachte uns wieder hinab in die Welt

Hinunter nach Namche und weiter nach Lukla
Die kleine in die Wand der Schlucht gehauene
Rollbahn ein Außenposten von allem

Führte uns abends in die Sherpa-Genossenschaft
Wo sie alle vor dem Fernseher hockten
betrieben vom Honda-Generator hinterm Haus

Ein Video vom Live-Aid-Konzert
Alle sprachlos über den Anblick
Wie Ozzy Osborne die Bühne verwüstete

Tenzing der Mann der uns geführt
Sich um uns gekümmert und uns gelehrt hatte
Aß auf und durchquerte den Raum

Hockte sich neben mich zeigte auf den Fernseher
Amerika? fragte er
Nein sagte ich nein das ist England

Ein Bericht über den ersten aktenkundigen Fall von Areophagie

für Terry Bisson

An meinem dreiundvierzigsten Geburtstag war ich fast fertig
Mit dem Mars die Manuskripte ein einziges Durcheinander
Schönheit in einem Roman ist (wie überall)
Eine emergente Eigenschaft deren Emergenz
Erst spät erfolgt und vorher ist alles
Chaos und Unordnung aber meine Hoffnungen
Waren groß ich spürte dass sich alles zusammen
fügte im Finale sollte schließlich
Alles zusammenkommen was ich wollte
War unvernünftig zu meinen Besitztümern gehörten
Ein paar Stücke vom Mars ein oder zwei Gramm vom SNC
Meteoriten, der im Oktober 1962 nach dreizehn
Millionen Jahren im Raum in Zagama Nigeria
Heruntergekommen war kleine graue Steinchen
Eingefasst in eine Halskette für meine Frau
Ich schraubte die Fassung auf nahm ein Steinchen heraus
Stieg bei Sonnenuntergang auf mein Dach
Ein klarer Tag die Krähen kamen
Von den Feldern zurück die Küstenebene dunkel
Im Westen vergoldete Wolken darüber
Der Himmel noch blau ein frischer Wind
Aus dem Delta da saß ich also
Auf dem Dachfirst meines Hauses mitten in
Meinem Leben im Freien im Begriff einen Stein zu essen

Der wenn nicht unlautererweise ein Stück von Jersey
Ein echtes Stück unseres Nachbarplaneten war
Es fühlte sich seltsam an schon als ich es tat
Ich war stets außerstande mein Tun
Zu erklären ich kann nur sagen dass ich beim
Versuch den Mars zu imaginieren die Erde
Deutlicher sah als jemals zuvor
Diese schöne Welt das lebendige Schauspiel
eines alltäglichen Sonnenuntergangs
Amseln flogen in Reih und Glied nach Osten
Unter meinen Füßen mein Heim die Sonne
Berührte die Küstenebene ich steckte den Stein in
Den Mund alles ging weiter wie bisher
Kein elektrischer Schauer den mir der Sonnenuntergang
Nicht verschaffte kein Zungenreden ich biss zu
Er war zu hart um ihn im Mund zu zerkleinern
Rollte ihn mit der Zunge hin und her kein Geschmack
Ließ ihn über meine Zähne wandern ein kleiner Stein
Der größtenteils durch mich durchgehen würde
Aber die scharfen Magensäuren würden
Sicher die Oberfläche des Steins angreifen
Und ein paar Atome würden hoffentlich in mir bleiben
Als Kohlenstoff aufgenommen von meinen Knochen
Für ihren Siebenjahreszyklus oder vielleicht
Für immer und so saß ich da und
Verdaute den Mars und den Anblick die Sonne
Blitzte im Einschnitt von Berryessa auf
Der Wind nahm zu jedes Leben hat seine Bahn
Auf und ab im Schimmern alltäglicher Momente
Plötzliche Euphorie jäher Kummer der Muster-Staubteufel
Dessen Trichter herabkommt der sich spiralig hochschraubt
In höchst empfindlicher Abhängigkeit
Von unbekannten Faktoren an diesem Abend geschah

Nichts dergleichen es war eine Frage des Willens eine
Meditative Disziplin geübt Tag für
Tag jahrelang um eine Welt
In mir transparent zu machen in mir zu Hause zu sein
Und während ich Teile einer anderen Welt schluckte
Kreiste diese um mich wie ein veritables
Kalifornien

Das Klagelied der Roten

Sie habens nie richtig hingekriegt
keiner von ihnen niemals
auf der Erde definitionsgemäß nicht
kaum je auf dem Mars selbst
So wie er damals am Anfang war
wie er war bevor wir ihn änderten

Wie sich der Himmel frühmorgens rötete
wie es war unter der Sonne aufzuwachen
leicht und beschwingt Gestein unterm Stiefel
0,38 g selbst in unseren Träumen
und in den Hoffnungen für unsere Kinder

Wie der Weg immer klar wurde
selbst im schlimmsten sinnlosesten Chaos
der Ariadnefaden erschien oder nicht
ging im peripheren Moment verloren
ging verloren fand sich wieder und weiter
auf einem Gehsteig durchs Trümmerland

Wie man so vieles durch die Anzüge
schlussfolgern musste in denen wir herumliefen
abgeschnitten vom Kontakt mit der Welt
wir beobachteten wie verliebte
Pilger von fern erleuchtet
von Feuer im Körper spürten

Wie eine Welt den Geist der in einem Strom
  führenden
Draht aus Gedankenwolfram pulsierte in
Dunkelheit der Mensch als Planet

die Oberfläche des Mars das Innere
unserer Seelen alle
einander gewahr

Wie wir uns zurechtfanden hatte sich verändert
und würde nie mehr lang genug gleich bleiben
dass wir es verstanden

Wie alles einfach da war
wie man einfach dachte Stein dort

Wie alles was wir über den Himmel
zu wissen glaubten wegfiel und wir
auf einmal in der sichtbaren Welt standen
gemustert vom Wind bis zum Horizont
den man fast berühren konnte ein kleiner
Prinz auf einer kleinen Welt der danach Ausschau hielt

Wie die Sterne mittags leuchteten
an den Flanken der großen Vulkane
die durch den Himmel selbst stießen
hinaus ins All wir machten Spaziergänge im All
und im Sand zugleich und wussten
wir wussten wir waren nicht daheim so wie

wir immer wussten wir waren nicht
daheim wir sind Besucher auf diesem Planeten
sagte der Dalai Lama auf der Erde
wir sind höchstens ein Jahrhundert lang hier
und in dieser Zeit müssen wir versuchen
etwas Gutes, etwas Nützliches zu tun

Wie Buddha es mit unserem Leben tat
wie wir es auf dem Mars immer schon wussten
es immer schon im nackten Gesicht
des Landes unter uns sahen die

Vorsprünge und Kerben unseres Lebens
alles ohne jeden Zierrat
roter Stein roter Staub nacktes
Mineral das Hier des Jetzt
und wir die Tiere die darin stehen

Zwei Jahre

Wir waren Brüder damals du und ich
Mama auf der Arbeit zehn Stunden am Tag
Keine Kinderbetreuung keine Freunde keine Familie

Also auf ging's lustig und guter Dinge
Zu einem von Straßen ummauerten nahen Park
Wo jamaikanische Kindermädchen uns beim Spielen zusahen

Ein Auge auf ihren Schützlingen alle von der Hitze benommen
Kinder hier und dort Mama folgt ihrer Tochter
Ich folge dir so vorsichtig und brav

Hände um die Griffe der steigenden Schaukel geklammert
Konzentriert wenn du auf die Hängebrücke tratest
Und dann mit sprudelndem Gelächter den Kopf zurückwarfst

Wenn du drüben am Rand wieder auf festem Boden standest
Auf die ohne zu fallen bewältigte Strecke schauend
Wir plumpsen ins Gras um den ersten Happen zu essen

Du neckst mich beim Essen, dein Gelächter steigt auf
Tust so, als wolltest du deinen Apfelsaft nicht
Stößt ihn beiseite und lachst als er ausläuft

Lachst noch einmal über den Flug eines Blauhähers
Auf zu den Antiquariaten halbdunkle muffige Gänge
Ich hebe die Bücher auf die du herausziehst und

Hinwirfst um ein Lächeln der Leute zu ernten
Bis ich dich aufhalte und du einen Wutanfall kriegst
Also ab in die Rückentrage zum kilometerlangen
Spaziergang

Deine Stirn behaglich in meinen Nacken geschmiegt
Dann heim um Mamas gefrorene Milch aufzuwärmen
Sodass ich wenn du heißhungrig aufwachst

Mit spitzer Zunge die Temperatur geprüft habe
Und dich in meinen angewinkelten Ellbogen legen
Und dir beim Saugen zusehen kann bis zum letzten
squick squick

Dann schläfst du wieder ich schreibe mein Buch
Und für eine Stunde bin ich auf dem Mars
Oder sitze am Schreibtisch und schaue gedanken-
verloren

Auf die unaufhörliche Parade der Autos hinunter
Dein Schreien weckt uns beide aus diesem Traum
Und es geht wieder los die Bewegung der Sterne

Ist nicht regelmäßiger als unser tägliches Einerlei
Unsägliche Langeweile nicht nur die Windeln
Die Fütterung das Geschrei

Sondern auch der Straßenkehrer der jede Woche
vorbeifährt
Die gemeinsamen Stunden beim Spielen mit
Klötzchen
Ich bau sie auf du wirfst sie um das ist das Schönste

Und die ganze Zeit lernst du sprechen
Glossolalie mit Namen gewürzt
Einfache Aussagen bestimmte Befehle Rausgehn

Befiehlst mir Dinge zu tun ein Spiel
Das dich zum Lachen brachte wie die Erkenntnis
Des Gleichen im Unterschiedlichen

Blauer Laster blauer Himmel dein Gesicht strahlte
Vor Entzücken als deine Sprache wuchs
Bis Beschreiben zu einer Art erzählerischer

Macht wurde ich spucke die Sonne aus ich himmel das
Blau
Gemeinsam in diesem Wohnzimmer sitzend
Jeder in seiner eigenen Welt überrascht von neuen

Dingen geistig weggetreten einander gar nicht wahr-
nehmend
Aneinander gewöhnt wie siamesische Zwillinge
Vom schwülen Wetter ans Haus gefesselt

Ich schaute Volleyball auf ESPN
Hörte Beethoven las die *Post*
Du fuhrst mit deinen Lastern und brabbeltest wenn

Dir danach war so vollständig vertieft konzentriert
Versunken in deinen eigenen Raum dass ich bei
dem Anblick
Meine vielen Ichs vergaß zu einem zusammenfiel und
über

glücklich war vorbei ist vorbei David fragte ich
den von Gott Geliebten erinnerst du dich an
Bethesda
Wie meine Mutter mich

Gefragt hätte erinnerst du dich an Zion
Und David sah mich neugierig an und sagte nein
Dad eigentlich nicht ich weiß wie das Haus aussah
aber

Das kommt alles von Bildern in Moms Alben weißt du
Ja meine erste Erinnerung ist nicht Zion sondern
Kalifornien das Weihnachten als ich drei war ein
braunes

Von meinem Dad zusammengebautes Dreirad unterm
Baum aber
Mein Dad sagt dass er das Dreirad schon so gekauft hat
Woher sollen wir wissen was passiert ist oder

Nicht David wenn ich dich sehe wird mir bang
Du kennst die Welt bist klug
Du sagst du erinnerst dich nicht

An diese Zeit und jetzt weißt du so viel von Hass
Von Qual von Tod
Wirst du je wieder so begeistert sein

Über den Anblick von Schwänen unter dem Kai
Dein kreischendes Gelächter als sie nach Brotkrumen
tauchten
Ich hoffe wir sind diese Momente tief unter dem Ich

Tief unter der Erinnerung auf ewig verbunden
In unserm Innern hoffen wir
Dass dies der Hoffnung hilft die Furcht abzuwehren

Mein Bruder entschwindender kleiner Junge
Ich will versuchen mich für uns beide zu erinnern
An die Zeit als du so ganz und gar glücklich sein
konntest

Ich sage dem Mars adieu

Allein in der Sierra Nevada wandernd
Machte ich eines Abends im Dragon Basin Halt
Oberhalb der Baumgrenze an einem kleinen Bach

Der einen Riss im Granit hinabrann
Auf dem Boden dieser Spalte waren
Üppige kleine Rasenflächen grünes Moos

Überzog die Uferbänke Krummholz-Bonsais
Drängten sich über niedrigen schwarzen Fällen
Durchsichtiges Wasser mit glänzender Oberfläche

Ich stand dort und schaute
Über das Fjell-Becken eine gewölbte
Hand aus Stein die Felsen fing

Mit einem Pflanzengobelin ausgelegt
Flechte Segge und Steinbrech
Grünes Getüpfel das Geröll völlig kahl

Unter den Himmel spaltenden zerklüfteten Graten
Schlug ich neben der Rinne mein Lager auf
Boden Stoff Schaumstoffmatte Schlafsack

Rucksack als Kissen Kocher zu meinen Füßen
Im schwindenden Licht dampfte mein Abendessen
Zum Gurgeln von Wasser und Himmel

Und Sterne sprangen ins Dasein
Über dem Kamm der Bergkette noch
Alpenglühen Indigo mit einem Schuss Rosa

Die Grenze zwischen den Farben pulsierte
Während sie zu zwei Schwarztönen verblassten die
Zahl
Der Sterne erstaunlich die Milchstraße vollkommener

Ausdruck meines Sturzes nach oben und in den Schlaf
Und war kein bisschen müde
Träumte dieselben Träume

Und hörte das Rattern und Donnern der Felsstürze
In den Kehlen dieser lebenden Berge
Etwas weckte mich ich setzte meine Brille auf

Schaute zu Sternen und den Auguststernschnuppen
hinauf
Meteoriten schossen über das gestirnte Schwarz
Alle paar Herzschläge jede Richtung

Schnell langsam lang kurz fern nah
Weiß oder von rötlicher Farbe einige
Schienen zu zischen abzubremsen zu zerbrechen

Hinter ihnen sprühten große Funken
Zu den Seiten weg ich sah zu festgehalten vom Granit
Mitgerissen von einem Meteoritenschauer der alles

Übertraf was ich für möglich gehalten hätte die Sterne
Hingen noch fest am Himmel und erhellten
Die riesigen, geborstenen Granitwände

Des Beckens alle miteinander
Fahle Zeugen eines Feuerwerks einer
Durchpflügte die Luft direkt über den Gipfeln

Versprühte Funken über Fin Dome
Einer schoss direkt über mir herab
Wow rief ich und setzte mich auf um zu schauen

Als mich ein lautes BUMM in
Ein dunkles Land voller Feuer stieß
Brennende Feuer mein Gott

Rief ich o mein Gott o mein Gott
Raus aus dem Schlafsack in die Stiefel
Auf die Beine stolperte draußen herum ein
Geruch

Wie Herbstblätter die Vergangenes verbrennen
Ich nahm meinen Wasserbeutel und rannte herum
Erstickte Feuer die erneut aufflammten

Während ich zum nächsten lief o mein Gott
Und rannte zum Bach und blieb stehen und dachte
Dass dies der Kampf meines Lebens war

Feuer zu löschen wo es kein Holz gab
Das Blickfeld kreuz und quer von Nachbildern
Des letzten Sturzes durchzogen grüne Blitze

Bei jedem Zwinkern schließlich
Stand ich im Dunkeln und begriff
Dass kein Grund zur Eile bestand

Ich kam zu einem Brocken aus leuchtendem Orange
Ein Stein der allein auf einer Felsplatte lag
Ein Meteorit der noch Hitze ausstrahlte

Ich setzte mich vor ihn
Zwang mich ruhiger zu atmen
Im Schneidersitz sah ich ihn leuchten

Ich streckte die Hand nach ihm aus
Spürte die Hitze selbst aus einiger
Ferne die reine Farbe des Feuers

Feine Schleier überliefen ihn und zerfaserten
leuchteten hell in der Nacht
Beschienen den Gletscherschliff

Der Platte spiegelten sich in diesem schwarzen
Spiegel die Nacht ruhig die Luft noch
Ein wenig rauchig die Sterne wieder

An ihrem festen Platz der Meteoritenschauer
Hatte den Höhepunkt überschritten der Bach
Gluckste wie schon die ganze Zeit

Blind für das Leben am Himmel
Ein Gefährte sozusagen während ich
Den brennenden Besuch betrachtete der mir

Die Hände wärmte und sich dabei trübte
Sein leuchtendes Orange wurde
Dunkler bis er sowohl orange

Als auch schwarz war ich holte mir meinen
Schlafsack um ihn mir bei der Wache umzulegen
Schlaf wieder fort so viele Nächte

Wie diese aber diesmal gerechtfertigt durch
Meinen abkühlenden leuchtenden Besucher
Überkrustet von schwarzen Flocken darunter

Immer orangeroter und dunkler werdend
Der Mond stieg über die zerklüfteten Gipfel
Tauchte das Becken in sein kühles Licht

Tüpfelte das Wasser des Baches
Dunkle Luft voller unsichtbarem Licht
Der Meteorit jetzt Schwarz auf Orange

Noch immer warm noch immer das Zentrum
Dieses ganzen Beckens dunkel auf seiner Platte
Aus geschliffenem blassem Granit

Im Morgengrauen war der Stein pechschwarz
Natürlich nahm ich ihn mit nach Hause
Und stellte ihn auf den Kaminsims als

Andenken an jene Nacht und ein Zeichen
Für unseren Platz in der Welt aber
Ich werde nie vergessen wie es war

In der Nacht als er vom Himmel herabschoss
Und orangerot leuchtete während ich bei ihm saß
Und er mich wie eine kleine Sonne wärmte

30

PURPURNER MARS

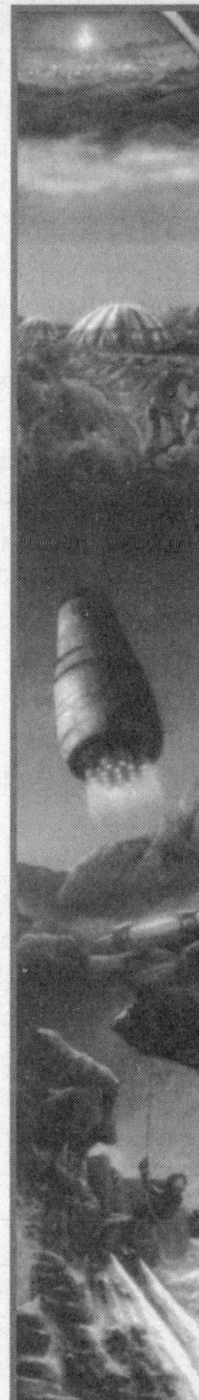

Er erwacht ganz langsam aus schweren Träumen, ein bisschen benommen und nach Kaffee lechzend. Raus zur Familie am Küchentisch. Das Frühstück eine Abfolge von Cassatt-Bildern, wie von Bonnard oder Hogarth gemalt.

»Hey, heute werde ich mit meinem Buch fertig.«

»Gut.«

»David, beeil dich und zieh dich an, es ist gleich Zeit für die Schule.«

David blickt von einem Buch auf. »Was?«

»Zieh dich *an*, es ist gleich *Zeit*. Tim, willst du Müsli?«

»Nein.«

»Okay.« Er setzt Tim wieder auf einen Stuhl vor dem Müsli. »Gut so?«

»Nein.« Tim schaufelt es in sich hinein.

Der Zeitpunkt des Aufbruchs zur Schule rückt näher, und David fängt mit seiner täglichen Neuaufführung von Zenons Paradoxon an, einem auf Zenon zurückgehenden Scheinrätsel;

es geht um Achilles und darum, dass er sich immer langsamer bewegte und umso weniger von der Welt um ihn herum wahrnahm, je näher der Aufbruch zur Schule rückte, bis er schließlich in ein ganz anderes Raum-Zeit-Kontinuum überwechselte, das nur noch in sehr geringem Ausmaß mit diesem interagierte. Sein Vater, der sich fragt, wie es bloß kommt, dass Neutrino Boy immer derart geistesabwesend ist, liest die Aufschriften auf den Kaffeetassen, während er die Bohnen für seinen kleinen Morgenkrug griechischen Kaffees mahlt. Früher hat er Espresso getrunken, aber in letzter Zeit ist er zu einem schlammigen griechischen Kaffee übergegangen, den er selber macht, wobei er sich an den Düften ergötzt. Auf dem Mars würde er wegen der dünneren Atmosphäre nicht genauso viel riechen können, und deshalb würde dort nichts so gut schmecken wie dieser Morgenkaffee. Kulinarisch gesehen könnte der Mars tatsächlich ein Albtraum sein – eventuell schmeckt dort alles nach Staub, zum Teil deshalb, weil es staubig ist. Aber sie würden sich nach Möglichkeit daran anpassen.

»Bist du so weit?«

»Was?«

Er packt Tim mitsamt einer Schüssel Müsli in den Fahrradanhänger und radelt hinter David her durchs Dorf zur Schule. Es ist Spätsommer auf dem 37. Breitengrad Nord, und Blumen sprenkeln die Ränder des Fahrradweges. Wolken bauschen sich am Himmel wie bauschige Wolken. »Wenn wir auf dem Mars mit dem Rad zur Schule fahren würden, müssten wir nicht so in die Pedale treten, aber wir würden mehr frieren.«

»Auf der Venus würden wir noch mehr frieren.«

Kindergewimmel auf dem Schulhof. »Ich wünsch dir einen schönen Tag in der Schule. Tu, was dein Lehrer dir sagt.«

»Was?«

Er radelt mit Tim zur Kindertagesstätte, setzt ihn dort

ab und fährt dann rasch nach Hause. Dort stellt er eine Liste all der Dinge auf, die er zu erledigen hat, und kommt sich deshalb ungeheuer tugendsam vor; außerdem hilft es ihm, das aufkeimende Gefühl in den Griff zu kriegen, dass er zu viel zu erledigen hat. Schon allein das ist sehr hilfreich, weil er nun denkt, dass alles eigentlich gar nicht so schlimm ist wie angenommen, was ihn dazu anregt, die Liste zu einem Papierflieger zu falten und in den Mülleimer segeln zu lassen. Nicht dass sich aus dieser Abfolge irgendein Kausalzusammenhang ableiten ließe. Aber es wird schon alles klappen. Oder auch nicht.

Er beschließt, vor der Arbeit noch den Rasen zu mähen. Man muss einen Rasen mähen, bevor das Gras kniehoch ist, besonders wenn man einen Handmäher benutzt, was er aus ökologischen, ästhetischen, sportlichen und psychopathischen Gründen tut. Sein Nachbar winkt ihm zu und er hört abrupt auf, von einer Erkenntnis getroffen. »Auf dem Mars würden diese Grasschnipsel aus dem Mäher direkt über meinen Kopf wegfliegen! Ich müsste den Korb irgendwie hinter mir herziehen! Aber das Gras wäre nicht so grün.«

»Glauben Sie, ja?«, sagt der Nachbar.

Wieder ins Haus, um die Liste aus dem Müll zu holen und Rasenmähen abzuhaken. Dann rasch an den Schreibtisch, um loszuschreiben. Sofort ist er mit ungeheurer Konzentration bei der Sache, oder jedenfalls sobald er sich eine weitere Tasse schwarzen Schlamms in den Blutkreislauf gejagt hat. Das erste Wort des Tages kommt rasch:

»Das«

Natürlich könnte es nicht das richtige Wort sein. Er denkt darüber nach. Zeit vergeht in einer Doppelhelix ewiger Nichtzeit, in jener Seligkeit, die nicht in Worte gefasst werden kann. Er überdenkt, überarbeitet, baut um. Der Satz wächst, schrumpft, wächst, schrumpft, verändert die Farbe. Er probiert es mit freiem Versmaß, Sestine, mathematischer Gleichung, Glossolalie. Schließlich kehrt er zur ursprünglichen Formulierung zurück und kompliziert sie mit einer zusätzlichen Nuance:

»Das Ende«

Das sagt, was gesagt werden muss; und es sind doppelt so viele Worte wie sein übliches Tagespensum. Zeit zum Feiern.

Der Drucker druckt das Typoskript des Romans aus, während er zur Kindertagesstätte radelt und Tim abholt. Wieder daheim, wechselt er die Windeln des Jungen. Dessen Proteste und der summende Drucker kontrapunktieren in der warmen Sommerluft. Davis' warme Sommerluft; 109 Grad, zumindest auf der antiquierten Fahrenheit-Skala, die er als kleine Gefälligkeit für amerikanische Leser des zwanzigsten Jahrhunderts benutzt hat, die sich unter Celsius nichts vorstellen können, ganz zu schweigen von der eminent praktischen und äußerst interessanten Kelvin-Skala, die beim absoluten Nullpunkt beginnt, wo man eigentlich auch beginnen sollte. Im Augenblick sind es über 300° Kelvin, sofern er nicht falsch gerechnet hat.

»Mann, was für ein Stinkeding.«

Was bei näherer Überlegung ziemlich erstaunlich ist: Windeln stinken wegen der flüchtigen Gase, die beim Kaka machen freigesetzt werden, Gase aus organischen Molekülen, die in der Frühzeit des Kosmos, während der ersten Sternengeneration, nicht existiert haben. Folglich konnten diese Gerüche erst auftreten, nachdem genug Sterne explodiert waren, um die Galaxis mit komplexen Atomen zu sättigen; sodass jedes Gestanksmolekül ein Zeichen für das ungeheure Alter des Universums und die wahrscheinliche Omnipräsenz des Lebens als erst in jüngerer Zeit auftretendes Phänomen ist und als solches ein kosmologisches Mysterium, indem es auf eine Zunahme der Ordnung in einem entropischen System hindeutet, d. h., ein Wunder. Erstaunlich!

Das Telefon klingelt und trägt in Gestalt von Elektronen, die auf komplizierten, kontinuierlichen Bahnen aus Metall dahinjagen, die digitalisierte Stimme seiner Geliebten zu ihm, wiedererschaffen an seinem Ohr durch die Vibration kleiner Kegel aus verstärkter Pappe.

»Oh, hi, Babe.«

»Hi.« Ein rascher Austausch von Informationen und zärtlichen Worten, der endet mit: »Denk dran, die Kartoffeln in den Backofen zu stellen.«

»Ach ja, richtig. Bei welcher Temperatur noch mal?«

»Ungefähr dreihundertfünfundsiebzig.«

»Fahrenheit?«

»Ja.«

»Hey, da fällt mir ein, ich hatte eine Erscheinung, als ich Tims Windeln gewechselt habe!«

»So, so. Was denn für eine?«

»Ähm … uh-oh. Hab ich vergessen.«

»Gut. Aber vergiss die Kartoffeln nicht.«

»In Ordnung.«

»Ich liebe dich.«

»Ich dich auch.«

Als der Drucker verstummt, ist der Papierstapel hüfthoch. »Drei! Drei! Drei!«, sagt Tim.

»Viele Dreien«, stimmt er zu, einigermaßen erschrocken über die Länge des Dings, aber auch von Schuldgefühlen geplagt wegen der zum Zwecke seiner Veröffentlichung gefällten Bäume; doch Zweifel sind der periphere Bereich im Weitblick des Mutes. »Ein echter Monsterwälzer.«

Tim versucht zu helfen, indem er Seiten herauszieht und aufisst.

»Nein, Moment. Mit der Kontinuität ist da drin schon genug Schindluder getrieben worden, hör auf damit.«

»Nein.«

Er packt das Typoskript in drei Schachteln und wehrt dabei das hungrige Kind ab. »Hier, nimm ein Keks.«

Er gibt Tim Kekse, während er die Schachteln adressiert und frankiert, wobei er jene beidhändige, bilaterale Kompetenz zur Schau stellt, die so typisch ist für heutige amerikanische Eltern – die zweifelsohne alle ein hypertrophes Corpus Callosum ihr Eigen nennen, wenn man es denn sehen könnte. »In Ordnung, dann wollen wir die mal zum Briefkasten bringen. Wenn wir uns beeilen, schaffen wir's noch, bevor die Post abgeholt wird. Ich muss sie tragen, du kommst also in die Baby-Rückentrage, okay?«

»Nein.«

»Dann eben in die Rückentrage für große Jungs. Ja.«

Nach zehn Minuten Ringen mit allen Kniffen sitzt Tim in der Babytrage auf seinem Rücken, allerdings nur ein Sieg nach Punkten, weil seine Lippe aufgeschlagen ist und er nun nichts mehr gegen Boxhiebe auf die Ohren tun kann.

»Aua, hör auf damit.«

»Nein.«

Jetzt in die Hocke gehen, um die drei Schachteln aufzunehmen, und seine Ohren werden gepackt statt geboxt, als Tim in der Rückentrage zu bleiben versucht. Ein mächtiges Hieven und Heben, und er steht wieder; das Kind gleicht das Gewicht der Schachteln aus, die er an die Brust drückt.

»Uff! Das wäre auf dem Mars zweiundsechzig Prozent leichter! Mal sehen, ob wir damit laufen können. Kein Problem. Oh, die Tür ist zu. Hmm. Kannst du sie aufmachen, Tim? Nur den Knauf drehen? Bitte? Pass auf, ich bücke mich, noch ein bisschen … ups. Egal, jetzt kann ich's machen. Lass mich mal. Lass mich mal!«

»Nein.«

»Okay, wir sind wieder oben. Weiter geht's. Oh – die

Kartoffeln müssen in den Backofen! Denken wir daran, wenn wir wieder da sind?«

»Nein.«

»Doch, tun wir. Ich sag dir was, ich lasse die Tür offen, und wenn wir das sehen, sagen wir: ›O ja, Tür offen, Kartoffeln in den Ofen stellen.‹ Dann mal los.«

Auf die Straße. Eine gewundene Dorfstraße, flankiert von Blumen und Bäumen. Terraformen in seiner schönsten Form: ein flaches Wüstental, in dem jetzt Blumen aus aller Welt blühen. Von denen er auf dem langen Weg zum Briefkasten mit vierzig Kilo Papier und einem zappelnden Kleinkind keine Einzige wahrnimmt.

»Ah. Oh. Autsch.«

Schwitzend und zitternd erreicht er den Briefkasten und stellt seine Ladung darauf.

»Wir haben's geschafft. Endlich sind wir da. Ist das nicht toll?«

»Nein.«

Die Schachteln mit dem Typoskript sind so dick, dass sie kaum noch durch den Schlitz passen. Reinschieben. Ein in der Nähe liegender Stock wird gute Dienste leisten. Eine nach der anderen durchstoßen.

»Du hättest noch ein paar Seiten essen sollen. Ich weiß genau, welche ich dir hätte geben sollen.«

»Nein.«

Und die letzte. Mission erfüllt.

Er steht einen Moment lang da, während der Schweiß sich über die evolutionäre Bestimmung seiner Brauen hinwegsetzt und sogar noch in seinem geistigen Auge brennt. »Gehen wir heim.«

»Nein.«

Sie machen sich auf den Rückweg. Am Ende der Straße geht die Sonne unter, und die Wolken am Westhimmel sind mittlerweile golden, orange, bronzen, veilchenfarben, burgunderrot, blaugrau und eine Spur chartreuse. Weiter, Freunde, weiter: Selbst wenn die

Nachwelt über das dumme Leben in Schachteln lacht, das wir am Ende des zwanzigsten Jahrhunderts führen, selbst wenn wir es verdienen, ausgelacht zu werden, was der Fall ist, gibt es trotzdem noch diese Augenblicke der Freiheit, die wir uns selbst schenken, wenn wir mit einem brabbelnden Kind auf dem Rücken bei Sonnenuntergang einen Weg entlanggehen. »Ups, wir haben die Tür auf gelassen.« Sein Sohn schlägt ihm wie ein Zenmeister an die Schläfe, und in diesem Moment hat er eine Erleuchtung oder ein satori: Der Planet dreht sich unter ihm. Der Signifikant signalisiert eine große Signifikanz. Und die Kartoffeln müssen in den Backofen. Vor Glück wird er ganz leicht, so leicht, dass er fast schon schwebt; wenn man ihn zwecks Quantifizierung dieser Eigenschaft auf die Waage des menschlichen Gefühls stellen und wiegen könnte, dann betrüge sein Gewicht (in terranischen Kilogramm) exakt 3,14159265358979323846264338327950288419 7 …

HEYNE

Von

KIM STANLEY ROBINSON

erschien in der Reihe

HEYNE SCIENCE FICTION & FANTASY:

Roter Mars · 06/5361
Grüner Mars · 06/5362
Blauer Mars · 06/5363
Antarktika · 06/8307
Die Marsianer · 06/6422